Les Chevaliers de Sombrecœur

LAURE EVE

Les CHEVALIERS de SOMBRECŒUR

Traduit de l'anglais (États-Unis)
par Gaspard Houi

DE SAXUS

Ceci est une œuvre de fiction.
Toute ressemblance avec des personnages, lieux, organisations
ou évènements existant ou ayant existé ne serait que purement fortuite.

AVERTISSEMENT DE CONTENU

AGRESSION SEXUELLE, ALCOOL, DESCRIPTION EXPLICITE DE BLESSURES, DEUIL, DROGUE, MEURTRE, MORT D'UN PROCHE, NOYADE, SEXE, TENTATIVE DE MEURTRE, TRAFIC D'ÊTRE HUMAIN, VIOL, VIOLENCE

Les Chevaliers de Sombrecœur
par Laure Eve

Blackheart Knights
First published in Great Britain in 2021 by Jo Fletcher Books,
an imprint of Quercus Editions Limited,
Carmelite House, 50 Victoria embankment, London EC4Y 0DZ.
An Hachette UK compagny

Illustration de jaquette et pages de garde (édition reliée) et couverture (édition brochée) : © Federico Musetti

Conception graphique couvertures, jaquette et pages de garde françaises :
Volodymyr Feshchuk – Eilean Books

Ouvrage publié sous la direction de Élodie Rémond

Composition et mise en pages
PCA

Le papier intérieur de cet ouvrage est composé de fibres naturelles, renouvelables, recyclables et fabriquées à partir de bois issu de forêts plantées expressément pour la fabrication de pâte à papier.

ISBN : 978-2-37876-184-4 (broché)
ISBN : 978-2-37876-185-1 (relié)
ISBN : 978-2-37876-186-8 (e-book)

Dépôt légal : avril 2023

1re édition
10 9 8 7 6 5 4 3 2 1

Achevé d'imprimer en République tchèque par FINIDR en mars 2023

SOMMAIRE

PARTIE I

1. Senzabourg, dix-neuf ans auparavant 11
2. Arène de la Caballaria, Rhyfenbourg, un an auparavant .. 19
3. Sombrecœur, dix-neuf ans auparavant 31
4. Maison d'Os, Sombrecœur, un an auparavant 41
5. Ker Leonis, Sombrecœur, dix-neuf ans auparavant 48
6. De Sombrecœur à Rhyfenbourg, onze mois auparavant .. 58
7. Sombrecœur, dix-neuf ans auparavant 73
8. Le Donjon, Rhyfenbourg, onze mois auparavant 80
9. Arène de Ker Magnus, Sombrecœur, dix-neuf ans auparavant 99
10. Le Donjon, Rhyfenbourg, dix mois auparavant 125
11. Ker Leonis, Sombrecœur, dix-neuf ans auparavant 135
12. Le Donjon, Rhyfenbourg, neuf mois auparavant 152

PARTIE II

13. Ker Leonis, Sombrecœur, dix-huit ans auparavant...... 167
14. Bordefleuve, Rhyfenbourg, cinq mois auparavant....... 181
15. Ker Leonis, Sombrecœur, dix-huit ans auparavant...... 203
16. Le Donjon, Rhyfenbourg, cinq mois auparavant 214
17. Ker Leonis, Sombrecœur, dix-huit ans auparavant...... 227
18. Le Donjon, Rhyfenbourg, cinq mois auparavant 240

19. Ker Leonis, Sombrecœur, dix-huit ans auparavant...... 247
20. Corescent, Rhyfenbourg, cinq mois auparavant........ 253
21. Ker Leonis, Sombrecœur, dix-huit ans auparavant...... 268
22. Arène de Corescent, Rhyfenbourg, cinq mois auparavant 275
23. Brunvolage, Alaunibourg, dix-huit ans auparavant...... 289
24. L'Épine, Sombrecœur, dix-huit ans auparavant........ 301
25. Lieu inconnu, quatre mois auparavant............... 311
26. Ker Leonis, Sombrecœur, dix ans auparavant......... 325
27. Surwek, Iochibourg, trois mois auparavant........... 336
28. Surwek, Iochibourg, dix ans auparavant.............. 345
29. Endroit inconnu, trois mois auparavant.............. 356
30. La crypte d'Alfren, Ker Leonis, Sombrecœur, dix ans auparavant........................... 362

PARTIE III

31. Wendelsworde, Gwanharabourg, six ans auparavant.... 379
32. Iochibourg, trois mois auparavant.................. 400
33. Domaine de Si Hector, Senzabourg, six ans auparavant . 412
34. Stredforthe, Marvolbourg, une semaine auparavant..... 422
35. Mafelon, Sombrecœur, trois ans auparavant........... 440
36. Marché de Fitzroy, Sombrecœur, deux jours auparavant. 452
37. Ker Leonis, Sombrecœur, deux ans auparavant........ 463
38. Terminal, Marvolbourg, deux jours auparavant........ 472
39. Arène de Mynchen, Sombrecœur, deux jours auparavant 482
40. Terminal, Marvolbourg, un jour auparavant............ 490
41. Ker Leonis, Sombrecœur, la nuit dernière............ 493
42. Entrave de Ker Leonis, Sombrecœur, maintenant...... 503

REMERCIEMENTS.................................. 509

À PROPOS DE L'AUTRICE.......................... 511

Pour la vraie Red, une artiste aux multiples talents,
une amie fabuleuse et une source d'inspiration constante,
qui est plus belle que la Red du présent ouvrage.

PARTIE I

Le désir est à l'origine de tout.
C'est notre carburant. Notre flamme.

Citation du code de la Caballaria

1

Senzabourg
Dix-neuf ans auparavant

L'apprentie chevalière Lillath de Senzabourg racle le sol du pied vers l'arrière, du gravier s'accumulant en tas contre son talon.

Le bruit des cailloux se perd dans le vrombissement discret du bâtiment terne derrière elle. L'édifice abrite un relais d'alimentation, un monstre d'électricité frémissante emprisonné dans de la pierre épaisse. C'est l'un des très nombreux que l'on trouve dans des terrains vagues comme celui-ci, éparpillés dans toute la largeur et les profondeurs de Londres.

Le mollet fin de Lillath se tend visiblement tandis qu'elle transfère son poids en arrière et lève avec précaution son pied, centimètre par centimètre. À côté d'elle se tient Lucan, un autre apprenti chevalier, les bras croisés et le visage froncé d'un air professoral. Leur ami le plus proche, Art, les regarde avec une expression amusée, affalé sur un fauteuil devant eux.

« Qu'est-ce que c'est que ça ? demande-t-il. On dirait que tu es en train de te battre sous l'eau.

— C'est le meilleur moyen de pratiquer, en fait. » Lucan lève un doigt. « Notre entraîneur nous fait répéter ces mouvements sans arrêt dans un bassin salé chaque matin. J'ai les muscles endoloris pendant des heures, après. » Il se tourne de nouveau vers Lillath, qui se tient toujours immobile, une jambe en l'air, dans un équilibre précaire. « Se baisser et faire peser le poids sur le pied avant, décrire un arc avec le bras droit, le tranchant de la paume en premier.

— On dirait que tu as englouti la totalité du manuel », murmure Lillath en suivant les instructions de son ami avec des gestes aussi lents que si elle se mouvait dans de la mélasse.

Lucan l'ignore. Sa mémoire est prodigieuse. Il est fort possible qu'il ait lu le livre en question de la première à la dernière page et le feuillette à présent dans sa tête comme s'il existait réellement sur une étagère de son esprit.

Art tire sur son sicalo, avant de souffler un long panache de fumée bleutée tout en observant ses camarades, les formes que leurs corps décrivent sur l'arrière-plan de pierre et de ciment. Un tuteur lui a une fois dit qu'il avait pour habitude de s'entourer de gens bizarres plutôt que d'alliés à l'utilité évidente. Cette phrase avait été prononcée avec une certaine désapprobation, mais Art avait décidé de la prendre comme un compliment. Après tout, ses amis sont assez spectaculaires à ses yeux.

Lillath possède le genre de confiance en soi dont la plupart rêvent, et assez de charme pour arrondir ses angles. Son trait de caractère le plus constant est qu'elle semble toujours savoir ce que chacun pense, imposant autour d'elle un degré d'honnêteté aussi agaçant qu'admirable.

La minutie de Lucan s'applique jusque dans sa vision de la vie. Il anticipe avec deux coups d'avance tous ceux qui le sous-estiment du fait de sa courte taille et de sa nature discrète. Quelques exigences très spécifiques doivent être remplies pour qu'il se sente à l'aise, mais c'est un petit prix à payer pour les talents qu'il offre au monde.

« À ce rythme, votre démonstration ne sera pas finie d'ici le dîner, déclare Art. Vous vous ferez tous les deux flageller pour votre retard et j'aurai droit à un sermon d'Hector. Vous savez à quel point il est doué pour ça. »

Lucan fronce les sourcils. « Excuse-moi, "flageller" ? C'est un centre de formation de la Caballaria, pas une prison. On n'y fouette pas les gens.

— Vraiment ? Pas même un coup rapide sur les jambes avec un sabre d'entraînement pour vous remettre à votre place ? »

Lucan prend un air irrité. « Art, notre instructeur est Si Vergo. Vergo le Vaillant, tu te rappelles ? L'ancien chevalier de la Caballaria incroyablement célèbre ? C'est un grand homme...

— Même de tels hommes peuvent commettre des erreurs de jugement. »

Art regarde ses deux amis faire une pause dans leur démonstration. Il sait ce qu'ils ont en tête. Cela se lit sur leurs deux visages, et pendant un moment il s'imagine qu'il voit vraiment le mince fil de pensée qui les unit contre lui.

Cela doit être agréable, songe-t-il, *de ne pas se sentir seul.*

« Ce n'est pas comme si on travaillait directement pour *lui,* tu sais », déclare Lillath.

Art plisse les lèvres en un sourire dénué d'humour. « Vous êtes tous deux en apprentissage pour devenir chevaliers, fait-il remarquer. Ceux-ci sont au service du roi.

— Ils servent Londres avant tout.

— C'est la même chose. Le roi *est* Londres. Londres *est* le roi. »

Ils échangent des arguments et des contre-arguments, mais les mots ont perdu leur sens à force de répétition. Il s'agit d'une dispute entre eux vieille comme les montagnes.

Art jette la fin de son sicalo par terre et remue sur son fauteuil. Il a trouvé celui-ci dans la petite décharge installée dans les fourrés derrière le relais d'alimentation, avec le reste de l'ensemble de quatre pièces auquel il appartient. Le siège est de forme élégante, gravé dans un bois ciré onéreux, mais l'un des pieds est sévèrement ébréché, visiblement assez pour déplaire, et on s'est débarrassé de l'ensemble. Un autre a sans aucun doute été acheté le jour suivant. Les chaises imparfaites ont été abandonnées ici, où les rebuts prennent la poussière.

Il sait ce qu'ils ressentent.

En tant que quartier le plus au nord-ouest des sept qui composent la cité-État tentaculaire de Londres, il est relativement facile pour Art de se rendre dans la partie intra-muros de Senzabourg depuis la propriété de campagne qui lui sert de foyer. Ses amis et lui ne se voient pas souvent, mais ils se retrouvent dans cette petite décharge lorsqu'ils le peuvent. Ils l'ont découverte au cours de leurs errances il y a un peu plus d'un an seulement, se sont rendu compte que la sécurité y était inexistante et ont donc décidé que ce territoire leur appartenait. Il en va toujours ainsi dans les zones les plus délaissées de Londres.

Si jamais Si Hector, le tuteur d'Art, découvrait qu'il se promène dans les dépotoirs de la ville sur son temps libre, il serait probablement victime de l'anévrisme le plus discret du monde et menacerait d'enfermer Art à la campagne à tout jamais – un enfer auquel il préfère ne pas se risquer. Ce n'est pas qu'il ne l'aime pas, à vrai dire, mais celle-ci est simplement tellement *ennuyante*. La nature est trop belle et semblable à un joyau à son goût, mais les endroits désolés et bruts comme celui-ci possèdent un charme sombre et sinistre qui le touche. Des mauvaises herbes étiolées, ces plantes urbaines parmi les plus robustes, s'immiscent à travers les fissures du ciment. Ce lieu dégage une solitude, c'est vrai, mais également une ténacité qui force son admiration. Les relais d'alimentation sont peut-être laids, mais ils fonctionnent comme les organes d'un corps : ce sont des canaux essentiels de l'étincelle qui maintient tout le monde en vie.

Ce sont les endroits hantés de la ville, les zones où viennent souvent s'installer les camps de sans-abri, leurs villes-tentes de fortune nichées entre des bâtiments toujours délabrés et croulants suite à la dernière guerre civile. Des renards des rues, des orphelins dont le nombre dépasse largement celui des quelques lits d'hôtel réquisitionnés par le quartier, tirent de maigres revenus en dépouillant les imprudents.

Oui, Art connaît les risques, et il sait ce que dirait Hector à ce sujet, mais personne ne serait capable de reconnaître son visage ici. En outre, il ne vient jamais seul. Ses amis l'accompagnent.

Un bruit de ferraille approchant interrompt la démonstration. La clôture grillagée qui entoure leur petit royaume privé pour cet après-midi fait entendre comme une sirène métallique. Lillath et Lucan s'immobilisent, leur regard cherchant la source du bruit, mais Art ne bouge pas.

Plus tard, lorsqu'il analysera chaque moment et pensée de cette journée, gravés comme ils le sont dans son esprit, il se demandera pourquoi. Pourquoi il ne se tourne pas. Pourquoi il ne lève même pas les yeux.

Est-ce que tu étais déjà au courant, d'une certaine manière ? L'avais-tu senti ?

« Jour favorable, Garad, lance Lucan. Ton retard est impardonnable. »

Le quatrième membre de leur groupe, qui était censé être là une heure plus tôt, s'élance à travers le portail cabossé de la clôture et s'arrête devant eux, les joues colorées d'un rouge douloureux. Sa respiration traînante recouvre le vrombissement régulier du relais d'alimentation.

Garad est une personne colossale, qui dépasse d'une bonne tête les trois autres. Iel[1] n'a que 16 ans seulement mais c'est déjà um combattanx[2] de premier ordre ; son plus grand souhait est d'intégrer la Caballaria, de livrer bataille dans l'arène pour la justice, la célébrité et la gloire. La plupart des aspirants échouent durant cette formation à la brutalité notoire, mais leur groupe

1. « Il, elle » en neutre.

2. « Combattant, combattante » en neutre.

est tacitement d'accord sur le fait que Garad est la personne la plus à même de devenir chevalier.

« J'ai couru... tout le long..., fait-iel, la respiration courte. Ils sont juste... Derrière moi. »

C'est alors que se produit quelque chose qui arrête net le cœur d'Art.

Garad pose un genou à terre devant sa chaise.

« Dis donc, sale rustre, qu'est-ce que tu fais ? » demande Lucan, stupéfait.

Art comprend, mais le nœud dans sa poitrine est trop lourd pour qu'il puisse parler.

« Art, commence Garad avant de s'arrêter. Sire... »

Un rugissement déchire l'air, noyant la suite. À l'extérieur de la décharge, juste avant la clôture grillagée, du gravier crépite et gicle sous les pneus de deux énormes motos. Ce sont des machines de parade, polies et étincelantes, leurs moteurs débridés pour émettre des vrombissements sourds au lieu d'un ronronnement discret, qui servent pour les cérémonies lorsque leurs pilotes veulent être vus et entendus tout à la fois.

Ces derniers déploient leurs béquilles, plantent leurs pieds par terre et franchissent à grandes enjambées la clôture qui vibre doucement à leur passage. Ils sont vêtus d'un uniforme de motard intégral noir, dont le cuir est orné d'un emblème d'épée argentée sur chaque épaule qui ne fait qu'attirer davantage le regard par ses dimensions intimidantes. Si cela ne suffisait pas à dissuader une menace ordinaire – et cela aurait dû, car toucher un garde royal d'une manière inappropriée était passible d'exécution –, la bosse volumineuse des étuis de pistolets à leur taille s'en chargeait.

Leurs bras se lèvent. Ils retirent leur casque, révélant les visages lisses et luisants de sueur d'un homme et d'une femme qu'Art n'a jamais vus. Un fourreau couleur d'ébène pèse lourdement contre la jambe de celle-ci.

« Ton père, siffle Garad en se levant à la hâte tandis que les deux pilotes s'approchent du groupe. Il est…

— Mort. » Le mot sort étranglé de la gorge réticente d'Art.

Lucan prend une vive inspiration.

« Oh putain, chuchote Lillath.

— Artorias Dracones », déclare l'homme une fois à portée d'oreille. Son regard passe rapidement sur les amis d'Art, ses yeux se levant légèrement pour intégrer la taille de Garad dans son champ de vision.

Art est collé à sa chaise. Il vient de fusionner en elle, et réciproquement.

« Oui », fait-il. Sa voix est calme à ses oreilles. Plus tard, il en sera reconnaissant. Par la suite, cela deviendra une aptitude sur laquelle il apprendra à compter : la capacité de son corps à dégager un tel calme durant les moments de vive tension.

Les deux cavaliers se laissent tomber sur un genou, à l'image de Garad.

La femme défait sa ceinture, tête baissée, ouvre le fourreau d'un coup et en tire une lame fine. Celle-ci a été conçue pour être exposée en hauteur sur un mur somptueux du palais royal. Dans l'air brillant et suspendu d'une brousse urbaine anonyme, elle semble bon marché, toute pailletée.

« Votre père, commence la femme d'une voix prudemment solennelle. Marvol l'a emporté dans son étreinte, et il vous transmet à présent le lourd fardeau de la tâche de son existence. » Elle se tait un instant. « Acceptez-vous ? »

Marvol. Le saint de la Mort.

Toute sa vie, cette possibilité atroce est restée tapie dans l'ombre, émergeant des recoins les plus reculés de la nuit pour nouer les entrailles d'Art… Et pourtant, cela n'aurait jamais dû se produire. Son père est – *était* – un homme robuste et en bonne santé. Il a – *avait* – également sa jeune femme, Dame Orcade. Il n'était pas supposé mourir avant qu'elle lui donne un fils légitime. C'était le seul objectif de leur mariage.

Art est le fruit d'une union scandaleuse et illégale. Il n'est peut-être pas coupable de ce crime, mais la honte qui l'entoure l'a suivi toute sa vie, souillant son âme avant même qu'il ait l'occasion de s'en charger lui-même. Il ne devrait pas pouvoir succéder à son père, et pourtant là voilà, cette éventualité impossible, un genou à terre devant lui.

Art pourrait refuser. Il pourrait leur dire d'aller jeter leur épée scintillante dans le lac de la centrale hydroélectrique la plus proche et d'en contempler les reflets se faire goulûment engloutir par la crasse qui en flotte à la surface. Malheureusement, aucune autre voie ne s'offre à lui. Il est riche, il mène une existence protégée, mais il n'a jamais connu la terreur vertigineuse du choix, et il n'a nulle part ailleurs où aller.

Assis sur sa chaise abandonnée au bord d'une petite décharge urbaine, l'air plein du bourdonnement électrique d'un relais d'alimentation croulant et de l'odeur de meubles moisissant, Artorias Dracones devient à 17 ans le nouveau roi de Londres.

Et putain, ça ne lui plaît *vraiment* pas.

2

Arène de la Caballaria, Rhyfenbourg
Un an auparavant

La tête de læ[3] chalengeaire[4] est recouverte d'un capuchon noir, dont des languettes ont été grossièrement arrachées pour laisser de la place aux yeux et à la bouche.

Ses articulations sont entourées de bandelettes, qui remontent jusqu'à ses poignets en se superposant avec soin. Un pull élimé trop grand pend de sa silhouette mince, exposant sa clavicule aux regards. Son pantalon noir est quelconque. Ses bottes semblent trop lourdes pour lui donner assez de vitesse mais doivent se faire sentir lorsqu'iel vous envoie un coup de pied au visage.

Une tenue de fortune et sans prétention, mais il est vrai qu'il existe des chalengeurs de toutes les formes et toutes les tailles. Certains sont déjà équipés comme des rock stars, grâce à leur famille riche. Certains sont des êtres désespérés venus de la rue, affamés et prêts à recevoir des coups si cela signifie qu'ils pourront s'introduire pour quelques nuits dans une écurie, même de seconde zone. Beaucoup ne se prennent pas pour de la merde. La plupart ont peur.

---

3. « Le, la » en neutre.
4. « Chalengeur, chalengeuse » en neutre.

Pas cellui[5]-ci, cependant, pas tellement. Rien ne tremble dans sa silhouette, et sa démarche est assurée. Le panneau lumineux sommaire qui affiche les informations de chaque adversaire annonce que son nom est « Red ». Ni plus ni moins. Si iel ne possède ni nom de famille ni nom de quartier, alors c'est qu'il s'agit d'um orphelaine[6], d'um renarx[7] des rues. Iel ne laisse rien voir de la peur qui doit lui nouer désagréablement les entrailles, ce qui est un signe positif. Cela signifie qu'iel a un bon jeu d'acteur, et la théâtralité représente la moitié du chemin pour devenir chevalier de la Caballaria.

La petite arène devrait être à moitié vide, remplie seulement des fanatiques dérangés qui assistent à tous les combats locaux, qu'il pleuve ou qu'il vente, mais elle est bondée aujourd'hui, car c'est une occasion spéciale. Personne n'était même supposé savoir pourquoi, mais le bruit s'est répandu et a fait son chemin dans les bars du coin plus rapidement que les mains ne s'emparent d'une tournée de bière gratuite.

Le public remue, grogne et braille dans les stands, protégé de la pluie battante par des toiles en lambeaux. Il grimace chaque fois qu'un chalengeur est vaincu, mais c'est une expression de cupidité, d'attente, de plaisir sombre. Les visages laissent voir des sourires effilés et des dents retroussées.

Les éclaireurs sont là-haut également, examinant les nouveaux talents pour les propriétaires de leur écurie. Certaines des plus importantes sont généralement représentées par des débutants lors des combats de banlieue comme celui-ci, lesquels espèrent frapper un grand coup grâce à une découverte inédite.

Ils sont blottis dans un stand privé, entouré de murs opaques et offrant le meilleur point de vue sur l'arène en contrebas, sirotant du whisky bon marché qui ressemble davantage à de la

5. « Celle, celui » en neutre.
6. « Orphelin, orpheline » en neutre.
7. « Renard, renarde » en neutre.

graisse de moteur chaude tandis qu'ils achètent les gagnants de chaque duel. Parfois les perdants, s'ils voient en eux du potentiel et que leur budget est réduit. Ils espèrent découvrir peut-être une once de talent susceptible d'émerger avec un peu d'entraînement. Dans le cas contraire, chaque candidat est éliminé au bout de deux semaines. Certaines écuries proposent une période d'essai plus longue, mais plus rarement.

Læ chalengeaire piétine sur le sol humide de l'arène dans le froid, attendant que son adversaire fasse une entrée grandiose. Ces dernières sont toujours importantes, même dans un duel sans envergure comme celui-ci, et le Chevalier-Sorcier le sait sûrement mieux que quiconque.

Il est la raison pour laquelle ceux qui n'ont pas de ticket se pressent en masse contre la clôture à l'extérieur, bravant la colère des gardes de l'arène pour avoir un aperçu du plus célèbre des chevaliers de la Caballaria de Londres, et peut-être de tous les Sept Royaumes. Il est la raison pour laquelle tous les billets ont été vendus, même les places détrempées qui ne sont pas protégées par les toiles. Les gens d'ici ne seraient pas en mesure de se payer des tickets pour les tournois d'importance où on le voit normalement. Ils doivent se contenter de regarder ces derniers sur le lumineux de leur bar local, comme tout le monde, en criant, en jurant et en jetant des pièces de combine aux agents chargés des paris.

Ce sujet revient toujours dans les discussions qui précèdent les matchs ; la raison pour laquelle le Chevalier-Sorcier combat parfois dans les tournois pour débutants routiniers comme celui-ci. Certains pensent que c'est parce qu'il s'ennuie. Il doit être barbant à la longue de savoir que personne ne peut vous battre ; peut-être qu'il cherche à être surpris. D'autres disent que c'est parce qu'il a dû énerver son écurie et que c'est sa punition, qu'il en a été réduit à des combats qui sont tellement en dessous de son niveau qu'ils ne valent pas la boue qui tache ses bottes.

Aucune de ces explications n'est la bonne. La vraie raison pour laquelle il a choisi de se battre dans des endroits semblables à celui-ci est qu'il cherche d'autres personnes comme lui. L'objet de sa quête est un secret de polichinelle. Une rumeur jamais confirmée officiellement mais que tout le monde connaît néanmoins.

Les portes à l'extrémité de la petite arène s'ouvrent d'un coup. La foule pousse un rugissement, la multitude de voix qui la composent montant en crescendo avant de s'abattre dans l'air à deux kilomètres à la ronde. Ils l'ont déjà vu à l'œuvre deux fois aujourd'hui mais ils ne s'en sont toujours pas lassés ; et lui non plus, d'après les apparences.

Læ chalengeaire présentæ[8] seulement sous le nom de Red cesse de faire les cent pas et se dresse, attendant. Iel se tient immobile tandis que le monstre magnifique s'approche.

Le Chevalier-Sorcier. Le Fléau des impies. La Main gauche de Londres. Il possède quelques surnoms, et il les mérite tous. C'est un jour d'automne froid et humide, mais il n'est vêtu que d'un simple pantalon, sa peau couleur de bronze brillant sous la pluie. Ses bottes sont légères, confectionnées sans doute dans les matériaux les plus raffinés, pas dans le style dur de celles de son adversaire. Elles sont fines mais étanches, et bordées des minuscules couteaux aiguilles qui ont sa préférence pour rendre ses coups de pied plus mortels. Les meilleurs fabricants d'armes de Londres rivalisent pour lui donner leurs chefs-d'œuvre. Leurs noms apparaissent sur les écrans lorsqu'il se bat dans les tournois d'envergure époustouflants qui attirent des millions de spectateurs, et les heureux élus peuvent accrocher à leur boutique un panneau indiquant « porté par le Chevalier-Sorcier. » Sa célébrité leur rapporte une belle quantité de combine.

Alors qu'ils approchent l'un de l'autre, on peut voir que læ chalengeaire est de haute taille – au moins suffisamment pour

8. « Présenté, présentée » en neutre.

ne pas avoir l'air d'un enfant rachitique en comparaison, comme c'est souvent le cas – bien qu'iel soit un peu trop élancæ pour faire le poids face au mur robuste de muscles qui s'avance à grands pas dans sa direction.

Ils se font face, dressés de toute leur hauteur. Il n'y a ni jeux d'éclairages ni musiques spectaculaires en guise d'introduction : ce serait du gâchis pour un combat qui ne sera même pas retransmis sur les lumineux. Un sifflement électrique résonne dans les minuscules enceintes de l'arène, et c'est tout.

Ça commence.

La prudence est de mise, au début. Les cris de la foule s'évanouissent tandis qu'elle les observe se faire face en décrivant un cercle. Læ chalengeaire ne frime pas, et le Chevalier-Sorcier va lui donner toutes les chances de briller, par souci d'équité dans ce match si inégal. Dans un combat réel aux enjeux importants, tout serait peut-être déjà terminé.

Puis ils s'élancent l'un sur l'autre.

La première surprise vient du fait que l'adversaire du favori n'est pas à terre. Sa silhouette encapuchonnée recule rapidement, sur ses gardes. Et pourtant, tandis qu'ils se précipitent à nouveau en avant, la meute sait que ce sera bientôt fini ; elle commence à remuer, s'agiter, murmurer. Læ chalengeaire n'est pas assez faible pour que ce soit divertissant, ni assez habile pour que ce soit intéressant.

Sauf si on sait où regarder.

Ils échangent de nouveaux coups, et à chaque fois læ chalengeaire semble moins susceptible de s'écrouler. Il faut bien trois minutes au moins pour que les gens commencent à comprendre ce qu'ils sont en train de faire.

Ils se testent.

Le silence tombe sur la foule. Les yeux de chaque spectateur sont arrimés au duo, leur bouche est hermétiquement close.

Et tout à coup, la danse cesse.

Les combattants se donnent vraiment, à présent. Læ chalengeaire est rapide et, bordel, pense le public, iel a du *talent*. Iel tourbillonne comme un diable sur le béton recouvert de sable. Personne n'a jamais tenu si longtemps face au Chevalier-Sorcier dans un combat similaire. Ses mouvements sont inhabituels, composés de pivots et de glissades étranges. Une excitation nouvelle est palpable dans l'air. Ce renard des rues ne va quand même pas être celui qui vaincra l'invincible… ?

Non, aucune chance.

Le Chevalier-Sorcier lui assène un coup de poing si rapide et violent qu'il est presque impossible pour læ chalengeaire de le bloquer avant de se retrouver à terre contre un mur éloigné. Normalement, un tel coup serait suffisant pour læ tenir en respect, mais iel se relève en vacillant, toujours combatif. Le Chevalier-Sorcier l'immobilise en lui agrippant le cou.

Abandonne, pense la foule.

Personne n'est censé mourir. Un chaos juridique et financier monumental et très douloureux s'abattrait sur le propriétaire de l'écurie si l'un de leurs chevaliers en tuait un autre, surtout dans un tournoi diffusé sur les lumineux du monde entier. Celui-ci pourrait même virer le responsable en guise de punition. Dans les combats non retransmis comme celui-ci, cela entraînerait au moins des amendes conséquentes pour lui, et pourrait aller jusqu'à ruiner sa carrière.

Ce genre de chose arrive, cependant. Dans le feu de l'action, il est difficile de faire la différence entre neutraliser une personne pour une minute ou pour de bon.

Læ chalengeaire continue de lutter. Sa jambe se lève et son genou vient frapper le flanc du Chevalier-Sorcier, encore et encore, mais ce dernier reste inébranlable. Iel lutte, de plus en plus faible, une paume appuyée contre le torse du Chevalier-Sorcier. La foule chuchote, satisfaite de voir la fin du combat.

Puis la bouche exposée par l'ouverture du capuchon remue et murmure un son étouffé…

Quelque chose…

L'inconnux[9] serre soudain le poing et ses lèvres forment des sons silencieux qui se perdent dans le bruit de fond de l'arène ; mais ce qui se produit ensuite se passe d'explications. Le Chevalier-Sorcier chancelle en arrière comme si on l'avait violemment poussé, bascule et s'effondre au sol, ses paumes gantées tendues pour absorber l'impact. Læ chalengeaire ne l'a même pas touché.

Il faut quelques secondes à la foule pour réaliser ce qu'elle vient de voir, et lorsqu'elle comprend, ce n'est déjà plus qu'une bourrasque d'air froid et humide. Mais elle est bien là, d'une présence indéniable.

De la magie.

Toute l'arène est comme pétrifiée.

Au milieu du silence assourdissant, le Chevalier-Sorcier se redresse, s'avance jusqu'à læ chalengeaire en deux enjambées et arrache son capuchon de fortune.

S'en déverse une longue chevelure noire emmêlée jusque sous ses épaules. Bien que son formulaire d'entrée indique qu'elle est âgée de 18 ans, la jeune femme les fait à peine. Sa peau est d'un brun crémeux et ses yeux sont deux pièces noires dures nichées dans un visage allongé qui pourrait être suffisamment beau pour les lumineux, avec le maquillage adéquat. Elle est pleine de grâce, son talent est évident. Elle a tout ce que la Caballaria pourrait souhaiter chez une chevalière potentielle.

À l'exception de la magie, évidemment.

La chalengeuse joue un jeu très dangereux, et elle le sait. On peut discerner la peur dans sa silhouette frissonnante, à présent, alors même que son expression se durcit dans un air de défi. Elle lève une main comme pour tenter quelque chose. Celle-ci n'est qu'à mi-hauteur lorsque le Chevalier-Sorcier tire

9. « Inconnu, inconnue » en neutre.

un couteau de la ceinture à sa cuisse d'un mouvement rapide et le plante dans son épaule, s'appuyant sur elle tel un amant, tandis que la lame cloue son corps au mur délabré derrière elle. La jeune femme laisse échapper un cri guttural furieux.

Le Chevalier-Sorcier lui tourne le dos et fait face au stand des éclaireurs.

« De la magie, dit-il en s'adressant au groupe assemblé dans les profondeurs de la loge. Vous l'avez vue. »

Rien.

Puis une voix qui évoque une moto pétaradante et vrombissante surgit de l'obscurité. « Je ne savais pas qu'elle était une enfant-divine. »

C'est l'intonation caractéristique de Faraday, l'un des plus vieux éclaireurs de la Caballaria. Seules les personnes les plus proches du stand ont pu l'entendre, mais le bruit se répand dans l'arène comme un feu de forêt.

Les fans les plus malins finiront par comprendre que cela n'avait jamais été destiné à être un combat de chalengeurs ordinaires. Le chevalier et l'un des éclaireurs les plus célèbres de Londres, tous deux présents dans un trou paumé par pure coïncidence ?

Faraday aurait pu être employé par les écuries les plus riches, mais il semble préférer travailler dans la crasse des rues. Il a déclaré dans un rare entretien qu'il trouvait cela plus excitant, de repérer des talents chez des inconnus dans les bas-fonds de la banlieue. Originaire d'un royaume du nord rutilant et guindé, il a fait défection pour rejoindre Londres lorsqu'il était jeune. Les commentateurs les plus sournois aiment à évoquer ses racines nordiques quand l'une de ses trouvailles ne se débrouille pas aussi bien qu'espéré durant un combat.

Eh bien, il vient du trou du cul du monde, alors que pourrait-il dénicher à part de la merde, hein ? plaisantent-ils.

« Elle est à moi », déclare le Chevalier-Sorcier.

Des protestations se font entendre depuis le stand, mais elles s'évanouissent sous son regard implacable.

« Très bien, finit par répondre Faraday avec ses intonations de moteur rugissant. Vendue. »

C'est ce dernier qui a sponsorisé l'entrée de la chalengeuse enfant-divine. Le droit de vente lui revient.

Les voix des autres éclaireurs s'élèvent pour protester.

« Vous ne pouvez pas faire ça !

— Et les règles ?

— C'est inscrit dans le code même de la Caballaria !

— Le code peut aller se faire foutre, déclare le Chevalier-Sorcier.

Ce blasphème les frappe de plein fouet. L'homme est connu pour ne pas s'embarrasser de procédures – c'est là l'une des raisons de sa popularité – mais cela pourrait bien lui coûter certaines faveurs.

La chalengeuse s'efforce de ne pas faire de bruit, mais sa respiration haletante et tendue se réverbère dans la petite arène. Le couteau dépasse de son épaule. On ne perçoit ni mouvement ni respiration dans la foule, qui essaie d'entendre chaque mot de la dispute.

« L'enfant-divine est hors-la-loi, bafouille un autre éclaireur. Elle devrait être *arrêtée*. »

Ceux qui se trouvent au plus près du stand comprennent le faux pas avant même celui qui vient de s'exprimer. Des exclamations étouffées retentissent.

« Je n'étais pas au courant que la simple existence des enfants-divins était illégale », déclare le Chevalier-Sorcier avec un calme absolu.

L'éclaireur s'empêtre. Personne n'ose lui venir en aide.

« Être une enfant-divine n'est pas contraire à la loi, bien évidemment, mais la magie dont elle a fait usage, oui. C'est le règlement. Ce sont… les *règles*. »

Une voix plus froide intervient. « Est-ce que quelqu'un pourrait simplement enfermer la fille afin que nous puissions passer au combat suivant, je vous prie ?

— Elle ne sera pas arrêtée, répond le Chevalier-Sorcier. Elle est encore mineure. Ce qui signifie que sa transgression magique ne concerne que moi, et je n'ai pas la moindre intention de lui intenter un procès. La seule chose que je compte faire est de sponsoriser sa formation. »

Silence.

« Aucun combattant ne peut en sponsoriser un autre, déclare la voix froide.

— Le propriétaire de mon écurie procédera aux arrangements à ma place. »

Le propriétaire de mon écurie, dit-il, comme s'il y avait encore des gens dans les Sept Royaumes qui n'étaient pas conscients de l'identité de celui au nom de qui il se bat.

« Y a-t-il d'autres offres ? » demande Faraday.

Le stand est silencieux. Ils ont peur du Chevalier-Sorcier, et du pouvoir qui est le sien. Aucune personne saine d'esprit ne lancerait d'offre concurrente.

« Nous allons devoir vérifier cela auprès du sénéchal du *propriétaire de votre écurie,* déclare la voix froide.

— Eh bien faites-le, répond le Chevalier-Sorcier d'un air indifférent, mais pendant qu'on s'occupe de la chalengeuse qui se vide de son sang derrière moi. Je n'ai aucun intérêt pour les produits endommagés. »

Il se tourne vers la jeune femme haletante. On dirait que seul le couteau qui lui cloue l'épaule au mur l'empêche de s'effondrer au sol. Sa bouche se tord avec aigreur tandis qu'elle se racle la gorge et crache dans sa direction.

L'arène est silencieuse, admirative et horrifiée à la fois.

Le Chevalier-Sorcier la contemple pendant deux ou trois longues secondes. La foule retient son souffle… mais il se contente de se détourner et de s'éloigner à grandes enjambées avant de disparaître entre les portes.

Des médecins s'avancent d'un pas traînant dans la fosse et entourent la fille affaissée au visage grisâtre. La foule tend son cou d'un seul geste. L'extrémité du couteau est étroitement nichée entre deux briques. Déplacer la fille n'est peut-être pas une bonne idée, mais ils n'ont pas vraiment le choix. L'un des médecins effleure le manche du couteau du bout des doigts, mais ses précautions sont probablement dues à la peur de toucher quelque chose appartenant au Chevalier-Sorcier, comme s'il s'agissait d'un objet sacré ou maudit ; les gens ne semblent jamais trop certains de ce à quoi ils croient le plus. Même ce semblant de contact fait grimacer la chalengeuse, dont le visage est strié de sueur.

« Retirez-la, c'est tout ! » lance quelqu'un dans la foule.

Et avec ça, le silence est rompu. Le bruit acquiert une consistance, enfle.

« Allez.

— Dépêchez-vous !

— Sortez-la ! Sortez-la ! Sortez-la ! » chante la meute.

Les médecins s'efforcent de l'ignorer, d'agir en professionnels. La position de leurs épaules indique qu'ils savent ce qu'ils font, mais le problème est que ce n'est probablement pas le cas. Les médecins de tournois sont différents, ce sont les meilleurs du pays ; mais il en va autrement de ceux des arènes de banlieue.

La foule peut sentir le goût épais, étouffant de l'anxiété. Maintenant que le Chevalier-Sorcier la veut, ils se donnent corps et âme au petit renard des rues téméraire. Ils ont besoin qu'elle s'en sorte indemne. Les médecins le sentent aussi. S'ils se ratent, ils n'encourront pas seulement le mécontentement du Chevalier-Sorcier, mais également celui – plus important à Londres – de la foule.

Un des médecins a fini par poser un pied contre le mur à côté du couteau afin d'en sectionner l'extrémité à l'aide d'une paire de ciseaux industriels d'aspect inquiétant, tandis que deux autres tiennent la chalengeuse debout au cas où elle viendrait à s'évanouir et s'ouvrir l'épaule sous son propre poids. Des secondes atroces s'écoulent pendant que l'homme agite avec force son outil entre les briques et la chair, tâtonnant aussi doucement que possible pour trouver un appui, et que l'air se remplit des cris rauques de la jeune femme.

Puis, soudain, c'est terminé. La jeune femme s'affaisse, évanouie, et les médecins la rattrapent avant qu'elle ne s'abatte dans la poussière, puis ils l'étendent sur une civière sur fond des murmures excités qui emplissent l'air.

Red. Elle n'est arrivée munie que d'un simple nom, mais celui-ci sera partout lorsque l'aube se lèvera. Ce sera le plus célèbre de tout Londres.

Elle ferait mieux de s'y préparer.

3

Sombrecœur
Dix-neuf ans auparavant

Non loin derrière les deux motards aux épées rutilantes se trouve une flotte de transport intégrale de Ker Leonis, le palais du roi de Londres.

Elle vient pour subtiliser Art au groupe et l'emmener vers la vie dont il n'a jamais voulu. Garad, Lucan et Lillath, ses amis, sa corde de sécurité, sont laissés derrière. Fourré dans un SUV noir luisant, il est trop étourdi pour protester ; les deux pilotes lui ayant annoncé la nouvelle sont assis derrière avec lui, silencieux.

Un Art hébété observe le monde extérieur qui défile à travers le verre teinté. Des explosions éblouissantes de lumière vert émeraude et bleu électrique lui strient le visage tandis que le véhicule traverse les hauteurs de Senzabourg, son quartier le plus riche et le plus ostentatoire… Situé à seulement deux rues de ses bas-fonds, les plus pauvres et les plus tristement célèbres de la ville.

Les artères sont désertes, vidées quelques instants avant l'arrivée des motos qui les précèdent comme un banc de requins au cuir épais guidant une baleine pesante. Même si la nouvelle officielle de la mort du roi ne sera pas diffusée avant ce soir, les foules curieuses, repoussées jusqu'aux vitrines des boutiques, savent qu'il se trame quelque chose.

Pendant des années par la suite, les gens se raconteront où ils se trouvaient en ce jour. Quelques-uns se rappelleront la flotte de SUV et réaliseront qu'ils l'ont vu passer. Ils se diront qu'Art se tenait à l'intérieur, le dos droit, la conscience lourde de sa destinée dans son regard, une larme ou deux coulant peut-être le long de ses joues, symptôme des émotions conflictuelles que la mort de son père aurait fait naître en lui. Ils ne s'imagineront jamais qu'il est en sueur sur son siège de cuir noir tout le trajet durant, entièrement concentré pour réprimer son envie croissante de vomir.

Peut-être que cela ressemble vraiment à des émotions conflictuelles, vu de l'extérieur.

Au bout d'une éternité, son SUV atteint le poste de contrôle de la frontière séparant Senzabourg du centre de Londres, Sombrecœur, depuis lequel les sept quartiers de la cité-État s'étendent comme les rayons d'une roue. Cette fois encore, le chemin a été dégagé en avance, et le cortège glisse à travers la bordure comme s'il était enduit de graisse, les gardes s'arrêtant pour effectuer des versions plutôt disparates du salut royal.

Et les voilà dans Sombrecœur. Le tristement célèbre et menaçant Sombrecœur. La vie de vingt-quatre millions de personnes est déterminée par le souverain qui y siège. Ker Leonis se trouve tapi en son centre exact, ses célèbres flèches en pierre de lave noire se découpant à l'horizon comme une blessure immuable. À présent, celles-ci semblent couver un silence mortel.

Le SUV d'Art remonte l'allée vide et infinie, le complexe tentaculaire des bâtiments du palais remplissant peu à peu son champ de vision jusqu'en périphérie tandis qu'ils approchent. Il avait craint un genre de cortège formel se tenant en rangs rigides, saluant sur son passage. L'absence de toute personne est plus étrange encore, et n'aide en rien à dissiper le sentiment qui grésille dans chacune de ses cellules : il est non désiré, non exigé, non nécessaire, juste « non ».

Tu es un non-humain, Art, et tu n'es pas censé te trouver là.

Il ressent soudain un espoir fou. C'est peut-être une blague. Quelle en serait la putain de raison, il ne le voit pas encore, mais peu importe ; il va s'avancer à travers les portes et son père se tiendra là dans le hall vide et sonore qu'Art n'a jamais aperçu qu'en images, car bien qu'il soit le fils du roi, il ne lui a jamais été permis de franchir le seuil du palais, de sentir le froid qu'exsudent les murs de pierracier et d'en avoir la chair de poule.

Uther rira de lui – *quelle bonne blague* – ; pourquoi, il n'en a pas la moindre putain d'idée, mais peu importe. Ce sera exactement comme l'un de ces cauchemars qui vous convainquent que leur réalité est la vôtre pendant encore un moment après le réveil, qui imprègnent insidieusement le cerveau jusqu'à ce qu'on réussisse à s'en débarrasser enfin. Et le soulagement lorsqu'on se rend compte que ce n'était qu'une illusion, que ce n'est pas la vraie vie… ce soulagement qui s'épanouit magnifiquement.

Mais rien de tel n'attend Art.

Les deux pilotes le conduisent du SUV jusqu'aux marches qui mènent aux imposantes portes d'entrée, hautes de trois fois sa taille, forgées dans un métal gris épais et laquées d'un vernis argenté terne. Ils le guident à travers une porte aux dimensions normales, invisible depuis l'accès principal, et, à l'intérieur, la caverne assombrie d'un géant l'attend, mais son père ne s'y trouve pas, et cela n'a plus l'air d'une plaisanterie à présent.

Personne n'est là pour l'accueillir. Le peu de lumière qui se déverse des fenêtres circulaires élevées lui confère une sensation de vide désincarné, comme si le palais lui-même savait que son maître était mort, et que son remplaçant ne sera jamais à la hauteur.

Art est conduit à travers un long couloir, les bottes de ses deux accompagnateurs, gardes ou geôliers, résonnant lourdement dans le silence. Ils finissent par atteindre une porte en bois qui ne diffère en rien de celles par lesquelles ils sont passés, et le font pénétrer dans une pièce étroite au-delà, l'un des nombreux petits salons du palais qui font office de salles d'attente calmes et tranquilles.

Le sol en béton est insonorisé par d'épais et somptueux tapis. Des projecteurs à lumineux discrètement incrustés colorent les murs d'images-enregistrements des souverains précédents au rendu magnifique, qui froncent les sourcils devant les vivants depuis le royaume des morts peint. Le plus éloigné est animé de vidéos holographiques des récents combats majeurs de la Caballaria.

Et puis, juste-là, sur le mur, se trouve son père.

Uther Dracones, l'ours guerrier, avançant avec ostentation sa silhouette typique de Rhyfen, son large torse bombé tandis qu'il fait tournoyer une lance courte à double lame au-dessus de lui. Il a combattu lors de deux guerres interquartiers. Il a sauvé des vies, et en a abrégé une infinité de plus. Il était peut-être haï de beaucoup, mais il était *connu*. Il avait vécu sa vie, avec fracas, sans peur.

À l'exception de ses erreurs. Il avait toujours semblé en avoir très peur. À présent, c'est peut-être la plus grosse d'entre elles qui se tient dans son palais pour réclamer le pouvoir.

Art regarde la vidéo holographique s'agiter, se métamorphoser. Désormais, l'image de lumière montre son père jeune, couronné roi depuis peu. Un homme se tient à côté de lui, petit et guindé en comparaison, vêtu de cuirs légers d'un style à la mode de Gwanharabourg, son quartier d'origine. Des bandelettes noires sur ses épaules et un écusson à l'emblème d'épée d'argent au niveau de son cœur exactement, indiquent son allégeance à son roi.

La vidéo se focalise sur le visage doux de l'homme avec l'avidité d'un vautour. Art connaît si bien ce visage, dont les contours lui viennent aussi facilement que ceux de ses propres parents.

Il appartient à l'un des plus tristement célèbres Londoniens à avoir travaillé à la cour. Son nom était Edler Brinfébris. C'était un enfant-divin, et sans lui Art n'existerait pas.

L'histoire de la naissance d'Artorias Dracones commence il y a tout juste dix-sept ans, lors de la cinquième nuit du festival de la Lumière. Cela s'est produit durant le tour pour la paix désormais notoire du roi Uther, un périple d'un mois dans les Sept Royaumes, conçu pour s'assurer de la bonne entente de chaque nation après une série d'attentats meurtriers et dévastateurs commis par des séparatistes kembriens.

La dernière étape de ce tour était Kernunc, le royaume le plus au sud-ouest, lointain, magnifique, fier et pauvre. Sa reine, Meraud, était chrétienne, ce qui était rare, mais tolérante néanmoins, et appréciait le festival de la Lumière des Septem autant que n'importe qui.

Parmi ceux que la cour de la reine avait présentés à Uther lors de la première nuit des réjouissances se trouvait Lærd Gorlais, l'un des plus proches conseillers de Meraud. Gorlais était avec sa femme, une stratégiste en technologie sculpturale du nom d'Ygerna. Tous ceux qui se trouvaient présents ce soir-là, et beaucoup de ceux qui n'y étaient pas, comme cela se produit toujours, jurèrent que le roi Uther n'avait pu détacher les yeux d'elle.

Quant à elle, elle ne souffrait visiblement pas d'un tel problème.

On disait qu'Uther avait approché Ygerna en privé et lui avait fait part du désir qu'il éprouvait à son égard, mais qu'elle lui avait opposé un refus. Il l'avait menacée. Elle lui avait dit que s'il l'acculait de nouveau, elle embrocherait l'organe qui lui tenait lieu de cerveau avec une lame-aiguille, et que la royauté et son tour pour la paix aillent se faire foutre. Gorlais était le seul homme qu'elle désirait, et le seul qui pouvait la posséder.

Alors Uther avait décidé que s'il ne pouvait la prendre en tant qu'Uther, il le ferait en tant que Gorlais.

C'est là qu'Edler Brinfébris entre en scène. Ludibren le plus puissant des cent dernières années, son talent d'enfant-divin était les illusions. Il pouvait vous convaincre qu'un gobelet était un rat. Il pouvait faire disparaître un bâtiment sous vos yeux. Il pouvait donner l'apparence de n'importe qui à l'individu de son choix.

Certains disent que l'idée de tromper Ygerna était d'Edler. D'autres accusent Uther d'avoir ourdi le projet, déclarant qu'il avait forcé son toutou de sorcier à participer. Quoi qu'il en soit, le résultat fut le même et la conspiration menée à bien par les deux, alors peu importe qui en avait eu l'idée le premier. Edler utilisa sa magie pour donner à Uther l'apparence exacte de Lærd Gorlais. C'est ainsi que le roi réussit à pénétrer dans la chambre d'Ygerna sans susciter le moindre soupçon.

Et après ça…

Uther aimait les défis

Uther aimait la chasse sportive

Uther aimait chasser les chattes les plus rétives

Art lutte contre une remontée soudaine de bile qui lui pique la gorge.

Il avait découvert l'existence des vers racontant sa conception pour la première fois à l'âge de 8 ans. Son tuteur Hector avait reçu la visite d'un lointain cousin venu quémander argent et faveurs durant un été chaud et irrespirable. Les enfants jumeaux de ce dernier avaient attiré Art dans le potager pendant que les adultes étaient occupés à s'enivrer dans la salle de détente. Lorsqu'ils avaient réalisé que celui-ci n'avait pas la moindre idée de la rumeur sordide derrière ses origines, ils avaient entrepris de lui raconter l'histoire avec des détails très explicites. Ils ne se rappelaient pas spontanément les douze vers du poème, et leur chant avait été ponctué d'explications plus prosaïques qui jaillissaient de leurs bouches joyeuses.

L'illusion d'Edler avait visiblement tenu toute la semaine du séjour d'Uther à la cour de Kernunc. Les avis étaient partagés sur le fait de décider si Ygerna avait fini par réaliser ce qui se passait et avait été forcée, ou si elle n'y avait vu que du feu jusqu'au départ d'Uther. Quoi qu'il en soit, elle tomba enceinte, et en sut assez à ce moment-là pour prendre conscience que l'enfant n'était pas de son mari.

Quelques mois plus tard, elle avait fait le déplacement jusqu'à Londres, et était apparue à Ker Leonis visiblement gonflée et armée d'accusations stupéfiantes. Uther avait immédiatement dénoncé son histoire comme un mensonge ridicule, et elle n'avait aucune preuve permettant d'affirmer le contraire. Les officiels de la cour de Kernunc avaient juré durant leur interrogatoire qu'ils n'avaient vu personne d'autre que Gorlais auprès d'elle, et, dans un dernier coup dur, son propre mari avait pris le parti du roi.

Rejetée, humiliée, furieuse et isolée, Ygerna avait disparu de la vie publique, emportant le bébé le plus controversé des Sept Royaumes loin des yeux avides du monde. Des complications de santé imprévues avaient conduit à une tragédie, et elle était morte peu après avoir donné naissance à Artorias.

Ce fut seulement après sa mort qu'Edler décida de parler. La rumeur prétend qu'Uther et lui s'étaient violemment querellés et que pour se venger, Edler était allé voir directement les lumineux d'actualités, corroborant le récit d'Ygerna en racontant ce qu'Uther l'avait forcé à faire afin de séduire et de détruire l'objet d'une amourette.

La décision d'Edler de les dénoncer tous deux fut considérée comme étonnamment suicidaire. Il fut arrêté pour trahison contre le roi de Londres, mais pas pour usage illégal de la magie – cela serait revenu à admettre qu'il pouvait y avoir un fond de vérité dans cette histoire –, déclaré coupable, et exilé avec toute sa famille. Il avait ensuite disparu à l'étranger et on disait qu'il était mort il n'y a pas si longtemps, laissant derrière lui une légende exagérée.

Peu importe que le système judiciaire de la Caballaria ait abouti à la conclusion bien commode qu'Uther était innocent de toutes les accusations qui pesaient sur lui. Le mal avait été fait. Ce scandale le suivit pour le reste de son règne, et les gens secouaient la tête en un geste de condamnation joyeusement chagrinée. *La magie corrompt*. Tout le monde le savait. C'était l'une des leçons les plus douloureuses de l'Histoire, et pourtant il y en avait toujours comme Uther, qui se croyaient immunisés, qui pensaient faire exception à la règle.

Le monde continua de tourner et de trouver de nouveaux scandales desquels se repaître. Ygerna Gorlais devint une icône de tragédie. Artorias Gorlais, dans un geste de pitié apparente, fut discrètement récupéré par Si Hector Caballarias Pendennis de Senzabourg, un riche chevalier à la retraite avec une réputation impeccable et aucun enfant à lui à sa charge.

Le sens de l'honneur de Si Hector trouvait les origines de son nouveau protégé de bien trop mauvais goût pour les évoquer. Sa maisonnée était bienveillante et affectueuse envers l'enfant, bien qu'un peu trop prudente, un poil trop distante – des émotions qu'il comprendrait lorsqu'il réaliserait qui il était exactement et à quel point on l'avait protégé du monde extérieur.

Art sait qu'on parle toujours de lui. Il constitue un nœud épais dans le fil de l'histoire récente, une palourde à demi fermée sur laquelle les oiseaux aiment donner des coups de bec, fascinés comme des pies par la chose brillante qui n'aurait jamais dû exister.

Le chevalier s'éclaircit la gorge, tirant brusquement Art de sa rêverie.

« Veuillez m'attendre ici… sire, déclare le chevalier. Quelqu'un vous rejoindra bientôt. Pour vous expliquer. »

L'hésitation qui a précédé le *sire* en dit long, de même que la phrase *pour vous expliquer*. Art est peut-être le roi, mais ce n'est qu'une situation temporaire, un coup juridique pour maintenir la stabilité jusqu'à l'organisation d'un tournoi officiel de la Caballaria. Son père est mort à présent, et les sept familles qui contrôlent les sept quartiers de Londres vont avoir le droit de réclamer l'Épée qui les gouverne tous.

Ce sera le chaos. C'est généralement le cas.

« Nous pouvons faire éteindre le projecteur, propose le chevalier, mal à l'aise.

— Non. » Art a parlé d'une voix absente, froide. De nouveau il s'étonne de son propre calme apparent. « Pardonnez-moi. Je ne vous ai pas demandé vos noms. »

Le chevalier a l'air surpris. La femme et lui échangent un regard.

« Madoc, sire.

— Et le vôtre ? » demande-t-il à la femme avec douceur. Ils ont chacun deux fois son âge.

« Tepta.

— Merci. Cette situation ne doit pas être facile pour vous deux.

— Je… » Madoc se reprend. « Effectivement, sire. »

La porte s'ouvre et un domestique mince au visage de faucon dans des vêtements à la coupe impeccable fait son entrée, un plateau d'argent en équilibre sur ses paumes, ses chaussures légères ne produisant aucun bruit sur les tapis qui recouvrent le sol. Il pose celui-ci sur une table basse située devant un divan rouge et ample. Dessus, une théière sculptée dans un os gris tacheté, une coupe épaisse en verre et un assortiment de gâteaux denses et plats.

« Pendant que vous attendez », murmure le serveur.

Art fixe le plateau du regard.

« Est-ce que vous auriez du whisky de Pollidori pour accompagner cela ? » demande-t-il.

Un moment d'hésitation. Du coin de l'œil, il voit Madoc s'agiter très légèrement.

Le domestique incline la tête. « Comment le souhaitez-vous ?

— Deux doigts et des poussières. »

Le domestique est en proie à la confusion. « Deux doigts et des poussières » est de l'argot du nord de Senzabourg et ne veut rien dire dans une pièce de Sombrecœur.

« Deux mesures standard, corrige Art. Je ne sais pas comment vous servez vos glaçons ici, mais si ce sont des morceaux aussi gros que la moitié d'un pouce, j'en voudrais deux. »

L'homme incline de nouveau la tête et se retire.

Des domestiques. Est-ce qu'il ne peut pas simplement se rendre lui-même dans les cuisines et se servir à boire ? Il suppose qu'il ne les trouverait jamais. Le palais est célèbre pour son aspect labyrinthique, et les domestiques novices doivent suivre des semaines d'entraînement juste pour apprendre à s'y déplacer sans se perdre. Art se demande si la même formation est dispensée à chaque nouveau souverain. Le successeur légitime d'Uther aurait grandi ici, évidemment, et posséderait déjà une connaissance intime des lieux.

« Quelqu'un vous rejoindra bientôt », déclare Madoc, et les deux chevaliers s'en vont.

Le projecteur vrombit toujours, son ronronnement à peine audible par-dessus le calme écrasant.

C'est à cet instant seulement qu'Art réalise que ses joues sont humides.

4

Maison d'Os, Sombrecœur
Un an auparavant

« Alors, on est réveillée, ma petite célébrité au regard terrible ? »

Les mots sont prononcés par une voix qui semble provenir d'une machine enrayée.

Red ouvre les yeux.

La chambre ne lui est pas familière. Elle lève les yeux sur un plafond à la hauteur impossible où se croisent des poutres d'acier presque aussi larges qu'elle. La lumière dessine des rayures sur les draps blancs qui recouvrent son corps, tombant d'une fenêtre haute encadrée de piques et de boucles de fer noir.

Red ouvre la bouche pour parler mais sa langue est coincée comme un morceau de pain sec et suffocant dans sa gorge.

« Tu te trouves dans la maison d'os de Sombrecœur, déclare la voix serviable en devinant sa question. Tu as été transférée ici dès qu'ils se sont assurés que tu ne saignerais pas à mort si on te déplaçait. »

Sombrecœur. Ce nom fait rugir son moteur intérieur.

« Je suis… » tente-t-elle, avant de se racler la gorge. Cela ne l'aide pas beaucoup. « Je suis *dans* Sombrecœur ?

— C'est aussi simple que ça », confirme Faraday en se renfonçant dans son fauteuil. « Il t'a suffi de risquer ta vie, et te voilà à présent une combinarde digne de ce nom. »

Combinard, l'un des nombreux surnoms issus de l'argot que les Londoniens utilisent pour se désigner. Le terme provient de la combine, le système monétaire commun aux Sept Royaumes, qui recourent à l'électricité comme devise. Il a d'abord été inventé à Londres, évidemment, ils ne voudraient surtout pas que quiconque l'oublie.

Il y a ensuite *bâtard,* un nom que Red trouve particulièrement déroutant. Dans les autres royaumes, c'est un terme péjoratif utilisé pour décrire une chose mal conçue à partir de quantité de pièces différentes, mais les Londoniens semblent en être fiers. Quel genre de peuple se vanterait de se considérer comme un bâtard ?

« Mon épaule, lâche-t-elle d'une voix rauque.

— Rien de problématique à long terme. Tu es toujours dans la partie. » Faraday hausse les épaules. « Les docteurs ne savent pas comment il a fait, mais le Chevalier-Sorcier t'a à peine endommagée. Encore quelques jours et tu seras remise. »

Le fantôme du feu hurlant qui a embrasé le réseau des terminaisons nerveuses de son bras tandis que le couteau s'y enfonçait hante toujours sa chair, attendant un geste trop rapide de sa part pour revenir à la vie et rugir de nouveau. Une blessure comme celle-là aurait dû anéantir immédiatement ses chances de rejoindre la Caballaria cette année. C'était ce qu'elle avait cru.

Elle se prend à espérer. « Comment est-ce possible ? »

Faraday lui adresse un sourire exempt d'humour. « Grâce à la magie ? »

Elle ferme les yeux de soulagement. « Que va-t-il m'arriver, à présent ?

— Tu as été assez intelligente pour impressionner l'un des hommes les plus puissants de Londres avec ta petite performance, répond Faraday. Tu vas être transférée directement dans une écurie. Ils ne s'embêteront même pas avec la période d'essai, tu es déjà une combattante assez douée. Ce n'est pas plus mal, car tu vas la manquer de toute façon, tu dois rester enfermée ici jusqu'à ce que ton épaule puisse supporter les six mois de coups qu'elle va subir durant la formation. Et il ne te sera accordé aucune faveur. Si tu rates la formation, tu seras exclue. Utilise la magie une seule fois, ne serait-ce qu'une petite bouffée d'air, et tu seras éjectée. »

Sa voix est empreinte d'une nuance de fierté. Il n'existe que quatorze enfants-divins connus dans toute la Caballaria, et aucun ne possède la magie rare que maîtrise Red. Cela la rend exotique, immédiatement plus fascinante que les centaines d'autres chevaliers qui rejoignent les rangs chaque année. Faraday va probablement pouvoir faire son beurre pendant un bon moment de l'avoir dénichée.

La formation de chevalier de la Caballaria est un véritable enfer, d'après ce qu'on raconte, et la plupart des aspirants abandonnent avant la fin. Red n'en fera pas partie. Elle va réussir. Il le faut. Elle n'a que ça.

« Vraiment, ton petit tour est arrivé au bon moment, entend-elle Faraday continuer. Encore quelques semaines et tu aurais été en situation illicite de non-déclaration. »

Red ne répond pas. Le moment n'a pas été choisi au hasard ; exposition maximale, risque d'emprisonnement minimal. Quelque chose dans le ton songeur de Faraday suggère qu'il le sait.

« Dommage qu'ils aient modifié la loi à ce sujet, fit-il remarquer. Ils déclaraient également les enfants, il n'y a pas si longtemps. » Il ricane. « 18 ans, mes fesses. *12*, c'est assez pour faire la différence entre le bien et le mal. »

La formalité de déclaration des enfants-divins consiste à les inscrire sur une liste comprenant leur nom, leur parcours, leur aptitude magique, et à les graver à l'encre permanente sur leur peau, de sorte qu'ils ne puissent jamais dissimuler leur identité.

Red a vu de vieilles vidéos d'enfants hurlants arrachés de force à leurs parents, en sanglots et tatoués, marqués comme du bétail avant même que leur pouvoir ne se stabilise. 18 ans est déjà bien jeune pour être déclaré, malgré l'avis de Faraday. Un délai gracieux d'un mois après le jour de naissance est accordé pour demander le marquage, et le sien est dans trois mois.

Les Londoniens adorent les tatouages. Ils se couvrent tous d'œuvres indélébiles, belles et laides – des déclarations d'allégeance, des remémorations, des célébrations visuelles. Pour eux, se faire tatouer est aussi banal que d'acheter de nouvelles bottes, mais Red n'en a jamais eu. Lorsqu'elle ira se déclarer, elle recevra une cicatrice permanente, impossible à dissimuler. Elle se refuse à y penser. Des sacrifices sont nécessaires.

« Eh bien, au moins je n'ai pas à aller loin avec une épaule défoncée », déclare-t-elle.

Faraday incline la tête sur le côté. Son visage de rocher s'éclaire de compréhension.

« Tu ne restes pas à Sombrecœur, explique-t-il. Tu as été assignée au centre d'entraînement public de Rhyfenbourg. C'est le quartier que j'ai accolé à ton nom lorsque je t'ai inscrite. C'est là que tu as été découverte. Les choses fonctionnent ainsi.

— Quoi ? Pourquoi ? C'est le Fléau qui me parraine et c'est un chevalier de Sombrecœur. Pourquoi est-ce que je ne suis pas au même endroit que lui ?

— Ralentis, ma fille, dit Faraday avec plus de douceur. Il a peut-être décidé de t'acheter, mais cela signifie seulement que ta formation est financée par son écurie au lieu de Rhyfenbourg. Ils ne laisseraient quand même pas une inconnue au mystérieux parcours danser gaiement dans le quartier du roi, si ? Tu vas devoir faire tes preuves deux fois plus que les autres, trois fois même. Tu es vraiment désavantagée, Red. Tu es une enfant-divine. Les gens vont se méfier de toi.

— Ils ont confiance en Wyll, et c'est probablement l'enfant-divin le plus célèbre qui soit », réplique Red.

Cette réponse ne fait qu'amuser Faraday. « Oh, c'est *Wyll* et pas le Chevalier-Sorcier à présent, hein ? Ton vieux pote *Wyll* ?

— Il m'a poignardée. Je dirais qu'on est plutôt proches. »

Faraday lâche un rire tonitruant. « Tu as attiré son attention, mais c'est tout. Si tu penses que c'est suffisant pour l'approcher, tu ne tournes pas rond. » Il se tait un instant. « Je suis curieux de voir jusqu'où tu parviendras sans qu'il pige ce que tu mijotes réellement. »

À ces mots, Red reprend ses esprits. Son regard, qui était remonté le long des murs d'un air songeur, passe sur l'homme souple et buriné qui se tient devant elle.

Prudence, prudence.

Faraday hausse un sourcil. « Oh, tu m'as pris pour un idiot. Eh bien, les gens me voient souvent ainsi. Ça ne me dérange pas, les choses sont plus faciles comme ça.

— Je ne mijote rien, réplique Red. Je veux juste devenir chevalière. C'est mon rêve depuis…

— Bah, je me rappelle le discours que tu m'as servi quand tu es venue me supplier de t'aider à t'inscrire. Écoute, pourquoi crois-tu que j'ai accepté ? Parce que tu es une enfant-divine ? » Faraday écarte cette possibilité d'un geste. « Ce n'est pas si intéressant que ça, étant donné que tu n'as pas le droit d'utiliser ta magie au combat. Mais tout le monde rejoint la Caballaria pour une raison qui lui est propre et je peux dire que tu en as une bonne. J'ignore de quoi il s'agit, mais je suis impatient de te lâcher et de le découvrir. »

Il sait. Fais-le taire. Définitivement.

Red sent sa colère monter devant la menace potentielle. La violence prend vie en elle, comme une flamme avide… Mais entre la douleur qu'elle ressent et les médicaments qu'elle prend, elle ne sera pas capable de lui faire grand-chose.

« La curiosité est un vilain défaut », déclare-t-elle.

Faraday a une moue désapprobatrice. « Pas ici, petit renard. À Londres, on dit “La curiosité sauve des vies”, et c’est dans cette ville que tu te trouves à présent, ma fille. »

Il se soulève de son fauteuil et enfile l’épais manteau gris qui pend sur son dos.

« Je vais suivre tes progrès, Red de Rhyfenbourg, avec grand intérêt. » Il se tait un instant. « Et je ne serai pas le seul. »

Ses pas qui s’éloignent résonnent sur le dallage sombre.

Les dossiers de la Caballaria indiquent officiellement que Red est une orpheline dépourvue de nom de famille, mais à présent qu’elle a été récupérée dans un combat de chalengeur par le centre d’entraînement de la Caballaria public de Rhyfenbourg, elle devient « de Rhyfenbourg », adoptant le nom de ce quartier en signe de son allégeance nouvelle. Ce nom est temporaire. Elle ne le conservera que si elle réussit la formation.

Le Chevalier-Sorcier lui apparaît d’une taille immense dans son esprit. La simple vision spectaculaire de son corps proche, musculeux, le regard vide tandis qu’il se bat, immobilise Red dans les draps et accélère son pouls. Son esprit ne laisse place à aucun doute : elle a donné tout ce qu’elle avait dans ce combat, mais ce bâtard n’a fait que jouer avec elle, l’observant virevolter avec une frénésie vaine alors qu’il pouvait l’abattre quand il le voulait.

Ou peut-être qu’il avait envie de voir ce dont Red était capable. Si le Chevalier-Sorcier s’était ennuyé, il aurait mis fin au combat au bout de trois minutes. Qui pouvait l’affirmer avec certitude, hormis lui-même ? Son visage était de pierre, dur et insondable tout du long ; jusqu’à la toute fin. Red avait senti la main contre sa gorge, le torse musclé qui se soulevait et s’affaissait à quelques centimètres alors que les doigts s’enfonçaient lentement, doucement dans sa chair. Red s’était forcée à lever la tête vers ces yeux à la bordure dorée et les avait vus s’écarquiller de stupéfaction tandis que la magie faisait son effet et l’écartait de force.

Tout le monde connaissait sa quête obsessionnelle des autres enfants-divins. C'était le meilleur moyen d'attirer son attention, et ça avait fonctionné à la perfection.

Red a passé sa vie à se préparer pour ce qui l'attend. C'est le jeu le plus dangereux auquel elle ait jamais joué. Si elle gagne, elle obtiendra la récompense qu'elle désire si fort depuis l'âge de 8 ans. Le prix, le sens de sa rude existence. Si elle gagne, elle sera libre.

Mais si le Chevalier-Sorcier découvre ce qu'elle prépare avant, elle est morte.

5

Ker Leonis, Sombrecœur
Dix-neuf ans auparavant

C'est l'horloge qui finit par le faire céder.

Celle-ci est dressée dans un coin de la pièce, tel un surveillant. Son boîtier est d'un élégant bois cannelé, son cadran un visage froid éclairé d'une lumière électrique blanche. Les minutes émergent à sa surface depuis des profondeurs obscures, tuant le temps avec une efficacité silencieuse... Jusqu'à ce que l'heure soit écoulée et qu'elle émette une suite apaisante de notes ondulantes, écrasées ensemble et étalées comme de la confiture dans l'air.

La troisième fois que cela se produit, Art sort brusquement de sa torpeur.

Trois heures plus tôt, on l'a déposé là comme s'il était le visiteur le plus indésirable qui soit. Le thé et le whisky ont été engloutis depuis longtemps, deux gâteaux dévorés dans une tentative de faire cesser les crampes de son estomac. Il se lève, en proie à l'irritation. Attendre ? Combien de temps ? Par les sept enfers, que se passe-t-il au-dehors ?

Ils n'ont pas verrouillé la porte. Est-ce un test pour voir combien de temps il faudra pour qu'il s'en aille de son propre chef, ou bien ont-ils considéré qu'il ferait ce qu'on lui demandait et attendrait comme un chien bien dressé ?

Le couloir extérieur est désert, le monde au-delà plongé dans l'obscurité depuis longtemps. Art ferme la porte silencieusement derrière lui et parvient à s'empêcher de se faufiler sans bruit comme un enfant facétieux, forçant au contraire ses jambes à faire des enjambées lentes et résolues.

Jusqu'à ce qu'il entende des voix, et que son courage l'abandonne. Il est hors de question qu'il retourne dans la pièce avec cette putain d'horloge. Une armoire dont un panneau latéral est ouvert se dresse entre les voix et lui. Il n'a qu'à se glisser derrière, ce qui ne le dissimulera pas entièrement, mais suffisamment, avec un peu de chance, pour qu'on ne l'aperçoive pas dans la faible lumière…

Et il n'a pas le temps de trouver mieux de toute façon. Les voix sont juste devant lui et se rapprochent.

« … Il a 17 ans.

— Ce n'est même pas un adulte, rétorque une autre voix. Il serait ridicule de donner l'Épée à un enfant qui ne saura pas quoi en faire. »

Les voix sont rondes, pleines de voyelles romaines, chaque mot acéré, précis.

« Tu as vu les images qu'ils ont montrées de lui sur les lumineux. Il n'a rien de très royal, hein ?

— Nanette, ce n'est pas sa faute. Il n'a pas été élevé correctement, si ? Embarqué et caché à la campagne toute sa vie durant. »

Le froufrou léger des pas emplit les oreilles d'Art et une sensation de corps étrangers picote sa peau, des êtres de chair qui passent droit dans l'air qu'il vient de souffler. Ils ne l'ont même pas remarqué.

« Il ne tiendra pas, quoi qu'il en soit. Stephanus a dit qu'il avait entendu la moitié des membres du Consilium comploter dans la grande pièce.

— Oh, fantastique, grogne la voix de Nanette. La ville est déjà sur le fil du rasoir. Uther s'en est assuré. Je ne me désole pas de sa mort, et franchement, il en va de même pour la plupart des gens à Sombrecœur, malgré ce qu'ils affirment en public.

— Parle doucement, siffle l'autre voix, ou je ne te dirai rien des paris que les cuisines viennent de lancer. »

Nanette semble amusée. « Déjà ? Quelle rapidité ! Sur quelle famille paries-tu de la combine, alors ? »

Les voix se fondent dans la distance tandis que leurs propriétaires, des domestiques d'après ce qu'il en a entendu, s'éloignent d'Art en remontant le couloir. La dernière chose qu'il perçoit est l'intonation désinvolte de Nanette.

« Pauvre créature des dieux. Il va se faire avaler tout cru. »

Art reste derrière l'armoire, le cœur battant, sa poitrine se soulevant et s'affaissant lourdement.

Il se sent enfin assez calme pour sortir de sa cachette. Revenir sur ses pas lui prend un moment, mais il finit par atteindre le hall d'entrée caverneux.

S'il parvient à sortir, il pourra trouver les garages. Il prendra une moto – seuls les chevaliers peuvent les piloter, mais Hector lui-même lui a appris à le faire – et foutra le camp d'ici…

« Si Dracones, veuillez vous arrêter. »

Il ne les avait pas remarqués la première fois qu'il est entré, mais les portes avant sont gardées par des chevaliers, évidemment, qui se tiennent comme des statues dans la pièce froide pleine d'échos. Des holsters sont passés nonchalamment à leurs hanches. Des emblèmes d'épée scintillent silencieusement sur leurs épaules.

« Il est incorrect de m'appeler Si, corrige Art. Je ne suis pas chevalier, et je ne compte pas le devenir, jamais. »

L'homme hésite, paralysé par ces eaux inconnues dans lesquelles ils se trouvent à présent en termes d'étiquette. Comment doit-on s'adresser à un roi temporaire-et-qui-ne-le-restera-probablement-pas ?

Art pousse son avantage. « Je m'en vais.

— Je ne peux pas vous laisser partir, répond le chevalier.

— Je m'en vais quand même. »

La main du chevalier se déplace doucement, effleurant à peine la crosse de son pistolet.

Art émet un rire qui sonne faux. « Vous allez me tirer dessus ? Certainement pas, je viens seulement d'arriver. Laissez au moins les autres tenter leur chance.

— D'après ce que je comprends, l'affrontement n'a jamais été de votre goût, résonne une voix autour de lui. D'où votre refus de commencer une formation de chevalier. Au vu de la situation à l'extérieur, j'aurais pensé que vous préféreriez rester ici, où vous êtes davantage à l'abri. »

Art ne se retourne pas, attendant que le propriétaire de la voix s'avance à sa hauteur et se fasse connaître. Forcer l'autre à venir à soi : un jeu de pouvoir de la Caballaria pour débutants. Malheureusement, ce joueur le surpasse, car personne ne se matérialise devant lui.

Il finit par céder et se retourner.

Encadrée par une arche à l'extrémité du hall se tient une femme de petite taille aux jambes en lames de métal. Art sait de qui il s'agit : Brune Vastos Burdokke de Evronbourg, l'une des conseillères les plus âgées et les plus connues du cercle proche du roi. Ses cheveux gris métallique sont attachés à son crâne sur les côtés, et une masse plus longue gominée se dresse au sommet. Les lames qui lui servent de jambes dépassent du bas de son pantalon court et austère, saisissant la lumière froide en éclats fugaces.

« Et que se passe-t-il à l'extérieur ? » s'enquiert Art.

Au diable les présentations formelles. Elle n'a certainement pas pris la peine de s'y prêter.

Brune semble réfléchir à sa réponse. « La situation est compliquée, Draconitas. Compliquée. »

Le diminutif est censé le remettre à sa place, se dit-il. Draconitas : petit Dracones. Il reste un enfant à ses yeux, avec tout ce que cela implique.

« Est-ce la raison pour laquelle vous vous trouvez ici également ? » demande-t-il.

Elle sourit. « Un vieux chien peut toujours mordre. »

La chose la plus connue au sujet de Brune – hormis qu'elle a perdu ses jambes durant une attaque à la bombe dans son quartier au cours de la dernière guerre civile – est que, de même qu'Art, elle n'a jamais suivi de formation à la chevalerie non plus. Elle est une vastos, une conseillère civile, et la seule du cercle rapproché de son père qui n'a jamais été un combattant d'aucune sorte. Ce qui ne change absolument rien au fait qu'elle est très intimidante.

« Dans tous les cas, répond Art, je m'en vais.

— Vraiment ?

— Vous comptez franchement me tirer dessus ? »

Brune fait un signe de tête en direction du garde. « Dans la cuisse. C'est un excellent tireur. Je vous promets que cela ne fera que vous neutraliser. »

Art, toujours très calme, réfléchit aux options qui s'offrent à lui.

« J'ai une requête, dans ce cas, finit-il par dire.

— Nous ferons de notre mieux pour y répondre.

— J'ai attendu trois heures seul dans une petite pièce. Dites-moi ce qui se passe.

— Les arrangements prennent du temps, répond Brune. Tout cela était inattendu. Je m'excuse de notre incapacité à assurer votre divertissement. »

Art acquiesce, prenant soin de ne pas remarquer le mensonge dans ses yeux.

Stephanus a dit qu'il avait entendu la moitié des membres du Consilium comploter dans la grande pièce.

Des ennuis se préparent.

« Alors, laissez-moi aller chercher quelques amis pour me divertir pendant que les adultes font le dur travail, propose-t-il d'une voix légère.

— C'est trop risqué, je le crains, répond Brune d'un air de regret.

— Pas du tout. Ils ont passé des examens de sécurité dès qu'ils ont postulé à la formation de la Caballaria, ce qui signifie qu'ils sont admissibles à Sombrecœur, et je suis sûr que quelqu'un d'aussi important que vous peut accélérer leur entrée au palais. Ils se nomment Garad et Lucan. Il y a également Lillath ; elle est sur le point de renoncer au glamour de la formation de chevalier pour devenir conseillère vastos à la place, ce qui signifie, je suppose, qu'elle veut être comme vous, un jour. Ils étaient tous avec moi dans la décharge de Senzabourg dans laquelle vous m'avez récupéré. Je suis sûr que vous savez exactement de qui je parle, de même que je suis certain qu'il y a au moins un sbire du palais dont le travail est de suivre la trace de tous les liens que j'ai établis depuis la nuit plutôt malheureuse de ma naissance. »

Brune hésite.

Art s'engouffre immédiatement dans la brèche. « Qu'est-ce qu'il y a ?

— Ils ont peut-être déjà fait connaître leur présence il y a un petit moment. On leur a refusé l'entrée. »

Il souffle. *Merci, merci, mes amis. Vous m'avez lancé une perche.*

« Ils reviendront, dit-il à Brune. Ils iront peut-être même se plaindre auprès de leurs familles. Vous savez qui sont les parents de Lillath, n'est-ce pas ? Je suis désolé de vous annoncer qu'ils risquent de faire un peu de bruit. Et même pas mal ; peut-être jusqu'aux lumineux d'actualités. Après tout, ils n'ont aucune idée de ce que vous faites de moi ici, puisque vous ne m'avez laissé parler à personne. Vous m'avez enlevé dans la rue. »

Elle ne semble pas impressionnée le moins du monde. « Ne vous conduisez pas comme un enfant ; vous êtes venu de votre plein gré.

— Oh, répond-il avec obstination, mais je *suis* encore un enfant, comme vous l'avez si justement fait remarquer, de même qu'eux. Ils sont assez idiots. Excessifs, même. C'est fatigant, je sais, mais quand on est un bâtard non désiré, on se fait les amis que l'on peut. »

Silence.

Art se force à sourire.

Brune incline la tête.

« Alors, procédons au mieux pour nous éviter de tels caprices, déclare-t-elle. Nous allons voir si nous pouvons les faire venir pour vous tenir compagnie. »

Art s'incline poliment. Tous les combats ne se mènent pas avec les poings.

Un jeu de pouvoir de la Caballaria pour débutants.

*

Brune est d'une rapidité louable.

Art est de retour dans la salle d'attente avec l'horloge qui le rend fou, mais au moins il a désormais une bouteille pleine de whisky de Pollidori sur le plateau devant lui, ainsi que quatre coupes de verre et une montagne miniature de flocons de glace dans un gobelet froid.

Il ne tarde pas à entendre des voix à travers le mur, qui se superposent les unes aux autres comme des nœuds exaspérants. La porte s'ouvre et un vastos visiblement tendu apparaît, talonné par Lucan, dont la tête est tournée en arrière tandis qu'il lance quelque chose à Garad, qui entre à sa suite en se courbant pour ne pas se cogner au linteau. Lillath ferme la marche.

« TAIS-toi, Lux, rit-elle, et dans son souffle suivant : ART.

— ART, crie joyeusement Lucan en écho. Par les putains de saints, tu n'as rien. »

Le vastos qui les escorte tressaille devant ce blasphème nonchalant. Art a envie de lâcher un rire grisé. Ils sont là. Ils remplissent l'air mort et renfermé de leur vie bruyante et il n'est plus seul.

« Art », répète enfin Garad, son visage creusé d'une inquiétude visible.

Le trio s'arrête, incertain.

« Vous êtes venus. » Art souffle et sent un sourire fendre son visage. Il se précipite sur Garad et enroule ses bras autour de son torse. Il sent Lillath se rapprocher, une main sur son dos. Lucan se tient en retrait comme d'habitude ; il n'est pas très tactile. Art tourne la tête contre le torse de Garad et le regarde.

« Je vous aime, vous tous », dit-il doucement.

Lucan acquiesce, les yeux brillant de soulagement.

*

« Tu as *frappé* un chevalier de la garde », constate Art.

Garad joue d'un air embarrassé avec son verre de whisky.

« Ils venaient de t'emmener, proteste Lucan. Personne ne voulait nous dire quoi que ce soit. Nous t'avons suivi du mieux que nous le pouvions, mais lorsque nous sommes arrivés au poste de contrôle de Sombrecœur, ils ont refusé de nous laisser entrer jusqu'à ce que nous agitions nos cartes d'identité de la Caballaria, et ensuite il nous a fallu une éternité pour rejoindre le palais à cause de la folie qui s'est emparée des rues, et puis quand nous sommes parvenus ici ils nous ont repoussés, comme tout le monde, et, eh bien...

« Garad a perdu ses moyens, termine Lillath d'un ton sec. Une chance qu'ils ne nous aient pas arrêtés, tous.

— Pas dans ce chaos, interrompt Lucan. Ces gardes avaient déjà trop à faire.

— Je..., fait Garad d'un ton plus calme. J'étais inquiet. C'est le chaos dehors. Les choses qu'ils racontent sur les lumineux...

— Le chaos ? répète Art.

— Ils ont annoncé la mort du roi il n'y a pas très longtemps, et les choses ont pris une tournure un peu dingue.

— Évidemment, poursuit Lucan. Les gens disent que ta candidature à l'Épée ne sera pas légalement valide.

— Oh, franchement, grogne Lillath. Il est loin d'être le premier enfant né à l'ombre d'un scandale ou de la magie. »

Le regard de Lucan se tourne vers Art. « Ils disent que c'est la *moldra lagha* qui a pris la vie de ton père.

La moldra lagha. La Loi de Marvol, l'édit le plus célèbre parmi ceux qui restent du saint de la Mort. Il s'agit du seul cas juridique dans lequel on peut tuer pour se venger d'un meurtre, et seulement par une personne ayant une relation intime attestée avec la victime. Une vie pour une autre, un rééquilibrage de la balance.

On dit que saint Marvol a introduit la moldra lagha dans une tentative de réduire les pulsions de violence de la nation, en forçant les gens à y réfléchir à deux fois avant de commettre un meurtre, à moins d'être prêt à donner la leur. Selon Art, cette loi n'a jamais fonctionné, ni dans le passé ni à présent. Les humains s'obstinent dans ce qu'ils font le mieux : c'est-à-dire s'entre-tuer pour obtenir un pouvoir qui existe uniquement parce que tout le monde y croit.

« Uther est mort de complications cardiaques, déclare Garad. La totalité de son équipe de médecins l'a confirmé.

— C'est ce qu'ils disent, murmure Lucan, mais combien de personnes en vie avaient un grief mortel à son égard ?

— Notre plus gros problème, intervient Lillath, est que pour le moment le candidat le plus à même de devenir le prochain roi est Agravain Welyen. C'est ça qui m'emmerde, *moi*. »

Garad prend un air horrifié. « Il ne recevra jamais l'Épée.

— Il *est* le beau-frère du roi. Était, désolée. Bref, Alaunibourg risque de se soulever s'il ne l'obtient pas. Ils n'ont pas eu quelqu'un de chez eux au sommet pendant la plus grande partie des cinquante dernières années. Personne ne veut d'une nouvelle putain de guerre civile ; nous souffrons encore de la dernière. »

Lucan a un petit rire. « Tu peux compter dessus si jamais les Welyen prennent le pouvoir. Vous savez ce qui se passera ? Ils feront de la moitié de Londres un bidonville qui leur appartiendra. Puis ils vireront tous ceux qui ne sont pas issus des sociétés de technologie de l'autre moitié, pour faire place à davantage d'entreprises de pointe. La ville sera morte de l'intérieur en dix ans. La devise de leur famille se traduit grosso modo par *que tous ceux qui ne sont pas nous aillent se faire foutre.*

— Vous savez comment ça se passe. La mort de chaque souverain crée un vide dans lequel les sept familles s'affrontent pour diriger. » La voix de Lillath s'assombrit. « À l'époque des successions, au moins, nous n'avions pas à subir *ça* à chaque fois.

— Par les saints, Lil, tu es pour la succession ? s'exclame Lucan. Je ne peux pas croire que… »

Art laisse leur dispute s'estomper au loin tandis qu'il se renfonce dans le divan. Combien de fois ont-ils paressé des nuits durant ensemble ainsi, à refaire le monde pendant des heures et des heures avec une bouteille au milieu ? C'était l'un de ses passe-temps préférés.

Mais il ne s'agit plus de théorie à présent. C'est sa vie, *son existence,* et c'est la seule qui lui soit accordée.

Il sait que c'est lâche, et égoïste, et mille autres choses terribles et ignobles. Mais il se dit également que Londres s'en sortira bien mieux si elle n'est pas dirigée par un bâtard qu'absolument personne ne suivra. Tout son être se recroqueville à la pensée de ce fardeau.

Il va faire son possible pour calmer le jeu en attendant, si on lui en donne seulement la possibilité. Évidemment que oui. Et dans un mois, lorsqu'ils annonceront le tournoi de la Caballaria pour l'Épée de Londres, il pourra se réveiller de ce cauchemar et s'enfuir.

Pour la première fois depuis des heures, Art sent le désespoir s'estomper dans son cœur. Il lui faudra peut-être participer à la lutte pour la couronne, mais cela ne veut pas dire qu'il est obligé de gagner.

Il pourrait perdre. Exprès.

6

De Sombrecœur à Rhyfenbourg
Onze mois auparavant

Læ chevaliæ[10] arrive dans un rugissement qui déchire le calme de la rue et s'estompe comme une comète sonore dans le sillage de sa moto.

Iel débarque à la tombée de la nuit, en tenue intégrale vert serpent ornée de broches de métal, de badges et de minuscules charmes suspendus et au col en tissu garni de motifs de têtes de chat souriantes stylisées. Chaque babiole exprime les passions et allégeances des chevaliers, comme Red le sait, mais elle n'en reconnaît aucune, si ce n'est un écusson cousu à son épaule droite : des rayons de soleil orange vif, un symbole classique du Septem saint Rhyfen. Celui-ci a été conçu dans un style cartoonesque que Red trouve légèrement insipide, et bien peu adéquat pour une représentation religieuse.

Celui-ci permet au moins d'identifier læ motarx[11], en revanche : um chevaliæ de Rhyfenbourg, chargeæ[12] d'emmener Red hors d'ici, jusqu'à sa nouvelle maison pour les six prochains

10. « Chevalier, chevalière » en neutre.
11. « Motard, motarde » en neutre.
12. « Chargé, chargée » en neutre.

mois. Cette dernière poireaute depuis un moment dans le hall d'entrée venteux de l'hôpital, à attendre le chauffeur dont on lui avait annoncé qu'il serait là une heure plus tôt.

Les doigts do[13] pilote se lèvent en une salutation paresseuse. Sa voix est étouffée par l'écran opaque de son casque, qu'iel n'a pas retiré. Celui-ci recouvre complètement sa tête, dissimulant son visage et ses cheveux.

« Prête ? » demande-t-iel.

Red est de nouveau dans la tenue qu'elle portait lors de son combat avec le Chevalier-Sorcier. Son maillot de corps et son pull-over noirs ont été nettoyés de son sang, au moins, et ses bottes gardent ses pieds au chaud, mais elle nage dans le grand manteau que Faraday a insisté pour lui donner afin de la protéger du froid envahissant de l'hiver ; il est trop ample pour elle, et laisse passer trop d'air glacé. Elle se sent fatiguée, nerveuse, et son épaule encore fragile l'élance dans le froid.

« Et vous êtes ? » demande-t-elle. Les gens du trou sauvage qu'est cette cité ne se saluent donc même pas correctement ?

Læ motarx tapote le pin's représentant des rayons de soleil sur sa tenue de protection.

Red est perplexe. « Je suis censée avoir simplement confiance en ça ? Plus précisément, vous ne m'avez même pas demandé qui *je* suis. Comment savez-vous qui vous récupérez ? »

Une main décrit un arc en direction des rues.

« Ton visage est partout dans le ciel, répond læ pilote. Difficile de te louper, petite. »

De l'argent étincèle sur sa main gantée : une pièce de combine. Iel la glisse dans la fente du moteur, qui prend vie dans un rugissement. Puis iel pointe du doigt le siège passager.

Monte.

---

13. « Du, de la » en neutre.

Envahie d'une sensation de malaise, Red obéit. Seuls les chevaliers pilotent des motos à combine. C'est le moyen le plus simple d'en repérer un, rôdant dans les rues de la ville tels des chats agiles. Beaucoup portent des casques aux visières teintées pour dissimuler leur identité, bien que seuls les chevaliers assez célèbres pour être reconnus soient ceux qui combattent en arène ; et le fait de cacher leurs visages ne fait qu'inciter les gens à imaginer que c'est leur cas et à leur accorder encore plus d'attention. Tout cela fait partie des jeux de célébrité assumés de la Caballaria que Red trouve irritants et absolument inutiles à la fois.

Elle n'est pas chevalière – *pas encore,* se rappelle-t-elle – alors c'est la première fois qu'elle monte sur une moto. Son escorte de Rhyfenbourg doit le savoir, mais iel se montre sans merci. À peine Red a-t-elle glissé les cuisses contre la surface adhérente du siège arrière que læ chevaliæ fait accélérer le moteur jusqu'à produire un rugissement électronique. Une modif pour le spectacle, songe Red ; les moteurs à combine normaux sont discrets, silencieux, et n'émettent qu'un faible ronronnement.

Par-dessus le gémissement aigu, læ motarx se détourne et crie dans son casque, « Je fonce ! »

La moto donne une secousse et les voilà partis, roulant à toute allure dans la banlieue trempée de pluie, sans doute suivis par les yeux de gratte-papier surpris qui observent par la fenêtre de leurs petits appartements bien propres remplis des cris de leurs bébés réveillés.

Red se penche vers l'avant dans le vent qui la fouette, la tête inclinée contre le dos du motard devant elle, ses cuisses commençant déjà à la brûler de la pression folle qu'elle exerce sur les flancs de la machine. Au moindre léger virage, elle est sûre qu'elle va glisser et s'écraser de tout son poids au sol. Les bandelettes robustes qui entourent ses mains sont trop lisses contre le pommeau de métal du siège arrière, et plus elle serre fort, plus ses doigts perdent prise.

Læ pilote aime se faire remarquer. Red trouve cela énervant ; elle préfère généralement se fondre dans la masse. Alors que iels approchent du pont qui les emmène de l'autre côté de la Tamise et au bout de la vaste part de gâteau que constitue le quartier de Rhyfenbourg, cependant, toute notion de discrétion s'évanouit.

Car dans le ciel, se découpant tel un fantôme contre les nuages, flotte un visage aussi volumineux que celui d'un dieu.

Celui de Red.

La projection géante s'agite sous ses yeux, des lignes douloureuses marquant sa bouche caverneuse et son front. Puis elle clignote, évoluant par saccades jusqu'au moment où son capuchon est arraché par le Chevalier-Sorcier, révélant ses traits, forçant ses cheveux à tomber en cascade, des mèches collées par la sueur qui enduit sa peau. Un autre clignotement, ses lèvres exposées remuent, et l'instant d'après le Chevalier-Sorcier s'affale sur le sol de l'arène.

Le titre qui illumine les nuages sous son visage brille en lettres cramoisies :

ENFANT-DIVINE CONTRE ENFANT-DIVIN !

Et étincelant dessous comme des étoiles, les mots suivants :

UNE CHALENGEUSE INCONNUE SURPASSE PRESQUE LE CHEVALIER-SORCIER EN FAISANT ILLÉGALEMENT USAGE DE MAGIE

Le juron que crache Red est emporté par le vent à la seconde où il franchit ses lèvres. Faraday avait affirmé que les combats de chalengeurs locaux n'étaient pas enregistrés, car considérés comme trop peu divertissants pour les émissions des principaux lumineux de la Caballaria, mais apparemment, le sien l'a été. Ils ont dû découvrir que le Chevalier-Sorcier en serait ce jour-là.

Son unique objectif était d'attirer son attention à lui, pas celle de toute la ville. Va-t-elle désormais faire l'objet d'une surveillance, ainsi que le moindre de ses gestes ?

Une bile froide jaillit dans son estomac à cette pensée.

La moto atteint le pont et ralentit pour rejoindre une file embouteillée. Les chauffeurs sont penchés à travers les vitres de leurs SUV, criant sur ceux situés plus à l'avant, qui ne sont pourtant pas plus en mesure de dégager le chemin que d'actionner un levier, de transformer leur véhicule en tank et de rouler par-dessus ce chaos immobile.

« Qu'est-ce qui se passe ? demande Red derrière la tête du motard.

— Rien, répond celui-ci. C'est un mardi comme un autre.

— Par les saints. »

Læ motarx rit. « Je pense qu'ils se sont dit qu'ouvrir les frontières du quartier *aiderait* à résoudre le problème du trafic, mais tout le monde s'est mis à vouloir aller n'importe où tout le temps. Mais pas d'inquiétude, on a une solution pour ça. »

La moto se glisse dans les intervalles entre les SUV comme si on l'avait huilée, attirant les regards sur son passage. Red enfonce davantage la tête dans le dos du motard pour se protéger, regrettant que son manteau ne soit pas doté de capuche. Le visage do pilote est couvert ; et iel jouit de l'avantage supplémentaire de ne pas avoir ses traits reflétés par un énorme projecteur d'actualités dans le ciel.

Bien qu'elle ait décidé plusieurs minutes auparavant qu'elle détestait les motos, elle apprécie maintenant l'aisance avec laquelle elles se faufilent à travers les embouteillages, de même que leurs propriétaires se fraient un chemin dans la vie quotidienne, arpentant les mêmes routes que le reste de la ville mais au-dessus d'une certaine manière, avec plus de hauteur. Ils sortent du bouchon qui encombre le pont et se glissent dans les rues adjacentes, pleines de personnes qui, habituées à évoluer en mode automatique dans le trafic rapide, se déportent sans y penser hors de la trajectoire de leur bolide avant de se retourner bouche bée en réalisant tardivement qu'un chevalier vient de passer.

Le cuir vert du dos du motard se perd dans un déferlement de couleurs mouvantes comme des publicités et enseignes étroitement entassées clignotent et tournoient au-dessus d'eux sur les façades des bâtiments, se superposant et illuminant l'air surplombant la foule qui s'agite en dessous. Des panneaux en forme de poisson bleu étincelant annoncent les gargotes de fruits de mer, les serpents glissants de teinte émeraude enroulés autour de baguettes rouges pulsantes indiquent les apothicaires, tandis que des éclairs blancs pointant vers le bas telles des dagues signalent les kiosques de recharge électrique. Des mannequins holographiques agitent leurs hanches derrière des devantures en flexiverre, invitant les passants à entrer, leurs jambes éclairées des lumières dernier cri.

Les symboles de la Caballaria parsèment le tout. Des emblèmes d'épées argentées dépassent des côtés des boutiques de pari qui projettent des annonces animées des combats récents et à venir au-dessus de la rue :

Le Chat noir contre Florian le Géant

Salia Senzabourg contre La Fin de l'Ego

Rogue Deux contre Le Pêcheur

Londres est un fatras à en perdre la tête, un million d'images et d'idées qui toutes attirent l'attention, aspirant un peu de vie et d'énergie de chaque corps qui passe. Red ne comprend pas comment les gens font pour le supporter longtemps. Elle a grandi à l'écart de cette folie, à défaut de l'influence qu'elle exerce. Cet endroit ne sera jamais son foyer. Dès qu'elle aura accompli ce qu'elle est venue faire, elle partira. C'est cette pensée qui la fera tenir durant les prochains mois.

Elle s'en ira suffisamment tôt.

L'extrémité de Rhyfenbourg commence, comme pour chaque quartier, par la zone centrale en forme de pièce de Sombrecœur, puis s'élargit encore et encore au fur et à mesure qu'on s'en éloigne. Une bonne demi-heure plus tard, après avoir roulé à tombeau ouvert en direction du nord, ils ne font qu'approcher de leur destination finale.

Cette partie de Rhyfenbourg est plus calme que le bazar qu'ils ont laissé derrière eux, mais pas moins bondée. Ils tournent dans une rue secondaire étroite et s'éloignent du boulevard principal, se faufilant devant des restaurants bon marché à l'atmosphère conviviale. San[14] escorte les fait s'arrêter juste à l'entrée d'un bar à viande albanais. Malgré sa taille et l'heure tardive, celui-ci est fréquenté : une foule serrée et riante s'y presse à l'intérieur, écrasée contre sa vitrine transparente.

Lorsque læ chevaliæ gare enfin la moto et déploie la béquille de la pointe de sa botte, Red s'imagine qu'ils s'arrêtent simplement pour se ravitailler en nourriture, ou régler une commission rapide. Elle n'a aucune idée de la raison pour laquelle cela n'aurait pas pu attendre la fin de leur trajet.

« C'est ici », lance læ motarx par-dessus son épaule.

Red ne bouge pas. *Ici* est à peine plus qu'une allée, une bande de pavés humide brillant sous la lueur des enseignes. Il est absolument impossible que le centre d'entraînement public de la Caballaria de Rhyfenbourg se trouve *ici*.

Læ pilote se tourne sur son siège et saute avec légèreté du véhicule avant de s'étirer. Ce n'est qu'une fois que cellui-ci s'est redressæ[15] que Red réalise à quel point iel est petit.

« Je ne comprends pas, finit-elle par dire. Où est le centre d'entraînement ? »

Læ motarx désigne d'un geste le haut d'un bâtiment étroit et vertigineux enfoncé entre le bar à viande et un kiosque de réparation de motos. Iel lève ses mains gantées et retire son casque teinté avec un grognement. Dessous se trouve le visage

---

14. « Son, sa » en neutre.

15. « Redressé, redressée » en neutre.

d'une femme aux cheveux bouclés dont les extrémités bleu lumineux effleurent le menton, chaque mèche luisant d'une lueur fantomatique contre sa peau brun foncé dans l'éclairage nocturne. Elle secoue la tête comme un chien mouillé, et ses boucles s'agitent et frémissent.

« Dis-moi franchement, demande-t-elle à Red, mes cheveux ressemblent à rien, hein ? »

Red reste muette.

« Je conduirais sans casque si c'était possible, poursuit la chevalière, mais mon assurance de la Caballaria refuse. À cause d'une histoire de "tête qui s'ouvrira tel un œuf si je tombe de la moto". Je m'en foutais avant, parce qu'on conduisait des vélos quand j'étais gosse, et on installait tous des moteurs à combine bricolés pour les faire gronder comme tout le monde à cet âge, tu vois, alors j'ai passé mes précieuses années de formation à faire des wheelies avec une machine entre les cuisses. » Elle remarque l'expression confuse de Red et l'interprète de travers. « Des wheelies, tu sais, quand tu roules en équilibre sur la roue arrière ? J'ignore si ça se dit encore, mais c'est comme ça que les Rhyftiens que je connaissais les désignaient durant mon adolescence. Alors quand j'ai commencé à apprendre sur une vraie moto, je leur ai dit, "J'ai pas besoin de casque, vous avez fumé ou quoi ? Ça fait des années que je conduis sans. Mais ils se sont contentés de se moquer de moi. » Elle sourit. « Il s'est avéré que les vraies motos, c'est foutrement plus rapide que les vélos trafiqués. Tout ce qu'on risque à tomber de ceux-là, c'est une brûlure, parfois des ecchymoses. Mais chuter d'une vraie moto sans casque, on peut y perdre son cerveau. Vois ça comme un conseil gratuit d'une renarde des rues à une autre. »

Red a profité de cette opportunité pour examiner la femme en détail pendant qu'elle bavardait. Elle n'en est pas sûre au début, car c'est impossible, mais c'est la désinvolture avec laquelle elle mentionne l'assurance de la Caballaria qui fait germer l'idée, qui se confirme lorsqu'elle se présente comme une renarde des rues.

Pas étonnant qu'elle se soit cachée sous ce casque.

La personne qui se tient avec décontraction au milieu d'une allée quelconque comme si cela était tout à fait normal est Finnavair Caballarias de Rhyfenbourg, la combattante connue sous le nom de la Gente Fée. Comme Red, il est de notoriété publique qu'elle n'a pas de famille et qu'elle a grandi dans l'un des nombreux orphelinats qui font leur apparition à Londres entre chaque guerre civile.

Les renards des rues chevaliers sont suffisamment rares pour que cela entraîne des commérages. Après avoir réussi sa formation, Finnavair a rapidement enchaîné les victoires de sorte que son rang a monté en flèche. Vétérane avec dix ans d'expérience dans le circuit public, elle est, sans l'ombre d'un doute, l'une de ses combattantes les plus populaires. Ou du moins, elle l'était ; une rumeur circule à propos de son projet de passer dans le privé pour y développer une carrière plus lucrative.

Elle fait un geste en direction de l'étroit bâtiment à côté d'elles.

« Il semble petit de l'extérieur, mais il est grand, crois-moi. Il y a un parking à motos souterrain que nous aurions pu utiliser, mais je ne m'arrête pas longtemps, j'assure juste la livraison. » Ses yeux sombres luisent en direction de Red, qui voit enfin une pause arriver. « Comment tu te sens, gamine ? »

Elle fait au moins un pied de moins que Red. Elle est tellement plus petite en vrai. Elle est connue pour utiliser sa taille et son apparente jeunesse pour désarçonner ses adversaires. Elle est célèbre, un point c'est tout.

« Je suis désolée, mais par les sept enfers, pourquoi est-ce que *tu*... ? » Red déglutit, cherchant des mots moins agressifs. « J'essaie de ne pas te manquer de respect... »

Finnavair incline la tête. « Merci de tes efforts. Pourquoi une personne comme moi te sert de chauffeur, tu veux dire ? Eh bien, il est parfois agréable de prendre l'air, tu sais ? Ils n'aiment pas trop que je sorte seule en ce moment. Et j'ai été formée ici, évidemment, j'ai grandi dans les rues de Rhyfenbourg. J'avais envie de repasser dans ma zone, voir comment ça allait. Et puis… Tu es une orpheline, comme moi, et tu es devenue célèbre d'un coup. On dirait qu'on a pas mal de points communs. » Elle rit. « J'étais curieuse, pour être honnête. Je voulais te voir de près. »

Elle lève une main gantée comme pour toucher la joue de Red, mais cette dernière se recule, alarmée. Une chevalière célèbre est venue la trouver pour faire joujou avec elle, une qui parle trop et trop vite, avec facilité et décontraction comme si de rien n'était, comme si elles se connaissaient. On croirait que quelqu'un est déterminé à l'entourer de lumières étincelantes alors qu'elle désire seulement évoluer dans l'ombre. Ce n'est pas ce qu'elle avait prévu.

Pas du tout.

La main de Finnavair s'immobilise et sa bouche s'ouvre, mais par chance, un cri les sauve toutes deux.

« Fin ! » Un homme mince dépasse de la porte du bar à viande. « Qu'est-ce qui se passe, ma petite fourbe, tu n'as jamais dit que tu serais de retour par ici ! »

Elle se tourne vers l'homme qui a crié, un large sourire aux lèvres. « Visite surprise », lance-t-elle joyeusement.

L'homme met une main en visière et scrute la rue. « Mais où sont tous les enregistreurs qui te suivent d'habitude ?

— Ferme donc ton clapet.

— Oh, notre *royne* fait honneur à son vieux quartier, lance une autre voix derrière l'homme mince. Personne a de fleurs à lui jeter aux pieds ? »

Une vague de rires et de cris résonne dans le bar à viande, se réverbérant d'un mur à l'autre. Peu importe ce qu'est une royne, cela révèle une camaraderie franche, décontractée, une chaleur qui n'atteint pas l'étrangère qu'est Red.

« Bande de bâtards », murmure Fin avec affection dans sa barbe.

Des gens se déversent du bar et Red sent des regards curieux dans sa direction, celle de l'inconnue rigide et terne qui se tient au côté de la favorite rutilante de la Caballaria.

« T'es trop célèbre pour prendre un verre ? demande l'homme mince à Fin.

— Impossible, répond celle-ci avec un regret évident. Je me suis éclipsée pour attraper cette personne, et je vais pas tarder à leur manquer.

— Ils ne savent pas où tu te trouves ? Toujours aussi rusée, à ce que je vois. » De près, l'homme mince ressemble en tout point à un criquet, et sa tête aux cheveux noirs lissés en arrière ne fait que souligner ses traits anguleux. « Alors, qui est ton colis muet ?

— *Pff*, s'exclame une femme aux allures de boule derrière lui. Tu as passé les derniers jours à te regarder les fesses, Frome ? C'est la chalengeuse enfant-divine qui a fait chuter le Fléau par terre. »

Bien qu'elle sente son cœur sombrer d'avoir été reconnue, Red éprouve des picotements devant les termes employés par la femme.

« Il n'est pas seulement tombé, loin de là », intervient-elle, avant de le regretter immédiatement.

La foule hulule comme une nuée de chouettes malveillantes.

« Elle en a une langue, celle-là, lance Fin par-dessus le bruit.

— Ça pourrait être une provocatrice », ajoute quelqu'un d'autre.

Red ravale une réplique. Elle n'est pas de ceux qui utilisent les mots aussi bien que les armes pour piéger leur adversaire durant les combats. Pour elle, la parole ne peut pas grand-chose face à un coup de poing bien placé.

« Ne le prends pas mal, gamine, déclare avec nonchalance l'homme mince nommé Frome. Tu l'as forcé à danser avant même de recourir à ton petit tour de magie. Tu as fait davantage en un combat de chalengeur que la plupart en un tournoi entier.

— Faux, réplique une fille à côté de la femme ronde. Je ne comprends pas pourquoi tout le monde parle toujours du Chevalier-Sorcier comme s'il était intouchable. Il a déjà *perdu* des combats, vous savez, et il se prend des coups sans arrêt. »

La femme ronde a un petit rire. « Arrête. Tout le monde sait qu'il le fait exprès quand il perd, lorsqu'il veut influencer le résultat...

— Tu as encore regardé ces lumineux conspirationnistes idiots ? réplique la fille. Rien que les statistiques...

— Pas de stats après la fermeture ! rugit Frome par-dessus leurs voix de plus en plus fortes, et toutes deux se taisent, penaudes. Et surtout pas quand il y a de la nourriture, que Rhy nous poignarde ! » Il jette un regard à Red. « À ce propos, tu dois être affamée. Tu te joins à nous ? Le ragoût d'ici est le meilleur du quartier.

— J'ai mangé avant de partir », répond Red.

Frome écarte son excuse d'un geste. « C'est moi qui invite. »

Red était orpheline quand elle est entrée dans la Caballaria, alors elle imagine que les gens se disent qu'elle n'a pas de combine pour assumer ses dépenses. L'homme veut faire preuve de gentillesse, mais Red ne peut le supporter.

Surtout quand elle pense à ce qu'elle est venue faire ici.

« Je voudrais juste trouver ma chambre », dit-elle.

Le silence embarrassé qui suit lui fait comprendre qu'elle n'a pas employé le ton adéquat.

« Oh, d'acc, répond Frome. Tu dois être fatiguée. Toujours l'épaule en compote, hein ? Pas d'inquiétude, on ira doucement durant la formation. »

Des rires s'élèvent du petit groupe derrière lui, révélant qu'il ment.

« Fin, reprend Frome, tu as le temps de lui montrer l'intérieur ?

— Bien sûr, répond Fin. Je viendrai te voir avant de partir.

— Tu as intérêt. » Il jette un œil à sa moto. « Ou je la laisse se faire voler. »

Elle lui adresse un geste très explicite avant de se diriger vers le bâtiment sans un regard en arrière sur Red, qui la suit avec l'impression d'être un chien de compagnie trottant avec obéissance sur ses talons.

Elle se racle la gorge, cherchant un sujet de conversation.

« Alors c'est ton ancien quartier, commence-t-elle. Tu ne te bats plus pour une écurie de Rhyfenbourg ? »

La bouche fine de Fin arbore un léger sourire. « Non, j'appartiens à Sombrecœur, désormais. »

Le cœur de Red se met à battre la chamade. C'est une chevalière de Sombrecœur ?

Fais preuve de gentillesse. Elle pourrait être ton ticket d'entrée.

« Félicitations, déclare-t-elle. Une sacrée promotion. »

Pour les ambitieux, intégrer une écurie de Sombrecœur est le top du top, un rêve fou pour tous ceux qui se trouvent au bas de l'échelle, mais Fin ne laisse transparaître aucune émotion à ce sujet. Elle grimpe les trois marches qui mènent à l'entrée du bâtiment et appuie sur un petit bouton orange incrusté dans le mur. Un carillon étouffé se fait entendre à l'intérieur.

« Tu connais le Chevalier-Sorcier ? » s'enquiert Red.

Fin hausse les épaules. « Personne ne le connaît. Pas réellement. »

C'est le genre de mythification courante, exagérée qu'ils disent à propos du Fléau dans les lumineux, et c'est décevant. Fin ne l'a probablement jamais rencontré.

Elle ne sera peut-être pas si utile que cela, après tout.

La porte d'entrée s'ouvre et Fin pénètre la première. Le couloir dallé est plein de courants d'air, légèrement éclairé et son plafond élevé se perd dans l'obscurité. Deux lampes de la forme de gros rayons de soleil sont installées de chaque côté du mur, qu'elles éclairent doucement. Red est conduite à travers l'obscurité feutrée jusqu'à une petite salle d'attente. Des chaises d'acier simples sont alignées sur les côtés, et des rangées d'étagères garnissent le renfoncement d'un mur.

Fin se tient debout, les bras croisés. « Quelqu'un va venir te récupérer et t'emmener à ta chambre, dit-elle. Il vaut mieux que j'y aille. »

Red ne l'impressionne pas. De toute évidence.

« Si », commence Red, ne sachant trop comment la retarder.

Fin l'interrompt. « Juste Fin. »

Red abandonne. « Je suis désolée si je ne me suis pas comportée correctement, déclare-t-elle. Je ne suis pas douée pour...

— Parler ? » demande Fin, mais sa voix est déjà plus douce.

Donne-lui une vérité. Elle semble du genre à apprécier l'honnêteté.

« Je sais que je viens de débarquer dans les rues de Rhyfenbourg, hasarde Red, mais j'ai grandi à l'extérieur de Londres. Au nord, près de la frontière de Glems. C'est... étrange pour moi, ici. »

Étrange, bruyant, sombre, obscur, brillant, excessif, juste trop.

Fin incline la tête. « Tu viens du nord ? Ils ne l'ont pas dit sur les lumineux. Pas étonnant que Faraday ait parrainé ton inscription. Eh bien, tu es courageuse. »

Red est sur ses gardes. « Pourquoi ?

— Une Nordique. Une renarde des rues. Une enfant-divine. Tu ne pourrais pas être confrontée à davantage d'obstacles, gamine. Au moins je ne suis que l'une de ces choses, et ça a été suffisamment difficile. »

Red cherche une réponse. « Je sais ce que je veux », finit-elle par déclarer.

Fin semble comprendre. C'est un autre adage connu de Londres que Red a pris soin d'intégrer. Les gens applaudissent l'ambition ici, même si cela signifie que d'autres seront baisés en chemin. La Caballaria repose sur un principe identique : pour qu'il y ait un gagnant, il faut un perdant.

Fin semble décider quelque chose à son sujet. « Mon conseil ? suggère-t-elle. Fais-toi des amis. Il te faudra des alliés pour survivre, surtout durant ta formation. Pour ce que ça vaut, j'espère que tu t'en sortiras. S'il y a une chose que la Caballaria aime, c'est les petits nouveaux qui ont du cran. Fais ce qu'il faut et tu seras accueillie à bras ouverts. » Elle observe Red avec chaleur. « Évite juste de nous refaire des tours de magie qui risquent de te faire atterrir en prison, d'acc ? »

Cette fois, elle n'essaie pas de toucher Red. Le craquement léger de sa tenue de motarde est le seul bruit audible dans la petite salle d'attente obscure tandis qu'elle s'en va.

Se faire des amis. Un tel conseil ne semble pas des plus utiles. Chacun ne travaille que pour ses propres intérêts dans ce monde, alors pourquoi prétendre le contraire ?

À partir de maintenant, Red se bat parmi ses ennemis.

7

Sombrecœur
Dix-neuf ans auparavant

« Ta présence les rend nerveux. C'est sûrement ça. Le trac. » Art écrase son front contre la table.

« Lux, déclare-t-il à la surface de métal lisse située à quelques centimètres de ses lèvres, pour quelqu'un d'habituellement si intelligent, tu es en ce moment, j'en suis désolé, en train de débiter de la merde. »

Lucan se renfonce dans son fauteuil, vaincu.

Cette matinée a été longue, très longue.

Un tournoi mettant en jeu l'Épée de Londres a finalement été organisé, et le soulagement est si palpable qu'on pourrait presque le sentir dans l'air. Seule la Caballaria peut extirper la ville de la poudrière dans laquelle elle est empêtrée. L'annonce a apaisé les rues agitées, permettant une paix ténue et temporaire. Bien que les bars continuent d'être démolis dans chaque quartier à cause de combats non autorisés entre citoyens passionnés soutenant un champion plutôt qu'un autre, cela n'arrive au moins qu'une fois par semaine environ, au lieu de chaque nuit.

Londres attend. Pour le moment.

Chacun des sept quartiers a déclaré officiellement son candidat au titre de roi ou de reine. Chacun d'entre eux s'est affairé à choisir un champion, un chevalier de la Caballaria qui combattra pour son droit à régner. Le prochain souverain de Londres sortira de l'arène comme résultat de la volonté des saints et de la puissance incontestable de la Caballaria. Les combats ne se gagnent pas toujours par les poings, mais dans ce genre de situation, il semble que ceux-ci aient la préférence des dieux ; par conséquent, quiconque l'emporte ne le doit qu'à leur grâce et à leur faveur.

Au grand désarroi d'Art, sa candidature pour l'Épée en tant que membre le plus légitime de sa famille a été rapidement approuvée. Il n'a que peu de rivaux possibles. Les seuls frère et sœur de son père sont tous deux morts dans les bombardements du quartier de Rhyfenbourg il y a vingt ans de cela, et tous les autres, comme l'en a informé Lillath, sont soit trop jeunes soit trop éloignés de la lignée d'Uther pour être considérés comme aptes. Personne ne croit vraiment qu'il va gagner, mais afin de préserver la paix, ils laissent Art jouer. Uther a encore des partisans, qui ont, malgré sa saine réputation, reporté leur allégeance sur Art.

Il ne reste à présent que trois jours à chaque famille pour déclarer son champion, et Art est le seul candidat qui n'a pas arrêté son choix. Tout le problème consiste à trouver une personne un tant soit peu convenable et qui soit prête à se battre en son nom.

« La nervosité, déclare Garad, n'excuse pas l'absence totale de compétence. »

Sa poitrine se soulève et s'affaisse, sa chemise est sombre au niveau des aisselles et creusée d'un long sillon humide au milieu de son dos. Iel s'est exerçæ[16] durement, mais pas autant qu'il l'aurait fallu. La salle d'entraînement privée qui a servi de hall d'audition du groupe pour déterminer le champion d'Art

16. « Exercé, exercée » en neutre.

sent désormais la sueur entrelacée d'une odeur presque imperceptible de sang. Garad a croisé le fer avec chaque aspirant afin qu'ils puissent faire la preuve de leur talent, s'efforçant d'y aller doucement avec chacun – il s'agit d'une démonstration après tout, pas d'un vrai combat – mais à son avis, certains de ces soi-disant combattants mériteraient une cicatrice ou deux.

Lillath est pensive. « J'aimais bien la fille avec les flammes peintes adorables qui remontaient le long de ses bras.

— Elle n'a pas tenu deux minutes contre Garad, rétorque Lucan. J'ai chronométré.

— Je n'ai pas dit qu'elle était douée. J'ai dit que je *l'aimais* bien.

— Hormis l'intérêt de Lillath pour de potentiels partenaires de lit, intervient sèchement Art, est-ce qu'il y en a un seul qui semble capable de se battre ?

— Et le jongleur ? » avance Lucan.

Garad émet un rire moqueur. « Le *jongleur* ? Quel imbécile prend le temps de lancer ses armes dans les airs en plein combat ? J'aurais pu l'embrocher deux fois pendant qu'il faisait le malin avec ses petits couteaux brillants tout émoussés.

— Il avait le sens du spectacle, raisonne Lucan. C'est ce qu'on lui a appris.

— On ne veut pas d'un crétin qui lance des couteaux. On cherche une personne capable de *gagner*.

— Je veux quelqu'un qui va *perdre,* corrige Art. J'espère juste ne pas être humilié par la même occasion. J'ai ma fierté. »

Le bras de Garad fend l'air, envoyant son épée longue au sol. Celle-ci glisse à une allure folle sur le ciment et vient frapper le mur éloigné, brisant la paix fragile.

Et ça recommence.

Art lève la tête et se renfonce dans sa chaise, se préparant.

« Si quelque chose te tracasse, dit-il calmement, exprime-toi, je t'en prie. »

Garad ne perd pas de temps, le sang toujours chaud du combat précédent qui s'est terminé il y a quelques instants. « Ta fierté, crache-t-iel. Si c'était le cas, tu essaierais de gagner au lieu de t'enfuir en cachette, la queue entre les jambes. »

Art est un bassin d'eau calme face au fleuve de montagne rugissant qu'est Garad.

« Agravain Welyen a pour champion Borin Cœur-Sec, répond-il. Tu te rappelles, j'imagine, comment ce cher Borin a obtenu son surnom ? Durant la dernière guerre, alors que tous les autres chevaliers autour de lui se faisaient couper en deux quotidiennement, il n'a jamais reçu d'éraflures assez profondes pour saigner. C'est le plus grand champion de la Caballaria qu'on ait jamais vu, avec une série de victoires plus longue que la Tamise.

— Il y a vingt ans, peut-être, s'obstine Garad. Il est vieux, il appartient au passé. Tout le monde le sait.

— Sa cote est ridiculement élevée. La mienne est dérisoire, et c'est bien normal. Il va l'emporter, Garad. La seule manière qu'il perde serait qu'il se fasse acheter, et je suis assez certain qu'une personne telle que lui n'est pas en manque de combine. Tous les autres quartiers ont déclaré des champions qui vont de tout bonnement terrifiants à plus qu'excellents au minimum, et il ne me reste que des rebuts humiliants, car aucun chevalier de la Caballaria digne de ce nom ne veut risquer sa carrière en combattant pour une erreur des dieux. Et honnêtement, pourquoi le feraient-ils ? Je n'ai jamais été destiné à régner.

— Espèce de satanée chiffe molle, crie Garad. Tu as passé ta vie à discuter de la manière de rendre les choses meilleures pour tout le monde, pas simplement pour ceux qui sont assez riches pour se le permettre. Tu sais exactement ce qui va se produire si Agravain obtient l'Épée. » Iel pointe un doigt accusateur sur Art. « Tu as reçu une des meilleures éducations qu'offre la combine. Tu as passé toute ton enfance à étudier l'histoire, la guerre, la gouvernance, mince… même la *philosophie*. Tu es intelligent, tu es bienveillant, et tu sais ce que cela fait d'être un marginal. D'être exclu juste à cause des circonstances de ta naissance. Combien de fois as-tu dit que le seul moyen de changer les choses est d'avoir le pouvoir de le faire ? Et le voilà à présent, on te le tend sur un putain de plateau, et tu t'enfuis. Tu t'*enfuis*. »

Garad finit par s'essouffler et son doigt retombe. Bien qu'ayant l'habitude d'affirmer ne pas être douæ[17] avec les mots, de temps en temps, iel s'en sort très bien.

Ce n'est pas la première fois qu'Art entend ce genre de discours. Brune l'a pris à l'écart à plus d'une occasion, ostensiblement pour un petit entretien en tête à tête qui commence par des conseils et finit par une tentative de comprendre pourquoi il n'est pas occupé à séduire et à flatter les puissants et les vétérans du gouvernement pour s'assurer de leur soutien. Son argument selon lequel « rien n'est jamais advenu de bon des cours remplies de sycophantes qui n'y cherchent que leur propre intérêt » ne lui vaut qu'un coup d'œil condescendant. *C'est comme ça qu'on obtient le pouvoir,* exprime ce regard, *le jeu est ainsi fait.*

Mais Art n'a pas envie de jouer.

Au moins, Brune semble prête à lui accorder sa chance. Plus d'une fois au cours des dernières semaines, il a repéré une minuscule lueur de respect bourgeonnant dans ses yeux, des variations dans la manière dont elle lui parle, bien qu'elle fasse attention à ne pas en laisser percevoir la moindre trace en public.

« Je compte bien perdre ce tournoi, Garad, déclare-t-il calmement, mais si vous ne voulez pas en faire partie… » Il se tourne vers Lucan et Lillath, tous deux immobiles comme des statues sur leur chaise. « Je le comprendrai.

17. « Doué, douée » en neutre.

— Essayer d'influencer le résultat est une rébellion contre les saints, lance Garad. C'est un blasphème. »

Art lâche un profond soupir. « Il en a toujours été ainsi.

— Alors tu triches parce que tous les autres le font ? Voilà une bien noble raison.

— Non, je triche parce que c'est la seule façon d'échapper à un devoir que personne à Londres ne veut me voir assumer, moi y compris. »

Garad secoue la tête et presse ses mains contre son front de frustration. Art a toujours aimé l'idéalisme de son amix[18], mais lorsque celui-ci frise la naïveté, cela en devient irritant.

Lucan prend la parole. « Ton champion devrait être Garad. »

Art fronce les sourcils. « Quoi ? »

Les mains de Garad se figent. « *Quoi ?*

— Ton champion. Garad », répète Lucan.

Lillath aboie un rire. « Lucan, va prendre l'air.

— Écoutez-moi, insiste Lucan d'une voix désespérément calme. Lors d'un match égal, la Caballaria n'est presque jamais déterminée par la force. C'est pourquoi dans le cas des combats importants, les chevaliers sont choisis de sorte à être d'un niveau aussi proche que possible, n'est-ce pas ? Pour les athées, c'est seulement ce putain de hasard qui décide du résultat. Pour les autres, c'est la volonté des saints.

— Il ne s'agit pas d'un combat égal, réplique Lillath. Borin va écraser tout le monde. C'est aussi simple que ça.

— Pas nécessairement, rétorque Lucan avec patience. Il est vieux. À présent, les candidats les plus riches et les plus haut placés jettent leurs armes dans l'arène, ce qui signifie en gros que les champions seront tous les meilleurs combattants de Londres. Peut-être même des Sept Royaumes. C'est un match aussi égal que possible, vous n'êtes pas d'accord ? »

18. « Ami, amie » en neutre.

Art se masse l'arête du nez. « Où veux-tu en venir, Lux ?

— Imagine que Garad est tan[19] champian[20]. » Lucan lève le doigt d'un air pédagogue. « À présent, le match est *inégal*. Iel n'a pas fini sa formation, iel n'a participé à aucun tournoi de la Caballaria, même pas un combat officiel. *Nous* savons que c'est um combattanx incroyable, mais personne d'autre n'est au courant. Donc : il est probable que Garad perde – désolé, Gar – mais au moins tu es certain qu'iel le fera avec honneur. Ta fierté sera intacte et tu pourras te volatiliser. Mais dans le cas improbable où Garad *l'emporterait*… Eh bien, ce sera la volonté des saints. Comment pourrait-on la remettre en question ?

— Je suis athée, fait Art de la voix la plus sèche qui soit.

— Alors il s'agit de la cote la plus incroyablement lucrative que tu aies jamais vue, et tu peux parier sur Garad et te faire un tas de combine avant d'être obligé de prendre l'Épée. » Lucan arbore un large sourire. « Donne tes gains à une œuvre de charité, si ça te fait plaisir. Commence ton règne par un beau geste. De toute façon, tu ne penses pas vraiment qu'iel peut l'emporter contre Borin, si ? Tu l'as dit toi-même : c'est le plus grand champion de la Caballaria qu'on ait jamais vu.

— Arrête d'essayer de me convaincre », grogne Art.

Lucan se tait, docile.

Art rassemble son courage et lève les yeux vers Garad. « Dis-moi que c'est l'idée la plus stupide que tu aies jamais entendue. »

Garad est devenux[21] étrangement calme. « En fait, dit-iel doucement, je pense que non. »

Art ferme les yeux. « Et merde. »

---

19. « Ton, ta » en neutre.
20. « Champion, championne » en neutre.
21. « Devenu, devenue » en neutre.

8

Le Donjon, Rhyfenbourg, Onze mois auparavant

Une irruption sonore, violente et soudaine, tire Red du sommeil si brutalement qu'elle finit à moitié à la renverse sur le sol de béton avant même de réaliser qu'elle est réveillée.

Les aspirants semblent personnaliser l'alarme matinale de leur lumineux avec le même amour du détail que leur corps et leurs habits. Le son qu'ils choisissent en guise de réveil est sophistiqué, et en dit autant sur leur personnalité que leurs bijoux, les écussons de leur veste et leurs tatouages. Beaucoup enregistrent leur propre voix ou achètent celle de leur acteur de lumineux préféré, comme s'ils pouvaient imaginer que ce dernier est allongé à côté d'eux comme un amant, les réveillant doucement en leur murmurant à l'oreille. Certains choisissent d'utiliser des morceaux de musique, d'autres des chants d'oiseaux ou le doux clapotement de la pluie.

Un énorme *connard* a configuré le réveil lumineux de Red sur le bruit d'un marteau-piqueur industriel.

Son cœur se met à faire BAM BAM BAM BAM, en rythme avec la machine assourdissante à s'en vider les boyaux qui fait actuellement vibrer la totalité de sa chambre. Quelques secondes terrifiantes lui sont nécessaires pour confirmer qu'il ne s'agit pas d'ouvriers en train de percer dans son plancher.

Prise de frénésie, tout électrisée, elle crie « ARRÊTE, LA FERME, JE SUIS RÉVEILLÉE » mais elle ne parvient même pas à entendre sa propre voix au milieu du boucan. Elle avance à tâtons jusqu'au lumineux, s'agitant devant en remuant les mains.

Le silence bourdonnant qui succède à la disparition soudaine du réveil est presque aussi bruyant.

Red se met à étirer prudemment chacun de ses muscles tendus, mais alors qu'elle parvient tout juste au point où la terreur commence à refluer pour laisser place à la colère, un coup sourd dans la cloison à un mètre d'elle seulement la fait sursauter.

« C'est quoi ce bordel, fait un cri étouffé dans la chambre voisine de la sienne, tandis que le propriétaire martèle le mur mitoyen pour souligner ses propos. « C'est. Quoi. Ce. *Bordel* ! »

Et maintenant, au moins l'un des aspirants de sa formation, qu'elle n'a même pas encore rencontré, la détestera au premier regard.

Super.

*

Sa première impression écrasante du centre d'entraînement public de la Caballaria de Rhyfenbourg est celle d'un labyrinthe étrange et élevé.

Le bâtiment est composé d'étages interminables de longs couloirs, de portes en quantité indénombrable et d'obscurité, et semble compenser ce qui lui manque de largeur par encore davantage de hauteur et de profondeur. Les premiers niveaux sont dédiés aux logements, avec des chambres à l'ameublement modeste où chaque aspirant dort durant sa formation. Le centre connaît des fluctuations, une marée montante et descendante constante de corps tandis que les plus prometteurs sont choisis lors des combats de chalengeurs locaux annuels et amenés en ses murs, et que beaucoup échouent ou abandonnent pendant la période d'essai de deux semaines. Un mois plus tard, les étages sont à moitié vides. Vers la fin de la formation, ce n'est plus qu'une ville fantôme.

La chambre de Red est simple et fonctionnelle. Un lit unique, une armoire, un bureau et un lavabo. Un petit lumineux abîmé accroché au mur affiche son agenda. L'armoire comporte trois tenues. L'une est un deux-pièces mince et glissant qui épouse le corps. L'autre est un ensemble chemise et pantalon noirs plus amples, conçus pour les mouvements larges. La dernière est une armure de plaques fabriquée dans un matériau léger entièrement flexible du fait de ses nombreuses articulations. Deux manteaux sont pendus, un court et fin pour l'intérieur, l'autre plus long, épais et imperméable. Chaque vêtement est orné d'un petit écusson tissé décoré des rayons de soleil de Rhyfenbourg. Des chaussures légères pliables et des bottes rigides complètent cette gamme minimaliste.

La salle de bains de cet étage est à plusieurs chambres de celle de Red. Elle est commune au sens le plus complet du mot, avec ses tuyaux de douche en métal terne fixés en une longue rangée contre un mur, sans aucune séparation d'aucune sorte entre eux. C'est également la plus sombre et la plus caverneuse qu'elle ait jamais vue, avec sa mosaïque infinie de carreaux indigo interrompue seulement par la tuyauterie et un nombre étonnamment élevé de grilles d'évacuation au milieu de la pièce.

« C'est pour que le sang ne soit pas visible », grogne un aspirant nu en apercevant l'expression de Red lorsqu'elle fait son entrée. Celui-ci est un colosse, avec de superbes vrilles tatouées noires recouvrant la plus grande partie de sa peau, proclamant que l'homme a enduré des heures et des heures de douleur. C'est un badge honorifique, une tactique conçue pour intimider.

Il adresse à Red un sourire froid avant de sortir en lui passant devant.

Red s'étire, inspire doucement et expire plus lentement encore. C'est son tout premier jour d'entraînement. Il faut qu'elle reste calme si elle compte réussir.

Une douche précipitée ne l'aide en rien à calmer ses nerfs à vif. Par chance, elle est seule dans la pièce. Hormis l'aspirant massif qui s'y trouvait à l'instant, Red est réveillée et sur pied plus tôt que le reste de la promotion de cette année.

La raison est qu'elle a rendez-vous avec un tatoueur avant le petit-déjeuner.

Son agenda n'indique pas pourquoi cela doit avoir lieu avant, mais elle le sait déjà. Le tatoueur ne veut pas courir le risque qu'elle vomisse sa nourriture à moitié digérée dans la pièce. Elle est peut-être novice dans ce domaine, mais elle a fait des recherches à ce sujet. La plupart des Londoniens font leur premier tatouage lorsqu'ils sont plus jeunes qu'elle. Ceux-ci sont considérés comme partie intégrante de leurs rituels de personnalisation, autant que les écussons de leurs vêtements ou leur coupe de cheveux. Seuls les enfants-divins n'ont pas leur mot à dire à ce sujet.

Red savait en se lançant que cela serait une étape inéluctable de son parcours. La loi relative à la déclaration était censée offrir un moyen de faire sortir les enfants-divins de la clandestinité, de leur conférer une légitimité, de leur donner accès à des métiers respectables et à des vies normales. Aucun employeur ne recruterait un enfant-divin sans savoir exactement quel genre de magie il maîtrise ; qui serait d'accord pour travailler avec un télépathe capable de lire vos pensées intimes à votre insu, ou de rentrer dans votre tête pour vous faire faire ce que bon lui semble ? Ainsi est né ce nouveau système.

Ce n'est que justice, disent les communs. *On ne veut pas que les enfants-divins utilisent leur magie pour prendre le dessus sans même qu'on s'en rende compte. C'est une question d'égalité.*

Les émissions de lumineux les plus paranoïaques les estiment à près d'un demi-million, mais personne ne sait vraiment combien d'enfants-divins non enregistrés se trouvent actuellement dans les Sept Royaumes. Malgré tout, un tel nombre sur une population totale de près de quatre-vingts millions les rend suffisamment rares.

Les ruelles de chaque quartier sont pleines d'enfants-divins devins, qui échangent des bouts de prophétie contre de la combine. C'est un rite de passage, en quelque sorte, d'oser rendre visite à l'un d'eux lorsqu'on est à peine plus qu'un gamin pour se faire dire son destin. Il y a eu de temps à autre des tentatives peu enthousiastes de réprimer le marché noir des diseurs de bonne aventure, mais en réalité, ceux de Londres constituent une attraction touristique majeure. Ils sont vus comme généralement inoffensifs, leurs prédictions étant vagues et passe-partout au mieux.

Non, le système de déclaration est vraiment conçu pour les enfants-divins, bien plus rares, dont les talents sont comparables à ceux de Red. Ceux qui sont réellement dangereux, capables de déplacer des objets sans les toucher, de créer des illusions plus vraies que nature ou de lire vos pensées directement. Ils peuvent vous faire n'importe quoi.

C'est une question d'égalité, répètent les gens ordinaires. *C'est tout.*

Mais c'est bien davantage une question d'équilibre du pouvoir, et bien que l'électricité soit sa devise, c'est lui la roue véritable qui fait tourner Londres.

De retour dans sa chambre après une douche prise à la hâte, Red choisit la chemise et le pantalon amples ainsi que les lourdes bottes, avec l'impression d'avoir besoin de poids pour s'ancrer au sol. Elle jette un œil au lumineux éraflé installé au mur, encore et encore, mémorisant l'itinéraire jusqu'à son rendez-vous avant de quitter la pièce.

Les couloirs sont silencieux. Elle progresse lentement, peu à peu envahie d'une sensation de commencement. C'est comme si le temps ne s'était pas écoulé depuis la nuit précédente. On dirait que rien n'a changé. Elle ne ressent rien qui annonce une nouvelle journée. Et si la personne qui avait trafiqué son réveil l'avait fait de sorte à lui donner l'impression que le matin était arrivé alors qu'en fait, on est encore en pleine nuit ? Il n'y a personne d'autre alentour. Où est la source de lumière naturelle la plus proche ? Comment vérifier ?

Red s'arrête au milieu d'un escalier lorsqu'elle comprend soudain.

Le guide impassible de la nuit précédente n'avait de cesse d'appeler le bâtiment « le Donjon » au lieu du « centre d'entraînement », comme s'il s'agissait d'un surnom que chacun devait connaître instinctivement même s'il ne s'y était jamais rendu auparavant, mais elle n'avait pas réalisé pourquoi jusqu'à maintenant. Son couloir, sa chambre, la salle de bains caverneuse, cet escalier – aucun n'est éclairé naturellement.

Le bâtiment tout entier ne comporte pas la moindre fenêtre.

Lorsqu'elle reprend son chemin, elle se rend compte qu'elle marche plus vite, en rythme avec son cœur qui bat la chamade. Il est ridicule de se laisser effrayer par cela. De toutes les choses qu'elle a endurées et devra supporter dans les mois à venir, ce ne sera sûrement pas la plus difficile. Si elle n'arrive même pas à surmonter…

Une porte s'ouvre plus haut devant elle.

« Ah, vous voilà, dit une femme. Entrez, entrez. »

Red n'hésite pas. Elle laisse ça aux faibles.

*

La surface caoutchouteuse des œufs disposés sur son plateau luit juste un peu trop dans la lumière électrique vive de la salle à manger. Red le repousse.

La tatoueuse a fait preuve d'une gentillesse inattendue, mais rien n'aurait pu la préparer à l'aiguille. Une sensation envahissante, bourdonnante, comme un essaim d'abeilles microscopiques piégées sous sa peau et submergeant ses nerfs par vagues.

Le tatouage est de petite taille sur le haut de sa nuque, juste derrière son oreille gauche. L'encre que la tatoueuse a utilisée est d'un gris pâle, à peine visible tant qu'une sorte de lumière spéciale ne la révèle pas. Le dessin est un symbole inoffensif, une hachure croisée de lignes courbes ondulantes. Une jolie cicatrice, mais une cicatrice quand même. Elle ne s'effacera jamais, et Red n'a pas eu le choix.

Elle a été marquée comme pelleren, le nom de ceux capables de déplacer les objets sans les toucher. Les agents du registre ont scruté son parcours, lui ont posé des questions sur la première fois qu'elle a remarqué sa capacité, comment celle-ci s'est manifestée par le passé, si elle l'a testée d'une manière utile pour en explorer les limites.

Elle leur a dit qu'elle était orpheline, ayant perdu ses parents dans un bombardement à l'âge de 3 ans. Qu'elle avait grandi dans une maison d'accueil d'une ville assez grande mais isolée près de la frontière de Glems. Que sa vie avait changé quand, à l'âge de 12 ans, elle s'était violemment bagarrée avec un autre enfant du foyer. Elle avait appris deux choses ce jour-là. D'abord, qu'elle était une enfant-divine. Ensuite, qu'elle avait une aptitude naturelle au combat.

Elle était arrivée à Londres quelques jours avant le début des matchs de chalengeur annuels, munie de l'argent qu'elle avait pu réunir auprès des parrains du foyer. Elle était venue ici car son unique désir était de rejoindre la Caballaria ; c'était la seule chose qui ait jamais eu du sens à ses yeux.

Elle avait omis toutes les parties vraiment intéressantes de son histoire et menti en ce qui concernait le reste. S'ils avaient remarqué les pièces manquantes, ils n'en avaient rien laissé paraître.

La salle à manger du donjon est pleine d'aspirants à l'heure du petit-déjeuner, une mer de visages inconnus. On n'entend peu de conversations – quelques bavardages à voix basse ici et là. L'air est chargé d'une énergie tendue. Tous ont suivi une voie qui verra la plupart d'entre eux échouer à devenir chevaliers, et à présent ils ont une concurrente en plus. Ils la jaugent du regard, certains furtivement. Elle sent des têtes se tourner dans sa direction, mais personne ne l'approche.

Elle se retrouve la première heure qui suit le repas dans une pièce désagréablement chaude profondément enfouie dans les entrailles du bâtiment, et pleine de machines imposantes qui bourdonnent dans un halo de lumières de lumineux. À côté d'eux se trouvent deux femmes vêtues d'habits peu fonctionnels qui ne peuvent que signifier qu'elles ne sont pas là pour la former au combat. L'une porte une rangée de clochettes au bas de sa jupe qui tintent agréablement à chacun de ses mouvements, comme un système d'avertissement oral. Lorsque le bord se soulève alors qu'elle remue sur son siège, Red aperçoit des bottes si lourdes que les siennes semblent ridicules en comparaison.

La seconde femme arbore des cheveux jaune safran en une longue natte droite. Sa tenue, sa chevelure, son maquillage semblent conçus pour guider l'œil le long de ses formes comme de l'eau. On les appelle les *flux*, une esthétique populaire à Rhyfenbourg en ce moment, qui favorise des lignes légères et simples à la grâce minimaliste. Ce flux a un visage acéré d'aigle dont le relief est rehaussé par la lumière dure du lumineux portable qu'elle tient entre les mains.

« Nom, demande-t-elle.

— Red de Rhyfenbourg.

— Âge.

— 18 ans.

— Et vous êtes une pelleren, c'est ça ?

— Oui.

— Ajuste les relevés pour une température corporelle élevée, murmure le flux à la cantonade, et l'autre femme acquiesce. Maintenant, avancez jusqu'à moi, s'il vous plaît, et déshabillez-vous complètement. »

Red hésite. Pas étonnant que la pièce soit si chaude. Comme un cochon qu'on prépare pour le marché, elle va être pesée et mesurée, tapotée et palpée, le moindre détail de son corps consigné. Ce dernier est devenu son principal bien. Cet examen se déroulera de manière hebdomadaire tant que sa formation continue, de sorte que les changements physiques survenus puissent faire l'objet d'un suivi, ce qui signifie qu'elle ferait mieux de s'habituer à cette sensation.

Ne montre aucune faiblesse.

Elle retire ses habits et se tient debout, le regard fixé sur le mur éloigné tandis que le flux tourne autour d'elle avec un ruban de mesure lumineux, entourant différentes parties de son corps de la fine bandelette de lumière et notant chaque résultat. Elle ne sent aucun contact, ni de la femme ni de son outil, et celle-ci parle d'une voix absente. Elle a probablement fait cela des centaines de fois avec des centaines de corps, au fil des ans.

Le regard de la femme s'arrête sur le patch collé sur la nuque de Red et parsemé de minuscules gouttes de sang laissées par son tatouage tout neuf. Elle se demande combien exactement des corps examinés par cette femme appartenaient à des enfants-divins. Probablement aucun, à en juger par la manière dont elle s'attarde sur le patch.

« Main dominante ? demande-t-elle.

— Pardon ?

— La main que vous utilisez au combat.

— La gauche.

— Oh, exactement comme le Chevalier-Sorcier ! lance gaiement sa collègue à la jupe à clochettes, le sommet de son crâne à peine visible par-dessus le flanc de la machine vrombissante où elle se trouve assise. Vous saviez qu'il n'y a que quatorze enfants-divins enregistrés dans toute la Caballaria pour le moment ?

— Oui », répond Red.

Le flux fait claquer sa langue. « Évidemment qu'elle le sait, Ano, fait-elle avec impatience. Comment une personne comme elle pourrait-elle l'ignorer ? »

Une personne comme elle.

Le flux fait glisser un bracelet massif sur le poignet gauche de Red. Ce dernier est une large bande de cuir sombre entourant une sorte de boîtier rigide. Trois petites boucles le tiennent fixé contre sa peau. L'objet est froid et dérangeant contre le nodule de l'os de son poignet.

« Vous vous êtes déjà entraînée avec un moniteur », déclare le flux.

Red secoue la tête.

Le flux fronce les sourcils. « Quoi, jamais ?

— Ils n'en avaient pas là d'où je viens. »

Le regard du flux s'illumine. « Oh, évidemment… le nord. »

Un foyer pour orphelins, en fait, a envie de préciser Red, *où il n'y a pas assez de combine pour ce genre de gadgets* – mais le poids étrange du bracelet sur son poignet a temporairement atténué son irritation.

« C'est un objet assez simple, explique le flux. Il mesure votre production d'énergie ; les enfants-divins ont des relevés de base plus élevés, vous savez, et évidemment lorsque vous utilisez la magie, les valeurs de ceux-ci explosent – et les données seront recueillies après chacun de vos combats.

— C'est juste pour s'assurer que vous ne tricherez pas », intervient Ano.

Chacun des quatorze enfants-divins qui combattent porte un moniteur de ce type, qui fait autant partie de leur style que leurs armes ou leur coiffure. Le bracelet du Chevalier-Sorcier est un objet noir discret et élégant qui coûte probablement davantage que le budget annuel de ce centre d'entraînement. De même que le tatouage, ce dispositif fait simplement partie de l'accord, une ligne de plus sur la liste des épreuves que Red doit endurer pour atteindre son objectif.

Elle prend conscience du regard du flux. Ses pupilles ne sont que des piqûres d'épingle noires troublantes qui nagent dans des iris blancs ; des lentilles personnalisées, suppose Red, mais l'effet est inquiétant néanmoins.

« Tout va bien ? » lui demande le flux.

Le ton est bienveillant.

Red acquiesce rapidement.

Le flux l'observe encore un moment, puis referme son lumineux d'un coup sec.

« Très bien, nous en avons terminé. Vous pourrez accéder à toutes les informations que nous avons recueillies sur l'écran de votre chambre, et celles-ci seront mises à jour avec vos statistiques les plus récentes après chacune de vos séances avec nous. Ce qui signifie que vous pouvez vous rhabiller, nous nous verrons la semaine prochaine.

— Pas si je rate la formation », déclare Red.

Le flux lui jette un regard. « Je doute que cela vous arrive. »

Avant que Red puisse décider de sa réaction, le flux lui tourne le dos et se dirige vers la femme à la jupe à clochettes. Red se dépêche d'enfiler ses vêtements. Elle se retourne à la porte, s'attendant à les voir toutes les deux collées devant un écran, et sursaute en constatant que les deux femmes l'observent. Les yeux en trous d'épingle du flux sont toujours d'un vide malaisant.

« Vous devriez courir, suggère-t-elle. Il ne vous reste que cinq minutes pour vous rendre à la séance suivante. »

Red se rappelle que d'après son agenda, celle-ci a lieu dans une pièce quinze étages plus haut et maudit dans sa tête ce bâtiment étrange et imposant dans lequel elle s'est piégée de son propre chef.

« Jour favorable ! lance avec entrain la femme à la jupe à clochettes. Je vous souhaite une première journée pleine de succès !

— Merci », balbutie Red avant de s'enfuir.

*

La machine élévatrice censée emmener Red à sa toute première séance de combat en groupe est une immense cage à oiseau de métal tordu qui prend vie en vibrant de manière inquiétante lorsqu'elle tire sur son levier déclencheur. Elle se tient aux barreaux frémissants et se retrouve à se demander ce que cela ferait de mourir après une chute de plusieurs dizaines d'étages.

Elle atteint sa destination sans incident et essuie une coulée de sueur sur son front du revers de la main avant de poursuivre. Entre la séance étrange et chaude de prise de mesures et le sprint nécessaire afin d'arriver à temps, elle se sent plus qu'un peu désagréablement moite, et elle ne veut pas que quiconque prenne son épuisement pour de la nervosité.

Car elle n'est absolument pas stressée.

Ce n'est qu'en ouvrant la porte de la salle d'entraînement qu'elle réalise qu'il ne s'agit pas du tout d'une pièce, mais du toit du bâtiment. Un air froid lui mord le visage, sifflant autour d'elle et claquant le battant sans qu'elle ait remué la main, trop abasourdie.

Pendant un moment qui lui donne l'impression que son cœur va s'arrêter, elle pense s'être trompée.

Non. Il n'y a pas d'erreur. Elle aperçoit les silhouettes espacées à intervalles réguliers devant elle, entend les cris d'un instructeur, la fin des phrases engloutie par le vent affamé. Le groupe se tient dans l'ombre d'un porte-à-faux qui marque l'extrémité de la ferme à panneaux solaires de l'édifice. Des feuilles métalliques robustes se dressent au-dessus d'eux, scintillant dans la lumière froide, tournées en direction du soleil matinal en rangées impassibles.

La salle de cette séance est indiquée dans l'agenda de Red sous le nom d'« espace d'entraînement 34 », ce qui est loin d'être explicite quant au fait qu'il s'agit d'un satané toit. Alors qu'elle s'approche du groupe, elle remarque que chacune des personnes est douillettement vêtue d'une copie du manteau court actuellement suspendu inutilement dans son armoire. Le vent est moins agressif dans l'espace situé sous le porte-à-faux, mais elle sent tout de même ses doigts qui s'engourdissent rapidement.

Et des yeux qui se posent sur elle, qui se tournent pour suivre son arrivée.

Ils ont déjà eu deux semaines pour se familiariser avec cet endroit, avec leur agenda, avec les uns les autres. Ils prennent peu à peu leurs marques ici. Celles de Red sont éparpillées à tout-va tandis qu'elle tâtonne à l'aveuglette, maladroite.

« Hé, l'apprentie ! », lance l'instructeur, les bras croisés. C'est l'homme mince du bar à viande de la nuit dernière, celui avec lequel Fin s'est montrée si amicale. Lui aussi est vêtu, remarque Red avec une certaine aigreur, d'un manteau. « C'est le moment de faire travailler cette épaule.

— Alors l'enfant-divine, on n'a pas froid ? » lance une voix depuis la foule rassemblée. Un ou deux rires suivent.

« Ils ont le sang plus chaud que nous, tu ne savais pas ? » renchérit un autre.

Red reste silencieuse et se concentre pour desserrer les dents.

« Ferme donc ton clapet, Kay, se moque l'instructeur. Tu es arrivé une heure en retard à ton premier entraînement car tu n'avais même pas réussi à trouver ton chemin. C'est un poil plus gênant que de ne pas être assez habillée.

— Cet endroit est un labyrinthe, proteste le pauvre Kay. Comment est-on censé faire ? Quand on y pense, comment l'enfant-divine a-t-elle fait ? Tu es déjà venue ici, hein ? »

Red scrute la foule et repère celui qui est en train de parler. Par les saints, ce vantard a une stature de taureau. Peut-être vaudrait-il mieux ne pas s'en faire un ennemi de suite.

« Jamais, affirme Red d'un ton égal.

— Elle est en retard quand même, se moque une autre voix.

— Ma séance de mesure a pris du temps. »

Kay la scrute de la tête aux pieds. « Tu es minuscule, rugit-il. Qu'est-ce qu'il peut bien y avoir à mesurer, putain ? »

Une fille éclate de rire.

« Ça suffit », intervient l'instructeur. Il se tourne vers Red et incline légèrement la tête. « Mon nom est Dædalas Caballarias

Frome de Rhyfenbourg. Pour toi, ce sera la plupart du temps "Si Frome". Tu auras peut-être parfois envie d'utiliser la version plus longue et plus cérémonieuse, "Allez vous faire foutre, Si Frome", qui te viendra sans doute spontanément à la bouche au moins une fois durant ton séjour ici.

» Pour ceux qui avaient la tête coincée dans leurs fesses durant les dernières semaines, cette personne, lance Frome en balayant l'air de la main en direction de Red, est la désormais tristement célèbre Red de Rhyfenbourg, qui a échappé de peu à la prison pour amener son arrière-train dans un centre d'entraînement. Elle a joué et elle a gagné. À présent, nous allons voir si son pari est rentable. » Sa main se dirige vers le groupe. « Voici tes camarades apprentis. Tu as deux semaines de retard sur chacun d'eux. Il te suffit de survivre aux six prochains mois. »

Le visage de Frome se fend du sourire le plus diabolique que Red ait jamais vu.

« En outre, continue-t-il d'un ton joyeux, ton épaule est encore fragile, tu es en état de sous-nutrition et sous-poids concernant ta masse corporelle, tu as passé les derniers jours à laisser ton corps se dégrader dans le lit d'une maison d'os au lieu d'utiliser tes muscles, et ton organisme souffre actuellement du froid car tu n'as pas pensé à apporter un manteau ce matin. Chacun d'eux a l'avantage sur toi sous tous les angles. »

Il fait signe à une femme d'allure agile aux cheveux orange épais coiffés en crête avec soin du centre de son crâne jusqu'à la nuque. Cette dernière s'avance. Elle tient avec légèreté un fin tuyau de métal.

Red tressaillit tandis que quelque chose de glaçant effleure ses articulations. Frome lui tend un tuyau de longueur similaire, palpant sa main non dominante de l'extrémité. Elle le prend automatiquement avant de lever les yeux sur lui.

« Défends-toi, se contente-t-il de dire. Je ne veux rien de spectaculaire, juste quelque chose de simple. Fais-moi voir tes mouvements. Allez. »

Crête Orange se jette sur Red et lui assène un grand coup sur l'avant-bras qui résonne dans sa chair et déclenche un élancement furieux, insidieux qui enflamme chaque terminaison nerveuse au passage. Puis elle se replie alors que Red pousse une exclamation et s'écarte d'un coup sec, et le reste du groupe recule contre le mur pour laisser l'espace nécessaire à leur danse.

Red se hâte d'attraper le tuyau de son autre main. Les saints soient loués, son adversaire s'est attaquée au mauvais bras.

« Tu sais ce que j'ai entendu dire ? » demande Crête Orange d'une voix plaisante tandis qu'elle oscille lentement d'un pied sur l'autre, déplaçant et recentrant son poids. Ses yeux s'arrêtent sur le bracelet volumineux qui entoure le poignet de Red. « Que parfois les enfants-divins perdent leurs moyens et qu'il leur est tout bonnement impossible de retenir leur magie. » Elle prononce le mot *magie* avec la même intonation que les gens utiliseraient pour *merde.* « Mais même si c'est une erreur, même si ce n'est pas exprès, on se fait quand même éjecter de la Caballaria. Je me trompe, Si Frome ?

— Pas de place pour une seconde chance dans ce jeu », murmure Frome en réponse. Il se tient à l'écart, bras croisés, le visage attentif.

Crête Orange rit et décrit un huit du bout de son tuyau. Red se contente de l'observer en adoptant une posture équilibrée et en s'efforçant d'éveiller ses muscles gelés.

Cette fois, elle voit Crête Orange bondir et décale ses hanches latéralement pour éviter un coup violent au niveau du ventre. L'adrénaline est comme une lame métallique dans ses veines, qui la taillade de l'intérieur.

« Ils ont peut-être peur de toi, dehors, lance Crête Orange, ses yeux pâles écarquillés pour capter le plus infime mouvement, mais ici, le moindre petit tour suspect et tu disparais. Alors, qu'est-ce qui reste de toi sans ta magie ? »

Red serre les dents avec force. « Une putain de combattante de premier plan qui va t'envoyer te ramasser sur le cul. »

Des huées jaillissent de la foule et prennent de l'ampleur tandis qu'elle se contente d'attendre sans rien faire. Le bracelet entraîne son bras vers le bas, un poids nouveau auquel elle n'a pas eu le temps de se faire. Elle frappe devant elle et Crête Orange esquive facilement, retrouvant sa position de garde, un sourire aux lèvres.

Bien. Laisse-la prendre de la confiance. Red ne poursuit pas son assaut et se contente d'attendre. Cela lui vaut des provocations de la foule. Elle les ignore.

Les adversaires s'élancent l'une sur l'autre à deux reprises. À moins que Crête Orange fasse semblant, ce qui est tout à fait possible, elle a le tic révélateur le plus évident du monde lorsqu'elle se met en garde…

« Assez d'amabilités, lance Frome. Allez-y plus fort. »

À peine a-t-il terminé sa phrase que Red s'élance déjà, passant sous la garde relâchée de son adversaire qui a la stupidité d'accorder trop d'attention à son instructeur, et lui assénant un puissant coup latéral à l'épaule qui l'envoie s'effondrer au sol. Son tuyau résonne durement par terre et roule plus loin.

« Oh, regarde, fait Red. *Ton* épaule te fait mal aussi, maintenant. »

Le visage de Crête Orange est tordu de douleur. Elle lève sur Red un regard noir de l'endroit où elle se tient sur le sol glacé. Son haleine forme une brume dans l'air.

« Espèce de tricheuse fourbe », crache-t-elle d'une voix sombre.

Red ressent une vague de joie sublime à la vue de son adversaire endolorie, battue et sifflante tel un chat blessé. Elle accueille cette sensation comme une vieille amie.

« Encore une fois », ordonne Frome.

Crête Orange se hisse debout. On lui rend son tuyau, qu'elle attrape dans sa main valide, dessinant un huit avec autant d'aisance et de grâce que précédemment.

Une ambidextre. Fantastique.

Cette fois Red attaque, mais elle ne passe pas sous la garde robuste qui l'accueille et le fracas de leurs armes entrechoquées fait vibrer horriblement ses nerfs.

Elles dansent.

Il faut reconnaître à Crête Orange qu'elle fait preuve de davantage de prudence cette fois, mais Red – dont l'estomac grogne du trou laissé par le petit-déjeuner qu'elle a dû sauter, sa nuque douloureuse du tatouage dont elle n'a jamais voulu, son poignet la picotant à cause du bracelet qui la surveille tel un vilain enfant – cesse de combattre l'adrénaline qui monte en elle et, avec un profond soupir de contentement, donne à son corps ce qu'il désire et s'abandonne.

La vague rugissante qui déferle la porte durant les quelques secondes qui suivent. Trois coups furieux plus tard et son adversaire est de retour au sol, tout semblant d'égalité disparu. Crête Orange n'est pas le Chevalier-Sorcier. Elle n'est pas la personne que Red souhaite le plus ardemment, le plus désespérément voir à genoux devant elle.

Elle n'est qu'un obstacle sur son chemin.

Red entend quelqu'un murmurer un juron avec un accent marqué de Rhyfenbourg. Elle prend une inspiration difficile et tremblante tandis qu'elle retrouve ses esprits. Elle est si calme à présent. Une quiétude si paisible, si magnifique. La tranquillité qui vient après s'être abandonnée est un désir qu'elle a toujours eu trop peur d'exprimer, car elle sait ce que cela fait d'elle.

Un monstre.

« Eh bien », déclare Frome en brisant le silence d'une voix satisfaite, à présent vous savez tous pourquoi elle a attiré l'attention de tout le monde. Ce n'est pas une histoire de magie, mes enfants. Dans la Caballaria, ce ne sera jamais ce qui compte. L'important c'est le combat, et celui-ci rugit dans son cœur comme dans le vôtre. Shae et Dekkard, c'est à vous. »

Red s'écarte de la zone d'affrontement, prenant conscience à ce moment seulement des regards fixés sur elle, des murmures que dissimulent les mains. Tandis que la leçon se poursuit avec un nouveau duo, elle sent une présence au niveau du coude.

« C'était magnifique », dit une bouche près de son oreille, assez proche pour que son haleine chaude la chatouille.

Elle s'écarte et découvre en se retournant une fille au crâne rasé et aux yeux sensuels encadrés de paupières tombantes qui se tient près d'elle.

« Sela », murmure celle-ci.

Red acquiesce avec méfiance. « Red.

— Où as-tu appris à te battre ainsi ? demande Sela.

— Mon foyer était géré par une ancienne de la Caballaria. Elle préférait ceux qui étaient capables de se battre. Elle nous formait régulièrement.

— Une éducation bien brutale. »

Red hausse les épaules, peu désireuse de susciter la curiosité.

Sela incline la tête. « Je n'avais jamais rencontré d'enfant-divine.

— Tant mieux pour toi. » Red se concentre sur le combat qui se déroule devant elle.

Elle entend Sela rire. « Ne t'inquiète pas, je ne suis pas du genre fétichiste. La magie ne m'excite pas. Mais une femme capable de manier une arme… »

Red lui jette un regard. Sela arbore un sourire légèrement suggestif.

« Ignore les autres, lui conseille-t-elle. Les gens ont souvent peur de ce qu'ils ne comprennent pas.

— Tu crois que tu me comprends ? réplique Red.

— Pas encore. Mais laisse-moi du temps. »

Sela se détourne et s'éloigne, suivie du regard perplexe de Red, dont le visage est pris d'une rougeur qui ne peut pas, en toute honnêteté, être entièrement imputée au combat précédent.

*

Des heures plus tard, une Red lessivée rentre dans sa chambre avec difficultés, et la première chose qu'elle aperçoit dans son obscurité accueillante est le lumineux éraflé au mur, illuminé d'une icône indiquant un nouveau message.

Elle appuie dessus et l'ouvre. Elle constate avec confusion que l'expéditeur est anonyme. Red sait que le réseau de lumineux du bâtiment est en circuit fermé – rien n'entre ni ne sort – alors ce doit être quelqu'un du centre d'entraînement.

Le message ne comporte que cinq mots :

Une première journée impressionnante.
Wyll

Le Chevalier-Sorcier.

Il ne se trouve pas ici. C'est impossible. Tout le monde serait pris de frénésie si c'était le cas.

Peut-être qu'une personne à l'intérieur lui envoie des informations et relaie ses messages à sa place. Tous ont été prévenus que les séances d'entraînement sont enregistrées à des fins de visionnage et d'étude. Et si quelqu'un avait envoyé au Chevalier-Sorcier une capture du combat de Red de ce matin ? Cela ne serait pas étonnant qu'il veuille vérifier où en est son investissement, n'est-ce pas ? Histoire de s'assurer qu'il a parié sur le bon cheval.

Dans la sécurité de son esprit, Red peut admettre avoir parfois été prise de doute jusqu'ici. Elle avait cru impossible d'attirer l'attention du guerrier le plus célèbre des Sept Royaumes. Et pourtant la voilà, avec une preuve tangible. Le Fléau l'observe.

Et c'est un pas de plus vers sa vengeance.

9

Arène de Ker Magnus, Sombrecœur
Dix-neuf ans auparavant

L'aube se lève vive et lumineuse sur le tournoi pour l'Épée de Londres.

Art n'a pas vu ni discuté avec Garad depuis sept jours d'affilée. Suivant les règles de la Caballaria, tous les champions sont isolés, non seulement de ceux pour qui ils se battent, mais du monde entier. Ils consacrent ce temps à se préparer seuls, employant des instructeurs pour déterminer des tactiques de dernière minute et s'entraîner s'ils le désirent.

Garad a demandé à Si Vergo, le colossal maître de son centre d'entraînement, de venir læ voir chaque jour. Iel n'a pas voulu recevoir qui que ce soit d'autre. La famille et les amis sont interdits, conformément à la tradition. Tous les liens reliant chaque champion à la vie et qui ne relèvent pas de la Caballaria ont été temporairement rompus. Pour eux, le combat est désormais la seule chose au monde.

Art a été informé de manière sûre que le dessous du palais abrite son propre lieu de paris secrets, et que la cote d'une victoire de Garad est outrageusement faible. Son entrée dans le tournoi a été un processus tendu. Il a fallu que deux tuteurs indépendants de son centre d'entraînement parrainent celle-ci, et cajoler sa famille des heures durant pour les convaincre de signer les décharges qui protègent Sombrecœur de toute poursuite en cas de blessure ou de mort.

Art est resté complètement en dehors de tout cela. C'est Garad qui est déterminæ[22], qui défend leur cas et qui menace les bureaucrates nécessaires pour contourner les règles, lesquelles, comme iel le fait constamment remarquer, sont déjà passées par la fenêtre pour la moitié d'entre elles, dans ces circonstances sans précédent. Art lui-même constitue une situation inédite. Il semble logique qu'il en aille de même de san[23] champian.

En fait, Garad a entrepris de représenter Art d'une manière très inattendue. Les autres se contentent de rire lorsque le roi évoque le sujet – « Comment as-tu fait pour ne jamais remarquer que Garad appartient corps et âme à la Caballaria ? » a demandé Lillath quand il le lui a fait observer – mais il réalise qu'il n'avait jamais eu la moindre idée d'à quel point son amix a le combat dans le sang.

Cela l'empêche de dormir la nuit. La veille du tournoi, il est resté réveillé jusqu'à une heure matinale, à fixer l'obscurité, son cœur peu à peu saisi d'une terreur atroce.

Et si ça tourne mal, et que Garad meurt ? Ce genre de choses est rare, mais cela arrive.

Art aura tué son amix læ plus proche pour une Épée dont il ne veut pas.

*

« Dis à Garad de se retirer. »

Lucan émerge de son sommeil en clignant des yeux et resserre son long manteau d'intérieur sur son corps.

22. « Déterminé, déterminée » en neutre.

23. « Son, sa » en neutre.

« Art, dit-il dans un croassement. Comment es-tu sorti du palais, par les sept enfers ? »

Art hoche la tête en direction de la porte. « Ils ont accepté que je sorte uniquement si j'étais accompagné d'un garde armé. Deux d'entre eux sont en faction dans le couloir de l'autre côté, alors ne fais pas de bruit soudain, d'accord ? Ils sursautent facilement. »

Ils se trouvent dans les cuisines caverneuses du centre d'entraînement de la Caballaria de la rue Villiers, où Lucan – et jusqu'à la semaine dernière, Garad – vit. Celui-ci est à dix minutes à peine du palais à moto, mais à en juger d'après la manière dont les gardes l'ont regardé, on aurait cru qu'il leur avait dit qu'il se rendait dans un bar de Chiens de guerre pour se faire rouer la tête de coups par plaisir. Même les rois régents ne sont visiblement pas censés se livrer à des déplacements imprévus au milieu de la nuit.

Lucan se laisse tomber dans un fauteuil en face d'Art, qui est assis à côté des braises encore luisantes d'un feu assoupi. Les pièces du palais sont pleines de grilles de foyer ouvertes comme celle-ci ; mais seulement dans les ailes privées, a-t-il remarqué. Les pièces où sont hébergés les vastos qui vivent à Ker Leonis, ainsi que les salles publiques et de réunion sont toutes munies de chandeliers électriques et de systèmes de chauffage intégrés dans les murs, d'où ils prodiguent lumière et chaleur. Les feux ne sont que pure opulence et gaspillage absolu.

D'après ce que tout le monde rapporte, son père les adorait.

« Dis à Garad de se retirer », répète Art.

Lucan secoue la tête. « Je ne peux pas.

— Et bien, moi non plus, n'est-ce pas ? Ce serait un peu trop évident si j'essayais *moi-même* d'aller læ voir, mais ne pourrais-tu pas demander à Vergo, ou t'introduire en douce ou quelque chose de ce genre…

— Art, les champions du tournoi se trouvent tous dans un monastère strictement surveillé. Tu le sais bien. Je ne peux pas m'y faufiler, il n'y a rien derrière quoi se cacher. Ils comprennent à peine l'utilité des meubles dans ces endroits.

— Fais-lui parvenir un message, dans ce cas.

— Je comprends que tu sois inquiet…

— Je ne suis pas inquiet, crache Art. Je suis terrifié. »

Lucan reste silencieux.

Art s'affaisse dans son fauteuil. « Lux. Qu'est-ce que j'ai fait ?

— Nous. » La voix de Lucan est douce mais ferme. « Nous avons décidé de tout cela ensemble, tu te rappelles ? Si tu demandes à Garad de se retirer maintenant, tu ruineras sa carrière avant même qu'elle ait commencé. Garad prend l'honneur très, très à cœur. Tu le sais. Tu l'as toujours su. Iel te haïra pour cela. Iel ne te pardonnera jamais.

— Iel me déteste déjà. Et si quoi que ce soit lui arrive, je ne me le pardonnerai jamais.

— Garad a fait son choix. » Lucan lui jette un regard calme. « Le moins que tu puisses faire est de l'aider à aller au bout. »

*

Ker Magnus, l'arène de la Caballaria la plus célèbre de Londres et la plus grande de tous les Sept Royaumes, se dresse dans le ciel tel un dieu indifférent. D'une stature massive qui occulte le paysage et attire le regard, elle a été construite sur le site d'une ancienne cathédrale, disparue depuis longtemps dans la poussière des guerres passées, et se trouve à cinq minutes bien commodes en SUV du palais.

Plutôt que la fanfare attendue, Art insiste pour que son arrivée soit aussi anonyme que possible, et Brune a, de manière surprenante, accepté. Le jour du tournoi, il est emmené jusqu'à l'arène une heure plus tôt que tout le monde au palais, se déplaçant dans un SUV élégant et banalisé flanqué d'une escorte de chevaliers de la garde. Le large boulevard de Ker Magnus est déjà rempli de personnes installées pour apercevoir toutes les arrivées possibles. Son SUV génère beaucoup d'excitation et d'agitation, mais avec ses vitres teintées et en l'absence de marquage officiel, la foule n'a aucun moyen de savoir qui pourrait bien se trouver à l'intérieur. Les gens tendent le cou et plissent les yeux en direction des fenêtres arrière, essayant en vain de saisir même la plus fugace image d'un visage.

Art s'enfonce discrètement dans son siège.

Son SUV fait le tour de l'imposante arène et il pénètre dans l'édifice via une entrée privée d'apparence quelconque en coulisses, où par chance ne se trouve aucun curieux. À l'intérieur, un silence étrange et plein de révérence drape chaque pierre comme un voile. L'Histoire s'écrit ici aujourd'hui, et le lieu lui-même semble en avoir conscience.

Art est conduit jusqu'à l'Œil, une zone privée opulente réservée aux citoyens du palais et accessible uniquement par un élévateur dédié activé par clé. La loge offre le point de vue le plus élevé de toute l'arène, la salle principale à l'étage le plus haut. On y laisse Art seul avec un assortiment resplendissant de mets et de boissons, pour affronter l'ennui et l'angoisse qui l'étreignent.

Les rois régents ont quand même droit au meilleur siège, dirait-on. Il est tout devant, assez proche pour toucher le rebord du balcon qui surplombe pesamment le sol de l'arène. Son fauteuil à dossier élevé est séparé des autres par des bandelettes de soie couleur charbon drapant l'intervalle entre des piques métalliques. Deux chevaliers de la garde totalement silencieux l'encadrent à une distance à peine respectable. Tout le dispositif crie *n'approchez pas*. Durant l'heure qui suit, Art écoute assis le bruissement et les murmures qui enflent dans son dos tandis que la loge commence à se remplir.

Il ne s'est jamais senti aussi seul de sa vie.

Pendant toute la durée du tournoi, il partagera la pièce avec des personnes qui ont, jusqu'à maintenant, fait comme s'il n'existait pas. On l'a maintenu à l'écart de la plupart d'entre elles durant son court séjour au palais, comme une curiosité fragile en verre à examiner et dont on peut discuter, mais pas interagir avec, ce qui risquerait de la rendre humaine, réelle. Le protocole précaire actuel exige que personne ne l'approche sans invitation officielle, et la seule personne à même de le faire est Brune, qui n'est pas encore arrivée.

Cette situation en tout points absurde, songe-t-il, s'avérera peut-être divertissante, au moins.

La nuit tombe et les tribunes commencent à se remplir, inondant le vaste espace de l'arène d'un bourdonnement rugissant de bruit et de vie. Des projections géantes de chaque champion clignotent dans le ciel au-dessus de la fosse, animées en boucles enregistrées décrivant leurs postures d'attaque, leurs coups de grâce les plus célèbres, ou bien leurs armes favorites. Des lumières à motifs de projecteurs néon vagabondent, dessinant des traînées dans le sable et le béton, encore et encore, en une danse hypnotique.

Tout cela semble si lointain vu des hauteurs de l'Œil. La foule en contrebas ne peut voir la loge – celle-ci est protégée par un écran unidirectionnel – mais Art peut regarder. Il est à l'écart, flottant au-dessus du monde tel un ballon indifférent et serein. Il se demande oisivement quel moment l'enverra s'écraser au sol. Peut-être quand Garad fera son entrée dans l'arène ?

Ou quand iel perdra ?

Des enregistreurs vagabondant ratissent les têtes de la foule dense sur les sièges. La crème de Londres est venue de chacun des sept quartiers, et les optiques s'empressent de les repérer pour les lumineux géants installés à chaque extrémité de l'arène, assurant le divertissement de cette foule obsédée par le statut social grâce à son jeu préféré, la chasse aux célébrités.

Les autres tribunes sont remplies de Londoniens issus de tous les milieux. Des tickets ont été offerts lors de loteries organisées dans chaque quartier. La moitié de la foule est ici par le hasard du tirage au sort – après que chaque heureux candidat a été approuvé par la sécurité, évidemment, faute de quoi il n'aurait même jamais franchi le contrôle draconien célèbre de la frontière de Sombrecœur.

Le regard d'Art est attiré vers la tribune d'Alaunibourg. Sur les sièges installés en hauteur se tient la famille Welyen, séparée du reste des citoyens de leur quartier par des murs en flexiverre transparents et des chevaliers de la garde impassibles munis de pistolets à la ceinture. En tant que descendants supposés de saint Alaunis lui-même, ils font s'incliner leur communauté tout entière devant leur influence, qui s'est grandement renforcée grâce au mariage d'Orcade Welyen avec le Roi-Sous-Terre Uther Dracones.

Les enregistreurs de l'arène se concentrent avec avidité sur l'homme assis à côté d'Orcade. Il s'agit d'Agravain, son frère aîné, et le favori absolu de ce tournoi. Aujourd'hui, ses cheveux noisette sont lissés en arrière de sorte à dégager son visage, révélant des traits lisses et arrondis. Il porte un manteau blanc à haut col fileté de cuivre aux couleurs et au style traditionnels d'Alaunibourg. À travers les plis du vêtement dépasse le fourreau d'un couteau bien mal dissimulé dans une écharpe de ceinture.

N'importe quel Londonien a le droit de porter une arme, mais celles-ci sont rigoureusement interdites dans les arènes et les bars de la Caballaria. Les seules personnes aptes à en être munies aujourd'hui sont les Pistolets et les Épées : les chevaliers de la garde de l'arène et les combattants eux-mêmes. Agravain Welyen aime exhiber son pouvoir de contrevenir aux règles sans conséquence. Tel est son privilège. Il est affalé dans son fauteuil dans une attitude désinvolte et confiante, riant à quelque chose que sa grand-mère Irena vient de lui murmurer à l'oreille.

Orcade ne s'amuse pas. Elle semble jeune et calme à côté de son frère hâbleur. Son mariage avec Uther avait été considéré comme résultant de la supériorité politique et économique des deux clans et approuvé avec enthousiasme par tous les commentateurs officiels, mais Art s'est souvent demandé ce que Orcade elle-même en pensait. Épouser un homme craint et haï de trois fois son âge, être déplacée tel un pion dans le grand jeu du pouvoir dans lequel sa famille est si experte.

Peut-être était-ce son idée. Peut-être en avait-elle été heureuse.

Une chose est claire. Son choix de se tenir aux côtés de sa famille dans la tribune d'Alaunibourg au lieu de l'Œil est un message sans équivoque, dont les commentateurs doivent sans aucun doute se repaître en ce moment même. Orcade n'approuve pas le fait que le bâtard de son défunt mari tente de s'emparer de l'Épée.

Ou peut-être a-t-elle voulu se placer du côté des vainqueurs.

Juste au-dessus du bourdonnement de l'arène, un rugissement se fait entendre, comme la houle incessante d'une mer lointaine. C'est le bruit de la foule à l'extérieur de Ker Magnus, composée des citoyens moins chanceux qui réclament un peu de spectacle, leurs têtes inclinées en direction des lumineux plus petits qui entourent les portes extérieures de l'édifice.

De temps à autre, cet océan de personnes est interrompu par des agents de paris se tenant sur des socles de fortune, enregistrant des dizaines de mises avec moins de temps qu'il n'en faut à la plupart pour le dire. Ils possèdent leurs propres abréviations qu'ils croassent et hurlent pour couvrir le bruit tandis qu'ils échangent de la combine contre des feuillets avec de grands gestes vifs des poignets.

Tout ceci se répète dans chaque bar de la Caballaria du pays. Si l'un de ces bars a ses lumineux défectueux ou en panne, il sera fermé ce soir, son patron amer devant la perte de la nuit la plus rentable des vingt dernières années. Un pub officiel ou une arène sont le seul moyen pour la plupart des gens de voir un combat en direct, et aucune personne saine d'esprit ne manquerait celui-ci. Peu importe le résultat, chaque Londonien devra pouvoir dire pour les années à venir qu'il a été témoin de ce tournoi de l'Épée de ses propres yeux.

Art ingère avec délicatesse une gorgée de son Pollidori allongé d'eau en s'efforçant de ravaler la bile que la nervosité lui fait monter à la gorge. Le tirage au sort du premier tour a été favorable à Garad – iel se retrouve face au champion possédant la seconde cote la plus basse –, mais cellui-ci n'a jamais combattu dans une arène, ni même participé à un affrontement doté d'un quelconque enjeu, sans parler d'une occasion comme celle d'aujourd'hui.

Alors que le tournoi est censé commencer dans quelques instants, Brune apparaît à côté d'Art avec un grognement fatigué. Les semaines récentes de préparatifs pour cet événement historique lui ont coûté. Néanmoins, elle présente bien dans sa parure ajustée couleur purpura profond qui épouse sa silhouette svelte. Son pantalon drapé est ample et flottant, fendu sur les côtés de ses cuisses pour exhiber ses lames-jambes, et ses cheveux argentés sont rabattus en arrière avec austérité en une crête royale.

Directe comme toujours, elle lui adresse un regard évaluateur et lui demande simplement : « Prêt ?

— Non », murmure Art.

Elle hoche la tête et se tourne vers l'arène, les projecteurs jouant sur sa peau tandis qu'ils balaient leur tribune.

« Bien », répond-elle.

Avant qu'il ait le temps de se demander ce qu'il pourrait possiblement y avoir de positif dans un tel aveu, les lumières mouvantes de l'arène plongent d'un seul mouvement, comme des oiseaux s'abattant au sol.

« SEPT CHAMPIONS… UN VAINQUEUR… BIENVENUE… AU TOURNOI… DE L'ÉPÉE… DE LONDRES ! »

C'est la voix du nuntias, le célèbre commentateur de Ker Magnus, amplifiée pour retentir cent fois plus fort dans des enceintes installées sur chaque colonne imposante de l'arène. La vague acoustique est assourdissante tandis qu'il annonce pesamment les statistiques de chaque champion et son adversaire.

En hauteur, la projection de Garad fait une démonstration de force, brandissant lentement son épée longue au milieu des nuages.

Abandonne le premier combat, prie Art. Il ne se soucie plus de sa fierté. *Garad, si tu m'entends, abandonne le premier combat et tire-toi d'ici.*

Mais lorsque vient enfin l'heure, et que le nuntias appelle son nom, que les cloches électriques sonnent et que les lumières crépitent, illuminant la fosse en anneau, Art sait que sa prière est vaine.

Car l'apparence de Garad est spectaculaire.

Sa silhouette remplit les deux lumineux géants tandis qu'iel s'avance à grandes enjambées dans la fosse en l'observant d'un air avide. Iel est vêtu de la tête aux pieds d'une armure épaisse ajustée constituée de petites plaques blanches serrées qui ressemblent à des écailles de poisson et reflètent la lumière en un millier d'éclats éblouissants, scintillants, lui conférant une aura d'élégance, de souplesse et d'humidité.

La famille de Garad n'est pas riche, loin de là. Il est impossible qu'elle ait pu lui acheter une telle tenue – ses parents ont déjà passé la moitié de leur vie à économiser pour payer sa formation de chevalier – mais celle de Lillath, les DeHavilland, est d'une richesse embarrassante. Art siffle sa respiration retenue entre ses dents. Pas étonnant que cette chatte sournoise l'ait évité récemment.

Garad lève son épée longue d'une main et le nuntias a du mal à se faire entendre par-dessus le rugissement monstrueux qui s'élève à l'extérieur de l'arène. L'élite qui se tient au milieu de la foule agitée dans les tribunes n'ose peut-être pas exprimer son approbation devant ce jeune combattant étincelant de peur de donner l'impression de prendre publiquement position, mais le reste de la ville sait reconnaître un champion de la Caballaria quand il en voit un, au diable la politique. Ce n'est pas là l'attitude d'une personne qui compte abandonner le premier combat.

Garad a décidé de jouer le jeu.

Sept champions constituent un nombre impair, un tirage au sort détermine donc lequel sautera le premier tour. Si ce monde était juste, Garad, qui n'a pas encore été éprouvæ[24], se serait vu accorder cette chance, mais le représentant d'une autre famille a été choisi, alors iel devra, ainsi que les cinq autres, endurer trois combats entiers.

Son premier adversaire, Helyan le Miséricordieux, est plus petit en comparaison – bien que probablement d'une taille respectable vu de près ; tout le monde semble court sur pattes par rapport à Garad – avec un nombre égal de victoires et de défaites à son actif. Sa tenue gris charbon est fine, soignée, discrète. Conçue pour le combat et non pour caracoler, songe Art en sentant son cœur se serrer. Ce chevalier est un vétéran de la Caballaria et il est ici pour l'emporter. Il a pour arme favorite une massue de vilaine apparence, dont les piques dessinent des lignes sinueuses dans le sable rêche qui recouvre le sol de l'arène.

Un enregistreur opère un gros plan sur le visage de Garad. Celui-ci a été poudré de nacre, qui scintille le long des contours de chaque os, lui donnant l'air d'une statue sculptée. Son amix n'a jamais été aussi magnifique.

Aussi jeune.

La cloche qui annonce le début du match résonne et les lumières cessent leur danse, s'immobilisant pour embraser l'arène d'un flux continu, prêtes pour le combat.

La seconde sonnerie retentit… et l'affrontement commence.

Garad, qui n'a pas l'habitude de contrôler une poussée d'adrénaline qui doit lui faire l'impression d'un raz-de-marée, s'élance trop fort et perd l'équilibre, mais réussit à rattraper sa chute par une roulade. Une erreur de bleu, de débutant total.

24. « Éprouvé, éprouvée » en neutre.

Art ne peut pas regarder.

Il sent des yeux dans son dos, avides du moindre tressaillement de sa tête, mais il ne peut pas.

Tout autour de lui, l'océan sonore déferle et enfle avec des cris et des exclamations, recouvrant tous les bruits du combat. Il attend, paupières fermées, son cœur battant la chamade tel un tambour. Les combats de premier tour d'un tournoi prennent fin rapidement, en général. Plus vite on amène son adversaire sous la menace d'un coup mortel, plus vite c'est terminé et plus on s'économise pour les matchs suivants. Pourquoi est-ce que ce n'est pas encore fini ? Pourquoi le vainqueur n'est-il pas proclamé ?

Et puis, tout à coup, l'annonce retentit.

Un cri triomphant jaillit de la fosse, sa fin noyée dans le rugissement qui suit depuis les tribunes.

« Vous voulez peut-être jeter un coup d'œil, suggère Brune dans l'oreille d'Art. Votre champian vient de l'emporter. »

Art ouvre les yeux d'un coup. Les deux combattants sont étendus sur le dos, mais l'arête de l'épée de Garad repose contre le cou découvert de Helyan, et ses pieds bloquent ses bras contre le sol. La massue de Helyan gît plus loin, abandonnée. Il est fini.

Le bruit de la foule s'éteint, dans l'expectative.

Un moment d'immobilité.

« J'abandonne », déclare la voix claire de Helyan.

Dans le rugissement renouvelé, Art observe Garad se remettre debout. La brillance de sa tenue est ternie par le sable et la terre. Iel se retourne doucement, à la recherche de quelque chose. Lorsqu'iel se trouve en face de la masse caractéristique de l'Œil, et d'Art, la tête haute, iel lève lentement un poing et vient toucher son épaule opposée. Ce salut est destiné uniquement aux rois et aux reines. La foule de la Caballaria se déchaîne.

Art réussit à peu près à s'empêcher de s'enfoncer dans son siège.

*

« QUATRE. CHAMPIONS. ENCORE EN LICE... UN... SEUL... VAINQUEUR ! »

Après une pause d'une heure consacrée aux rafraîchissements, à l'occasion de laquelle on sert à Art le ragoût de porc épicé le plus délicieux à avoir jamais tenté de séduire sa langue, et dont il parvient à peine à avaler une bouchée, le deuxième tour commence.

Celui qui décidera du champion qui participera au duel final.

La cote de Garad a explosé depuis sa première victoire, mais son combat suivant le fait affronter une favorite de la foule – Dame Lyonesse, une chevalière dont l'histoire tragique et romantique a fait d'elle l'une des coqueluches récentes du circuit. On ne trouve pas la moindre accusation insinuant qu'elle essaierait de profiter de tout cela pour séduire le public. Il en va ainsi dans la Caballaria. Ça fait partie du jeu.

Brune se penche vers Art, avec une expression aussi décontractée que si elle s'apprêtait à discuter de la météo.

« Tant de whisky dans un estomac jeune et vide ? » murmure-t-elle.

Art jette un regard à la bouteille posée sur une petite table à côté de lui, qui laisse désormais voir bien plus de verre que de liquide. Il se force à avaler une autre bouchée de ragoût froid malgré les protestations de sa langue.

Brune laisse entendre un grognement satisfait. « N'oubliez pas : ne jamais trahir la moindre faiblesse. »

Elle retourne à son siège derrière lui et se lance dans une conversation animée avec un dignitaire du palais assis à côté d'elle. Art avale une autre bouchée de porc, puis manque de s'étouffer avec tandis que Garad fait à nouveau son entrée dans l'arène. Un rugissement dépourvu de retenue à l'extérieur du bâtiment accueille son apparence nouvelle. L'armure blanche à écailles sale et ternie de son premier combat a disparu au profit d'une autre version, de la couleur de l'ébène le plus foncé. Elle lui donne l'air d'un cobra noir.

Quelle putain de somme les DeHavilland ont-ils donc dépensée pour ces tenues, par les saints ?

Les cloches électriques retentissent, le public se calme et l'estomac d'Art tente de lui remonter à la gorge.

Et ça recommence.

Au moins, Garad devra abandonner celui-là. Iel a sauvé les apparences en remportant le premier combat et s'est fait un nom par la même occasion, lançant en grande pompe sa carrière dans la Caballaria. Tout sera bientôt terminé.

Dame Lyonesse frappe la première, tourbillonnant sur le sable avec une vitesse qui coupe le souffle à Art, ses deux rapières jumelles brandies, mais Garad est en position. Cette fois, le jeune homme se force à regarder, et ce faisant, il est émerveillé par l'apparence de san champian. Son armure est un bijou de conception, clairement du métal, à en juger par la manière dont elle résonne lorsque Lyonesse porte un coup léger au niveau de son torse, mais d'une fabrication si ajustée, si musculeuse qu'elle épouse son corps et offre à Garad la même liberté de mouvement qu'une tenue d'entraînement normale.

Alors que le combat se poursuit, un doute terrible naît dans l'esprit d'Art. Puis l'envahit tout entier tandis que Dame Lyonesse doit poser un genou au sol pour éviter un coup en balayage de l'épée longue au tranchant émoussé de son adversaire. La Dame n'est pas à sa taille. De très, très loin.

À moins que Garad ne soit victime d'une malchance soudaine, sa victoire est inéluctable.

Non. Garad est intelligenx[25]. Iel étudie la Caballaria depuis son enfance. Iel trouvera le moyen de perdre sans que cela se voie. C'est une certitude. Le combat continue, et Lyonesse fatigue visiblement, mais peu importe. Ce n'est pas grave. Iel attend simplement le moment opportun. Un claquage, une feinte

25. « Intelligent, intelligente » en neutre.

un peu trop visible, une perte d'équilibre, un enchaînement mal réalisé… il y a cent façons d'échouer, Garad.

Perds, Garad.

Mais cellui-ci n'obéit pas.

Lyonesse prend trop d'élan et glisse, commence à chuter, un poil trop fatiguée pour se rattraper assez vite… et la voilà au sol, la pointe d'une épée contre son cœur.

Le visage romantique et tragique de la Dame est plein de venin.

« J'abandonne », crache-t-elle.

*

« Laissez-moi passer *immédiatement.* »

Les chevaliers en faction dans le couloir terne qui mène à la zone de repos souterraine des champions sont nerveux, et pour une bonne raison. Cette soirée historique met déjà les nerfs de tout le monde à cran, et par-dessus le marché, les voilà désormais confrontés au jeune adulte qui deviendra peut-être leur roi avant la fin de la nuit.

« Sire, commence l'un avant d'hésiter, empêtré dans le protocole. Si…

— Oh, bordel de merde, crie Art, peu importe comment vous m'appelez, contentez-vous de me laisser aller voir man[26] putain de champian !

— C'est contraire aux règles », déclare un autre d'une voix ferme.

Art envisage de jouer la carte JE SUIS QUASIMENT TON ROI, ESPÈCE D'IDIOT, se rétracte avec horreur devant cette idée et tente d'y voir clair dans la brume rouge de fureur qui emplit son esprit.

26. « Mon, ma » en neutre.

Il soupire.

« Je m'excuse, déclare-t-il. Les choses sont… difficiles en ce moment, comme vous pouvez l'imaginer. »

Le garde, visiblement confus par son manque d'enthousiasme apparent devant la réussite de san champian, reste muet.

« Art ? » fait une voix prudente.

La tête de Lucan apparaît dans l'entrebâillement d'une porte du couloir.

« Tu n'es pas censé être ici », dit-il inutilement.

Art lève les bras au ciel. « Vraiment ? demande-t-il au plafond avec stupéfaction. Eh bien, quelle stupidité de ma part d'avoir fourni tant d'efforts pour échapper à l'Œil et de m'être frayé un chemin en persuadant tous les niveaux de sécurité. Je ferais mieux de remonter docilement et de m'occuper de la bière et des pancakes que j'ai laissés là-bas et qui s'éventent, n'est-ce pas ? »

Lucan semble évaluer la situation. Il s'avance dans le couloir, laissant la porte se refermer derrière lui.

« Si, demande-t-il aux deux gardes, acceptez-vous les pots-de-vin ? »

Ces derniers, peut-être habitués à un peu plus de subtilité, échangent un regard. Le plus rapide des deux hoche la tête. La transaction est rapidement discutée et réalisée. Tandis que les gardes remontent le couloir jusqu'à être pile en dehors de leur champ de vision, Art passe devant Lucan et ouvre la porte.

Garad se trouve dans la pièce attenante, assixe[27] sur un simple tabouret, torse nu tandis qu'un médecin de tournoi recoud une vilaine entaille sur son flanc. Sous les bandes lumineuses dures, il est bien plus facile de se rendre compte de ce que chaque combat lui a coûté jusqu'ici. Les carreaux pâles sous le tabouret sont striés de sang mêlé d'eau. La peau de Garad est blême,

27. « Assise, assis » en neutre.

usée. Iel lance à Art un regard rapide avant de fixer de nouveau le mur opposé.

Art se tient debout, sa colère disparue devant son corps abîmé, entaillé.

Pour lui.

« Garad, dit-il d'une voix calme. Qu'est-ce que tu es en train de faire ? »

Derrière lui, il entend le cliquetis de la porte qu'on ouvre, laissant passer un peu du bruit de la foule qui se réverbère contre les murs de pierre du couloir. Puis on la referme et le son disparaît.

Lucan reste derrière lui. Il prend probablement soin d'éviter de se trouver dans le collimateur.

« Je fais de mon mieux pour ne pas t'humilier », répond Garad.

Art pointe le doigt vers l'extérieur, vers l'arène. « Borin Cœur-Sec vient de remporter son deuxième duel sans même qu'on le voie transpirer. Ce qui veut dire que le combat final va t'opposer à lui, ce qui est dans moins d'une heure.

— Tu as un don pour exprimer l'évidence. »

Art lutte pour garder son calme. « Tu aurais dû faire en sorte de perdre contre la Lyonesse. Tu le sais.

— Attention, répond Garad avec mollesse. Les murs ont des oreilles.

— On me rémunère grassement pour que je tienne ma langue. » La voix calme et étouffée du médecin flotte autour do[28] champian blessæ[29]. « Et je vous serais reconnaissant de bien vouloir vous rappeler que je suis également quelqu'un de loyal. »

Lucan a dit que sa famille avait offert les services de leur propre médecin privé – et très onéreux – pour le tournoi, plutôt que de recourir à ceux que fournit l'arène. Il est mieux formé. Garad n'est pas la seule personne à prendre des risques pour

28. « Du, de la » en neutre.

29. « Blessé, blessée » en neutre.

lui. Ses deux autres amis se sont non seulement impliqués eux-mêmes, mais leurs familles également.

Le médecin termine en silence, frottant délicatement la blessure propre avec une compresse désinfectante. Il se relève et remplit d'eau le petit évier dans le coin pour rincer ses instruments. Garad se redresse sur son tabouret avec une grimace et commence à couvrir ses mains de ruban antidérapant blanc, l'enroulant avec lenteur et concentration.

« J'ai recollé et recousu la blessure, mais il est probable qu'elle s'ouvre à nouveau durant le combat, avertit le médecin. Ça ne tiendra pas longtemps.

— Je sais, répond Garad.

— Lorsque vous la sentirez se déchirer, ne redoublez pas de prudence ; donnez tout ce que vous avez. Ça n'aura plus d'importance, et plus vous terminerez rapidement, moins vous perdrez de sang.

— Compris. »

L'estomac d'Art se noue. Il n'est pas un combattant. Il ne l'a jamais été. Oh, il a pris du plaisir à regarder des matchs de la Caballaria à l'instar de tout le monde, et comme chacun il a étudié le code, le volume ancien de mille pages qui explore l'art du combat. Il a lu chacune de ses histoires captivantes, de sa philosophie politique et élégante, de ses préceptes moraux et de ses mythes.

Mais il a devant lui la réalité dure et brute. Une chair déchirée, abîmée et de la douleur. Il existe à l'extérieur un mur entre les combattants et le public, fait de lumière étincelante, de peintures corporelles et de performances superbes ; assez, parfois, pour qu'un athée croie de nouveau aux dieux. Ici, cependant, le mur a disparu. Il n'y a que des humains, et ceux-ci sont fragiles.

« Garad, se contente-t-il de dire, pour l'amour des saints, regarde-moi. »

Mais iel n'écoute pas. Le jeune roi le regarde enfiler des gants garnis de pointes métalliques qui suffiraient à faire couler le sang d'un coup de poing.

« Art, fait la voix anxieuse de Lucan derrière lui. L'équipe de l'arène sera de retour d'une minute à l'autre pour parler du combat final avec Garad. Tu ferais mieux d'y aller.

— Garad », essaie de nouveau Art.

Garad fléchit les doigts ; sa voix est distante.

« Je te verrai après », dit-iel, et il n'ajoute rien de plus.

*

Les cloches électriques retentissent.

« DEUX. CHAMPIONS, hurle le nuntias. UN. VAINQUEUR. »

Le bruit de la foule submerge les oreilles d'Art, noyant tout le reste. Il ne sent rien. C'est une sensation étrange et réconfortante.

« ... SÉRIE DE VICTOIRES, poursuit le nuntias d'une voix perçante, mais même les énormes enceintes sont incapables de couvrir le rugissement de la Caballaria. CHAMPION DES CHAMPIONS... CŒUR-SEC ! »

L'adversaire final de Garad fait son entrée dans l'arène.

Même à cette distance, il a la stature d'un ogre. Celle-ci emplit les écrans des lumineux, et les enregistreurs doivent s'éloigner précipitamment et refaire le point de plus loin pour l'avoir entièrement dans le cadre. Son torse est revêtu d'une cotte de mailles dont on dit qu'elle a été conçue à partir d'anneaux d'amarrage. Ses longs cheveux noirs effleurent le bas de son dos. Ce soir, il les a rassemblés en une imposante queue-de-cheval qui vibrera et fendra l'air à chacun de ses mouvements. Ses muscles sont d'énormes rochers empilés. Il est célèbre pour accorder sa préférence à l'épée longue, qu'il brandit actuellement d'une main et qui repose contre sa poitrine, dépassant au-dessus de sa tête. Un combat égal avec Garad du point de vue des armes, au moins.

Borin n'appartient pas à cet endroit, à cette époque de verre et d'acier baignant dans la lumière des néons. Sa place est sur un champ de bataille boueux et brumeux, à affronter à la hache des monstres rugissants comme dans les légendes d'autrefois. Ker Magnus est l'un des monuments les plus imposants jamais érigés, mais il semble trop petit pour le contenir. L'homme le remplit d'une extrémité à l'autre simplement en restant immobile. Tous les regards sont attirés par lui.

Mais Garad fait son entrée à son tour. Pour le combat final, l'armure qui épouse ses formes est argentée. Un argent pur, lumineux, la couleur de la combine, la couleur de Londres. Rien dans son visage ne trahit la blessure qui lui ouvre le flanc, aucune contusion, aucun des signes d'épuisement qui le marquaient il y a un moment seulement. Sous les lumières de l'arène, toute réalité s'évanouit.

Les adversaires se font face.

Garad, l'humain au physique le plus imposant qu'Art ait rencontré jusqu'ici, ressemble à une allumette en face de Borin, que ce dernier va attraper et briser en quelques secondes. Les lèvres de Garad remuent, mais les mots se perdent. Les enregistreurs se dépêchent de zoomer sur son visage, de saisir ce qu'iel dit, mais trop tard. La bouche de Borin est close, puis s'ouvre, et il répond.

« Qu'est-ce qu'ils ont *dit*, putain ? crie quelqu'un derrière Art, oubliant toute étiquette dans le feu de l'action. Pourquoi est-ce qu'ils n'installent pas de microphones sur les combattants, par les saints, je ne comprendrai jamais… »

La cacophonie ne fait que s'amplifier tandis que chacun est captivé par le combat, le visage tendu, plein d'attente alors qu'il projette toutes ses émotions dans l'arène. Art n'est que vaguement conscient du fait que son cœur bat comme s'il voulait s'arracher à son torse.

La première cloche sonne.

L'épée de Garad se dresse, transperçant le ciel.

Et celle de Borin tombe, éparpillant le sable sous l'impact lorsque la garde vient frapper le sol.

Pendant un moment, la foule est prise de confusion – est-ce qu'il l'a *laissée échapper* ? – mais l'homme pose lentement un genou à terre.

Le tohu-bohu s'estompe peu à peu et laisse place au silence.

Borin dresse sa main vide en l'air, formant un poing, suivi par ses homologues géants sur chaque lumineux immense. Sa voix, lorsqu'elle parvient au public, évoque des rochers s'effondrant lors d'un glissement de terrain.

« J'abandonne. »

La clameur est soudaine, immédiate tandis que des milliers de voix se déchaînent.

Les enregistreurs se concentrent sur les Welyen, qui hurlent en direction de l'arène après avoir vu leur champion perdre délibérément, sans ambiguïté et très publiquement le combat le plus important de sa vie et de la leur.

On entend crier « nul et non avenu » ainsi que « illégal ». Des cris de déni retentissent.

Garad est figé telle une statue.

Au milieu du chaos, une silhouette se détache de l'anneau, le renfoncement dissimulé qui entoure la fosse et où les fonctionnaires, les médecins et les entraîneurs de la Caballaria observent chaque combat. Elle traverse le sable, le blanc de sa veste la désignant comme un adjudicateur impartial de l'équipe de l'arène. Le bruit met longtemps, très longtemps à mourir, mais il finit par s'éteindre tandis que la foule se reprend, attendant ce qui va suivre.

L'adjudicateur arrive au niveau des champions et se penche à côté de Borin agenouillé pour lui parler. Un enregistreur se rapproche, révélant le visage d'une femme d'âge moyen, ridé, grave. La foule s'efforce d'entendre ce qui se dit, en vain.

Elle se lève en époussetant le sable de son pantalon. Puis elle se tourne vers une personne de l'anneau et lui adresse un signe de tête.

Un instant plus tard, la voix du nuntias retentit soudainement dans les enceintes.

« GARAD GAHERIS, CHAMPIAN D'ARTORIAS DRACONES… EST VAINQUEUR. »

La foule rugit telle une bête dissonante.

Avant longtemps, cela deviendra l'une des images les plus iconiques qui soient dans l'histoire de la Caballaria : la silhouette imposante, grisonnante de Borin Cœur-Sec, agenouillé, son épée dans la poussière, son visage couturé et impassible de guerrier tourné vers l'ange argenté qui se tient devant lui. Læ jeune champian, souple comme un bouleau, sa propre arme abaissée, dont la pointe dessine un trou d'épingle dans le sable à côté.

Les lumineux de l'arène s'emplissent de l'image d'Agravain Welyen. Celui-ci s'est dressé sur son siège, et son visage lisse est froissé d'une rage absolue. Sous les yeux d'Art, l'Agravain géant des lumineux tend la main et ferme lentement le poing, en un geste qui promet la mort.

Son bras est pointé directement sur l'Œil.

Art entend Brune pousser un juron brusque et coloré entre ses dents, puis il sent quelqu'un lui attraper l'épaule et l'arracher à son siège. Il a le temps de voir sa vastos parler à quelqu'un dans son dos, appelant par-dessus le bruit, avant d'être tiré à l'extérieur de l'Œil et entouré d'une phalange de chevaliers dans l'étroit couloir attenant.

« Faites-le sortir, faites-le sortir » crie quelqu'un, et il n'a pas l'occasion de protester, il est confus, emporté, marchant si près du garde à côté de lui qu'il peut sentir sa cuisse légèrement effleurée par le pistolet du holster passé à sa hanche.

« Attendez, s'entend-il dire. Qu'est-ce qui se passe ?

— Nous vous ramenons au palais, sire, répond le chevalier à côté de lui en regardant ailleurs. Des SUV attendent à l'extérieur.

— Et concernant… où est Garad ? demande-t-il.

— Ça n'a pas d'importance pour le moment. Sire ! »

Le chevalier pousse un cri d'alarme mais Art est déjà parti, se faufilant à travers les corps distraits qui l'entourent et qui se préparent à une attaque du dehors mais pas de l'intérieur. *Garad,* le presse son esprit engourdi, et il obéit. Le tiers supérieur de l'arène est desservi par des élévateurs distincts mais Art prend les escaliers, fonçant à travers la porte, ses pas résonnant contre le ciment, deux, trois, quatre marches à la fois. Il a l'impression de voler.

« Artorias !

— Sire ! »

Les cris lui parviennent, mais ils arrivent d'en haut et il fonce vers le niveau du sol, vers la fosse. À présent, il entend les acclamations à travers les murs, étouffées et confuses, leurs paroles indiscernables, percevant uniquement leurs cadences dissonantes.

Là. Un groupe de gardes de l'arène se tient devant cette porte. Pas de mots cette fois, pas de discussion, il *va* passer, c'est tout. Stupéfaits par la vision du garçon qui vient de devenir leur roi déboulant sur eux, ils n'émettent même pas de protestation. Il passe en les repoussant et ouvre le battant d'un grand coup, débarquant dans l'anneau creusé ; à la différence des couloirs vides résonnants qui y mènent, quantité de gens s'activent en cet endroit, et les cris de la foule sont d'une puissance inhumaine d'aussi près ; il s'arrête juste dans le cadre de la porte, essayant de comprendre comment, par les sept enfers, il est censé sortir de l'arène d'ici...

« Art ! »

Un ange argenté est entouré d'un groupe compact de membres de l'équipe de l'arène en veste blanche, qui parlent tous en même temps en essayant de se faire entendre par-dessus le tumulte.

« Art », appelle de nouveau la créature céleste, et sa voix est si tremblante qu'elle brise ce qui reste de l'enveloppe d'indifférence derrière laquelle se cachait celui-ci.

Garad s'extirpe du groupe et Art s'avance, et quelque part dans cette distance confuse et sans importance qu'est le reste du monde, il voit les gens s'éloigner d'eux pour les laisser se retrouver dans un espace vide qui leur est propre, un cercle de visages silencieux.

De près, Garad est trop vræ[30] pour être un ange. Son armure lui donne une apparence incongrue à l'extérieur de l'arène, comme si iel se rendait à un bal costumé. Ses yeux sont trop brillants et ses cheveux courts pendent en mèches lourdes et humides.

Art ouvre la bouche, mais se rend compte qu'il ne sait pas quoi dire.

Garad attend, de toute sa hauteur, dans l'expectative, maîtræ[31] d'iel-même.

« Qu'est-ce qu'il t'a dit ? Borin ? » finit par demander Art.

Les vestes blanches qui les entourent se penchent en avant pour écouter.

« Qu'il pensait que tu devais être roi, répond Garad. Qu'il croyait… que c'était ce dont Londres avait besoin. »

Ça sonne bien. Un peu trop pour être vrai, peut-être – mais qui sait comment sont les choses dans l'arène, quand on porte le grave fardeau d'une nation sur les épaules ? Art imagine Borin répéter la scène à l'avance, ce visage buriné prononçant les mots devant le miroir de sa loge.

« Il peut vraiment faire ça ? interroge Art à la cantonade.

— Oui, sire, répond une voix à sa gauche. Borin a abandonné de son plein gré. Les règles relatives à cette situation sont claires, elles ont été modifiées et mises à jour à la demande de votre père… »

La voix se tait.

« Je ne suis pas mon père », dit-il calmement.

---

30. « Vrai, vraie » en neutre.

31. « Maître, maîtresse » en neutre.

Garad parle d'une voix basse. « Non. Tu seras mille fois meilleur qu'il l'a jamais été. »

Si le cercle des corbeaux blancs qui les observent est choqué par ces mots, personne n'émet la moindre remarque. Leurs dieux sont les champions de la Caballaria, et Garad, en ce moment précis, est leur idole.

C'est trop. Comment devient-on le souverain de millions de personnes sans s'effondrer sous le poids d'une telle puissance ?

« Est-ce que tu ne veux pas gagner un peu avant de perdre ? » demande Garad comme s'il pouvait sentir son appréhension.

Il s'agit d'une expression ancienne et bien connue. Elle signifie qu'il faut se battre, lutter pour ce en quoi on croit, ce qu'on désire et la vérité qu'on défend. Remporter autant de combats que possible avant l'affrontement final avec le saint de la Mort ; celui que tout le monde perd inéluctablement.

Faire que sa vie compte pour quelque chose, car c'est la seule que l'on a.

Art s'avance, il n'est plus qu'à quelques centimètres de son ami qui attend, tendu. Au moins il ne sera pas seul. Il a Lucan, ainsi que Lillath. Il a san champian féroce, la loyauté incarnée, qui le regarde d'un air anxieux.

« Tu viens de contribuer à faire un roi, Garad, déclare Art. Qu'est-ce que cela fait ? »

Garad lâche un rire soulagé sanglotant et l'attire à lui pour l'étreindre. Au bout d'un moment, iel met un genou à terre, mais Art refuse de lâcher prise et se laisse entraîner au sol. Læ champian du roi est son égalx[32]. Que tous ceux qui sont témoins de la scène le sachent.

Garad appuie son front contre celui d'Art. Son visage maquillé est strié de sueur. La sensation de sa peau glissante contre la sienne est la chose la plus réelle qu'il ait jamais connue.

32. « Égal, égale » en neutre.

« Ça fait du bien », lui chuchote Garad, les yeux brillants. Iel lève les mains et agrippe doucement l'arrière du crâne d'Art, raffermissant leur lien. « Mon frère. Je te suivrai, avec joie, jusqu'à ce que je perde enfin. Tu le sais, n'est-ce pas ? Tu l'as toujours su. »

Les propres mains d'Art s'élèvent et se posent sur celles de Garad, entrelaçant leurs doigts.

« Je le sais », chuchote-t-il en réponse.

Pour le meilleur ou pour le pire.

Artorias Dracones est désormais roi.

10

Le Donjon, Rhyfenbourg
Dix mois auparavant

Des lumières stroboscopiques épellent son identité aux yeux du monde entier dans le ciel.

Se détachant sur les nuages brumeux qui passent au-dessus de Londres, le nom de Red est une volute qui s'estompe, comme si son existence pouvait s'effacer n'importe quand. Des panneaux encadrés qui semblent flotter dans les airs révèlent tous ses secrets, dans une écriture en lettres de néons éblouissants.

Le ronronnement de la moto sous ses cuisses et la taille qu'elle serre devant elle la ramènent sur terre. Red et Finnavair filent telle une comète à travers le monde. Une brise apaisante et sifflante caresse sa peau. Une douleur se fait sentir dans son cœur et se propage dans tout son corps, celle de la liberté des kilomètres avalés sous elle. Sur une moto, personne ne peut l'arrêter ou lui dire ce qu'elle doit faire. Un chevalier suit ses propres règles. Les normes s'effondrent dans leur sillage.

Elles foncent.

Red agrippe fermement le ventre mince de Fin, et sent la pression de la tenue de protection contre ses poignets dénudés. Elle ne devrait pas vouloir s'échapper ainsi. Elle s'enfuit, mais elle a oublié ce qu'elle fuyait et pourquoi, et ne souhaite pas se le rappeler. Elle sent la main gantée de sa camarade sur la sienne et se délecte de ce contact, de cette proximité avec une autre. Fin est la liberté, et elle entraîne Red vers elle.

Puis elle se retourne dans son siège, pour lui faire face complètement, et le rêve devient cauchemar. Car ce n'est pas le visage de Fin qu'elle voit, mais celui de sa mère.

La moto vibre et se retourne, les projetant toutes les deux. Red glisse et le deux-roues atterrit sur elle, aplatissant son cou et clouant son corps au sol. Sa gorge est lentement écrasée, froissée aussi facilement qu'un tube de papier. Ses poumons refusent de se gonfler. Sa gorge de s'ouvrir. Elle essaie de bouger. De tirer. De pousser. De secouer. Elle force, encore, *encore*, mais rien ne se produit, rien ne se passe. Elle n'arrive plus à respirer. Elle est telle une araignée empalée par une épingle, et dont les jambes se recroquevillent alors qu'elle agonise faiblement en frémissant. L'étau qui la piège n'est pas une moto mais des bras, ceux d'une femme, minces et implacables, tandis qu'elle sent contre sa gorge un tranchant métallique mortel comme un rasoir, qui lui ouvre la peau…

Et puis elle se réveille, couverte de sueur et tremblante.

Elle lutte pour retrouver une respiration normale. Elle n'est pas piégée. Elle n'est pas impuissante. Elle est ici, vivante dans l'obscurité de sa chambre, en sécurité et seule.

Non, pas seule. Un fantôme plane dans un coin du plafond.

Red fixe la forme frémissante recouverte d'un drap. Puis elle croasse : « lumière ».

Les éclairages de sa chambre s'allument doucement, transformant le mystérieux en banal. Le fantôme n'est rien de plus qu'un drap. Celui-ci est tombé de ses jambes, de son lit, avant d'être repoussé de manière impossible dans un coin du plafond où il flotte, cloué là par une force inconnue.

C'est toi qui es en train de faire ça, espèce d'idiote.

Elle cligne des yeux. Le drap tombe par terre en un tas informe.

Putain. Ce n'est pas la première fois que cela se produit, que sa magie déborde dans son sommeil, mais une telle chose est rare, et c'est toujours à cause d'un cauchemar qui, peu importe comment il a commencé, finit inévitablement de la même manière : les bras d'une femme qui l'enserrent. Une lame mortelle qui lui picote la gorge.

Le cœur de Red ne cesse de tambouriner. Si elle ne trouve pas un moyen de se calmer, cette menace la suivra toute la journée jusqu'à ce qu'elle soit trop effrayée pour parler, et encore plus se battre, de peur que sa magie ne se fraie un chemin hors d'elle, incontrôlable. Et alors elle pourra dire adieu à la chevalerie.

La sueur sèche sur sa peau et la démange. Se laver. Elle va prendre une douche, essayer de se débarrasser du rêve qui s'accroche à son âme. Elle se hisse hors du lit et farfouille à la recherche d'une serviette. Elle a besoin d'espace. Il faut qu'elle sente le vent, qu'elle voie les étoiles. Par les saints, même la lumière vive et implacable des enseignes en néon des rues lui manque. Tout cela est séparé d'elle seulement par une couche de pierre dépourvue de fenêtres, un unique mur entre elle et le monde, mais ce dernier pourrait tout aussi bien être épais de plusieurs mètres. On ne quitte pas cet endroit. Cet endroit ne nous quitte pas.

Cela fait plus d'un mois que Red a commencé sa formation au Donjon. Les jours se sont transformés en semaines à une vitesse inquiétante, et avec eux le monde de Red est devenu de plus en plus petit, jusqu'à lui coller au corps comme une seconde peau qui la rend claustrophobe.

Rien de l'extérieur n'est autorisé à pénétrer dans le centre d'entraînement public de Rhyfenbourg. Plus cela dure, plus il est facile de croire que tout dehors a cessé d'exister. Les lumineux des chambres des aspirants sont configurés pour contenir uniquement des éléments de cet univers, à l'intérieur de ce bâtiment : les enregistrements de leurs combats, leurs statistiques, leurs progrès, leurs erreurs, les commentaires de leurs instructeurs, leur régime, leur réveil et leur agenda. Pas d'actualités. Pas de divertissement. Pas de message de la famille ou des amis. Rien qui concerne autre chose que leur quotidien.

« C'est une secte, voilà ce que c'est », a murmuré l'un des aspirants lors du petit-déjeuner quelques semaines auparavant, un homme irritable du nom de Herthen doté d'un crochet gauche malveillant qui fait plier ses adversaires d'un coup – lorsqu'il réussit à les toucher. Ses orbites sont soulignées de cernes sombres. « Ils vous font forcer physiquement jusqu'à ce que vous soyez trop fatigué pour réfléchir, puis ils épuisent votre cerveau au point que la seule chose que vous puissiez vous rappeler, que vous puissiez y fourrer, soit le code. »

Si c'est une secte, avait pensé Red, *la totalité des Sept Royaumes y a succombé depuis longtemps.*

Kay le taureau, l'aspirant massif qui a taquiné Red lors de sa première séance d'entraînement et fait souvent un détour pour venir s'asseoir avec elle aux repas à présent, s'était hérissé. « C'est le principe, non ? Tu veux faire partie de la Caballaria, tu donnes ta vie pour ça. On peut pas être un chevalier à moitié, de temps en temps, lorsque ça nous chante. C'est tout ou rien. »

Herthen s'était contenté de secouer la tête en marmonnant dans sa tasse de café : « voilà un vrai converti. »

Herthen n'avait pas tenu longtemps après la deuxième semaine. Un matin au petit-déjeuner, il n'y avait eu qu'un espace vide là où il aurait dû se trouver, et une annonce bourrue lors de la première séance d'entraînement de la journée expliquant qu'il avait abandonné.

Il avait été le premier, mais pas le seul. À la quatrième semaine, la moitié d'entre eux avait disparu ; plusieurs simplement par épuisement ; quelques-uns à cause de blessures assez sévères pour les écarter de la course trop longtemps pour qu'ils puissent terminer leur formation de manière satisfaisante. Du moins, c'est ce qu'on avait dit aux autres.

Des plaisanteries avaient couru sans conviction – « est-ce qu'ils ont vraiment abandonné ou est-ce que les cuisines connaissent une pénurie de protéines ? » Et « mon frère a entendu une rumeur selon laquelle le centre d'entraînement de Senzabourg possède un cimetière dans la cave pour ceux qui n'arrivent pas au bout » –, mais chaque fois qu'un espace supplémentaire apparaît à la table du petit-déjeuner, la détermination ne fait que croître chez chacun de ceux qui restent.

Ils sont parvenus jusqu'ici. Ils ne peuvent pas échouer maintenant.

Malgré sa détermination à réussir seule, Red s'est plusieurs fois retrouvée attirée par plusieurs de ses camarades aspirants. Kay se montre bruyamment agressif au combat, mais en dehors il s'est avéré un compagnon généreux, doué pour la faire rire. Et puis il y a Sela Delaney, la fille au crâne rasé sensuelle qu'elle a rencontrée après sa toute première séance d'entraînement.

Sela semble prendre un plaisir particulier à provoquer Red. Elle flirte durant leurs combats, énervant son adversaire encore plus alors que celle-ci est déjà échaudée par l'affrontement. Elles se retrouvent souvent ensemble et sont douées pour exploiter les faiblesses de l'autre – le positionnement de Sela peut s'avérer hasardeux et bancal ; les armes doubles sèment la confusion chez Red – et leurs échanges sont pleins d'une tension ludique que les autres aspirants, qui cherchent toujours à se divertir, ne font qu'encourager.

Il est souvent difficile de discerner à quel point Sela est sérieuse. Elle semble trouver tout terriblement amusant et se plaît à proférer des remarques nonchalantes et offensantes lancées pour hérisser les autres. Puis, soit elle remet en place la personne offensée par une plaisanterie cinglante, soit elle la surprend avec un cadeau pour se faire apprécier de nouveau. Un petit pain supplémentaire au dîner. Un nouveau livre. Une bouteille d'huile d'épée onéreuse obtenue sur le marché noir du Donjon qui importe des biens du monde extérieur.

Red a fait de son mieux pour ignorer son existence. Elle a une fois refusé une confiserie d'un sac illégal de gelées glacées que lui a offert Sela, et c'est par la suite devenu le jeu préféré de sa rivale : quelle tentation fera enfin craquer Red ? Mais cette dernière ne cédera pas. Elle ne peut pas se permettre de risquer sa place ici. Et si le Fléau la voyait ? Et si cela le décevait ?

« Tu es un bon petit chien, Red, a une fois fait remarquer Sela lors du dîner. Qui trotte docilement à l'intérieur des limites établies par les règles.

— Si c'était le cas, je ne te battrais pas aussi souvent, si ? avait répliqué sa camarade. Tu n'es qu'une tricheuse de seconde zone. »

Sela s'était contentée de sourire comme si cette insulte était un compliment.

Dans le Donjon, le seul signe indiquant la tombée de la nuit à l'extérieur est le passage de toutes les lumières du bâtiment d'un jaune azuré glacé vif à une obscurité froide teintée de bleu. Red se faufile dans le couloir sombre à la recherche d'une douche. Lorsqu'elle parvient dans la salle de bains commune, elle entend le bruit à peine perceptible mais caractéristique de l'eau qui coule. Il est presque minuit, mais quelqu'un d'autre s'y trouve.

Elle reste immobile un moment, indécise, mais les bras qui serrent son corps et le couteau qui picote sa gorge dans son rêve refont surface dans son esprit comme un cadavre gonflé dans un fleuve, et elle se retrouve prise d'un frisson incontrôlable. La seule chose susceptible de fonctionner est d'essayer de se détendre ou elle ne réussira jamais à se rendormir, et l'eau peut s'avérer utile pour cela.

Elle ouvre la porte et il lui faut un moment pour discerner de qui il s'agit. La silhouette svelte est voilée par la vapeur. Elle tourne la tête en entendant Red.

Sela.

Le pouls de Red s'accélère nerveusement tandis qu'elle s'avance sur les carreaux glissants et choisit la douche juste à côté de la sienne. Elle est récompensée par un sourire paresseusement taquin.

Il est tard, et les douches sont bruyantes. Red laisse l'eau ruisseler sur son corps, appréciant son tambourinement léger sur son dos, son regard rivé sur les trous d'évacuation au centre de la pièce.

Sela est arrivée avant elle, mais sa douche fonctionne toujours.

Au moment où cela commence à devenir embarrassant, Red entend un craquement métallique à côté d'elle, et le jet s'arrête. Soudain embarrassée, Red se détourne de Sela en direction du mur, l'eau ruisselant de ses bras tandis qu'elle les tient contre sa poitrine et fixe les carreaux.

« On n'arrive pas à dormir, Pel ? » entend-elle Sela demander.

Elle méprisait ce surnom au début – l'abréviation de pelleren, sa catégorie d'enfant-divine – mais elle ressent à présent une sorte d'affection irritée à son égard. Il est étrange de constater à quel point la conscience de la nuit et de tous ces corps endormis lui donne l'impression que Sela parle plus fort. Elles sont peut-être les deux seules personnes réveillées dans tout le bâtiment en ce moment.

« Pas ce soir, répond Red en fixant le sol.

— Un cauchemar ? »

Red tressaillit. L'envie lui prend de lancer une réplique nonchalante mais sa gorge est serrée.

« Désolée », murmure Sela. Pour une fois, elle semble sincère. Elle se reprend. « Je sais de quoi parlait ton rêve. C'était moi, en train de t'écraser le visage par terre encore une fois. Je parie que tu t'es réveillée toute terrifiée.

— Tu as gagné quarante-sept pour cent de nos combats, précisément », réussit à articuler Red, reconnaissante de cette perche tendue. L'irritation est un bon moyen de vaincre la peur.

« Ta réussite inférieure à cinquante pour cent lorsqu'il s'agit d'écraser mon visage par terre ne m'effraie pas.

— Tu veux me donner l'opportunité d'égaliser ? »

Red se retourne. Sela se tient près d'elle, sa peau tout humide, ses formes fermes, généreuses et invitantes dans la lumière bleu foncé de la salle de bains caverneuse.

« Maintenant ? s'étonne Red. Dans la salle de bains ? »

Nues ?

« Ça me semble un moyen utile de passer le temps ». Sela déplace son poids, attirant le regard de Red vers le bas tandis qu'il glisse sur ses courbes humides.

Red déglutit tout en repoussant une bouffée soudaine de désir avide.

« Je ne suis pas… commence Red. Je ne veux pas me battre maintenant.

— Ah non ? la taquine Sela d'un ton irritant. Qu'est-ce que tu as envie de faire maintenant ?

— Dormir ? hasarde Red.

— Tu es sûre de ça ? » demande-t-elle avec un large sourire.

Red sent son cœur battre la chamade.

« J'ai remarqué quelque chose à ton sujet lors de nos combats, entend-elle Sela dire doucement.

— Quoi donc ? parvient-elle à répondre.

— J'ai remarqué à quel point tu y prends plaisir. »

Red reste muette.

« Tu sembles gênée, susurre la fille. Tu ne devrais pas avoir honte. Cela m'a simplement fait me demander si tu tires le même genre de plaisir dans les autres sortes d'affrontements.

— Les autres sortes ?

— Tu sais exactement ce que je veux dire. J'ai vu la manière dont tu me regardes lorsque nous sommes proches. Comme si tu pouvais tout aussi bien me baiser que m'affronter. » Sela se rapproche. « Dis-moi que je me trompe. »

Un frisson troublant parcourt l'estomac de Red en profondeur.

« On ne peut pas faire ça, balbutie-t-elle.

— Ah, oui. Le bon petit chien jappe un coup.

— On risque l'exclusion s'ils nous voient.

— Peu importe la dureté de l'entraînement, ça n'a pas réussi à tuer nos envies, hein ? déclare Sela. Ils le savent. Tout le monde l'a fait. Shae et Kitani se sont même rendus discrètement sur le toit une nuit. Les instructeurs font exprès de regarder ailleurs. »

Elle est si proche à présent qu'elle occupe la totalité du champ de vision de Red.

Arrête, voudrait dire Red, mais le reste de son corps l'ignore. Elle se sent faible. Sa peau semble bourdonner dans la lumière dure de la pièce. Le bourdonnement croît, poussant avec insistance depuis l'intérieur de son épiderme, démangeant, insoutenable. Il ne se stabilise que lorsque la main de Red agrippe avec force la nuque devant elle. Elle est récompensée par une légère exclamation de Sela, qui se réverbère sur les carreaux.

L'effet est immédiat. Le vrombissement de guêpe en colère sous sa peau laisse place à un frisson chaud et doux tandis que ses doigts s'enfoncent dans la chair.

La bouche de Sela est fendue en un sourire ravi. « Ah. Tu te sens mieux ? »

Elle semble savoir quelque chose que Red ne peut pas voir. Elle parle une langue que Red n'a pas encore apprise.

Je ne comprends pas ce qui se passe, voudrait admettre Red. *Qu'est-ce que je dois faire ?*

« Tu es une telle bonne petite gardienne de la loi, murmure Sela sous l'eau qui coule, les yeux écarquillés. Laisse-moi t'aider à te détendre. »

Red sent ses doigts puissants descendre sur son ventre, lentement et doucement, comme si elle prenait soin de ne pas la surprendre. Ils glissent plus bas, plus loin, lui chatouillant l'intérieur des cuisses, puis s'aventurent en profondeur, l'ouvrant avec délicatesse. Elle laisse échapper une exclamation douloureuse et honteusement explicite.

« Comme tu es humide, murmure Sela dans son oreille.

— C'est la douche, lâche Red d'une voix rauque.

— Je ne crois pas. »

Sela attrape sa main sur sa nuque et l'agrippe, comme pour s'assurer qu'elle reste en place. Puis elle descend lentement et se met à genoux.

Red peut sentir les cheveux courts de sa nuque lui chatouiller la paume. Le frisson soudain de son haleine chaude sur la peau douce de ses cuisses. Les carreaux froids et glissants contre la chair frémissante de son dos. La langue chaude et moite de la fille agenouillée à ses pieds, qui fait son chemin en elle, la lapant comme le chat son lait.

La vague, lorsqu'elle jaillit, est si semblable à la sensation que procure un combat qu'elle peut à peine discerner la différence.

11

Ker Leonis, Sombrecœur
Dix-neuf ans auparavant

Le trône du couronnement par l'Épée possède un dossier élevé qui s'incurve élégamment autour de ses omoplates comme des ailes repliées.

Le célèbre artisan qui l'a conçu comme cadeau pour son nouveau roi l'a sculpté selon ses mensurations exactes. Personne de plus grand qu'Art ne peut s'y asseoir, car les courbes en bois s'enfonceraient dans leur chair, les empêchant de redresser leur colonne vertébrale. Garad a déjà essayé en se pliant dedans comme une araignée maladroite, pour le faire rire.

La couronne qu'Art portera durant la cérémonie a été conçue selon une circonférence précise et d'après la forme de son crâne. Elle est faite de flèches en verre noir de jais bulleuses et spiralées, façonnées en faisant passer des boulons électriques soigneusement orientés à travers du sable de basalte, puis en polissant le tout jusqu'à obtenir des points sombres étincelants. Le résultat est superbe et menaçant. La couronne incarne le pouvoir.

Art déteste à la fois le trône et la couronne. Il hait les mensonges grandioses qu'ils racontent à son propos.

On frappe à la porte de sa chambre.

« Entrez », lance-t-il.

Il lui a fallu des semaines simplement pour parler, car il s'est rapidement rendu compte que s'il n'en donne pas la permission, la personne qui frappe n'a pas le droit d'entrer et le laisse tranquille. Le personnel du palais en est maintenant conscient, cependant, et les règles de la maisonnée ont été modifiées. Ces jours-ci, ils frappent à deux reprises, attendent respectueusement trente secondes au cas où il serait *occupé*, d'une certaine manière, puis entrent indépendamment de sa réponse.

La grande porte de sa chambre fait entendre un craquement menaçant en s'ouvrant. Il semble que cela soit le choix délibéré d'une ancienne reine qui voulait que le bruit l'alerte si quiconque tentait de s'introduire dans sa suite, et probablement pas dans le but de lui offrir un massage surprise du dos. Une idée bien agréable.

Fortigo Balanchine, l'intendant personnel du nouveau roi, passe la tête par la porte. Fils d'un célèbre entraîneur de la Caballaria, il n'a jamais été intéressé par le combat lui-même, et a plutôt décidé de devenir vastos du palais à 19 ans, un âge jeune et controversé pour être intégré dans la prestigieuse suite de Ker Leonis. Il est à présent, à 21 ans, l'aîné d'Art de presque quatre ans. Il semble que 19 soit considéré comme trop jeune pour servir un roi, mais pas pour le devenir.

« Sire, commence sa voix égale et mesurée, vous avez environ vingt minutes avant l'arrivée des SUV. Ils viendront vous récupérer dans la salle de réception. Une fois à l'extérieur du palais, vous serez accompagné par des chevaliers de la garde à chaque étape du parcours. »

L'une des raisons pour laquelle Fortigo a réussi l'entraînement de vastos si jeune est son tempérament imperturbable. Les vagues de passion qui poussent la plupart des autres dans toutes les directions l'effleurent à peine. C'est une compétence inestimable et dont on peut faire bon usage dans un endroit comme Ker Leonis. Art ne l'a jamais vu inquiet.

Jusqu'à présent.

Le front de l'homme laisse voir un léger pli. Le pouls d'Art, qui n'était pas tout à fait régulier avant son arrivée, grimpe encore en réaction. Le non-dit imprègne l'air entre eux. Personne ne s'attend à une éruption de violence aujourd'hui, mais ils s'y sont préparés néanmoins.

« Merci, Fortigo, répond-il.

— Sire. » L'intendant marque une pause, un vide qui pourrait être rempli de platitudes destinées à l'apaiser, mais il lui en fait grâce. Cet espace est suffisant en lui-même pour exprimer son ressenti.

La porte se ferme.

Le couronnement par l'Épée d'Artorias Dracones est diffusé en direct sur les lumineux de Londres et des Sept Royaumes, pour la première fois de l'histoire des actualités. Il a fallu des semaines de négociations avec les équipes de représentants de chaque réseau d'information majeur. Les seuls écrans auxquels la population générale a accès sont communs ; les imposantes colonnes d'information publique au centre des cités, des villes et des villages, et les versions plus petites mais non moins monolithiques qui dominent un mur entier de chaque bar de la Caballaria.

Les lumineux portables n'existent pas encore. Il est impossible de les faire assez petits, sans parler du coût astronomique qu'impliquerait leur création, mais cette technologie est en bonne voie. Il faudra encore quelques années avant que ceux-ci puissent être accessibles à tout le monde, mais c'est, on le lui a assuré, l'objectif.

Art aime à imaginer un futur où l'information circulera librement, ouverte à tous, peu importe le statut ou la richesse. Une idée grandiose d'une ambition folle, et quelque chose que son père avait visiblement rejeté, y voyant un objectif vain ; mais Art apprécie les projets impossibles et ambitieux. Il aime la sensation de quelque chose qui s'étendra bien au-delà de lui, dont l'écho se fera encore sentir même après qu'il ne sera plus là.

Il se tourne vers le miroir en pied de sa chambre, essayant de percevoir ce que le reste du pays verra. Pendant les deux prochaines heures, il sera impossible d'échapper à son visage. Celui-ci se profilera implacablement au-dessus de chacun, creusé d'embarras. Il espère qu'il ne transpirera pas trop.

Cette putain de retransmission en direct sur les lumineux était l'idée de Lucan ; au moins, Art sait exactement à qui s'en prendre.

« C'est important que tout le monde te voie, avait argumenté son ami. Tu dois être une personne réelle à leurs yeux, autant qu'un symbole. Ils t'apprécieront davantage s'ils peuvent le comprendre.

— Je ne veux pas qu'ils m'aiment, je veux qu'ils m'ignorent, avait répliqué Art avec aigreur. Je souhaite que tout ce pays continue d'être un vaste océan de personnes qui se débrouillent très bien. Personne n'a besoin qu'un imbécile privilégié portant une coiffe pointue leur serve de symbole.

— Et une cape, avait ajouté Lillath.

— Quoi ?

— La cape. Tu es au courant, non ? » Son regard avait glissé sur Lucan. « Tu lui en as bien parlé ? La cape du couronnement par l'Épée ? Elle est tellement impressionnante. Elle est faite de milliers de lumières minuscules incrustées dans le tissu qui lui donnent cette lueur argentée incroyable – qu'est-ce qu'il y a ? »

Art avait inspiré profondément.

« Hors de question que je porte une *putain de cape argentée.* »

Il avait fini par l'emporter. Les traditionalistes allaient grommeler, le juger et proférer des remarques venimeuses, mais là encore, y avait-il la moindre chose de conforme à la tradition dans la manière dont il avait accédé au trône ? Mieux valait faire preuve de cohérence.

Le regard plongé dans le miroir, Art essaie en vain de se lisser les cheveux, mais il n'y a rien à faire. Sa chevelure est une créature frisottante dotée de sa volonté propre qui ne se soumettra jamais, préférant donner l'impression qu'elle cherche constamment à échapper à son cuir chevelu.

Renonçant, il sort de sa chambre et se rend dans la salle de réception avoisinante pour attendre son destin, le cœur battant, le corps moite. Alors qu'il fait les cent pas dans la pièce aux carreaux en pierre de lave sombre et garnie de tapis épais rembourrés, Art se surprend à observer les fresques qui dominent chaque mur, une chose qu'il a souvent faite dans la période qui a précédé ce jour.

Celles-ci ont été peintes il y a deux cents ans et soigneusement conservées grâce à plusieurs couches de laquage minutieux. Chaque panneau de fresque qui s'étend du sol au plafond déroule lentement l'histoire des Septem, les sept fondateurs sanctifiés de la Londres moderne.

Celle-ci commence à l'époque où les enfants-divins régnaient.

En ces jours, leur règne n'avait jamais connu d'interruption. Il n'existe pas beaucoup d'archives rescapées de la vie avant eux – ils avaient pris soin de contrôler tout ce qu'ils pouvaient durant leurs mille années de domination, et de détruire tout ce qui ne leur convenait pas – de sorte que c'est désormais aux historiens d'élaborer des théories et de se disputer au sujet de leurs origines, tandis que la mémoire collective de la nation est plus simplement divisée en deux époques distinctes : les enfants-divins et les Septem.

Art a toujours été frappé par le petit groupe qu'ils représentaient en comparaison des communs. Même les estimations les plus généreuses n'ont jamais dépassé un dixième de la population totale pour les enfants-divins, et pourtant leur contrôle était absolu. Il était difficile de se rebeller contre des gens capables d'extirper vos secrets directement de votre tête rebelle.

Les enfants-divins bénéficiaient d'un traitement préférentiel sur tous les plans vis-à-vis des autres, s'assurant constamment les positions d'importance et de domination. La littérature de l'époque regorgeait de plaisanteries – légères, évidemment – visant les communs. Une taquinerie amicale entre les gens, qui débouchait fréquemment sur une conversation au sujet de leur infériorité. Qui conduisait ensuite souvent à une discussion sur le fait de savoir s'ils avaient besoin des mêmes droits que les enfants-divins. Qui aboutissait à la conclusion factuelle que non.

Peu de souverains enfants-divins ont laissé une bonne image dans l'Histoire, mais rares sont ceux aussi universellement craints et haïs que la toute dernière, Fria Lysander. Fille intelligente et extrêmement charismatique, dotée d'un talent inégalé pour non seulement lire mais également influencer les esprits de presque tous ceux qui l'entouraient, Lysander ne tarda pas à devenir célèbre, et la fille se transforma peu à peu en une femme qui n'avait jamais vécu que comme une idole, œil calme et maîtrisé d'une tempête furieuse.

Un culte se forma autour d'elle et grandit inexorablement, en un raz-de-marée qui la porta au pouvoir, malgré ses origines relativement modestes. Vers la fin de sa vingtaine, elle avait écarté le vieux roi, un homme faible doté d'un vague talent de divination qui n'avait en rien aidé à faire sortir la majorité de la populace de la pauvreté abjecte dans laquelle on la maintenait.

Fria s'était emparée du trône sans difficulté, déclarant que le système était corrompu au-delà de toute possibilité d'y remédier, et s'était installée avec ses partisans les plus fervents à sa tête, se présentant comme une souveraine plus démocratique et plus juste. Elle affirmait qu'elle représenterait tout le monde, pas seulement les riches et les influents. Justice et prospérité régneraient. Telles étaient les promesses passionnées qu'elle leur fit.

Ce fut subtil au début, comme c'est généralement le cas.

Le développement technologique fut ralenti, puis quasiment interrompu. Toute recherche portant sur les enfants-divins, qu'elle soit scientifique ou historique, fut bannie. Les technologies de communication furent retirées à la populace et réservées à l'élite, de même que toute arme plus sophistiquée qu'une épée.

C'est sous ces restrictions que les premières graines de la Caballaria moderne furent semées.

Les communs ne possédaient peut-être pas les capacités extraordinaires des enfants-divins, mais ils n'étaient pas faibles, ils étaient bien plus nombreux, et ils faisaient partie d'une nation dotée d'un talent inné pour la violence. Les circuits de combats clandestins avaient toujours existé et ils fleurissaient à présent, passant de l'état de canal autorisé pour ce sport artistique aimé dans les Sept Royaumes à celui de centre d'entraînement pour la rébellion. Des poches d'insurrection s'épanouirent, hésitantes d'abord, leur courage croissant par saccades. Les révoltes étaient toujours réprimées, mais l'oppression constante faisait grandir ses rangs, et au fil des décennies, elle prit de l'ampleur…

Et puis vint le moment, il y a plusieurs siècles de cela, où le vent de l'histoire tourna.

Le regard d'Art glisse sur les quelques panneaux qui suivent, des peintures qui décrivent l'avènement des Septem. Sept personnes issues du peuple et aux parcours divers qui joignirent leurs forces lors d'une guerre civile sanglante contre Fria et son fils Jost, son successeur tout aussi despotique. Les noms des Septem sont gravés dans le cerveau collectif de tous les Londoniens vivants.

Evron le saint Bienveillant.

Rhyfen le saint Féroce.

Marvol le saint de la Mort.

Senza la sainte Juste.

Gwanhara la Belle Sainte.

Iochi la sainte Insaisissable.

Alaunis le saint Astucieux.

L'ossature de Londres, tout ce qui restait après l'effondrement du régime de Lysander, fut reconstruite, divisée en sept quartiers nommés en l'honneur des Septem, et dont chacun développa sa propre culture, ses propres goûts, dialectes et mœurs.

Les Septem déclarèrent illégal le principe de succession familiale et établirent à la place une manière plus démocratique de décider du souverain. Aucune famille des Septem ne pouvait diriger Londres pour plus d'une génération, à moins de prouver qu'elle était la meilleure candidate pour ce faire. La Caballaria en serait l'ultime arbitre. La cité avait besoin d'un dirigeant fort, mais également de miséricorde, de justice, de compassion, de créativité, de ruse et d'intelligence. Son roi ou sa reine régnerait avec les six autres en guise de conseillers de confiance, et ces six personnes représenteraient la totalité de Londres, pas seulement l'élite.

C'était une très belle idée.

Art imagine les espoirs grandioses qu'ils avaient dû nourrir à son égard : le partage du pouvoir entre sept personnes, un système équitable décidant de qui régnait. À présent cela avait débouché sur les guerres civiles et les querelles internes. Les Septem avaient divisé Londres en sept camps au lieu de l'unir. Si Art a retenu quelque chose de l'Histoire, c'est que les humains ont pour habitude terrible de corrompre la moindre bonne idée qui leur vient lorsqu'ils la mettent en pratique.

« C'est notre nature, avait déclaré Lillath une fois. Nous avons créé l'honneur et la justice pour repousser la noirceur de nos propres cœurs, mais l'univers se moque bien de nos petites histoires tragiques. Il n'entend rien à ces concepts. »

Mais Art n'y croit pas. Il ne le peut pas.

Il se demande comment étaient les Septem en tant qu'individus. S'ils se tenaient dans des pièces comme celle-ci et examinaient chaque variable, chaque décision possible. S'ils se brossaient les dents avec soin. S'ils s'enivraient jusqu'à sombrer dans l'inconscience. S'ils étaient allés au bout de leur vie en sachant qu'ils avaient bien employé leur temps. S'ils auraient fait quelque chose autrement.

L'Histoire avait transcendé leur statut d'humains faillibles en saints, en protecteurs, en icônes inébranlables et vénérées. Comment un simple individu devient-il ainsi ? Avaient-ils quelque chose de spécial qui les différenciait, ou était-ce une combinaison chaotique de hasards sans aucun lien ? Art ne croit pas au destin mais aux choix. Ce qui le hante est de savoir s'il a fait les bons.

« On révise ses connaissances sur ses ancêtres ? » demande une voix.

Art se retourne et aperçoit Orcade Welyen qui se tient dans l'encadrement de la porte reliant la salle de réception à sa chambre.

Pendant un moment, il se contente de la fixer du regard.

« Comment êtes-vous entrée ? » lâche-t-il en perdant toute maîtrise de soi.

Orcade lève le menton, son visage empreint d'un léger amusement, comme les vestiges d'un parfum. « Cela vous surprendra peut-être, mais je suis plutôt familière des chambres du roi. Notamment de tous les passages secrets qui y mènent. »

Art ne manque pas de remarquer le pluriel. Il ne connaît qu'un seul de ces passages – une sortie d'urgence en quelque sorte, située derrière la principale armoire qui mène à un tunnel traversant les entrailles du palais – mais la paranoïa célèbre de son père lui a sans doute fait s'assurer qu'il possédait au moins une échappatoire supplémentaire que les autres ignoraient.

Personne hormis sa femme.

C'est la première fois de sa vie qu'Orcade et lui se trouvent assez près pour discuter, sans parler de se retrouver seuls. Celle-ci est vêtue d'un justaucorps gris colombe magnifique, qui se termine par un col élevé rigide incrusté de minuscules joyaux en jais qui rehausse sa mâchoire. Un pantalon couleur ardoise fendu tournoie autour de ses jambes, frôlant les tapis, et ses bottes à talons hauts sont ornées d'un motif de brocart complexe sur les côtés. Sa chevelure beurre pâle est striée d'argent et entrelacée dans un peigne charbon, où se balancent plusieurs gouttelettes de cristal qui reflètent la lumière.

Tout son être irradie une richesse discrète, si puissante qu'il n'est nul besoin d'en faire étalage. Bien qu'elle soit encore vêtue du gris du deuil officiel, ce jour est après tout celui du couronnement par l'Épée du nouveau roi, et quelques éclats festifs de bon goût sont de mise. Les Welyen l'ont habillée selon l'équilibre parfait entre le respectueux et le royal. Ils ont probablement employé l'un des tailleurs les plus doués et les plus célèbres de Londres pour l'occasion – peut-être Safiero, ou Dala deLaia –, les officiels du palais s'assureront de donner le nom aux journaleux affamés lors des interviews de lumineux qui feront suite à la cérémonie.

Orcade traverse la pièce et rejoint Art devant le panneau décrivant les Septem debout ensemble dans une chambre sombre et caverneuse du château de Lysander, dont ils se sont emparés lors d'un ultime conflit meurtrier. Une fois la guerre terminée, l'édifice a été détruit et Ker Leonis érigé sur son sol trempé de sang.

« Cela vous fait-il bizarre de regarder votre je-ne-sais-combien-de-fois-arrière-grand-père ? » s'enquiert-elle en caressant des doigts le visage de Rhyfen. Soldat de métier, il était le plus féroce et le plus guerrier des Septem. Il avait conduit la guerre contre les Lysander en tant que général. Les gènes d'Art n'accordent aucune place à la passivité. Il descend d'une famille de combattants.

« Autant que le vôtre, j'imagine », répond-il à Orcade.

Bien que la lignée de chaque famille des Septem ne soit pas évidente actuellement, les Welyen prétendent qu'ils descendent directement de Alaunis, le saint Rusé. On dit de lui qu'il avait inventé une arme, une épée de fer nommée Calevel, capable de neutraliser les talents des enfants-divins. La plupart des historiens modernes considèrent qu'il s'agit en grande partie d'un mythe. Il n'existe encore aucune technologie semblable pouvant produire un tel effet, même tant d'années plus tard. Les enfants-divins restent un mystère du point de vue biologique.

Néanmoins, l'histoire de Calevel est l'héritage d'Alaunis, saint patron de l'inspiration, de l'expérimentation et de l'innovation.

Les entreprises de technologies utilisent souvent son nom et ses couleurs, concevant leur logo autour de sa légende.

« Je dois avouer que je n'ai jamais vraiment ressenti de lien avec Rhyfen, murmure Art en contemplant son ancêtre.

— Eh bien, vous êtes aussi honnête qu'on le dit, répond Orcade, une nuance provocatrice dans la voix. Peu d'aspirants souverains des Sept Royaumes admettraient une telle chose.

— De Londres, corrige-t-il. Je ne règne pas sur les sept.

— Londres est le Premier Royaume. Le reste est à sa botte crasseuse. »

Je crois que les six autres royaumes pourraient ne pas être d'accord.

Ou peut-être que si. Il est indéniable qu'une partie vertigineuse du pouvoir, de la richesse et de l'influence des Sept Royaumes se trouve à Londres. Il pourrait vraiment se passer d'un tel rappel en ce moment, cependant.

Art jette un œil à Orcade qui scrute la fresque.

« Que va-t-il advenir de vous, à présent ? » demande-t-il. Il réalise qu'il n'en a pas la moindre idée.

« Je vais me fondre modestement dans le décor et finir ma vie en tant qu'ornement royal », répond-elle.

Ses yeux sont d'un bleu aussi clair et pétillant que les bouteilles couleur ciel d'été qui contiennent son vin importé préféré d'Etruthan. C'est une nuance curieuse et rare, et de près, assez surprenante. Elle a l'apparence délicieuse d'une pomme pas encore mûre ; pleine et ronde, croquante et vive. Même si Art se rend compte qu'il ne l'a jamais vue que de cette manière, ce qu'on lui a seulement permis d'être, le rôle de décoration modeste ne lui convient pas.

« Vous allez continuer de vivre ici, à Ker Leonis ? demande-t-il.

— Ne soyez pas idiot. La veuve et le bâtard sous le même toit ? Imaginez les rumeurs. » Elle semble légèrement amusée. « Vous savez qu'on nous a délibérément maintenus à l'écart l'un de l'autre. »

Art lutte pour réprimer une rougeur embarrassante.

« Je vais retourner dans ma famille, poursuit-elle, pour qu'on me sorte lors des occasions spéciales lorsqu'ils auront besoin de m'exhiber. Puis on m'écartera et je mourrai isolée dans une jolie petite ville.

— Pourquoi les laisseriez-vous faire ça ? » Interroge Art, perplexe.

Elle lui adresse un regard de pitié. « Parce que c'est ainsi que ça se passe.

— Vous pourriez rejoindre l'entreprise familiale. »

L'une des plus importantes sociétés de technologie de Londres, Leoma, possède un tiers complet des vastes champs d'éoliennes et de panneaux solaires qui alimentent la cité-État, et celle-ci est détenue par les Welyen.

« Quel ennui », répond Orcade avec mépris.

Elle suit des doigts les lourds rideaux qui pendent à côté du panneau qu'ils sont en train de contempler.

« C'était un exploit impressionnant, vous savez, déclare-t-elle. Remporter l'Épée. Il y avait tellement peu de chances que cela se produise. On dirait que les saints aiment ceux qui sont donnés perdants. »

La patience d'Art est à bout. « N'est-ce pas ? Est-ce la raison pour laquelle vous vous êtes introduite ici aujourd'hui, ma Dame ? Pour me rappeler à quel point je suis peu méritant ? »

Ses yeux s'écarquillent. « Non, évidemment.

— Alors pourquoi ?

— Pour vous prévenir. » Elle n'hésite pas, comme si elle avait attendu qu'il lui pose directement la question.

« À propos de quoi ?

— De ma famille.

— Pardonnez-moi, dit-il, mais votre famille n'est que l'une de celles, nombreuses, qui voulaient prendre l'Épée. Les Welyen ne sont pas les seuls qui me préoccupent.

— Non, répond Orcade avec patience, mais ce sont les plus dangereux.

— J'ai gagné, réplique Art. C'est tout. Ils ne peuvent rien y faire. »

Lorsqu'un litige est porté dans l'arène, il ne peut plus jamais y être ramené. Une victoire est une victoire, qu'il s'agisse d'une loi mortelle incontestable ou d'une réponse sacrée des saints eux-mêmes. La Caballaria est le juge ultime, le seul mur contre les vents du chaos.

« Oui, mais vous avez conscience de ce à quoi tout cela ressemble, non ? insiste Orcade. À de la corruption. C'est une victoire fragile, sire. Même ceux qui sont contre mon frère sont poussés à le soutenir dans cette affaire. Ils voient cela comme… une injustice.

— Votre champion a fait son choix, et je n'ai joué aucun rôle dans tout cela. J'ai accepté avec joie l'enquête, les tentatives de prouver que j'avais acheté Borin, car je savais qu'il n'y avait rien eu de tel. Si je le pouvais, je lui demanderais moi-même pourquoi, par les sept enfers, il a fait cela, mais je ne le peux pas. D'après ce qu'on dit, il s'est retiré aux confins de la civilisation et refuse toute communication.

— Eh bien, oui. Les hommes morts ne sont généralement pas très bavards », déclare Orcade.

La nuque d'Art est prise de chair de poule en entendant cela. « Quoi ?

— Il est mort. » Orcade croise les bras contre son torse, comme si elle avait soudainement froid. « J'ai vu son corps de mes propres yeux.

— Comment… ?

— On s'est vengé de lui. »

Art réfléchit. « Non. Ce serait… Tous les lumineux en parleraient. Les bars seraient pleins de gens en deuil pendant des semaines d'affilée.

— Comme vous l'avez dit, il refuse toute communication. Il a toujours été célèbre pour sa nature farouche à l'égard des enregistreurs. Ce sera découvert bientôt, j'en suis certaine. Une complication cardiaque. Des certificats médicaux le confirmeront. » Orcade oscille d'un pied sur l'autre. « Vous n'avez aucune idée de ce dont mon frère est capable. De ce qu'il a fait et fera pour obtenir le pouvoir. Vous devriez avoir peur de lui. » Elle hésite. « Il m'effraie. Parfois. »

Art ressent le besoin soudain et urgent de sortir par la fenêtre la plus proche, de courir et de ne jamais regarder en arrière.

« Agravain ne peut pas contester votre victoire, l'entend-il poursuivre, alors il cherche des manières plus officieuses de vous écarter. Vous commencez votre règne dans une position précaire, assombrie par les rumeurs de corruption. Il n'en faudra pas beaucoup pour vous faire tomber, surtout en agissant rapidement. Il trouvera un moyen. Et s'il n'y parvient pas… »

Son silence est éloquent.

« Alors je suppose qu'il lui faudra tenir sa promesse de me tuer, déclare Art, sa peur se muant en colère. Car je n'ai rien à cacher.

— Et la façon dont vous êtes venu au monde ? »

Art fixe les traits maquillés de son ancêtre.

« Je ne suis pas un enfant-divin, répond-il. Ma mère ne l'était pas. Mon père non plus.

— Mais il s'est associé à l'un d'entre eux. » La voix douce d'Orcade trahit une nuance plaintive. « Et l'histoire d'Edler à propos de ce qu'il a fait pour Uther… »

Art l'interrompt. « Est-ce vraiment le mieux que votre famille puisse trouver ? Il s'agit de vieux bavardages pour lesquels, dois-je vous le rappeler, Edler a été banni de Londres. La vérité est que personne ne saura jamais ce qui s'est passé autour de ma naissance, car les trois personnes impliquées dans l'affaire sont toutes mortes, n'est-ce pas ? »

Il a parlé d'une voix légèrement trop vive et forte, avec juste un peu d'emportement. Il s'en rend compte.

Orcade aussi. Elle inspire.

« Je suis désolée, sire, dit-elle prudemment. C'était cruel de ma part d'en parler. Vous avez perdu vos deux parents, et... Je ne peux pas imaginer ce que cela doit faire de ne jamais connaître ni l'un ni l'autre. »

Art se concentre sur la fresque devant lui, peu confiant dans la lutte qui se déroule dans sa poitrine.

« Je vais devoir y aller bientôt, lance-t-il. On va me remettre l'Épée. Comme vous le savez.

— Oui, répond doucement Orcade. D'accord. »

Mais elle ne bouge pas.

« Ma Dame, dit Art avec ce qui lui reste de patience, êtes-vous venue ici aujourd'hui juste pour me mettre en garde contre votre frère meurtrier et vous gausser de mes origines, ou y a-t-il autre chose que vous désiriez ? »

Elle parle d'une voix calme. « Vous avez besoin d'alliés. »

Ah.

Nous y voilà.

« Des alliés, reprend Art avec le même calme.

— Vous savez déjà que les Welyen possèdent quasiment Alaunibourg. Je peux faire en sorte qu'au moins un des sept quartiers soit toujours de votre côté. Je ne suis peut-être qu'un pion, mais pas de la moindre importance. » Elle hésite. « Vous pourriez me nommer au Consilium. Faire de moi la Dame d'Alaunib'. »

Les Welyen contrôlent peut-être déjà une grande partie de leur quartier, mais il y a une différence de taille entre contrôler et diriger. En termes de pouvoir, le Consilium des Sept n'a d'égal que le roi.

« Je déteste souligner les évidences, répond lentement Art, mais votre frère est l'actuel titulaire du poste.

— Je le sais. » Elle prend une inspiration hésitante. « Cette partie ne sera pas facile, et elle demandera du temps. Mais imaginez avoir une Welyen dans votre camp plutôt que dans celui d'en face. Une femme qui souhaite ardemment échapper à l'ombre de sa famille. Je pense que vous êtes capable de le comprendre. J'ai été esclave de leurs jeux suffisamment longtemps. Je veux jouer avec mes propres cartes. Je veux être libre. »

Il y a davantage qu'un soupçon de désespoir en elle. Art se demande ce que cela a dû être de grandir en ayant peur de son propre frère. La manière dont cela doit influencer la personnalité. Que fuit-elle pour proposer une alliance à la seule personne qu'elle devrait éviter ?

Art a toujours respecté ceux qui déjouent les attentes. Lui au moins a connu une forme de liberté en grandissant dans la propriété de campagne de Si Hector ; tout le monde savait parfaitement qui il était, et même si on lui avait appris par inadvertance à en avoir honte, ils se souciaient quand même de lui.

La confiance doit être précédée de la foi. Une personne doit toujours effectuer le premier pas à l'aveugle, sans savoir si l'autre viendra à sa rencontre ou non. Orcade l'a fait. C'est maintenant au tour d'Art.

« Trouvons un moyen d'obtenir ce que nous voulons tous deux, dans ce cas », décide-t-il.

Même l'admirable degré de maîtrise d'Orcade ne peut l'empêcher de laisser transparaître une lueur d'espoir soudaine dans son regard.

« Qu'en est-il de l'opposition du public ? » demande-t-elle.

Art réfléchit. « De la part de qui ? Vous êtes une Welyen, vous connaissez intimement Alaunibourg et ses coutumes. Vous avez déjà passé des années à apprendre à négocier avec un roi. Vous connaissez tout le monde au palais. Vous êtes respectée. Ce choix est évident. » Il marque une pause. « Mais comment votre frère réagira-t-il ?

— C'est bien cela dont il s'agit, dit Orcade. La seule chose qui puisse me protéger, c'est que j'aie davantage de pouvoir que lui. C'est avec les traditionalistes que vous allez avoir un problème. Ils diront que je suis trop jeune et inexpérimentée. » Elle prend une profonde inspiration. « Je n'étais qu'une simple épouse.

— Et je ne suis qu'un simple bâtard, qui visiblement ne connaît rien à l'art de gouverner. » Il lui adresse un sourire d'acier. « N'est-il pas amusant d'être sur le point de découvrir ce qu'il en est ? »

Ils se regardent l'un l'autre.

On frappe à la porte.

Toc, toc.

Silence.

Toc, toc.

Orcade s'agite. « Ils ne doivent pas me voir ici.

— Allez-y, lui dit-il. Nous parlerons plus tard. »

Elle se tourne vers la porte adjacente, lui lance un regard et disparaît dans sa chambre. Son expression est difficile à lire, mais il y sent un espoir naissant. Les premiers fils de la toile de son règne.

Un accord avec une Welyen. Brune sera fière de lui.

Certains lumineux d'actualités le surnomment déjà le roi Combinard, par admiration pour la façon dont le rejeton d'un scandale illégitime a réussi à arracher le trône à un nid de serpents, armé seulement d'um[33] champian inconnux et de la faveur évidente des saints.

Le roi Combinard. Ce surnom lui plaît bien davantage que le roi Bâtard.

Il prend une grande inspiration. Il ouvre la porte. Et sort de la chambre.

---

33. « Un, une » en neutre.

12

Le Donjon, Rhyfenbourg
Neuf mois auparavant

« Red et Kitani, appelle Frome, c'est à vous. »

L'entraînement d'aujourd'hui se déroule dans une salle longue et basse couverte de boiseries noires. Le son y est mat et étouffé, les parois rembourrées absorbant tout bruit ou choc métallique. L'une des extrémités de la pièce est dominée par un râtelier d'armes, une simple grille de fer sur pied garnie d'épées, de masses, de haches et de couteaux d'entraînement émoussés.

Red et Kitani se font face, le reste du groupe formant un cercle autour d'eux. Frome se tient sur le côté dans sa position habituelle, les bras croisés, les jambes écartées.

Athyen, un aspirant discret qui privilégie une hache-marteau et qui ne semble jamais à court d'énergie, a surpris le groupe la semaine dernière en lui montrant les enregistreurs secrets de la salle d'entraînement pendant que Frome s'affairait à autre chose. De minuscules lentilles sont enfouies profondément dans le plafond et les murs, à peine visibles. Maintenant Red les sent continuellement sur sa peau, comme une démangeaison dans son cou, dans ses mollets.

Kitani, en face d'elle, est d'un calme absolu. Ce garçon trapu et acrobate à la tignasse sauvage noire en pissenlit se bat en une danse lente et maîtrisée, son menton souvent incliné vers le bas comme s'il ressentait une légère tristesse à l'idée d'infliger de la douleur. Il aime pousser ses adversaires à se rapprocher en restant hors de leur portée, de sorte à les énerver.

« Allez-y », ordonne Frome.

Red et Kitani décrivent un cercle en se regardant l'un l'autre.

« Je veux vous voir commencer à appliquer certaines des techniques que nous avons patiemment essayé d'inculquer à vos esprits avides », entend Red dire Frome. Ce dernier aime parler constamment tout au long d'un combat, et il encourage le reste du groupe à crier, à s'agiter, à distraire les adversaires. « Cela fait presque deux mois que vous êtes en vacances dans le Donjon, mes petits sucres, et tout ça n'est pas gratuit. Montrez-moi que vous avez bu mes sages paroles. »

Red essaie de submerger son adversaire. De recourir à des techniques. La séquence de parade et de jeu de jambes que Si Jocasta les a fait travailler avec acharnement il y a quelques jours. Elle peut entendre Sela rire derrière son épaule gauche. Son esprit se remémore immédiatement leur rencontre dans la salle de bains, comme chaque jour depuis que cela s'est produit, et souvent la nuit aussi.

Le matin qui a suivi, la jeune femme est entrée dans le réfectoire au petit-déjeuner, encadrée de Shannon et Hujo, riant d'une blague qu'ils venaient de raconter, et est passée devant Red sans même lui accorder un regard.

Puis, deux nuits plus tard, Red a trouvé un papier glissé sous sa porte :

Retrouve-moi dans la salle des douches à minuit

Et trois nuits après, un autre.

Quand Red songe à cet endroit à présent, elle pense au désir. À l'humidité. Aux carreaux glissants réverbérant son propre halètement. Au crépitement de l'eau qui recouvre à peine les gémissements mêlés, l'embarras se dissipant finalement dans leur chaleur partagée. Pendant la journée, cependant, Sela se comporte tout comme si Red n'existait pas.

Cela ne devrait pas la bouleverser tant que ça. Si ? Ce n'est pas comme si elles s'étaient engagées l'une envers l'autre. Elles soulagent leurs tensions, c'est tout – mais ne mérite-t-elle pas un simple regard le jour ? La plus petite reconnaissance des choses qu'elles font la nuit ?

Concentre-toi, idiote.

Sa vision périphérique l'avertit – un mouvement flou à sa droite, une sensation de déplacement d'air –, elle n'a pas le temps de réfléchir mais elle essaie, elle tente de se souvenir de la séquence de jeu de jambes compliquée de Jocasta, trébuche d'hésitation et recule devant le coup d'épée de Kitani.

« C'est bâclé, critique Frome. Ne... »

Le reste se perd dans l'enchaînement de son adversaire, une charge rapide que Red se dépêche d'esquiver. Le sol la trahit, se déplaçant sous ses bottes, et elle tombe.

Elle sent la pression d'une lame sur sa clavicule et lève les yeux vers le regard calme de Kitani.

« Coup avec BS », déclare Shannon, l'aspirante chargée d'arbitrer leur combat.

Une Blessure Sérieuse pourrait coûter à Red la victoire à moins qu'elle ne trouve un moyen de s'en sortir, maintenant. Elle essaie de se reprendre, examinant les échappatoires possibles, mais elle n'a pas le temps d'élaborer une stratégie et son corps prend le dessus, la projetant sur le côté selon un angle trop compliqué pour que Kitani puisse la suivre sans perdre l'équilibre. Ce qui vaut à Red une coupure superficielle de l'épée de son adversaire, mais lui en évite une de plus problématique.

« Je t'avais dit qu'elle était belle à genoux », entend-elle quelqu'un lancer, d'une voix suffisamment claire et forte pour être audible par tous.

Surprise, Red regarde autour d'elle et découvre le visage souriant de Sela, dont la petite taille fait de son épaule un repose-bras parfait pour l'imposant Kay tandis qu'ils se tiennent ensemble, contemplant le combat.

Kay, appuyé sur elle. Aussi décontracté que possible. S'agit-il de proximité amicale ? Ou amoureuse ?

Est-ce qu'ils baisent ? Non. Elle ne sait pas. Pourquoi est-ce qu'elle s'en inquiète ? Concentre-toi, Red…

« Coup fatal », annonce Shannon d'une voix douce.

Red se retourne et découvre la pointe de l'épée de Kitani contre son cœur.

*

De retour dans sa chambre, Red arrache ses bottes et les jette dans un coin, la colère grandissant en elle.

Après ce message initial le premier jour, le Chevalier-Sorcier ne lui en a pas envoyé d'autre. Officiellement, elle n'est pas en position d'exiger plus d'attention de la part de son bienfaiteur. Elle n'est pas censée recevoir de messages de l'extérieur, bien que le Chevalier-Sorcier ait clairement le pouvoir de contourner ces règles.

Elle a passé en revue toutes les raisons possibles pour lesquelles il est resté silencieux :

- Le Fléau considère que c'est une distraction trop importante pour son entraînement ;
- Red est en position très basse dans sa liste de priorités ;
- L'obstacle qu'il a contourné la première fois ne peut plus l'être ;
- Il s'est déjà lassé d'elle.

Les raisons tournent en rond, jusqu'à ce que son cerveau, épuisé par sa punition quotidienne, s'éteigne par clémence.

Elle a tout risqué, *tout* pour se rapprocher du Fléau. Et maintenant elle se retrouve coincée dans un donjon, à deux doigts de rater sa formation et de perdre sa chance à jamais.

La seule lumière de la pièce provient de l'écran lumineux encastré dans le mur à côté de son lit. Il faut un moment à Red pour comprendre pourquoi celui-ci est allumé.

Un message l'attend.

Pendant un moment, elle reste figée. Puis elle prend une inspiration pour se calmer.

Lorsqu'elle l'ouvre, cependant, il ne s'agit pas d'un message du Chevalier-Sorcier, et son cœur se met à battre la chamade de déception.

Il ne semble provenir de personne – il n'est pas signé et le nom de l'expéditeur n'est qu'un mélange aléatoire de chiffres et de lettres.

Red, tu es sur le point de te faire virer

Red fixe le message, relisant les mots, encore et encore.

Elle sent sa colère monter, pleine de honte. Elle pensait avoir fait quelque chose de mal. Un code ou une règle d'étiquette qu'elle n'aurait pas compris. Elle a passé des semaines à se tourmenter, à essayer de trouver le courage de parler à Sela, de s'excuser pour son ignorance, pour ce qu'elle a fait de mal ou n'a pas fait.

Elle décide de répondre à sa manière.

ne t'inquiète pas, Sela, au prochain entraînement, je te ferai mordre la poussière

La réponse est immédiate.

c'est pas Sela

juste quelqu'un qui préfère ne pas te voir perdre

Qui que ce soit, il est assis devant son écran lumineux en ce moment.

dis-moi ton nom, alors,

écrit Red.

pas besoin

répond-on.

je suis juste ici pour te donner un avertissement

Des identifiants d'utilisateurs de lumineux sont attribués à chaque aspirant par la personne chargée de cette tâche, et il s'agit toujours du nom personnel. De même pour les instructeurs. Comment cette personne a-t-elle pu contourner le système pour le dissimuler ?

Red tape une réponse.

quel avertissement

sela te voit comme sa principale concurrente
elle a une stratégie pour tous ceux qu'elle pense être meilleurs qu'elle, c'est une combattante de l'esprit
une adepte de l'affrontement psychologique

Mais Sela n'a pas besoin d'être la meilleure. Il n'existe pas de classement officiel. Elle doit juste tenir les six mois d'entraînement sans échouer. Pourquoi essayer d'éliminer Red ?

tu penses que les gens échouent juste parce qu'ils abandonnent ou se blessent
tout le monde a une faiblesse
la tienne est la naïveté

Les articulations de Red sont crispées. Elle essaie de détendre ses mains. Ses muscles tressautent, avides.

pourquoi m'aides-tu

La réponse anonyme met une minute ou deux à arriver.

je dois une faveur à un vieil ami
iel veut que tu réussisses, alors je souhaite ton succès

Qui ?!

Mais le message a disparu, éteignant son écran sans répondre.

Red s'assoit, l'esprit en ébullition. Qui que soit ce vieil ami, il semble personnellement intéressé par sa réussite. Le Chevalier-Sorcier, sûrement – mais l'identité de son complice est un mystère pour une prochaine fois.

Red a appris à se concentrer sur les problèmes les plus pressants. On peut vite se noyer à regarder trop loin ; on a l'impression de tomber et de ne jamais toucher le sol.

Le problème actuel est qu'une combattante adepte de psychologie a failli lui faire rater tout ce pour quoi elle a travaillé pendant des années. Elle est sur le point de perdre sa toute première vraie bataille.

Ses yeux reviennent sur le fil de conversation.

tout le monde a une faiblesse
la tienne est la naïveté

D'un coup, toute la confusion des dernières semaines se détache d'elle comme une peau morte. Damnés soient les saints. Comment a-t-elle pu être si préoccupée par quelque chose d'aussi insignifiant ? Sela est peu de chose en comparaison de ce qui l'attend. Sela n'est rien.

Ce n'est qu'un obstacle sur son chemin.

*

Les retrouvailles sous la douche avec Sela sont terminées.

Red ne répond plus aux invitations de minuit, et très vite, celles-ci cessent d'arriver. Elle remarque d'autres tentatives pour la déstabiliser pendant l'entraînement, mais celles-ci ne fonctionnent plus aussi bien. Elle croit percevoir une sorte de perplexité, puis de mauvaise humeur de la part de Sela qu'elle ignore complètement.

Red est consciente des regards qu'échangent certains des autres stagiaires. La manière expressive dont les mentons se pointent. Le silence du groupe quand elle et Sela se battent ensemble. Elle ne s'en soucie tout simplement plus.

Tous les matins, son réveil, désormais réglé sur le son plus apaisant des hiboux, la tire de son sommeil profond dans l'obscurité épaisse de velours de sa chambre. Chaque nuit, elle retourne se coucher le corps meurtri, tout endolori des efforts de la journée, pour ouvrir le code et essayer d'en graver davantage de contenu dans son esprit bourdonnant et engourdi.

Chaque chambre d'aspirant possède son propre exemplaire de cet ouvrage terriblement lourd, de ces écrits qui servent de colonne vertébrale à la doctrine complexe de la Caballaria. Un millier de pages de texte dense, écrit à la main sur un papier aussi fin que la membrane des feuilles d'hiver, reliées dans un cuir épais de la couleur du sang séché. Ce serait une arme redoutable s'il n'était pas si lourd.

On leur a dit un jour qu'en cas de succès dans leur formation, ils recevraient un livre fraîchement relié, aux pages vierges, qu'ils pourraient remplir à la sueur de leur corps de leurs interprétations du code. Ce travail durera toute leur vie. Il deviendra une forme de méditation pour eux, quelque chose dont on les a assurés qu'ils finiront par en dépendre, voire en avoir besoin, comme un moyen de se détacher du monde et de se rappeler pourquoi ils font tout cela. Il leur permettra de connaître le code aussi intimement que leur propre cœur.

Pour l'instant, il leur est seulement demandé de le lire d'un bout à l'autre, une section chaque soir avant de dormir, quelle que soit leur fatigue, car leurs connaissances font l'objet d'un contrôle le lendemain. Ils en ont tous parcouru des extraits auparavant, bien sûr – cet ouvrage constitue l'épine dorsale morale et juridique de toute éducation, quels que soient les moyens financiers de l'élève – mais c'était dans le cadre de leçons et de travaux dirigés lorsqu'ils étaient jeunes. Le lire d'une traite, c'est un peu comme essayer d'absorber un millier d'histoires à la fois, des récits qui illustrent toutes les situations possibles dans lesquelles vous pourriez vous retrouver et les quatre façons dont vous pourriez les gérer : de manière positive pour vous mais négative pour l'autre, négative pour vous mais positive pour l'autre, positive pour les deux, ou négative pour les deux. Entre tout cela, s'étendent de longs, longs, *longs* discours philosophiques sur la nature de la violence, du pouvoir, de la morale et de l'existence.

L'ensemble représente plusieurs vies de contributions provenant de centaines de sources, un manuel collectif sur le sens et le but de l'existence. Il s'agit d'une œuvre extraordinaire qui a façonné une nation, vénérée par les anciennes générations et tournée en dérision par les jeunes, et qui constitue indéniablement une part riche et profonde de chacun d'entre eux – mais si aride que les yeux de Red lui piquent tandis qu'elle s'efforce de les garder ouverts en la lisant chaque soir dans son lit.

Au bout de trois mois d'entraînement, elle a cessé de s'inquiéter de disparaître aussi complètement du monde. Chaque fois qu'elle se retrouve à l'extrémité de l'arme de son adversaire, elle émerge dans un endroit étrange plongé dans la pénombre, au-delà de la peur normale. Gagner, c'est vivre. Perdre, c'est mourir. Tout le monde connaît la défaite, tôt ou tard. Il s'agit simplement de savoir combien de batailles satisfaisantes on peut remporter d'ici là – mais il n'y a qu'une seule victoire qui compte pour Red, au final.

Les leçons d'Immobilité commencent au quatrième mois.

« J'emmerde tout le reste, râle Kay, la tête posée sur la table à manger, l'extrémité de ses cheveux effleurant le bord de son bol de ragoût. J'emmerde les circuits de course sans fin, j'emmerde le cinquième combat d'affilée où je n'ai qu'une envie, m'effondrer, j'emmerde les poids qui font que mes muscles tétanisent au bout de cinq minutes, j'emmerde même ce foutu cours de philosophie qui me donne l'impression d'avoir le cerveau plein de soupe. L'Immobilité est la chose la plus difficile que j'aie jamais eue à faire. »

À son niveau le plus simple, c'est exactement ce que le nom laisse entendre : rester immobile, à la fois physiquement et mentalement. Le corps est la partie la plus facile. C'est avec la tête que ça se complique.

L'absence de mouvement est la première pause de leur esprit dans la routine qui a rempli à ras bord leurs puits intérieurs. Elle invite à l'introspection. Les aspirants font défiler les dernières heures de leur vie, à la recherche de quelque chose à isoler et à examiner. Ce qu'ils ont mangé au petit-déjeuner. Comment ils ont dormi la nuit dernière et le rêve étrange qu'ils ont fait et dont ils peuvent encore sentir les traces. Est-ce qu'ils échouent ? Auraient-ils pu faire mieux lors de leur dernière séance ? Et retour en arrière, plus loin encore, parfois involontairement – les actions ou les paroles stupides remontent à la surface, attendant patiemment une nouvelle séance d'analyse. Des bribes de vieilles chansons, des bouts de dialogues d'émissions de lumineux à moitié oubliées. Des souvenirs d'instants de colère ou de tristesse reviennent infliger leur brûlure. Chaque moment de leur vie où ils se sont sentis impuissants se présente, ouvert à une inspection douloureuse.

La seule tâche qu'ils doivent accomplir au cours de leurs exercices d'Immobilité est de faire le vide complet dans leur esprit pendant le plus longtemps possible. Les séances durent une heure. Jusqu'à présent, Red a réussi à atteindre une minute avant que des pensées conscientes n'interviennent, et cette minute complète a été durement gagnée, une véritable victoire. Une heure à ce rythme et chacun d'entre eux sort en titubant, le cerveau paralysé par l'épuisement.

Les semaines passent sans que rien les distingue. Aucun jour de repos, aucun répit dans cette routine implacable destinée à les briser et à les remodeler. Il n'y a pas de temps pour le ressentiment ou la rébellion. La rébellion signifie l'échec. La soumission, la réussite.

Red reçoit ses statistiques sur son lumineux à la fin de chaque semaine pour les passer en revue, remarquant avec une sorte d'intérêt distant comme elle a minci en même temps que son poids a augmenté. Comment la masse musculaire a pris le dessus sur la masse graisseuse. Elle s'examine nue dans son miroir en pied, désormais libre de considérer son corps comme nécessaire. Celui-ci est son outil, son pouvoir, son arme, et elle le cultive. Les douches communes ne font plus rougir même les plus timides d'entre eux. Un corps est un corps et ils se sont vus tous les jours pendant des mois.

Cela se fait progressivement.

Il n'y a pas d'apogée à proprement parler, pas d'épiphanie. C'est simplement un sentiment d'effacement, d'intégration, les bords effilés de chaque jour s'émoussant sous la répétition. « L'entraînement » est désormais considéré comme « la vie » ; ce n'est pas une expérience à endurer, mais à incarner. Sa simplicité est réconfortante et non contraignante, son rythme monastique aussi calmement essentiel qu'un battement de cœur.

Jusqu'au jour où, d'un coup, c'est terminé.

Le matin, Red n'est pas tirée du sommeil par son réveil, mais par le doux gazouillis d'un nouveau message. Celui-ci clignote sur son lumineux flou, attend qu'elle le consulte.

Elle se glisse hors du lit et s'accroupit devant l'écran pour l'ouvrir.

Le message est signé *Dædalas Caballarias Frome de Rhyfenbourg*.

Il est rédigé ainsi :

tu as réussi la formation

prends ton petit-déjeuner à ta guise en attendant les informations complémentaires

Nue, à genoux, le lumineux baignant son corps d'une lumière bleue et froide comme pour la béatifier, Red de Rhyfenbourg devient chevalière de la Caballaria.

Et la voilà plus proche d'un pas de sa vengeance.

PARTIE II

Le sexe et la mort ; les plus anciens des amants.

Dicton traditionnel des Sept Royaumes

13

Ker Leonis, Sombrecœur
Dix-huit ans auparavant

Des rires graves et sonores l'accueillent lorsqu'il ouvre la porte.

Art n'a jamais pénétré dans la pièce qui se révèle à lui. Il n'a guère le temps de partir explorer le labyrinthe inquiétant d'un palais qu'il est censé connaître. Il y a des centaines d'années, sa construction a commencé par un simple dôme, énorme et élevé, et un groupe de tourelles à la disposition stricte, dont les flèches s'élancent vers le ciel comme des doigts squelettiques couverts d'anneaux noirs. Au fil du temps, l'édifice s'est étiré dans toutes les directions possibles, y compris vers le bas ; il existe des réseaux entiers de salles sous la surface, reliées par des couloirs aux boiseries silencieuses et sombres et des corridors de pierre nue remplis d'échos.

Un de ces jours, il faudra qu'il demande à quelqu'un de lui faire un plan de tout le palais, avec les endroits secrets et le reste. Pour l'instant, il lui suffit de savoir qu'il est sous terre, vers – il se hasarde à une supposition confuse ; par les saints, son sens de l'orientation a toujours été affreux – l'extrémité ouest de Ker Leonis.

C'est le dernier rendez-vous du roi de Londres, qui vient conclure une série interminable à la fin d'une très longue journée. Art lutte contre la fatigue, mais divers aspects insolites de cette réunion le maintiennent en état d'alerte, notamment le fait qu'il arrive sans être accompagné d'aucun de ses conseillers habituels, qui se sont apparemment tous retirés pour la nuit.

C'est une première.

Un vastos silencieux qu'Art n'a jamais vu auparavant l'a amené ici via une série déconcertante de descendeurs, de couloirs et d'antichambres, avant de le laisser seul devant une porte d'apparence normale. Lorsqu'il a demandé où ils allaient, le vastos a simplement répondu : « Je vous emmène dans la Salle verte comme on me l'a indiqué, sire », une réponse à la fois claire et vague. Un examen plus approfondi a donné lieu à des aveux d'ignorance, exprimés de manière à lui faire comprendre qu'un roi qui ne sait même pas avec qui il a rendez-vous est bien à plaindre.

Ce qu'Art ne peut pas vraiment nier.

Ce n'est pas que la réunion se fasse sous le sceau du secret, pour être précis, ce qui serait au moins excitant. C'est plutôt comme s'il s'agissait d'une rencontre oubliée jusqu'à la dernière minute, quelque chose dont presque personne n'était au courant, simplement parce que ce n'était pas si important.

Il se rendra compte plus tard qu'ils ont procédé avec habileté.

Il entre seul dans la pièce. Baignées dans la lumière chaude provenant de hautes lampes placées dans chaque coin, se tiennent une douzaine de personnes, des hommes et des femmes de tous âges. Ils sont assis sur des canapés vert forêt et bouton-d'or, cuisses nonchalamment écartées, se penchant de temps en temps pour attraper une minuscule pâtisserie sur l'un des plateaux posés sur des tables, ou boire dans des verres en cristal. Ils étaient visiblement suffisamment préparés pour une réunion de dernière minute pour réussir à franchir de fastidieux contrôles frontaliers jusqu'ici, être dotés d'une accréditation suffisante de ses services de sécurité pour pénétrer sans encombre dans le palais à une telle heure, et assez attendus pour que des rafraîchissements leur soient servis.

Une femme présente une projection sur le mur à côté de la porte, deux autres à ses côtés comme si elles l'étudiaient. Elle abaisse la petite torche lumineuse qu'elle tient à la main lorsque Art entre et fait disparaître l'image avant qu'il ne puisse voir ce dont il s'agit.

Ceux qui sont assis se lèvent.

Ceux qui sont debout attendent.

Puis les saluts se répandent dans le groupe, les têtes et les torses se pliant avec plus ou moins de grâce. Art a constaté que la plupart des gens sont enthousiastes lorsqu'ils le rencontrent pour la première fois, voire obséquieux. Il a du mal avec ces derniers, trouvant difficile d'accorder sa confiance à des personnes qui dissimulent leurs désirs sous des flatteries. Leurs visites sont motivées par l'envie, après tout. Il en est ainsi. Pourquoi ne pas se rencontrer et discuter des besoins des uns et des autres sur un pied d'égalité ?

Le jeu, lui dit souvent sèchement Brune, *ne fonctionne pas ainsi.*

Art s'est donc habitué à la sensation de besoin qui émane, sous toutes ses formes, de tous ceux qu'il rencontre, mais cette sensation fait défaut ici. À vrai dire, ils sont dans l'expectative, comme s'ils attendaient qu'il leur dise ce que *lui-même* veut – mais il ne sait même pas qui ils sont, et encore moins ce qu'il pourrait leur demander.

« Asseyez-vous, s'il vous plaît », dit-il.

Certains retournent à leurs canapés. Les autres se tiennent debout ou inclinés, prenant soin de rester dans son champ de vision, comme l'exige le protocole. Il cherche son propre siège du regard. Pendant des semaines, il a été conduit à ses fauteuils par différents vastos, suivant le chemin qu'on lui traçait sans qu'il ait besoin d'intervenir. Il constate avec gêne que c'est presque comme s'il avait oublié comment se débrouiller seul.

« Sire. » Il est secouru par un homme mince vêtu d'un manteau bleu paon ajusté au col en métal austère, qui tire une chaise vide de sous sa table. Pendant qu'Art la prend, les autres convives s'éloignent, se positionnent derrière des divans ou s'installent dans des sièges non occupés plus loin. Il se trouve étrangement attristé par cette perte d'intimité, même avec des inconnus. Personne ne s'assied près de lui, désormais.

« Merci, dit-il.

— Tout le plaisir est pour moi, sire. Et pour vous, j'espère », répond doucement l'homme en bleu paon.

Une vague de rires se fait entendre. Une femme aux cheveux blonds brillants émet un grognement non loin de là.

« Toujours là, à la vitesse de l'éclair », lance-t-elle avec mépris.

L'homme en tenue bleu paon affecte un air humble. « Ignorez donc cette dame. La jalousie professionnelle peut être une chose affreuse, n'est-ce pas ? Puis-je prendre la liberté de faire les présentations ? » Il s'exprime de manière fluide, avec un accent démodé affecté.

« Je vous en prie », répond Art avec soulagement.

L'homme sourit. « Votre serviteur… », entame-t-il avec grandiloquence, et tandis qu'il marque une pause, une autre vague de rires se répand dans le groupe.

« Allez ! » le presse quelqu'un au fond et Art, malgré tout ce mystère, commence à apprécier la scène.

L'homme ne se laisse pas décourager. « Votre serviteur, répète-t-il, se nomme Beaufort Pluma Clémentine de Iochibourg, propriétaire de la *Plume élégante*. »

Une broche en métal gris est épinglée à son épaule ; un joli jeu d'écailles avec un poisson bondissant juste au-dessus, symbole du quartier qu'il habite. Il sort un petit livre de sous son bras et le pose soigneusement sur la table d'Art. Le bord de chaque feuille de papier épaisse est brossé d'argent, et une plume en cuivre est gravée sur la couverture noire du volume.

« La dame jalouse à ma gauche, poursuit Beaufort, est Mardi la Bonne Fille, maîtresse de *Secousses*, l'établissement de Rhyfenbourg le plus vénérable de l'industrie des moments grandioses. »

Mardi la Bonne Fille semble elle-même amusée de son surnom. Elle se lève, accompagnée du grincement inimitable du cuir serré et glisse son propre livre noir sur la table d'Art.

Le nom SECOUSSES est imprimé sur la couverture en lettres cramoisies sobres.

Perplexe, il tend la main vers l'ouvrage, mais Beaufort reprend la parole. « Le gentilhomme corpulent à ma droite…

— Quel coq insolent, s'exclame l'homme en question, tout à son aise.

— Est Lassither Joe, de la *Maison Gitonne*, qui possède la meilleure sélection de whiskys de ce côté du fleuve, mais ne la partage jamais, au grand jamais, même avec ses amis.

— Eh bien, vous devriez voir la taxe d'importation qu'ils me coûtent, se justifie Lassither Joe, mais il est rabroué par les autres.

— Est-ce qu'il ne s'agirait pas de celle familièrement connue sous le nom de "vente directe sur les quais au beau milieu de la nuit" pour ne pas avoir à *payer* ce genre d'impôt ? » lance quelqu'un au fond.

Rires.

« Calomnies », se défend Lassither. Il possède également son propre livre noir, qu'il place soigneusement sur la pile grandissante.

Art n'a pas été aussi détendu – et confus – depuis longtemps. La confiance d'un groupe suffisamment à l'aise pour plaisanter à propos d'activités illégales devant le roi est contagieuse. Il fait de son mieux pour avoir l'air tout à fait au courant lorsque Beaufort présente chacun des membres restants. Des établissements de chaque quartier sont représentés dans la salle, certains plus d'une fois, et chacun a un livre à lui remettre.

Un soupçon se forme à mi-chemin du rituel, mais ce n'est que lorsqu'un personnage androgyne saisissant drapé de soie rouge, qu'on lui présente sous le nom singulier de Dario Go, lui tend un ouvrage intitulé *LE CARNAVAL NOCTURNE*, qu'il est enfin sûr de lui.

Il n'y a pas un Londonien en vie qui n'ait entendu parler de cet établissement. Le nom est fréquemment utilisé dans le langage courant. Le fait d'être « enregistré au *Carnaval nocturne* » signifie que quelqu'un a exprimé son désir de coucher avec vous. « Se rendre au *Carnaval nocturne* » est un terme qu'il a souvent entendu dans son enfance, mais qu'il n'a pas vraiment compris avant l'âge de 14 ans, lorsqu'il a réalisé que cela voulait dire perdre sa virginité. Il s'agit du bordel le plus ancien et le plus célèbre de Londres.

Conscient de l'ignorance virginale qui l'a empêché de comprendre la situation jusqu'à présent, Art attend poliment que tout le monde dans la pièce ait été présenté et que la pile d'ouvrages noirs sur la table devant lui ait atteint le point où elle chancelle. Il sourit et hoche la tête quand il le faut tandis que son esprit est en ébullition. Le recours à des tactiques clandestines prend sens à présent. Depuis que cette couronne de verre noir a touché sa tête pour la première fois, il est devenu de plus en plus évident que tous les aspects de la vie d'un monarque sont gérés par le palais, alors pourquoi pas celui-ci également ?

Beaufort reprend son siège et un silence impatient s'installe dans la pièce. Art tire le livre intitulé *LE CARNAVAL NOCTURNE* vers lui, passant un doigt sur les lettres en relief. Il l'ouvre.

Il s'agit d'un menu.

Chaque page comporte un nom, une photographie réalisée avec talent et une liste de spécialités particulières. L'œil d'Art saisit l'expression « hautement qualifié pour les jeux impliquant des cordes » et lutte avec acharnement pour ne pas rougir.

« Comment est-ce que ça fonctionne, exactement ? demande-t-il.

— Vous n'avez pas à choisir maintenant, sire, non, pas du tout, répond Beaufort. Prenez tout le temps que vous voulez. Vous pouvez passer une commande chez nous, de jour comme de nuit.

— Passer une commande, remarque Art. Comme un steak au restaurant. »

Beaufort rit de bon cœur, ainsi qu'une ou deux autres personnes.

« Rassurez-vous, intervient Lassither Joe, nous avons quelque chose pour tous les goûts qui soient sur la bonne terre des saints. Qui que – ou quoi que – vous désiriez, la *Maison Gitonne* a dans ses livres quelqu'un qui vous conviendra. »

Le groupe s'enhardit, noyant les propos de Lassither sous leurs propres promesses de divertissements variés et le réprimandant pour son approche trop directe. Apparemment, il est mal vu de nuire à l'unité du collectif dans une situation aussi rare que celle-ci.

Ce n'est que pour les nouveaux clients les plus riches et les plus sophistiqués que les maîtres et maîtresses du commerce des moments grandioses se réunissent ainsi, chacun espérant ferrer la baleine et assurer par là un revenu régulier à sa maison. Le roi, bien sûr, est la plus grosse baleine de toutes, car il devient évident qu'il s'agit d'une tradition qui a traversé les âges. Les souverains ont des envies, après tout, comme tout le monde.

Art attend que leur camaraderie turbulente se calme suffisamment avant de frapper.

« Je n'en ai pas besoin, merci, dit-il en refermant d'un coup sec le menu du *Carnaval nocturne*.

— Oh, réagit Beaufort, une roublardise imperceptible pointant dans la voix, ce n'est pas un problème, aucunement, sire. Nous allons vous laisser choisir en paix…

— Vous ne m'avez pas bien compris, le coupe Art. Je ne suis pas intéressé. Pas du tout. »

Le silence s'abat dans la salle.

« Il existe un arrangement spécifique, commence Beaufort. Nous garantissons la discrétion la plus totale. Totale. »

Le métier de pourvoyeur de moments grandioses est peut-être le plus vieux du monde, et ses services sont ouverts à tout citoyen de Londres – ainsi qu'aux millions de touristes qui la visitent chaque année – mais c'est aussi un secteur énorme, soigneusement réglementé, qui vit et meurt à sa discrétion, surtout en ce qui concerne ses clients les plus publics. Seuls les saints savent quels secrets embarrassants ils détiennent sur la moitié de la haute société.

« Je ne doute pas de vos capacités en ce domaine, répond Art. Je suis sûr que vous avez préservé la réputation de nombreux rois et reines au fil des ans. Je ne suis tout simplement pas intéressé. »

Mardi la Bonne Fille prend la parole. « Nous comprenons, sire, si quelqu'un occupe déjà une place particulière dans votre cœur. »

Art reste de marbre. « Ce n'est pas le cas. »

Silence.

« Votre père… tente Lassither Joe.

— Il devrait être parfaitement clair désormais que je ne suis pas mon père.

— Absolument, absolument, s'empresse de préciser Beaufort. Vous êtes une personne unique, sire, avec ses goûts particuliers, et… je veux dire, il n'y a rien que nous n'ayons pas vu, et de plus, si vous voulez bien remarquer, votre père n'a pas connu un seul scandale de ce genre de toute sa vie, vous pouvez vérifier toutes les archives des actualités quant à la discrétion que j'ai évoquée, il n'existe pas le moindre rapport ou quoi que ce soit. »

Art réalise qu'il s'amuse de la précipitation désespérée de l'homme.

« Mais pour vous, eh bien, tout rapport serait une bagatelle qui ne dérangerait personne, de toute façon, puisque vous êtes actuellement célibataire, du moins officiellement, et cela n'a bien sûr jamais fait de mal à un souverain auparavant, tout le monde comprend les tensions particulières que génère l'Épée, ce n'est vraiment pas…

— Putain, Beau, respire un coup. »

La voix de Dario Go tranche, nette et précise.

Beaufort s'arrête en pleine phrase et Dario frappe une fois encore dans ses mains, rompant le calme d'un claquement sonore.

« Estimés collègues, déclare-t-iel. Il est tard, notre jeune roi est épuisé et nous avons tous, je n'en doute pas, de longues nuits devant nous. »

Bien sûr. Il s'agit de la première réunion de leur journée de travail, non pas de la dernière. Cette perche lui a été lancée avec délicatesse, et Art la saisit avec reconnaissance.

« C'est cela, dit-il. Des journées chargées m'attendent, malheureusement. Peut-être que lorsque les choses seront un peu plus calmes, je pourrai m'intéresser à… – il cherche ses mots – vos merveilleuses sélections ».

Le charme de la diplomatie. Cela demande une vraie compétence, et Art est actuellement au niveau du personnage en allumettes.

Un moment s'écoule. Ils murmurent entre eux tout en se rassemblant pour partir, finissent leurs verres, échangent des anecdotes légères. Chacun d'eux s'incline vers lui en passant devant sa chaise. Il acquiesce. Il sourit. L'une des premières leçons qu'on lui a enseignées : ne pas emmerder les hommes d'affaires puissants.

Ce n'est que lorsque le dernier d'entre eux a quitté la pièce qu'il se rend compte que Dario Go est toujours là. Le groupe a pris soin de tirer vers le bas tous ceux qui essayaient de se mettre en avant pour attirer son attention, en veillant à ce que chacun bénéficie du même traitement, mais ils acceptent de laisser Dario seul avec lui. Peut-être que, comme tout le monde, ils s'en remettent encore au *Carnaval nocturne*.

Dario se lève dans un bruissement de soies rouges et s'installe sur la chaise en face d'Art. Celui-ci est surpris, agréablement d'ailleurs, de cette audace.

« Puis-je vous poser une question, sire ? demande-t-iel. Maintenant que nous avons un peu plus d'intimité.

— À Ker Leonis ? » répond Art sèchement.

Dario sort un sicalo noir d'un étui métallique fin et le lui tend. Le roi le prend avec gratitude. Dario l'allume à l'aide du candélabre longiligne perché sur la table basse entre eux, puis en fait de même avec le sien. Ses yeux, lourdement maquillés de couleurs métallisées sombres et riches de mystères, le regardent attentivement à travers la fumée.

« Vous êtes… un romantique ? »

Art le fixe d'un air impassible. « Je ne sais pas.

— Vous êtes monogame ? »

Le mot est dit avec précaution, comme s'il s'agissait d'un terme étranger qu'ils s'efforcent de ne pas prononcer de manière erronée, de peur d'offenser.

Le roi rit. « Est-ce vraiment si étrange de ne vouloir être qu'avec une seule personne ? Ce n'est pas si rare, n'est-ce pas, de nos jours ? De toute façon, j'aime à penser que je pourrais me débrouiller pour trouver quelqu'un par moi-même, comme la plupart des gens.

— Oh. Et comment allez-vous vous y prendre ?

— Qu'est-ce que vous voulez dire ? »

Dario hausse les épaules. « Vous imaginez qu'il vous suffit… d'entrer dans un bar et de trouver quelqu'un en train de danser sous de jolies lumières ? Quelques verres, un flirt léger ? Peut-être qu'un rendez-vous est décidé, et quand vous vous rencontrez, iel est timide, vous êtes nerveux mais vous ne le montrez pas, et tout le long de la dégustation du plat de homard, vous ne pouvez vous empêcher de penser à ce que cela ferait si iel était sur vous. C'est gênant, au début, bien sûr. Comme souvent. Mais peu après, là, dans l'obscurité, dans les bras l'un de l'autre, vous ressentez les premiers émois de l'amour. Le temps passe, et iel devient partie intégrante de votre réalité. Iel rencontre vos amis, votre famille, et vous rencontrez la sienne. Vous commencez à parler de vos vies comme d'un entrelacs au lieu d'y voir des fils séparés… Tout cela est si beau, si banal. N'est-ce pas ? »

Art a envie de dire oui.

« Vous êtes le roi de Londres, poursuit Dario. N'avez-vous pas compris que vous ne connaîtrez jamais, jamais une telle relation ? Vous savez que toutes les personnes que vous rencontrerez à partir de maintenant jusqu'au jour de votre mort seront soit trop effrayées, soit trop amoureuses de *ce que* vous êtes au lieu de *qui* vous êtes pour vous traiter comme leur égal ? Que tout individu qui s'intéresse à vous aura toujours, toujours, ses propres raisons ? Que vous ne pourrez plus jamais savoir ce que les gens pensent vraiment de vous parce que vous êtes leur symbole, un visage et un corps sur un piédestal ? » Dario se renfonce dans son fauteuil, sa bouche large plissée d'inquiétude. « Sire, personne ne veut ce que vous êtes *réellement*. Vous ne serez jamais qu'utilisé. Parfois par accident, mais surtout par calcul. Il existe quelques inconvénients au type de pouvoir qui est le vôtre. Ceci en fait partie. »

Art rit, car il n'y a pas de réaction raisonnable à un tel discours. C'est ridicule, bien sûr. Il observe Dario à la recherche de signes de condescendance ou d'irritation face à son rire, mais ses yeux sont rivés à la table, au sicalo qui se consume entre ses doigts fins.

« C'est un point de vue incroyablement cynique, dit-il.

— Réaliste, je dirais, réplique Dario Go, dont le visage s'épanouit peu à peu d'un sourire. Votre mariage sera arrangé selon les règles du pouvoir, pas de l'amour. Mais ce n'est pas si mal. Vous serez probablement associé à quelqu'un qui a grandi sous le poids de circonstances similaires, quelqu'un qui comprend le genre de vie qui est la vôtre à présent et qui se comportera en conséquence. Vous pourrez continuer à utiliser des services tels que les nôtres, si votre mariage ne vous satisfait pas, et votre moitié pourra s'adonner avec bonheur à ses propres envies. Tout cela est très normal, et même attendu... »

Art perd patience. « Je n'ai pas l'intention d'épouser quelqu'un dont je ne suis pas amoureux. Par les saints, pourquoi est-ce que nous discutons de cela ? J'ai seulement 18 ans, je n'ai même pas *commencé à* y penser...

— Je peux vous garantir que vous êtes le seul à Ker Leonis à ne pas l'avoir fait, le réprime doucement Dario, alors peut-être devriez-vous vous y mettre maintenant, avant de découvrir que vous avez perdu toute prise sur cette décision et qu'il est trop tard. »

Leurs regards se croisent. Cela ressemble à une autre leçon de politique, une que Brune devrait normalement essayer de lui enseigner. Peut-être n'a-t-elle pas eu le cœur de lui dispenser cette leçon particulière, et a-t-elle préféré s'adresser à quelqu'un dont le commerce dépend de la compréhension intime du sujet.

Le sexe comme une arme et non comme un plaisir. Cette idée le consterne.

« En attendant, reprend doucement Dario, vous avez ceci. » Ses doigts effleurent les bords des livres noirs empilés. « Professionnalisme. Discrétion. Votre choix vous rejoint pour une visite, ou plus si vous vous en entichez. Iel ne parle à personne de ce qui se passe entre vous. Nous nous en assurons absolument. C'est là notre fierté. Vous savez déjà ce qu'ils attendent de vous : être bien traités et bien payés. En retour, ils vous donnent ce que vous voulez, dans le cadre des paramètres que vous avez définis. Considérez-les comme un autre type de vastos. Leur travail consiste à vous servir d'une manière spécifique.

— Je n'aime pas qu'on me serve », rétorque Art.

Dario se penche en avant, sa main se tend au-dessus de la table et s'arrête à deux doigts du poignet d'Art. Personne n'est autorisé à le toucher sans permission et iel le sait. Iel joue avec les frontières, teste ses limites.

« Dois-je comprendre que cela pourrait indiquer une préférence pour le fait de *servir*, plutôt ? » s'enquiert-il.

Art sent quelque chose remuer en lui, son corps traître s'éveillant avec envie. « Ne flirtez pas avec moi », dit-il froidement.

Dario retire sa main.

Il n'y a pas de place pour la confiance entre eux. Comme toutes les autres réunions de ces dernières semaines, le groupe de ce soir est venu obtenir quelque chose de lui. Il ne lui reste qu'à le leur refuser.

Dario se prépare à partir.

« Quand vous aurez envie d'un peu de détente, déclare-t-il, et Art note le *quand*, pas le *si*, envoyez-moi un message. Il suffit d'écrire “dîner pour deux”, avec une date et une heure. Le jour comme la nuit, sire. J'ai indiqué une suggestion dans le livre, quelqu'un qui, je pense, pourrait très bien vous convenir. »

Dario se lève. Art ne fait pas un geste. Iel se dresse au-dessus de lui, le moment devient gênant. Iel ne peut pas s'en aller sans qu'il l'ait renvoyæ[34].

« Et si je vous demande vous ? » s'enquiert enfin le roi, en forçant son regard à croiser celui de l'autre.

Une lueur infime passe sur son visage de marbre. « Je ne suis pas dans le livre, sire. J'assume davantage un rôle de gestionnaire, en ce moment.

— Vous voulez dire que vous ne faites pas partie des choix possibles ?

— J'entends par là que vous feriez peut-être mieux de commencer par le bas et de monter peu à peu. » Dario incline la tête en signe de concession. « Mais si c'est ma personne que vous souhaitez, accordez-moi l'audace de prédire que vos attentes seront plus que satisfaites.

---

34. « Renvoyé, renvoyée » en neutre.

— Après les quelques minutes passées en votre compagnie, Lærd Dario, celles-ci sont assez élevées. »

Ses yeux brillent à la lumière des bougies. « Vous êtes trop bon, Mon Roi. »

Art se lève et incline la tête à son tour. Ces dernières semaines, il a observé avec curiosité quel effet son habitude de saluer en égal produit sur toutes les personnes qu'il rencontre. De la surprise, parfois. De l'amusement, chez d'autres. De la confusion, le plus souvent.

De manière peut-être inéluctable, Dario ne trahit aucune émotion d'aucune sorte. On peut facilement supposer qu'on ne gagne pas sa place dans le *Carnaval nocturne*, sans parler d'en venir à diriger tout l'établissement, sans être l'un des acteurs les plus doués de sa génération.

Il observe Dario sortir discrètement de la pièce, et l'entend murmurer au vastos qui attend dehors. Après s'être assuré que la porte est fermée et qu'il est seul, Art s'affaisse sur sa chaise. Quoi qu'il ait pu laisser entendre, il ne sait pas s'il est à la hauteur pour affronter une telle personne et en sortir indemne.

Son regard se pose sur les livres.

Personne ne veut ce que vous êtes réellement. Vous ne serez jamais qu'utilisé.

14

Bordefleuve, Rhyfenbourg
Cinq mois auparavant

La lumière s'est vue pousser des griffes pendant son sommeil. Le soleil du matin (enfin elle le suppose, car elle n'a aucune idée de l'heure qu'il est) qui filtre par la fenêtre de la chambre l'agresse. Il racle impitoyablement de ses rayons ses paupières fermées jusqu'à la réveiller de force, ses yeux encore plissés de sommeil.

Non, non, non.

Non, pourquoi doit-elle être réveillée ? Non.

Alors que Red s'assoit dans les draps froissés du lit étroit dans lequel elle a réussi à se glisser à la fin de la nuit, des souvenirs remontent lentement dans son cerveau, comme le cocktail vert acide avec lequel ils ont terminé la soirée. Comment s'appelait cette boisson ?

Le nom lui revient : *Agonie ascendante*.

Maintenant, elle sait pourquoi.

Oh, cette nuit. Cette nuit, cette nuit, et leur folle course inondée de néons, à travers son terrain infini. Elle avait surtout ressenti du soulagement, de la jubilation. Une bande de louveteaux rugissants s'était lâchée pour la première fois depuis des mois.

*

Tout avait commencé par un rassemblement dans un bar local, le lieu de rencontre désigné de tous les aspirants qui venaient de devenir chevaliers de la Caballaria.

Ils étaient une cinquantaine d'optimistes au début de ce voyage, un mélange de ceux qu'on avait ramassés lors de combats de chalengeurs et que le quartier parrainait, et les autres, qui avaient obtenu l'argent nécessaire à leur formation par des moyens privés.

Seuls cinq d'entre eux étaient allés au bout. Quatre visages s'étaient tournés vers Red quand elle était entrée dans le bar ; elle s'était arrêtée devant la table autour de laquelle ils s'étaient regroupés en les reconnaissant.

Il y avait Kitani, dont la tignasse pissenlit était, de manière inhabituelle, lissée en arrière et son corps trapu tendu.

Ensuite venait Danna, une fille plantureuse et mortelle avec une masse, qu'on avait très tôt rebaptisée « Six » en référence aux Six Bâtons, le quartier huppé de Rhyfenbourg dont elle était originaire.

Kay, corpulent et maussade devant une tasse en étain. Celle-ci semblait destinée aux enfants dans sa main charnue.

Et Sela, damnés soient les saints, Delaney.

Pendant un instant, Red avait envisagé de faire demi-tour et de sortir du bar plutôt que de se soumettre à une soirée baignée de ce sourire irritant, mais elle ne pouvait supporter la satisfaction que cela donnerait à Sela.

Un verre, s'était promis Red. *Juste pour le rituel. Ensuite, tu pourras sortir d'ici.*

Le groupe était agglutiné autour d'une longue table qu'ils avaient réservée au fond du bar joyeusement éclairé, toute familiarité oubliée dans l'étrangeté du moment, cet instant pour lequel ils avaient enduré douleur et punitions, s'étaient coupé du monde et avaient restructuré leur corps et leur esprit.

« J'ai toujours su que cette enfoirée à la détermination sans faille réussirait », fit Kay en la regardant.

Eh bien, certaines personnes n'avaient pas souffert de trop de restructurations, visiblement.

« Quand j'ai reçu un message me disant de retrouver tout le monde dans un endroit appelé *l'Onction du chevalier*, déclara Red, j'ai cru que c'était une blague.

— C'est la tradition, répondit Sela. Tout le monde vient ici la première nuit après avoir terminé sa formation, alors il y a quelques années, ils ont renommé l'endroit de manière plus appropriée. Ne t'inquiète pas, tu es assurée de ne pas manquer d'huile sainte avec nous. »

Red ne mordit pas à l'hameçon. Sela pouvait la narguer autant qu'elle le voulait – c'était une pique de chevalière à chevalière désormais.

— Pose ton cul, Pel », l'invita Kay affectueusement, en tapotant le banc à côté de lui.

Red se glissa prudemment dans le groupe, parcourant la pièce du regard. Les poutres basses en bois sombre et chaud conféraient à l'endroit une atmosphère douillette et réconfortante. Il était encore tôt, et on ne voyait que peu de clients dans le bar, mais le lieu donnait néanmoins l'impression d'être bondé. Les lames de parquet éraflées faisaient résonner les pas des gens à ses oreilles. L'ensemble avait été rénové dans un style ancien, comme si l'on était revenu à l'époque du bois et de la brique, avant le chrome et l'acier, la combine et les lumineux.

« Ça ne semble pas vrai, hein ? demanda Six. Comme si le monde extérieur était une fausse scène de théâtre montée juste pour nous, en quelque sorte. »

Red passa ses mains autour de la tasse en cuivre poli qu'on lui tendait. Les bords étaient froids, perlés d'humidité, un picotement bienvenu dans ses doigts dans la chaleur étouffante de l'air ambiant. Chaud et froid. C'était suffisamment réel.

« J'ai l'impression d'être un moine qui vient d'être libéré du monastère, grommela Kay en portant sa chope à ses lèvres.

— Excité ? demanda Sela.

— Impatient ? » suggéra Kitani.

Six sourit. « Turgescent ? »

Kay se renfrogna. « Accablé ».

Les quatre autres échangèrent des regards. Kay avait tenu sans effort sa place dans le groupe, celle de l'homme vantard et hâbleur, peu doué pour les nuances, mais d'un courage admirable. Tout était un défi à relever, à ne pas fuir. L'entraînement l'avait marqué, finalement.

« Ça finit par passer, dit Sela après un silence. C'est ce que j'ai entendu dire. » Ses doigts effleurèrent le dos de Kay dans un geste de réconfort maladroit. « Tu dois juste te rappeler ce que c'est que d'être dans *ce* monde, plutôt que dans celui du Donjon.

— Comment ? »

Sela leva sa tasse. « Tu prends part aux plaisirs particuliers qu'il offre », expliqua-t-elle en souriant.

C'est ce qu'ils firent. Vraiment. Vraiment.

L'établissement de *l'Onction du chevalier* fut rapidement abandonné au profit d'un autre bar suggéré par Sela, plus au centre de Rhyfenbourg, puis un qui avait la préférence de Six. Ils marchaient entre leurs destinations si elles étaient assez proches, ou prenaient un métro lorsqu'elles étaient trop éloignées.

Le réseau de trains électriques de Londres était le moyen de transport le moins cher qui soit. Il fallait une bonne quantité de combine pour faire fonctionner un SUV privé, alors tout le monde utilisait les troms, qui roulaient toute la nuit dans la plupart des quartiers, car la célèbre vie nocturne de la ville en dépendait. Même les riches y recouraient – le plus souvent, comme l'avait souligné Sela de manière cinglante, lorsqu'ils étaient trop au fond de leur tasse pour conduire leurs propres véhicules vers la zone cossue de la cité où ils avaient leur foyer. Six décida gracieusement de ne pas mordre à l'hameçon.

Quand elle était arrivée à Rhyfenbourg, Red s'était retrouvée confuse, égarée par toute cette esbroufe, mais maintenant elle se sentait stimulée par tout cela, avide et excitée. Il y avait tant de choses à ressentir dans ces rues, tellement de vie, de tout. Le vaste choix proposé l'avait déconcertée lorsqu'elle était plus jeune et plus nerveuse, mais aujourd'hui, il lui procurait de la joie. Quelle chose incroyable que d'exister dans ce monde, à cette époque, le cœur battant avec force !

Ils se rendirent dans un petit endroit auquel on accédait par une porte quelconque sur laquelle était peint un serpent, un bar du nom de *Serpentine*, où toutes les boissons étaient noires et vertes, et où la peau des employés était maquillée d'écailles et leurs yeux arboraient des lentilles à pupilles fendues.

Au fur et à mesure que la nuit avançait et que leur audace croissait, Kay se mit à dire à chaque personne qu'il voyait, des portiers et des serveurs aux passants croisés au hasard des rues, qu'ils venaient d'achever la formation de chevaliers de la Caballaria. Au début, Red trouva cela gênant, mais à la quatrième tournée de boissons gratuites, l'attention avec laquelle ils étaient servis, et les cris et applaudissements spontanés que les déclarations de Kay suscitaient de la part de parfaits inconnus de passage, elle dut admettre que cela leur procurait, au pire, une monnaie d'échange bien utile.

Au mieux, c'était comme un bourdonnement chaud et prolongé.

Attention. Ne te laisse pas entraîner par le côté glamour de tout ça. C'est juste un moyen d'arriver à tes fins. Ne t'avise pas de commencer à y prendre goût…

Red descendit verre après verre, oubliant sa promesse de partir après un seul, attirée par les conversations et les danses qui captivaient toute son attention, jusqu'à ce que son cerveau soit étouffé par les nuages brumeux de l'alcool et que la vie, *cette* vie, la *sienne*, soit une série de moments qui n'existaient que ce soir et maintenant, sans place aucune pour ce qui avait précédé ou restait à venir.

Tant pis pour son véritable objectif, qui l'attendait tapi dans un coin de son futur.

Juste pour ce soir. Laissez-moi simplement profiter de cette nuit.

Ils devenaient de plus en plus sauvages au fur et à mesure que la soirée s'écoulait, jusqu'à ce qu'ils se mettent à suggérer une expédition au célèbre *Carnaval nocturne*, dont la rumeur disait qu'il gardait une porte ouverte pour les nouveaux chevaliers. Celui-ci se trouvait à Iochibourg intra-muros et il serait assez facile de s'y rendre via les voies interquartiers nouvellement construites, mais le trajet était susceptible de grignoter la plus grande partie de leur temps.

Kay déclara que *Secousses*, l'un des établissements les plus réputés de Rhyfenbourg, proposait des orgies de masse dans ses caves cossues, mais aucun d'entre eux n'était vraiment en mesure de se montrer à la hauteur des performances qu'implique ce genre de chose – et alors qu'ils cherchaient quelque chose d'autre de provocant capable de les rassasier, Sela prit la parole.

« Je pense qu'il est peut-être temps de faire un fatum. »

Les autres échangèrent un regard.

« Un quoi ? demanda Six.

— Un fatum.

— Qu'est-ce que c'est ? »

Sela ricana. « Je suppose que les gens riches n'ont pas besoin de diseurs de bonne fortune. La leur est déjà assurée.

— Tss, Sela », lança Kitani avec impatience. Il jeta un coup d'œil à Six. « Tu n'as jamais fait faire ton fatum ?

— Tu veux dire le truc avec les devins ? » Six semblait mal à l'aise. « C'est illégal. »

Kitani agita la main avec nonchalance. « Pas vraiment. Tout le monde le fait. En plus, c'est une tradition de l'Onction. Chaque nouveau chevalier se fait dire son fatum. Un aperçu inoffensif de la gloire et de la célébrité que l'avenir lui réserve.

— Oui, mais… hésita-t-elle. C'est de la magie.

— Tu as un problème avec les enfants-divins, Six Bâtons ? demanda Sela, ravie de cette controverse potentielle. Rappelle-toi qui nous tient compagnie en ce moment. »

Red, après trois verres et bien moins encline à se retenir, émit un grognement. « Les devins. Se couper le bras et saigner à mort de la combine juste pour qu'on vous dise que vous allez "gagner de nombreux combats et mourir gros et riche". Ce ne sont pas des enfants-divins, juste de vulgaires escrocs.

— Pas celui auquel je pense. C'est un vrai. Rare comme une lune de sang et tout aussi puissant. » Kitani jeta un regard en coin à Sela. « Ma cousine Lina m'a indiqué l'endroit. Ce n'est pas loin d'ici. »

Le groupe avait commencé à bourdonner d'un air tendu et malicieux.

« J'ai entendu dire que les communs se font souvent refuser l'entrée, dit Sela.

— De quel endroit ? interrogea Six, l'air nerveux. Où allons-nous ? »

Kitani haussa nonchalamment les épaules. « Un bar d'enfants-divins. »

Ces derniers n'existaient pas officiellement. Ils appartenaient au monde souterrain, à une vie sous la vie, comme la nuit est l'envers du jour. Tout comme les Chiens de guerre, le célèbre circuit de combat clandestin de Londres, ils étaient connus, parfois fermés, mais leur activité était néanmoins, au dire de tous, florissante. Il était difficile de les trouver et plus encore d'y pénétrer.

Sauf si vous aviez un véritable enfant-divin dans votre groupe, bien sûr.

« Red est notre ticket d'entrée », déclara Kay, bravache et à moitié saoul, en passant un bras lourd autour de ses épaules.

Elle réprima une envie soudaine de le repousser. Il était clair maintenant que c'était une conspiration depuis le début ; ils ne lui avaient pas révélé leur destination pour éviter qu'elle refuse.

Elle pouvait encore dire non.

Les yeux du groupe étaient fixés sur elle.

Elle haussa les épaules. « Ne m'en voulez pas s'ils nous refusent l'entrée. »

Kay poussa une exclamation de joie.

Ils se dirigèrent vers Haykenvue, un quartier tranquille de Rhyfenbourg qui abritait à l'époque du père de Sela le plus grand campement de sans-abri de tout Londres. Ce dernier avait été rasé dix ans auparavant et un terrain d'entraînement public de la Caballaria ouvert aux renards des rues avait été construit à la place. Les avis étaient partagés sur la question de savoir si cela avait permis de résoudre un quelconque problème, mais on ne pouvait nier le rythme régulier avec lequel la zone était passée de la crise à la prospérité depuis lors.

« Kitani, appela Sela, ta cousine est vraiment allée dans cet endroit ?

— Oh oui. Elle a dit que c'était fou, comme être sous Fièvre hallucinée.

— J'en ai déjà pris, déclara Sela. C'est bizarre.

— Tu as tout fait, se moqua nerveusement Six.

— Tout sauf toi, ma chère.

— Continue d'halluciner.

— C'est quoi cette Fièvre ? demanda Kay.

— Une drogue pour les poseurs de la tech et les chasseurs d'anges, expliqua Six avec dédain. Les gens en prennent pour se donner des airs, mais la seule chose qui se passe, c'est qu'on voit des arbres se mettre à parler, ou des trucs du genre. »

Sela semblait amusée. « Tu as déjà essayé, vraiment ?

— Pas besoin.

— On voit que tu n'y connais rien.

— Arrête de flirter, interrompit Kitani. Nous y sommes. »

Le groupe leva les yeux vers le bâtiment.

« Kitani, commença Kay. C'est une épicerie. »

L'auvent de la devanture était en lambeaux, rayé dans des tons de jaune désordonnés. Son enseigne au néon clignotant avait la forme de la rune traditionnelle des épiciers. Un tableau était installé en dessous, traduisant le panneau en plusieurs langues en lettres minces et mal éclairées.

« C'est une épicerie, convint Kitani. Et en dessous, il y a un bar.

— Comment on s'y rend ?

— Par l'épicerie. »

Red était confuse. « C'est stupide. Comment les gens sont censés le trouver ?

— Il n'est pas censé être trouvable », lança Sela.

Kay inclina la tête. « On dirait qu'il est fermé.

— Il est ouvert », répondit Kitani d'un air confiant. Il poussa la porte et une sonnerie retentit à l'intérieur de la boutique, annonçant leur arrivée. Ils s'avancèrent.

Un mélange étrange d'épices frappa Red à son arrivée ; celles-ci garnissaient de hauts paniers disposés en rangs désordonnés près de la porte, tous teintés des couleurs rouge, orange et jaune de Rhyfenbourg. Des bandes lumineuses bourdonnaient au-dessus de leur tête, éclairant des couloirs aux rayonnages métalliques remplis de plateaux de fruits et légumes empilés en hauteur, entre lesquels s'intercalaient des bocaux en flexiverre contenant les mêmes produits marinés, en conserve, en saumure, salés, sucrés, aromatisés, épicés, en sauce et en jus.

« Il n'y a personne d'autre ici, chuchota Red à Kay pendant que Kitani se dirigeait vers le fond de la boutique.

— Je sais, répondit Kay, brisant le silence. Cet endroit est une putain de tombe. »

Red grimaça.

« Les amis. » Sela désigna d'un signe de tête un comptoir près du fond.

Kitani était en pleine conversation avec une femme aux cheveux gris et à la coiffe en hauteur impeccable et aux bras croisés irradiant une forte méfiance.

« Red, appela Kitani d'un ton saccadé. J'ai besoin de toi. »

Red se dirigea vers le comptoir. Le regard de la femme s'éclaira d'un air inquisiteur à sa vue. Son expression changea.

« On devrait peut-être trouver un autre endroit », murmura Red à Kitani.

La femme prit la parole. « Non, non. Entrez donc. C'est un privilège de vous avoir parmi nous, Si. Un honneur. »

Sa voix laissait transparaître une légère agitation. Ses bras avaient quitté leur posture défensive et ses mains flottaient maintenant dans l'air, ses doigts crochus, invitants.

Red jeta un regard inquiet à son camarade. Celui-ci leva un sourcil sans mot dire.

« J'ai vu les images de votre combat contre le Fléau, poursuivit la femme d'une traite. C'était tellement excitant. Tellement. Vous étiez si belle. Vous l'êtes. » Elle pressa ses doigts plissés contre sa bouche. « Pardonnez-moi, je n'avais jamais rencontré de chevalière enfant-divine avant. Mon mari, il se rend à tous les combats locaux et il emmène nos filles, et, oh, elles adorent ça autant que lui, c'est une telle passion dans notre famille, vous savez, mais je n'en ai jamais vu de près… »

Sa main se tendit comme pour toucher Red, qui recula instinctivement sans pouvoir se contrôler.

« Merci beaucoup d'avoir accepté de nous laisser entrer, interrompit Kitani. Tout l'honneur est pour nous. » Il adressa un geste en direction des autres tout en parlant, et ils allèrent en trottinant vers le comptoir.

« Et de vous avoir rencontrée lors de votre Onction, également, poursuivit la femme, le regard toujours rivé sur Red. Depuis des semaines, les émissions de lumineux spéculaient pour savoir si vous réussiriez, mais il n'y a pas encore eu d'annonce officielle. Oh, je ne peux pas croire que je suis la première à être au courant. Mon mari sera tellement furieux d'avoir manqué ça, quand je lui dirai ! »

Dans un cliquetis de bracelets en or bon marché, elle ouvrit une porte gris sale derrière une pile désordonnée de boîtes vides.

« En bas ? » demanda Kitani.

La femme fit un geste en direction des escaliers que la porte avait révélés en s'ouvrant. Les marches au-delà étaient éclairées par d'épaisses lampes rouges de la couleur du sang séché. L'obscurité était habitée d'une musique tonitruante et pleine de promesses. Kitani ouvrit la marche avec un regard triomphant à l'adresse des autres.

« Rhyfenbourg est derrière vous, Si ! » lança la femme alors que le groupe descendait.

Une fois le battant refermé derrière eux, Red cracha un juron sec et expressif.

Sela aboya un rire dans l'obscurité. « Qu'est-ce qu'il y a ? Ta notoriété ouvre des portes, littéralement. Profites-en. Rhyfenbourg est derrière toi !

— Je ne veux avoir personne *derrière moi*, répondit-elle, décontenancée par la jalousie qu'elle percevait dans le ton de Sela. Je souhaite juste qu'on me laisse tranquille.

— Oh, mince, tu as choisi la mauvaise profession, non ? rétorqua Sela. Qu'est-ce qu'il y a, tu as le trac ? Il y en a beaucoup qui sont prêts à prendre ta place, si tu n'as pas le courage de le faire. »

Red se figea. La tension se fit palpable.

Tu ne sais pas ce que je dois avoir le courage de faire, espèce de petite conne insouciante.

Pendant un instant terrible, elle se sentit envahie d'une jalousie creuse, désespérée. Ils ne la comprendraient jamais. Ils avaient toute la vie devant eux, une existence remplie de réussites et d'échecs, de combats et de tout l'amour qu'ils trouveraient. Toutes ces choses banales et sublimes que Red ne pouvait se permettre de souhaiter.

Les yeux du groupe étaient fixés sur elle. Ceux du monde entier semblaient braqués sur sa personne en ce moment. Elle allait s'effondrer sous le poids de ces regards, et alors ils la verraient, la raison pour laquelle elle faisait tout ça, pour laquelle elle vivait. Il n'existait qu'un seul moyen de noyer cette panique et d'empêcher l'aveu désespéré qu'elle sentait se presser dans sa gorge.

« Apportez-moi un putain de verre, alors, puisque je suis si célèbre, exigea-t-elle. Je vous ai fait entrer. À vous de raquer. »

Sela poussa un sifflement. « En voilà une qui a les chevilles bien enflées. »

Ils arrivèrent dans le bar. Celui-ci, bondé, baignait dans la pénombre où se voyait une décoration variée aux textures brutes. Des supports de lampe en bois finement sculptés. Des chaises en velours, des murs tapissés de fourrure, d'épaisses bougies de toutes les couleurs dégoulinantes de cire brûlante dans tous les recoins et alcôves, des paquets de griffes, de plumes, de pierres et de longs brins de plantes séchées éparpillés au plafond et enroulés autour des piliers avec de fines cordes. L'air était chaud, étouffant. On sentait une vie ardente et désespérée, conditionnée dans une boîte trop petite pour elle.

« Ça m'a l'air d'un endroit normal », hurla Kay pour couvrir le bruit.

Kitani désigna un coin orné de grands rideaux de soie. « Il y a un espace privé à l'arrière. C'est là que se trouve le devin.

— Impatiente de rencontrer un autre enfant-divin ? » demanda Kay à Red.

La joie se lisait sur son visage, et les autres attendaient avec impatience sa réponse. Elle avait envie de balancer quelque chose. Comment leur dire qu'elle n'en avait rien à faire de rencontrer ses semblables ?

Les gens n'aimaient rien davantage que les histoires les plus banales. Ils pensaient que Red s'était lancée de toutes ses forces à la recherche du Chevalier-Sorcier parce qu'elle voulait désespérément rencontrer un de ses semblables. C'était ennuyeux – même si ça s'avérait un subterfuge indéniablement utile – mais elle devait en jouer.

Elle adressa un faible sourire à Kay. « Nerveuse, je dirais.

— Il va t'adorer, affirma Kay.

— Est-ce que tout le monde est un enfant-divin, ici ? entendit-elle Six demander.

— Qu'est-ce que tu racontes ? intervint Sela avec mépris, en faisant un geste vers la foule compacte. Il n'y en a pas assez dans tout le quartier pour remplir ce bar. Tous ces idiots ne sont rien d'autre que de vulgaires badauds. Comme nous. » Cette dernière phrase avait été murmurée avec une pointe d'amertume. « Si vous voulez voir un peu de magie de près, vous allez devoir mettre la main à la poche. »

Les rideaux de la cabine de l'enfant-divin étaient gardés par un homme et une femme qui semblaient capables de vous faire payer autant qu'ils le désiraient. On trouvait néanmoins, à côté d'eux, un panneau discret indiquant le tarif.

« Torrent de merde, jura Kay. C'est *exorbitant*. J'emmerde ces gardes, on n'a qu'à passer en force.

— Kay, baisse la voix, murmura Kitani. Ils sont armés. »

L'homme et la femme portaient en effet des ceintures à arme à feu autour de la taille.

« Par les saints, c'est illégal ! Personne ne peut en porter de nos jours, sauf les chevaliers, ce qui n'est pas leur cas ! »

Sela semblait à bout de patience. « Bien sûr que non, mais tout cet endroit est illégal, tu crois qu'ils s'en soucient ? Contentez-vous de sortir votre combine et ne les contrariez pas. »

Ils réunirent ce qu'ils avaient sur eux et s'approchèrent de la cabine, Kay fermant la marche. Le garde prit la somme et, à contrecœur, écarta le rideau juste assez pour que quelqu'un puisse se glisser dans l'espace étroit.

« Une personne à la fois », ordonna-t-il.

Du mouvement parcourut le groupe, mais l'arme du garde atténua temporairement l'humeur bravache que leur conférait l'ivresse.

« Red y va en premier, alors, proposa Kitani.

— Quoi ? » Red secoua la tête. « Non, que quelqu'un d'autre y aille.

— Elle n'a pas besoin qu'on lui dise la bonne aventure, lança Sela. Elle marche dans les pas des célébrités : son avenir est déjà tout tracé.

— Va te faire foutre, Sela, répliqua Red. Tu n'as aucune idée de ce que mon avenir me réserve. »

Sur ce, elle passa le rideau avant que sa rivale ne puisse lui lancer une autre pique teintée d'amertume. Le bruit du bar se réduisit à un grondement sourd tandis que la draperie retombait derrière elle.

En face, séparé d'elle par une petite table, se trouvait un homme aux cheveux bouclés d'apparence banale. Ses vêtements étaient trop quelconques pour révéler quoi que ce soit sous la faible lumière, et pour un Londonien, les parties exposées de sa peau pâle étaient curieusement dépourvues d'ornement ; ce qui rendait ses mains d'autant plus évidentes. Chaque doigt était couvert, de la base à l'extrémité, de manchons de cuivre polis dotés de jointures. Ceux-ci épousaient si bien la longueur et la forme de chacun qu'ils avaient dû être fabriqués individuellement.

Devant ses mains, placées de manière délibérément ostentatoire sur la table, était disposé un amas de pièces plates, ternes et couvertes de runes : un set de diseur de fortune bon marché, comme on en trouvait chez n'importe quel devin de ruelle. Un bol peu profond à moitié rempli d'une eau d'apparence grasse était posé sur le côté.

« Assieds-toi, ma belle », roucoula machinalement l'homme aux cheveux bouclés.

Il leva les yeux sur Red d'un air désintéressé tandis qu'elle prenait place sur la chaise en face de lui. Il surprit son regard sur ses mains.

« Le cuivre amplifie le talent des enfants-divins », expliqua-t-il d'un ton ennuyé, comme s'il l'avait déjà répété mille fois.

Red eut un rire moqueur. « Tout le monde le sait. »

Ses sourcils se haussèrent. « Du caractère. J'aime ça. C'est très sexy. Alors, qu'est-ce que tu veux savoir, mon chou ?

— C'est mon rite d'Onction, commença-t-elle, et il l'interrompit.

— Ah, oui, dit-il en riant. Une nouvelle chevalière. Je ne suis pas la Caballaria, personnellement, mais c'est un honneur. »

Son ton dédaigneux laissait entendre qu'il s'agissait bien moins d'un privilège que d'une perte de temps. Il plongea soigneusement une main dans le bol posé sur la table, puis la tendit vers elle. Le liquide contenu dans le récipient collait à la surface de ses manchons de cuivre en perles visqueuses et globuleuses, recouvrant la chair et le métal d'un film épais. Ce n'était pas de l'eau.

« Donne-moi ta main, fit-il.

— Qu'est-ce que c'est ?

— Une sorte de conducteur, c'est tout. Pas d'inquiétude, ça se lave. » Il lui adressa un clin d'œil. « Qu'est-ce qu'il y a ? Tu n'aimes pas être moite ? »

Lentement, venimeusement, Red glissa sa main dans la sienne. Sa paume charnue et glacée se referma dessus et ses doigts serrèrent assez fort pour que les manchons de cuivre s'enfoncent dans sa peau. Elle ressentait une sorte de fascination dégoûtée pour cette intimité graisseuse, cette intrusion épaisse.

« Maintenant, commença-t-il, voyons voir. »

Ses yeux se perdirent dans le vague et glissèrent sur le côté. Sa main libre passa lentement sur les pièces runiques, effleurant leurs bords durs.

Il souffla. « Bon, dis-moi ce que tu veux.

— Je ne sais pas, répondit Red, qui trouvait déjà la scène ennuyeuse.

— *Mensonge*, aboya-t-il, et le mot était si tranchant qu'il rompit toute la lascivité dont il avait fait preuve jusque-là. Il y a quelque chose que tu désires beaucoup. *Tellement*. Et tu en as peur, oh ça oui. Ça te terrifie. Comme un rat acculé, qui griffe, qui se débat. » Il émit un petit rire. « Qui cherche à s'enfuir en couinant. »

Red essaya de se dégager de son étreinte, mais il serrait ses doigts trop fort.

« Ta main est chaude, remarqua-t-il.

— On transpire ici.

— Tu es chaude.

— Tu es répugnant », grogna Red.

Les yeux de l'homme étaient noirs, écarquillés au possible. « Tu es chaude, murmura-t-il. Tu aspires à embraser le monde. Tu brûleras tout parce qu'il te l'a enlevée. Il ne verra rien venir. Il t'apercevra de loin, si jolie, avec tes cheveux virevoltants, ton épée tournoyante. Tu n'entendras pas son cri avant d'être proche. » Son visage se déforma. « Enfant stupide. Alors ta maman est morte. Et donc ? Tu penses que ta douleur est tellement plus grande que celle de tous ceux qui ont perdu quelqu'un ? Espèce de salope égoïste. Ne gâche pas tout juste parce que tu souffres. Tu n'as pas intérêt ! »

Il avait fixé Red tout au long de ce discours décousu, avec une fureur et une frayeur évidentes. Celles-ci irradiaient de lui comme une puanteur. Il avait à peine touché les runes. Ces objets n'étaient manifestement rien de plus qu'une ruse pour pousser les gens à baisser leur garde. C'était un vrai enfant-divin, et puissant, car il pouvait voir des choses sur elle qu'elle n'avait jamais dites à personne. *À personne.*

Pouvait-il savoir ce qu'elle était venue faire ?

L'air était plein d'éclats métalliques effrayés et clignotants… des oiseaux ; non, des pièces. Des pièces de monnaie runique, s'envolant sauvagement de la table pour aller tinter contre les murs garnis de rideaux. Le bol rempli de liquide visqueux se déporta sur la droite et tomba par terre, éclaboussant leurs jambes de gouttes grasses. Le devin bascula en arrière sur sa chaise, dos collé au mur comme s'il était cloué sur place par une force invisible.

Red n'avait pas bougé, mais elle savait que c'était elle qui en était responsable. Qui balançait tout ce qui était à sa portée à l'aide de la magie – c'est *illégal, illégal, tu risques de tout perdre pour ça* –, mais il était déjà trop tard. Ses mains hurlaient, la démangeaient, comme un millier d'insectes rampant sous sa peau, chacun de leurs pas lui faisant l'effet d'une piqûre d'aiguille.

Le devin se débattit inutilement, poussant des grognements et donnant des coups en l'air. « Tu es une pelleren », déclara-t-il.

Il avait l'air presque en colère, comme si c'était le comble de l'impolitesse de sa part de ne pas le lui avoir dit. Il n'avait pas menti en affirmant qu'il ne suivait pas la Caballaria, au moins. Il n'avait aucune idée de son identité.

Puis il ouvrit la bouche et poussa un hurlement. « Pistolets ! Pistolets à la table quatre !

PISTOLETS… »

Ses mains agrippèrent sa gorge, jetant des reflets au passage et se débattant. Il était en train de s'étouffer.

C'était Red qui faisait cela, écrasant sa trachée à quelques mètres de distance.

Je ne peux pas m'arrêter, pensa-t-elle rêveusement. *Ça jaillit de moi et il n'existe aucun moyen de l'en empêcher.*

Mais une partie d'elle, celle qu'elle s'efforçait de maîtriser, voulait entendre les os de l'homme craquer. La douleur hurlante dans ses mains se transforma en un bourdonnement agréable à cette pensée, un accord mal joué acquérant soudain une harmonie. Ses yeux se fixèrent sur les siens, avides de prolonger le plaisir – mais elle vit qu'il pleurait. Des larmes éclaboussaient ses joues tandis qu'elle lui écrasait la gorge.

L'accord se mit à sonner faux. Cet homme était réel. Il était vraiment là, il avait peur, et il ne lui avait rien fait.

Il s'affaissa lorsqu'elle le lâcha, et poussa un horrible gémissement.

Red sentit des bras la saisir et la tirer hors de la cabine. Sa magie l'abandonna, comme toujours, la laissant étourdie et engourdie, et elle était tout aussi incapable de lutter contre les mains qui l'emmenaient que de monter vers le ciel.

*

« Merci de nous avoir fait virer, déclara Sela alors qu'elles se dirigeaient en titubant vers la rue. Je m'ennuyais. Qu'est-ce que ce pauvre garçon t'a fait ?

— C'était un escroc, marmonna Red. Je vous l'avais dit. Il a essayé de me baiser. »

Le diseur de bonne fortune n'avait pas menacé de donner suite à l'agression de Red, évidemment ; il n'était pas déclaré, c'était un hors-la-loi. L'endroit tout entier était illégal. Ç'aurait été une destruction mutuelle assurée. Le groupe s'était toutefois vu interdire collectivement l'accès au bar.

« Bah, tout le monde s'en fout. » Six s'approcha de l'autre côté de Red et passa un bras autour de sa taille.

Il semblait que ce fût effectivement le cas. Kay et Kitani ouvraient le chemin dans la rue, rugissant une chanson ensemble comme des loups dans le ciel nocturne.

« Il a dû te contrarier d'une manière ou d'une autre, insista Sela en la regardant.

— Il m'a fait des propositions. Je n'étais pas intéressée. »

La jeune femme au crâne rasé détourna le regard.

Six eut un gloussement amusé.

« Tu es un rat de Rhyfenbourg, un vrai, dit-elle d'un ton agréable. Pourquoi parler quand on peut frapper ? Ah, il l'avait probablement mérité. Allons boire un autre verre. »

Red prit ce conseil au sérieux. Chaque verre lui permettait d'oublier qu'elle ne connaissait pas le nom du devin, qu'elle n'avait pas la moindre idée de comment le retrouver, et même si elle l'avait su, qu'aurait-elle fait ? Elle l'aurait menacé de nouveau à cause de son vague monologue théâtral sur son envie de réduire des villes en cendres ?

C'était un escroc. Il s'était joué d'elle, comme elle l'avait dit aux autres. Elle se mit rapidement à croire à sa propre histoire et continua de faire comme si elle n'était rien d'autre qu'une nouvelle chevalière en plein rite d'Onction, profitant de l'instant présent et chantant à l'unisson face au ciel.

Au plus noir de la nuit, ils se retrouvèrent dans le quartier de Six à Rhyfenbourg, dans un appartement immense au niveau des quais, visiblement l'un de ceux que possédait sa famille.

Le plafond métallique était recouvert d'énormes lumières scintillantes qui faisaient écho aux mille couleurs des bâtiments situés en contrebas, tandis qu'un mur de verre intégral offrait une vue spectaculaire sur le fleuve, ruban sombre scintillant dans l'aube. La surface elle-même baignait dans une lueur argentée, qui provenait, selon Six, des vieilles pièces de combine à usage unique, jolies mais inutiles, dont les boîtiers en argent étaient jetés dans le lit du cours d'eau.

C'était comme un rêve.

Ce n'était que cela.

*

À présent, bien sûr, cette même fenêtre superbe laisse filtrer la lumière qui éclaire la moindre parcelle du visage de Red dans toute sa misérable réalité.

Sur le canapé-lit du coin de la pièce, Kay ronfle comme il parle : à haute voix et avec confiance. Red se souvient vaguement de Six et Sela disparaissant ensemble dans la chambre, sans doute pour sceller la nuit par un baiser, ou plus. Ils avaient perdu Kitani quelque part avant de venir ici – celui-ci s'était éclipsé peu après le bar des enfants-divins et avait pris un train pour retourner au Donjon, où ils étaient tous théoriquement censés se trouver en ce moment.

Incapable de rester assise sans rien faire et de laisser la gueule de bois l'envahir, Red se traîne vers le haut et se dirige en vacillant vers le fond de la pièce, loin de la lumière accusatrice du matin.

Le long du mur se trouve une modeste cuisine meublée d'une table élégante et d'un ensemble de chaises angulaires. Sela est assise sur l'une d'elles, les sourcils froncés devant un lumineux portatif.

Elle lève les yeux.

« Tiens, tu es en vie, alors », la salue-t-elle.

Red s'affale sur la chaise d'en face et se blottit contre elle-même. « Je ne crois pas.

— Je t'avais dit de ne pas prendre ce truc rose que tu as englouti à la fin.

— Ça avait un goût de soleil acide. »

Le fantôme d'un sourire effleure la bouche de Sela, puis se désagrège.

« Écoute, dit-elle, tu devrais retourner au Donjon. »

Red se masse doucement le front. « Est-ce qu'on va avoir de gros ennuis pour ne pas être rentrés hier soir ?

— Arrête ! Ils s'attendent à ça à chaque Onction. Mon père s'est réveillé dans un autre royaume après la sienne. C'est de *toi* que je parle, Red. » Sa voix n'a rien de son espièglerie habituelle.

Red fronce les sourcils. « Pourquoi, qu'est-ce que j'ai fait ? »

Sela se penche en arrière. « Ton premier combat officiel a déjà été réservé. »

De la glace coule dans les entrailles de Red, menaçant de la tirer de sa torpeur. « J'ai été ointe hier seulement. »

Sela hausse un sourcil. « Et pourtant. Quelqu'un t'a déjà réservée. Le combat est dans deux semaines. »

Red la fixe du regard, cherchant à déceler la plaisanterie dans son visage. « Je n'ai même pas… Personne n'est… Il n'y a eu aucune enchère, aucune offre, rien. Je ne peux pas me battre tant que je n'appartiens pas à une écurie. Ce n'est même pas possible. »

Une satisfaction sombre se peint sur le visage de Sela. « Et pourtant, répète-t-elle.

— D'où tu sors ça ? »

Elle brandit le lumineux. « Un message vient d'être envoyé aux instructeurs du Donjon.

— Tu n'en fais pas partie.

— Eh bien, il se trouve que le père de Six et Frome sont de bons amis, depuis qu'ils ont été formés ensemble. Et elle a laissé son lumineux personnel à la vue de n'importe qui. » Les yeux de Sela pétillent tandis qu'elle agite l'écran avec ostentation. Elle a attendu ce moment, relayant la nouvelle afin de pouvoir profiter de son effet.

Red ravale la colère qui monte soudainement en elle. Un jour, elle apprendra à ne plus réagir comme sa rivale s'y attend. Pendant un moment trop long, elles se fixent l'une l'autre, puis Red détourne le regard, rompant le contact.

« D'accord, dit-elle d'une voix rauque. C'est une erreur. Je vais donc rentrer la faire corriger. »

Sela irradie d'amusement, rougissant de la chaleur de sa victoire. « Bien du plaisir, Pel. »

Red la laisse à la table de la cuisine, le rictus de sa camarade comme un coup de poignard dans son dos.

Il est de plus en plus clair pour Red que Si Finnavair avait tort. Il est bien trop dangereux d'essayer de cultiver des alliances. Cela attire trop l'attention, trop de regards, et elle en a déjà suffisamment à gérer comme cela. Nouer des amitiés, même provisoires, était une erreur. Il faut qu'elle les rompe, toutes.

Elle doit faire ce qu'elle est venue accomplir seule.

Kay ronfle toujours sur le lit de repos, Six est vraisemblablement encore endormie dans la chambre et Sela a disparu dans la salle de bains. Bien. Cela lui facilite les choses. Red quitte l'appartement aussi silencieusement que possible et descend au rez-de-chaussée.

Pour autant qu'elle le sache, aucun chevalier de la Caballaria de l'Histoire n'a jamais reçu de réservation pour son premier combat le jour même de la fin de son entraînement. C'est une erreur. Forcément.

Son ventre fait entendre un grondement peu assuré.

Dehors, une journée de fin de printemps baigne le quartier dans le genre de chaleur qui promet de nouveaux départs, et le soleil s'élève avidement au-dessus des plus hauts bâtiments pendant que Red rentre au Donjon en trom.

Elle est une étincelle de vie au cœur d'une cité indifférente qui n'a aucune idée du danger qu'elle abrite en son sein.

15

Ker Leonis, Sombrecœur
Dix-huit ans auparavant

Son nom est Bélisan.

Pour Art, elle est magnifique. Ses yeux châtains brillants dominent son visage, éclipsant une bouche fine comme un pétale doux et un petit nez. Ses cheveux foncés sont enroulés sur sa nuque, soulignant les angles délicats de ses joues et de sa mâchoire. Une belle carnation brune apparaît à travers les plis espiègles de sa tenue, qui mérite à peine le nom de robe. Elle est danseuse et acrobate, ce qui signifie que sa liste de compétences s'articule autour de sa capacité à se plier de toutes sortes de fascinantes manières.

C'est peut-être à cela que pensait Dario lorsqu'il l'a choisie pour lui. Même seul, Art sent une rougeur lui monter à la nuque.

Il jette le livre noir sur le côté. Le ramasse à nouveau. L'écarte à nouveau.

Garad et Lillath viennent de quitter ses appartements. Cela fait un moment qu'il n'a pas pu voir l'un ou l'autre comme il se doit, seulement entre eux, juste lui, pas de suite, pas d'oreilles attentives. Ils sont restés bien plus tard que prévu et la nuit est maintenant bien avancée ; mais au lieu d'apaiser l'envie qui le tiraille, leur visite n'a fait que l'aggraver.

Il a passé toute la journée à l'Épine, la révérée salle de réunion sur les rives du fleuve où le Consilium, les seigneurs et les dames des sept quartiers, un ensemble étourdissant de capitaines d'industrie, de théoriciens politiques et de vastos aux fonctions diverses, se réunissent pour diriger le royaume dans un chaos contrôlé.

Il s'agit d'un rituel mensuel rébarbatif et anxiogène qui épuise et tend Art davantage que tout ce que son règne exige de lui au quotidien. Lorsqu'il s'en plaint auprès de Garad, en revanche, il a droit à une réprimande.

« Tu ne dois absolument pas parler de tout ça devant moi, Art, le sermonne Garad, ses jambes interminables étendues sur un repose-pieds.

— Tu es man putain de champian, proteste le roi. En qui d'autre puis-je avoir davantage confiance ?

— C'est exactement pour ça que je suis la dernière personne à qui t'adresser. Imagine que tu me parles d'une loi que tu envisages d'instituer et que la semaine prochaine, je doive la défendre dans l'arène ? »

Art fronce les sourcils. « Et alors ? Les chevaliers de la Caballaria savent toujours pour qui et pour quoi ils se battent. C'est comme ça, c'est tout.

— Ce n'est pas ce que dit le code, s'obstine Garad. Peut-être que nous devrions revenir à la façon dont les choses étaient censées se passer.

— Quel puriste. » Lillath lève les yeux au ciel.

« Tu dis ça comme si c'était une insulte, mais on s'en trouverait tous bien mieux si on faisait le ménage dans la Caballaria. »

Art soupire et s'enfonce davantage dans le divan.

« Tu pourrais la rendre meilleure, poursuit Garad. Tu pourrais en faire à nouveau un système équitable, au lieu du spectacle que c'est devenu. Tout le monde sait qu'un chevalier peut être acheté – et ce n'est pas ça, la justice. Mais si ce dernier n'est pas informé de pour qui ou pour quoi il se bat, alors l'intégrité du combat est préservée. Cela garantit sa droiture, son dévouement corps et âme à la victoire. Pas de distractions. Pas d'agenda caché.

— Ce n'est pas un agenda caché qui a permis *ta* victoire ? » murmure Lillath.

Garad se hérisse. « Les tournois pour l'Épée sont l'exception à la règle, comme vous le savez déjà, de même que le monde entier. Comment peut-on prétendre candidater au titre de champion du roi sans en être informé à l'avance ? »

Art adresse à Lillath un regard d'avertissement. Elle lui jette un coup d'œil d'excuse par-dessus le bord de sa tasse. Elle prend souvent trop de plaisir à provoquer Garad.

Le roi subit actuellement une pression énorme pour révoquer la loi de la Caballaria que son père avait promulguée, rendant illégales les actions comme l'abandon scandaleux de Borin Cœur-Sec. Les chevaliers ne sont pas censés avoir le pouvoir de décider eux-mêmes de l'identité du souverain. Cette décision revient au combat et aux saints.

Même s'il ne croit pas vraiment à la volonté des Septem intangibles, Art se voit contraint, à contrecœur, d'accepter ce raisonnement. Il est consterné par l'image qu'il donne de lui – recourir à une règle pour obtenir la victoire, puis la modifier pour que personne d'autre ne puisse gagner comme il l'a fait –, mais Brune lui a intimé sans ménagement de s'occuper de ses problèmes de fierté le moment venu. Le bien commun doit l'emporter sur la vanité personnelle.

Garad a poussé ce genre de discussions plus loin ces derniers temps. Sa nouvelle obsession est la création d'un circuit public de la Caballaria, que n'importe quel citoyen de Londres pourrait utiliser pour régler ses différends sans avoir à payer le prix fort pour ce privilège. Le coût pour Sombrecœur de la gestion et de l'entretien de ce qui serait, essentiellement, une Caballaria gratuite, ne susciterait que des rires dans l'Épine, mais l'idée… l'*idée* en est séduisante.

La détermination de Garad à défendre l'honneur et la justice peut irriter les personnes les plus désabusées – Lillath, entre autres –, mais Art pense que le monde a besoin de gens comme eux, qui font office de contrepoids moral : idéalisme d'un côté, cynisme de l'autre, tous deux s'équilibrant.

Pourtant, il ne peut s'empêcher de mettre à l'épreuve son ami, juste un peu.

« Ça ne te dérange pas ? demande-t-il à Garad. De ne pas savoir pour quoi tu te bats à chaque fois ?

— Non, Art, répond Garad. Je me bats pour toi. Je te fais confiance.

— C'est un lourd fardeau », murmure Art.

Garad acquiesce. « Je sais, mais cela m'étonne que tu ne voies toujours pas ta propre valeur, même maintenant. Cela fait moins d'un an que tu as pris l'Épée, et regarde ce que tu as déjà accompli. »

Art laisse entendre un grognement. « Oh, tu considères le fait d'être constamment écrasé et baisé par Agravain Welyen comme une réussite ? »

Par une coïncidence fatidique, le trône d'Art est placé directement en face du siège d'Alaunibourg, ce qui signifie qu'il doit suivre chaque réunion mensuelle du Consilium devant son seigneur actuel.

Lorsqu'il prend la peine de se montrer, Agravain passe généralement son temps à se prélasser sur sa chaise et à donner l'impression que tout le monde dans la pièce l'ennuie au plus haut point. Entre-temps, son passe-temps favori est de critiquer, dénigrer, se moquer et s'opposer sans ménagement à toute proposition émise par Art. Il a fait savoir très clairement ce qu'il pensait de l' « enfant-roi » de Londres, comme il aime à l'appeler.

Hormis cela, toute la contribution du seigneur d'Alaunibourg consiste en une litanie vantarde des exploits de ceux qu'il considère comme appartenant à son clan. Cette fois, il n'a rien fait d'autre que de parler d'un type d'enregistreur expérimental qu'une de ses entreprises de technologie avait produit, apparemment pas plus grand qu'une main. Comme à son habitude, la première idée d'application qui lui est venue était de l'utiliser pour espionner ses ennemis.

« Tu te débrouilles bien, le réconforte Lillath. Tu as réussi à rediriger la moitié du budget de fabrication d'armes d'Alaunibourg vers la construction de davantage de foyers pour orphelins de guerre, n'est-ce pas ? J'aurais donné n'importe quoi pour voir la tête qu'il a faite quand ce décret a été accepté.

— Si tu appelles gagner le fait de tromper les autres quartiers pour qu'ils se rangent de mon côté, alors c'est une victoire », murmure Art.

Lillath hausse les épaules. « Quiconque croit en l'existence d'une intégrité morale pure n'a jamais eu à vivre dans le monde réel. »

Du coin de l'œil, Art voit Garad se hérisser.

« C'était risqué, dit-iel. Ça aurait pu laisser croire que tu te sers des autres pour l'attaquer personnellement.

— C'était fabuleux, réplique Lillath. C'est exactement l'impression que ça donne et ça profite en outre à des gens dont les Welyen n'ont rien à foutre. »

Art ne répond rien. Chaque décision qu'il prend est lourde d'un million de conséquences inconnues. La plupart des nuits, il se couche la tête remplie d'une soupe épaisse et gluante.

Garad prend congé et s'éclipse pour rentrer chez lui peu de temps après. Lillath reste un peu plus longtemps, allongée sur le divan de la salle de réception privée, un bras replié derrière la tête, une coupe de vin serrée nonchalamment dans l'autre main. Lorsqu'elle est pleinement détendue, elle ressemble à un chat, étiré, insouciant. Son amie le regarde à travers ses yeux mi-clos.

Le roi demande doucement : « Où est-ce que cette nuit t'emmène ? »

Elle sait ce qu'il lui demande. Ils se sont déjà réconfortés l'un l'autre auparavant, bien que cela ne fasse rien peser sur aucun d'eux. Lillath a une vision détachée de l'intimité physique. Cela peut s'avérer très utile – bien que pour Art, cela ne crée pas d'habitude. Il sait à quel point il peut s'approcher d'elle avant qu'elle ne commence à s'écarter.

« J'ai un rendez-vous, dit-elle, avec un air de regret.

— À cette heure-ci ? »

Elle sourit. « Art, il est encore tôt.

— Il est près de minuit.

— Parfois, j'oublie à quel point tu peux faire vieillot.

— Quand même, tu n'es pas obligée de partir maintenant, si ? hasarde-t-il. Raconte-moi ta journée. »

En écoutant les détails de sa vie, Art se sent plus proche de la réalité qu'il connaissait autrefois, car un mur les sépare désormais, même s'ils font semblant de ne pas le voir. Ses amis l'appellent sire quand quelqu'un d'autre se trouve dans la pièce, et ils ne peuvent pas lui rendre visite sans rendez-vous autorisé. Ils sont occupés à vivre et il est affairé à gouverner.

Il se sent seul.

Non pas qu'il n'y ait pas eu de tentatives dans ce sens. Depuis l'avertissement de Dario sur la détermination du palais à gérer sa vie privée, il les voit venir de loin. Des déjeuners sont organisés où il est inévitablement assis à côté d'un certain type de personne. Des dîners où sont présents divers dignitaires liés aux Septem, et dont chacun agite négligemment au moins un de ses enfants éligibles devant le roi comme un ver sur un hameçon. Cela en devient gênant.

Il lui reste encore beaucoup de temps pour prouver à Dario qu'il a tort concernant sa capacité à trouver son propre amant et à ses conditions, mais en attendant, il est assis dans le silence de sa chambre tandis que la fin de la journée s'écoule autour de lui, se distrayant avec des livres, de la nourriture, des documents qui doivent être lus, son agenda, toutes les tâches qui l'attendent, mais en dessous de tout cela…

Une envie pressante l'agite.

Une fois Lillath partie, Art ramasse le livre noir du *Carnaval nocturne* et le feuillette jusqu'à la page que Dario a marquée pour lui.

Bélisan.

Il rédige une missive, la scelle avec l'emblème du palais et fait en sorte que celle-ci soit envoyée avec toute la discrétion possible.

Le message se lit comme suit : *Dîner pour deux.* (Juste un *dîner.*)

*

C'est le clair de lune qu'Art remarque en premier.

Il s'écoule de la fenêtre de sa chambre sur les lattes du plancher en stries de blanc froid et cru. Les paysages noirs entre chaque lame de lumière semblent sans fond, chacun d'entre eux dissimulant un monde possible. Il réalise que ses rideaux sont ouverts, tirés en arrière pour laisser entrer l'air doux. La nuit est chaude.

Le lourd tissu frissonne alors qu'une silhouette s'en écarte d'un glissement.

Ce sont de longs rideaux, assez pour caresser le sol. Il y a plus qu'assez de matière pour l'enrouler autour d'un corps, et plus qu'assez pour permettre à celui-ci de s'écarter de quelques pas lorsque ce dernier s'avance vers l'avant, mais une fois arrivé au bout de sa longueur, le drap retombe.

La personne, dévêtue, continue de se rapprocher.

Son visage est encore plongé dans l'ombre, mais le clair de lune scintille sur une chevelure lâche, sur une créature glissante et légère qui s'approche de lui pieds nus, sans un bruit. Elle s'arrête juste à côté de lui, assez près pour qu'il puisse la toucher s'il le souhaite, et maintenant qu'il peut voir les contours de ses traits, il sait exactement de qui il s'agit.

« Dame Bélisan.

— Sire », répond Bélisan, d'une voix qui est à peine davantage qu'un murmure. Il remarque qu'elle ne lui adresse pas de révérence.

Peut-être Dario l'a-t-il prévenue que le roi n'appréciait pas les marques de déférence.

« Qu'est-ce que vous... faites ? demande Art, en s'efforçant désespérément d'adoucir sa voix.

— Vos vastos m'ont laissée entrer. Je ne suis pas en retard, n'est-ce pas ?

— Mais vous ne portez pas de vêtements, lâche-t-il, et puis, se sentant bizarre, il ajoute : j'ai demandé un dîner. C'est tout. »

Bélisan semble y réfléchir. « Je peux faire office de repas.

— Je parlais de... nourriture.

— Je suis une sorte de mets, quand on y pense. »

Art retient un rire paniqué. Bélisan s'avance devant son silence, puis encore un peu, et cette fois il n'aurait même pas à dresser le coude pour la toucher.

« Arrêtez, dit-il. S'il vous plaît. »

Elle obéit. « Vous n'aimez pas ce que vous voyez ? »

Va te faire foutre, Dario, pense Art.

Il refuse de répondre. L'estomac serré, il tourne le dos à Bélisan, se dirige vers son lit et tire le mince jeté de soie qui repose sur son pied. Se retournant, il le retire d'une secousse, ses extrémités revenant doucement vers lui dans la brise qui s'infiltre par les fenêtres ouvertes. Le visage de Bélisan, dont la bouche est maintenant ouverte dans une douce confusion, est la seule chose qu'il peut voir par-dessus la cloison de soie.

« S'il vous plaît, dit-il en faisant un geste. Prenez-le. S'il vous plaît. »

Après un long moment douloureux, ses mains sentent une traction et elle s'empare de la soie pour l'enrouler autour d'elle.

« Je suis désolée, murmure-t-elle. On m'avait dit... J'ai pris un mauvais départ, je suis désolée. »

Oh, par les saints. Il l'a embarrassée.

« Ce n'est pas votre faute, la réconforte Art. C'est un jeu, et vous êtes le coup suivant, mais ici, je peux arrêter de jouer. C'est mon sanctuaire, le seul que j'aie... » Il se rend compte que sa voix devient plus forte et avec effort, il se radoucit. « Ce n'était pas… mon intention.

— Vous me renvoyez ? » demande-t-elle calmement.

Elle tient le jeté de soie fermé dans ses poings, ne laissant voir que le haut de ses épaules. L'idée qu'elle s'en aille et que cet endroit se retrouve vide emplit Art de tristesse.

« Non, répond-il, mais il ne sait pas quoi ajouter.

— Puis-je vous dire quelque chose, alors ? » s'enquiert Bélisan.

Son menton est relevé de curiosité. Son visage est ouvert.

« Bien sûr », déclare Art, mal à l'aise.

Elle se déplace, passant devant lui jusqu'au pied de son lit. Le bord inférieur de la couverture qu'elle serre autour d'elle s'accroche brièvement aux extrémités de la dalle lorsqu'elle s'avance au-dessus et il aperçoit l'espace d'un instant une cuisse lisse, révélée puis cachée de nouveau.

Bélisan s'affale sur le lit, emmitouflée dans la soie.

« Je vous ai… observé, déclare-t-elle prudemment. Comme nous tous. Je suis sûre que vous le savez. Tout le monde se demande quels sont vos goûts. Cela fait partie de notre travail. Quoi qu'il en soit, beaucoup de gens voulaient être les premiers à s'occuper de vous, comme vous pouvez l'imaginer. Le nouveau roi. Mais pas moi. J'espérais que vous ne me choisiriez pas. Je savais que Dario m'avait recommandée à vous, mais vous pouviez décider parmi tout Londres, alors je me suis dit que ça irait. Et puis je reçois une convocation ; aucun détail, rien, juste une requête pour une discussion privée. Et j'apprends la nouvelle. »

Art dirige ses yeux vers le mur. Son visage brûle d'embarras.

« Alors c'est à moi de m'excuser, déclare-t-il. Je n'ai jamais voulu forcer quiconque à venir ici contre sa volonté. Je ne peux pas vous dire à quel point cette idée me répugne. »

Va te faire foutre, Dario, va te faire foutre, va te faire foutre.

À son grand étonnement, il entend Bélisan rire.

« Vous vous méprenez, dit-elle, et sa voix est douce. D'habitude, c'est nous qui choisissons, vous savez. Même quand c'est le roi qui demande. » Elle serre la soie autour d'elle dans ce qui semble être un geste inconscient. « Vous auriez pu insister, et bien sûr j'aurais dû le faire à ce moment-là, mais Dario m'a dit que vous n'aimiez pas du tout ça. Iel m'a assuré qu'avec vous, j'avais le choix. » Son visage est tourné vers le sien, indéchiffrable dans l'ombre. « Je ne voulais pas venir vous voir parce que… On nous apprend à éviter ceux que nous désirons. »

L'air semble s'alourdir, la légère brise d'été comme chargée d'un sens caché à présent.

« Je croyais avoir été clair en disant que je n'aimais pas les jeux, dit Art calmement.

— Je pense à vous, continue-t-elle d'une traite. Je vous vois sur les lumineux et j'imagine ce que… comme vous êtes vraiment, en dessous. Je m'interroge. C'est tout. Je suis venue parce que je ne pouvais pas faire autrement, en fin de compte. Vous êtes l'un des hommes les plus adorables que j'aie jamais vus. » Sa voix est empreinte d'un tremblement imperceptible.

Art fixe le mur. C'est du théâtre. Tout ça ne veut rien dire.

Bélisan est docile. « Je vais y aller à présent. Je m'étais promis de vous le dire, même si cela me coûtait. Je savais que ce serait le cas. Je suis vraiment désolée si je vous ai offensé, sire. Lærd Dario choisira quelqu'un d'autre, qui vous conviendra parfaitement. Je peux vous le promettre. »

Il entend le craquement du lit quand elle se lève, un bruissement lorsqu'elle se déplace, et il se retourne brusquement, la rattrapant à mi-chemin. Elle s'immobilise.

« J'ai laissé mes vêtements près de la fenêtre », dit-elle en guise d'explication.

Il ne sait pas comment lui demander de ne pas s'en aller.

Parle. Dis quelque chose.

Mais il en est incapable.

Il entend sa respiration par-dessus le silence de sa chambre.

« Si vous voulez que je parte, dit-elle, ne bougez pas, je vais prendre mes vêtements et vous laisser. Mais si vous souhaitez que je reste, pourriez-vous vous approcher un peu plus de moi, afin que je le sache ? »

Au bout d'un moment, Art se force à faire un pas dans sa direction.

Avec un bruit joyeux, sans entrave, Bélisan écarte les mains, laissant le jeté de soie glisser sur elle, et il a envie, envie, *envie*.

Alors qu'elle traverse le plancher jusqu'à lui, il se concentre sur la façon dont le clair de lune qui entre par la fenêtre tombe sur son corps, accentuant l'évasement de sa hanche. Les mains de la jeune femme remontent sur son cou et commencent à déboutonner son col. D'aussi près, son odeur le frappe et la chaleur de sa peau lui parvient à travers ses vêtements.

Un autre corps, si près du sien. Il avait pensé que c'était tout ce dont il avait besoin ; et puis elle se presse contre lui, et ce n'est pas suffisant. Le bout de ses doigts effleure son corps avec détermination tandis qu'elle descend le long de sa poitrine, silencieuse et absorbée par sa tâche, déboutonnant sa chemise au fur et à mesure. Un tiraillement chaud, honteusement urgent, se fait sentir dans son aine alors qu'elle plonge ses mains entre sa ceinture et sa peau, poussant vers le bas, taquinant… Puis elle les retire, le laissant démuni.

Elle prend ses mains dans les siennes et le tire vers le pied du lit, avant de le pousser légèrement pour l'asseoir. La couverture tombe en un tas sur les dalles, puis elle s'agenouille avec élégance dessus.

Art tente un dernier effort d'un héroïsme admirable.

« Je vous avais promis un dîner, croasse-t-il. Vous n'avez pas faim ? »

Bélisan s'accroupit entre ses cuisses, ses doigts affairés sur sa ceinture. « Très », répond-elle, avant de baisser la tête.

Art sent une humidité chaude l'engloutir et son cerveau s'éteint rapidement, rendant toute autre protestation impossible.

Ils finissent par se mettre à table, bien plus tard.

16

Le Donjon, Rhyfenbourg
Cinq mois auparavant

Quelques minutes après le retour de Red au Donjon, les ténèbres s'abattent.

La porte d'entrée s'ouvre et elle pénètre dans la pénombre du couloir, s'émerveillant de la sensation de retrouvailles avec un autre monde, sombre, chaud et utérin. Mais ce cordon a été rompu désormais, coupé par le tranchant brillant et dur de l'extérieur. Elle se souvient de ce que cela fait de vivre ici, d'en faire partie, mais ce n'est déjà plus qu'un souvenir. Celui-ci n'existe plus dans son présent, seulement dans son passé.

« Red ».

Frome apparaît, se dirigeant vers elle avant qu'elle ne puisse s'avancer beaucoup.

« Si, le salue Red avec déférence.

— Si », répond Frome du tac au tac en repliant ses longs bras et en appuyant son épaule contre les lambris sombres du mur. « Comment va ta tête ?

— Assez mal », admet Red, s'attendant à une réprimande.

Frome se contente de hausser les épaules. « Tout le monde échoue à ce test. C'est prévisible, non ? »

Red reste silencieuse. Elle n'a jamais apprécié la sensation de se comporter comme on l'attendait.

« Il doit y avoir un équilibre, continue Frome. Plaisir et travail. Concentration et liberté. Quand ils sont en harmonie, alors on devient vraiment chevalier. » Il arbore un sourire tordu. « Malheureusement, cet équilibre parfait est un peu comme l'Immobilité : réalisable uniquement sur de courtes périodes. Mais quelles marées, cependant. » Il scrute Red.

« Le cirque te cherche. »

Le confort sombre du couloir se transforme, et lui fait davantage l'effet d'un piège à présent.

« Quel cirque ? demande Red avec prudence.

— Six ne te l'a pas dit ? Ton premier combat a déjà été décidé. » Frome saisit quelque chose dans le visage de Red et rit. « Oh, allez. J'étais certain que si je le disais à son père, ça te parviendrait plus vite qu'un taureau sur une vache accueillante. Je ne savais pas exactement où vos pérégrinations festives vous avaient emmenés la nuit dernière, mais j'étais sûr que tu serais dehors avec elle ; c'était le moyen le plus rapide de te joindre ».

La gueule de bois de Red s'aggrave, lui martelant les tempes.

« Ce n'est pas possible, grince-t-elle. Je n'ai terminé la formation qu'hier. L'annonce publique n'a pas encore été faite, si ?

— Jusqu'à ce que tu reçoives une offre d'un autre établissement, tu appartiens automatiquement à nous, à l'écurie de Rhyfenbourg, explique Frome calmement. C'est comme ça que ça se passe. Est-ce vraiment si désagréable de travailler pour le quartier, au moins jusqu'à ce que tu obtiennes un meilleur arrangement ? »

Il n'y a rien à répondre à cela.

Frome s'écarte du mur. « Allez, viens. Je dois t'emmener en haut. C'est l'heure du pomponnage.

— Du pomponnage », répète Red d'un air dubitatif en suivant Frome jusqu'à la bête de fer noir qu'est l'ascenseur, lequel attend actuellement au rez-de-chaussée des passagers sans méfiance à engloutir.

Frome se contente de sourire tandis qu'il referme d'un coup sec la cage bruyante, fait glisser la grille de la porte et appuie sur un bouton. La créature prend vie en vibrant, les tirant jusqu'au septième étage.

Le *pomponnage* attend Red dans une pièce longue et chaude remplie de machines pleines de cliquetis et de claquements. Cela lui rappelle la salle des mesures. Lorsqu'elle entre, un groupe hétéroclite de cinq inconnus cesse de s'exclamer entre eux et tourne la tête.

La plus grande et celle qui attire le plus l'attention est une femme superbe et voluptueuse vêtue d'une robe jaune vif qui aspire le regard et enveloppe son corps, épousant chacune de ses courbes et faisant ressortir sa peau sombre. L'homme à côté d'elle est petit, pâle, tassé, avec une crête de cheveux d'un noir brillant comme une aile de corbeau, et sa tenue est impeccable. Deux jeunes filles nerveuses semblables à des poules rôdent autour d'eux, et un individu plus calme, de courte taille et quelconque comparé à ses associés, se tient contre le mur derrière eux. Red remarque les lumineux portables que tout le monde, à l'exception de l'homme silencieux, porte sous un bras. Ces gens sont riches, ou du moins bien dotés.

Frome incline la tête vers le groupe. « Permettez-moi de vous présenter Si Red Caballarias de Rhyfenbourg, chevalière de la Caballaria. »

Les mots, absurdes et exagérés, picotent néanmoins la peau des bras de Red telles de délicates araignées, lui procurant une sensation de plaisir nerveux. *Caballarias* a été accolé à son nom comme désignation officielle de la forme que prend désormais sa vie. Ce nom est presque aussi mythique que le sien, et quelque chose en elle a envie de l'accueillir, alors même qu'elle lutte contre ; elle voudrait s'y abandonner entièrement, dans chaque facette, chaque idéal.

Tous ces faux-fuyants et ces frivolités ne signifient rien. Rappelle-toi pourquoi tu es ici.

« Bonjour à vous tous », dit poliment Red.

La femme à la robe jaune à bandelettes appuie une main sur sa poitrine.

« Oh là là, elle a déjà un charme fou, remarque-t-elle d'une voix fluette. Me voilà au chômage. »

L'homme aux vêtements comme neufs grogne légèrement. « Il y aura encore beaucoup d'aspérités à aplanir, Blo, intervient-il. De l'innocence, peut-être, à en juger par la vigueur juvénile de la Si ?

— Gardons l'innocence », fait Blo. Ses mains s'élèvent et ses paumes se courbent comme si elle tenait une balle invisible. Elle regarde Red à travers. « Oui, confirme-t-elle dans un souffle. Il y a trop de jeunes chevaliers blasés qui savent tirer parti de ce qu'ils ont. Nous avons tous besoin de voir quelque chose de frais. Provocatrice, mais naïve ».

Red ouvre la bouche pour protester, puis perd son assurance – est-ce que *Je ne suis ni provocatrice, ni naïve* sonne comme quelque chose qu'une telle personne dirait ? – quand Frome vient à sa rescousse.

« Voici Blo DeCyng Gadaris de Marvolbourg », annonce-t-il en désignant la femme. Celle-ci adresse à Red un sourire chaleureux.

« Et on m'appelle Valiere DeCyng Fortesco de Senzabourg », se présente le petit homme, rompant ainsi la tradition. Valiere n'a pas l'air du genre à sourire beaucoup, sauf peut-être en guise d'attaque.

Le DeCyng de son nom désigne sa carrière, ce qui signifie qu'ils travaillent pour la personne ou la chose nommée DeCyng ; une écurie privée, peut-être. Red voit son intérêt s'éveiller en entendant que Lady Blo est née à Marvolbourg. C'est un quartier où elle ne s'est jamais rendue, celui dont l'aura est la plus mystique.

L'idée de grandir dans un lieu consacré au saint de la Mort a toujours été un indicateur infaillible, pour les royaumes plus primitifs en dehors de Londres, du degré de dépravation et d'étrangeté de la cité-État. Dame Blo, cependant, semble montrer des lacunes décevantes de ce point de vue, du moins en surface, bien que Red sache mieux que quiconque que les apparences ne sont pas toujours fiables.

« Vous êtes prêt à commencer, mestre ? » s'enquiert Valiere en regardant par-dessus son épaule.

L'homme discret et anodin s'écarte du mur contre lequel il se tenait appuyé et s'avance. Sa silhouette épaisse suggère un corps musclé, et il porte une tenue ample dans des tons de galet sombre et humide. Ses cheveux clairs sont rasés de près, des boucles drues font office de barbe courte, quelconque.

La pièce semble attendre.

Red se rend compte qu'on ne le lui a pas présenté parce que cela n'a pas été jugé nécessaire. Elle est censée le reconnaître.

« Comment va ? demande l'homme à Red avec un accent bâillant d'Iochibourg.

— Bien », répond Red, consciente que les autres les fixent comme des faucons silencieux. L'homme semble incapable de croiser son regard. Il commence à faire les cent pas avec embarras.

Blo frappe dans ses mains et les deux poules nerveuses, qui n'ont cessé de tourner autour, se dirigent vers les machines menaçantes contre les murs de la pièce. Elles se mettent à examiner des écrans en poussant des exclamations.

Red jette un regard impuissant à Frome, qui se penche sur elle.

« Il s'agit de Lee DeCyng de Iochibourg », dit-il à voix basse en désignant l'homme silencieux.

DeCyng.

« Ils travaillent tous pour lui ? chuchote Red.

— Oui.

— Et que fait-il ? »

Frome lui jette un regard étrange. « C'est un couturier réputé. Il veut être celui qui t'habillera.

— Je ne peux pas le faire seule ?

— Les chevaliers de la Caballaria ne procèdent pas ainsi. » Frome se frotte le côté du visage. « Tu ne sais vraiment pas qui est DeCyng ? »

Red ravale l'envie de répliquer qu'elle a étudié les combats, pas les costumes.

Le regard de Frome dérive vers l'extrémité de la salle, où le groupe semble affairé à mettre en place un éclairage, projetant des couleurs et des textures kaléidoscopiques sur un grand espace vide au milieu de la pièce.

« Tous ceux qui veulent que DeCyng s'occupe d'eux doivent s'inscrire sur une liste d'attente d'environ deux ans, continue Frome, et investir plus de combine que toi et moi n'en avons jamais vu en un seul endroit. C'est lui qui habille le Chevalier-Sorcier. »

Les choses s'éclaircissent.

« Si Wyll a payé pour lui », réalise Red.

Frome la regarde, peut-être surpris par son usage d'un nom familier.

« Oui, bien sûr, et c'est son droit et son privilège en tant que ton parrain, répond-il. Tu crois que *nous* pourrions nous offrir quelqu'un comme Lee DeCyng ? Et au dire de tous, c'est lui qui a approché le Fléau pour lui demander s'il pouvait t'habiller. C'est un énorme compliment. Il ne demande pas souvent à s'occuper de gens en particulier ». Il croise les bras. « Et en outre, nous avons reçu des demandes pour tes services depuis quelques semaines maintenant ; dès que la nouvelle a été diffusée selon laquelle tu allais certainement réussir la formation. » Il marque une pause. « Tu es une curiosité, Red. Tout est inhabituel chez toi. Tu dois tirer tout ce que tu peux de cet atout. Il est intéressant, mais il ne durera pas longtemps.

— Si Red, appelle Blo à travers la salle. Avancez-vous dans la lumière au milieu de la pièce, s'il vous plaît. »

Frome lui touche brièvement l'épaule, lui adresse un sourire en coin, puis la pousse vers l'avant.

« Regardez ce mouvement », déclare Valiere au milieu d'un tas de machines à l'approche de Red. Lee se tient à côté de lui, et leurs visages baissés sont éclairés par la lumière de l'écran alors qu'ils fixent quelque chose ensemble. « Cette image, là. Je me sens LÉGÈRE. Je me sens FLUIDE. » Il crie chaque mot.

Red se tient à découvert dans l'espace éclairé, observant le groupe qui ne lui prête aucune attention.

« Elle ressemble un peu aux peintures de *L'Angle noir* d'Andra, murmure Blo par-dessus l'épaule de Valiere. Cette silhouette en arrière-plan, qui vole entre les arbres, hein ? Celle qu'Andra a toujours refusé d'expliquer. Peut-être des couleurs sombres, pâles…

— Non, non, de la LUMIÈRE, insiste Valiere. Quelque chose de FLUIDE.

— Comme un spectre.

— Et regardez ça, rejouez-le, la façon dont elle bouge son pied quand elle se tourne pour attaquer… »

Red finit par réaliser ce qu'ils sont en train de faire. Ils regardent les enregistrements de ses combats durant sa formation. Toute leur attention *est effectivement* portée sur elle, mais un elle qui appartient au passé.

« Est-ce que je suis censée faire quelque chose pour l'instant ? » lance-t-elle au groupe d'une voix étranglée par la gêne.

Derrière elle, elle entend Frome réprimer la fin d'un rire et souhaite brièvement sa mort.

« Non, ma chère, répond Blo d'un air absent. Pas encore, pas encore, attendez juste là, je vois peut-être une bande transparente entre chaque couleur, n'est-ce pas, pour avoir cette impression fantomatique… »

Et ainsi commence l'un des jours les plus étranges de la vie de Red. Elle est éclairée et aveuglée dans un éventail de couleurs, on lui donne diverses armes qu'on lui demande de brandir au-dessus de sa tête dans une série de poses déconcertantes – « LEVEZ-LA, crie Valiere, soyez MENAÇANTE, c'est ça ! Maintenant, avec un air de NOBLESSE GRAVE, bien, cette fois avec DÉTERMINATION » – ou d'effectuer une attaque sautée – « DÉTESTEZ l'air, Si, la pousse Valiere, vous voulez qu'il SOUFFRE » – et, avec une délectation évidente, on lui décrit par le menu le coup qui constitue sa touche personnelle.

« Ma chère, ne le savez-vous pas vous-même ? ronronne Blo en serrant joyeusement les épaules de Red dans ses mains. Nous allons vous *montrer.* » Elle conduit Red à un lumineux intégré dans les entrailles de la rangée de machines. « Nous avons regardé des heures et des heures de vos combats et c'est certainement ce que vous avez de meilleur. Une tuerie absolue, Si, une tuerie. »

L'ombre d'un sourire plane sur la bouche de Lee.

« C'est un bon coup de grâce, la complimente-t-il. Il sort vraiment du lot. »

Il s'agit visiblement d'une louange à se pâmer. Alors qu'il se détourne, Blo écarquille frénétiquement les yeux en direction de Red pour lui faire comprendre l'importance de ce qui vient de se passer. Affaiblie par l'enthousiasme inlassable de son interlocutrice, Red se retrouve, à son léger embarras, amusée et satisfaite à la fois.

La femme lui montre l'enregistrement, le ralentissant jusqu'à ce que Red traverse l'écran d'un pas glacial.

« D'abord, vous feintez, puis vous plongez en avant comme un véritable *dauphin,* vous exécutez une roulade serrée, vous posez un genou à terre et vous *envoyez* votre arme vers l'avant – elle frappe ses mains l'une contre l'autre, faisant sursauter Red – *dans les* tripes ! Vous avez, comment dit-on Vali, un taux de réussite d'environ soixante-douze pour cent ? – Valiere acquiesce – soixante-douze pour cent, donc, avec ce mouvement, ce qui est une cote superbe, tout simplement *magnifique* ».

L'une des deux poules – « Stelia », se présente-t-elle timidement à Red lorsqu'elle lui demande son nom plus tard, alors qu'elle est occupée à glisser une sélection d'ornements en métal dans ses cheveux – revient en courant dans la pièce et chuchote à l'oreille de Valiere.

Ce dernier se retourne, béat, les bras levés.

« Lee a préparé les tissus », dit-il à voix basse.

Blo presse une main sur sa poitrine.

Et puis viennent les tenues.

Il y a des matériaux et des couleurs que Red n'a jamais vus auparavant, et dont elle n'aurait jamais cru qu'ils pouvaient être portés pour plusieurs d'entre eux ; une tunique épaisse et lourde visiblement fabriquée à partir de la bande de roulement extérieure d'une roue de moto et une autre qui lui évoque désagréablement des intestins, bien qu'elle soit assez sûre que ce n'en soit pas la véritable matière. Elle est enveloppée dans chacun d'entre eux tandis que Lee fait les cent pas pensivement autour d'elle, ajustant, épinglant, desserrant et redrapant les vêtements.

Au bout d'un moment, Red commence à comprendre le langage du mestre : une déclaration du type « il manque quelque chose » indique un désastre, nécessitant le bannissement de la matière incriminée, alors que le silence total n'est pas nécessairement mauvais. Ce n'est qu'à deux reprises que Lee admire à contrecœur son propre travail, d'un « ce n'est pas catastrophique » sommaire, et ces matériaux approuvés sont dûment et révérencieusement mis de côté, accrochés avec amour aux branches de « l'arbre du gardien », un appareil en acier placé dans le coin de la pièce.

La soirée est bien avancée lorsqu'ils terminent enfin de la modeler. Le nom sous lequel elle combattra, son apparence, ses tenues – la version de combat de Red de Rhyfenbourg qui « transformera vos superbes matières premières en une œuvre d'art étincelante qui émerveillera la Caballaria », comme le formule Blo –, tout cela sera révélé avant son premier duel.

Le tout est soumis à son approbation, bien sûr, bien qu'elle ait l'impression que les gens n'*approuvent* pas vraiment une création de Lee DeCyng, mais plutôt qu'elle leur est accordée et qu'ils en sont sacrément reconnaissants.

L'essayage final est prévu dans quelques jours, et l'équipe prend congé avec une affection extravagante. Blo serre brièvement Red contre elle avant de la relâcher. L'étreinte de Valiere est étonnamment chaleureuse, bien que sa petite taille l'oblige à lever le menton pour passer au-dessus de son épaule. Lee lui adresse un signe de tête, réussissant presque à soutenir son regard, avant de partir.

Red s'effondre dans un fauteuil, une tasse de thé au citron et au miel à la main. Frome est assis sur le sol, le dos contre le mur. Il est entré et sorti toute la journée, organisant l'approvisionnement régulier en nourriture et en boissons depuis les cuisines, disparaissant à intervalles réguliers pour s'occuper d'autres affaires – mais il était la plupart du temps dans le fond, à observer, prêt à se rendre utile.

« C'était épuisant », croasse-t-il.

Red ferme les yeux. « J'aimerais être morte. »

Frome incline la tête. « Davantage que pendant ma formation ?

— Non.

— Tu as hésité. Je suis offensé.

— Vos exercices avec armes courtes ont failli me tuer, si ça peut aider. »

Frome sourit. « Un peu. »

Red se retourne pour regarder le tuteur exaspérant, implacable, mais surtout patient, qui a été son compagnon quotidien pendant les six derniers mois de sa vie. Elle voit un homme maintenant, d'une manière impossible auparavant : un individu avec sa propre vie, ses désirs uniques, et un puits impressionnant de force tranquille et subtile.

« Vous n'aviez pas de cours à donner aujourd'hui, Si ? demande-t-elle. Je suis désolée si vous avez dû tout lâcher pour vous occuper de moi. »

Frome hausse les épaules. « Il nous reste six mois jusqu'à la prochaine promotion. Entre ces périodes, je donne des cours particuliers. C'est une pause bienvenue, en toute honnêteté, parce que vous entraîner ne devient jamais plus facile. Vous pensez que ça vous brise, mais il en va de même pour nous. Nous le vivons avec vous. Cela nous fait mal quand un bon élément craque pour de mauvaises raisons, ou lorsqu'on vous voit vous noyer. » Il lui lance un sourire fatigué. « Il y a eu un ou deux moments, si je me souviens bien, où nous avons commencé à être inquiets à ton sujet. »

Red s'immobilise.

« Vous me diriez lesquels ? » interroge-t-elle.

Frome se tait un moment.

« Ton… amitié… avec Sela, dit-il finalement, t'a coûté. »

Bien sûr. Qui aurait pu croire avoir réussi à garder secret le moindre moment de sa vie au cours des six derniers mois ? Ils avaient été impitoyablement, nécessairement, surveillés, et Sela n'avait jamais été subtile dans ses attaques personnelles.

« De quelle façon ? demande Red, redoutant la réponse.

— Elle a affecté ta manière de te battre, Red, explique Frome. Tu as perdu en confiance. Tes statistiques ont fait un grand plongeon. Tu as commencé à perdre beaucoup plus souvent ; surtout contre elle, mais pas seulement. Elle t'a sapée. Ce genre d'adversaire est celui dont tu dois te méfier le plus. Son attaque est bien plus insidieuse, bien moins perceptible, jusqu'à ce que le mal soit fait. »

Puis toutes les pièces s'assemblent, et peut-être parce que c'est ce que cherche Frome.

« C'est vous qui m'avez mise en garde contre elle », comprend Red.

La réponse de Frome est bien trop fluide et rapide. « Je ne vois pas de quoi tu parles. »

Elle l'étudie du regard, se demandant pourquoi il l'a aidée, et si elle le découvrira un jour.

« Aucune loi n'interdit d'entretenir une relation avec un autre chevalier de la Caballaria, comme tu le sais, poursuit-il, mais il y a une raison pour laquelle la plupart d'entre elles ne durent pas. Quant à celles qui continuent, c'est généralement au prix de l'abandon de l'un d'entre eux. Réfléchis. Que se passera-t-il si tu te retrouves face à une personne avec laquelle tu es émotionnellement impliquée dans un véritable combat, dans l'arène, où la pression est mille fois plus forte, avec tous les yeux braqués sur vous, analysant chaque mouvement ? Et si jamais tes sentiments pour l'autre t'affaiblissent, te font hésiter au moment où tu dois prendre l'avantage ? Et si la personne est assez rusée pour en jouer, comme Sela ? » Frome regarde au loin. « Nous autorisons vos histoires pendant la formation, bien sûr, car beaucoup d'entre vous ont besoin de cet exutoire, mais tu dois savoir qu'au moins quatre de tes camarades aspirants ont échoué précisément parce qu'ils ont laissé ces liens prendre trop de place. »

Merde. Elle n'en avait pas la moindre idée.

« Alors le sexe et la mort ne sont pas les plus vieux des amants ? essaie-t-elle de plaisanter.

— Nous ne nous occupons pas de la mort. Nous sommes là pour juger. » Son visage est distant.

« Mais certains chevaliers ont une faim en eux. Elle est sa propre créature, et comme tous les êtres vivants, elle est motivée par la survie. Parce que si tu n'as plus faim, l'envie meurt, n'est-ce pas ? Elle te refusera toute satisfaction afin de pouvoir continuer à vivre. Alors peut-être que tu obtiendras ce que tu veux et que tout ira bien… pour un temps. Mais dès que tu te dis que c'est fini, que tu es rassasiée, elle revient en force. »

Même Frome a l'air surpris de son propre discours, comme s'il lui avait été arraché de façon imprévue, contre son gré. Il rit. « Je suis plus vieux que toi. » Comme si cela expliquait tout. « Si tu as cette faim en toi, Red, et je pense que c'est le cas, alors méfie-toi. Tu dois apprendre à la contrôler, à ne pas la laisser prendre le dessus. Et c'est ce que tu as fait, poursuit Frome. C'est pour ça que tu as réussi. Choisis tes amants à l'extérieur de la Caballaria. C'est le meilleur conseil que je puisse te donner. »

Red ne peut rien répondre à cela, car tout ce qu'elle pourrait dire dévoilerait trop de choses sur elle-même. Elle ne veut pas contrôler sa faim. Elle veut la laisser la consumer. Elle a accepté que cela puisse raccourcir sa vie, et il y a peu de temps à perdre. Maintenant qu'elle est chevalière, elle doit trouver un moyen de se rapprocher de Si Wyll.

Le problème, c'est qu'elle ne sait pas du tout comment procéder.

« Prête à affronter ton destin ? » demande Frome en s'époussetant les mains.

Anxieuse, triomphante, déterminée, Red le suit dans l'inconnu.

17

Ker Leonis, Sombrecœur
Dix-huit ans auparavant

« Il y a une idée qui me trotte à l'esprit », dit un jour Art à Bélisan.

Cette dernière est étendue en travers de lui sur le lit, ses longs cheveux étalés sur son dos, mangeant des raisins volumineux dans un bol. La lumière paresseuse de l'après-midi dérive en vagues chaudes à travers la pièce. Les rideaux sont ouverts, mais les fenêtres fermées. Une des mains d'Art est posée sur son flanc, qu'il caresse distraitement, une partie de lui s'étonnant qu'il puisse faire cela sans y réfléchir à deux fois. Pendant le temps qu'elle passe avec lui, elle lui appartient, et elle aime beaucoup être touchée, beaucoup. Art a pris l'habitude de dire que c'est une nymphe. Comme ces personnages des tableaux de l'Antiquité, elle préfère être nue dès que possible. Il est difficile de l'imaginer habillée.

« Mes gardes doivent venir me chercher dans une heure, dit-elle. Avons-nous assez de temps ?

— Ce n'est rien de sexuel.

— Oh. Qu'est-ce que c'est ?

— Juste une idée, hasarde-t-il. Sur la façon dont la peur prend forme. Nous sommes programmés pour craindre l'inconnu, n'est-ce pas ? C'est notre instinct de survie. Mais si on apprend à connaître quelque chose, le cerveau le catalogue, le rend familier, et la peur disparaît. »

Bel fronce les sourcils tandis que sa petite langue effleure le côté d'un raisin particulièrement bulbeux.

« S'exposer, insiste Art. Se mêler aux autres. Rendre l'inconnu… Plus connu. »

Elle ne semble pas saisir davantage.

Il change de direction. « Combien de temps as-tu mis pour venir ici aujourd'hui ? »

Bélisan vit bien évidemment au *Carnaval nocturne*, ancré dans le quartier historique de Surwek, à Iochibourg. La légende veut que les tout premiers bordels officiels des Sept Royaumes soient nés là-bas.

« Deux heures », fait Bel.

Art acquiesce. « Le contrôle des frontières, c'est ça ? Combien de personnes ont-ils refusées ?

— Oh, la plupart. La seule raison pour laquelle je m'en sors est ce bout de papier spécial que tu m'as donné.

— Et si on y mettait fin ? »

Le froncement de sourcils de Bélisan s'accentue. « C'est de la folie. Chacun pourrait aller où il veut, dans ce cas.

— Je sais, dit Art.

— Eh bien, tout le monde s'entre-tuerait beaucoup plus facilement. »

Iochibourg partage tout à la fois avec Alaunibourg une frontière et des conflits historiques sanglants à son sujet.

« Il existe une théorie selon laquelle, dans la durée, reprend Art, cela empêcherait les guerres, au lieu d'en encourager d'autres. Les gens commenceraient à se mélanger. Cela réduirait le tribalisme, tu vois ?

— Je pense que les gens *aiment les* tribus, réplique Bélisan. On veut sentir qu'on appartient à un endroit, et pouvoir le comparer avec un autre. Quelque chose que l'on peut montrer du doigt en disant “C’est comme ça qu’il ne faut pas faire.” Il en va ainsi de la nature humaine.

— Oui, mais… Art cherche ses mots. Si nous n’avions pas réussi à remodeler notre nature, nous en serions encore à nous tortiller par terre et à nous frapper avec des bâtons. »

Bélisan hausse les épaules. « C’est toujours le cas. Nous avons simplement de meilleurs bâtons. »

Elle voit l’expression d’Art et laisse échapper un rire. Il commence à la comprendre un peu, maintenant, et sait que celui-ci n’est pas méchant. C’est celui qu’elle utilise quand il se met à parler de quelque chose qu’elle n’a pas envie d’explorer davantage. Art trouve cela attirant et frustrant à la fois. Tout ce qu’il veut, c’est lui faire plaisir.

« Tant pis, dit-il en abandonnant. J’ai une autre idée. Apprends-moi à faire cette chose, avant de partir.

— Laquelle ? demande-t-elle en fourrant d’un coup trois raisins dans sa bouche.

— Tu sais, quand tu… » Art se tait, luttant pour ne pas rougir. Par les saints, après tout ce qu’ils ont fait ensemble ces dernières semaines, il n’arrive toujours pas à l’exprimer à haute voix. « Le truc avec tes mains et ta bouche en même temps. »

Bélisan remue des hanches, appuyant son poids sur le pelvis du jeune homme. Elle adore le fait qu’il se mette au garde-à-vous sans délai. Elle s’amuse à le titiller souvent juste pour ça.

« Tu veux dire quand je descends… »

Art l’interrompt précipitamment. « Oui. »

Elle tourne son visage vers le sien avec une expression de douleur affectée. « Art, pourquoi veux-tu apprendre ça ? Suis-je en rivalité avec un garçon ? J’exige de connaître son nom. »

Il a insisté pour qu’elle l’appelle Art. C’est un manquement au protocole, mais la façon dont leur intimité est brisée chaque fois qu’elle dit « sire » est insupportable. Elle lui a récemment demandé, avec une certaine audace, pourquoi il aimait tant prétendre être l'égal de tous. Il lui a répondu que ce n'était pas un faux-semblant, et elle a ri.

« Apprends-moi à te faire l'équivalent, je veux dire, fait-il, secrètement satisfait de la façon dont son rougissement la ravit. Il n'y a personne d'autre, garçon ou non. Tu es la seule.

— Ah. » Elle prend un autre raisin de la grappe et le suce. « Ça, c'est une compétence. Ce n'est pas quelque chose que l'on peut maîtriser en une seule leçon ; il faut du temps.

— J'apprends vite. »

Bélisan sourit. « C'est vrai, reconnaît-elle. Très bien. Et si on commençait ? »

Elle s'écarte de lui en roulant et s'allonge sur le dos avec un air impatient. Ce qui suit est l'une des plus agréables leçons de pouvoir qu'il ait jamais reçues.

Art sait qu'il est jeune et inexpérimenté, et aussi que c'est Bélisan qui a le contrôle – c'est le cas de la plupart des personnes de sa profession. Leur arrangement, en fin de compte, dépend de lui, mais la nature des services de Bélisan dicte ce qui se passe et comment à chacune de leurs rencontres. Il peut émettre des requêtes, que la jeune femme fera tout son possible pour satisfaire et surpasser, mais s'il s'agit de quelque chose qui dépasse les limites qu'elle a fixées, alors c'est non. Et si un client franchit ces limites, non seulement il la perd, mais il court le risque de se voir interdire l'accès à tous les autres employés de cet établissement.

Bien sûr, s'ils avaient le genre d'arrangement qui nécessitait un jeu de pouvoir plus explicite, les choses se passeraient légèrement différemment – mais même dans ce cas, peu importe à quel point Bélisan jouait son rôle pendant leur temps ensemble, un seul mot décidé à l'avance de sa part et celui-ci s'arrêterait. S'il ne cessait pas au moment où elle le souhaitait, les lignes rouges seraient franchies, des répercussions se feraient sentir.

Sa profession est aussi profondément ancrée dans le code que la Caballaria, et les deux industries sont étroitement liées depuis des centaines d'années. Art sait que les leçons que lui prodigue Bélisan au cours du temps qu'ils passent ensemble sont précieuses au-delà de leur plaisir immédiat. Cet après-midi-là, avec sa langue et ses doigts enfouis en elle et ses yeux sur son visage, ce beau visage si abandonné, son être tout entier absorbé par la sensation qu'il produit en elle, il apprend l'ivresse d'avoir quelqu'un, même pour un instant, totalement et complètement sous son contrôle.

Art jouit de sa discrétion, mais le secret total est impossible. Très vite, tout le palais sait qu'il a pris une amante. Son habitude de disparaître dès qu'il a quelques heures de libres, avec la ferme exigence de ne pas être dérangé, ne passe pas inaperçue auprès de ses plus proches conseillers, bien que certains soient plus lents à en comprendre la raison.

Il est conscient que beaucoup d'entre eux doivent être au courant, comme il sait qu'ils doivent approuver tacitement son choix de Bélisan. Si ce n'était pas le cas, il se dit qu'il en aurait déjà entendu parler. Le *Carnaval nocturne* est, après tout, l'un des meilleurs établissements, et ce lien leur est mutuellement bénéfique. Ils comptent désormais le roi de Londres comme client et, à ce titre, leur renommée ne peut que croître. En retour, leur réputation parle en faveur du bon goût du jeune monarque.

Comme il en a la prérogative, Art est le seul amant de Bélisan, quelle que soit la durée de leur relation – et elle est grassement payée pour ce privilège –, elle est donc généralement disponible quand il le souhaite, même en dernière minute. Lorsqu'il lui pose la question, elle lui répond qu'elle est extrêmement heureuse de leur situation. Après tout, bien qu'elle ne le mentionne jamais, il sait que le fait d'avoir été la *meretrix*[35] d'un roi fera grimper sa désirabilité en flèche. Elle deviendra sans aucun doute l'une des

35. Prostituée officielle dans la Rome ancienne.

femmes les plus riches et les plus convoitées des sept quartiers une fois que leur temps ensemble sera terminé.

Mais il ne peut penser à cette possibilité. Pour l'instant, leur liaison semble sans fin.

Elle lui dit souvent qu'il est « charmant » et « beau ». Elle aime particulièrement faire courir ses mains le long de son ventre jusqu'à ses hanches, encore et encore, et elle lui déclare que la vue de son pantalon serrant ses cuisses fines de poulain lorsqu'il est assis la rend folle de désir. Leurs rencontres commencent souvent sur son divan à cause de cela – elle préfère interrompre le dîner et laisser leur nourriture refroidir plutôt que d'attendre pour être satisfaite.

Ses gestes sont si naturels et son air si peu étudié qu'Art se trouve immédiatement épris d'elle. Elle est exactement ce qu'il veut. Quelqu'un qui ne donne pas l'impression qu'il s'agit d'un jeu.

*

La nuit bat son plein lorsque Lillath débarque à l'improviste dans la suite d'Art. Il est seul et, il s'en rend compte plus tard, Lillath a dû s'en assurer avant de se rendre chez lui. Bélisan lui a rendu visite la veille au soir, et elle ne vient jamais plus de deux fois par semaine.

Il se trouve à son bureau devant la fenêtre, essayant de faire intégrer à son cerveau fatigué les documents qu'on lui a donné à parcourir avant les obligations du lendemain. Les rideaux sont fermés pour éviter le froid envahissant, qui a mis du temps à arriver cette année, et sa chambre lui assure une agréable solitude.

Il parcourt le même paragraphe qu'il vient de lire trois fois de suite. Son regard ne cesse de s'égarer vers le divan contre le mur du fond où, la nuit dernière, une Bélisan en sueur avait enroulé ses jambes autour de son torse et laissé échapper des mots incontrôlés.

« Art, je t'adore », avait-elle murmuré, puis ses yeux s'étaient écarquillés et sa bouche s'était plissée en un sourire rapide pour couvrir sa réaction. Avant qu'il ne puisse répondre, elle s'était écartée et avait suggéré qu'ils finissent le dessert.

Il repousse le papier avec un soupir. Il n'en a pas retenu un seul mot. Il devra se lever tôt et essayer de l'assimiler de force avant le début de la journée.

Alors qu'il s'étire dans son fauteuil, un coup rapide résonne contre la porte du salon attenant : Fortigo, toujours reconnaissable à son rythme de staccato. Un changement de dernière minute au programme de demain, ou une chose vitale qu'Art a oublié de faire. Peut-être, s'il a de la chance, qu'il s'agit simplement de thé à la réglisse. Fortigo a l'étrange habitude d'anticiper ses humeurs.

Art se lève, franchit la porte adjacente qui relie le salon à sa chambre et l'invite à entrer. Celui-ci obéit, mais il est suivi dans la pièce par Lillath, qui regarde autour d'elle. Son regard se pose brièvement sur la porte qui mène à sa chambre avant de s'éloigner.

« Lil, fait Art avec surprise.

— Elle a demandé une audience de dernière minute, sire, commence Fortigo. Je vous ai fait envoyer un message, bien que j'aie supposé que vous étiez trop occupé pour le voir, mais elle a insisté pour essayer en personne. »

Art jette un regard coupable au plateau à courrier encastré dans le mur près de la porte du salon, dans lequel attend actuellement une petite note soigneusement pliée. Il est possible qu'il ait remarqué le rectangle blanc posé là il y a une heure ou deux, mais qu'il n'ait pas encore trouvé l'énergie de se lever et de le lire.

« Par les saints, vous donnez l'impression que c'est tellement important, fait Lillath, irritée. Je ne veux pas d'*audience,* tout ce que je désire, c'est parler à l'un de mes plus vieux amis ; vous savez, comme les gens normaux ? Doit-on en passer par cette farce à chaque... ?

— Quand votre ami est le roi, Ma Dame, coupe Fortigo, sa voix mesurée teintée d'une pointe d'acidité, *oui*.

— Oh, putain de *merde*, déclare Lil. C'est le roi le moins royal de tous les temps et vous le savez bien.

— Le *palais*...

— Le palais est au service du roi, non ? Ne devriez-vous pas tous, comment dire, vous adapter à son style ? N'est-ce pas ce que vous êtes censés faire avec chaque dirigeant ? »

Fortigo lui lance un regard de pierre.

« Sire », dit-il finalement, et le mot sonne comme une supplique.

Art s'efforce, avec bien peu de succès, de dissimuler son amusement. « C'est bon, Fortigo. Je te le promets. »

Celui-ci adresse une courte révérence à Art. « Faites envoyer un message dans ma chambre quand la Dame sera prête à partir.

— Je suis parfaitement capable de trouver la sortie, rétorque Lillath.

— Je n'en doute absolument pas, répond le vastos en regardant le mur derrière l'oreille de la jeune femme. Cependant, c'est avec un regret sincère que je vous rappelle une fois de plus que quiconque est surpris à se promener dans le palais sans escorte officielle a tendance à être abattu par les gardes. »

Lillath a une moue perplexe – puis son expression s'éclaircit théâtralement. « Oh, *oui*, je me souviens maintenant. Absolument. »

Fortigo esquisse un sourire crispé, tourne le dos et referme la porte derrière lui.

Art secoue sa tête. « Je crois qu'il te déteste, Lil.

— Oh, *je* crois que je suis amoureuse de lui, déclare Lillath. Il est si délicieusement raide, et il a de si beaux mollets.

— Il a quelqu'un.

— Il est marié ?

— Pas que je sache.

— Alors c'est une cible légitime. » Lil se dirige vers le plus grand divan du salon et s'y jette avec un soupir de satisfaction. Art prend la chaise d'en face et s'installe en la regardant. Il connaît son amie. Elle n'a pas voulu se soumettre à toutes les règles et protocoles que le palais juge bon d'établir autour de lui, et qu'elle trouve si irritants, juste pour une discussion informelle de fin de soirée.

Cela fait presque quatre mois qu'il ne l'a pas vue, et pourtant elle n'est toujours pas arrivée au bout de son entraînement de conseillère vastos au parc Permissos, qu'elle a commencé l'année avant même qu'il ne prenne l'Épée. La plupart de ses pairs sont nés à Sombrecœur, mais il y en a quelques autres, comme elle, qui viennent de quartiers différents. Elle a pris ses appartements dans le centre d'entraînement, mais Art soupçonne une autre raison, plus que le simple fait d'éviter une dose quotidienne de contrôle aux frontières. Sa famille est incroyablement unie et s'étouffe mutuellement par la seule force d'un amour déterminé et implacable, et Lillath aime sa liberté.

« Comment va Henry ? lui demande Art.

— Oh, je ne le vois plus, répond-elle avec dédain. Il était amusant pendant un moment, mais ensuite, il est devenu très exigeant.

— Je me souviens de cette cousine de Lucan avec qui tu as batifolé un été, rumine Art. Quel était son nom… ?

— Persivanne.

— N'a-t-elle pas commencé à se présenter à ton établissement tous les jours après votre rupture, pleurant pour que tu lui reviennes ? Et puis elle s'est introduite dans le centre une nuit et a peint LILLATH DeHAVILLAND A BRISÉ MON CŒUR, MÉFIEZ-VOUS DE CE MONSTRE sur l'allée de devant…

— En fait, c'était ATTENTION À LA BÊTE QUI SE FAIT APPELER LILLATH DeHAVILLAND, corrigea la concernée avec humour, mais tu n'étais pas loin. Je sais que vous vous êtes tous amusés de cette histoire pendant des années, mais le fait est que j'ai retenu la leçon avec elle. Depuis lors, j'ai toujours veillé à comprendre précisément jusqu'où je pouvais aller avec quelqu'un sans lui faire de mal, et je ne mens jamais, jamais, à personne sur ce que j'attends d'ellui[36]. Après ça, c'est leur problème s'ils me choisissent et s'investissent trop. »

Art s'adoucit en percevant le ton cassant de la jeune femme.

« Je sais, Lil, dit-il. C'est quelque chose que j'admire chez toi. »

Elle le regarde, surprise. Ils échangent un regard à peine trop long, et elle baisse les yeux.

« En parlant d'amants, dit-elle avec légèreté, comment va la tienne ? »

Art plisse les yeux. Il parierait de la combine qu'elle l'a compris avant presque tout le monde au palais. Lillath a toujours su découvrir les choses, bien qu'il n'ait aucune idée de la manière dont elle s'y prend.

« Très bien, merci », dit-il avec raideur.

Lillath rit. « Oh, allez, tu n'as pas besoin d'être si timide avec moi. Elle ne le serait certainement pas. Elle est très douée dans ce qu'elle fait, d'après ce que j'ai entendu.

— Ce que tu as entendu ?

— Eh bien, oui. Je me suis renseignée sur elle.

— Lil, il y a une équipe entière de golems de Ker Leonis dont le travail consiste à traiter ce genre de choses. Je suis sûr qu'elle a été disséquée et examinée minutieusement au moment où j'ai fait cette putain de demande. »

Lillath penche la tête. « Tu es en colère, remarque-t-elle. Pourquoi ? »

— Ce n'est pas vrai… Art a du mal à maîtriser son énervement soudain. « Je ne suis pas en colère. Je suis juste… Pourquoi

36. « Elle, lui » en neutre.

ma vie privée ne peut-elle pas être confidentielle ? Pourquoi est-ce que je n'ai pas droit à ça ?

— Parce que la personne que tu baises est aussi importante que celle que tu épouses, Art. » Lillath marque une pause, puis poursuit avec une délicatesse inhabituelle chez elle : « Tu te détends avec elle, tu dis peut-être des choses que tu ne devrais pas...

— Par les saints, alors maintenant c'est une espionne ?

— Tout ce que je dis, c'est que tu dois être prudent.

— Et comment peux-tu savoir que je *ne le suis pas* ? réplique Art avec une fureur froide. Dois-je supposer qu'on me surveille aussi dans ma chambre ? »

Lillath en reste bouche bée. Elle jette un coup d'œil alentour, cherchant les bons mots sous le poids de son regard.

« Je ne sais pas si tu es surveillé ou non. Ce que je veux dire, c'est que c'est ta première fois, Art. Ça peut être étourdissant. Ça a du sens. Ça en aura toujours. »

Art la regarde bizarrement. « Ce n'est pas la première, Lil. »

Lillath soupire. « Tu n'étais pas comme ça avec moi. C'est ce que je veux dire par “première”.

— Comme quoi ? Comment suis-je ?

— Distrait.

— Oh, mon Dieu. Eh bien alors, nous ferions mieux de la jeter en prison, n'est-ce pas ?

— Tu es amoureux d'elle ? » insiste Lillath.

Ses mains lui font mal et il se rend compte que c'est parce qu'il serre sa chaise sur les côtés. Il se force à les ouvrir. « Pourquoi ce que je ressens pour elle est-il important ? »

Lillath se contente de secouer la tête. « Parce que.

— Mes sentiments personnels sont mes affaires et celles de personne d'autre.

— Plus maintenant.

— Qu'est-ce que ça peut te faire, demande Art, ce que j'éprouve à son égard ? Pourquoi est-ce que tu es *ici*, Lil ?

Elle se redresse d'un coup, le faisant sursauter. « Tu connais la règle la plus stricte du *Carnaval nocturne* ? Si l'un de leurs artistes-interprètes a le sentiment qu'un client s'implique trop émotionnellement avec lui, il doit trouver un moyen de mettre fin à son contrat aussi rapidement et simplement que possible. Tu n'es pas censé tomber amoureux, Art. Ce qu'ils te font ressentir… est soigneusement construit. Ce n'est pas *réel*. On les paie pour qu'ils nous donnent exactement ce qu'on désire, et cela ne doit être que temporaire, car les fantasmes ne sont pas faits pour durer. Tu t'en rends bien compte, non ? C'est une artiste, et si elle a réussi à entrer dans le *Carnaval nocturne*, c'est qu'elle est sacrément bonne. »

Est-il si transparent que cela dans ses émotions ? Est-ce que tout le palais le regarde et murmure derrière ses mains à propos de son comportement ? Se moquent-ils de cet enfant-roi idiot, se demandent-ils avec inquiétude s'il s'agit d'amour ou de luxure ?

« Tu dois me prendre pour un enfant », déclare-t-il.

Les yeux de Lillath s'écarquillent. « Ce n'est pas du tout ce que je dis…

— Ah non ? Qu'est-ce que tu pouvais vouloir dire d'autre par cet avertissement condescendant ? »

Elle le regarde fixement, ne sachant que dire.

Il se sent soudain si fatigué de sa cage, mais plus encore, de la manière dont elle y a fait intrusion.

« Va… » Art s'interrompt au milieu de sa phrase, puis reprend. « Va-t'en, Lil. Laisse-moi. »

Celle-ci est de marbre à présent. « Vous me renvoyez, sire ? »

Il lâche un rire furieux, incrédule. Comment ose-t-elle lui faire ça ?

« Très bien, dit-il. Oui, si vous le voulez. Je vous renvoie, Dame DeHavilland. »

Dans le silence assourdissant qui suit, Lillath se lève du divan et lui tourne le dos, se dirigeant vers la porte. Arrivée devant, elle s'arrête, et il en est heureux ; elle va dire quelque chose qui le fera rire et ils dissiperont cet air épais et étouffant qui s'est insinué entre eux de façon si sournoise, si soudaine.

Il l'entend prendre la parole.

« Tu sais, tu n'avais pas peur de montrer tes vrais sentiments, avant. Tu ne le voyais jamais comme une faiblesse, et ça avait toujours été une force. Maintenant tu me veux hors de ta vue, parce que tu ne supportes pas que je perçoive ta vulnérabilité. Nous ne sommes pas les seuls à ériger des murs, Art. »

Elle n'ouvre même pas la porte d'un coup sec, comme la Lil bruyante et impétueuse qu'il connaît le ferait. Elle s'en va en silence, la refermant derrière elle avec le clic le plus infime.

Ni l'un ni l'autre ne sont plus ce qu'ils étaient autrefois, il y a si peu de temps.

Cela lui fait mal au cœur.

18

Le Donjon, Rhyfenbourg
Cinq mois auparavant

« Bonjour à vous, Red Caballarias de Rhyfenbourg. »
Red se détourne du tableau qu'elle contemplait au son de la voix derrière elle.

Un homme se tient dans l'embrasure de la porte du bureau, bras tendus le long du corps. Il s'agit de son étude, son bâtiment ; sa famille possède le centre d'entraînement dans lequel il se trouve. Il est le descendant de l'un des ordres de chevaliers qui ont servi sous la bannière de Rhyfen pendant la guerre des Septem. Les privilèges et la richesse pendent à son cou comme des bijoux invisibles aux couleurs de Rhyfen, pierre de soleil et œil-de-chat.

C'est la première fois que Red le rencontre. Ce n'est pas le genre d'homme que l'on trouve en train d'errer dans les couloirs.

« Si Timor. » Red s'incline. « Pardonnez-moi, on m'a dit de vous attendre ici. »

Si Timor Caballarias Merwic de Rhyfenbourg sourit pour toute réponse. Ses cheveux gris acier sont serrés. Il est devenu légèrement rond dans ses dernières années, sa peau n'est pas marquée, ses vêtements sont d'une sobriété qui dénote une grande qualité. Il dégage l'impression déconcertante d'un être adorable, et Red se sent attirée vers lui.

« Laquelle préférez-vous ? » Timor fait un signe de tête vers le mur. « Celle-là, devant vous ?

La peinture que Red était en train de contempler représente une sorte de paysage étrange. Certains éléments en sont clairement reconnaissables. On y voit la silhouette caractéristique de Tom le Noir, et là, le long de la Tamise, se trouvent plusieurs des plus célèbres de ses ponts – Lamhythe, Falkesall et Blestern –, chacun donnant accès à un quartier distinct en s'éloignant de Sombrecœur. La ligne d'horizon, par contre, ne correspond pas du tout. Elle est plus haute, se dressant plus loin dans le ciel sombre qui la surplombe, et les bâtiments sont tous plats au sommet, comme des briques posées sur leur extrémité, avec à peine une pointe ou une flèche en vue. Des files ténues traversent les ponts, faites de taches rectangulaires de ce qui ressemble à des troms de surface, mais aucun de ces ouvrages ne comporte de rails.

« C'est censé être le futur ? » demande-t-elle enfin.

Si Timor semble satisfait. « Presque. C'est supposé être une version alternative de Londres. Une qui aurait pu exister, et qui pourrait encore advenir. »

Il se dirige vers l'énorme bureau qui domine son étude et s'installe dans le fauteuil derrière, désignant d'un geste la chaise vide en face.

Red s'y assied.

« Tout ceci est l'œuvre de la même artiste », explique Timor en montrant du doigt les murs couverts de peintures et de croquis. La plupart sont des paysages, les rues d'une ville, une campagne vallonnée, un littoral sauvage et accidenté. Il n'existe qu'un seul portrait, celui d'un homme pâle allongé dans un fauteuil, dont le dossier dépasse largement la tête. Celui-ci est habillé de vêtements austères, ses longs cheveux noirs tressés en une natte passée sur une épaule, le menton posé sur sa main. Il a été peint avec une certaine intensité, son visage anguleux flottant comme un fantôme sur le fond sombre.

Un sourire ému s'épanouit sur les traits de Timor. « Cette artiste était travaillée, disons, par l'idée que notre monde existe au sein d'un éventail vertigineux d'alternatives, entre lesquelles nous pourrions voyager si seulement nous savions comment. Elle vivait avec chacune d'elles dans sa tête : plusieurs Londres différentes, avec des lignes d'horizon variées, divers noms. Elle l'appelait souvent la "Capitale". Elle aimait aussi "Lud" ; elle disait que ce nom était revenu plusieurs fois. C'était une femme tout à fait extraordinaire, dotée d'un don qui l'était tout autant.

— C'était une enfant-divine, s'aventure Red.

— Oui. »

Une sorte de voyante étrange, ou peut-être juste une folle. Avait-elle utilisé la magie pour réaliser ces peintures ? Comment prouver une telle chose ?

« Quel était son nom ? demande-t-elle.

« Rue, répond simplement Timor, sans offrir d'autre explication.

— C'était votre... ? » Elle laisse poliment la question en suspens.

Timor lève une main. « Oh, non. Non, elle était dévouée à un autre. Ils étaient juste de passage ici ensemble, vraiment. J'ai eu la chance de les connaître pendant un certain temps. Elle voyait plus loin que tout le monde. Alors que d'autres personnes passaient leurs journées à regarder autour d'elles ce que les autres avaient ou n'avaient pas, ou à se replier sur leur propre vie, elle avait toujours le visage tourné vers l'extérieur, vers ce qu'elle disait être une étendue infinie de réalités.

— Mais... Tout était inventé, dans sa tête ?

— Oui, bien sûr. » Timor semble légèrement amusé. « Ça ne veut pas dire que ce n'est pas réel, en revanche.

— Pardon ?

— Vous devriez peut-être lire les nouvelles théories qui sont publiées en ce moment. Élargir votre champ de vision et votre pensée au-delà de ce qui se trouve immédiatement devant vous ».

Red essaie de retrouver le fil de la conversation.

« Je ne suis pas comme elle », s'aventure-t-elle.

Timor fait entendre un petit rire. « Bien sûr que non. Je ne crois pas qu'il faille mettre tous les enfants-divins dans le même sac, comme s'il s'agissait d'une masse à peu près homogène, Si Red. Vous êtes tous différents, comme chacun en ce monde. » Sa main se tend, ses doigts se posent légèrement sur une grande enveloppe noire sur son bureau.

« C'est votre nom de Caballaria, dit-il. Il a été livré ce matin par les bureaux de Lee DeCyng. Voulez-vous l'ouvrir ? »

Il semble que Red n'ait pas à feindre d'émotion comme elle s'y était préparée. Celle-ci fait irruption sans sa permission, sa bouche devient sèche. Elle s'avance et accepte l'enveloppe, qu'elle déchire aussi calmement que possible.

À l'intérieur se trouve une pile de feuillets tissés épais, cousus ensemble sur un côté comme un livre artisanal. Celui du haut comporte un simple nom imprimé dans la couleur cramoisie du sang fraîchement versé :

LE
SPECTRE
ROUGE

Chaque feuille de papier est recouverte d'un magnifique dessin d'elle, encore et encore, dans différentes attitudes et poses, diverses tenues et armes. Dans cette version fine, dessinée de son visage, l'artiste a capté une sorte de beauté insaisissable qui suggère un mur entre elle et le spectateur. Cette figure, ce spectre rouge, est du genre impénétrable. Red peut admirer ce que l'artiste a fait d'elle, mais pour une raison qu'elle ignore, elle ne l'apprécie pas.

Elle est un personnage, désormais. Une création. C'est un sentiment étrange.

« Qu'en pensez-vous ? » demande Timor.

Red repose délicatement la liasse de croquis sur le bureau en face d'elle.

« Ils sont très beaux, dit-elle. Ils ne me ressemblent pas, mais ils sont superbes. »

Timor sourit. « Au contraire. Lee a un œil merveilleux pour les détails cachés en nous.

— Il les a dessinés lui-même ?

— Comme toujours. Que pensez-vous de ce nom ?

— C'est… Peu importe, si ça leur plaît. C'est juste un nom.

— Oh, la contredit Timor. Les noms sont importants. Ils nous donnent une forme, un but, une famille, une origine. Le Spectre rouge. C'est un peu trop… Hum, *évident*, peut-être ?

— Ils ont dit que je me déplaçais comme un spectre quand je me bats. Je n'en ai pas la moindre idée.

— Effectivement. On n'a pas souvent l'occasion de se voir de l'extérieur. Mais dans la Caballaria, vous serez obligée d'apprendre à le faire très vite. Nous essayons de vous préparer durant la formation en trouvant des moyens de séparer le moi que vous avez toujours connu pour que vous le considériez comme un instrument. C'est une profession étrange, c'est sûr, surtout de nos jours. Mais toujours aussi noble, en son cœur. Rappelez-vous pourquoi elle existe. N'oubliez pas le code.

— Mon premier combat… hésite Red. Il est déjà programmé ?

— Oui.

— Ce n'est pas normal, n'est-ce pas ? »

Timor incline la tête. « C'est inhabituel. »

Red reste silencieuse, essayant de trouver les mots pour demander ce qu'elle veut savoir sans se trahir, mais Timor peut visiblement lire dans les pensées, ou peut-être Red est-elle beaucoup plus transparente qu'elle ne le pense ; une idée qui lui est bien désagréable.

« On a demandé à Si Wyll si son écurie voulait retenir vos services dès la fin de la formation, dit-il doucement, mais il a indiqué qu'il préférait que vous restiez avec nous pendant un certain temps pour acquérir de l'expérience. Il – son écurie – continue de vous financer. C'est une faveur très généreuse qu'il nous accorde, et je n'ignore pas que cela fait de moi son obligé. Et il n'est pas le seul bienfaiteur que vous intéressez.

— Pas le seul ? répète Red. Qui d'autre pourrait-il y avoir ?

— Disons simplement que vous attirez beaucoup d'attention sur nous, Si. C'est, bien sûr, un honneur. » La voix de Timor a quelque chose de sec.

Le fardeau de la responsabilité pèse sur l'intervalle entre chaque mot. Si Red se plante, ce n'est pas seulement sa propre réputation qui en souffrira ; à présent, elle porte aussi l'image de l'écurie publique de Rhyfenbourg sur les épaules.

« C'est un honneur pour moi, dit Red.

— Hum… Les écuries publiques peuvent être un endroit dur, impitoyable. Les litiges farfelus pour lesquels vous devrez vous battre, et ce qui en découlera de prestige, par quoi j'entends bien sûr le *manque de*… Les gens sont attirés par le glamour, et il y en a très peu ici. Votre but ultime est clair depuis le début.

— Je suis désolée si j'ai donné l'impression de manquer de gratitude. »

Timor rit. « Si, nul besoin de s'en cacher. L'ambition et le pouvoir, soigneusement gérés et orientés vers le bien commun, sont deux des outils les plus utiles au progrès de la civilisation ».

C'est une citation directe de l'un des principes les plus célèbres du code. C'est une facette bien connue de Si Timor ; il aime à faire passer ce dernier au-dessus de tout. Tous les centres d'entraînement n'y accordent pas autant d'importance. Il tambourine des doigts sur le bureau tout en fixant Red, qui se fige soigneusement sous son regard scrutateur.

« Vous pourriez envisager la possibilité que Si Wyll est en train de vous mettre à l'épreuve, dit-il enfin. Pour de nombreuses raisons compréhensibles, il n'accorde pas facilement sa confiance. Vous devez trouver un moyen de la gagner. »

Red en a un peu marre de subir des tests, encore et encore. Elle pensait qu'une fois l'entraînement terminé, elle serait débarrassée de tout cela, mais elle commence à réaliser qu'à partir de maintenant, l'attention portée sur elle ne fera que croître.

Son regard effleure la liasse de papiers devant elle, les caractères gras et vifs de son nom de la Caballaria illuminant la pièce.

Le Spectre rouge.

« Combien de temps ai-je pour préparer mon premier combat ? » demande-t-elle.

Timor lui adresse un léger sourire satisfait.

19

Ker Leonis, Sombrecœur
Dix-huit ans auparavant

Une fois qu'elle estime Art repu, Bélisan prend toujours congé.

Elle ne dort jamais au palais. Il ne l'a pas encore vue illuminée des premières lueurs du jour. Au début, il se sent gêné – le temps qu'ils passent ensemble est-il si désagréable qu'elle souhaite le fuir dès qu'elle le peut ? – mais il se rend vite compte que ce n'est pas d'être en sa compagnie qu'elle déteste, mais dormir. Elle semble heureuse de rester des heures allongée dans le lit avec lui sans aucune envie apparente d'être ailleurs, mais lorsque l'un d'eux commence à se sentir fatigué, elle se lève et s'en va.

Art regrettera de ne pas s'être interrogé là-dessus, car au bout de plusieurs mois de batifolage, il en découvre la raison.

Un soir, Bélisan arrive bien plus tard que prévu, l'air inhabituellement fatiguée, alors qu'elle émerge du passage secret de sa chambre. Elle s'excuse ; Art lui demande si elle veut remettre à plus tard, elle proteste et ils finissent par s'installer au lit ensemble, Art s'assurant de faire le plus gros du travail. C'est lui l'élève ici, après tout ; même si Bélisan dit souvent qu'il lui apprend autant qu'elle lui enseigne.

Après quoi, assoupi de satisfaction, Art se tourne vers son amante et constate qu'elle a les yeux fermés et qu'elle respire de plus en plus profondément. Au lieu de la réveiller, il s'enfonce dans les draps froissés et se laisse aller.

Puis il reprend conscience avec la sensation de se noyer.

Sa poitrine se soulève difficilement. La mer lourde et humide l'aspire, le sel lui brûle la gorge. Quelque chose derrière lui baisse la tête de force, entraînant ses lèvres sous la surface. Il ouvre la bouche et l'eau inonde goulûment l'intérieur. Dans le monde souterrain doux et trompeur de la mer, il se tourne, forçant ses yeux à scruter l'obscurité, essayant de se libérer de ce qui le retient.

C'est un monstre au visage de Bélisan, une chose lisse, énorme, semblable à un phoque, qui l'entraîne dans les profondeurs avec un regard d'intense concentration, plein d'une intention meurtrière.

Il a les yeux noisette, leur éclat brillant obscurci par la vase. Un selkie mortel.

Art essaie de crier, mais se souvient trop tard qu'ouvrir la gorge dans un tel endroit signifie la mort. Il se débat sauvagement, se libérant de l'emprise de la bête. Ses membres se contractent, s'efforçant de trouver de l'air et de la lumière, qu'il aperçoit pendant un bref instant extatique.

Le ciel au-dessus est strié d'un gris inquiétant, des nuages sinistres le traversent comme s'ils avaient trop peur de rester là. Il discerne un rivage, incroyablement proche, à quelques brasses, et pourtant, sous lui, les profondeurs l'engloutissent, implacables.

Sur la rive se tient une silhouette, une humaine, les yeux fermés.

Bélisan.

« Bel ! » Son nom fait des bulles d'eau dans sa gorge.

Ses yeux s'ouvrent et elle le voit.

Il agite frénétiquement les bras.

Un poids terrible saisit son pied et le tire.

« Bel... » parvient-il à crier avant de sombrer.

Il sent plutôt qu'il n'entend un bruit d'éclaboussement sourd venant d'en haut, et la surface de la mer se soulève. Le selkie le tient, ses bras sont des barres de fer autour de son corps. Sa poitrine le brûle, incandescente. Un désespoir horrifié envahit chaque parcelle de son corps, comme il n'en a jamais connu auparavant. Dans quelques secondes, il va mourir.

Ça y est, maintenant.

Une dernière pensée avant de partir.

Fais qu'elle soit positive.

Maman, pense-t-il avec une tristesse extraordinaire, juste avant que la Bélisan humaine n'apparaisse, tendant la main vers lui...

Les ténèbres l'entourent. Sa gorge gonfle, menaçant d'éclater, protestant avec véhémence sous sa poitrine, puis il vomit. Il se recroqueville sur le côté comme un scarabée mourant tandis que de l'eau de mer jaillit de sa bouche, projetée hors de lui par la pression d'un poing dans son ventre, trempant les draps sous sa tête. L'odeur est celle des ports : vive, acide.

Il inspire de l'air, doux et vivifiant, mais celui-ci lui fait mal, piquant ses entrailles ravagées. Il essaie de l'aspirer, s'étouffe, relâche une toux saumâtre. Ses mains s'agrippent spasmodiquement aux draps humides.

« Art. » Il entend une voix tremblante de panique derrière lui. « Parle-moi. S'il te plaît, dis quelque chose. Art ! »

Un lit. Son lit. Il n'est pas dans la mer. Il se trouve dans le palais, dans sa chambre.

Il sent le poing sur son ventre disparaître, une main se poser sur son épaule, son nom résonne de nouveau.

C'est drôle, pense-t-il, *j'étais en train de me noyer mais mes entrailles brûlent comme du feu.*

Il parvient à se redresser avant de s'affaler contre ses oreillers mouillés.

Bélisan est nue à côté de lui. C'est son poing qu'il a senti dans son ventre. Sa panique.

« J'étais dans la mer, croasse-t-il. J'étais…

— J'étais en train de rêver, dit-elle en larmes. Je dormais… Je suis désolée, tellement désolée. »

Un rêve ? Mais l'eau est réelle. Il peut sentir le drap du lit former des plis humides contre sa peau. L'odeur des algues embaume encore l'air. À travers les mèches de ses cheveux, le regard de Bélisan s'accroche au sien avec une lueur fiévreuse. Elle ressemble à une proie sauvage. On dirait qu'elle vient de se faire prendre.

Et soudain, Art comprend pourquoi.

Elle doit le lire sur son visage, car elle commence à s'agiter. Lente et fragile, elle s'écarte du lit, nue, et le regarde, les épaules voûtées, les jambes repliées.

Un moment, tout se suspend dans un souffle retenu, une forme frissonnante.

« Que s'est-il passé ? » demande-t-il, ou plutôt essaie-t-il de le faire, car les mots sont pulvérisés par une quinte de toux humide. Sa gorge émet une pulsation menaçante.

« Un rêve, dit Bélisan. C'était un rêve.

— Il avait ton visage. »

Bélisan ne dit rien.

« Le monstre marin, il avait ton visage. » Art peut entendre l'étonnement dans sa propre voix. « Tu viens d'essayer de me tuer ? »

Elle secoue la tête avec véhémence. « Non, *non*. Je n'avais pas réalisé. Je ne savais pas ce que je faisais. Parfois j'attire les gens dans mes rêves, Art, je suis désolée, je ne peux pas le contrôler… »

Le choc l'envahit en une vague brutale, sauvage. Il a très envie de pleurer.

« Es-tu un assassin ? demande-t-il.

— Non. *Non !*

— Tu es une enfant-divine. »

Bélisan ne dit rien, mais son visage exprime un désespoir absolu.

« J'étais en train de mourir. » Art palpe sa poitrine. « Je peux encore le sentir. Je peux…

— Je te jure que je n'ai pas…

— Mais c'était toi. Dans le rêve, c'était toi qui m'entraînais vers le bas. »

Bélisan se contente de secouer la tête, mais elle est incapable de formuler une dénégation. Des larmes jaillissent de ses yeux et coulent sur ses joues tandis qu'elle le fixe.

« S'il te plaît, murmure-t-elle enfin. Je ne t'ai rien dit parce que je ne voulais pas que tu me détestes. C'est pour ça que je ne dors pas ici ; j'ai été prudente, toujours.

— Tu m'as menti.

— J'étais obligée. J'ai dû le faire toute ma vie. Si les gens savaient… »

Oui. Si les gens savaient.

« Je vais m'en aller, murmure-t-elle. Je vais partir loin. Tu ne me reverras plus jamais.

— Je ne peux pas te laisser faire ça », dit-il, mais la stupéfaction le prive de toute conviction.

Tous deux savent ce qui se passera si elle reste.

« Je vais disparaître, plaide-t-elle. Personne n'a besoin de le savoir.

— Bel. »

Son visage exprime une angoisse absolue. « S'il te plaît. Je n'ai jamais voulu te faire de mal. »

Art la regarde fixement tandis que sa poitrine brûle sans répit sous la morsure du sel et de la trahison.

Finalement, il lui adresse le plus petit des hochements de tête.

Bélisan agit vite. Elle ramasse ses vêtements et ses chaussures. Elle ne s'arrête pas pour les enfiler, mais traverse la pièce en vitesse, les bras chargés de tissu, ses cheveux volant derrière elle. Les luminaires strient sa silhouette en fuite. Elle emprunte le passage secret pour sortir. Le mur se referme silencieusement derrière elle.

Art attend. Il réprime sa panique et patiente encore un peu. Ses pensées tourbillonnent sauvagement, follement.

Elle n'a pas essayé de te tuer – si, elle l'a fait, elle s'enfuit – assassin *– juste un lapin paniqué doté d'un terrible talent – ton amante, elle t'aime – non, tu as failli mourir, POURCHASSE-LA ET EXÉCUTE-LA –*

La panique prend le dessus. Il se lève du lit, esquisse des pas chancelants vers la porte, l'ouvre et appelle les gardes en criant.

20

Corescent, Rhyfenbourg
Cinq mois auparavant

« Beau mouvement, mais attention à ton coup latéral arrière. Tu laisses ta poitrine sans surveillance trop longtemps, j'aurais pu frapper ici. »

Frome se recroqueville en une position défensive pendant qu'il parle, ses joues creuses rougies.

Les paumes de Red, baignées de sueur, ont progressivement graissé la poignée de la rapière d'entraînement pendant cette séance. Elle tourne et glisse désagréablement entre ses mains, menaçant de lui échapper.

« Ces gants stupides, dit-elle en serrant les dents. Ils sont aussi pratiques qu'une bite en chocolat.

— Oh, mais Si, tu portes des DeCyng. Ils sont superbes et c'est ce qui compte. » Frome sourit en agitant la pointe de son épée dans l'espace qui les sépare. « Découpe les paumes et remplace-les par un ruban adhésif de couleur similaire. Les gens n'y verront que du feu, et tu ne risqueras pas de perdre ton arme. »

Red se redresse avec un soupir, ses mains pleines d'une pulsation sourde. « Toutes ces postures…

— Toutes ces postures, en convient Frome en se redressant également. Pomponnage et froufrous.

— Je veux juste me battre, de préférence en privé, là où personne ne pourra me regarder bouche bée.

— Oh allez, tu sais comment c'est. Il est tellement plus facile de truquer les combats privés que publics. Le cirque qui entoure tout ça est le prix à payer pour un système plus juste. » Frome se dirige vers le râtelier d'armes et range sa rapière ; sa tête inclinée est éclairée par un rayon de lumière qui filtre à travers les hautes fenêtres.

C'est le troisième jour de Red au monastère de Corescent. L'aube du lendemain se lèvera avec la promesse de son premier combat officiel.

Comme il est d'usage dans les monastères de la Caballaria, la pièce dans laquelle ils se trouvent est entièrement lambrissée. Ceux de Rhyfenbourg privilégient le bois d'arbre à épice, qui confère à l'espace une chaleur qui aide à détendre les muscles, et donne à la lumière une qualité dorée apaisante ; mais le bruit, aux oreilles de Red, sonne tout à fait faux. Il n'y a pas de pierre pour répercuter le choc de l'acier contre l'acier, pas de sons aigus, clairs, de tintements lorsque l'armure métallique répond au mouvement. Chaque bruit lui revient comme aplati et sec.

Elle trouvait un peu étrange l'idée de mettre les chevaliers à l'isolement pendant plusieurs jours avant un combat autrefois, mais il lui est facile d'en comprendre la raison à présent. Retirez le monde extérieur et il ne reste que le duel. Pas de distractions, rien qui les attire dans des directions différentes. Une seule voie, un objectif unique.

C'est une version plus courte et plus extrême de son entraînement au Donjon. Là-bas, ils avaient tous d'autres aspirants avec qui manger et s'entraîner, un éventail de formateurs à rencontrer tous les jours et une routine qui impliquait des corps et esprits divers dans des espaces partagés. Ici, au monastère, Red ne voit presque personne. Les moines de la Caballaria sont aimables mais silencieux, et ils apportent les repas dans ses appartements au lieu qu'elle se rende dans un réfectoire. La salle de bains à côté de la chambre à coucher lui est dédiée. Elle n'est pas autorisée à recevoir de visite, à l'exception de l'entraîneur de son choix, qui est admis chaque jour dans ces murs.

Dans les salles de formation qu'on leur demande d'utiliser également, ils sont toujours seuls. Si son prochain adversaire est ici, comme Red le suppose, ils ne se sont jamais croisés. Tout ceci est délibéré, et la loi est stricte à ce sujet. Un contact entre adversaires avant un combat est susceptible d'entraîner sa nullité, les deux chevaliers tombant en disgrâce en conséquence.

Red est contente que cette loi existe. Elle ne veut pas voir son adversaire. Elle ne souhaite même pas connaître son nom jusqu'au moment où elle fera son entrée dans l'arène, car à ce moment-là, il sera trop tard pour se saper soi-même en s'inquiétant de savoir si iel est meilleur qu'elle, ou de son palmarès, de ses statistiques, de son arme de prédilection, voire du nombre de combats qu'iel a gagnés ; lesquels, peu importe qui est læ chevaliæ, seront plus nombreux que les siens. Le seul combat qui compte, selon le code, est celui qui se déroule immédiatement devant vous.

« Je ne me sens pas prête, siffle-t-elle entre ses dents.

— Personne ne se le sent jamais. On ne peut que se préparer au mieux. Après ça, c'est aux saints de décider. »

Red relève la tête d'un coup. Quelqu'un croit-il encore vraiment que les dieux sont les arbitres ultimes de la Caballaria, ou Frome se moque-t-il d'elle ?

« Alors pourquoi essayer, dit-elle, si ce sont les saints qui décident en fin de compte ?

— Parce que ces derniers choisissent en fonction du désir et du pouvoir, et non sur un caprice. Tu dois croire de tout ton être que tu te bats pour la bonne cause. C'est *ça* qu'ils ressentent. Ton adversaire peut être plus fort que toi dans tous les domaines, tu gagneras quand même si ton désir est plus puissant que le sien.

— Et si je ne crois pas en la cause pour laquelle je me bats, je perds ? »

Frome émet un rire discret. « C'est pourquoi il est interdit aux combattants de savoir quoi que ce soit sur le litige avant le combat. Cela facilite les choses. Tout ce que tu as à faire, c'est te concentrer sur la victoire. »

Frome est un ancien de la Caballaria ; comme la plupart des entraîneurs. Il sait de quoi il parle. Il l'a vécu.

Son conseil est le seul qui compte en ce moment.

*

C'est un petit bruit de glissement léger, à peine perceptible, mais il la réveille.

Le monastère est l'endroit le plus calme que Red ait jamais connu. Il est difficile de croire qu'elle se trouve en ce moment même au milieu de Rhyfenbourg, que là-bas, la ligne d'horizon est encombrée de grappes de flèches, de dômes ronds, de toits plats et de la toile aérienne des conducteurs, les nuages qui surplombent le tout éclairés par des projections vacillantes présentant mille façons d'améliorer votre vie en dépensant toute votre combine, et les émissions de lumineux les plus récentes remplies de jolis visages renfrognés.

Elle a bien dormi ces deux derniers jours, ce dont elle est reconnaissante, mais c'est la nuit précédant son tout premier combat. Frome lui avait dit de s'attendre à un maigre repos et de tenir compte de sa fatigue en restant allongée avant son arrivée dans l'arène. Cette nuit a été remplie de fragments de sommeil épars et irréguliers, suivis de longues périodes où elle a contemplé aveuglément l'obscurité de sa chambre, souhaitant que le néant l'emporte.

Au début, Red pense que le son est le fruit de son rêve, un nœud d'anxiété créé par son esprit, mais lorsque ses yeux s'adaptent à la brume de l'aube, elle aperçoit un rectangle clair sur le sol près de la porte. Elle se glisse hors du lit et s'approche prudemment.

Il s'agit d'une petite liasse de papiers dont l'un des coins est percé d'une épingle métallique incurvée à double tête. Elle pense d'abord que Lee DeCyng lui a envoyé davantage de ses magnifiques croquis – mais difficile de comprendre dans quel but à cette étape tardive – mais la feuille du haut est couverte d'un texte dense au lieu de lignes fluides.

Sa chambre est dépourvue de rideaux, et il n'y a aucune source de lumière artificielle. Les rythmes naturels sont importants pour les moines d'ici, qui se lèvent avec l'aube. Le monde extérieur reste cependant éloigné, car la plupart des chambres donnent sur l'immense cour aérée située au centre du complexe. Red s'est réveillée dans la lumière du soleil filtrée par la vaste canopée du chêne noueux et tentaculaire qui domine le milieu de la place, comme si le monastère avait grandi autour. Elle prend donc la liasse de papiers et se recouche sur son lit, la tête posée juste sous la fenêtre, attendant que la clarté soit suffisante pour qu'elle puisse lire.

Lorsqu'elle y parvient, et qu'elle réussit enfin à comprendre ce qu'elle tient entre ses mains, elle la laisse tomber comme si elle brûlait. La liasse de papiers volette dans sa chute et atterrit par terre, à côté du lit.

Red attend, le cœur battant, que quelqu'un arrive en courant. Quelqu'un est certainement sur le point de faire irruption ici et de la prendre sur le fait, car ce document contient tous les détails du litige pour lequel elle se bat aujourd'hui : qui est impliqué, quel est l'enjeu.

Et si quelqu'un la surprend avec ça, elle est finie.

Elle attend une bonne demi-heure.

Personne ne vient.

Elle ne regardera pas. C'est un test. Forcément. L'horloge sur son mur lui indique qu'il lui reste une heure avant le petit-déjeuner. Elle peut attendre jusque-là. C'est facile.

La liasse, incroyablement blanche sur le parquet chaud, attire son regard.

Quelqu'un est entré dans sa chambre au milieu de la nuit et l'a glissée sous sa porte. Si ce n'est pas un test, il y a manifestement quelque chose qu'ils veulent qu'elle sache.

Non. C'est forcément ça.

Mais si ce n'était pas le cas ?

Red ne supporte pas d'être faible – la faiblesse coûte toujours trop cher – mais il n'y a sûrement aucun mal à ce qu'elle regarde, car elle ne se laissera pas influencer par l'objet du combat. Elle est trop forte pour ça. Trop déterminée. Elle a pris trop de risques pour tout foutre en l'air maintenant.

Avant qu'elle ne puisse changer d'avis, elle tend la main, saisit la liasse et commence à lire.

Le litige est décrit dans un langage formel à s'en faire des nœuds au cerveau, rappelant les métaphores poussiéreuses et alambiquées du code, et elle met un certain temps à s'y retrouver dans ce texte dense, mais lorsqu'elle y parvient, elle comprend enfin tout le poids des conseils de Frome.

Elle se bat pour le mauvais côté.

Le conflit oppose un propriétaire nommé Mackeler et l'un de ses locataires, Gedric. Mackeler possède l'immeuble où vit Gedric, et de plusieurs autres dispersés dans le bourg environnant. Mackeler est riche. Pas Gedric. Ce dernier ne peut pas s'acquitter de son loyer car il est trop malade pour travailler, et l'adjudicateur de Mackeler prétend qu'il vit sans payer depuis des mois, mais les preuves de celui de Gedric sont accablantes. Il a été confirmé que le bâtiment dans lequel il loge est infesté de pourriture noire. Les tentacules toxiques de l'infection traversent presque tous les murs intérieurs de l'ensemble des étages. Les poumons de Gedric sont contaminés. Il ne peut pas travailler pour payer son loyer à Mackeler car le logement de ce dernier l'a rendu trop malade pour cela.

Mackeler a refusé de traiter la pourriture noire du bâtiment. Celle-ci est trop répandue ; elle a été découverte trop tard. Il affirme également que Gedric a dû contracter la maladie dans un logement précédent, pas dans le sien. Il n'y a peut-être aucun moyen d'en être sûr, mais il préfère ruiner un homme malade et en difficulté plutôt que de l'aider.

Comme Gedric est trop pauvre pour s'offrir une écurie privée, le litige a été porté sur la place publique. Le rusé Mackeler a demandé expressément que Red le représente. Tel est son droit, et on peut imaginer que son influence lui a permis d'atteindre le sommet de la liste. Il serait raisonnable de supposer qu'il veut la chevalière nouvellement formée qui a presque vaincu le Fléau à cause du prestige que cela lui apportera, mais il y a malheureusement un autre élément à propos de cet homme qui suggère une raison supplémentaire : Mackeler est un enfant-divin déclaré.

Le propriétaire enfant-divin demande donc qu'une chevalière qui l'est aussi se batte pour lui. C'est un jeu risqué, auquel Red n'était pas censée savoir qu'elle jouait elle-même.

Cela n'a pas d'importance. Rien de tout cela ne compte, car tu vas y aller et tu vas gagner, comme tu es censée le faire.

N'est-ce pas, Red ?

*

Deux heures avant le début du combat, Red empaquette ses seules possessions dans un grand sac qui se trouve près de la porte de sa chambre.

La liasse de papiers relative au litige qu'elle n'est pas censée avoir est dissimulée au fond, sous ses quelques vêtements et son lourd exemplaire du code. Elle va devoir trouver un moyen de s'en débarrasser avant que le combat ne commence.

C'est un conflit de loyer. Ce n'est pas une question de vie ou de mort.

Pas pour Mackeler, non ; mais pour quelqu'un comme Gedric ?

Lorsque Red est amenée à l'entrée du monastère, elle se demande un instant si ce n'est pas Finnavair qui vient la chercher, mais c'est une étrangère en tenue de garde, une femme peu souriante aux boucles serrées de cheveux bruns et boueux, à la posture dure, qu'on lui présente sous le nom de Si Hathawy. Celle-ci adresse un signe de tête à Red, un *comment va,* puis se tait.

Le soir naissant strie le ciel tandis qu'elles se mettent en route. Deux autres chevaliers de la garde les accompagnent, un devant et un derrière. Le regard de Red s'arrête sur l'étui de pistolet bombé à la hanche de Si Hathawy. Les chevaliers de la garde sont les seules personnes autorisées à toucher une arme à feu. Ils existent principalement pour protéger les biens de valeur – qu'il s'agisse d'individus, d'objets ou de bâtiments – et pour réprimer les troubles de toute nature. Cela doit attirer un certain type de personnes.

Le monastère n'est qu'à quelques minutes de l'arène qui partage son nom et, dès qu'ils atteignent le large boulevard, tous savent exactement où ils vont et qui ils doivent être. Des échos de cris incohérents leur parviennent alors qu'ils se glissent parmi les piétons ; les gens dévisagent Red avec un mélange de curiosité et d'excitation, les yeux plissés par l'effort pour voir si c'est la jeune enfant-divine qui a presque terrassé le Fléau sous l'un de ces casques, ou son adversaire.

Le Corescent est l'une des plus grandes arènes de Rhyfenbourg, mais il ne fait que la moitié de la taille de Ker Magnus, cette célèbre bête trapue nichée au cœur de Londres où seuls les litiges les plus prestigieux sont portés, cette soupape de la ville par laquelle son sang semble se déverser. Malgré tout, le Corescent se dresse toujours au-dessus du champ de vision de Red à son approche, et son estomac est pris de frissons. La petite fosse miteuse où elle a été découverte aux abords de la ville semble appartenir à une autre vie.

Ils font le tour de l'édifice jusqu'à l'arrière, où seul un portail grillagé d'apparence usée sépare les zones réservées du public. Ils traversent sans descendre de leur véhicule – il n'est apparemment pas nécessaire de montrer son visage au garde à l'air ennuyé qui leur ouvre – et se retrouvent dans une brousse de béton qui fait office de place et mène à une porte inoffensive à moitié masquée par d'immenses poubelles sur les côtés. Des bouts de sicalo brûlé sont éparpillés et écrasés contre le sol. La façade de l'arène est toute polie, spectaculaire. Les coulisses sont fonctionnelles avant tout.

Les trois motos se garent près de la porte. Red étire les muscles contractés de ses bras. Elle avait espéré que le trajet la calmerait, que le vent violent dont elle rêvait apaiserait son corps agité, mais cela n'a rien à voir avec sa première balade nocturne avec Finnavair ; pas assez longue pour avoir une vraie sensation de course, trop de regards et de visages tournés vers eux comme des fleurs vers la lumière du soleil pour parvenir à cette sensation de vide de l'esprit, ce calme qu'elle recherche souvent maintenant.

Hathawy enlève son casque et pivote sur sa selle.

« T'es jamais montée sur une moto avant, hein, l'enfant-divine ? la nargue-t-elle.

— Une fois, répond Red.

— Mouais. Je l'ai vu à la façon dont tu t'es accrochée à mon cul quand on a pris ce virage. »

Des rires résonnent.

« C'est ton premier combat officiel, n'est-ce pas ? » lance un autre garde d'un ton amical. On le lui a brièvement présenté à l'extérieur du monastère comme étant Si Griffid. Il a un visage bosselé, éclipsé par des yeux verts perçants qui brillent telles des pierres précieuses. La question doit être rhétorique – ils savent exactement qui elle est, après tout – alors Red se tait.

« Un tel fardeau, commente le troisième, un homme âgé appelé Castur dont le trait le plus notable est une cicatrice épaisse et noueuse qui dépasse de son col et s'enroule autour de l'arrière de son oreille. Se pavaner dans une arène, à faire tournoyer vos épées scintillantes. Tu devrais essayer les Chiens de guerre une fois, ma fille. Mon frère s'y battait. C'est un vrai combat, je te le garantis. Pas d'armes, pas de règles, juste les poings et les pieds.

— Les Chiens de guerre n'existent plus, s'aventure Red.

— Plus depuis l'époque d'Uther », ajoute Griffid.

Castur lâche un ricanement. « Ce n'est pas parce que ça a été rendu illégal par cet idiot minaudant qu'on appelle un roi, que ça n'existe pas. La noble morale de la Caballaria te mènera pas loin dans un vrai duel. Nous sommes tous dans le même bateau au final, mon amie, alors mon conseil est le suivant : enfreins les règles et sois sans pitié, parce que c'est la seule façon de gagner.

— Allez, je vais te faire passer », dit Griffid en venant à sa rescousse.

Red prend soin de s'incliner avec une politesse scrupuleuse devant Hathawy et Castur.

« C'était une vraie leçon que d'avoir des chevaliers tels que vous comme première escorte », dit-elle de la voix la plus impassible dont elle est capable.

Elle a la satisfaction momentanée de voir le visage de Castur se plisser sous l'effort tandis qu'il essaie de comprendre si on se moque de lui ou non. Hathawy est plus perspicace – son expression reste glaciale.

« Ne l'écoute pas, lui conseille Griffid un moment plus tard, alors qu'ils traversent ensemble un couloir froid et étroit de l'autre côté de la porte. Il veut que tu foutes en l'air ta carrière avant même qu'elle ne commence.

— Un autre détracteur des enfants-divins, remarque Red. Comme c'est original. »

Griffid hausse les sourcils. « Pas du tout. C'est juste la rivalité ordinaire entre armes à feu et épées.

— Je ne suis pas sûre de comprendre.

— T'as jamais connu de chevaliers de la garde, hein ? » Griffid a l'air surpris. « Eh bien, disons que les épées – les chevaliers de la Caballaria, Si, comme toi – ont tendance à penser que les pistolets – les gardes comme nous – sont une bande de trolls sans charme assoiffés de sang et excités de la gâchette ; et nous avons l'habitude de considérer les épées comme des singes de spectacle snobs et lèche-bottes qui ne reconnaîtraient pas un vrai combat avant de se faire embrocher. » Les bandes lumineuses dures au-dessus de sa tête mettent en relief le visage de l'homme. « Dans une arène, personne ne veut ta mort. Dans les rues... Eh bien, parfois oui. Tu penses que les gens applaudissent et donnent des boissons gratuites aux pistolets ? C'est un moyen difficile de gagner sa combine, et ce sont les épées qui récoltent toute la renommée et la gloire. Nous y sommes. »

Griffid s'arrête devant une porte noire. Une fine bande de lumineux encastrée à hauteur d'œil annonce, en lettres blanches et froides :

PRIMUM ADVERSARIUM
LE SPECTRE ROUGE

Le garde se tourne vers Red. « C'est ta loge. Je vais assister à ton combat. » Il sourit. « Bonne chance. »

Il part en remontant le chemin qu'ils ont emprunté.

Le cœur battant, Red ouvre la porte.

À l'intérieur se trouve une petite loge bien éclairée. Le coin le plus éloigné est carrelé et le sol s'incline vers une grille d'évacuation, avec un pommeau de douche qui dépasse du mur et un écran fumé autoportant qui n'offre qu'une vague sorte d'intimité. Un grand miroir en pied domine la cloison opposée et un ensemble composé d'un divan, d'une table basse et d'une armoire complète le tout.

Perchée sur le canapé se trouve Stelia, la plus timide des deux poules de DeCyng. Cette dernière lève les yeux vers Red. Elle semble nerveuse.

Elles se fixent l'une l'autre.

Soudain, la femme lance : « Je suis là pour vous vêtir. »

L'absurdité totale de tout cela frappe durement Red, qui éclate de rire. Au bout d'un moment, Stelia en fait de même. Pliée et riant comme un enfant avec une fille qu'elle connaît à peine, mais quelqu'un d'au moins aussi amusé et dépassé qu'elle, Red sent quelque chose en elle s'effilocher juste assez pour lui permettre de dilater sa poitrine et de respirer.

Stelia prend sa main. Elle l'a déjà touchée auparavant – inconsciemment, comme un corps à positionner, sur lequel draper, tirer et pendre des tissus – mais cette fois-ci, la sensation est familière et d'une douceur inattendue.

« Prête à voir votre tenue ? » demande-t-elle.

Red s'est exercée toute la semaine dans un modèle décent de ses nouveaux vêtements de Caballaria, conçus pour ses entraînements ; rien n'est donc totalement surprenant, mais la version finale, dédiée au spectacle, du Spectre rouge est tout bonnement époustouflante. Noire et épurée, avec des nuances de sang séché, la tenue s'adapte parfaitement à elle, épousant les lignes de son corps sans compromettre son amplitude de mouvement.

La cerise sur le gâteau est un gantelet à griffes, le gant de combat unique qui sera l'arme particulière du Spectre rouge. Celui-ci a été créé spécifiquement pour compléter ce que l'équipe de DeCyng considère comme son coup de grâce. Il s'étend en une succession de plaquettes du coude au poignet, où il est connecté à la partie recouvrant la main par un treillis étroitement tissé de chaînes minuscules, une maille flexible qui permet une dextérité totale.

Le gantelet repose en une plaque solide sur le dessus de sa main, reliée en dessous par une sangle épaisse et plate de la même maille, dans laquelle sa paume s'insère comme dans un gant. Chaque articulation au-delà de la plaque est articulée jusqu'à la deuxième jointure des doigts. Au-delà, les lamelles s'étendent en griffes fines et menaçantes, s'inclinant vers le bas en une courbe douce. Leurs extrémités sont tranchantes comme des rasoirs, parfaites pour faire couler le sang.

L'ensemble est à la fois plus solide et plus léger que Red ne l'aurait cru possible, composé d'un mélange de métaux noirs et de ce qui est apparemment l'un des alliages les plus durables qui existent. Ces griffes ne se briseront pas. De fines bandes argentées font office de décoration, accentuant chaque ligne du gantelet, évoquant la structure squelettique du bras et de la main qui se trouve en dessous.

Une fois Red habillée, Stelia, avec une certaine cérémonie, la guide vers le miroir. Elle contemple cette version étrange et nouvelle d'elle-même, modelée selon les visions des autres du personnage qu'elle jouera dans l'arène. Cette Red est élégante, souple. Dangereuse. Ce n'est que maintenant qu'elle commence à apprécier pleinement le pouvoir de la vision d'une personne comme Lee DeCyng.

« Vous êtes magnifique », murmure Stelia.

Elle ne touche plus Red mais se tient plus loin, en retrait. Le Spectre rouge doit être admiré à distance, étudié et jugé comme une œuvre d'art. Elle n'est plus une personne.

Elle est une chevalière de la Caballaria.

Un coup retentit à la porte, puis une pause. Red se rend compte que le pouvoir d'accorder ou de refuser lui appartient désormais. Personne d'autre dans la pièce n'est responsable d'elle, à présent.

« Entrez », dit-elle, en espérant avoir l'air confiante et maîtresse d'elle-même.

Un groupe de blouses blanches passe la porte, se bousculant et se répandant dans le vestiaire. L'équipe de l'arène de Corescent est l'œil calme de la tempête, les veines qui font circuler le sang du combat. Ses membres sont imperturbables, ils *ont tout vu,* du moins c'est ce que Red a été amenée à croire. Ils se pressent autour d'elle comme des poules apercevant un coq, s'exclamant devant ses bottes, son masque, son gantelet à griffes. Aucun d'eux n'a probablement souvent l'occasion de voir une tenue de DeCyng de près. Stelia tourne à proximité, protectrice, tandis que leurs mains se tendent pour pointer du doigt et faire des gestes, mais sans la toucher, à l'instar de l'assistante.

Lorsqu'ils se sont rassasiés de leur premier regard exclusif sur cette chevalière nouvelle et célèbre, ils guident Red le long de la procédure, s'assurant qu'elle comprend bien le rôle qu'elle s'apprête à jouer. Elle hoche la tête à tous les moments opportuns, ou du moins elle le pense. Une brume confuse s'est abattue sur elle. Elle ne peut pas incarner ce qu'elle doit être là-bas, mais le Spectre rouge le peut.

Le moment arrive.

Ils conduisent Red hors des vestiaires, dans le couloir froid et balayé de courants d'air. Stelia reste derrière, avec la promesse de surveiller chaque mouvement depuis la fosse, des prières de victoire sur ses lèvres offertes avec ferveur à Rhyfen, le saint patron du combat.

Alors qu'ils se fraient un chemin à travers les entrailles de l'arène et s'approchent de l'entrée, Red pose à la cheffe d'équipe locale la question qui brûle depuis des jours dans son esprit, comme un secret qui l'emplit de culpabilité.

« Savez-vous qui est dans les tribunes aujourd'hui ? » demande-t-elle.

La cheffe, une sémillante vétérane du cirque de la Caballaria, comprend.

« Il y a beaucoup de gens de votre Donjon, dit-elle. Votre entraîneur, Si Frome, bien sûr. Vos camarades aspirants qui ont réussi avec vous. »

Red hésite. « Savez-vous si le Chevalier-Sorcier est là ? »

La cheffe a l'air déconcertée. « Oh non, Si. Non. Si c'était le cas… J'aurais été informée depuis des jours. Pour des raisons de sécurité, tout ça. Vous imaginez bien. »

Red ne le comprend que trop bien et une misère noire et féroce lui étreint le cœur.

Très vite, le grondement de la foule commence à filtrer à travers le plafond, enflant de façon impossible le long de l'entrée. C'est comme se trouver au cœur d'une forêt de sapins par un jour de tempête, complètement inondé du bruit qu'ils font en se balançant.

Lorsque la porte s'ouvre et que Red émerge dans la fosse, une peur solide et brute l'envahit. Ils lui ont expliqué, ils lui ont montré des milliers d'enregistrements de combats récents, ils ont fait tout ce qu'ils pouvaient ; mais rien ne pouvait préparer qui que ce soit à cela.

Pourtant, cette pensée qui tourne en boucle dans sa tête éclipse tout :

Il n'est pas là. Il n'est pas là, putain.

Tout ça pour rien.

Sous la prise métallique froide du gantelet sur sa main gauche, elle sent sa paume prise d'une démangeaison, comme un avertissement.

Clignant des yeux dans les lumières qui l'éblouissent et la troublent, le cœur gonflant dans sa poitrine et lui coupant la respiration, le corps engourdi, l'esprit vide, Red s'avance sur le sable de l'arène, accueillie par le rugissement de la foule.

21

Ker Leonis, Sombrecœur
Dix-huit ans auparavant

« Iel est ici, sire.

— Faites-læ entrer », répond Art sans lever les yeux.

Fortigo quitte la pièce dans un léger bruissement.

C'est le moment le plus calme avant l'aube. Pour ce rendez-vous, Art a choisi une salle dans les entrailles du palais – celle-là même, en fait, où il a eu sa toute première rencontre avec la personne qui l'attend.

La porte s'ouvre avec un cliquetis et Dario Go entre, vêtux[37] d'un costume blanc sévèrement coupé, qui tranche avec la peluche couleur forêt pâle de la pièce. Un long manteau indigo est soigneusement replié sur son bras. Iel s'incline profondément.

Art est adossé à sa chaise, un bras étendu sur la table devant lui. À côté de sa main repose une petite cloche en argent. Ses yeux se posent sur le visage de Dario, mais il ne læ salue pas.

« L'attention que me porte Mon Roi est flatteuse, dit Dario en rompant le silence. Je ne pense pas avoir déjà été escortæ[38] sans avertissement préalable par des pistolets royaux. Dois-je

37. « Vêtu, vêtue » en neutre.

38. « Escorté, escortée » en neutre.

comprendre que vous avez appris tout ce dont vous aviez besoin de la part de l'adorable Bélisan et que vous souhaitez maintenant goûter un plat au goût plus complexe ? »

L'adrénaline exacerbe peut-être ses sens, car sous le badinage désinvolte de Dario, Art jurerait déceler de la nervosité.

Il ne dit toujours rien.

Des artistes inférieurs pourraient être tentés de remuer, de chercher leurs mots. De demander pourquoi ils ont été convoqués au palais au milieu de leur journée de travail, sans préavis ni avertissement, par deux chevaliers de la garde aux discrets sceaux d'épée cousus sur leurs épaules et des pistolets pendus comme des fruits mortels à leurs hanches pour seuls signes d'allégeance, pour être emmenés discrètement mais avec insistance dans un SUV banalisé.

Dario ne bouge plus et sa bouche reste close. Iel se contente d'attendre debout, soutenant le regard d'Art.

« Vous le saviez ? lui demande Art.

— Quoi donc, sire ?

— Que Bélisan Meretrix d'Aroch de Iochibourg est une enfant-divine. Le saviez-vous ? Veuillez vous rappeler qu'il est considéré comme une trahison de mentir à votre roi. » Il met délibérément l'accent sur ces deux derniers mots.

Dario est absolument immobile. « Puis-je demander ce qui s'est passé ? »

Art hésite. Une partie de lui souhaite qu'il s'agisse d'une erreur. Il voudrait qu'iel lui dise qu'il a réagi de manière excessive. Alors il joue le jeu.

« Elle a fait un rêve, qu'elle a invité dans la pièce », dit-il simplement.

Cet inimitable goût salé et acide d'eau de mer. Ses draps de lit dégageant la puanteur d'un marché aux poissons en fin de la journée.

« Une somnen, explique doucement Dario. Ils sont rares. Personne n'en a vu depuis des décennies.

— Je comprends qu'ils sont rares, mais vous et moi savons combien d'enfants-divins non déclarés il existe potentiellement. Et je suis certain de ce que j'ai vu. » Art impose à ses doigts de rester ouverts. Il a vraiment envie de serrer le poing. « Ce qui me préoccupe est votre manque total de surprise face à cette révélation. Cela dit, quel genre de maîtræ du Carnaval seriez-vous si vous faisiez preuve d'un… tel… manque d'observation ?

— Læ plus piètre qui soit. Mon Roi, j'étais en partie au courant de la… situation de Bélisan. C'est-à-dire qu'elle a connu toute sa vie un problème de cauchemars, et nous avons pris des dispositions spéciales pour cela. Nous n'avions aucune raison de suspecter qu'il s'agissait d'autre chose. Aucune preuve n'atteste la présence d'enfants-divins dans sa famille. Mais même si c'était le cas… » Dario inspire calmement. « Pardonnez-moi, j'essaie de comprendre d'où vient votre colère. Cela vous dégoûte-t-il tant de découvrir que vous avez pris du plaisir avec une enfant-divine ? Je sais qu'elle n'est pas déclarée, et que c'est un crime, mais ce n'est pas un gros…

— Comment osez-vous ? interrompt Art d'une voix agréable, au point que Dario met un moment à comprendre ce qu'il vient de dire. Je sais qui est derrière tout ça, Dario. Je connais tout de votre lien avec Agravain Welyen. »

Dario affecte un regard de surprise. « Je suis désolé, sire, mais je ne comprends pas.

— Avant de rejoindre le *Carnaval nocturne*, n'aviez-vous pas été engagé à titre privé par la famille Welyen ? »

Une lueur de choc, puis de dégoût, traverse le visage de Dario.

« C'était il y a longtemps », affirme-t-iel. Il n'ajoute rien.

« Cela ne veut pas dire que vous ne travaillez plus pour eux, insiste Art.

— Effectivement, répond-iel, mais je peux vous assurer que ce n'est pas le cas.

— Montrez-le-moi. Donnez-m'en une preuve définitive. »

Dario ne répond rien.

Art laisse échapper un soupir de colère. « Je suis à deux doigts de vous faire arrêter. Vous devez savoir que l'honnêteté est une qualité que j'estime par-dessus tout. Dites-moi si cela faisait partie d'un plan plus vaste ; dites-moi pour qui vous travaillez, et je ferai preuve de davantage de bienveillance que je ne le devrais.

— Je sers le *Carnaval nocturne*, sire. Nous sommes ouverts à tous, et n'appartenons à personne.

— De bien jolis mots, se moque Art. Malheureusement, la réalité n'est pas souvent à la hauteur.

— Je ne vous ai pas joué de tour malfaisant. » Les yeux de Dario sont froids comme ceux d'un chat. « Je n'ai aucune raison de menacer votre contrôle sur l'Épée. Enquêtez sur moi. Lancez une investigation et vous…

— Dario. » Il læ voit sursauter devant cette familiarité. « Je suis déjà en train. Il y a des gens chez vous en ce moment même. »

Dario le regarde très, très longtemps. Son visage délicatement sculpté est un masque.

Le roi le voit si clairement à présent : iel est tout autant humainx[39] que les autres, aussi fragile et complexe. Chacun apprend à jouer un rôle qui sert d'attaque et de défense. Tous s'efforcent de survivre.

Dario incline la tête. « Je suppose que je vais rester ici indéfiniment à votre convenance.

— L'Entrave de Ker Leonis possède des chambres qui sont presque aussi luxueuses que ma propre suite, répond Art. Pour une prison, elle est confortable.

— J'ai une petite requête.

— Vous pouvez prendre toutes les dispositions nécessaires pour assurer la bonne gestion du *Carnaval nocturne* pendant votre absence. » Art marque une pause. « Et l'enquête sera

39. « Humain, humaine » en neutre.

extrêmement discrète ; mais pas dans votre intérêt, bien sûr. Néanmoins, peut-être pourrez-vous y trouver du réconfort, si les choses se terminaient en votre faveur. »

Dario incline la tête. « Je vous remercie. Mais ce n'était pas ce que j'allais demander.

— Quoi donc, alors ?

— J'aimerais être celui qui informera la famille de Bélisan. Je ne veux pas qu'ils apprennent que leur fille est morte d'un fonctionnaire anonyme de Ker Leonis. »

Art, sous le choc, parvient à se ressaisir. « Vous pensez que je l'ai tuée », déclare-t-il.

Dario semble percevoir sa tonalité. « Un accident... dans le feu de l'action.

— Bélisan s'est échappée, annonce-t-il, d'une voix aussi neutre que possible. Elle est partie. »

Il regarde Dario intégrer l'information. Ce n'est peut-être que de la comédie, mais iel semble surprix[40]. Si jamais iel la cache, son visage n'en laisse rien transparaître.

Le roi se sent soudain très, très fatigué. Confus, éreinté et à bout de forces. Il y a trop de jeux, de joueurs, de problèmes. Il a juste besoin que ça se termine.

« Il existe un autre moyen pour vous d'éviter l'Entrave, propose-t-il à Dario. Voulez-vous l'entendre ? »

Dario lui adresse un hochement de tête méfiant.

*

Une fois Dario partix[41], Art se penche sur sa chaise et se frotte le visage des mains.

« Je sais ce que tu vas dire, lance-t-il à l'espace vide devant lui. Sois gentille avec moi, j'ai eu une putain de sale nuit. »

40. « Surpris, surprise » en neutre.

41. « Parti, partie » en neutre.

Lillath apparaît de sa cachette derrière un haut paravent, et s'avance doucement. Avant qu'il ne comprenne tout à fait ce qu'elle fait, il sent ses bras autour de lui et son ventre à l'arrière de sa tête.

« Je me fiche d'avoir raison, murmure-t-elle au-dessus de lui en caressant ses cheveux. Je veux juste que tu ailles bien. »

Il se presse contre elle et sent ses épaules s'affaisser.

« Que penses-tu de Dario ? interroge-t-il. Fera-t-iel ce que j'ai demandé ? »

Il la sent hausser les épaules contre son dos. « Si iel refuse, ce sera la prison.

— Nous avons besoin de preuves de sa collusion avec Agravain.

— S'il y a quelque chose, nous le trouverons, répond-elle. Dans tous les cas, tu ne peux pas te permettre d'attendre pour contre-attaquer. »

Art veut demander à Lillath comment elle a appris que Dario était lié aux Welyen, mais il sait déjà ce qu'elle va dire. Qu'il existe et a existé de tout temps un marché aux ragots prospère au sein de l'élite, et qu'il est peu de trésors que les puissants apprécient davantage que de découvrir les secrets de leurs rivaux. Pourtant, Lillath a toujours eu un don particulier pour les débusquer. Les DeHavilland sont l'une des familles possédant le plus d'entregent à Londres, sans parler de leur propre quartier, et on n'obtient pas ce genre de pouvoir sans faire preuve d'une intelligence et d'une discrétion extrêmes.

Art n'a pas encore désigné son maître-espion, ou son Araignée, comme on l'appelle plus communément. Il y a eu beaucoup de spéculations sur les candidats potentiels. Ce titre est officieux et la personne qui l'occupe le fait sans aucune annonce officielle.

Lillath possède toutes les qualités nécessaires pour ce poste. Il se demande si elle acceptera.

« Tu vas envoyer les Pistolets de Dieu à sa poursuite ? s'enquiert-elle.

— Non, souffle Art.

— Je sais que ce n'est pas le plus agréable à faire…

— Exactement, rétorque-t-il, et j'ai fait assez de choses peu sympathiques pour cette nuit. »

Les Pistolets de Dieu n'existent pas officiellement. Institution ancienne et secrète, créée après la chute du régime de Lysandre, ils sont employés dans un seul but : traquer les enfants-divins non déclarés et les livrer à la justice. Dans ce cas-ci, ils constitueraient un ultime recours, car dans la partie la plus sombre et la plus intime de son esprit, Art peut admettre qu'il ne veut pas que Bélisan soit attrapée.

« Elle a essayé de te tuer, insiste Lillath, ce qui serait déjà une raison suffisante, mais tu es aussi, comme tu le sais, le roi. »

Il perçoit le reproche dans sa voix. Il se demande à quel point elle lui ferait des remontrances si elle savait qu'il l'a laissée partir intentionnellement.

« Je ne suis pas sûr qu'elle ait voulu le faire, Lil.

— Est-ce que ça vaut la peine de prendre un tel risque ? » demande-t-elle.

Il laisse échapper un profond soupir. « Je veux juste l'oublier. »

Lillath le serre contre elle.

Même si Bélisan n'est coupable que d'être une enfant-divine et de l'avoir dissimulé, tout est fini entre eux. Un jour, Art se laissera aller à ressentir la douleur de sa perte, mais pour l'instant, il a trop à faire. Elle est partie de sa vie aussi soudainement qu'elle y était apparue, et il suppose qu'elle n'y reviendra jamais.

Il a tort.

22

Arène de Corescent, Rhyfenbourg
Cinq mois auparavant

« Tu as perdu le combat exprès. »

La voix de Frome semble neutre et calme, mais pas assez pour cacher sa colère.

Jusqu'à présent, Red était assise sur le divan de sa loge, sentant la sueur sécher sur sa peau tout en ignorant le tourbillon d'agitation consécutif au match alentour, perdue comme elle l'est dans la contemplation de sa propre détresse d'une intensité déconcertante – que doit-elle faire pour que Wyll la remarque, commencer à se balancer sur cette foutue lune ? –, mais le ton de staccato de Frome interrompt le flux de pensées qui agite son esprit.

« Je ne comprends pas ce que vous voulez dire », commente-t-elle d'une voix sombre.

Frome croise les bras. « Oh, permets-moi d'être clair, dans ce cas. Tu as perdu délibérément, Red. À un moment, tu as décidé que *tu* devais être l'arbitre de ce conflit, parce qu'apparemment tu as en tête l'idée ridicule d'être en mesure de le faire. Tu as laissé tomber ce putain de combat, par le Christ. »

La tête de Red prend le contrôle de sa bouche.

« Vous êtes chrétien ? dit-elle avec surprise. Vous ne me l'aviez jamais dit. » Elle marque une pause. « Je n'en ai pas rencontré beaucoup. On ne voit plus vraiment leurs églises dans le Nord. »

Le sourire de Frome est très, très léger. « Tu t'en fous, hein ? »

Elle se ressaisit. « Je n'ai pas fait exprès de perdre le combat.

— Red, espèce d'imbécile. Tu es douée pour cacher certaines choses, comme ta peur, mais il y en a d'autres qui se lisent aussi clairement en toi qu'un lumineux, comme lorsque tu fais semblant. Tu penses qu'après des mois à t'entraîner, à t'*étudier*, à être à tes côtés au quotidien, je serais incapable de le voir ? Ne me mens pas. Fais-moi cet honneur, au moins. »

Elle doit cela à Frome, et bien plus encore. En tant que chevalière, l'honneur est devenu l'un des manteaux qu'elle doit porter. Elle réfléchit rapidement, l'esprit en ébullition.

« La bonne personne a gagné », déclare-t-elle.

Frome éclate de rire. « Ce n'est pas à toi d'en décider. N'as-tu donc rien appris au cours des six derniers mois ?

— Le propriétaire pour lequel je me battais est un enfant-divin. Quelle impression cela aurait-il fait s'il avait gagné grâce à une combattante dotée de magie elle aussi ? Les chevaliers ne sont pas censés être des pions politiques.

— Ne sois pas ridicule, bien sûr que si. C'est la raison pour laquelle on vous garde dans l'ignorance. » Frome se passe les mains dans les cheveux avec force. « Doux Jésus, Red. N'as-tu pas pensé un seul instant que si vous aviez gagné, cela aurait signifié que les saints avaient favorisé un combattant et un requérant enfant-divin ? Que cela aurait pu conduire à plus de légitimité pour les enfants-divins ? N'est-ce pas une cause qui vaut la peine de se battre ? »

Red reste silencieuse.

« Les combats sont toujours plus compliqués qu'on ne le pense, poursuit Frome. Il y a *toujours* plus de couches à considérer, davantage que ce qu'une seule personne ne pourra jamais savoir. Il n'y a rien qui soit tout noir ou blanc. C'est pourquoi, en tant que combattante, il faut faire simple : rien d'autre ne compte que la victoire ou la défaite. Tu es un outil. Tu es et tu seras toujours l'instrument de quelqu'un d'autre. C'est la vie. C'est ce que nous avons essayé de t'apprendre. Ta survie dépend de ta compréhension de cela, sinon tu vas te noyer. Et s'ils découvrent que tu as volontairement perdu ton tout premier combat…

— Est-ce qu'ils le *savent* ? demande Red, en essayant en vain d'avoir l'air impassible.

— Les adjudicateurs ? » soupire Frome, et ses épaules s'affaissent très légèrement. « Tes amis l'ont su tout de suite. Les autres… c'est difficile à dire. En cas de soupçons, les critères pour le déterminer dépendent du combat, des combattants, des circonstances. C'est davantage de l'art que de la science. » Il fait une pause. « Et en tant que ton formateur le plus proche, je serai appelé à donner mon avis. » Il pousse un soupir. « Les choses étaient plus simples avant. Il suffisait de payer tous les adjudicateurs et le tour était joué. La corruption de masse avait du bon, à l'époque. » Il jette un coup d'œil à Red. « Je plaisante, bien sûr. »

Red est trop occupée à lutter contre la nausée pour écouter. L'idée de demander à Frome de mentir pour elle lui vient comme un tiraillement désagréable. Chaque étape de son cheminement semble si précaire, si fragile. Un petit choix dicté par l'émotion a mis en péril des années de planification. Elle voudrait être un mur de glace implacable, avançant sur ses ennemis si lentement qu'ils ne pourront jamais se rendre compte du danger avant de se faire écraser. Au lieu de cela, elle est un feu stupide et vacillant, qui ne brûle personne d'autre qu'elle-même.

« Pourquoi, Red ? demande Frome. Je sais à quel point tu en as envie. Tu as la Caballaria dans le sang. Pourquoi tout risquer pour ton tout premier combat ? »

Red pense au document poussé sous sa porte. Une consternation béante menace de la submerger.

« C'était une épreuve, dit-elle. Et j'ai échoué.

— Qu'est-ce que tu veux dire ? »

Red révèle à Frome l'existence du dossier, et voit son visage changer.

« Quelqu'un a essayé de truquer le combat, dit-il, et sa colère s'éloigne de Red. Un comploteur dépourvu de couilles. Le document était conçu de sorte à te faire prendre parti pour le locataire, j'imagine ? Qu'est-ce qui était écrit ?

— Il donnait l'impression que le propriétaire était en tort. »

Frome secoue rapidement la tête, écoutant à peine. « Oui, oui. Ils t'ont donné la version qui permettait de t'influencer, tout le langage du “pauvre locataire victime”. Je te parie un mois de combine que c'est son adjudicateur qui l'a écrit et l'a fait glisser sous ta porte, ou l'un de ses laquais. Ils ont pris un gros risque, cela dit. Il aurait fallu qu'ils voient en toi une personne capable d'abandonner, ce que même moi je ne soupçonnais pas. Tout le monde te considère comme une guerrière prête à se battre bec et ongles pour l'emporter. Très déterminée, je veux dire. » Il jette un œil à Red. « On a un faible pour les opprimés, hein ? »

La jeune femme y voit davantage le minimum de la décence, ce dont, franchement, elle a bien plus honte. Il n'y a jamais eu de place pour ce sentiment dans son plan.

« Cela pourrait invalider le combat, dit Frome tandis que son visage s'éclaire. Sans parler de la merde que ça va provoquer au monastère, parce qu'il est impossible qu'ils aient pu te donner ce dossier sans l'aide d'un moine. Tu l'as toujours ? »

Red fait un signe de tête muet. Dans la frénésie précédant le combat et avec la présence constante de Stelia à ses côtés, elle n'a pas eu l'occasion de s'en débarrasser.

Frome se penche en arrière. « Alors tu as encore une chance de t'en sortir indemne. »

*

Frome a tort.

Quelqu'un, que ce soit à cause des yeux de faucon de l'équipe de l'arène ou de l'agenda des adjudicateurs, soupçonne Red, ce qui suffit à faire basculer toute la situation dans le chaos. Moins de trois heures après la fin du combat, Red se retrouve dans une petite pièce sans air avec deux des arbitres de l'arène. Frome est à ses côtés en tant que représentant officiel du centre public de Rhyfenbourg.

L'issue du combat n'est pas encore enregistrée officiellement, tout comme la marque de la toute première défaite de Red sur son propre dossier de la Caballaria. Tout est suspendu dans les limbes tandis qu'ils se fraient un lent chemin au milieu du désordre. Le propriétaire que Red a baisé en perdant est, à juste titre, un peu contrarié.

« Il veut *quoi* ? tonne Frome.

— Ouvrir un litige contre vous, répond le premier arbitre. Il en a le droit, s'il existe un doute concernant l'issue du combat et qu'un de vos chevaliers en est la cause.

— Et le dossier qu'on a glissé à ma chevalière ?

— C'est un facteur à prendre en compte, répond le premier arbitre avec prudence. Très certainement. Mais…

— Mais rien, gronde Frome. C'est la cause de tout ce bordel. Quelqu'un, très probablement dans l'équipe du locataire, a transmis à notre combattant les détails du litige. C'est eux qui en sont la cause, pas nous.

— Certainement, certainement, répond le premier arbitre. Et quelle est la procédure à suivre lorsqu'un chevalier est confronté à des informations préalables à un duel ? »

Frome hésite.

« Soit celui-ci fait tout ce qu'il peut pour ne rien en savoir, soit, s'il est trop tard pour cela, il se retire du combat et un autre chevalier se substitue à lui. Je ne suis pas au courant d'une pénurie de combattants empêchant l'écurie publique de Rhyfenbourg d'en fournir un autre au dernier moment, et vous ? »

Frome ne dit rien.

L'arbitre joint le bout de ses doigts. « Si Red avait le choix. De son propre aveu, elle n'a pas été forcée de lire le document. Elle a choisi de le faire. Tout aurait pu se terminer ici, au monastère, si elle avait simplement évité de le consulter.

— Vous savez que nous allons contester cette décision, dit Frome, la mâchoire serrée.

— Oui. Mais je dois vous conseiller, en tant qu'institution publique en litige avec un citoyen privé, et dans des circonstances telles que celles-ci... qu'il serait beaucoup plus facile, plus rapide et moins coûteux – l'accent fut délicatement mis sur ces deux derniers mots –, que vous dépouilliez simplement votre chevalière de son rang, comme la demande en a été faite.

— Elle ne travaillera plus jamais pour la Caballaria, et vous le savez. Pour une seule erreur, au début de sa carrière. »

Le silence plane dans la pièce, raide et inébranlable comme l'acier. Red sait ce que signifie ce silence. Dans un tel cas, une simple erreur suffit. Elle a suscité la colère de quelqu'un qu'ils ne peuvent pas se mettre à dos. Il ne s'agit pas d'équité ou de justice. Ça n'a jamais été le cas. Il s'agit de pouvoir. Un propriétaire appelé Mackeler en a plus que Frome, plus que les adjudicateurs de l'arène, et plus que le centre public de Rhyfenbourg.

Le pouvoir gagne toujours.

Une agitation se fait entendre derrière la porte, un cliquetis, puis elle s'ouvre. « Ici, Si, mais... » fait une voix désespérée à travers l'espace qui s'élargit.

« Merci. »

En face d'elle, Red voit les yeux des deux arbitres s'écarquiller devant le nouveau venu dans son dos. Un poids, une force gravitationnelle nouvelle qui aspire tout ce qui se trouve dans la pièce dans sa direction.

« Si-Si-Si Wyll, quel plaisir tout à fait inattendu », bégaie le premier. Le second, qui ne s'était pas distingué comme bavard, est devenu muet.

Red se retourne sur sa chaise.

Dans l'embrasure de la porte se trouve son bienfaiteur. L'homme dont elle a rêvé d'être proche, d'entendre un seul mot, pendant des mois. Le Chevalier-Sorcier est trop grand pour être contenu par des murs aussi fades et réguliers. Il est vêtu de cuirs quelconques, les nuances de réglisse le désignant comme un chevalier de Sombrecœur, rien de plus. Une fois son casque retiré, cependant, on ne peut ignorer ces fameux traits de faucon, ces yeux liquides cerclés d'or si caractéristiques.

« Pardonnez mon interruption », s'excuse-t-il.

Sa voix est plus douce que dans le souvenir de Red. Peut-être est-ce son rythme quand elle n'est pas hurlée dans une arène.

« Non, non, non », continue de bégayer l'arbitre, puis, ayant épuisé ce mot, se tait, n'ayant rien d'autre à ajouter.

« Je crois comprendre qu'il y a un problème avec le résultat du combat de mon investissement aujourd'hui. »

Il s'agit d'un rappel simple, et qui produit beaucoup d'effet. Soudain, la situation est bien plus grave : elle concerne la protégée de l'un des personnages les plus influents et les plus puissants de la Caballaria.

« Pas un problème, dit le premier arbitre, qui a retrouvé sa voix. Ce n'est pas tant cela que…

— On est en train de se faire baiser », coupe Frome sèchement. Il s'est retourné sur sa chaise pour faire face au Chevalier-Sorcier.

« Par le propriétaire-requérant, je suppose.

— Votre supposition est bonne. Il veut retirer à ma chevalière son rang et la faire virer définitivement de la Caballaria. »

Ma chevalière. Pas *votre* investissement. Red commence à se sentir comme un jouet à propos duquel on se chamaillerait.

« Une contre-mesure exagérée, répond le Chevalier-Sorcier. Il sait que ça ne passera pas, pas avec un nouveau visage aussi célèbre. Il souhaite juste attirer l'attention.

— Tout à fait, dit Frome d'un ton acide. Et je préférerais ne pas lui en accorder, mais en tant que fonctionnaire, je n'ai pas vraiment les moyens de l'arrêter, n'est-ce pas ?

— Non, effectivement, acquiesce le Chevalier-Sorcier, qui n'a pas compris la critique implicite contenue dans cette phrase ou a choisi de l'ignorer. Alors baisons-le à son tour avant d'en arriver là, d'accord ? Nous retirons Si Red de l'arène publique de Rhyfenbourg et la faisons démarrer dans une écurie privée de Sombrecœur. Plus de combats, pas avant que ses nouveaux entraîneurs la jugent prête. Ça pourrait prendre des années. Des mois. C'est à elle de décider, n'est-ce pas ? »

Les yeux de Frome glissent vers elle. La jeune femme reste immobile sur sa chaise, s'efforçant de ne pas parler, de ne pas bouger, de ne rien dire de susceptible de tout faire rater.

« Une écurie privée de Sombrecœur, répète Frome lentement. Vous voulez dire la vôtre ? L'Écurie royale !

— Bien sûr que non, répond le Chevalier-Sorcier. Une de moindre envergure, qui ne soit pas affiliée au palais. »

Pendant une seconde d'incrédulité, Red regarde ce qu'elle souhaite de plus cher se balancer devant elle, pour se le faire arracher l'instant d'après. Elle parvient à se consoler en se disant que n'importe quelle écurie de Sombrecœur la rapproche de son objectif.

« Vous lui offrez une promotion, remarque Frome.

— Rien de tel, elle est rétrogradée, au contraire.

— Vous savez bien que les écuries privées de Sombrecœur sont considérées comme la crème de la crème. Quel genre de punition est-ce là ? Quel *message* est-ce là ? »

Le Chevalier-Sorcier le regarde patiemment. « Elle reprend l'entraînement. Elle sera de nouveau à l'essai, ce qui l'attendrait de toute façon, pour une écurie de Sombrecœur. Un tel transfert est extrêmement honteux et vous le savez. Elle passe du statut de chevalière à part entière à celui d'aspirante en formation. Vous étiez trop pressé d'utiliser sa célébrité rutilante et vous l'avez poussée dehors trop vite. C'est vous qui en êtes responsable. »

Frome lui lance un regard de pur mépris. « Nous n'avons pas le luxe de dorloter nos aspirants sur le circuit public, rétorque-t-il. Nous avons besoin de corps.

— Vous en avez en quantité. C'était une opération publicitaire. »

Frome rougit et ne dit plus rien.

Pour la première fois depuis son arrivée, le Chevalier-Sorcier tourne son regard vers Red.

« Alors ? demande-t-il. Acceptes-tu cette punition, ou préférerais-tu te battre pour ton honneur ? »

Dans ce cas-ci, l'honneur signifie bousiller non seulement l'arène publique de Rhyfenbourg et épuiser ses ressources, mais aussi Frome et Si Timor, et potentiellement mettre en péril une dizaine d'autres combats en attente parce qu'ils ne peuvent plus fournir les chevaliers nécessaires pour les mener à bien.

L'honneur peut aller se faire foutre.

« J'accepte la punition, Si », décide Red.

Elle sait que sa voix n'est pas assez docile.

Le Chevalier-Sorcier acquiesce. « Alors je vais avoir une courte conversation avec toi dehors avant de te remettre aux soins de Si Frome. »

Pendant tout ce temps, aucun des arbitres n'a dit un mot. C'est comme si leur rôle dans tout cela avait cessé d'être au moment où il était entré dans la pièce.

Red est conduite à l'extérieur et dans le couloir, son regard fixé sur le dos recouvert de cuir devant elle. Ils s'arrêtent dans une petite alcôve près d'une porte quelconque. Ils sont loin dans les entrailles de l'arène, dans le domaine des adjudicateurs. La plupart des membres de l'équipe de celle-ci sont en haut, occupés par le prochain combat. L'endroit est calme, il n'y a personne d'autre.

C'est la première fois qu'elle est seule avec lui.

Il appuie son épaule contre le mur et croise les bras. « Il s'avère que tu aimes vraiment prendre des risques », commence-t-il.

Red garde le silence, hésitante.

« Je peux voir pourquoi. On dirait que tu t'en sors toujours. »

Cette remarque pique un peu trop.

« Je ne m'attendais pas à ce que vous arriviez à cheval pour me sauver, répond Red, si c'est ce que vous voulez dire.

— Comment aurais-je pu ne pas le faire, puisque je t'ai piégée en premier lieu ? »

Cela prend un moment, mais quand elle comprend enfin, elle a l'impression de chuter dans le vide. Red scrute le visage impassible. « C'est *vous* qui m'avez remis ce dossier de litige.

— Plus vive de corps que d'esprit, à ce que je vois, murmure le Chevalier-Sorcier.

— Pourquoi ? Vous auriez pu… J'aurais pu… C'était un test. *Pourquoi* ?

— Par curiosité. »

Rendue muette par un soudain accès de fureur impuissante, Red ne peut que le fixer du regard.

« Je voulais voir quel chemin tu prendrais, continue le Chevalier-Sorcier. De quel côté tu te rangerais, et si tu aurais le courage d'aller jusqu'au bout de ton choix. Je voulais voir quel genre de personne tu es.

— Il y a des moyens plus faciles d'apprendre à connaître les gens. Comme, je ne sais pas, disons, *parler*. »

Le Chevalier-Sorcier penche légèrement la tête, comme pour indiquer qu'une telle idée est bien étrange.

« La parole est une seconde nature chez l'humain, explique-t-il. Nous sommes doués pour ça. Pour dire une chose, mais qui en signifie une autre. Les mots dissimulent, mais pas les actions, surtout sous la contrainte. Place une personne dans une situation où elle doit prendre des décisions difficiles et ses actes seront plus éloquents que ses déclarations. C'est un bon moyen de mettre l'autre à l'épreuve.

— Et j'ai réussi ? crache Red.

— Si ce n'était pas le cas, crois-tu que nous serions ensemble ici en ce moment ? »

Le mot *ensemble* fait son chemin dans l'estomac de Red, laissant un nœud dur dans son sillage.

« Vous souhaitiez que je perde volontairement le combat, réalise-t-elle.

— Je voulais que tu prennes parti pour la personne défavorisée.

— Je suis allée contre les intérêts de… l'enfant-divin.

— Tu crois que nous sommes censés ressentir une parenté avec chaque enfant-divin qui existe, comme si un lien automatique se forgeait entre nous au moment de notre naissance ? » Le Chevalier-Sorcier ricane. « Mackeler est un vautour. Il se trouve que c'est aussi un enfant-divin. Et alors ?

— J'ai enfreint la loi de la Caballaria. J'ai fait la pire chose possible. »

Au grand étonnement de Red, le Chevalier-Sorcier se met à rire.

« La loi de la Caballaria, répète-t-il avec mépris. *La pire chose possible*. Pourquoi ne dote-t-on jamais les nouveaux chevaliers de la sale vérité en plus de leurs armes brillantes ? La Caballaria est un cirque d'hypocrites, de manœuvres politiques et d'hommes avides de pouvoir. Des combats sont truqués tout le temps. Les litiges sont tranchés avant même d'arriver dans l'arène. Ce n'est pas parce que les sanctions pour avoir été découvert sont beaucoup plus sévères aujourd'hui que les gens ont cessé de tricher. » Il marque une pause. « Les circuits publics ont été créés pour lutter contre la corruption et promouvoir l'égalité. C'est censé être un endroit où ceux qui n'ont pas de pouvoir peuvent se faire entendre aussi clairement que ceux qui en ont trop. » Son ton devient plus sec. « C'était une bonne idée, mais tu as peut-être remarqué que nous n'en sommes pas encore là.

— Et l'honneur ? hasarde Red.

— Les gens comme Frome veulent encore croire en un monde où ils pourraient non seulement exister mais également guider les cœurs, mais je vais te dire ceci : tout au long de l'histoire de l'humanité, toutes les fois où des progrès ont été réalisés, ils ne l'ont été que parce que ceux qui se sont battus pour ont fait des choix tout aussi froids et sournois que ceux du camp d'en face. » Le Chevalier-Sorcier lance à Red un sourire pâle. « L'équité ne s'obtient jamais en jouant franc-jeu.

— Mackeler va quand même ouvrir un litige contre l'écurie publique de Rhyfenbourg, rappelle Red. Il se vengera.

— Non, il ne le fera pas. Tu crois que Sombrecœur le permettra ? Le circuit public était une création de Si Garad Gaheris et du roi lui-même, et ils ont rendu beaucoup de gens très malheureux ce faisant. Ils ont dû se battre durement pour le mettre en place, et ce pendant de nombreuses années. Aucun d'eux n'est prêt à laisser un petit *propriétaire terrien* tout gâcher. »

Propriétaire terrien semble revêtir le même sens que *cafard* aux yeux du Chevalier-Sorcier.

« Donc, poursuit-il, tu vas accepter ta punition et t'entraîner dur dans ta nouvelle écurie. Ensuite, nous verrons où te placer.

— Vous allez me former ? demande Red.

— Moi ? Non.

— Pourquoi pas ? »

Le Chevalier-Sorcier la regarde fixement, apparemment abasourdi par cette suggestion.

Il ne sert à rien de se retenir. C'est la seule carte qu'elle a, et il n'y aura jamais de meilleur moment pour la jouer. Red prend une inspiration et se lance.

« Si, il y a quelque chose que vous devez savoir », dit-elle.

Il attend.

« J'ai abandonné le combat à cause de Mackeler, mais il y avait aussi une autre raison. »

Il attend encore.

« Je… J'ai failli perdre le contrôle, explique-elle. Dans l'arène. »

De ma magie, veut-elle ajouter, mais elle n'en a pas besoin. Il comprend tout de suite.

« Qu'est-ce qui a joué le rôle de déclencheur ? » demande-t-il.

Red hésite. « Je n'en suis pas sûre.

— Il y a dû avoir un stimulus émotionnel qui a réveillé ta magie. Tu devrais le savoir. Qu'est-ce que c'était ? »

Quand j'ai réalisé que vous n'étiez pas là et que tous mes plans étaient tombés à l'eau.

« Je ne pouvais pas affronter le fait de gagner pour lui, avec tout le monde qui me regardait, dit Red. Et mes paumes ont commencé à me démanger et à devenir chaudes. Il m'a fallu tout ce que j'avais pour la retenir. J'avais peur que le moniteur du bracelet n'explose, alors j'ai perdu le combat trop tôt. Elle ne posait pas de problème à l'entraînement… la magie. Elle n'est jamais sortie. Mais dans l'arène… » Elle n'a pas besoin de simuler la honte sur son visage. « Je n'ai pas de parents. Je n'ai jamais connu d'autres enfants-divins. Il n'y a jamais eu personne qui puisse me l'expliquer. Apprenez-moi à la contrôler. »

Elle déteste le désespoir audible dans sa voix, mais il n'y a pas d'autre moyen. Le manque de contrôle sur sa magie n'est pas un mensonge – entre les cauchemars et cet escroc de devin, il y a eu assez d'accidents récents – mais c'est un prétexte. Elle doit se rapprocher du Chevalier-Sorcier par tous les moyens. Elle doit être seule avec lui.

« Je peux te trouver quelqu'un qui t'apprendra à le faire », dit-il.

Red rassemble son courage. « Je veux que ce soit vous. »

Elle attend le pourquoi, rassemblant les raisons qu'il pourrait invoquer, de sorte que ce qu'il dit ensuite lui coupe l'herbe sous le pied.

« D'accord. Mais je suis en tournée pour quelques semaines. Il faudra que tu attendes mon retour. » Chez quelqu'un d'autre, quelqu'un de moins puissant, son hésitation pourrait presque évoquer de la timidité. « Ça te va ? »

Red tente de cacher son triomphe autant que sa stupéfaction. « Oui. Oui, bien sûr. »

Le Chevalier-Sorcier la regarde encore un moment. Puis il acquiesce, s'écarte du mur et se retourne vers la pièce où Frome, vraisemblablement très irrité, continue de les attendre tous deux.

Red le suit, hébétée. Il y a un instant, sa vie entière était entre les mains d'un propriétaire qui, comparé à ce chevalier, est à peine un moucheron dans la toile tentaculaire du pouvoir.

Elle avait peur d'un rocher. Elle se trouve maintenant dans l'ombre d'une chaîne de montagnes, et il commence à faire sacrément sombre.

23

Brunvolage, Alaunibourg
Dix-huit ans auparavant

Il n'est pas censé être ici ce soir.

Les gardes de la maison le lui font comprendre… Au début. Lorsqu'ils réalisent l'identité de leur visiteur, ils reculent, la stupeur visible sur leurs visages. La porte d'entrée de Brunvolage, le domaine privé du seigneur d'Alaunibourg, ne figure pas sur la liste mentale des « endroits où le roi de Londres pourrait raisonnablement se trouver en ce moment ».

« Sire, s'agite le valet de pied en chef, un grand gaillard au nez fier en bec d'aigle. Mon Roi. C'est inattendu. Quel plaisir ! »

Il s'incline profondément. Art, dix mois après le début de son règne, apprend encore à cacher son embarras devant ces marques de déférence automatique. Il répond par un signe de tête.

« Je m'excuse d'arriver ainsi, déclare-t-il. C'était une décision de dernière minute. Des affaires urgentes. Un jour, nous disposerons d'une sorte de technologie de communication par lumineux qui fera de cette nécessité de se déplacer en personne une relique du passé, nan ?

— Nan, répète le valet, avant d'ajouter : Je veux dire, oui, sire. Oui, Mon Roi. Je veux dire, vous êtes au bon endroit si c'est ce dont vous souhaitez discuter, étant donné que nous sommes au cœur de la ville technologique. Enfin, c'est que, Alaunibourg y pourvoira.

— Le seigneur Welyen est-il disponible ? insiste doucement Art.

— Monseigneur est avec un autre invité, répond le valet de pied. Mais je vais de ce pas envoyer un mot pour dire que vous êtes ici. »

Art et deux de ses gardes personnels sont introduits à l'intérieur tandis que le reste de sa suite attend dans le champ de vision de la maison, à califourchon sur ses motos, silencieux et vigilant. Ses gardes sont temporairement dépossédés de leurs armes, comme le veut la loi sur les résidences privées.

Le valet de pied en chef a disparu dans les profondeurs calmes et élevées de la maison. Le roi est conduit dans une salle de réception de bon goût garnie d'une variété superbe de rafraîchissements, dont il n'en touche aucun. Ses gardes se tiennent derrière lui, adossés aux murs et surveillant les portes.

Peu de temps après, un autre domestique apparaît et lui fait signe de monter à l'étage.

Art grimpe le grand escalier, un garde devant et un derrière. Une série d'anciens Welyen contemplent le petit groupe depuis leurs projections, peignant les murs d'une luminescence aux contours durs. Il est conduit le long d'un couloir aux boiseries sombres, environné des claquements de bottes contre le sol en béton.

Ils s'arrêtent devant une porte voûtée. Le serviteur frappe, attend un bruit d'encouragement étouffé de l'autre côté, puis s'incline profondément lorsque celle-ci s'ouvre, invitant Art à entrer.

Ce dernier laisse ses gardes en faction dans le couloir et s'aventure à l'intérieur, prêt à découvrir une sorte de salon, éclairé par des lampes chaudes configurées sur des niveaux plus doux pour la soirée. Il n'est pas du tout préparé à entrer dans une pièce à la lumière crue, dominée par un énorme lit sur lequel se contorsionnent deux personnes nues. L'une est un homme dont l'apparence évoque un rat pâle et humide. L'autre est la silhouette inimitable de Dario Go.

Art s'arrête net.

Ils s'ébattent quelques instants de plus. Art est obligé de regarder, paralysé par une indécision angoissante, jusqu'à ce que Dario tourne la tête vers lui comme si son entrée venait juste d'attirer son attention.

« Monseigneur », halète-t-il.

Agravain cesse de grogner et suit son regard, se tordant depuis sa position compliquée.

« Je suis vraiment désolé, lâche Art. Votre serviteur… il m'a proposé d'entrer directement.

— Oh, pas d'inquiétude, répond Agravain. J'ai presque terminé. »

Son corps dodu s'agite sous les draps et Dario laisse échapper une exclamation.

« Je vais attendre dans le… lâche Art en faisant demi-tour. Je vais patienter dehors.

— Comme il vous plaira », entend-il Agravain lancer tandis qu'il referme la porte sur eux et s'installe dans le couloir, un embarras horrifié envahissant son visage et ses membres.

Il cherche quelque chose à frapper, puis réprime cette pulsion. Ce maudit domestique a disparu, mais ses propres gardes sont là, leurs yeux prudents sur lui.

Un spectacle. Une démonstration de force délibérée. *Regarde qui je peux baiser.*

Art frissonne, se méprisant pour sa propre réaction, et s'efforce de retrouver son calme tandis que des images de ce qu'il vient de voir défilent sans cesse dans sa tête.

Il ne s'écoule qu'une minute ou deux avant que la porte ne s'ouvre à nouveau. Dario se tient debout dans son cadre, ses cheveux ébouriffés contrastant avec son style habituel, une robe de chambre fine tombant sur son corps anguleux. À l'exception de sa coiffure et d'une infime rougeur des joues, iel est parfaitement calme.

« Sire, appelle-t-iel d'un ton poli. Vous n'entrez pas ? »

Art essaie de capter son regard, et tente, sans succès, de déterminer si iel va bien, est d'humeur contrariée ou... Mais aucun signe ne filtre.

« Tu as oublié tes affaires », appelle Agravain de l'intérieur de la pièce. Ce dernier a, par chance, revêtu un pantalon rigide et une chemise jaune pâle, laissée ouverte de sorte à exhiber son ventre. Il indique un sac élégant sur la coiffeuse et un long manteau indigo familier qui drape le dossier d'une chaise.

« Je reviendrai les chercher après mon bain », dit Dario.

Agravain s'ébroue. « Tu n'as pas changé, à ce que je vois. » Avec une intimité affectée et répugnante, il jette à Art un regard de biais. « Iel aime toujours prendre un bain ici, après ; ne me demandez pas pourquoi.

— Ce n'est pas un grand mystère, réagit Dario d'un ton léger. Votre baignoire est d'une profondeur agréable ; c'est comme si vous étiez dans une petite piscine. » Leur regard passe brièvement sur le visage d'Art et iel baisse la tête. « Si Mon Roi consent à me libérer.

— Je vous en prie », parvient à dire Art.

Dario se glisse hors de la pièce, marmonnant quelque chose entre ses dents en passant devant lui. La porte se referme derrière iel.

Dans le silence qui s'ensuit, Art se tourne vers l'homme qui veut sa mort.

La bouche d'Agravain est un pli acerbe. De toute évidence, il a trouvé la déférence de Dario envers Art un peu amère à son goût. Il se reprend assez bien, cependant, peut-être trop heureux pour s'attarder longtemps là-dessus. Après tout, c'est lui qui a le dessus.

« Alors, dit-il. En voilà une surprise, sire.

— Sans aucun doute, répond Art avec raideur.

— Puis-je vous offrir un rafraîchissement ? Vous avez une certaine inclinaison pour le Pollidori, n'est-ce pas ? J'ai dans ma cave un millésime particulièrement excellent et plutôt rare.

— Vraiment ? Eh bien, comment pourrais-je refuser ? accepte Art, sans la moindre intention d'en avaler une seule goutte.

Agravain sonne pour qu'un domestique s'en charge, puis indique l'une des deux chaises en peluche disposées autour d'une table basse, dont la surface en verre est filée aussi finement qu'une toile d'araignée, dans le style le plus récent et comme d'habitude très innovant d'Alaunibourg.

« En fait, je vais prendre celle-là, si ça ne vous dérange pas », décide Art en se dirigeant vers la plus proche.

Agravain s'assoit sur l'autre contre le mur du fond, s'y affale et étend ses pieds nus sur le tapis. « Pas du tout, vous m'avez donné le siège que je préfère : aucun espace derrière et une vue dégagée sur toute la pièce.

— La position de force classique, remarque Art. Tout de même, c'est surtout votre coiffeuse qui occupe le champ. »

Agravain hausse les épaules. « C'est un joli meuble. Je suppose que votre affaire urgente ne pouvait pas attendre la prochaine réunion du Consilium ? »

Aucune mention n'est faite de la scène avec Dario quelques instants auparavant, comme pour souligner qu'il ne s'agit d'un événement embarrassant que pour Art. Agravain semble plein d'une confiance suffisante à l'idée d'être seul avec l'objet de sa tentative d'assassinat qui date de deux jours.

Il n'a absolument pas peur de toi.

« Non, dit Art. Ça ne pouvait pas attendre. Je voudrais vous parler. » Il hésite. « Dans un environnement où nous pouvons être libres de dire ce que nous voulons. »

Agravain sourit avec suffisance. « Notre roitelet compte tenir des propos controversés, n'est-ce pas ? Eh bien, il le peut ici, je l'en assure absolument. Ma maison est privée, sécurisée et mes domestiques sont les plus fidèles qui soient, car ils savent ce qui les attend dans le cas contraire. C'est la seule façon de s'assurer la loyauté, en cette triste époque. Ce n'est pas comme au palais, hein ? Il y a davantage de fuites que dans une baignoire rouillée, là-bas.

— Agravain, interrompt Art, et l'utilisation de son nom familier provoque un sursaut fort gratifiant. Je voudrais savoir : qu'est-ce que vous détestez tant chez moi ?

— Ce que je déteste ? » Agravain affecte un gloussement bienveillant. « Qu'est-ce qui vous fait croire cela ? »

Chacun des mots qui sort de sa bouche semble mielleux.

« Beaucoup de gens s'attendaient à ce que vous remportiez l'Épée, jusqu'à ce que Borin vous trahisse…

— Oh, je vous en prie, réplique Agravain avec dédain. Tout cela appartient au passé. »

Art pense à la menace de mort qu'Agravain lui a adressée à travers l'arène. Il songe aux centaines de façons différentes dont l'homme devant lui a sapé, contrecarré ou s'est carrément opposé à ses projets à chaque réunion du Consilium. Il se permet de tremper un orteil dans l'eau glacée qu'est le souvenir de Bélisan.

Tout cela appartient au passé.

Il enferme sa colère en lui-même.

« Quand bien même, dit-il en espérant avoir l'air un peu inquiet, hésitant. J'ai l'impression que vous pourriez avoir de la rancune. »

Agravain émet un sifflement, l'air de plus en plus à l'aise au fur et à mesure qu'Art semble ne pas l'être. « Si je devais en vouloir à quelqu'un, ce serait à votre père.

— Mon père ? Pourquoi ?

— Permettre à son erreur de revenir se planter dans notre pied ? J'aurais traité l'affaire un peu plus proprement.

— Vous voulez dire que vous m'auriez étranglé dans mon berceau ? » Art parle d'un ton léger, comme s'il plaisantait.

Agravain sourit. « Pas du tout, je l'aurais fait quand vous étiez encore dans l'utérus. Oh, n'ayez pas l'air si inquiet, voyons. C'est du passé, comme je l'ai dit. Comme l'est Uther lui-même.

— Je suis heureux de vous entendre dire ça, déclare Art. Cela me soulage, vraiment. Je ne désire rien davantage que de faire la paix avec vous, pour le bien de Londres. Les luttes intestines ne conduisent qu'à affaiblir notre pouvoir collectif. Avec Alaunibourg et Sombrecœur main dans la main, je pense que nous pourrions impulser des changements extraordinaires...

— Vous savez ce qu'il nous faudrait ? l'interrompt Agravain, comme si Art n'avait pas ouvert la bouche. Une guerre. Il n'y en a pas eu depuis des décennies. Ça fait des *merveilles* pour l'économie. Pour relancer son cœur défaillant. Si on voit un pays comme un homme, avec un système biologique identique, une pulsation cardiaque au repos ne permet pas d'accomplir grand-chose, n'est-ce pas ? C'est juste bon à maintenir un équilibre laborieux, pour que tout aille bien, mais ça ne pousse pas l'individu vers de plus grands sommets, hein ? Non, il faut un pouls rapide pour ça. Insuffler une énergie nouvelle. Combattre ou fuir. Ça assure la circulation du sang, une guerre. La paix fait de la population un tas de bébés. Tout le monde est bien trop habitué à être assisté, dorloté. Ce qui est préjudiciable, à long terme. On ne leur apprend pas à se tenir sur leurs deux pieds, vous voyez ? Ils suceront leur tétine toute leur vie et nous trairont tous jusqu'à nous dessécher. »

Art attend un moment, digérant tout ce qu'il vient d'entendre.

« Vous êtes... sérieux », constate-t-il.

Agravain hausse les épaules. « Ce n'est pas une opinion populaire en public, c'est sûr, mais étudiez l'histoire et vous verrez que c'est logique. » Ses sourcils se haussent devant l'expression d'Art. « Oh, allons. Vous faites comme si la guerre était la pire chose qui puisse arriver. Vous n'êtes pas vraiment aussi naïf que vous le paraissez, n'est-ce pas ? Vous devriez vraiment adopter une attitude positive face à l'adversité. Chercher les opportunités qu'elle crée.

— Quelles opportunités la mort de nombre de Londoniens offre-t-elle donc ? s'étonne Art, incapable de dissimuler la surprise dans sa voix.

— Pour les pompes funèbres, une quantité extraordinaire. C'est une question de perspective.

— Vous ne faites pas dans l'industrie funéraire. »

Agravain croise ses pieds au niveau des chevilles. « Non, mais je suis dans le commerce des armes, et les affaires vont mal quand personne ne veut se battre.

— Les Welyen font dans la technologie, répond Art.

— Vous pensez que c'est la *technologie* qui rapporte de la combine ? rit Agravain. Par les saints. » Il jette un regard inquisiteur au roi. « Allons, sire. C'est vous qui vouliez parler librement. Que nous puissions dire ce qui nous plaisait. Eh bien, je pense que je viens de prouver que vous n'avez rien à craindre ici, n'est-ce pas ? Alors, parlons *vraiment*. »

Art ne répond rien.

Agravain, poursuit, imperturbable : « Laissez-moi vous dire ce qui se passe dans la tête de chaque membre de l'élite londonienne, quelles que soient les dénégations et les actions philanthropiques qu'ils font en public. Ils roulent en toute sécurité à l'intérieur de leurs SUV, et quand ils traversent une zone sinistrée, ils regardent le monde sale qui défile au-delà de leurs vitres teintées, ils voient tous ces petits cochons inconscients qui s'agitent dehors, qui s'enracinent dans les décombres, et ils ressentent… du dégoût. » Il hausse les épaules.

Art s'éclaircit la gorge. « Vous pensez que la pauvreté apparente les gens à des porcs ? »

Agravain étend ses mains. « Écoutez, je ne dis pas que c'est leur faute. J'exprime juste ce que tout le monde pense sans avoir le courage de l'assumer à haute voix. J'en ai assez des gens qui braillent dès que quelqu'un énonce un fragment de vérité. Nous sommes dans un monde libre : la liberté devrait signifier que l'on peut dire ce que l'on veut ». Il réfléchit. « C'était le cas, autrefois. Il est temps de revenir à cette époque. Mais en réalité, ce que tous ces fétichistes de l'égalité n'aiment pas affronter, c'est le fait que le monde est structuré autour d'une hiérarchie innée. Il y avait, il y a et il y aura toujours un ordre des choses. Ceci fait partie intégrante du tissu même de la réalité. Et il se trouve que cet ordre actuel nous place tous les deux au sommet. Maintenant, cela n'est ni bien ni mal. C'est comme ça, c'est tout. Mais menacez l'ordre, et... » Il tape du poing dans sa paume. « C'est le chaos. La mort. La misère. L'histoire nous l'a enseigné à maintes reprises. Je suis juste déconcerté par le fait que nous ne tirions jamais de leçons du passé.

— On m'a appris, réplique Art, que tout le monde mérite la chance d'être en meilleure santé, plus intelligent, mieux loti. Cela ne devrait pas être une affaire de naissance. Ce n'est pas juste.

— La *vie* n'est pas juste. Quiconque pense différemment n'a aucune raison de survivre. » Agravain semble se rendre compte de la férocité de son ton et se détend. « Écoutez, mon petit, je suis beaucoup plus vieux que vous. J'ai vu bien davantage du monde que vous. J'ai écouté vos petits discours sincères au Consilium. Et j'admire votre idéalisme, vraiment. J'en avais un peu moi-même, il y a longtemps. Mais j'ai grandi et ça m'a passé. J'ai cessé d'être un enfant et je suis devenu un homme. Il est vraiment temps que vous en fassiez de même. Je vous le dis, Londres souffrira sous le règne d'un roi au cœur tendre. » Il secoue la tête. « Il en est toujours ainsi. »

Art déglutit. « Et si je ne suis pas d'accord avec ce point de vue ? »

Agravain hausse les épaules de manière expressive. « Londres est douée pour couronner de nouveaux souverains. »

Un horrible ver de terreur hideux s'enroule autour du cœur d'Art et le serre à lui en donner la nausée.

« En général, se force-t-il à dire, le roi en place doit mourir d'abord. »

Il ne l'admettra jamais, si ?

« Nous sommes doués pour les tuer également. » Agravain sourit. « Uther en est un bon exemple. »

C'est la deuxième fois qu'il oriente la conversation vers le père d'Art. Il est clair qu'il a quelque chose en tête qu'il souhaite partager.

« Le Roi-Sous-Terre est mort de problèmes cardiaques », avance le jeune homme.

Agravain sourit. « Oui, bien sûr. Et le pauvre Borin Cœur-Sec, aussi. Vous en aviez entendu parler ? Quel choc ! Ça fait réfléchir, n'est-ce pas ? Si deux taureaux aussi forts ont pu avoir des cœurs si fragiles… Eh bien. N'importe lequel d'entre nous pourrait s'en aller à tout moment. »

Art a bien envie de partir tout de suite.

« Quoi qu'il en soit, poursuit Agravain, même si je pleure la fin prématurée d'Uther, je dois avouer que je suis un peu soulagé, pour le bien d'Orcade. » Il émet un sifflement désapprobateur. « Ce n'était pas un mariage heureux, je suis désolé de le dire.

— Ah non ?

— C'était un homme violent. Les gens comme ça le sont souvent, vous ne trouvez pas ? Chaque fois qu'elle venait me voir avec des contusions et des os cassés, j'avais envie de lui briser le cou. Personne ne touche à ma putain de sœur comme ça. » Une expression hideuse passe sur le visage d'Agravain. Il le pense vraiment. « Mais elle m'a toujours convaincu de ne pas le faire, poursuit-il. Elle souffre beaucoup pour les autres, Orcade. Depuis toujours. »

Art fait de son mieux pour avoir l'air d'avancer une simple hypothèse. « Vous tueriez vraiment quelqu'un juste à cause d'elle ?

— Vous dites cela comme si c'était une drôle d'idée. J'ai oublié, vous n'avez pas de sœur, n'est-ce pas ? Vous ne pouvez pas comprendre ce genre de lien. C'est très spécial. » Le visage d'Agravain exprime une adoration particulière.

Art réprime un frisson de dégoût.

« Vous sous-entendez que vous avez tué le roi de Londres pour votre sœur ? » essaie-t-il encore.

Agravain rugit de rire. « Vilain garçon, à essayer de me faire dire quelque chose d'aussi traître. »

Art entend Brune dans l'oreille de son esprit, ses leçons de diplomatie.

Il y a toujours, toujours un terrain d'entente à trouver, même avec ceux que vous méprisez.

Pensez à ce que vous n'aimez pas chez vous. Cela pourrait être ce à quoi ils tiennent le plus.

« Vous pensez que je serais en colère contre vous ? lâche-t-il. Marvol sait que je vous en saurais gré. Si c'était vrai, bien sûr. »

Agravain se contente de le regarder.

Art déglutit. « Eh bien. Peut-être que c'était trop irréfléchi de ma part. Je ne voudrais pas qu'une telle opinion soit répétée. »

Un sourire malicieux plisse les lèvres épaisses d'Agravain. « Vous n'avez pas à vous inquiéter. J'ai fait insonoriser cette pièce il y a longtemps. Certaines des choses que j'aime faire ici… Eh bien, c'est devenu une nécessité, vraiment. » Il lui adresse un clin d'œil. « Vous voyez ce que je veux dire. »

Orcade a-t-elle déjà été enfermée avec lui dans cette pièce ? Ne pense pas à ça. Arrête, *arrête.*

« Je n'ai jamais détesté personne autant que mon père, déclare Art. Je suis content qu'il soit mort. » Il penche la tête en arrière. « Par les saints, ça fait du bien de le laisser sortir. »

Agravain émet un gloussement bienveillant. « Heureux de me rendre utile. Je ne peux pas imaginer devoir grandir dans l'ombre d'un tel scandale. Ce doit être dur. Très. Et pourtant, vous êtes là.

— Je suis là, en convient Art. En quelque sorte.

— Ne vous sous-estimez pas. Vous pourriez être un grand roi, Dracones. Vous devez juste apprendre à vous montrer un peu plus impitoyable, c'est tout. Vous ne pouvez pas considérer les gens comme des personnes. Vous devez appréhender Londres en tant qu'organisme unique. Si le rein malade d'un homme lui fait défaut, on en fait l'ablation, non ? » Agravain étend les mains. « Tout le monde meurt. C'est inévitable. Vous pouvez décider comment et quand nombre d'entre eux mourront, mais ils décéderont quand même, non ? Et peut-être que certaines de ces morts sont un rein. » Agravain regarde au loin. « C'est une nécessité. Le sacrifice qu'exige la survie du corps. Parfois, nous devons nous montrer sans merci pour la bonne cause. » Il jette un regard en coin à Art. « Vous avez l'air surpris.

— C'est juste que je... » Art marque une pause. « La bonne cause. C'est aussi mon objectif, bien sûr. Enfin, elle représente davantage que cela. Je ne suis pas religieux, mais si nous avions un dieu qui lui était dédié, ce serait le seul devant lequel je me mettrais à genoux. »

Agravain glousse. « Bien dit. »

Art contemple l'homme plus âgé. « Je suis vraiment heureux que vous soyez aussi franc avec moi, dit-il enfin. J'aime l'honnêteté. Je la tiens en très haute estime. »

Agravain incline la tête. « Moi de même, sire. Moi de même. Peut-être que nous nous ressemblons davantage que vous ne le pensez. »

Un coup à la porte les interrompt. Un domestique entre, chargé d'une bouteille cristalline de liquide ambré et de deux verres épais.

Agravain se tourne vers Art et lui adresse un clin d'œil. « Les gentilshommes font des affaires autour d'un verre. À présent, revenons à votre suggestion de collaboration entre Sombrecœur et Alaunibourg. À la santé des bonnes causes, hein ?

— À la santé des bonnes causes », répète Art tandis qu'ils trinquent.

24

L'Épine, Sombrecœur
Dix-huit ans auparavant

L'Épine est une salle de marbre superbe et imposante qui résonne d'une violence longuement tempérée.

Ses sièges sont sculptés avec élégance, mais leurs dossiers se terminent par les pointes effilées et dentelées typiques de l'architecture de Sombrecœur. Les candélabres qui pendent en longues rangées du plafond étaient faits d'os humains, jusqu'à ce qu'ils soient discrètement remplacés par des copies en argent et en fer. Nombre des pierres murales remontent à l'Antiquité, lorsque les chefs de tribus en guerre se réunissaient pour régler leurs différends par la parole ou le sang.

Ce n'est pas tellement différent maintenant, pense Art. *Nous sommes toujours avides d'hémoglobine, mais sous les oripeaux d'un débat civilisé.*

Le trône de l'Épée-de-l'Assemblée – celui d'Art – se dresse sur une estrade surélevée au-dessus du reste de la salle. Le fauteuil est incliné vers l'assistance en contrebas comme un oiseau de proie.

Immédiatement devant le roi, installés autour d'une table ronde en chêne, se trouvent les Saints-sur-Terre, les chefs des sept quartiers de Londres. La coterie de vastos et de représentants de toutes les grandes industries, cultures et religions de chacun d'entre eux attend derrière, répartie depuis la table comme les rayons d'une roue, en un rappel poétique de la structure de la cité.

Orcade est à sa place habituelle, près de l'avant du clan d'Alaunibourg. Elle a choisi une tenue bleue moulante aujourd'hui et est d'une magnificence sombre au milieu des coloris ternes de son groupe.

Son frère se prélasse à sa place à la table ronde, habillé de la tête aux pieds dans le jaune pâle aux accents charbonneux typique de son quartier. Il discute et rit avec un dignitaire juste derrière lui : son oncle, qui dirige actuellement la plus grande entreprise de manufacture des Welyen. Alors que le Consilium ouvre la séance, Agravain se retourne sur son siège et adresse un signe de tête ostensible à Art ; la première marque de déférence qu'il ait jamais témoignée au roi depuis le début de son règne. Ce dernier imagine les réactions surprises des gens devant cette réconciliation soudaine.

Face au trône, de l'autre côté de la pièce, se trouve le Mæder, un adjudicateur traditionnellement non-partisan, chargé de maintenir l'ordre et de veiller à ce que toutes les voix bénéficient de la même attention. Le plus souvent, cependant, le Consilium offre le spectacle d'un chaos léger, qui rappelle à Art une bande de poules qui se chamaillent, leurs griffes fermement serrées autour de leurs propres œufs.

La voix du Mæder actuel a un aspect apaisant et soporifique qui a malheureusement plus d'une fois entraîné un certain nombre de personnes dans un repos involontaire. C'est le début de la séance, en revanche, et la plupart des gens sont donc réveillés lorsque de faibles cris commencent à résonner dans les murs de la salle. Le bruit interrompt le long marmonnement du Mæder, qui s'arrête, confus.

Les portes de l'Épine sont toujours verrouillées par le Maître de la Clé et gardées de l'extérieur lorsqu'une séance commence. Une fois les portes fermées et la réunion ouverte, personne du dehors n'est autorisé à y accéder, pas même ceux qui devraient déjà s'y trouver.

Les cris s'intensifient. Les battants sont parcourus d'une forte vibration, comme s'ils avaient encaissé un coup brutal.

Une voix effrayée résonne dans le silence qui s'ensuit. « Impossible, s'étonne le seigneur d'Evronbourg. Personne ne peut s'approcher de ce *bâtiment*, c'est *impossible*… »

Cette pièce a connu son lot d'effusions de sang, même récemment. Les réunions du Consilium sont l'occasion parfaite pour un coup d'État, étant donné que tous les Septem s'y trouvent réunis en un même endroit, vulnérables ; c'est pourquoi le bâtiment est normalement extrêmement bien gardé…

Les portes s'ouvrent à la volée.

Le Maître de la Clé s'avance au travers en titubant, se redresse et regarde fixement le Consilium. « Pardonnez-moi cette interruption, bafouille-t-il. Je n'ai pas pu les arrêter.

— Arrêter *qui*, Édouard ? » rugit le Mæder.

En réponse, des chevaliers déferlent à travers la porte, passant devant le pauvre homme, et envahissent la pièce. Ils portent l'emblème de l'épée sur leurs épaules et des armes à feu aux hanches.

Des chevaliers de Sombrecœur.

Des chevaliers royaux.

Certains se détachent pour se placer en ligne devant la porte, empêchant toute retraite. Certains s'alignent contre le mur du fond, derrière leur roi. Trois d'entre eux s'éloignent vers l'extrémité opposée de la table ronde.

Art attend que les bruits de panique se calment.

« Mes excuses, tout le monde, commence-t-il. Je ne voulais pas vous faire peur.

— Sire, que signifie cela ? demande le Mæder. Les chevaliers en armes ne sont pas autorisés dans la salle intérieure de l'Épine ! Jamais ! »

Art acquiesce. « Il existe une exception à cette règle. » Il inspire un grand coup. « Agravain Welyen, seigneur d'Alaunibourg. Vous êtes en état d'arrestation pour haute trahison. »

Les bouches s'ouvrent, béantes.

Un silence s'abat sur l'assemblée.

Puis :

« Est-ce une plaisanterie ? »

Le visage d'Agravain arbore un sourire perplexe. Il se lève à moitié de son siège, mais les trois chevaliers qui se tiennent à proximité posent la base de leur main sur la crosse de leur pistolet – un avertissement, le signe qu'ils sont prêts – et il se rassoit.

Art prend son temps. Sa voix doit porter. Elle doit incarner son autorité.

« Non, répond-il. Ce n'en est pas une. Nous avons la preuve que vous avez assassiné mon père, Uther Dracones ». Il hausse la voix pour couvrir les cris qui s'élèvent. « Et que vous avez essayé de me faire la même chose. »

Le Mæder hurle pour ramener le calme, mais il ne l'obtient pas avant un certain temps. Les chevaliers d'Art restent impassibles, à l'affût de tout mouvement suspect.

Agravain lâche un rire paniqué. « Vous êtes *fou*. Comment avez-vous pu échafauder un tel drame à partir de rien ?

— Je vous ai enregistré, répond simplement Art. J'ai les images. »

Son aîné cligne des yeux. « Quoi ? Quand cela ?

— Chez vous. Notre “franche discussion” ».

Agravain ricane. « Impossible. »

Le regard du Mæder est fixé sur Art. « C'est illégal. Personne ne peut utiliser d'enregistrement réalisé sur une propriété privée pour une quelconque projection en public ».

Art lève une main. « Je sais, et je serai sanctionné pour avoir enfreint la loi à ce sujet, mais j'espère que cela sera examiné en regard des crimes bien plus importants du seigneur Welyen. »

Agravain se retourne sur son siège, scrutant les alentours. Son regard se pose sur sa sœur, comme pour lui demander de l'aide, mais les yeux d'Orcade sont baissés sur le sol devant elle. Elle semble figée de stupéfaction.

« Espèce de… » Agravain se débat pour trouver le bon adjectif. « Ce n'est pas possible… Je n'ai rien dit, *rien*, qui prouve…

— Je suis désolé, mais je l'ai vraiment pris comme un aveu. Mais si vous pensez que c'est la seule preuve que je détienne contre vous, vous êtes un imbécile. » Art marque une pause. « Je remarque également que vous n'avez pas encore réfuté l'accusation de tentative de meurtre à mon égard.

— Parce que c'est de la folie, vous avez perdu la tête !

— La fille, Agravain. Celle que vous avez choisie pour moi, en collusion avec Lærd Dario du *Carnaval nocturne*. Vous ne vous êtes pas demandé où elle avait disparu ? »

Agravain le regarde fixement.

Tout dépend de cela à présent. Pendant un moment, Art pense que ce n'est pas suffisant. Qu'il ne cédera peut-être pas.

Puis cela se produit.

Agravain se tourne vers le reste de la table ronde, face aux bouches ouvertes, au silence de mauvais augure.

« J'ai la preuve, dit-il d'un ton féroce, la confirmation irréfutable que notre roi a entretenu une liaison avec une enfant-divine ! Par les saints, vous ne vous souvenez pas de la dernière fois qu'un souverain a fait ça – son propre *père*, avec Edler ? Dont le résultat est assis juste en face de moi en ce moment ? Cela devrait suffire à lui coûter l'Épée, bon sang. Il a couché avec une espionne enfant-divine ! »

L'espace d'un instant horrifiant, Art se voit attraper l'arme du chevalier de la garde qui se tient à côté de lui et tirer une balle dans le front de cet affreux bâtard. Pendant une seconde, il croit même distinguer le premier filet de sang couler sur cette peau pâle et lisse comme celle d'un bébé.

Arrête, s'intime-t-il à lui-même.

« Je n'avais aucune idée du fait qu'elle était une enfant-divine, déclare-t-il à la salle. Pensez-vous que j'aurais invité une telle personne, qui avait l'intention expresse de me tuer, dans mon lit ? »

Le visage d'Agravain est déformé de rage. « Espèce de… Tout cela n'est qu'un mensonge ridicule !

— Non, c'est un acte chirurgical. Une ablation d'un rein malade. » Art marque une pause. « Je vous remercie de cet enseignement. »

Cette phrase fait mouche.

« Je ne peux que supposer, désormais, poursuit Art, que vous pensiez que le fait de m'avouer avoir assassiné mon père de la même manière que votre ancien champion me ferait suffisamment peur pour que je devienne votre petite marionnette, peut-être. Mais vous ne m'avez pas effrayé, Welyen. Vous n'avez réussi qu'à me mettre en colère. »

Agravain regarde autour de lui, les yeux hagards. « Vous ne pouvez pas parler sérieusement, je n'ai rien à *voir*… »

Art l'interrompt. « Je suis actuellement en droit d'invoquer la moldra lagha pour la mort de mon père. Un attentat à l'encontre de votre vie pour celle que vous avez prise. » Il fixe Agravain. « Dites-moi, pensez-vous que les saints favoriseront la victoire de man champian contre le vôtre une seconde fois ? »

Agravain rougit. « Comment oses-tu, espèce de baiseur de kambion dépourvu de couilles ! »

La salle s'emplit de sifflements devant cette insulte choquante à l'égard des enfants-divins.

Art lutte pour retenir un sourire de joie cruelle qu'il sent sur le point de se dessiner sur son visage.

« Faites-le sortir d'ici, ordonne-t-il à ses chevaliers. Faites… emmenez-le, s'il vous plaît. »

Agravain est soulevé de son siège et poussé à travers la pièce en silence. Son visage exprime une incrédulité totale devant ce que lui a infligé un enfant-roi au cœur tendre. Il tourne la tête tandis qu'on l'emmène, essayant par tous les moyens d'attirer l'attention de sa sœur.

« Orcade, plaide-t-il enfin. Est-ce que tu savais ? Qu'est-ce que tu es en train de faire ? Pourquoi tu ne dis rien ? »

Elle n'a pas redressé la tête une seule fois. Elle ne lèvera pas les yeux. Elle se recroqueville sur son siège, menue, effrayée.

Agravain surmonte sa panique à la porte et se met à crier. « Il détruit nos industries ! Il veut interdire le port de pistolets à tous les Londoniens, sauf à sa propre garde, bien sûr ! Il supprimera vos libertés individuelles une par une ! C'est un *unificationniste* ! Il abattra les frontières des quartiers ! Ce sera la guerre ! »

Bizarre, pense Art, *je croyais que c'était ce que tu voulais.*

*

« Félicitations, sire », déclare Orcade.

Art incline la tête en signe de reconnaissance.

La soirée est bien avancée alors qu'ils se tiennent ensemble dans son salon privé. Les heures qui se sont écoulées depuis la réunion du Consilium ce matin se sont avérées plutôt intéressantes, et Art commence à ressentir les effets de l'épuisement, la descente après l'euphorie de la victoire.

« Je suis impressionnée. » Orcade boit une gorgée de son verre de vin pour se calmer. Sa main tremble, juste un peu. Un reste de nervosité. « En particulier pour toutes les preuves que vous avez accumulées contre lui. Je le suspectais concernant... Uther, mais je n'ai jamais été capable de trouver quelque chose de décisif. »

Art ne dit rien. Le problème est que toutes les preuves qu'ils ont contre Agravain ne sont rien de plus qu'un aveu vaguement voilé autour d'un verre dans sa chambre.

L'enregistrement lui-même a été fait de manière intelligente. Le sac de Dario – juste assez grand pour dissimuler le prototype de mini-enregistreur des Welyen – a été délibérément laissé dans la pièce. Les instructions chuchotées de Dario à Art alors qu'iel passait devant lui demandaient qu'Agravain s'installe sur la chaise en face de la coiffeuse, afin qu'il soit complètement dans le champ de l'œil du dispositif caché.

Mais cet enregistrement est tout ce qu'ils ont. Jusqu'à présent, aucune preuve substantielle n'a été trouvée pour lier Agravain à la mort d'Uther ou de Borin. Les empoisonneurs peuvent émettre des hypothèses sur ce qu'il aurait pu utiliser pour provoquer une crise cardiaque chez les deux hommes (et ils s'y sont attaqués, avec enthousiasme et longuement), mais c'est tout. Les examens post-mortem n'ont rien donné de concret.

Et Bélisan ? Dario admet avoir été employé pour la conduire à Art, mais prétend ignorer totalement les plans d'assassinat, et iel n'a pas tardé à dénoncer Agravain. Pourtant, la menace de la prison pourrait intimider n'importe qui. Rien de tout cela ne représente grand-chose.

Orcade devrait connaître la vérité.

Art souffle. « Hormis l'enregistrement, il n'y a aucune preuve. »

Elle en reste stupéfaite. « Quoi ?

— J'ai dû jouer ce que j'avais en main rapidement. Il n'y a rien d'autre… Pour le moment. C'est la raison pour laquelle votre frère sera exilé et non mis à mort selon la Caballaria. »

Il la voit intégrer ces informations.

« Sire, vous bluffez magnifiquement », dit-elle. Est-ce de l'*admiration* qu'il discerne sur son visage ?

« J'apprends encore », répond Art, qui se sent plus que mal à l'aise à ce sujet.

Il la regarde rouler le pied de son verre à vin entre ses doigts, le visage pensif.

« L'exil est moins scandaleux pour votre famille », dit-il doucement.

Elle secoue la tête. « Cela pourrait nous conduire à la ruine un certain temps, de toute façon. Il a beaucoup d'ennemis. Nous.

Nous en avons beaucoup. Ils attendaient une occasion comme celle-ci.

— Je suis désolé. »

Elle prend une grande inspiration. « C'est le jeu, sire. Ne vous excusez jamais pour avoir gagné. » Le regard qu'elle lui lance est plus ferme. « Et maintenant, au moins, je suis débarrassée de lui. »

Art s'imagine qu'il voit presque le poids se détacher de ses épaules. Il y a une légèreté nouvelle dans sa silhouette, peut-être absente depuis l'enfance.

« Merci pour votre confiance, dit-elle doucement. Elle signifie beaucoup pour moi. »

Art hausse les épaules. « Sans confiance, ce monde est foutu.

— Ce n'est pas ce qu'on m'a appris. J'aimerais le croire. » Elle lui adresse un sourire encourageant. « Vous n'avez vraiment rien à voir avec votre père.

— Je me sens un peu plus comme lui aujourd'hui, réplique Art.

— La compassion peut être une faiblesse, sire. Mon frère a tué votre père, mon mari, et a essayé de vous éliminer aussi. Je trouve que vous avez été un peu trop gentil avec lui. »

Peut-être que le temps le leur dira.

« Il a montré une affection extraordinaire à votre égard lors de notre conversation privée », avance prudemment Art.

La bouche d'Orcade se plisse.

« Enfant, j'avais un cheval, dit-elle. Strada ; c'était le nom que je lui avais donné. Je l'aimais plus que tout. Un jour, il m'a fait chuter à terre – pas exprès, il avait été effrayé par un écureuil ou quelque chose comme ça – et je me suis cassé le bras en tombant. Après ma convalescence, la première chose que j'ai faite a été d'aller le voir, mais il n'était pas dans son box. C'est le chef des palefreniers qui m'a appris qu'Agravain l'avait fait abattre. » Elle semble distante. « C'est à ça que ressemble l'affection de mon frère. »

Art sent le reste de culpabilité en lui se dissiper.

« Qu'est-ce que cela vous fait d'être la nouvelle dame d'Alaunib' ? » s'enquiert-il.

Orcade réfléchit un moment. Puis elle lui adresse un petit sourire incertain. « C'est terrifiant, fait-elle. Et merveilleux. »

Art lève son verre. « N'est-ce pas ? À la terreur et à l'émerveillement. »

Leurs verres à vin résonnent lorsqu'ils trinquent.

25

Lieu inconnu
Quatre mois auparavant

Au moment où on lui retire son casque, Red en a déjà assez. Il était tard et la journée était finie depuis un moment lorsqu'elle avait reçu un message à l'improviste lui indiquant de se préparer à ce qu'on vienne la chercher dans deux heures. Quand le SUV était arrivé, Red l'attendait déjà à l'extérieur du bâtiment, se balançant impatiemment d'un pied sur l'autre sous une pluie brumeuse.

La carrosserie du véhicule était juste assez abîmée et dépourvue de lustre pour qu'il ait l'air utilisé et moyennement entretenu. Elle se hissa sur le siège arrière, la portière se verrouillant automatiquement derrière elle, et ce n'est qu'à ce moment-là qu'elle réalisa qu'elle ne pouvait pas voir l'extérieur. Pas même un halo de la lumière de la rue à travers les vitres. La moitié avant était entièrement séparée de l'arrière par une solide cloison, si bien que Red n'avait aucune idée de ce à quoi ressemblait le conducteur. Lorsqu'il parlait, sa voix sortait de la grille du haut-parleur d'un lumineux fixé sur la séparation, basse, amicale et d'une politesse sans faille.

Red s'enquit de son nom.

« Bâtard maléfique était mon nom de combattant quand j'étais dans les Chiens de guerre, Si, répondit le conducteur, mais la plupart des gens m'appellent Ford, si vous préférez. »

Red, qui ne savait pas vraiment ce qu'elle préférait, retomba dans un silence nerveux.

Lorsqu'elle demanda que les occultants des vitres soient dégagés afin qu'elle puisse au moins voir où ils allaient, Ford lui opposa un refus poli et plein de regret. Les arrêts étaient fréquents – probablement à cause du trafic – et le trajet tranquille dans les intervalles, le SUV dévorant la route dans le plus silencieux des ronronnements, sans qu'aucun son révélateur ne vienne lui indiquer le type de zone qu'ils pouvaient bien traverser.

Lorsqu'il s'arrêta enfin, Ford informa joyeusement Red que le casque sur le siège d'en face devait maintenant être placé sur sa tête. Sa visière teintée commençait au niveau du front et descendait jusqu'à son menton. Elle ne pouvait rien voir au travers. Lorsqu'elle refusa, Ford l'informa tout aussi joyeusement qu'elle n'irait nulle part tant qu'elle ne l'aurait pas enfilé.

Red finit par obéir.

À présent, dans l'obscurité étouffée à laquelle son monde s'est réduit, elle distingue le gémissement lointain d'une porte qui s'ouvre, puis une main s'enroule autour de son bras avec une poigne d'étau, la tirant lentement mais fermement hors du SUV. Elle entend Ford l'avertir qu'elle est sur le point d'être fouillée. Elle reste immobile et raide jusqu'à la fin.

Apparemment satisfait, l'étau sur son bras se desserre et on la conduit sur un sol inégal, de la terre et des mauvaises herbes, d'après ce que ses pieds lui disent, mais c'est le seul indice – tout à fait inutilement générique – qu'elle est capable de déceler, le reste de son attention focalisée pour ne pas tomber.

Elle n'a jamais été aveuglée auparavant. Elle se sent faible, chancelante comme un veau nouveau-né. La main sur son bras se tend et se détend tour à tour en la guidant. Ils entrent dans un bâtiment ; elle le sent, car la brise nocturne dont elle n'avait pas réalisé l'existence cesse et le bruit des pas lui revient en écho au lieu d'être emporté au loin.

Pas un seul mot n'a encore été prononcé.

« Au diable cette connerie », marmonne-t-elle enfin en s'arrêtant brusquement ; elle se dégage de la main qui la retient et retire son casque, s'attendant à moitié à être plaquée au sol avant d'avoir pu découvrir ses yeux.

Le lieu où elle se trouve lui renvoie sa phrase en écho de tous côtés. Elle se tient à l'intérieur d'un vaste et étrange édifice. Des passerelles et des portiques s'élèvent loin au-dessus de sa tête, se déployant autour de machines imposantes, dont les formes de tambours massives sont rendues bizarres et fantomatiques dans le semi-éclairage qui imprègne les entrailles du bâtiment.

« Je suppose que tu ne t'es pas bien entendue avec Ford », dit une voix.

Red se retourne et découvre le Chevalier-Sorcier debout près d'elle. C'était sa main sur son bras à l'extérieur de la cour ; elle qui a guidé Red à l'intérieur.

Elle déglutit, se sentant soudainement égarée, toute petite.

« Quel est cet endroit ? » demande-t-elle.

Le chevalier arque un sourcil. « Je n'ai pas même droit à un “Bonsoir, Si” ?

— Vous n'avez pas l'air du genre à vous embarrasser de protocole. »

Le plus léger des sourires semble sur le point de plisser la bouche du chevalier. Celui-ci se déplace, s'appuyant sur un pilier octogonal orné qui s'élève jusqu'au plafond élevé.

« C'est une vieille centrale électrique de l'époque de Liessan, explique-t-il. Elle est devenue hors-service, avec l'évolution du monde. Ce n'est pas une technologie très fiable, mais ils y recourent toujours en cas d'urgence. Elle a été utilisée plusieurs fois pendant la dernière guerre interquartiers, il y a des décennies de cela. Des bombes électromagnétiques ont détruit les principales centrales de toute la zone, mais cette technologie est trop vieille pour être affectée. L'ancien a parfois du bon. »

Quelle zone ? a envie de demander Red, mais elle se retient. Personne ne se donnerait la peine de l'envoyer chercher dans un SUV aux vitres occultées et un casque opacifiant si c'était pour l'informer du lieu où elle se trouve.

Elle regarde à nouveau autour d'elle. Le vide commence à se structurer : de grands piliers cannelés soutiennent des arches imposantes, chacune décorée de symboles et de motifs complexes sculptés en bas-relief. Le tout n'est que courbes élégantes.

« C'est… joli, fait-elle remarquer.

— Tu devrais le voir à la lumière du jour. La maçonnerie est ornée de motifs en étoile et les plafonds de chaque arche sont recouverts de treillis en pierre. C'est extraordinaire. »

Red ose se retourner pour contempler ouvertement son énigmatique commanditaire.

Le chevalier est habillé de vêtements souples et serrés, conçus pour faciliter les mouvements. Son manteau semble doublé de fourrure, adapté au froid léger qui règne dans l'air. La capuche qui lui colle à la tête ne fait qu'ajouter au célèbre sentiment de menace fluide qu'il dégage. Il a une présence intemporelle, pesante, qui fait oublier ses 23 ans, même si, sans son costume d'arène, sa jeunesse transparaît un peu plus.

« Pourquoi tous ces secrets ? demande Red.

— Je suis attaché à la confidentialité. » Il lui lance un regard.

« Je ne compte pas parler à qui que ce soit de cet endroit », proteste-t-elle.

Je ne pourrais pas, même si je le voulais. Je n'ai aucune idée d'où je me trouve.

« Effectivement, en convient-il, car dans le cas contraire, tu ne reviendras jamais ici. Ce qui se passe en ce lieu aujourd'hui pourrait nous faire atterrir tous les deux en prison, si jamais tu as besoin d'un rappel. N'en parle à personne. Jamais. »

Elle le fixe avec ce qu'elle espère être un regard de vertu blessée. « C'est d'accord. »

Il acquiesce, s'écarte du pilier et s'éloigne dans la pénombre.

« Que penses-tu de ta nouvelle écurie ? » Sa voix dérive vers elle.

Red vit depuis deux semaines dans Spittelfief, l'écurie de Sombrecœur qui lui fait désormais office de foyer. Sa spécialité est de fournir des combattants pour les circuits privés de la Caballaria et des gardes dont les services de protection sont à louer. Son bâtiment principal est un manoir d'une beauté intimidante niché dans un quartier périphérique cossu et calme. On y trouve une piscine d'eau salée, une armurerie colossale, quantité de salles d'entraînement garnies de toutes les armes connues de l'humanité, et deux énormes champs de tir en plein air pour les chevaliers de la garde. C'est une oasis de sérénité oppressante au cœur de Londres.

Spittelfief n'accueille pas beaucoup d'aspirants, en règle générale ; Red est l'une des trois seuls, et les deux autres suivent leur propre programme, l'ignorant la plupart du temps. Le reste des chevaliers attachés à l'écurie vient de temps en temps. Ils ont tous l'air aguerris, impressionnants, sûrs d'eux. Elle est de loin la plus jeune ; même les autres aspirants sont ses aînés de plusieurs années.

Elle a commencé à reconnaître le changement subtil de langage corporel qui s'opère lorsque quelqu'un se rend compte de qui elle est. Ils sont tous au courant, des entraîneurs au personnel de cuisine, mais Spittelfief est le genre d'endroit qui considère la célébrité comme un aspect plutôt vulgaire de la société – bien qu'il en profite pleinement – et par conséquent, tous ceux qui s'y trouvent sont exceptionnellement doués pour ne pas y faire référence, ou du moins pas à proximité d'elle.

L'entraînement à Spittelfief est très différent de celui du Donjon. Red avait pensé que le but de cette phase serait de réapprendre à se conformer aux règles de la Caballaria, puisque c'est le fait de bafouer ces règles qui lui a valu des ennuis au départ, mais ses nouveaux entraîneurs mettent moins l'accent sur l'honneur que sur le spectacle.

Ils s'efforcent d'améliorer ses coups les plus personnels, de lui montrer comment utiliser certains angles de son corps pour en tirer le meilleur parti. Ils affinent son jeu de jambes et sa respiration, et ce faisant, s'amusent souvent à plaisanter sur la nature grossière de l'entraînement du circuit public. Elle est un morceau d'argile mal moulé et ils souhaitent en faire une statue étincelante, digne de l'honneur d'appartenir à une écurie de Sombrecœur.

Ils la forment aux entretiens, à la manière de donner presque assez et pas trop. Ils lui apprennent à en dire moins qu'elle ne le jugerait nécessaire. À hausser les sourcils au lieu de répondre. À transformer son expression par défaut de « va te faire foutre » en un air qui signifie « je suis tout simplement trop énigmatique pour vous le dire ».

Elle commence à en avoir assez du polissage. Ça la démange de plus en plus. Elle a envie de se salir, de sentir la crasse, la sueur et la passion monter dans son sang.

Elle veut *se battre.*

« Hum, dit Red. Ça se passe bien.

— Tant mieux », répond le chevalier, impassible.

Cet homme est la clé de tout ce que tu désires.

Montre-toi. Plus. Reconnaissante.

« C'est un endroit incroyable, ajoute rapidement Red. Je vous suis redevable de l'opportunité que vous m'avez donnée. »

Le chevalier ricane. « Tu n'es vraiment pas douée pour le mensonge. J'imagine qu'ils t'apprennent à mentir mieux que ça. »

Red essaie de ne pas grincer des dents. « Ça les intéresse davantage que l'enseignement du combat, on dirait.

— Disons qu'ils supposent que tu sais déjà te battre. Leur but est de t'apprendre à devenir une chevalière de la Caballaria. »

Elle le suit jusqu'à une zone plus éloignée, cette fois-ci dépourvue de formes imposantes et entourée d'une haute rangée de bandes lumineuses et d'ampoules qui éclairent un grand carré nu de béton poncé. Sur un côté se trouve un long râtelier d'armes, une ligne d'horizon où pointent lames et manches.

« Les endroits comme Spittelfief offrent du glamour, annonce le Chevalier-Sorcier, mais celui-ci est semblable aux mensonges qu'ils t'apprennent à raconter. On peut l'effacer. » Il fait une pause. « Prends garde à ce que tes antécédents ne te poussent pas à trop te concentrer dessus. »

Il ramène son attention déconcertante sur Red. « Tu as le privilège de pouvoir faire de ta vie une quête de signification et de confort. On finit tous six pieds sous terre en fin de compte, non ? Tout ce dont tu disposes, c'est d'un peu de temps pour te rendre inégale devant la Grande Égalisatrice.

— Grâce à la poursuite glorieuse et pleine de sens de la lutte pour l'argent ? » se moque Red d'une voix traînante sans pouvoir s'en empêcher.

Le regard du chevalier témoigne de son incrédulité quant au fait que le corps mince qu'il a devant lui puisse contenir tant de bêtise.

« Grâce au pouvoir. La seule monnaie qui vaille quelque chose dans ce monde. » Silence. « Tu es avantagée, Red. Tu as commencé avec plus de puissance que la plupart des autres.

— Quelqu'un m'a dit exactement le contraire, réplique Red, le visage rocailleux de Faraday lui revenant en mémoire. Ma nature constitue un désavantage, car personne ne me fera jamais confiance.

— Le pouvoir est aussi une question de perspective. Si tu considères que c'est un avantage, tu l'utiliseras comme tel. Si tu y vois un handicap, tu lui permettras de te restreindre. Ne laisse jamais les autres penser à ta place.

— Logiquement, répond Red, est-ce que ça ne devrait pas vous inclure ? »

Elle est récompensée par un léger sourire et ressent un éclair d'agacement devant la joie qu'elle éprouve à cette vision.

« Logiquement, en convient le chevalier. Accueille tous les enseignements qui te sont donnés, mais fais-toi ensuite ta propre opinion. Tu peux très bien décider que je raconte n'importe quoi… »

Si, pense Red, *j'en suis déjà là.*

« Mais pour l'instant, c'est à moi de te former. C'est ce que tu voulais, n'est-ce pas ? »

Au creux de l'estomac de Red, une émotion noire, insaisissable agite ses ailes. C'est son prochain test, et elle n'échouera pas.

« Oui », dit-elle.

Le chevalier hoche la tête. « Parle-moi de la première fois où ta magie a opéré. »

Red marque une pause, préparant l'histoire dans son esprit. « J'avais 12 ans. Je me suis battue avec un autre gamin dans l'auberge où je vivais.

— À propos de quoi ? »

Elle hésite.

« Qu'est-ce qui ne va pas ? » demande le Chevalier-Sorcier. Son air est un peu plus doux.

« Rien. C'est juste que… vous êtes la première personne à me poser cette question. Je m'attendais à devoir en parler lors de l'entretien pendant la déclaration, mais ils ne me l'ont jamais demandé.

— Bien sûr que non. Ils ne se soucient pas de savoir *comment* nous fonctionnons, ils veulent juste nous contrôler ». Silence. « Si c'est trop douloureux, tu n'as pas besoin de me le dire. »

C'est le cas, mais elle ne veut pas qu'il le sache.

« C'était à propos de mes parents, dit-elle. C'était la seule chose que nous avions en commun là-bas, de ne pas en avoir, alors c'était le moyen le plus facile de nous faire du mal. Bref, l'autre petit a lancé un gros mot sur ma mère et je lui ai dit de le retirer, mais il n'a pas voulu. Il a continué à le dire, sans arrêt, d'une voix de plus en plus forte. Tout ce dont je me souviens ensuite, c'est d'une sensation de chaleur et de démangeaisons, et l'instant d'après, il était allongé sous une table retournée, hurlant que son bras était cassé. Je me rappelle m'être demandé comment il avait réussi à se la renverser dessus comme ça. Elle était vraiment lourde, il fallait deux adultes pour la soulever. Il a affirmé que je la lui avais jetée dessus, mais je n'avais même pas bougé. » Elle a un haussement d'épaules embarrassé. « J'ai trouvé la réponse assez rapidement après ça. »

Une histoire plausible, rendue fluide par la pratique répétée devant un miroir ; mais c'est la première fois qu'elle doit raconter ce mensonge à un autre enfant-divin. Elle garde les yeux baissés. *Laisse-le croire que ça te fait mal de le dire, si ça lui plaît.*

« Tu as remarqué pourquoi ça sort quand ça arrive ? l'entend-elle demander.

— Je ne sais pas. C'est arrivé si rarement… trois fois dans toute ma vie. »

Plus on en dit, plus les mensonges sont faciles à proférer. Quelle langue de serpent !

« C'est inhabituel, commente le chevalier. Il est très difficile pour nous de garder nos émotions à l'intérieur.

— Vous voulez dire notre magie. »

Il hausse les épaules. « Nous sommes notre magie. Elle compose notre être : corps, esprit, sentiments. C'est un même ensemble de systèmes interconnectés. On ne peut pas les considérer de manière distincte ; sinon, tu ne la comprendras jamais, et donc tu ne la contrôleras jamais. »

C'est pour ça que vous êtes comme ça ? Vous vous contrôlez si fort que vous pouvez à peine esquisser un sourire ?

Red décide de garder ce brillant petit avis dans sa bouche. « Voyons ce que nous avons là, alors, propose le chevalier. Défends-toi. »

Il ne fait aucun mouvement vers le râtelier. Une séance sans arme ? Très bien, d'accord. Red se tend pour adopter une position de combat preste et robuste, mais le chevalier, toujours à deux longueurs d'elle, ne bouge pas.

Elle voit la langue incandescente d'un fouet électrique s'élancer vers ses jambes, entend le gémissement de moustique tandis qu'il se fraie un chemin dans l'air – il arrive de nulle part et elle n'a pas le temps de s'enfuir, une décision à la microseconde près lui permet de bondir, s'élevant –, mais l'arme n'est plus sous elle et elle atterrit maladroitement en trébuchant, ses membres incertains, craignant de sentir sa morsure.

« Ta défense consiste à sauter comme une grenouille ? » raille-t-il.

Red lève les yeux vers le chevalier, qui n'a toujours pas bougé, et ne brandit aucun fouet. Celui-ci n'est visible nulle part. Où est-il passé ?

« Le fouet... s'étonne-t-elle, se sentant stupide.

— C'était une illusion. »

Red regarde dans le vide en se remémorant le moment où l'arme s'est abattue sur elle. Elle n'avait jamais été témoin de sa magie auparavant. Elle n'avait jamais imaginé que ça semblerait si réel.

« Ton premier réflexe, dit le chevalier, aurait dû être de repousser le fouet loin de tes jambes avant qu'il puisse t'approcher. La peur de la menace est généralement la première émotion qui déclenche une réaction magique. Nous recourons souvent à la magie avant tout le reste.

— Mais j'ai besoin que vous m'appreniez à la *bannir*, pas à l'utiliser.

— Il nous faut d'abord la libérer, dit le chevalier d'un air distant. Alors seulement nous pourrons apprendre à la contrôler. »

Red fronce les sourcils. Cela n'a pas beaucoup de sens pour elle, mais là encore, sa compréhension de ces pouvoirs est, au mieux, limitée. Jusqu'à présent, la seule enfant-divine qu'elle ait jamais connue est elle-même.

« Comment puis-je repousser une illusion ? demande-t-elle. Est-ce qu'on peut la toucher ?

— Non, mais en tant que pelleren, tu utilises l'air autour des autres corps pour provoquer des changements physiques, des pressions, des dégâts. Tu devrais pouvoir dissiper mes illusions d'une simple pensée, avant qu'elles ne puissent t'atteindre. Après tout, ce n'est que de la lumière manipulée. Le toucher, le goût et l'odorat sont les trois sens que je ne peux pas imiter. Tu devrais t'en souvenir. » Le ton du chevalier devient acerbe. « Ça pourrait s'avérer utile. » Il fait un signe de tête. « Encore. »

Avant que Red ne puisse se reprendre, l'air grésille et brille, et le fouet fonce vers elle, trop vite pour qu'elle puisse se décider ou réfléchir, ce qui la pousse à réagir par instinct. Elle saute à nouveau, sachant déjà à mi-chemin du mouvement qu'elle a tout faux.

« Non. Encore. »

Elle veut lui dire « attendez », demander un moment, juste une seconde pour réfléchir, se préparer… Mais la clémence est une faiblesse et aucune ne peut être dévoilée à l'homme qui n'en a pas. Le fouet revient encore. Et encore. Elle saute, elle esquive, elle bat des mains, coupant l'air sans résultat avec ses paumes. Une heure passe, puis une autre. Le dispositif d'éclairage élevé qui surveille leur aire de jeu plonge tout ce qui se trouve au-delà dans un néant noir, jusqu'à ce que Red commence à croire que tout a simplement cessé d'exister. Son monde s'est réduit à la respiration rauque dans ses oreilles, à l'écho de la voix de son mentor sur la pierre, à la succession d'armes illusoires qu'on lui lance : haches, épées, couteaux, faux rayons d'imitations de pistolets à faisceaux-rasoirs qui ont pourtant l'air si réels que son estomac se serre fort à chaque fois que l'un d'eux la touche.

« Arrête de te cacher, demande le Chevalier-Sorcier, bien dissimulé derrière ses illusions. Je veux te *voir.* »

Red serre les dents en se relevant. « J'essaie…

— Non, la coupe-t-il, tu n'essaies pas. Tu te retiens. »

Peu importe le nombre d'illusions qu'il lui lance, peu importe qu'elle sache ce qu'il en est, celles-ci n'en deviennent jamais moins réelles. Chacune est aussi convaincante que la précédente. Red répète sans cesse à ses yeux de ne pas y croire, à ses oreilles de ne pas entendre, mais cela ne fait rien. Sa sueur a le goût de la peur. Se confronter à la mutilation ou à la mort encore et encore, sans répit, est épuisant. Elle tombe sans arrêt.

« Attendez », dit-elle, les mollets tremblant sous l'effort pour se maintenir debout. Le froid qui règne l'oblige à bouger juste pour se réchauffer.

« Non, entend-elle le chevalier répondre.

— ATTENDEZ… »

Le voilà soudainement, l'espace qui les séparait disparu en un instant. De près, Red peut clairement voir ce que les heures de magie ont coûté à son adversaire. Sa silhouette tremble, sa peau est moite, grise. La surprise lui fait perdre contenance ; le chevalier passe en un éclair sous sa garde et agrippe son cou.

« La peur est un déclencheur trop facile, mais il faut bien la faire sortir d'une manière ou d'une autre. » Ses mots sont saccadés par l'effort.

« Lâchez-moi », siffle-t-elle, s'efforçant de résister à sa prise, sa fureur augmentant. Il la bloque avec le même mouvement qu'il a utilisé pour la soumettre la première fois qu'ils se sont rencontrés, mais elle *ne* ploie *pas,* elle met *les autres* à genoux devant *elle,* les faisant crier qu'ils sont désolés pour tout le mal qu'ils ont fait…

« Où est ta magie, Red ? interroge-t-il. Où es-*tu* ? »

Il cherche son visage, elle le sien – et en une seconde, le vent tourne. Le regard du chevalier se pose sur sa bouche, puis remonte vers ses yeux en un instant.

Et pendant un moment vertigineux, ça n'a plus l'air d'un combat.

Puis ses mains se dressent et elle frappe violemment les oreilles du chevalier du plat de ses paumes. C'est suffisant ;

le choc sonore le désoriente, il desserre son étau autour de sa gorge ; elle le repousse de ses avant-bras et lui envoie un coup d'épaule dans le plexus solaire, le faisant reculer, chancelant.

L'adrénaline lui hurle d'aller de l'avant et de détruire la chose qui l'a blessée, mais elle est trop épuisée pour ce faire. Elle en a juste assez pour se maintenir debout.

Le chevalier se redresse et ils se fixent l'un l'autre tandis que Red prend des respirations plus difficiles l'une après l'autre.

« Ton corps réagit, au moins, dit-il, mais son ton suggère que ce n'est pas bon, pas bon du tout. Je croyais que tu m'avais dit avoir du mal à contrôler ta magie au combat ? Tu ne me donnes rien. Je pourrais tout aussi bien attaquer un cadavre.

— Tout ce que vous faites, c'est me torturer ! » crache Red.

C'est la seule chose qu'elle peut dire, car elle ne peut certainement pas avouer qu'elle lui a menti et qu'elle n'est pas ici pour apprendre à contrôler son pouvoir.

Le chevalier pousse un soupir fatigué et passe une main sur son visage. « Nous en avons terminé pour aujourd'hui. » Il désigne l'obscurité au-delà du carré de lumière.

Red se penche en avant, essayant de reprendre son souffle. La sueur qui coule dans son dos est froide à présent, ce qui renforce son sentiment croissant d'échec.

« Je suis désolée, s'excuse-t-elle. Nous pouvons continuer. »

La créature taillée dans le marbre secoue la tête. « Tu es trop fatiguée pour ça. Nous réessaierons dans quelques semaines. Ford est dehors. Il va te ramener à Spittelfief. »

Quelques *semaines* ? Red tente de protester, mais elle a été drainée jusqu'à l'épuisement. Furieuse et vaincue, elle revient en titubant vers le monde extérieur, l'esprit en proie à un tourbillon désespéré.

Le talent physique de cet homme pour le combat est extraordinaire, il est peut-être impossible que Red gagne contre lui. Et avec ses illusions, il devient invincible. Sa magie est bien plus puissante que ce que le public a jamais osé imaginer. Elle doute que les gens qui l'entourent en aient la moindre idée. Comment le pourraient-ils ? S'ils le savaient, ils l'auraient sûrement déjà enfermé. Pas étonnant qu'il tienne le monde à distance.

Alors comment *diable* va-t-elle pouvoir s'approcher assez près pour le tuer ?

26

Ker Leonis, Sombrecœur, Dix ans auparavant

L'air de la vaste salle de bal scintille de reflets argentés. De minuscules étincelles se déplacent et brillent en des tourbillons lents et inexorables, que disperse lentement et doucement un système circulatoire de grilles d'aération encastrées dans les murs et à des endroits réguliers du plancher sans fin. À la fin de la nuit, tous les invités auront leur peau exposée parsemée de paillettes, dont d'autres seront piégées dans leurs cheveux ou étincèleront sur les plis de leurs vêtements. Les invités apportent avec eux une multitude de langues, de styles vestimentaires, de teintes, de passions et d'allégeances ; mais au-dessus de tout cela, il y a l'argent, la couleur de la combine, la couleur de Londres, qui recouvre chaque personne de son éclat captivant.

Au-dessus des têtes de la foule s'élèvent les célèbres chandeliers de fer noir de Ker Leonis. On en trouve vingt répartis au plafond, chacun contenant des centaines de bougies. Un solide système de poulies permet d'abaisser chaque lustre avec précaution jusqu'au sol lorsque vient le moment de les remplacer. La salle de bal n'est pas utilisée très souvent. Lorsque c'est le cas, que les bougies sont toutes allumées et que des milliers de flammes étincelantes flottent au-dessus de l'assistance, cette vision transforme le monde en un rêve.

C'est le bal annuel de la Caballaria, la plus grande célébration de l'année. Une ménagerie resplendissante de faste et de spectacle, et la huitième occasion de ce genre durant l'ère artorienne, le règne désormais bien établi de celui que l'on appelle le Roi Combinard.

Un grand espace a été dégagé à une extrémité de la salle de bal, juste devant l'estrade royale. Les chevaliers qui y combattent ce soir sont choisis pour leur renommée naissante ainsi que pour leurs prouesses. Cet événement est considéré comme un signe de grandes choses à venir pour chaque combattant choisi, et non moins pour Finnavair Caballarias de Rhyfenbourg, qui prend maintenant position, prête à entrer en scène.

La chevalière connue sous le nom de la Gente Fée ne se bat dans le circuit public naissant de Rhyfenbourg que depuis quelques mois, mais elle est déjà l'une des favorites des lumineux et fait l'objet d'un culte grandissant dans la population en général. Promenez-vous dans n'importe quelle partie du quartier un soir de combat et vous verrez son visage et ses sceaux parmi les projections murales qui s'entassent et se mélangent dans chaque bar de la Caballaria.

On dit qu'elle est à l'origine de la tendance à la mode chez les jeunes Londoniens de porter des calques faciaux synthétiques. Le matériau translucide, très fin, épouse les contours du visage et estompe les traits derrière lui, suggérant à la place des images allant de motifs de tatouages temporaires à des faces animales en passant par des créatures qui n'existent que dans les histoires. Tout ce qui vous vient à l'esprit peut être acheté sous forme de calque. Les moins chers sont disponibles sur tous les marchés du coin, comme un costume de fête jetable, mais en payant suffisamment, on peut même porter un visage plus célèbre par-dessus le sien, bien qu'ils ne soient jamais particulièrement réalistes.

Ces accessoires font partie de la tenue de combat de Si Finnavair depuis le début, et cette soirée ne fait pas exception. Elle se bat avec le visage d'un renard en hommage à la rue dont elle est originaire, ses traits vulpins la rendant méconnaissable.

Le seul problème, c'est qu'Art aimerait beaucoup la connaître.

La chevalière termine sa performance par un mouvement spectaculaire qui consiste à trancher adroitement le chapeau de son adversaire en trois morceaux et à les embrocher au bout de son épée. La salle de bal explose sous les applaudissements, les poings fermés frappant les paumes en un martèlement rythmique, et Art se joint à eux avec enthousiasme.

Lillath, qui se tient sur l'estrade royale à la droite d'Art, se penche. « Elle est fabuleuse, n'est-ce pas ? »

Elle le regarde avec curiosité.

« Oui, répond-il avec toute la nonchalance dont il est capable. Très – il cherche le mot juste : belle, non, excitante, *non* – impressionnante.

— Hum, répond son amie.

— Quoi donc ?

— Rien. »

Art lui adresse un regard. « Je ne sais pas ce que tu caches. Je sais juste qu'il y a quelque chose que tu ne me dis pas.

— Non, rien, répète Lillath avec un stoïcisme irritant. Tu devrais peut-être l'inviter à danser.

— Non, je ne pense pas », la contredit Art.

La jeune femme se rassoit. « Demande à Lucan de lui proposer. C'est ton conseiller en communication maintenant, après tout.

— Quel âge avons-nous, 12 ans ? » se gausse Art. Il hésite. « De toute façon, Lucan est occupé. »

L'homme en question est installé plus bas devant eux, où il se mêle aux invités importants et les accueille avec effusion. Toujours plus doué pour la parole que pour le combat, sa décision d'abandonner la formation à la chevalerie pour se lancer dans une carrière de vastos conseiller n'a surpris personne.

Lucan a l'aptitude de parler de tout et de rien, mais son travail consiste à gérer les communications du palais, pas la vie amoureuse d'Art ; ou son absence, en l'occurrence.

« Est-ce que tu vas faire ce truc où tu es trop lâche pour lui demander jusqu'à la dernière minute, s'enquiert Lillath, et bien qu'elle ait probablement un tas de propositions en attente, elle devra toutes les rejeter pour toi, et alors tu te sentiras si mal d'empiéter sur les plans de tous les autres que tu retireras ton invitation, et on aura l'impression qu'elle a offensé le roi de Londres, et sa nuit entière sera ruinée et ce sera dans tous les lumineux de demain…

— Je jure sur la propre épée de Rhyfen, la coupe Art d'une voix plaisante, que si tu ne cesses pas de taquiner ton souverain bien-aimé, celui-ci fera en sorte que l'on croie que *tu* l'as offensé, et *tu* pourras te réjouir d'être le sujet de tous les ragots pour la semaine à venir au grand minimum. »

Lillath adopte un ton dédaigneux. « J'en ai l'habitude. Fais du pire que tu peux.

— Qu'est-ce que tu veux, DeHavilland ?

— Je me demandais pourquoi tu ne lui avais pas encore parlé, vu que tu te languis d'elle depuis des mois.

— Pas du tout, rétorque Art en luttant contre une soudaine rougeur.

— Tu as regardé ses derniers combats.

— Qui t'*a dit…* » Il ravale la fin de sa phrase. Il le sait exactement. Fortigo Balanchine, son vastos personnel supposément loyal. Au fil des ans, Lillath et lui se sont rencontrés plus d'une fois dans une chambre à coucher, développant au passage une amitié en forme de montagnes russes.

Tu es dans la merde, Balanchine, promet Art en silence.

Garad, installé à la place de læ champian, à sa gauche immédiate, se penche vers lui. « Art, je ne savais pas que tu étais un fan de la Gente Fée ! » dit-iel avec un enthousiasme marqué.

« Je… hésite le roi. Pas un fan, pour être précis. Les seuls combats que je regarde vraiment sont les tiens. »

Garad rit. « Eh bien, je suis content que tu suives la Caballaria d'un peu plus près ces jours-ci.

— Oui, apparemment, il y a enfin quelque chose qui vaut la peine d'être regardé », murmure Lillath.

Dans la tête d'Art, celle-ci connaît mille morts terribles.

« Tu l'as déjà rencontrée ? demande san champian.

— Quand en aurais-je eu le temps, Garad ? » répond Art, déconcerté.

Cellui-ci hausse les épaules. « Le temps ne se prend pas, il se donne. »

Art aime à penser qu'il connaît san champian et plus vieilleux[42] amix mieux que quiconque, mais il existe un puits en ellui, un réservoir profond qu'iel n'ouvre pas au monde. Iel affirme souvent que c'est une défense nécessaire contre l'intrusion du public dans sa vie, mais la vérité est que même le roi n'y a pas accès.

Cela signifie également que Garad fait parfois des choses qui prennent les gens complètement au dépourvu, comme ouvrir la bouche et hurler « FINNAVAIR ! » à travers la salle de bal, attirant tous les regards.

La dame en question lève les yeux comme un chat effrayé. Quand elle aperçoit Garad et réalise que le bruit vient d'ellui, un sourire se dessine sur son visage. Avec quelques mots murmurés à la petite foule qui l'entoure, elle se détache et se dirige vers le dais royal.

Art attend patiemment que son cœur qui bat à tout rompre redescende à des niveaux normaux.

« Qu'est-ce que tu fais ?, interroge-t-il de sa voix la plus calme, celle qu'il réserve aux situations d'urgence les plus graves.

42. « Vieux, vieille » en neutre.

— Je vous présente, répond Garad.

— Ce n'est pas. La manière. Dont on présente. Les gens. Au roi. De Londres.

— Art, le réprimande Lillath, tu te plains toujours de vouloir faire cesser tout ce cérémonial ennuyeux et de ne pouvoir agir comme une personne normale pour une fois.

— Non, c'est merveilleux, vraiment, réplique Art en souriant et en regardant du coin de l'œil la Gente Fée approcher. Ça alimentera les machines à ragots pendant un mois.

— Si Finnavair, commence Garad. C'est un plaisir de croiser le fer une fois de plus.

— Seulement par les mots, malheureusement, déclare la chevalière, qui est arrivée en face d'eux. Un jour, j'aimerais vous rencontrer dans l'arène, Si Garad. »

Elle a une voix mélodieuse à l'accent marqué de Rhyfenbourg. Maintenant que sa démonstration est terminée, elle a quitté son armure de spectacle et porte un gilet noir moulant qui met à nu tous les muscles bien dessinés de ses bras. Son pantalon est rentré dans des cuissardes qui épousent sa chair. Le calque a disparu, laissant place à un visage pétillant et animé, ainsi que sa masse caractéristique de boucles serrées colorées aux extrémités, d'une nuance vibrante de corail en cette soirée. Ses yeux se dirigent brièvement vers Art, puis se baissent rapidement en direction du sol.

Le roi adresse à san champian le plus bref des regards. Il n'y a que Garad qui puisse les sortir de cette impasse protocolaire. Le roi ne se présente pas lui-même, et absolument personne ne peut se présenter à lui.

Des mondes meurent, les étoiles entrent en collision et une seconde qui n'en finit pas plus tard, Garad reprend les rênes. Sa main se tend.

« Sire, dit-iel, permettez-moi de vous présenter Si Finnavair Caballarias de Rhyfenbourg. Si Fin, laissez-moi vous présenter Artorias Dracones, premier du nom, roi de Londres, souverain de Sombrecœur et du Septem de Londres des Sept Royaumes, régent du…

— Je t'en prie, interrompt Art. Arrête. » Il inspire, espérant que cela l'aidera à se calmer. « Si, c'est un honneur de vous rencontrer. Votre performance était superbe. »

La femme qui se tient calmement devant lui semble déstabilisée par son compliment.

« Vous le pensez vraiment ? dit-elle, l'air nerveux. Oh, je comprends que cela fait partie de votre devoir d'être agréable à tout le monde…

— Non, interrompt Art à la hâte, enfin, je veux dire, oui, c'est l'une de mes obligations, mais ce n'est pas ce que je… Je le pensais sincèrement, en ce qui vous concerne. Ce qui ne veut pas dire que je suis toujours en train de mentir, avec les autres. » Le silence qui suit est atroce pour tout le monde. « Bien sûr, poursuit-il gaiement, nous voilà maintenant dans une impasse. Rien de ce que je dirai dorénavant ne semblera vrai. Comment vous convaincre ? »

Finnavair laisse échapper un rire sauvage, dépourvu d'élégance et tout à fait charmant. « Je ne pense pas connaître quelqu'un qui utilise le mot “dorénavant” à l'oral.

— Eh bien, répond Art, cela vient de changer.

— Effectivement. » Son front se plisse en un froncement. « Est-ce qu'il y a un problème ?

— Vous m'avez fait un compliment, je dois donc vous en retourner un. J'essayais juste de trouver lequel.

— Prenez tout votre temps, la tranquillise Art. Il doit y avoir tellement de choix possibles, je comprends que cela puisse être accablant. »

Son visage s'illumine. « Attendez, je sais. Vous êtes un roi plutôt bon. »

La bouche d'Art s'ouvre, puis se ferme. « Juste… Plutôt bon ? parvient-il à dire.

— Eh bien, vous n'avez l'Épée que depuis quelques années maintenant, et vous êtes encore jeune. Vous avez amplement le temps de devenir un grand souverain, ne vous inquiétez pas. » Si Fin lui adresse un sourire.

« Espérons que je vais durer un peu plus longtemps, alors, déclare-t-il. Dorénavant, ma seule ambition en tant que roi sera que vous me considériez comme tel. »

Elle laisse échapper un autre rire tonitruant.

Il se retrouve à chercher désespérément de nouveaux moyens de provoquer cette réaction.

« Je m'excuse, sire, dit-elle. Puis-je vous avouer quelque chose qui n'est pas une blague, pour compenser ?

— Si vous voulez. »

Le sang rougit les joues de la jeune femme. « Vivre en chevalière est le but de ma vie. Cela signifie tout pour moi. J'ai une dette envers vous. »

Art cligne des yeux. « Je ne...

— Je suis orpheline, explique-t-elle. Si vous n'aviez pas modifié la loi sur les conditions d'entrée dans la Caballaria, je n'aurais même pas pu tenter la période d'essai.

— Ah. » Art se tortille. « Bon. »

Ce n'est que maintenant qu'il prend conscience de la présence des autres. Il peut pratiquement sentir le sourire de Lillath.

« Si, invite-t-il, voulez-vous danser ? »

Finnavair est absolument stupéfaite. « Avec vous ? Sire, ajoute-t-elle en hâte.

— Nous pourrions essayer séparément, mais je crains de trouver cela fort peu intéressant. »

Elle l'examine du regard. « Voilà bien un sujet d'inquiétude.

— Oh, je mène une vie ennuyeuse. Je n'ai à me soucier que de choses triviales.

— Vous n'êtes pas censé vous taper une noble ? demande-t-elle.

— C'est une danse, pas une demande en mariage. »

Finnavair le regarde avec un sourire fasciné. Au bout d'un moment, elle pose sa main sur la sienne. Sa paume est douce, chaude et humide ; de la sueur, réalise-t-il. Elle est une chevalière célèbre qui a récemment combattu et remporté la victoire dans l'une des plus grandes arènes du monde, des millions de personnes suspendues à chacun de ses mouvements. Toute cette pression pure, l'air épais… Mais c'est une danse avec un roi qui lui fait perdre sa maîtrise. L'arène est un monde qu'elle connaît, mais ceci est un territoire inconnu.

Pourtant, ils parviennent à s'y frayer un chemin ensemble assez bien.

*

« C'est drôle, dit Fin, quelques heures plus tard. J'avais entendu dire que vous n'aimiez pas vraiment la violence. »

Art est étendu sur le dos aussi calmement qu'il le peut, essayant de se rappeler comment respirer.

« Ce genre de violence, finit-il par répondre, est à mon goût, on dirait. »

Le rire de la jeune femme vibre dans sa poitrine. Elle se blottit contre lui, ses jambes étalées en travers de ses draps comme des poignards.

Ce fut, songe Art, une soirée intéressante. Il attend que sa fréquence cardiaque se stabilise à un rythme moins inquiétant sur le plan médical.

Puis il lance : « J'aimerais vous revoir.

— Pour ça ? Êtes-vous sûr de pouvoir le supporter, sire ? Si vous vous présentez pour accueillir des dignitaires avec des os cassés, les gens pourraient s'interroger. »

Art rit. « Vous n'êtes pas si féroce. »

Fin se tait. Le silence s'étire.

« J'aimerais aussi vous revoir, dit-elle finalement. Mais je ne le peux pas. »

Le cœur d'Art tombe en poussière. « Vous êtes promise à quelqu'un d'autre ?

— Non, rien de tout ça. »

Il réfléchit. « Alors, de quoi s'agit-il ? Pouvez-vous me le dire ? »

Il sent le soupir de Fin chatouiller la peau douce et fine de ses côtes.

« C'est juste que… Je ne peux pas. La Caballaria est mon seul véritable amour. C'est le seul pour lequel j'ai de la place dans ma vie.

— Beaucoup de gens réussissent à avoir les deux. »

Fin a l'air sombre. « Pas vraiment. L'un souffre toujours, à mon avis. Je n'ai pas eu beaucoup de chance à ce sujet. Et vous ? »

Il a envie de lancer une réplique tranchante. De mettre à nu sa logique et de pointer chacune de ses failles.

Puis il pense à Garad, toujours seulx[43].

Il songe à sa propre situation.

« Non, dit-il finalement. Je commence à me demander si j'y arriverai un jour.

— Vous y parviendrez. » Fin marque une pause. « Bien sûr, si jamais vous voulez davantage… d'exercice… en attendant ? »

Elle laisse sa proposition en suspens.

« Je suis désolé, décline Art. Ça a tendance à signifier un peu plus que ça pour moi, même si je préférerais que ce ne soit pas le cas. »

Elle lève la tête et le regarde solennellement. « Connais-toi toi-même, dit-elle. C'est une aptitude très utile. »

Il essaie de sourire.

Peu de temps après, Fin s'écarte de lui et prend congé.

Art se laisse aller à ses pensées un moment. Pourquoi veut-il toujours des gens qu'il ne peut pas avoir ? Il y a beaucoup de choses qu'il *aurait pu* posséder. Les saints savent qu'on les agite devant lui avec une régularité lassante. Qu'est-ce qui ne va pas chez lui ?

---

43. « Seul, seule » en neutre.

Son regard se pose sur son bureau, qui est encombré de papiers. Finnavair n'est pas la seule dont le cœur est déjà pris. Il laisse échapper un soupir résigné, se redresse, envoie chercher du café et reporte son attention sur le royaume. Se penchant sur sa plaque de messages privés, il balaie du regard les missives qui s'y sont accumulées depuis ce matin.

Celle du dessus est neuve. Elle a dû arriver pendant sa séance plutôt éprouvante avec Fin. Elle lui a été envoyée par Lillath ; il en reconnaît l'écriture. Il est habitué à recevoir régulièrement des mises à jour privées de la part de son Araignée, et il lui faut un moment pour réaliser ce qu'il lit. Quand il le fait, il en a le souffle coupé.

Nous avons reçu un message de B. Elle a des problèmes.

— L

Après huit années, Bélisan est de retour.

27

Surwek, Iochibourg
Trois mois auparavant

Spittelfief se dresse dans le ciel sublimement auréolé du soleil couchant derrière lui.

Les nuages sont marbrés d'un bleu riche et d'un or épais et crémeux, des couleurs et des formes impossibles susceptibles de faire croire à l'existence de dieux célestes ; ou c'est, à tout le moins, le genre de soirée qui rend sans voix par son opulence.

Red ne se soucie de rien de tout ça. Elle traverse péniblement le large boulevard de pierres blanches qui fait office d'entrée du magnifique manoir qui lui sert désormais de foyer. Ses pensées sont si agitées qu'elle ne remarque même pas qui l'attend sur le seuil.

Puis survient le grognement soudain d'une moto, ronronnant directement sur son chemin.

Elle sent quelque chose de familier. On ne peut pas se tromper sur ces cuirs, ces écussons, ces badges et ces breloques de Rhyfenbourg.

Finnavair. Un sourire décontracté se dessine sur sa bouche lorsqu'elle s'arrête.

« Je viens de te voir », la salue Red, perplexe.

Fin incline la tête. « Où ça ?

— J'ai vu la fin du combat que tu as livré aujourd'hui sur les écrans. Il n'a pas fini il y a seulement une heure ? »

Elle rit de l'expression interrogative de Red. « Même la miraculeuse Gente Fée ne peut pas se trouver en deux endroits à la fois. Plus important encore, où étais-*tu* ? » Elle tourne la tête vers la maison. « Ils ont dit que tu devais revenir cet après-midi.

— Nulle part.

— Tu vas devoir mentir mieux que ça, dit-elle fermement. Les écuries n'aiment pas trop que leurs étalons de compétition s'égarent. Allez, tu peux t'exercer sur moi. »

Red soupire. « J'étais à Wendelsworde. »

Fin a l'air déconcertée. « Par les saints, tu étais dans un autre quartier ? C'est loin. Qu'est-ce qui t'intéresse là-bas ? »

Elle n'a pas la force de mentir. « Je suis allée voir le Mérovingien. »

Fin éclate de rire. « Le musée du Chevalier-Sorcier ? Putain, Red.

— Je ne savais pas qu'il avait été transformé en monument pour touristes béats, répond celle-ci avec amertume.

— Tu es l'une des rares personnes des Sept Royaumes qui peuvent se réclamer d'un lien personnel avec le Chevalier-Sorcier. Pourquoi diable as-tu ressenti le besoin de visiter la maison de son enfance ? »

Pour y trouver des indices. Des idées. Quelque chose, *n'importe quoi* de susceptible de la rapprocher de lui, de l'ouvrir comme un fruit trop mûr.

Au lieu de cela, tout ce qu'elle a trouvé, c'est un vendeur de billets perché sur un robuste tabouret métallique à la porte du Mérovingien, un homme grisonnant qui l'a à peine regardée lorsqu'elle lui a remis sa combine, marmonnant « une heure seulement à l'intérieur » en une litanie pleine d'ennui.

À l'intérieur de la maison transformée en musée, les murs ont été peints d'un blanc uniforme, afin de mettre en valeur les projections constantes et vastes du papier peint d'origine à motifs dans le style alfrénien. Sur le sol, en regardant attentivement, Red pouvait discerner les carreaux décolorés sous la lumière ornementée, usés et lissés pour éviter que leurs surfaces fissurées et cassées n'accrochent les pieds des visiteurs.

Dans la cave, elle a vu les tristement célèbres longues chaînes de fer fixées au mur par un épais anneau qui dépassait de la brique comme ceux qu'arborent les museaux des taureaux. Les entraves que le Chevalier-Sorcier avait utilisées pour rester prisonnier de cette petite pièce alors qu'il était un jeune adolescent, s'évertuant à contenir sa magie, tout comme son père à la triste réputation lui avait appris à le faire. *Cache-toi. Ne laisse pas les voisins te voir*. En face des chaînes se trouvait un petit lit à roulettes humide, à côté duquel se dressait une commode à tiroirs délaissée : des reconstitutions de ses maigres possessions d'enfance. Les fantômes de son ancienne douleur. Il n'est pas étonnant qu'il tienne tout le monde à distance, ne laissant rien transparaître d'autre que son aptitude au combat, lorsque sa vie est exposée de la sorte.

Et s'il apprenait qu'elle a passé l'après-midi à contempler son passé comme le serpent de touristes qui s'est enroulé dans les entrailles de son enfance ?

« J'étais simplement curieuse », dit Red à haute voix, avant de, avec effort, relancer la conversation. « Tu attends quelqu'un à Spittelfief, alors ?

— Oui, toi, idiote.

— Moi ? » Red fronce les sourcils. « Pourquoi ça ?

— Je t'emmène à une fête. Tu ne peux pas refuser. De toute façon, tu as besoin de distraction. »

Le regard de Fin suggère que toutes les réactions possibles de Red à cette invitation l'amuseraient.

« Je suis en formation demain », dit-elle.

Fin secoue la tête. « Tu ne commences pas avant l'heure du déjeuner. Je me suis renseignée sur ton emploi du temps.

— Mais… » Red patauge pour trouver une raison valable de ne pas y aller. « Où se déroule cette fête ? Qui y sera ? On pourrait nous reconnaître ».

— Ne t'inquiète pas, nous resterons anonymes. » Fin tient dans son poing un calque facial étincelant.

Red fronce les sourcils en la regardant. « Tu as pensé à tout, n'est-ce pas ?

— Je fais de mon mieux. » Fin bondit sur la pointe des pieds. « Tu viens, Si ? Ou tu préfères passer ta soirée à faire des recherches sur les plats préférés du Chevalier-Sorcier ? »

*

De l'extérieur, on dirait un entrepôt abandonné au milieu du vaste secteur de stockage commercial d'Iochibourg.

Fin lui explique que les choses ne sont jamais ce qu'elles semblent être. Elles traversent les broussailles et s'arrêtent devant la clôture qui se dresse face à elles, deux fois plus haute qu'un homme de taille moyenne, et qui entoure un immense carré de terrain clairsemé jonché de gravats au centre duquel un entrepôt se tient comme une boîte abandonnée. Des fentes de lumière jaillissent de ses fenêtres étroites et élevées, balayant d'un éclat pulsant les décombres et le sol plat et dur.

Fin se penche, ses doigts tâtonnant dans le crépuscule qui s'installe.

« C'est quelque part ici », l'entend marmonner Red, suivi d'un « Gagné » satisfait.

Elle écarte un pan de la clôture et se faufile dans le trou qu'elle vient de dévoiler. « Suis-moi donc, ma petite », dit-elle.

Red hésite. « Est-ce que c'est… légal ?

— Absolument pas. Si tu entends des moteurs de motos de gardes, fuis par la sortie de derrière. »

Le calque facial que Fin a choisi de porter ce soir est celui d'un serpent, qui se mêle de manière incroyablement déconcertante avec ses propres traits. Ses joues et son front sont ornés de minuscules écailles émeraude, ses yeux sont deux bassins de jais et sa bouche a été réduite à une fente souriante. Elle a dissimulé sa masse de boucles sous une perruque blanche courte. Quand elle sort, elle préfère que personne ne connaisse son identité. C'est le seul moment, dit-elle, où elle se sent libre.

Elles marchent vers l'entrepôt, le cœur de Red battant à un rythme nerveux. Le son augmente à mesure qu'elles s'approchent, un bruit sourd qui fait ressembler le bâtiment à un chien qui gronde et grogne, son ventre rasant le sol.

« La foule est sympa dans ce genre d'endroit, clame Fin d'une voix forte pour couvrir la musique. Des artistes, en général. Les gens qui le dirigent sont des renégats de toutes sortes. Et ils sont tellement créatifs. Une fois, ils ont organisé une fête qui était presque complètement dans le noir. On ne voyait rien, sauf quand les murs s'illuminaient de temps en temps d'une couleur chair malsaine, et la musique était un gémissement bizarre qui faisait grincer des dents. Le nom de la fête était *Dans l'utérus d'un animal mourant*. C'est génial, non ?

— Incroyable », dit faiblement Red.

Quand elles parviennent à la porte d'entrée, celle-ci est fermée par un cadenas. Fin appuie sur un interrupteur de fortune qui pend au mur. Au bout d'un moment, une grande fenêtre s'ouvre en grinçant un peu plus loin. Une fille avec une masse de cheveux roux et des motifs d'ouroboros tatoués sur chaque centimètre de son visage apparaît derrière la surface crasseuse.

« Le mot de passe ? crie-t-elle par-dessus le martèlement qui l'environne.

— *Elle dévore les faibles*, répond Fin en hurlant.

— Entrez. »

Red se glisse maladroitement par l'ouverture de la fenêtre.

« Sympa, ce code secret », lance-t-elle à Fin tandis qu'elles suivent la fille aux cheveux roux dans un couloir étroit.

Au-dessus de leurs têtes se balancent des rangées de crochets métalliques rouillés de dimension industrielle.

« C'est le titre d'une chanson de Des fleurs pour Kane. » Elle rit devant l'expression interrogative de Red. « La musique, tu connais ?

— J'en écoute peu, admet Red.

— Ça changera si tu fais de la moto pendant un moment. »

Les portes au bout du couloir s'ouvrent, et lorsque Red émerge dans l'espace principal, le déferlement sensoriel pur fait disparaître tout le reste.

Le lieu est vaste, le plafond s'élève à une hauteur vertigineuse. Une mer de corps est entourée de tous côtés par des rais de lumière qui font comme des rubans qui ondulent, tourbillonnent, s'estompent et pulsent. C'est comme si la pièce tout entière tombait.

« Ils ont installé des projecteurs à large faisceau qui couvrent les murs et le sol, crie Fin à l'oreille de Red. Ils disent que c'est censé être comme à l'intérieur d'un trou noir. Tu sais. Dans l'espace ?

— Personne ne sait comment c'est, proteste Red. Personne n'est certain que ça existe vraiment !

— Question d'imagination ! crie Fin en levant les bras et en tournoyant. Qu'est-ce que ça fait, alors ?

— C'est comme mourir !

— Bien ! Alors considère cette nuit comme ta renaissance ! »

La femme serpent qui se trouve devant elle rit.

« Écoute, je sais que je t'ai poussée, mais tu aurais quand même pu dire non. Pourquoi es-tu venue ? »

Red dévisage la mer humaine autour d'elle. Des corps glissants partout, de toutes les formes et de toutes les tailles, vêtus de tous les costumes imaginables ; des spationautes habillés de noir et de métal, des anges aux ailes recourbées et à la peau peinte, des gewenden d'apparence animale, avec leurs plumes et leur fourrure, des machinettes ornées de verre, des pilotes mutinés étincelants.

Elle n'a jamais participé à rien de tel dans sa vie.

« Pour oublier, répond-elle. Pendant un petit moment.

— J'ai ce qu'il te faut. » Fin lui prend la main. « N'aie pas peur, Red. Je vais m'occuper de toi pendant que tu te laisses aller. »

Alors elle s'abandonne. Et Fin aussi.

*

Il est beaucoup plus tard, tellement qu'il pourrait être tôt, lorsque la machinette s'approche de Red.

De minuscules lignes de lumière électrique ont été cousues sous sa peau. Elles brillent faiblement à travers ses bras, d'une lueur rose sous le fin revêtement de sa chair. Sur son torse nu, de petits boutons de métal poli dépassent de trous soigneusement découpés et cicatrisés dans le derme. Les machinettes infligent des choses extrêmes à leur corps, Red le savait, mais en voir un enregistrement et les rencontrer dans la vie réelle, cela constitue une expérience totalement différente. Alors que ses yeux parcourent ses membres du regard, son ventre se noue de malaise.

« J'ai entendu dire que tu étais venue ici avec Fin, dit la machinette par-dessus la musique. Je suis un ami à elle. »

Red le regarde. Il est petit et jeune, et arbore un air désarmant et joyeux.

« On me nomme Parfaitement. » Il tend la main.

« C'est vraiment ton nom ? lance Red d'un air dubitatif alors que leurs poings se touchent.

« Ouaip. Je l'ai choisi moi-même. Je connais le tien, bien sûr. » Il lui adresse un clin d'œil. « Ne t'inquiète pas, personne d'autre ici ne connaît ton identité. Je suis très discret. C'est la qualité que les gens ont tendance à préférer chez moi. Mon secteur d'activité. Je vends un accès à d'autres dimensions. Aux rêves. Des états modifiés de l'être. Du divertissement. Ne trouves-tu pas incroyable qu'il existe des gens dans le monde qui ont tellement peur de s'amuser qu'ils essaient d'empêcher tous les autres de le faire ? Mais à vrai dire, il ne vaut la peine de faire quelque chose que s'il y a quelqu'un qui préférerait que tu évites, n'est-ce pas ? » Il pose une main froide, gantée de verre, sur son bras. « J'ai quelque chose qui va te plaire.

— Je ne pense pas », dit Red, en retirant sa main de son bras et en se détournant. Par les saints, il parle beaucoup.

Sans se décourager, Parfaitement la suit. « Tu n'aimes pas t'amuser ?

— Je m'amuse déjà.

— J'ai aussi des choses utiles, très avantageuses pour les gens comme toi. Tu connais le Tsunami ?

— Non. Va-t'en. » Red cherche Fin dans la foule.

« Tu devrais, insiste Parfaitement. Oh, oui, vraiment. Toi entre tous. Cela renforce tes talents, si tu vois ce que je veux dire.

— J'ai de bons entraîneurs, merci.

— Non, pas *ça*. Ta *magie* ». Il siffle ce dernier mot.

Red s'arrête, surprise malgré elle. « Pourquoi est-ce que je voudrais quelque chose comme ça ? demande-t-elle. Je n'utilise pas ma magie. Je ne peux pas. »

Un sourire se dessine sur le visage de Parfaitement. « Il y a un de mes clients, dit-il, un meretrix très célèbre. Je ne te révélerai pas qui c'est : j'ai dit que j'étais quelqu'un de discret, n'est-ce pas ? Eh bien, c'est un enfant-divin – non déclaré, tu comprends – et il utilise le Tsunami pour amplifier le, euh, l'expérience que procure sa présence. Aux moments les plus intenses, on pourrait dire. La plupart d'entre vous n'ont pas la main sur leurs actifs, mais il est très doué pour ça, d'après ce que j'ai entendu. » Parfaitement laisse échapper un rire bégayant. « Il gagne tellement de combine qu'il ne sait même pas comment la dépenser.

— Vraiment ? s'étonne Red, incrédule. Il y a des gens qui paient pour ça ?

— Pour un moment grandiose avec un enfant-divin ? Ce sont les mieux payés du secteur. Imagine n'importe quel montant, triple-le et tu ne seras pas loin. Plus une activité est illégale, plus elle génère de combine, non ? » Il soupire. « J'aimerais être un enfant-divin. Ce serait génial. Vous êtes si exotiques. »

Red ravale son envie de le jeter par terre.

« C'est combien ? demande-t-elle. Ce Tsunami ?

— Oh, je peux te faire une super offre. Tu me dis combien tu en veux, je te l'obtiens.

— Tu n'en as pas ici ?

— Non, admet Parfaitement. Il n'y a qu'un seul endroit où tu peux l'obtenir. Et tu ne le pourras que sur ma parole, je peux te le promettre. Le vendeur est un nerveux, ce qui est compréhensible. » Il se penche et dépose un morceau de verre gravé dans sa main. « Accès à mon canal de lumineux personnel. Tu m'appelles dès que tu en veux. »

Red empoche le verre. Parfaitement raconte peut-être n'importe quoi, mais s'il y a la moindre chance que ce Tsunami fonctionne comme il le dit, alors cela pourrait être suffisant pour lui donner l'avantage sur Wyll. Pour réussir à lui porter un coup mortel.

Elle aura besoin de toute l'aide possible.

« Merci, je le ferai peut-être, dit-elle, et elle s'en va.

— Tu ne m'achètes rien ? » entend-elle crier Parfaitement d'une voix outragée.

Red l'ignore et laisse la foule l'engloutir.

28

Surwek, Iochibourg
Dix ans auparavant

Le hall d'accueil tentaculaire du *Carnaval nocturne* offre, à première vue, un paysage de chaos.

De petites tables sont installées sur d'épais tapis tendus. Des chaînes lumineuses électriques suspendues au plafond oscillent au-dessus d'elles et de la scène, que des tentations de toutes sortes et de toutes formes utilisent pour séduire, inviter et enivrer.

Des personnages marchent, parlent, s'affalent sur des divans, tous éclairés en crème, rose, or, bronze, caramel, chocolat et terre d'ombre. Les doigts traînent sur la chair exposée. Les déguisements sont courants ici, car ils font partie du jeu que l'on commence à jouer une fois la porte passée. Chats, ours, insectes, vipères, démons, enveloppés de cuir, de mousseline, de soie, de corde et de verre. Se déplaçant, riant, chuchotant, roucoulant.

Art déteste cet endroit au premier regard. Il lui rappelle Bélisan.

Ce soir, il porte un calque synthétique qui lui est propre – un masque métallique doré qui recouvre son visage – et ses cheveux d'un blond distinct ont été gominés d'un gris argenté pâle. Sa tenue est du cuir noir de Sombrecœur, les écussons sont des faux. Il joue à être un chevalier, un costume plutôt banal dans les endroits comme celui-ci. Il a fait en sorte de ne pas se démarquer.

Elle se tient à une table dans le coin le plus éloigné de la porte. Son dos est face au mur. Ses yeux parcourent la foule. Huit ans d'un souvenir douloureux estompé, dans le coin d'une salle pleine de vies en train de se dérouler.

Elle n'est pas censée être si belle. Tout le monde s'y prend à l'envers, songe-t-il. On considère le fantasme comme un royaume brillant et sursaturé auquel le monde réel ne peut se mesurer, et pourtant, rien de ce qu'il a imaginé dans son esprit n'est comparable à la réalité viscérale de cette femme. Toujours cette chevelure sombre, ces yeux immenses.

Les mêmes yeux vides et vaseux alors qu'elle l'entraîne vers les profondeurs, le noyant dans un rêve.

Il repousse ce souvenir tandis qu'il s'approche.

Leurs regards se croisent.

« Je ne pensais pas que tu viendrais », finit par dire Bélisan.

Art s'assied sur le siège en face d'elle. « Comment aurais-je pu ne pas le faire, après le message que tu as envoyé ? Tu as dit que tu avais des problèmes. »

Au lieu de répondre, elle désigne quelque chose derrière lui. « Tu es venu avec des renforts. »

Ses gardes, qui prennent discrètement position dans son dos, sont aussi bien déguisés que lui. Penser que leur présence est si évidente le met mal à l'aise.

« Pas toi ? demande-t-il.

— Bien sûr que non. Qui s'associerait à une personne en fuite ? »

Art ravale une réplique sèche. Au cours des huit années qui se sont écoulées depuis leur dernière rencontre, Ker Leonis a déployé des efforts et des ressources considérables pour la retrouver, mais en vain. Elle a bénéficié d'une aide. Elle serait stupide d'aller à sa rencontre sans se prémunir aujourd'hui.

Il a la sensation désagréable d'être observé. Il lui semble que d'autres regards sont posés sur eux. Comme tout bon administrateur, Dario Go sait presque tout ce qui se passe dans son propre royaume, même si iel choisit de ne pas le montrer.

Il a toujours soupçonné læ maîtræ du Carnaval d'être læ véritable alliæ[44] de Bélisan, bien que, comme tant d'autres choses en ce qui la concerne, il n'ait pas été en mesure de le prouver. C'est l'un des enseignements surprenants et consternants de son règne jusqu'à présent : la quantité d'actes injustes et sournois qui restent cachés, le nombre de secrets et de mensonges qui ne sont pas découverts et demeurent impunis. Les histoires préférées de son enfance lui avaient appris le contraire. Il commence à les détester pour tout ce qu'elles ont de différent avec la vie réelle.

« Je t'ai dit qu'il était trop dangereux d'amener quelqu'un d'autre, dit Bélisan.

— Quelqu'un qui a failli me tuer autrefois demande à me rencontrer dans un endroit bondé, en secret, refusant d'expliquer pourquoi à moins que je ne vienne en personne et seul, rétorque Art. À quoi t'attendais-tu ? »

Elle plisse les lèvres.

« Si tu comptes m'arrêter, dit-elle, à quoi bon cette conversation ? Pourquoi faire semblant ? »

Il fronce les sourcils. « Ne sois pas ridicule. Ils sont là pour assurer ma protection, pas pour t'arrêter. »

Le visage de Bélisan change d'expression. Il ne saurait dire ce qu'il exprime à présent. Il ne peut pas lire en elle. Les traits de son visage… Ils sont insondables à ses yeux. Par les saints, se sont-ils jamais vraiment connus ? À quel point le temps l'a-t-il transformée ? Toutes ces années, tous ces changements.

Il se demande dans quelle mesure il semble différent aux yeux de la jeune femme. Il était un enfant quand il l'a connue, leurs

44. « Allié, alliée » en neutre.

limites bien établies dès la première nuit. Comment sont-ils censés se parler à présent ? Quelles sont les putains de règles ici ? Il a si longtemps nagé dans les limites bien définies de l'étiquette et du protocole que cette situation sans précédent lui donne l'impression de se noyer dans une mer sans fin.

Non, *non*, pas de se noyer. Écarte ce souvenir.

« Avez-vous si peur de moi que cela, sire ? » Bélisan demande.

Toutes les portes qu'il aurait pu commencer à ouvrir timidement pour elle se referment d'un coup.

« Après toutes ces années de clandestinité, dit-il, pourquoi te montrer maintenant, Bel ? Qu'y a-t-il de si urgent pour que tu prennes tant de risques juste pour me voir ? »

Elle reste immobile, calme. Un moment de silence. Puis :

« Je veux que tu accordes ton pardon à Agravain Welyen. »

Art reste silencieux un moment. Il laisse la surprise faire son chemin en lui.

« Répète-moi ça ? » demande-t-il.

Elle évite son regard. « Accorde ton pardon à Agravain. Lève la moldra lagha qui pèse sur lui et laisse-le revenir à Londres, dans sa famille. »

Il y a longtemps que ce nom n'a pas été prononcé à haute voix en sa présence.

L'exil d'Agravain à Londres ces dernières années a été un baume, un cadeau qui continue de faire effet. En son absence, la fourberie de sa famille semble enfin avoir été tempérée. Orcade a été une dame d'Alaunibourg constante, coopérative et agréable, un roc sur lequel Art a fini par compter.

Son frère était une épine empoisonnée retirée du pied de Londres. Il n'existe aucun scénario possible dans lequel Art accepterait de le remettre en place et de voir boiter sa ville à nouveau.

Il avale la bile qui lui monte à la gorge. « Donc tu *travaillais effectivement* pour lui, dit-il. Tu étais à lui depuis le début. »

Bélisan détourne le regard. « Est-ce important ?

— Tu me le demandes vraiment ? Est-ce *important* ? » Il a envie de casser quelque chose, de l'entendre craquer. « Il a essayé de m'assassiner, Bel. Oui, ça l'est. »

Elle secoue la tête. « Il n'a pas essayé de t'assassiner.

— Je t'en prie. Il a demandé à Dario de te suggérer dans le menu ; et comment, *comment* ai-je pu te choisir, par les sept enfers ? s'étonne Art. Comment ai-je pu demander la personne qui travaillait pour mon ennemi ?

— Tu croiras ce qui t'arrange, répond Bel d'une voix terrible et désespérée.

— La vérité. C'est ce qui m'arrange. Est-ce que je vais enfin l'avoir ?

— La vérité ? » Son visage prend un air rebelle. « Dario a établi un menu qui ne comportait que des enfants-divins. Peu importe qui tu choisissais, tu serais tombé sur l'un d'eux. »

Art lutte pour comprendre. « C'est… C'est ridicule. Pour quoi faire ? Une simple meretrix avec un peu d'habileté aurait eu autant de chance de me tuer. »

Bélisan frissonne d'impatience. « Tu ne m'écoutes pas ? Parce que ce n'était pas le plan. Ils ne voulaient pas te *tuer*, ils comptaient juste te faire passer pour un baiseur de kambions. »

Il est choqué d'entendre cette injure sortir de la bouche d'une soi-disant kambion, même si elle est crachée en syllabes de pur acide.

« Ils espéraient que ce serait un scandale assez important pour te faire perdre l'Épée, poursuit Bélisan. Il s'agissait d'humiliation, pas de mort.

— Tu veux me faire croire que tous les artistes du menu du *Carnaval nocturne* sont des enfants-divins ? » Il lui jette un regard méprisant. « Arrête, Bel, il n'en existe que quelques dizaines. Il n'y en a pas suffisamment dans tout Surwek. »

Bélisan se contente de le regarder.

En l'absence de toute autre réaction sensée, Art se met à rire. « La paranoïa ? Ce n'est pas un plan très solide.

— Oh, je pense que ça a fini par te contaminer, répond-elle. Est-ce si étrange de se dire que nous sommes beaucoup plus nombreux que tu ne le crois ?

— Tu essaies de m'effrayer, à présent.

— Si cette pensée te fait peur, déclare Bélisan, alors tu ressembles peut-être plus à ton père que tu ne veux bien le croire. »

Il en a le souffle coupé. « Je n'ai pas mérité ça. »

Elle baisse les yeux et ne dit plus rien.

« Bel, tente-t-il, ça ne te ressemble pas. Ce… cynisme.

— Non, en convient-elle. Tu n'as jamais vu ça. Tu n'as connu de moi que les parties acceptables, celles qui te flattaient. Tu sais : la salope roucoulante, farouche. J'ai dissimulé toutes mes aspérités. J'y étais obligée. »

Art en reste bouche bée. « Je t'ai maltraitée à ce point ? »

Sa voix se fait plus douce. « Tu as été très bon avec moi. Et j'ai joué mon rôle de mon plein gré.

— Par les saints. » Il réfléchit. « Tes talents d'actrice et ma naïveté. Quelle combinaison gagnante pour lui ! »

La bouche de Bélisan s'ouvre puis se ferme, les mots ne sortent pas.

Il en est presque content. Une platitude de sa part en ce moment pourrait le faire craquer.

« Quand je t'ai laissée partir, c'était parce que je pensais que tu avais des gens vers qui te tourner, poursuit-il. Ne me dis pas que tu t'es cachée auprès de ce putain d'Agravain Welyen tout ce temps ?

— Je n'avais pas tellement le choix. J'avais une famille qui avait besoin de moi. » Elle marque une pause, puis reprend d'une voix tendue : « On compte sur moi. »

Ses yeux sont doux, douloureux et il s'adoucit en retour. Il ne peut pas s'en empêcher.

« Tu n'as plus besoin d'aller le voir, plus maintenant, dit-il. Plus jamais. Je peux aider ta famille maintenant. Je peux la protéger. »

L'espoir transparaît nu dans sa voix. Des années de règne sur des millions de personnes et il sera toujours à genoux devant son premier amour, comme le garçon de 18 ans qu'il était. Il la voit hésiter, sent son espoir grandir… puis elle ferme les yeux.

« J'ai ma propre façon de les protéger, dit-elle.

— Est-ce qu'il te force ? Quelle pression exerce-t-il sur toi ? »

Elle s'est retenue trop longtemps. Une larme naît et coule sur son visage.

« Rien, dit-elle. Je lui suis simplement loyale. Tu comprends ?

— Je ne le crois pas, insiste Art. Il te menace, n'est-ce pas ? »

Bélisan secoue la tête. « Arrête d'essayer de me sauver, Art. Je n'en ai pas besoin. »

Ses yeux sont toujours fermés, mais sa main serpente sur la table, paume tournée vers le haut, doigts légèrement recourbés. Elle reste là, à attendre. Art la regarde, soudain désireux de la toucher à nouveau. S'il pouvait juste faire cela, tout retrouverait un sens. Ils n'auraient pas besoin d'utiliser le langage pour communiquer, des mots maladroits et stupides qui ne peuvent jamais transmettre toutes les couches changeantes et compliquées de cette chose qui existe entre eux.

Art tend sa propre main vers la sienne. Leur peau se touche et…

Il est toujours assis dans le hall du Carnaval nocturne*, les gens s'agitent autour de lui, mais sa perspective a changé de manière soudaine et inexplicable. Il est maintenant dos au mur, là où se trouvait Bélisan un instant auparavant. D'ici, il a une vue dégagée de la majeure partie de la salle, et lorsque Bélisan entre dans la pièce, il la voit immédiatement.*

Elle se faufile dans l'espace, évoluant seule.

Non… pas tout à fait. Un homme l'a suivie à l'intérieur, marchant derrière elle comme s'il la possédait.

Ailleurs, quelque part dans le monde réel, Art peut sentir la main de Bélisan se resserrer contre la sienne alors qu'il essaie de retirer ses doigts.

Cet homme est Agravain. Il porte une casquette kembrienne qui s'étend vers l'avant sur les côtés de son crâne et couvre la plupart de ses cheveux, mais la forme de son visage est indéniable. Les lignes autour de sa bouche sont davantage des crevasses que des bosses, à présent. C'est l'Agravain d'aujourd'hui, marqué par des années d'exil.

« Veste en cuir marron », fait une voix dans l'oreille d'Art qui se tourne vers elle et surprend le visage de Bélisan, qui se trouve maintenant à proximité incroyable du sien et l'observe attentivement. « Casquette noire. Derrière, à ma gauche. »

Ce n'est pas tout à fait réel. Il peut sentir la réalité en dessous, celle dans laquelle lui et Bélisan sont assis à une table, se tenant la main comme des amoureux. La rêverie d'un souvenir la recouvre…

Qu'est-ce que c'est, essaie de dire l'Art du songe, qu'est-ce que tu me fais, mais comme dans le rêve de noyade qu'elle a partagé avec lui toutes ces années auparavant, il est totalement impuissant. Elle l'a attiré dans son monde, et dans celui-ci, c'est elle qui détient tout le pouvoir.

Le pistolet qu'il agrippe dans sa main, par exemple, n'y était certainement pas avant. « Il est là, Art », le prévient la Bélisan du rêve. « Agravain est ici, dans le Carnaval nocturne, *et tu peux le tuer tout de suite. »*

Mais Agravain ne peut pas se trouver là. Il est trop lâche pour venir affronter Art lui-même, et oblige donc quelqu'un qui a autant à perdre que lui à s'y rendre à sa place et à négocier sa vie.

« Tu vas te réveiller maintenant, lui demande Bélisan. Avec une arme à la main. Tu le verras, derrière moi, à ma gauche. Et tu vas le tuer, avant qu'il ne puisse t'éliminer. Tu comprends ce que je dis ? Il n'est pas venu ici pour se faire pardonner. Il est là pour se venger. »

On passe du flou au net, comme si les deux réalités, le monde de la pensée de Bélisan et celui que perçoivent les sens d'Art, s'harmonisaient enfin. Le roi est de retour de l'autre côté de la table, la main enlacée de Bélisan dans la sienne, les yeux de Bélisan dans les siens.

Seulement, une arme est à présent posée dans sa main libre.

Elle repose sur ses genoux sous la table, son poids pressant sa paume contre sa cuisse. Il baisse les yeux et la fixe du regard. Il n'en a jamais vu de telle auparavant. La gueule en est très courte et l'extrémité simple, sans courbe décorative comme les longues crosses des pistolets des gardes qu'il connaît. Son contact est lourd, étrange entre ses doigts.

Art saisit l'arme. Sa main sait quoi faire, même si son cerveau essaie désespérément de s'interposer et d'arrêter tout ça. Malgré ses protestations, la sécurité du palais a insisté depuis longtemps pour que le roi reçoive une formation aux armes de poing. Art en a touché plusieurs, fait feu avec et s'est avéré un tireur étonnamment correct. Ce n'était pas censé être une compétence dont il aurait besoin un jour.

Il est impossible qu'il tienne une arme dans sa main. Il n'est pas non plus possible que quelqu'un rêve de se noyer dans de l'eau de mer et se réveille en vomissant vraiment du liquide sur ses draps. Tant de temps après, il se souvient encore de la puanteur du sel.

Bélisan incline un peu la tête, attirant le regard d'Art sur sa gauche, et ce dernier le voit immédiatement. Une silhouette voûtée est assise deux tables plus loin, vêtue de la même veste de cuir marron et casquette noire kembrienne que dans la version du rêve, visage penché vers le bas, les yeux dissimulés. Art peut discerner sa bouche, cependant, la peau crevassée.

Cet enfoiré. Il est juste là. Tout ce temps. Si elle ne lui avait pas indiqué où regarder, il ne l'aurait jamais su.

« *Art* – et il peut sentir ses doigts froids serrés sur les siens – *Je ne peux pas le tuer, mais toi oui. La moldra lagha. La loi de Marvol te le permet.*

— Non, Bel…, commence-t-il.

— *Ne parle pas à haute voix, il peut nous entendre.* »

Que veut-elle dire ? Agravain est trop loin, et la salle d'accueil trop bruyante, pour entendre un mot de ce qu'ils disent.

« S'il te plaît, si tu t'es jamais soucié de moi, ne parle pas et contente-toi d'écouter. Je t'en prie. »

Envers et contre tout, il accepte.

« Nous n'avons pas beaucoup de temps, le presse la Bélisan du rêve. Il va avoir des soupçons, et il n'est pas seul ici. »

Art sent un frisson de mauvais augure parcourir ses veines. A-t-il des alliés ?

« Je n'ai jamais voulu te faire de mal, plaide encore Bélisan. Je sais que tu n'as aucune raison de me croire, mais je souhaite que tu te souviennes de mes paroles. Rappelle-t'en. Ne les oublie pas.

Il est juste au-dessus de ton épaule, Art. Prends l'arme et tue-le avant qu'il ne t'élimine.

Il est venu ici pour t'abattre. »

Mais il y a des gens ici. Agravain se cache derrière des innocents. Il ne se soucie pas du fait que d'autres pourraient être blessés à cause de lui. Ça ne l'a jamais intéressé. Il mérite de mourir pour tout ce qu'il a fait, et tout ce qu'il pourrait encore faire. Art n'a jamais ressenti une telle sauvagerie auparavant. Elle est féroce, désespérée et implacable.

Ce n'est pas la sienne. C'est celle de Bélisan.

« Tue-le, la sent-il dire quelque part à l'intérieur. *Mets fin à tout ça. Tu peux le faire.*

Tu le dois. Art, il a une arme pointée sur toi, il va tirer…

— *Assez,* pense-t-il tandis que la fureur monte en lui. *Je suis le* roi, *putain. J'en ai assez. »*

Son bras, le pistolet, se lève. Il sent Bélisan tirer dessus comme un enfant affamé. Il essaie de la secouer, mais c'est lui qui l'a laissée entrer. Il lui a permis de pénétrer en lui et elle est partout à présent, remplissant chaque recoin de son être d'une fureur terrifiante dans sa simplicité, son besoin d'une unique chose, et dans une prise de conscience atroce et bien trop tardive, il réalise en cet instant à quel point Bélisan est puissante, à quel point elle aurait pu le posséder sans jamais le faire.

Jusqu'à maintenant.

C'est comme si Fria Lysander elle-même était revenue pour le punir, lui et tous les autres, et sa fureur rencontre la marée montante de la peur abjecte d'Art.

Derrière elle, il peut voir l'homme à la veste de cuir marron bouger, se lever de son siège…

« *Tue-le,* crie Bélisan dans son esprit, *AVANT QU'IL NE NOUS TUE TOUS LES D…* »

Puis vient un cri, aussi aigu que celui d'un enfant. La tête de Bélisan se retourne d'un coup. Ses doigts relâchent leur emprise sur ceux d'Art. La marée de sa fureur s'essouffle, pas beaucoup mais juste assez, et la peur du jeune homme revient subitement le submerger. *Kambion,* pense-t-il avec une répulsion totale, et il ne se retrouve plus face à une succession continue de choix ; à la place, tout se produit en même temps, une foule, un flot d'émotions confuses et hurlantes. Art arrache sa main à celle de Bélisan et pointe l'arme vers elle. Elle se recroqueville sur son siège.

« Tu ne comprends pas, crie-t-elle à voix haute, il a mon… »

Art entend un claquement sec déchirer l'air. Le pistolet est agité d'une secousse dans sa main en réponse. Bélisan se tait et bascule violemment en arrière, éjectée de son siège comme une poupée de chiffon. Il y a du mouvement, les gens autour d'eux crient ou hurlent, ou les deux.

Agravain, tout agité, se retourne pour s'enfuir ; Art brandit son arme, se lève, avance à grands pas et lui tire dans le dos. Il doit appuyer deux fois sur la gâchette avant qu'Agravain ait la grâce de s'affaler enfin au sol. Art parvient devant son corps, se dresse au-dessus et tire quatre coups supplémentaires.

Il marque une pause, attend un éventuel mouvement.

Rien ne vient, mais il tire quand même encore deux fois, juste pour être sûr.

29

Endroit inconnu
Trois mois auparavant

Red se tient à la porte, le poing serré.

Il lui est venu une idée folle et dangereuse sur la façon de se rapprocher du Chevalier-Sorcier, de passer sous sa garde, peut-être suffisante pour le faire tomber. Le problème, c'est que si elle se trompe, elle pourrait bien tout perdre sur ce simple coup.

Le risque et la récompense. La recherche constante de l'équilibre parfait entre les deux. Les arguments font rage dans sa tête. Elle n'ira peut-être pas plus loin que ce soir, mais elle a flirté avec la mort des années durant. Pourquoi se retirer maintenant ? Ce n'est pas une coquette.

Sa main se lève pour frapper à la porte, mais avant qu'elle ne le fasse, celle-ci s'ouvre dans un bâillement soudain. Le Chevalier-Sorcier se tient dans son carré noir, vêtu de ses habituels vêtements d'entraînement pâles.

« Tu es à l'heure, dit-il. Bien. Entre. »

Elle attend d'être fouillée comme la dernière fois, mais au lieu de cela, il se contente de reculer, ouvrant le passage. L'aménagement de la salle au-delà n'a pas changé. L'imposante installation d'éclairage découpe un carré de blanc sur le sol nu et balayé. Le râtelier d'armes frissonne.

« Quelque chose ne va pas ? » demande le chevalier derrière elle.

Red s'agite. « Non.

— Nous commencerons quand tu seras prête.

— Attendez. » Elle se tourne vers lui, surprise.

« Qu'est-ce qu'il y a ? »

Elle cherche. Il y a quelque chose dans son maintien, dans ses réponses laconiques. Il est sur les nerfs.

« Ça n'a pas d'importance », dit-elle.

Il la regarde fixement. Elle lui rend son regard. Elle ne laissera rien filtrer.

Au bout d'un moment qui s'étire avec une tension palpable, il baisse la tête.

« Commençons », décide-t-il.

Red ressent quelque chose de honteusement impatient se déployer en elle, elle veut le voir près d'elle, plus proche, assez près pour lui faire mal… Mais comme à son habitude, il se tient à quelques mètres, toute nuance et tout indice indiscernables dans la distance. Sa peau prend une teinte dure et brillante sous la lumière du plafond. Il se met en position. Ses mains pendent à ses côtés.

Et puis viennent les illusions.

Comme auparavant, Red fait de son mieux pour les combattre, mais pour une putain de raison inconnue, elle ne peut convaincre ni son corps ni son esprit qu'il ne s'agit de rien de plus que de lumière. Son cerveau crie des avertissements, ses membres l'éloignent de chaque danger. Son adversaire ne fait pas de quartier. Il est agité, pris de tressaillements. Il n'y a pas de mur ce soir, pas de visage impassible et de mouvements prudents. Quelque chose en lui saute comme des grillons sur du béton chaud. Il veut la punir, ou se punir lui-même ; elle n'arrive pas à se décider. Peut-être les deux.

Un lion apparaît en périphérie de son champ de vision, sa masse terrifiante et déchaînée baignée d'or sous le dispositif d'éclairage dans lequel ils se battent. Ses griffes claquent sur le sol, chacune plus grande qu'un doigt humain, et ses mâchoires commencent à s'ouvrir…

Une douleur au côté force Red à poser un genou à terre.

« Y a-t-il vraiment un lion dans une centrale électrique abandonnée ? demande le Chevalier-Sorcier en ramenant son propre bâton d'entraînement avec lequel il vient de lui porter un méchant coup.

— Non. » Red essaie de réfléchir à travers les palpitations sauvages que son corps lui communique actuellement de toute urgence. « Je le sais, mais c'est…

— Une distraction, coupe le chevalier. Ce n'est pas réel.

— Je *sais*, mais…

— Faux, sinon tu serais capable de l'ignorer.

— C'est *inutile* ! explose Red. Pourquoi est-ce qu'on fait ça ? Je ne serai jamais confrontée à des illusions dans une arène, je n'ai pas besoin de savoir comment les combattre !

— Tu es une enfant-divine, dit-il. La magie coule dans tes veines. »

Elle se redresse et ferme la bouche. Elle doit conserver la maîtrise de soi. Elle doit garder la tête froide.

Le chevalier recule. « Encore une fois. Même attaque.

— Non, vous allez juste me frapper à nouveau. À quoi bon ?

— Le but est d'*apprendre*, aboie-t-il. On continue jusqu'à ce que tu me montres ta magie. Allez. »

Red brandit son bâton. L'épuisement fait de ses os des brindilles. Elle ne trahira aucune faiblesse. Elle ne perdra pas.

Le chevalier se retourne, ses traits déformés de sauvagerie.

« Je vais te tuer, Red », annonce-t-il.

Avant même qu'elle ne puisse réagir, il passe à l'attaque.

Sa vitesse, sa *vitesse*. Ils dansent, mais pas assez longtemps pour que Red puisse sauver la face. Un magnifique coup latéral lui fauche les jambes et elle atterrit sur le dos, le souffle coupé par l'impact sur le sol impitoyable.

Elle reste allongée là, la respiration sifflante. Le chevalier apparaît et s'accroupit au-dessus d'elle.

« Les émotions distraient, dit-il. Provoque-les chez ton adversaire et regarde-le s'ouvrir comme une fleur. »

Je vais te tuer, Red.

« Vous pensez que j'ai peur de vous, réplique-t-elle, mais ce n'est pas le cas. »

Il scrute son visage. Il semble y discerner quelque chose qui le surprend.

« Ça pourrait être ça. » Son ton exprime quelque chose d'une perplexité enfantine. Puis son expression change. « La douleur, ça marche aussi. »

Une main se tend vers le bras de Red et l'agrippe, le tordant d'un coup sec. Un cri étouffé s'échappe de sa bouche. Elle peut voir le muscle nu de l'avant-bras du chevalier tressaillir sous l'effort.

Il force. « Rends-toi.

— Allez vous faire foutre.

— Frome avait raison à ton sujet. Tu as un tempérament autodestructeur. Tu ne sais pas t'arrêter. »

Elle halète un rire bref et sauvage. « Peut-être que c'est comme ça que je gagne ».

Le Chevalier-Sorcier fronce les sourcils, le même étonnement se lit sur son visage.

Ses yeux se posent sur la bouche de Red – juste un instant, comme la dernière fois –, mais c'est assez révélateur pour elle. Elle sent son envie monter en flèche. Il est proche, si proche, *c'est ta chance, vas-y* – là, elle peut goûter son souffle sur ses lèvres –, qui aurait cru qu'il pouvait respirer si vite ; est-ce l'adrénaline, ou a-t-il peur ?

Cette pensée la fait vibrer, la poussant vers le haut jusqu'à ce que leurs bouches se rencontrent. Son baiser est une morsure. Il inspire brusquement avec un sifflement et ses lèvres s'écartent inconsciemment. L'intérieur de sa bouche est chaud et humide, et cette sensation s'empare d'elle.

Elle sent le bord de sa langue glisser avidement contre la sienne. Une dure exaltation pulse dans ses veines comme un nœud. Il saisit ses épaules, infligeant une douleur jumelle, dont les signaux se confondent et laissent place au plaisir. Sa langue est dans la bouche de Red, ses lèvres tirent sur les siennes et son souffle est court et intense contre sa peau.

Après une étreinte, longue, insoutenable, il écarte la tête. Il appuie ses avant-bras au sol de part et d'autre du crâne de la jeune femme et se soulève, créant un espace équivalent à la largeur d'une main entre eux.

« Qu'est-ce que tu fais ? murmure-t-il, ses yeux cerclés d'or écarquillés.

— Les émotions distraient », répond Red.

Elle tapote sa main contre l'aine du chevalier. Il s'y trouve un petit couteau qu'elle avait dissimulé dans sa botte. Sa pointe repose contre la bosse épaisse et contractée.

Le Chevalier-Sorcier explose. Red rit tandis qu'il roule suffisamment pour attraper son poignet et lui extirper le couteau de la main, le projetant au loin. Ils s'emmêlent comme des rats, s'arrachant leurs vêtements par coups secs et maladroits. Elle sent les morsures du sol en pierre dure contre son dos nu. Elle enfonce un genou dans son flanc et roule sur lui, le plaquant par terre avec ses cuisses. Les yeux du chevalier sont suppliants. Elle laisse échapper un autre rire tout étourdi.

« Abandonne, lui ordonne-t-elle.

— Non », aboie-t-il.

Elle vise sa gorge mais les mains de l'homme attrapent les siennes et il se débat contre sa prise, la repousse, lutte. Elle presse son corps contre le sien de tout son poids et de toute la force de ses cuisses, muscles tendus. Il libère une main et l'insère entre ses jambes, puis l'ouvre et l'empale avec son doigt.

Tout son corps se serre dans un élancement paralysant.

« Abandonne », dit-il en haletant.

Elle tente, impuissante, de réprimer un frisson.

« Rends-toi », insiste-t-il.

La main de Red se tend vers l'extérieur et elle *tire*. Un bruit de glissement soudain se fait entendre. Le couteau qu'il a lancé, son arme à elle, glisse sur le sol à une vitesse effrayante et la poignée vient taper dans sa jambe. Elle le ramasse et le pointe sur le creux de sa gorge.

Il s'immobilise, les yeux écarquillés, la bouche ouverte, la fixant avec l'expression la plus affamée qu'elle ait jamais vue.

Elle maintient le couteau contre sa peau, assez près pour y laisser une éraflure s'il respire trop fort. Elle glisse son autre main entre eux et retire délicatement son poignet. Puis elle appuie sa paume contre son estomac, soulève ses hanches, le saisit fermement et le pousse en elle, jusqu'à la garde. Il lâche un gémissement sonore et agrippe ses flancs.

Ils s'accrochent fébrilement l'un à l'autre sous les lampes. Elle le *tient*, elle l'agrippe en train de cambrer son dos, le ventre tendu comme un tambour, ses propres mains, corps et gorge remplis de cet homme jeune et affamé. La chair douce et couturée de cicatrices, la peau chaude et luisante de sueur frémissent sous elle.

Ils se battent jusqu'à l'épuisement, mais aucun ne cède.

30

La crypte d'Alfren, Ker Leonis, Sombrecœur
Dix ans auparavant

La crypte est lourde de ténèbres assemblées que rien ne vient perturber.

Les torches murales projettent de la lumière en halos serrés, formant des bassins dans les creux des crânes dans lesquels elles sont taillées et se répandant sur leurs lèvres en forme de bols osseux. Au plafond s'étale une énorme peinture austère de Marvol, le saint de la Mort, un gros plan de son visage tandis qu'il surveille la pièce, ses longs cheveux s'agitant sur sa tête comme des tentacules.

Le mur du fond est recouvert d'une autre fresque, celle de Marvol et de Gwanhara la Belle Sainte, sa célèbre amante. Tous deux sont enlacés dans une étreinte resserrée. Sa main est sur son dos, la serrant contre lui, et les doigts de la femme se referment sur ses cheveux, maintenant la tête de l'homme dans le creux de son cou.

Au niveau supérieur, l'été exceptionnellement caniculaire est à son apogée et, malgré les nombreux ventilateurs sur pied installés aux coins des pièces et la glace en quantité constante, le palais étouffe et se boursoufle sous la chaleur. Le changement de température de la crypte est surprenant et bienvenu, son air frais glissant lentement sur la peau exposée.

Même ainsi, personne ne viendra dans ce lieu pour en profiter. Les célèbres cryptes de Ker Leonis abritent les cadavres en décomposition de tous les Rois et Reines-Sous-Terre. La cérémonie d'inhumation d'un ancien monarque londonien se déroule en surface, dans un cadre bien plus impressionnant et officiel, puis les corps sont descendus ici pour y pourrir tranquillement à perpétuité, marqueurs intemporels de leur mort historique. Les tunnels qui relient les cryptes sont longs, sinueux et peu praticables. Personne ne s'y rend juste pour le plaisir.

Aujourd'hui ne fait pas exception.

Art s'appuie sur la longueur du rebord d'un cercueil de pierre surélevé. Ce dernier est sculpté dans un style typiquement alfrénien, bulbeux et décoré de manière fluide. Disposés à sa gauche et à sa droite en un croissant de lune se tiennent Garad, Lucan, Brune, Fortigo et Lillath. San champian, deux de ses plus proches conseillers, son vastos personnel et son Araignée.

Il pensait autrefois que c'était une superstition sans fondement, que les dirigeants créent leur propre version des Septem avec leur cercle restreint. Les anciens monarques étaient allés jusqu'à renommer officiellement six de leurs personnes de confiance d'après chaque saint, invoquant l'incarnation ou la résurrection, mais cette tradition est tombée en désuétude il y a plusieurs décennies et Art n'a aucune envie de la ressusciter. Il ne pense pas que des dieux œuvrent à travers qui que ce soit. Il ne croit pas nécessaire de créer sa propre version d'un symbole mort depuis longtemps.

Et pourtant, d'une certaine manière, inconsciemment, c'est ce qu'il a fait.

Fortigo est Evron le Bienveillant, saint de l'Humilité, de la Compétence, de la Compassion.

Quiconque décide de faire carrière dans le service prend celui-ci comme icône.

Lucan est Alaunis l'Astucieux, saint de l'Innovation et de l'Intelligence. Le jeune homme peut se débrouiller dans n'importe quelle situation avec sa curiosité et sa vivacité d'esprit.

Lillath est Iochi l'Insaisissable, la sainte des Artistes et des Espions ; ceux qui sont attirés par les secrets, les jeux et les déguisements.

Brune est Senza la Juste, l'adjudicateur ultime, qui pèse le bien et le mal et décrète la loi.

Garad est Rhyfen le Féroce, le guerrier, le combattant, le saint du Courage, de la Détermination et de la Violence.

Il n'en reste que deux. L'amante d'Art, Bélisan, est morte – c'est lui qui l'a tuée –, ce qui fait d'elle Gwanhara la Belle Sainte, l'artiste, la chroniqueuse de l'histoire du monde, la sainte de la Créativité et de la Passion.

Ce qui signifie qu'il est Marvol, le saint de la Mort.

L'adéquation nette et horrible de tout cela lui donne le vertige.

Des bruits de pas résonnent dans le couloir à l'extérieur de la crypte. La porte, une dalle lourde et pesante, a été laissée ouverte pour la nouvelle arrivante, qui s'y glisse dans le plus imperceptible des murmures.

Dame Orcade s'arrête à l'entrée de la crypte et parcourt des yeux le croissant de personnes devant elle. En dépit de son impassibilité célèbre, la position de ses épaules, semblable à celle d'un oiseau, évoque la nervosité.

Lillath s'agite. L'attention d'Orcade se porte rapidement sur elle.

« Madame, commence Lillath, merci d'être venue. »

Orcade ne répond pas immédiatement. Le ton formel de l'Araignée semble la troubler davantage.

« Quand mon roi me convoque pour parler en privé, répond-elle finalement, j'obéis.

— C'était une invitation, pas une convocation », rectifie Lillath avec douceur.

Le regard d'Orcade flotte sur le groupe d'une manière qui suggère son désaccord. Elle descend les marches et pénètre dans la crypte proprement dite. Sa démarche est raide, comme si elle souffrait.

Elle s'arrête devant Art et rabat ses mains sur ses hanches avec timidité.

« Votre choix de lieu de rencontre a piqué ma curiosité, dit-elle. Je ne suis descendue qu'une seule fois dans les cryptes, pour l'enterrement de votre père. »

Elle attend la réponse d'Art.

« Nous avons demandé à nous rencontrer dans la crypte d'Alfren pour une bonne raison, dit Lillath. C'était un technophobe, comme vous vous en souvenez peut-être. »

Orcade acquiesce. « C'est de notoriété publique, oui.

— Il n'y a pas beaucoup d'yeux ici-bas, poursuit Lillath d'un ton détendu et désinvolte. Et encore moins dans cette crypte en particulier. La maçonnerie est trop épaisse pour permettre le fonctionnement d'enregistreurs. Cette réunion ne sera pas consignée officiellement de quelque manière que ce soit. »

Art regarde le visage d'Orcade réaliser l'implication de tout ceci. Personne ne saura jamais ce qui a été dit ou fait ici aujourd'hui, sauf les personnes qui sortiront vivantes de cet endroit.

L'air s'épaissit d'une menace croissante.

« Vais-je être exécutée de la même manière que mon frère ? » demande-t-elle.

Elle n'exprime aucune trace de défi. Elle est toujours aussi fermée et discrète.

« Non », répond Brune. Le regard d'Orcade passe sur elle. « Ceci n'est pas une exécution, madame. Pas plus qu'un procès.

— Alors, de quoi s'agit-il ?

— D'une conversation entre alliés. »

Orcade digère l'information. Elle jette à nouveau un coup d'œil sur Art. Il sait que son visage est plongé dans l'ombre, qu'elle ne peut pas voir son expression, mais il détourne quand même le regard.

« Il n'y a pas si longtemps que cela que votre frère Agravain est mort », poursuit Brune. Sa voix résonne avec force le long des murs de pierre de la crypte. « Nous regrettons d'avoir dû annoncer publiquement les détails des événements survenus au *Carnaval nocturne* si rapidement, et sans en informer sa famille au préalable, mais notre priorité est, et sera toujours, Londres. Des mesures ont dû être prises pour atténuer la panique naissante parmi les citoyens. Nous espérons que vous le comprenez. »

Le menton d'Orcade se soulève avec le plus imperceptible des tressaillements.

« Il a été tué légalement en vertu de la moldra lagha, répond-elle. Nous comprenons parfaitement. »

Ils comprennent parfaitement : le camp qui diffuse sa version en premier contrôle la direction du vent. Le palais n'avait pas d'autre choix que d'annoncer la nouvelle dès que possible.

« Néanmoins, au cas où une confusion subsisterait quant aux détails, nous sommes désireux de vous rassurer », déclare Brune.

La tête d'Orcade s'incline devant leurs regards combinés. Ceux-ci doivent faire peser un sacré poids sur elle.

« Il a toujours été évident que l'insistance d'Agravain à poursuivre sa vengeance affreuse et sans fondement conduirait à une tragédie, répond-elle. J'ai honte que nous partagions le même nom, et donc une partie de la responsabilité. Si j'avais eu connaissance de son plan, j'aurais fait tout ce qui était en mon pouvoir pour l'arrêter.

— Votre hanche semble vous faire souffrir », observe Lillath.

Orcade lui lance un regard surpris. « Je… Oui. Une vieille blessure qui refait surface de temps en temps.

— Je suis désolée d'entendre ça. Comment est-elle survenue ? »

Un silence s'abat, un peu trop long.

« Mon frère, dit finalement Orcade, en est la cause. »

Ne fais pas ça, Lil, prie silencieusement Art. *Elle n'était pas au* Carnaval nocturne. *Une dizaine de personnes ont juré qu'elle était ailleurs. Ne la force pas à te raconter les choses qu'il lui a faites. C'est trop cruel.*

Comme si Lillath pouvait entendre ses pensées, elle se contente d'acquiescer et n'ajoute rien.

Brune intervient doucement : « Bien que vous teniez naturellement à prendre vos distances vis-à-vis des actes du seigneur Agravain, nous n'avons jusqu'à présent trouvé que peu d'assurances que les Welyen se sentent suffisamment éloignés de ses vues pour accepter la justice qui lui a été rendue.

— Alors laissez-moi vous rassurer sur le fait qu'il n'y aura pas de poursuite de la moldra lagha pour sa mort, affirme Orcade. D'aucun d'entre nous. Jamais.

— La parole d'une Welyen vaut-elle tant que ça ? »

C'est Lucan qui a parlé. L'énergie lumineuse qu'il irradie d'habitude est invisible. Tout son être semble hérissé.

Les doigts d'Orcade se tordent. Elle se recroqueville. « Je suis membre du Consilium depuis de nombreuses années, sire, dit-elle en s'adressant directement à Art. Vous ai-je jamais déçu ? Vous ai-je trahi ?

— Au contraire, intervient Brune. Alaunibourg a de la chance de vous avoir comme représentante.

— Sire ? demande Orcade à voix basse. Ne comptez-vous pas m'adresser la parole ? »

La mâchoire d'Art est scellée de plomb.

Orcade se racle la gorge. « Malgré la foi et la générosité du roi à mon égard, l'ère artorienne n'a pas été très favorable à ma famille, dit-elle. Les actes d'Agravain au fil des ans ont eu des conséquences désastreuses pour nous. Nous souffrons. Nous avons perdu trop, et trop rapidement. Nous avons peur. »

Art remarque l'onde de surprise qui se propage dans son Septem. Le retournement de fortune des Welyen est connu officieusement depuis un certain temps, mais l'aveu d'Orcade étonne par le risque qu'il implique.

« Je ne veux pas vous manquer de respect, sire, mais nous ne sommes pas une famille de Rhyfen ; nous sommes des Alaunis, poursuit-elle. Nous sommes des commerçants. Nous calculons les risques et les récompenses. La vengeance rapporte bien peu.

— Nous partageons votre point de vue, renchérit Brune. Nous avons donc une proposition à vous faire. Vous signerez de votre sang un accord d'immunité entre vous et le roi, stipulant qu'aucun Welyen ne sera autorisé à poursuivre la moldra lagha à perpétuité pour la mort d'Agravain. Cet accord restera privé, et ne sera révélé que si un Welyen tente de le rompre. »

Un échantillon du sang d'Orcade sera conservé pour comparaison avec celui scellé dans le document, afin d'en confirmer la véracité. Il est pratiquement impossible de se soustraire à la preuve irréfutable d'une signature sanguine.

Elle se redresse et réfléchit à toute vitesse.

« Je n'ai jamais entendu parler d'accord d'immunité, dit-elle prudemment.

— Cela aura changé d'ici la fin de la semaine, répond Brune. La loi qui le mettra en place fera l'objet d'un combat dans trois jours, au même moment que plusieurs autres propositions de décrets, ce qui devrait réduire l'attention qui lui est portée, nous l'espérons.

— Mais… vous pourriez ne pas l'emporter.

— Je gagnerai », assure Garad. Ses bras sont croisés. Iel se tient appuyæ[45] nonchalamment contre sa partie du couvercle du cercueil.

Orcade soutient son regard un instant ou deux, puis détourne les yeux.

« Si vous signez l'accord, poursuit Brune, Sombrecœur entamera des négociations avec les entreprises welyennes que vous jugerez appropriées dans le cadre de contrats interquartiers très

45. « Appuyé, appuyée » en neutre.

lucratifs. Le roi lui-même s'intéresse particulièrement aux applications d'usage courant des technologies de communication. "Un lumineux dans chaque foyer", telle est l'idée avancée par l'une de vos plus grandes entreprises d'innovation, n'est-ce pas ? »

Orcade acquiesce avec méfiance.

« Une approbation aussi ouverte de la part de Sombrecœur mènera sûrement à la restauration rapide du nom de Welyen et à l'amélioration de votre situation », suggère Brune. Elle fixe Orcade d'un regard froid. « Personne n'a jamais entendu parler d'un Septem à six. London souffre de la perte d'un membre. Elle a besoin que votre famille aille bien. Elle doit récupérer son Alaunis. »

Orcade, immobile, envisage la proposition. « Je signerai, dans ce cas », accepte-t-elle.

Une descendante d'Alaunis jusqu'au bout des ongles. Le saint Rusé a posé sa main sur elle, comme on dit.

Art s'étire. « Je pensais que vous demanderiez plus de temps pour y réfléchir », s'étonne-t-il.

Elle le regarde. « Vous m'auriez laissée sortir d'ici pour ce faire ? »

Le silence du roi est une réponse éloquente.

« Alors je n'ai pas vraiment le choix, dit-elle, avant d'ajouter rapidement : Agravain s'en est assuré. »

Les souvenirs de la journée de son couronnement par l'Épée font brièvement surface dans l'esprit d'Art. Il voit une Orcade plus jeune, en gris colombe, se dressant devant lui, recroquevillée et tendue, alors qu'elle négocie pour échapper à l'ombre de son frère. Maintenant ce dernier est mort, et tous ces événements ont mené à ce moment.

Il se sent engourdi. Il en est reconnaissant, car c'est actuellement la seule chose qu'il aimerait ressentir.

Orcade le regarde. « Sire, je… J'ai une question. »

Il incline la tête. « Je vous en prie.

— J'ai entendu dire, fait-elle prudemment, que quelqu'un d'autre était impliqué dans l'attaque contre votre personne ? » Elle regarde le sol. « Votre déclaration officielle stipule qu'elle était la complice de longue date de mon frère, mais aucun membre de notre famille ne sait rien de cette femme. De ce que nous en savons, elle pourrait tout aussi bien avoir manipulé Agravain depuis le début. Apparemment, c'était une enfant-divine aux talents particuliers ? »

Elle prend soin de présenter cette information comme une monnaie d'échange et non sous forme de menace. Tout le monde dans cette salle n'est que trop conscient des arrangements que le palais a dû opérer pour élaborer un récit convenable. Agravain a été assez intelligent pour cacher toute preuve réelle de son implication jusqu'à la fin, et Bélisan s'est vraiment révélée beaucoup plus puissante que quiconque aurait pu le deviner.

Ker Leonis s'est montré impitoyable pour rompre tout lien possible entre Art et elle. De ce que le monde en sait, c'était une assassin enfant-divine collaborant avec Agravain dans une conspiration maléfique visant à décapiter Londres en éliminant son roi.

Souviens-toi que je n'ai jamais voulu te faire de mal.

Art a tout gardé en mémoire. Il se rappelle trop de détails de cette nuit qu'il préférerait oublier. La façon dont son corps s'est tordu tandis que ses balles le transperçaient. Le cri aigu qui ressemblait à celui d'un enfant mais était probablement le sien, le dernier son qu'elle aura émis. Il se souvient aussi du flot de sa rage dans sa tête, le poussant à un acte dont il ne se serait jamais cru capable.

L'état de la salle après coup, les tables renversées et les tapis jonchés du verre des coupes de vin brisées. La foule paniquée, toute raison perdue autour de lui, les cris de sa garde. Il y avait trop de témoins pour que cet événement reste privé, alors l'existence de Bélisan n'est plus dissimulée. Le monde la connaît maintenant, et il a rendu son jugement.

« Nous ferons en sorte de souligner son influence sur votre frère, dit Lucan. Elle n'avait pas beaucoup de famille, alors il y a peu de risque de réfutation. »

Orcade incline la tête. « Merci. Un geste aussi bienveillant serait très apprécié. »

Lucan acquiesce. « S'il vous plaît, accordez-moi l'honneur de vous accompagner à l'étage où nous allons commencer à remplir les documents nécessaires. »

Ils sortent de la crypte pour vaquer aux nécessités formelles. Alors qu'elle monte les marches avec raideur, Orcade tourne la tête vers Art. Il jurerait avoir vu un air de pitié sur son visage avant qu'elle ne disparaisse.

Il peut sentir les yeux anxieux des autres membres de son Septem scruter chacune de ses expressions, chacun de ses gestes, à la recherche d'indices sur ses pensées. Mais il n'a rien à leur donner.

Elle avait le potentiel d'être une nouvelle Fria Lysander, ont-ils dit.

Tu as fait ce qu'il fallait.

Art, ils t'auraient tué.

Pour la bonne cause.

Il avait accepté, car c'était ça ou s'effondrer sous le poids de son acte.

Il se détourne d'eux tous, se dirige vers les marches, les grimpe et quitte la crypte plongée dans le silence. Il n'y a rien à dire. Ennemi ou amant, le résultat est toujours le même. Ils ont perdu et il a gagné. Il est vainqueur, et la victoire est la seule chose qui lui reste à présent.

Il avance le long d'un couloir à la fraîcheur apaisante, veillant à éviter la sortie que Lucan et Orcade ont dû emprunter. Il ne sait pas vraiment où il va. Il aimerait errer sans but dans le noir un moment. Il pourrait même se perdre ici. Cette pensée le réconforte.

« Sire. Attendez. »

Il accélère. Son cerveau est trop fatigué pour former une pensée cohérente du type « laissez-moi tranquille », mais son corps sait ce qu'il veut.

« Artorias ».

Son nom complet, prononcé d'un ton si énergique, arrête sa marche forcée. Une seule personne au monde l'emploie. De plus, il peut entendre le cliquètement amorti des lames qui lui servent de jambes sur le sol de pierre poussiéreux.

Pendant neuf ans, Brune s'est tenue à ses côtés, guidant son regard à travers le point de vue épineux et déroutant qu'est la politique londonienne depuis son sommet. Malgré le fait qu'elle soit la plus proche vastos conseillère de son père, ou peut-être à cause de cela, faire confiance à Brune est devenu facile. Son allégeance va d'abord au royaume, peu importe le souverain révéré qui règne actuellement dessus. Elle est calme, contrôlée, effrayante lorsqu'on provoque sa rare colère. Il la respecte peut-être plus que quiconque dans sa vie. Pour elle, il s'arrête.

« Où allez-vous comme ça ? » dit-elle en soufflant un peu.

Art se contente de la regarder, attendant que ce qu'elle a besoin de lui dire sorte de sa poitrine. Une fois qu'elle aura terminé, il pourra à nouveau être seul.

Brune incline la tête. « Ça a bien fonctionné. Mieux que nous aurions pu l'espérer.

— Et il m'a suffi pour cela de tuer tous ceux qui se mettaient en travers de mon chemin, en convient Art.

— En effet, répond Brune sans la moindre trace de sarcasme. Je suis heureuse que vous ayez enfin découvert votre part d'impitoyable, sire. Il a fallu un homme comme Agravain pour vous faire pencher un peu plus dans ce sens, juste assez. Nous devrions au moins le remercier pour cela.

— Qu'il soit loué, reprend Art d'une voix vide. Oui. Je lui dis merci chaque jour.

— Vous pouvez vous laisser aller au chagrin, pour un temps. Je sais que vous l'aimiez. » Cette phrase est prononcée avec une touche d'impatience vive.

« Et maintenant elle est morte à cause de ça, rétorque-t-il.

— Voilà une réflexion bien stupide », fait remarquer Brune.

Art attend. Ces derniers jours, ses amis ont tenu un certain nombre de discours de ce type, allant de la tristesse à la gentillesse, en passant par la perplexité et l'irritation. Il sait qu'ils veulent tous son bien.

« Donc, poursuit Brune, votre plan est de vous morfondre théâtralement dans les couloirs sombres des morts pendant un certain temps, en vous demandant si vous ne feriez pas mieux de les rejoindre ? »

Bien sûr, personne d'autre n'a osé parler d'une manière aussi directe.

« Vous vous détestez parce que votre instinct de survie vous a poussé à la tuer avant qu'elle ne vous abatte ?

— Elle ne voulait pas ma mort, murmure Art.

— Qui vous l'a dit ? répond Brune de manière égale. La femme qui vous a menti dès le premier jour ? Le pion consentant de votre ennemi ? La dure vérité est que vous ne saurez jamais ce qu'elle voulait vraiment. Vous pouvez vous tourmenter à ce sujet pour le reste de votre vie, si vous le souhaitez, mais cela me semble une perte de temps. Et croyez-moi, quand vous aurez mon âge, le temps gâché sera votre plus grand regret. C'est lui qui rongera vos nuits. Elle a fait ses choix, sire. Elle a pris des décisions, et pas en pensant à votre bonheur, mais au sien. C'est ainsi que font les gens.

— Elle est quand même morte par ma faute. »

Brune rit. « Non, ce n'est pas vrai. Par les saints, comment avez-vous fait pour parvenir jusqu'ici ? Êtes-vous complètement stupide ? »

Pendant un instant, l'incrédulité d'Art face à ses moqueries le rend muet.

« Voyons voir, dit-elle pour elle-même, de la même façon qu'elle lui faisait la leçon autrefois : professorale, maternelle, condescendante et irritante. En quoi croyez-vous vraiment en tant que roi ? Que vous êtes responsable de toutes les décisions que vous prenez ?

— J'ai le Consilium, je vous ai vous, j'ai des conseillers qui veillent sur mes épaules, répond-il, décontenancé. Mais en fin de compte, c'est moi qui tranche et j'en porte la responsabilité. Je l'ai toujours fait, depuis que j'ai pris l'Épée. »

L'expression de Brune exprime l'agacement. « Vous, avoir pris l'Épée ? Vous n'y êtes pour rien. »

Art pousse un bref soupir. « Oui, bien sûr, je suis conscient que je ne serais pas roi sans Garad et Borin, mais vous pinaillez.

— Je ne parle pas d'*eux*, corrige Brune. Mais d'Hector et moi. »

Quelque chose dans la façon dont elle a dit cela, avec une gravité supplémentaire, le fait s'arrêter.

« Hector ? Le tuteur de mon enfance, Hector ? dit-il d'un air dubitatif.

— Qui d'autre, Artorias ? Ce n'est pas un nom répandu. Nous étions censés nous marier, autrefois. » Brune hoche sèchement la tête devant son air stupéfait. « Eh oui. Il y a un million d'années, quand nous étions tous deux jeunes. »

Art essaie de se représenter son ancien tuteur : un chevalier bourru mais bienveillant à l'énorme moustache en guidon, à la lèvre supérieure bordée de poils gris tachés de jaune par des années de tabagisme. Un homme totalement incapable de parler à un volume normal, qui hurlait chaque phrase. Ses serviteurs l'aimaient beaucoup, et exprimaient souvent leur affection en se criant « PASSE-MOI LE SEL » et « IL FAIT FROID AUJOURD'HUI, N'EST-CE PAS » dès qu'il était hors de portée de voix.

Si Hector, adorateur inconditionnel des chiens et des chevaux, mais généralement à peine capable de reconnaître l'existence d'un autre humain. Il était célibataire de longue date, Art l'aurait juré craché, et il en aurait fait de même en ce qui concernait Brune. Il ne peut pas les imaginer ensemble.

« Que s'est-il passé ? » demande-t-il, sa curiosité éveillée.

Brune élude la question. « La vie. Mais nous sommes restés amis ; liés par notre façon de voir le monde, je suppose. Nous étions assez jeunes pour être idéalistes, et donc d'autant plus violemment ramenés sur terre lorsque ces idéaux n'ont pas survécu à l'épreuve du réel. Alors nous avons établi notre propre plan. » Elle le regarde. « Ne vous êtes-vous jamais demandé pourquoi Hector s'était porté volontaire pour vous récupérer alors que personne d'autre ne voulait avoir affaire à vous ? C'est quelqu'un d'extrêmement gentil, mais quand même. »

Art étudie son expression froide. « Qu'êtes-vous en train de me dire ?

— Que vous êtes le résultat d'une stratégie. Nous en avions plusieurs, bien sûr. Vous avez simplement été celle qui, contre toute attente, a porté ses fruits. Elle dépendait de tant de choses incontrôlables. Vous garder en vie et en sécurité en tant qu'enfant, parce que nous ne pouvions pas garantir qu'Uther ne changerait pas d'avis et n'essaierait pas d'effacer son erreur, ou même que la famille d'Ygerna ne tenterait pas sa propre vengeance malencontreuse. Vous éduquer comme nous le voulions, ce qui ne signifiait pas nécessairement que vous finiriez par partager nos valeurs. » Elle marque une pause. « Et puis Uther est mort quand vous étiez en âge de prendre l'Épée, bien sûr. »

Art ne peut que rire de tout cela. « Vous n'êtes pas sérieuse.

— On ne peut plus, réplique Brune.

— Essayez-vous de me dire que c'est vous qui avez fait tuer le roi ?

— Ne soyez pas stupide, s'impatiente Brune. Je ne m'amuse pas à assassiner des souverains ; c'est beaucoup trop déstabilisant. C'est bon pour les amateurs mesquins comme Agravain. Je dois admettre que j'ai quelque chose à voir avec l'abandon de Borin dans l'arène, cependant. »

La bouche d'Art s'ouvre en grand. « Quel moyen de pression aviez-vous, par les sept enfers ? »

Brune se contente de hausser les épaules. « Différentes mesures et contre-mesures. Vous ne connaîtrez jamais la plus grande partie d'entre elles. *Je* ne saurai jamais rien de la plupart d'entre elles. Il y a tant de joueurs dans le jeu, tant d'influences, tant de pièces mobiles, tant d'enjeux, tant de désirs différents qui tirent le monde dans des centaines de directions, le façonnant de mille façons. Ce n'est pas seulement une stupidité délibérée qui vous convainc que vous faites vos choix tout seul. C'est de l'arrogance pure et simple. »

Art la regarde fixement. Ça pique, et plus que venant de n'importe qui d'autre.

« Je vous aime, Artorias, dit-elle avec raideur, comme si vous étiez mon propre fils, et plus que je ne l'aurais jamais cru possible. Maintenant, là-haut – elle désigne le plafond d'un geste vague – le monde continue de tourner, et il y a toujours des choix à faire. Mais vous ne les faites jamais en solitaire. Vous n'êtes jamais seul. »

En entendant cela, son cœur est pris d'un grand frisson de joie, et ce tout à fait malgré lui.

Brune détourne le regard.

« Vous avez une réunion avec l'ambassadeur kembrien à la première heure demain matin », lui rappelle-t-elle avant de s'éloigner dans l'obscurité dans un bruit de cliquètements.

PARTIE III

Marvol viendra chercher chacun de nous.

Prière septem traditionnelle

31

Wendelsworde, Gwanharabourg
Six ans auparavant

« Art, c'est la pire idée que tu aies jamais eue. »

Garad Gaheris, l'Ange d'argent, champian du roi depuis douze ans, réputæ[46] pour sa capacité à affronter des adversaires qui feraient vider leurs intestins à la plupart des autres chevaliers, semble prix[47] de nervosité.

« Sûrement pas, se défend Art de son ton le plus raisonnable. Rappelle-toi la fois où je t'ai persuadé d'explorer ce château d'eau abandonné au milieu de la nuit et où une partie du toit s'est effondrée sur Lucan...

— C'est pire », grogne Garad, son regard inquiet se posant sur la maison en ruine qui se dresse devant eux.

Le trajet jusqu'ici leur a pris deux heures dans les profondeurs du sud-ouest de Gwanharabourg. Ils se sont retrouvés sur une moto, Art couvert de ce qui est devenu, au fil des ans, sa tenue incognito préférée : un vêtement de cuir de Sombrecœur quelconque et usé, avec un casque teinté sombre assorti, masquant son visage et ses cheveux. Garad est en bleu pâle, trahissant

46. « Réputé, réputée » en neutre.

47. « Pris, prise » en neutre.

ses racines d'Evronbourg, mais ses écussons mentent sur son allégeance réelle.

« Ce n'est qu'un homme, Garad, le rassure Art, même si son pouls s'accélère en réaction. Le traiter autrement serait lui manquer de respect. »

Garad pousse un grognement. « Je vais m'en sortir. Art, écoute-moi. Edler Brinfébris est mort depuis longtemps, peu importe ce que disent les lumineux. »

Ce nom, même maintenant, est pesant, sinistre.

Depuis quelques mois, des rumeurs circulent selon lesquelles le célèbre ludibren et ancien toutou du roi en disgrâce serait non seulement vivant, mais de retour à Londres, bafouant ouvertement son exil.

Cela a commencé par un rapport étonnant disant qu'on l'avait aperçu près de son quartier d'autrefois à Gwanharabourg, puis les *observations* étaient passées au pluriel, et bientôt le filet de bavardages s'était transformé en inondation. Les devins s'étaient mis à faire des proclamations diverses sur les intentions d'Edler. Il est à la recherche d'un pardon. Il veut offrir ses services au fils de son ancien maître. Il compte tuer le roi actuel, qu'il a contribué à créer. L'hystérie a mis ses doigts frissonnants autour de la gorge de Londres, et le palais a commencé à sentir la pression.

Quatre ans se sont écoulés depuis la mort d'Agravain et de Bélisan. Pendant tout ce temps, Art a à peine quitté la forteresse tentaculaire qui lui sert de demeure. Son service de sécurité ne le lui permet pas. Leur souverain ne doit plus jamais être confronté à un tel danger, quelle que soit la situation ; et de toute façon, cela ne saurait être considéré comme une épreuve quand son lieu de confinement est aussi opulent. Personne ne manque de rien à Ker Leonis.

Pourtant, Art, si. Il *a envie*. Il a passé les quatre dernières années à avoir l'impression d'être à moitié mort, insensible à toute forme de sentiment puissant. Entendre les rumeurs concernant Edler est comme émerger d'un puits froid et sombre pour sentir à nouveau les premiers picotements de la chaleur et de la lumière sur sa peau le ramener à la vie douloureuse.

Cette fois, il obtiendra des réponses sur son passé. Par les saints, il les aura.

« Je veux juste lui parler », dit-il.

Garad essaie encore. « Je sais que ces dernières années ont été difficiles pour toi, mais sortir en douce du palais comme ça, c'est… autodestructeur. Tu ne peux pas aller dehors sans garde rapprochée.

— Pourquoi crois-tu que je t'ai demandé de venir avec moi ? rétorque Art. Garad, je te confierais ma vie.

— Ne me flatte pas juste pour t'en sortir, le sermonne Garad, qui est sur le point de perdre la bataille et en est pleinement conscienx[48]. Si Jaksen découvre que je t'ai aidé, c'en est fini de moi.

— De nous deux, rétorque Art. Tu crois qu'être le roi me sauvera ? »

Garad pousse un soupir résigné.

Jaksen est la cheffe de la sécurité personnelle du roi, une femme terrifiante à qui on a visiblement retiré le sens de l'humour à la naissance. C'est elle qui a insisté pour former Art au maniement des armes à feu et, dans ses moments d'intimité les plus terribles, elle a partagé la responsabilité des conséquences de cette décision.

« Je ne sais même pas pourquoi je suis si nerveux, grommelle Garad alors qu'iels avancent. Il n'y a rien ici. Regarde, c'est abandonné depuis des années. »

La maison les surplombe tous deux comme un présage cauchemardesque lorsqu'ils atteignent son portail oxydé, qui est déjà déverrouillé et glisse sans résistance sur ses gonds. Il émet un

48. « Conscient, consciente » en neutre.

couinement triste en reculant pour les laisser entrer, le métal raclant le sol. Des mauvaises herbes qui poussent à travers des fissures du pavé bordent le chemin de pierre. Le jardin avant est un enchevêtrement hérissé de végétation, humide, sombre et grouillant. La roue voilée et noircie d'un vélo est étendue abandonnée dans les hautes herbes.

Art a l'impression de sentir des yeux sur son front et son dos lorsqu'ils montent les marches et passent sous le porche avancé. Le marbre craquelé résonne sous leurs pas. Alors qu'Art lève sa main pour frapper, il sent Garad se déplacer à côté de lui, adoptant subtilement une position défensive.

« Tu entends ça ? murmure-t-iel.

— Quoi donc ? »

— De la musique. »

Art incline la tête. Des sons filtrent à travers la porte, doux et aigus. Des instruments à cordes superposés selon une mélodie étrangement ténue et ondulante.

« Et donc tu disais qu'on ne trouverait rien ici ? » demande Art, en levant la main… Mais avant que ses doigts ne touchent le bouton de la sonnette, la porte d'entrée se déverrouille et s'ouvre lentement d'elle-même.

Au lieu de la peur qu'il sait qu'il devrait ressentir, la frayeur qui se dégage de Garad comme une odeur palpable, Art se sent agacé.

C'est tellement théâtral.

L'endroit est impeccable. Le sol du couloir au-delà est carrelé en noir et blanc, avec un tapis rouge profond au milieu. Les carreaux sont immaculés, comme s'ils venaient d'être posés. Sur des supports en laiton étincelants qui bordent les murs blancs, des lampes à bougies électriques diffusent vers le haut de la lumière qui baigne le plafond. La musique éthérée, frémissante serpente à travers l'ensemble. Malgré l'apparence de l'extérieur, il est certain que quelqu'un vit ici.

Dans la pénombre au-delà des lumières du couloir, Art voit quelque chose bouger. Il franchit le seuil, ignorant la main que Garad pose sur son bras pour l'avertir.

La voix, lorsqu'elle leur parvient, est mélodieuse, masculine et grave. « Vous allez me dire ce que vous voulez ? »

Art s'arrête, le cœur battant à tout rompre.

« Je cherche quelqu'un qui a connu Edler Brinfébris », lance-t-il.

Un moment de silence.

« Je l'ai connu », répond la voix.

Art cherche en vain à en déterminer la source. Edler avait une famille, n'est-ce pas ? Une femme et un fils. Ce n'est pas elle qui parle, et l'enfant serait trop jeune pour avoir une telle voix, dont l'aspect rauque trahit l'âge mûr.

« Je ne vous veux aucun mal, déclare Art. Je souhaite juste parler.

— À propos des rumeurs selon lesquelles il serait vivant ? J'ai vu la déclaration que le palais a faite hier. Toutes ces dénégations forcenées. » La voix prend un ton geignant, enfantin et moqueur. *« Edler Brinfébris est mort il y a plusieurs années à l'étranger. Il n'y a pas une once de vérité dans les rumeurs de son retour. Et même si c'était le cas, Londres lui est interdite. La sentence d'Uther, le Roi-Sous-Terre, est toujours en vigueur. Il était un exilé, et tel il restera, même après sa mort. »*

La voix a le don de mémoriser les discours, on dirait.

« Je veux juste parler, répète Art.

— Entrez, finit par répondre leur interlocuteur. Venez me voir, et je vous dirai tout sur lui.

— Où ?

— Première porte à gauche.

— Reste ici, murmure Art à Garad.

— Ne sois pas stupide, répond-iel dans un sifflement. Je passe en premier. »

Art n'émet aucune protestation. Garad avance, sa main dominante reposant sur le fourreau court ceint à sa hanche, les doigts caressant sa sécurité. L'incident du *Carnaval nocturne* a engendré un examen long et laborieux des lois sur les armes personnelles. Le port de pistolets est désormais illégal pour tout citoyen ne possédant pas le titre de chevalier, et d'autres armements pourraient suivre prochainement. Des réseaux de lumineux infailliblement réactionnaires ont averti que la législation s'étendrait bientôt aux chevaliers, mais Garad a exprimé un avis clair concernant cette possibilité. De toute sa vie, Art ne l'a jamais vux[49] sans une sorte d'épée attachée à sa ceinture.

Art pose un pied sur le tapis cramoisi. Celui-ci s'accroche à ses semelles lorsqu'il avance, même s'il semble neuf et fraîchement brossé. Il regarde Garad atteindre la première porte à gauche et la pousser.

Au-delà se trouve un petit salon. La cheminée qui domine la pièce est encadrée d'un manteau en pierre blanche qui attire le regard. Des symboles au fusain ont été dessinés sur les murs environnants, et dans la lumière vacillante provenant des candélabres au-dessus de l'âtre, ils semblent vivants. Un lit de repos vert émeraude en peluche et deux fauteuils à haut dossier garnissent la pièce.

Dans le siège le plus proche de la cheminée est assis un homme. Celui-ci est grisonnant mais d'apparence soignée, une barbe blanche tombant de son menton et reposant sur le manteau de velours violet qu'il porte. De petits yeux noirs dans un visage buriné au-dessus de longs doigts croisés. Les pointes brillantes de chaussures cirées, du type que l'on porte pour aller au bal, reflètent la lumière. Dans l'ensemble, il a l'air prêt à organiser une fête, mais d'un genre qui sacrifie à regret de malheureuses victimes dans la cave, avant de se rassembler dans le salon pour siroter du thé à la mélasse et grignoter des hors-d'œuvre au milieu d'une conversation agréable.

---

49. « Vu, vue » en neutre.

« Mais c'est le Roi Combinard, dit l'homme en feignant une surprise exagérée. Que faites-vous ici ? Où est votre suite ? »

L'homme que son père Uther considérait comme le meilleur ami et le pire ennemi qu'il ait jamais eu à la fois est assis allègrement devant Art, et il ne semble pas avoir vieilli d'un jour depuis que, tombé en disgrâce, il a quitté tout ce qu'il connaissait.

Les rumeurs sont vraies. Edler Brinfébris est en vie.

Art parvient enfin à parler. « Vous êtes censé être mort. »

Edler le regarde avec circonspection. « Eh bien, peut-être que je le suis. Il est possible que vous regardiez actuellement un fantôme. »

Ils se fixent l'un l'autre.

« Vous vouliez parler, dit enfin Edler. N'est-ce pas ? »

Art hoche faiblement la tête.

« Eh bien, asseyez-vous, sire. » Edler indique de ses doigts élégants le lit de repos situé en face de son fauteuil. « Je n'ai pas de rafraîchissements pour le roi de Londres, mais vous n'avez pas prévenu de votre arrivée. » Le reproche est audible dans son ton.

Art s'avance jusqu'au lit de repos, hébété, et s'y enfonce. Celui-ci s'affaisse sous lui, le prenant au dépourvu. Il voit Garad se mettre en position dans l'embrasure de la porte ouverte, bloquant la seule issue, son épée courte raide dans sa main, ce qui le fait se sentir un peu plus en sécurité.

Dans cette position, le profil d'Edler dépasse à peine de la courbe du dossier de sa chaise. Il est impossible de deviner ce qu'il pense.

« Vous ressemblez à Uther, vous savez, déclare leur hôte, songeur. Par votre visage. Pas le corps, bien sûr. »

Art est un insecte par rapport à son énorme père à la stature de mammifère, tout en bras et jambes noueux et vifs. La question jaillit de sa bouche avant qu'il ne puisse l'arrêter.

« Pourquoi l'avez-vous aidé à violer ma mère ? »

La musique, qui se poursuivait en arrière-plan pendant tout ce temps, s'arrête brusquement. Dans le silence assourdissant, Art force ses mains et son corps à rester détendus.

« Ce n'est pas ce qui s'est passé ! » Toute trace de décorum disparaît en un clin d'œil. Le visage d'Edler se tourne un peu, ses lèvres sensuelles sont plissées de colère. « D'où sortez-vous ce mensonge ? Ce sont des commérages ?

— De ma famille d'accueil.

— Mais qui ? Qui ? » La voix d'Edler se transforme en un murmure furieux, acerbe. « Pas le pieux Si Hector. Pas lui. Il vous aurait protégé de tout ça. »

Le mot *pieux* sort comme s'il s'agissait d'une insulte.

« Si Hector m'en a préservé, répond vivement Art. C'était quelqu'un d'autre. »

Il entend comme un bruissement provenant de la chaise d'Edler. Appuyant un coude fin sur le bras en peluche, ce dernier se tourne dans son siège pour faire face au roi. Ce doit être la lumière de la bougie se reflétant dans ses yeux qui en illumine le contour d'un or vif. Elle qui projette ces ombres minces sur les murs.

« Voulez-vous la vérité sur ce qui s'est passé entre eux ? demande Edler. C'est pour ça que vous avez fait tout ce chemin, n'est-ce pas ? Il doit être douloureux de ne pas savoir.

— Oui, murmure Art.

— Je peux vous montrer, si vous voulez ? »

Le ton d'Edler trahit une envie pressante qui le fait paraître étonnamment immature, juvénile.

« Comment ? s'enquiert Art.

— Art, le prévient Garad avec nervosité. Ne fais pas ça. Allons-nous-en tout de suite.

— C'est juste de la magie, dit Edler d'un ton presque suppliant. C'est juste un spectacle. Les illusions ne peuvent pas faire de mal, n'est-ce pas ? »

Art n'est pas d'accord, mais il n'est pas davantage capable de s'éloigner qu'il ne serait en mesure d'arrêter de respirer volontairement.

« Je vous en prie, dit-il. S'il vous plaît, montrez-moi. »

Le sourire d'Edler s'élargit ; c'est celui d'un enfant impatient de montrer ses talents.

La lumière s'éclaire et s'assombrit autour de lui en même temps... Et puis, soudain, Uther Dracones se tient dans le coin de la pièce. Vivant, imposant, bien en chair, remplissant l'air. Il est beau. Art l'avait oublié. Des yeux vifs, mobiles. Des cheveux rasés près du cuir chevelu sur les côtés. Les jambes écartées, mains jointes derrière le dos...

Non. Son père est mort. Il est le Roi-Sous-Terre à présent, et en outre, il n'est pas tel qu'Art l'a connu. C'est une version plus jeune, sa barbe révèle à peine un fil d'argent. Son regard passe sur Art et Edler sans les voir, mais le roi ne peut s'empêcher de l'observer. Tout est là. La façon dont il marchait toujours lentement et avec détermination, comme s'il possédait chaque parcelle de l'espace qu'il traversait. La manière dont il regardait les gens en face, comme s'ils lui appartenaient aussi.

Ce n'est que maintenant qu'Art commence à comprendre à quel point Edler est dangereux. Il n'a jamais entendu parler d'un enfant-divin doué d'un talent aussi incroyable que celui-ci. C'est plus qu'une illusion, plus qu'une simple projection. Ce qu'il voit *est* Uther. Vivant, respirant, palpable même, dirait-on.

Une femme apparaît d'un coup devant le roi défunt. Ce n'est pas une lente matérialisation : elle est simplement là, si rapidement qu'il faut un moment au cerveau d'Art pour se rappeler qu'il n'en a pas toujours été ainsi.

Une caractéristique physique qu'Art a héritée de son père est cette chevelure pâle et indisciplinée. Hormis cela, il ressemble trait pour trait à sa mère : grande, svelte comme une tombester, une danseuse – bien qu'il ne partage pas la grâce pour laquelle ces artistes acrobatiques sont réputées – avec des yeux vert bouteille, actuellement fixés au sol alors qu'elle écoute Uther murmurer à son oreille.

Ygerna Gorlais, plus vraie que nature.

Art la contemple d'un regard avide. Ça le perturbe toujours de voir à quel point il a besoin de ressentir quelque chose pour elle. Ce n'est pas la douleur qui l'étreint mais l'absence de celle-ci, ce qui est pire en quelque sorte. Au moins, la douleur est indéniable. Le malheur est si infini, si nébuleux.

Son apparence n'est pas aussi étudiée qu'elle le semblait dans les enregistrements officiels d'elle. Elle avait toujours la tête inclinée vers le haut, afin d'accentuer la ligne de sa mâchoire, rendue encore plus nette par ses cheveux coupés au ras de sa gorge dans le style qu'elle préférait à l'époque. Ici et maintenant, dans cette pièce, ses joues sont rouges et son menton relevé. Les cheveux sont plus ébouriffés, tombant en mèches désordonnées. Elle les repousse distraitement de son visage.

Art ne peut pas entendre ce qu'on murmure à l'oreille de la femme, mais sa réponse est très claire. Elle se voit dans la façon dont elle expose sans cesse la ligne de son cou à Uther et dans la manière dont le roi la dévore du regard. Ses mains sont posées sur les côtés, mais l'une d'elles se lève comme pour la toucher, avant de retomber.

Ils flirtent.

L'estomac d'Art se noue. Ce n'est pas bien. Ce n'est pas ainsi que ça s'est passé.

« Comment le savez-vous ? murmure doucement Edler, et Art se rend compte qu'il a dû exprimer sa pensée à haute voix. J'y étais. Vous n'étiez même pas encore né. »

Art est figé, paralysé d'horreur. Il réalise maintenant ce qu'on est en train de lui montrer. Il ne s'agit pas d'une reconstitution de ses parents dansant au hasard sur la mélodie d'Edler comme des marionnettes faites de lumière et d'air.

C'est un souvenir.

Ils assistent à la première étape de la conception d'Artorias Dracones, recréée par une illusion plus richement sophistiquée que la technologie des lumineux dernier cri. Le père d'Art prend la main de sa mère et l'entraîne dans une danse alors qu'elle émet d'élégantes et discrètes protestations. Uther rit. Il semble doux, et jeune. Ils commencent à bouger en silence sur une musique qu'Art ne peut entendre, manifestement ravis de leur présence mutuelle.

« C'est un mensonge, récuse-t-il. C'était la femme d'un autre homme et elle l'a repoussé. Il s'est donc servi de vous et de votre magie d'illusion pour se faire passer pour Gorlais, avant d'aller la voir, et elle a cru qu'il s'agissait de son mari… Alors elle…

— Pourquoi les communs sont-ils si ignorants de la façon dont ces choses fonctionnent ? » Edler semble mécontent. « Une illusion peut tromper les yeux et les oreilles, mais pas l'odorat et encore moins le toucher. Quel genre de miracle pensez-vous qu'il faille pour qu'une femme couche avec un homme qui ne fait que *ressembler* à son mari, mais dont ni l'odeur ni la peau ne lui appartiennent ? Peu importe la forme du corps, sous l'illusion…

— Il l'a violée, affirme Art, la gorge sèche.

— Ils ont eu une liaison, sire. Cela n'a duré que la semaine où il a séjourné à la cour de Kernunc, mais ce fut chaque nuit. Mon rôle était de tromper les témoins, c'est tout. Le roi de Londres ne pouvait pas entrer dans la chambre d'une femme mariée tous les soirs, non ? Les serviteurs et les gardes peuvent s'avérer de terribles commères. Alors je lui ai conféré l'apparence de son époux. » Il émet un léger grognement. « En tout cas, Gorlais le méritait. Il n'aimait rien de mieux que de rester debout toute la nuit à se mettre ebriem[50] à la bière jusqu'à ce qu'il puisse à peine parler, puis aller se coucher en titubant, à

50. « En état d'ivresse »

moitié aveugle, au petit matin. Bien sûr, il n'était pas censé y avoir d'enfant. Mais savez-vous ce que votre père, qui craint les saints et aime la bagarre, a fait quand il a appris que votre mère était enceinte ? »

Art n'a pas besoin de poser la question, car cela se joue sous ses yeux. Il voit Uther, les bras croisés, le visage d'un vide terrifiant, tandis qu'une Ygerna enflée lui hurle dessus, la bouche étirée de manière comique.

Elle a fait tout le chemin jusqu'à Londres, à Ker Leonis même, pour le mettre face au fait accompli et lui demander de reconnaître l'enfant. Il refuse, puis la fait exiler et l'empêche de remettre les pieds à Londres. Elle défie ses ordres, risquant la prison pour donner naissance à Art dans une maison d'os de Sombrecœur.

Puis elle meurt.

« Pourquoi a-t-elle choisi de me garder ? » murmure Art, et la voilà enfin, la vérité qu'il cherchait. La question qui s'est tapie en lui toute sa vie, empoisonnant ses entrailles.

Pourquoi garder l'enfant non désiré d'une semaine de festival de baise sordide ?

« C'est peut-être en rapport avec le devin qu'elle avait vu avant votre naissance. » Edler se lève du fauteuil, se dirige vers la cheminée et y appuie une épaule. En arrière-plan, le père décédé d'Art le regarde fixement.

« Quel devin ? s'enquiert le roi.

— Elle en a fait venir un à l'occasion du fatum de votre naissance. » Edler lui jette un regard en coin. « Vous savez ce que c'est, au moins ?

— Bien sûr que oui, réplique sèchement Art.

— C'est qu'on est susceptible ! J'ai constaté que les communs pouvaient se montrer assez ignorants de notre culture, précise-t-il. Le devin arrive et prononce votre fatum, et devinez ce qu'il lui dit. Il annonce que malgré tout ce qui s'oppose à vous, une fois votre majorité atteinte, vous prendrez l'Épée de Londres. Il avait prévu votre glorieuse ascension. » Edler ricane. « Je suppose que ça l'a suffisamment réconfortée pour qu'elle décide d'aller jusqu'au bout. C'était peut-être sa vengeance finale contre votre père. Qui saurait le dire avec certitude, à part elle, et nous ne pouvons pas lui demander maintenant, n'est-ce pas ? »

Art sent ses poings se serrer malgré lui.

« Comment pouvez-vous en savoir autant ? interroge-t-il.

— À qui croyez-vous qu'elle a demandé de lui trouver un devin ? répond Edler. J'étais le seul enfant-divin qu'elle connaissait. »

Art a envie de lui arracher sa langue de menteur. Sa mère ne serait jamais allée demander de l'aide à l'homme responsable de son agression. Tout ça a été remonté pour qu'Edler ait le bon rôle et qu'Ygerna reçoive le blâme.

« Il a eu raison de rompre avec vous, déclare Art. Vous êtes un poison.

— Un poison ? » Edler a l'air furieux. « Moi ? Votre père n'était qu'une brute fanfaronne et votre mère une petite pu... »

Art est hors de lui.

Il se lève d'un bond et s'élance vers le vieil homme, son poing visant sa mâchoire fine. Au début, il ne réalise pas pourquoi il échoue si vite, pourquoi il continue d'avancer au lieu de le toucher, pourquoi il voit sa main *traverser le* visage d'Edler avant de basculer sur ses jambes qui semblent soudain liquides.

Il trébuche, tombe à genoux, puis relève la tête.

Edler a disparu en l'espace d'un souffle. Derrière lui se trouve un garçon qu'Art n'a jamais vu auparavant. Celui-ci est vêtu d'un vieux pantalon rigide et d'une veste inconfortable et usée, tous deux curieusement démodés. Il reste immobile de stupéfaction. Sa tête s'incline comme celle d'un oiseau et il regarde Art de ses yeux grands et méfiants.

Putain de merde. Edler était une *illusion*.

Avant qu'Art ne puisse reprendre son souffle, le garçon s'enfuit vers le fond du salon, ouvrant une porte à la volée et disparaissant derrière.

Art entend un aboiement de colère de Garad, un bruit de course, le claquement d'une autre porte. Au bout d'un moment, il se remet debout avec difficulté. Il est trop étourdi pour suivre. Son esprit est un tourbillon fou, essayant de trier tout ce qu'il vient de voir et de ressentir.

Ce garçon a non seulement créé Uther et Ygerna, mais s'est superposé à Edler et l'a incarné comme une marionnette, tout comme Uther a dû faire avec Gorlais.. Il les a tous façonnés à partir de son imagination. Il n'est pas étonnant que l'illusion d'Edler paraisse si jeune dans sa façon de parler. Ce garçon ne devait pas avoir plus de 16 ou 17 ans.

Le recours illégal à la magie est le moindre de leurs problèmes pour le moment. La *réalité* même de ces illusions donne le vertige à Art. Il a vu un trio de personnes qui marchaient et parlaient, expressives et pleines de vie. Il est presque impossible de croire qu'il n'a interagi avec rien d'autre que de la lumière pliée et du son manipulé. Est-ce que tout cela est vrai ? Le garçon lui-même est-il réel ?

Art réprime cette pensée avant qu'elle ne puisse l'entraîner dans le royaume de la folie. Les illusions ne peuvent pas ouvrir les portes, aussi convaincantes soient-elles.

Garad apparaît dans l'embrasure du salon, le souffle court. « Il vient juste de s'enfermer dans la cave. Il n'y a pas d'autre sortie, je ne sais pas à quoi il joue. Qui est-ce ? Où est passé Edler ?

— Edler n'était pas réel, dit Art d'une voix absente qui signifie *j'essaie de suivre*. Ce doit être son fils. »

La bouche de Garad s'ouvre.

« Il n'a pas essayé de quitter la maison ? s'enquiert Art.

— Je bloquais la porte d'entrée. »

Art réfléchit. « Peut-être qu'il t'a trouvæ si intimidanx[51] qu'il a paniqué.

51. « Intimidant, intimidante » en neutre.

— Un enfant-divin avec ce genre de magie ? C'est moi qui devrais avoir peur de *lui*, pas l'inverse. Art, nous devons l'empêcher de fuir. » Garad semble dangereusement proche de la panique.

« Enfant, c'est bien le mot. *Enfant*-divin.

— Quoi donc ?

— C'est juste un gosse. » Art jette un regard à Garad, qui halète toujours. « Et il s'est réfugié dans la cave au lieu de s'échapper. »

Garad le regarde avec incompréhension tandis qu'Art sort de la pièce, se dirige vers le couloir et avance droit sur la porte fermée qui y mène.

Il toque.

Silence.

Art parle à travers la porte. « C'était incroyable. Recréer mes parents comme ça. Et ton père aussi. »

Silence.

« Tu es le fils d'Edler, n'est-ce pas ? Ils te nomment Wyll, si je me souviens bien. »

Silence.

« Pourquoi as-tu fait semblant d'être Edler ? »

Silence.

« Pour vous effrayer », murmure enfin Wyll.

Il semble jeune et frêle, rien à voir avec les tons mélodieux de l'imitation d'Edler.

Art y réfléchit. Recréer leurs deux pères et jouer une conversation élaborée et pleine d'affects entre eux est une méthode étrange pour tenter de faire fuir quelqu'un.

Cela ressemble plus à une tentative maladroite de l'impressionner.

« Pourquoi as-tu voulu me faire fuir ? demande-t-il.

— Je suis dangereux, non ? » La voix de Wyll laisse filtrer un tremblement.

« Pourquoi dis-tu cela ?

— Vous avez vu pourquoi.

— Oui, et c'était l'une des choses les plus impressionnantes que j'aie jamais vécues. Tu devrais en être fier. Les gens essaient sans cesse de m'étonner. Ils réussissent rarement avec autant de succès que toi. Je peux entrer ? Je ne veux pas te parler à travers une porte. »

Un long, long silence s'étend.

Patiente. Attends un peu.

Un frottement.

Un cliquetis.

La porte s'ouvre.

« Art, laisse-moi y aller d'abord », entend-il Garad suggérer derrière lui, mais au lieu d'attendre, il descend lentement les marches, donnant au garçon devant lui assez de temps pour aller jusqu'en bas et se retirer dans le coin.

La cave est en piteux état. Une ampoule nue pend du plafond et projette un halo faible au centre. Il y a un vieux lit à roulettes. Une table sur laquelle se trouve un verre d'eau à moitié vide. Plusieurs assiettes sur le sol, barbouillées de restes de nourriture. Les bords gondolés d'un vieux livre longuement feuilleté sur une table de nuit. D'autres ouvrages remplissent la grande bibliothèque dans le coin et se dressent en piles chancelantes à son pied. Le mobilier lourd domine, dans un style vieux de plusieurs centaines d'années. Il n'y a qu'une seule source de lumière naturelle, une petite grille de barres de fer installée en hauteur dans le mur. Les barreaux sont bien trop serrés pour que quoi que ce soit de plus gros qu'un chat puisse s'y faufiler.

Art tourne son attention vers Wyll, qui s'est recroquevillé dans le coin le plus éloigné de la pièce.

« Tu vis ici ? demande Art, déconcerté.

— C'est la pièce la plus sûre, croasse Wyll. À cause du fer.

— Du fer ? »

Le garçon tourne la tête de côté et Art suit son regard. Empilées comme des serpents sur le sol, des chaînes épaisses sont passées à travers un anneau fixé au mur. Au bout de chaque entrave se trouve un bracelet en métal.

Une émotion laide, rance noue l'estomac du roi. « Tu t'enchaînes dans la cave », comprend-il.

Wyll hésite. « Père m'a dit que je devais le faire.

— Edler ? Pourquoi ?

— Il a dit… que ma magie était trop grande. Il fallait la contenir, ou nous aurions des ennuis. »

Le fer est censé rendre la magie des enfants-divins inoffensive. Londres s'enorgueillit d'une longue histoire de vente de bibelots et de camelote métalliques aux communs. Apparemment, les enfants-divins peuvent être aussi superstitieux que tout le monde.

« Je suis désolé pour tout ce que j'ai dit en haut, fait soudain Wyll. Père m'apprenait à extraire ses souvenirs et à les rendre réels. C'est comme ça que je m'entraînais. Et après sa mort, j'ai juste… continué de pratiquer. »

C'est pour cela qu'il a pu faire apparaître les parents d'Art avec une telle précision, bien qu'il ne les ait jamais rencontrés. Art a entendu parler d'illusionnistes du passé capables de recréer parfaitement des individus et des images qu'ils avaient vus de leurs propres yeux ; mais à partir des souvenirs d'autres personnes ?

« Edler est mort ? » demande doucement Art.

Wyll détourne le regard. « Il y a quelques mois.

— Comment ?

— Il était malade depuis longtemps. Quelque chose dans les os. » Wyll a un haussement d'épaules maussade. « Il ne m'a jamais dit grand-chose à ce sujet.

— Où est le reste de ta famille ? »

Il hésite. « À l'étranger. Ils ont dû rester en exil, même après la mort de père.

— Alors tu vis seul ici ? »

Pendant un instant, une pointe de défi se dessine sur les traits fins de Wyll, avant de disparaître tout aussi vite. Il s'est enfui. Être autonome à son âge est à la fois une source d'immense fierté et de honte terrible. Un adolescent ordinaire de 16 ans pouvait trouver cela presque impossible sans éveiller les soupçons… Mais un ludibren ? Il pouvait se faire passer pour n'importe qui. Il pouvait donner à une maison une apparence délabrée et abandonnée pour que personne ne pense à venir frapper à la porte.

Jusqu'à ce qu'Art le fasse.

« Tu sembles en savoir beaucoup sur moi, dit-il à Wyll.

— Vous êtes le roi. Vous êtes… J'ai observé tous les lumineux vous concernant. » Le garçon hésite. « Je suis désolé, je ne voulais pas vous faire de mal. J'aime juste que les choses soient réelles. J'ai pris l'habitude de donner vie à ce qui se passe dans ma tête, pour avoir quelqu'un avec qui jouer. Mais les gens n'aimaient pas quand je faisais ça. Ils avaient toujours peur. » Il parle avec empressement, mais sa voix grésille et crépite, comme si elle était usée.

Art est toujours concentré sur le jeune homme. « Pas moi. »

Wyll se contente de regarder le sol, la tête penchée. Il a l'attitude tendue d'un chien battu.

« Alors tu es seul ici », insiste Art.

L'adolescent a un haussement d'épaules méfiant. « Il vaut mieux que je reste à l'écart des autres.

— Permets-moi de ne pas être d'accord, répond le roi en observant la cave. Peux-tu me dire pourquoi tu es revenu à Londres ? Ce n'est pas ta ville natale. »

Quand le mot arrive, il est chuchoté, doucement. « La clémence. »

Art fronce les sourcils. « Quoi donc ?

— Nous ne sommes pas nos pères, explique Wyll. Peut-être… Peut-être que nous pourrions briser l'engrenage de la vengeance. »

Il a l'air effrayé.

« Tu pensais que je t'aurais pourchassé ? demande Art avec curiosité.

Wyll frissonne. « Mon père aurait pu aider votre mère, sire. Elle le lui a demandé. Je l'ai vu dans ses souvenirs. Il ne l'a révélé qu'après sa mort, et seulement parce qu'il haïssait le roi et voulait le punir. » Wyll déglutit. « Mon père est responsable de sa mort, sire, autant que n'importe qui. Vous jouissez de la moldra lagha. Vous avez le droit de vous venger de moi. »

Mais, Art veut dire, *tu n'as pas tué ma mère.* C'est *moi* qui l'ai fait.

Face au miroir de la culpabilité irrationnelle de Wyll, Art réalise soudain combien cela semble étrange, quel poids insensé il a porté tout ce temps. Il n'est pas plus responsable de la mort de sa mère que Wyll. Ils ont hérité des péchés de leurs pères et il est grand temps de se débarrasser de ce fardeau.

Il ne peut pas abandonner ce garçon. D'une certaine manière, il pense que Wyll le savait, et qu'il comptait peut-être même dessus.

Art se frotte le visage, réfléchissant vite. « Viendrais-tu avec moi, si je te le demandais ? propose-t-il.

Wyll le regarde. « Comment ça, venir avec vous ?

— Vivre ailleurs. Dans un endroit où tu serais en sécurité. Quelque part où tu ne ferais de mal à personne. »

Le regard d'espoir soudain et douloureux de Wyll est électrisant, terrible ; puis son visage se ferme à nouveau.

« C'est ici qu'est ma maison », dit-il d'un ton incertain.

Art répond avec une sincérité dangereusement à nu : « Une maison est un endroit où on est heureux. Il ne s'agit pas nécessairement de là d'où l'on vient, ou du lieu où on vit. Es-tu heureux ici ?

— Non, murmure Wyll.

— Eh bien voilà. »

Il voit le visage du garçon se transformer devant la réalité de la proposition. Celui-ci s'adapte rapidement, pour son âge.

« Il y a beaucoup de fer, là où nous allons ? demande-t-il. Ça permet de me contenir. Si on l'enlève, je deviens capable de tout. »

Art hausse les épaules. « N'est-ce pas le but de la vie ? Mais ce que l'on fait *réellement* par rapport à ce dont on est capable, c'est cela la véritable épreuve pour chacun. »

Wyll lui lance un regard pour toute réponse. Ses iris sont entourés d'une couleur si vive qu'ils semblent sertis d'anneaux d'or.

*

Dans la brume crémeuse d'un jour d'hiver désolé, la peau bronzée du garçon est pâle et inégale. Il gratte les fils lâches de son pull, retrousse ses manches, puis les tire à nouveau, les remonte et les redescend, tandis qu'il s'assoit à l'arrière de la moto d'Art.

L'expression de Garad lorsqu'iel aperçoit Wyll est comparable à celle d'une mèche en train de brûler. Iel tire Art sur le côté.

« On le fait arrêter ?

— Nous ne pouvons pas le laisser ici, répond Art.

— Bien sûr que non, dit Garad. Il est bien trop dangereux pour être laissé en liberté.

— Il a passé les derniers mois enfermé dans une cave, tu crois vraiment que je vais l'amener d'une prison à une autre ? » La voix d'Art est tranchante. Garad semble surprix. « Son père est mort. Le reste de sa famille n'en a manifestement rien à faire de lui, sinon ils l'auraient déjà ramené. Il est tout seul. Allons-nous l'abandonner nous aussi ? Qu'est-ce que ça ferait de nous ? »

Garad le regarde fixement pendant un instant de trop. Il peut le lire dans ses yeux.

On s'identifie un peu trop à sa situation, Art ?

Art s'approche de Wyll, qui lève les yeux.

« Vous allez vraiment m'emmener, dit-il.

— Seulement si tu le veux. Nous pouvons contacter ta famille…

— Ils ne s'intéressent pas à moi. »

Il y a encore une chance que si, et Art ne veut pas se retrouver avec un scandale sur les bras. Il fera en sorte que le palais entame une discussion discrète.

« Vais-je rester avec vous ? » demande Wyll.

Art hésite. « Nous devons te trouver une bonne maison.

— Vous avez dit que c'était l'endroit où l'on est heureux. »

Art acquiesce. « Effectivement.

— Et si je suis heureux avec vous ? »

Art ouvre la bouche, puis s'arrête, momentanément perdu.

« Je sais que ça a l'air amusant, de vivre avec un roi, dit-il finalement. Mais ça ne l'est pas, franchement. Tu serais bien mieux avec quelqu'un d'autre. »

Wyll reste silencieux.

« On verra », dit-il enfin, et soudain, il n'a plus l'air d'avoir 16 ans.

Garad est debout sur sa moto, le casque en équilibre entre ses mains, les observant tous les deux. Art sait à quoi iel pense, car son esprit se pose la même question.

Que comptes-tu faire du fils d'Edler, au juste ? l'entend-iel lui demander.

Je n'en ai pas la moindre putain d'idée, répond-il silencieusement.

32

Iochibourg
Trois mois auparavant

Red fixe les machines crasseuses disposées devant elles comme les rayons d'une roue.

« Des pédalos[52], dit-elle sans se laisser impressionner.

— Oh, se moque Fin. Tu pensais qu'on allait traverser les rues à moto en criant : "Voyez, manants, voyez les chevalières !" De toute façon, tu ne possèdes même pas encore ton propre deux-roues.

— Mais, proteste-t-elle, ces choses sont dangereuses.

— Des milliers de personnes utilisent les pédalos tous les jours… Et les troms, bien sûr. » Fin marque une pause. « Eh bien, à part les idiots qui pensent encore que s'asseoir dans les embouteillages de SUV est une bonne façon de se déplacer, et les entreprises qui ont besoin de modes de transport plus conséquents.

— Je sais tout ça, dit Red, piquée au vif. Je ne suis pas complètement stupide.

— Alors tu sais en utiliser un. »

Red fixe le pédalo. Ça semble assez simple. Si on est capable de conduire une bécane, on doit certainement pouvoir s'en sortir

52. Véhicule à pédales pour la route.

avec un de ces jouets. Le problème, c'est qu'elle *ne sait pas* faire de moto. Pas encore.

« Aide-moi », dit-elle en renonçant.

Fin n'hésite pas. Elle fait asseoir Red à califourchon sur la selle et lui montre comment aller vite et lentement, comment aborder les montées et les pentes. Puis elles se mettent en route, Fin ouvrant la voie, Red oscillant derrière.

C'est elle, cette fois, qui a cherché la compagnie de Fin. Une semaine seulement s'est écoulée depuis sa rencontre avec le Chevalier-Sorcier, mais cela la torture. L'entraînement occupe la majeure partie de la journée, mais le reste est consacré à la contemplation constante de son corps, de sa voix. Le son exact de son gémissement. Le sommeil s'éloigne d'autant plus qu'elle s'y accroche lorsqu'elle y pense.

Red se demande si cela se voit sur elle, comme si les mains de Wyll étaient couvertes d'une peinture qui ne se révélerait que des heures plus tard, marquée et étalée sur sa peau partout où il l'a touchée. Il ne lui a pas encore envoyé de message, et elle n'a aucun moyen de le contacter. Penser à lui la rend folle et l'emplit de frustration, mais son cerveau refuse de faire autre chose. Elle peut se soulager temporairement, et elle le fait, elle le doit, avant que son corps n'accepte tout autre acte aussi difficile que sortir du lit, mais ce n'est que temporaire. L'envie revient insidieusement bien assez tôt.

Tu aurais dû le tuer, pas le baiser, entend-elle son esprit lui reprocher. *Tu es une lâche.*

C'était trop dangereux d'essayer, rétorque-t-elle. *J'ai besoin de plus de temps. Il faut d'abord qu'il me fasse confiance.*

Alors elle attend, raclant les murs. La compagnie des autres lui permet de se distraire de cette torture, au moins pour un petit moment.

Fin et elle ont pris soin de s'habiller sans écussons, sans cuir et de porter des chapeaux, bien que les pédalos les rendent invisibles. Après tout, quel genre de chevalier de la Caballaria se donnerait à voir sur un tel mode de transport ? Il est plus facile de comprendre leur attrait car les regards des gens glissent sur elles comme si elles étaient couvertes de graisse. Au bout de quelques minutes, la conduite de Red s'adoucit et sa confiance augmente.

C'est facile, pense-t-elle.

Alors qu'elles longent le canal, un canard s'aventure nonchalamment sur la trajectoire de son pédalo. Le seul moyen de ne pas l'écraser est de foncer droit dans l'eau ou de se retrouver sur le chemin d'une jeune femme qui tient un bébé perché sur son dos dans une écharpe de portage. Red choisit la troisième option, qui consiste à virer sauvagement sur la gauche et à perdre complètement le contrôle de son véhicule, à tomber et à s'affaler au sol, qui s'avère incroyablement dur et impitoyable.

« Red ! entend-elle Fin appeler et quelques instants plus tard, celle-ci apparaît dans son champ de vision, sautant de son propre pédalo avec l'aisance d'un chat. Tu n'as rien ? Tu es blessée ? » Elle s'accroupit, l'air anxieux. « C'est la bagarre que j'ai vue là-bas ? L'un d'entre eux t'a fait tomber ? Je te jure que je vais aller les frapper… »

Red lève une main pour la calmer. « C'était un canard ».

Fin fixe son visage. « Quoi ?

— Il y avait un canard, répète-t-elle. Un putain de volatile m'a coupé la route, et je ne pouvais pas l'éviter… »

Fin se met à rire. Elle se renverse sur ses hanches et lève le menton vers le ciel en hululant. « Un canard ? réussit-elle à articuler d'une voix étouffée. Tu es tombée à cause d'un canard ? »

Elle est prise d'un gloussement irrépressible.

« Tais-toi, dit Red en essayant désespérément de retenir sa colère. Il était là, immobile. C'était comme s'il voulait que j'aille droit dans le canal.

— T'aurais pu te casser trois pattes, plaisante Fin, avant de rugir de rire à nouveau.

— Va te faire foutre. » Red se laisse gagner par l'hilarité de celle-ci.

Elles sont toutes deux assises par terre, les gens les évitent avec un mélange d'indifférence délibérée et le minimum syndical de grognements irrités, tandis qu'elles rient comme des enfants jusqu'à ce que chaque muscle de leur ventre soit endolori.

« C'était cruel », réussit à dire Red quand elles retrouvent leur calme.

Fin s'essuie les yeux. « Oh, les canards d'Iochibourg sont des démons. Tout le monde le sait.

— Merci pour l'avertissement.

— Parfois, proclame-t-elle solennellement, la seule façon de vraiment comprendre quelque chose est de le vivre soi-même.

— Alors c'était une sorte de leçon pour moi ? » demande Red en se relevant.

Fin se contente de lui adresser un sourire, puis désigne son coude. « Ça fait mal ? »

Sa peau est râpée, rose et rougie, là où le sol l'a mordue avec amour.

« Ça commence à picoter comme un coup de combine maintenant que j'y pense, dit-elle. Mais je survivrai.

— Ta première vraie cicatrice urbaine, la complimente Fin en enfourchant son pédalo. Félicitations, Si ! »

Elle s'élance et Red, encore un peu vacillante, la suit.

Elles longent la berge du canal sur quelques kilomètres, empruntant les chemins étroits. Au fur et à mesure qu'elle se fait à sa monture métallique, Red se détend et commence à remarquer le monde intérieur à celui qu'elles traversent. Le canal est plein de vie. De longs bateaux peints de couleurs claires sont amarrés le long des rives, pataugeant confortablement dans leur support aquatique. Certains cultivent des jardins sur leurs toits. Elle aperçoit des plantes potagères feuillues, d'épaisses tiges de longuefeuilles, des buissons de romarin et des enchevêtrements rampants de passion chevaleresque, l'herbe au goût amer qu'ils transforment en liqueurs ravageuses pour le cerveau et que l'on consomme dans tous les bars de la Caballaria.

Le long des bateaux qu'elles croisent, on distingue les reflets de minuscules miroirs fixés à une fine corde de résille, des écharpes flottant au gré de la brise, des affiches annonçant des soirées théâtrales, des collections de livres, des ventes de bibelots, des antiquités, ainsi que des fruits frais. Il y a des navires qui font office de bars, de librairies et de salons de thé, des bateaux qui semblent proclamer « tout ce qui existe sur la terre ferme, nous l'avons aussi ».

On y voit un panorama de personnes qui s'étirent, s'assoient sur les ponts, sortent la tête de minuscules fenêtres de cagibis. Deux enfants guère plus âgés de 9 ou 10 ans pêchent au bord du canal pendant que quelqu'un leur crie depuis l'autre côté de l'eau de venir déjeuner *tout de suite*, les truites à feuilles seront encore là plus tard. Plus d'une fois, Red remarque un symbole fixé sur une porte ou suspendu à une fenêtre comme un charme ou un carillon, en bois, en métal, en verre ou en tissu épais. Il est composé d'un cercle, dont l'une des faces est ouverte par une ligne ondulée qui le divise en deux.

Les habitants de la rive sont regroupés le long des bords, vivant au-dessus et à côté de l'eau mais jamais dessus. Ils occupent des maisons étroites et désordonnées ou des bâtiments élégants et austères aux murs de verre surplombant le canal. Red songe à l'appartement de Six sur les quais. Sa famille a dû payer une grasse somme pour jouir d'une telle vue. Des saules tombent sur l'eau, dont les tapis d'algues souples et fins qui baignent à la surface reflètent la verdure. Les maisons étroites cèdent la place à un entrepôt, puis à un dock, puis à des grappes de bars et de restaurants, dont les tables sont perchées juste au bord du fleuve.

« On dit qu'il faut jeter ses couverts dans l'eau, que cela porte chance, lui apprend Fin lorsqu'elles quittent le canal et font une pause. Les canaliers les trouveront. Les vendeurs de bibelots passent leur temps à fouiller les profondeurs, tu sais, à la recherche des rebuts des autres pour les polir, les réparer et les revendre.

— Que signifie le cercle avec la ligne ondulée ? s'enquiert Red.

— C'est le symbole d'Éphas. Ils l'accrochent ou le peignent partout pour faire appel à sa protection.

— Éphas ?

— Le dieu du fleuve. Ou plutôt les dieux. C'est le plus important, le chef. Il y en a d'autres. Belisama, Dorin, Heceler.

— Les canaliers ont leur propre religion ? Je pensais que... Je veux dire, on est à Iochibourg. À Londres. »

Fin lui jette un regard perplexe. « Nan, mais ils ont aussi leurs propres trucs en plus de ceux-là. L'identité vient des lieux intérieurs à d'autres lieux. Des endroits où résident le cœur comme les pieds. Tu as l'air surprise. »

Red fronce les sourcils. « Cette ville est compliquée.

— Elle est composée de millions de personnes dont chacune possède plusieurs allégeances. C'est la danse la plus compliquée qui soit. Ça te dérange ?

— Comment suis-je censée la comprendre un jour ? » se plaint Red.

Fin réfléchit. « Pour quoi faire ? En plus, il est difficile de se lasser de quelque chose qui te donne toujours plus à découvrir, qui ne cesse de se transformer à tes yeux. Ça demande tellement, mais ça apporte tant en retour, aussi. C'est un échange. Tu as des relations avec ces lieux autant qu'avec les personnes.

— Qui t'a rendue si sage ? »

Pendant un instant, l'éclat de Fin s'estompe, grisé par les nuages qui roulent dans le ciel de son visage.

« J'ai passé mon enfance à courir le long des veines de Londres, répond-elle. Cette ville est ma mère et mon père à la fois. »

Au cours des heures suivantes, elles parcourent une bonne partie de Iochibourg. Le pédalo engendre une sensation de quiétude, de légèreté. Alors que la moto est un lion rugissant une ode à la liberté, celui-ci est un oiseau, qui glisse sur le monde plutôt qu'il ne s'y fraie un chemin. En traversant un pont, Red aperçoit des mots peints sur la pierre sombre en lettres blanches et austères, des phrases en caractères gras, incurvées ou à peine lisibles :

D'UN TROU À RAT À UN PALACE
L'ENFANT REVIENT ET LES CAUCHEMARS SUIVENT
TOUS S'INCLINENT DEVANT TERMINAS

Elle n'a aucune idée de ce que cela pourrait bien signifier.

Des rues en briques tranquilles. Des allées éclairées par des lanternes. Des zones nocturnes brillantes de mille feux, endormies à la lumière du jour. Des immeubles d'habitation exigus, des maisons tordues comme des serpents, puis, peu à peu, la vue devient plus fluide, se simplifie, laissant dans son sillage des aperçus familiers. Elles suivent d'énormes clôtures, passent devant d'immenses bâtiments fonctionnels tapis le long d'étendues désertes et de routes à peine esquissées qui semblent ne mener nulle part. Elle n'aurait jamais cru qu'un royaume de vingt-quatre millions de personnes puisse avoir autant de vide en lui.

Fin les arrête toutes deux près d'une construction magnifiquement étrange derrière un ensemble de portails, à côté d'une large piste de terre. Un espace de limbes entre la brousse et la ligne d'horizon.

« Tu sais à quoi sert ce bâtiment ? » demande Fin.

Red lève les yeux vers elle. Celui-ci est d'un cramoisi rouillé intense, avec des briques crème formant de jolis motifs autour de ses fenêtres élevées et quelque peu moroses. Des flèches et des tourelles s'élancent dans le ciel, lui conférant grandeur et mystère. L'édifice se dresse seul, beau dans sa solitude.

« Une sorte de château abandonné ? s'aventure Red, perplexe.

— C'est une station d'épuration. »

Elle lance à Fin un regard d'incrédulité totale.

« Je suis sérieuse, insiste Fin avec assurance. Le plus grand réseau d'égouts de tout le pays passe sous nos pieds, juste ici.

— Mais… On dirait une *église.* »

Fin écarte les bras. « Un lieu de culte pour le saint des Égouts.

— Sacrée merde », s'exclame Red.

Le regard que lui lance Fin exprime un plaisir pur et sans entraves.

« Tu as fait une bonne blague ! s'exclame-t-elle. Je n'y crois pas. Pourquoi ne l'avons-nous pas enregistrée ?

— Je suis drôle.

— En effet, admet-elle, mais presque jamais intentionnellement.

— Tu ne me connais pas si bien que ça, insiste Red, qui n'est pas le moins du monde offensée.

— Non. C'est le but de notre sortie d'aujourd'hui, alors ? sourit Fin. Allez. Il y a quelque chose d'autre que je veux te montrer. »

Elles roulent le long des terrains vagues, passant devant du béton et de l'acier, des poutres qui se croisent et découpent des motifs austères contre le ciel infini. Les humains sont des créatures adeptes de modèles, des productions de la nature, car celle-ci les aime. Ils impriment désespérément leur marque sur la terre. S'ils contrôlent quelque chose, ils pensent que cela signifie qu'ils le possèdent ; mais peut-être que la beauté, la douleur et la vie se trouvent dans ce qu'ils ne maîtrisent pas.

Fin les conduit à une série d'étranges constructions métalliques installées profondément dans le sol creusé. Des filets d'eau scintillante, rugissante et parsemée de soleil s'écoulent à travers un gigantesque portail en acier. De chaque côté se trouve un portique abritant son mécanisme, qui ressemble à une version géante d'un interrupteur à bascule. Chacun semble presque aussi grand que Red.

Chaque portique se dresse depuis un monolithe de béton moucheté d'un motif unique de taches imprimées par l'eau. De vieux anneaux sombres scindent le bloc en deux, les niveaux augmentant et diminuant au fil des mois, des années et des décennies, s'élevant et s'abaissant, encore et encore. Tout change, annonce l'édifice. Même les choses qui semblent posséder une telle permanence dans le monde, comme le béton, sont modifiées par ce qui les entoure.

Tout cela était là avant que Red ne naisse et le sera encore après sa mort, et c'est quelqu'un comme elle qui l'a érigé. Beaucoup de « quelqu'un », des humains fragiles et éphémères qui construisent des choses qui durent bien plus longtemps qu'eux, qui transforment la vie d'autres individus à l'existence tout aussi brève, et qui se propagent dans le temps.

« À quoi sert tout ça ? demande Red, piquée de curiosité.

— Quelque chose en rapport avec l'énergie hydraulique.

— Mais qu'est-ce que ça veut dire ? Que se passe-t-il, exactement ? »

Fin hausse les épaules.

Une sorte de magie, mais faite de béton et d'acier. Une inflexion plus lente des éléments pour remplir un objectif.

« Asseyons-nous un peu et reprenons notre souffle, suggère Fin. J'ai apporté des boissons. »

Elles choisissent un portique et suspendent leurs jambes au-dessus du rugissement de l'eau. Fin tend à Red une gourde ouverte dont cette dernière prend une gorgée de bière avec reconnaissance.

Sa guide soupire. « Alors, tu as enfin obtenu ce que tu désirais. »

Red lui lance un regard étonné.

« Devenir chevalière, explique Fin.

— Oh. » Red affecte une attitude nonchalante alors que le souvenir de la langue chaude et humide de Wyll imprègne son cerveau. « Je suppose que oui.

— Quelle est la suite ? » demande-t-elle.

Red hausse à son tour les épaules. « Une nouvelle étape. »

Fin émet un petit rire. « Hum. C'est quoi, pour toi ?

— Je ne sais pas. Je n'ai jamais été capable de penser aussi loin.

— Attention. Ça pourrait te prendre par surprise. » Fin incline sa gourde et en avale une gorgée.

« C'est une discussion en miroir ?

— Ah ! Rusée, rusée. » Son regard l'est à peine moins. « Alors, quel est le but de cette journée ? Pourquoi as-tu voulu sortir te balader avec moi ? »

Red boit dans sa gourde. « J'avais juste besoin de m'éloigner un peu. »

Fin acquiesce. « Je comprends ça. Nos magnifiques vies de privilégiées impliquent un certain fardeau. » Elle incline la tête. « Ou bien y a-t-il autre chose ? Tu peux me faire confiance, si tu en as besoin. Nous n'avons pas de connaissance en commun, à qui pourrais-je en parler ?

— Si, il y en a une.

— Qui ?

— Tu connais – Red ravale son nom familier avant qu'il ne sorte – le Chevalier-Sorcier, n'est-ce pas ? »

Fin agite une main dédaigneuse. « Ah, ses secrets sont les mieux gardés de Sombrecœur, et il méprise les ragots. Je l'ai rencontré il y a un petit moment, mais je n'ai pas l'impression de le *connaître* vraiment. Pour un tel chouchou de la Caballaria, il est curieusement peu intéressé par cet univers. Je ne suis pas sûre qu'il ait des amis proches à la cour, non plus.

— Il a le roi, pointe Red pensivement.

Fin est immédiatement et ostensiblement sur ses gardes. « Ouais, effectivement.

— J'ai entendu dire que personne ne pouvait s'approcher du souverain sans passer par san champian au préalable.

— C'est exact, en convient-elle.

— C'est vrai que le roi n'a pas quitté Ker Leonis depuis des années ?

— Je vais te dire quelque chose, suggère soudain Fin. Je te le révélerai d'abord si tu réponds ensuite à la même question, si tu l'oses. C'est le jeu. »

Ses yeux sont pleins de défis.

« J'accepte, répond Red avec circonspection.

— Si tu pouvais avoir tout ce que tu voulais, tout de suite, sans conséquence, sans obligations contraires, rien, qu'est-ce que ce serait ?

— Toi d'abord, alors. »

Fin lève sa gourde en direction de l'eau bruyante. « Le pouvoir d'être absolument incapable de tomber amoureuse. »

Red émet un sifflement de surprise. « C'est pas rien.

— Mais indéniablement utile. » Elle lui lance un clin d'œil dénué de gaieté.

« Qui est-ce ?

— Ça, tu ne le sauras pas, dit Fin. À toi. »

Red fixe les monstres du portique devant eux. « J'aimerais disparaître », dit-elle.

Difficile de dire si c'est Fin ou la bière qui favorise une réponse aussi honnête.

Le regard de sa camarade se tourne vers elle comme un projecteur. « Tu es venue dans la bonne ville pour ça. »

Red garde le silence.

« Les personnes qui veulent disparaître ne choisissent pas souvent d'être l'objet de l'attention d'un million d'yeux dans une arène.

— La violence est la seule chose à laquelle je suis bonne, affirme Red.

— Je t'ai vue danser à cette fête où nous sommes allées. Tu étais plutôt douée pour ça. Pour quelqu'un qui finit ebriem avec certaines substances, je veux dire. » Fin rit devant l'expression de son visage.

« Je n'étais pas ebriem, proteste Red.

— Tu veux dire que tu bouges comme ça quand tu es sobre ?

— Espèce de provocatrice. »

Fin retient son souffle. « Doucement avec les insultes, maintenant.

— Je rends simplement ce qu'on me lance.

— Oh, je n'insulte que ceux dont je veux obtenir l'affection, réplique-t-elle, désarmant Red par cette nouvelle lueur d'honnêteté. Londres et moi. Tu dois aimer Londres aussi, Nordique. »

Red secoue la tête. « Je ne suis pas chez moi, ici.

— Ce n'est pas comme ça que ça marche. Tu es ici maintenant, donc tu es de Londres. De toute façon, personne d'extérieur à cette ville ne la regarde comme tu l'as contemplée toute la journée.

— Et comment ? interroge Red.

— Comme si tu ne pouvais pas t'en passer. Tu es déjà à moitié amoureuse. Va jusqu'au bout.

— Et qu'est-ce que ça implique ? »

Fin sourit. « En voir les entrailles et pas seulement la peau. La plupart des gens ne se donnent pas la peine d'essayer de trouver les couches dissimulées. Les rues qu'ils arpentent chaque jour, les lieux où ils travaillent, les bâtiments dans lesquels ils mangent et dorment : c'est tout ce que la vie devient, pour la plupart. C'est tout ce qu'ils ont appris à voir… Et c'est une tragédie. Ils passent à côté de cette merveille qui les entoure. S'ils prenaient simplement le temps de vraiment ouvrir les yeux… »

Le regard de Fin n'est pas posé sur Red. Elle observe quelque chose au-delà de cet endroit.

« C'est une question de risque, poursuit-elle d'un ton rêveur. Il coule dans notre sang, le tien et le mien. Il nous permet de respirer. Si je passais ma vie à choisir la sécurité, je ne connaîtrais jamais toutes ces merveilles. Poursuis ce que tu désires, Red, et n'aie pas peur de le faire. Tu n'as qu'une seule vie, et tu pourrais être morte demain.

« Marvol viendra, murmure Red.

— Marvol viendra chercher chacun de nous », renchérit Fin.

Alors que le tintement de leurs bouteilles résonne dans le tumulte de l'eau sous leurs pieds, Red prend une décision. Elle va faire durer les choses un peu plus longtemps, juste pour voir ce que ça donne. Elle n'est plus aussi sûre de ce qu'elle cherche, mais elle est certaine de ce qu'elle ne veut pas. Elle n'a pas envie que Wyll meure.

Pas encore. Pas encore.

33

Domaine de Si Hector, Senzabourg
Six ans auparavant

La pelouse est bien entretenue, suffisamment pour tenir à l'écart les éléments peu engageants de la nature sauvage.

Elle descend en pente douce, se fondant dans une ligne d'arbres désordonnée au fond. Des buissons de baies parsèment la périphérie, éparpillant des fruits sur l'herbe. Derrière le petit portail en bois, sur le côté, se trouve un potager actuellement noyé sous un tas de grosses courges jaunes et de vignes de pêches de loup. L'air est doux et chaud dans les vestiges de l'été. Des oiseaux mykke piaillent depuis la cime des arbres, satisfaits de leur journée. C'est un endroit où l'on peut à nouveau croire en l'être humain. Un lieu qui répand une douce tranquillité dans l'esprit.

Alors qu'Art se penche sur sa chaise, il entend des pas se rapprocher sur la pelouse.

« Jour favorable, Wyll Ambrosias, lance-t-il dans le crépuscule qui s'installe en indiquant le siège vide en face de lui. Viens donc t'asseoir avec moi. »

Le jeune homme a encore pris du poids depuis la dernière fois qu'ils se sont vus, note Art avec approbation, bien qu'une fois sa croissance terminée, il se peut qu'il subsiste des creux sous ses pommettes, conférant à son visage des traits nets, tranchés.

« Comment avez-vous eu connaissance de mon nom complet ? s'étonne Wyll en s'installant sur le siège vide.

— Ta famille me l'a dit », répond Art.

Wyll le regarde. « Vous leur avez parlé ?

— Oui. Et ils ont fini par convenir qu'il était dans ton intérêt de rester ici, plutôt que de retourner vivre avec eux. »

Le *fini par* est un petit mensonge bienveillant. La famille de Wyll n'a été que trop heureuse de le remettre aux fonctionnaires du quartier de Gwanharabourg qui l'ont contactée.

Ils n'ont aucune idée de qui se cache vraiment derrière tout ça. Les journalistes s'évanouiraient quasiment de joie s'ils apprenaient l'implication du roi et ses attentions envers Wyll, mais toutes les mesures possibles ont été prises pour s'assurer que cela n'arrive pas.

Le garçon est bien caché ici, dans le domaine de Si Hector. L'ancien tuteur d'Art s'est montré habile pour défendre des vies des regards indiscrets, et c'est bien normal, puisqu'il s'est amplement formé avec le roi.

Wyll regarde la pelouse et ne dit rien.

« Seulement si tu es d'accord, hasarde le roi. Pour continuer à rester ici. »

Wyll hausse les épaules.

« Je sais que c'est un peu calme, à la campagne. »

Même réaction. « La tranquillité, c'est bien. »

Le domaine de Si Hector se trouve à l'extrême limite de Senzabourg, à une longue distance du centre. Ici, ce ne sont que des terres agricoles, des collines vallonnées, des bois, des pâturages et des enclos.

« La ville ne te manque pas ? lui demande Art.

— Ils m'y emmènent pour des excursions en journée, parfois. » Wyll hésite. « J'aime le théâtre. »

Art hausse un sourcil. « Oui, je l'ai entendu dire. »

Il y a quelques semaines, Wyll avait été accompagné par la coterie d'Hector à son premier spectacle. Pendant l'entracte, il avait exprimé sa perplexité face au manque de réalisme des décors peints sur la scène et avait reçu un cours accéléré sur le concept de suspension de l'incrédulité.

La seconde moitié de la pièce avait vraiment pris vie.

« C'était stupide, dit Wyll, une pointe boudeuse dans la voix. Tout le monde était assis là, roucoulant et haletant devant cette chose en bois tout affaissée qu'ils ont poussée sur des roulettes sur la scène. Ça ne ressemblait pas du tout à un cheval.

— Alors tu en as fait un vrai animal, poursuit Art aussi calmement qu'il le peut.

— J'ai pensé que les gens aimeraient mieux ça », proteste Wyll.

Son illusion avait été si convaincante qu'elle avait fait sensation. Les lumineux locaux avaient acclamé la pièce qui avait réussi à faire monter un véritable étalon sur sa petite scène, même s'ils ne savaient pas vraiment comment cela avait été rendu possible.

Il avait eu de la chance. Il y avait eu assez de confusion et de doutes pour couvrir ses traces.

« Les gens ne vont pas au théâtre pour la réalité, dit Art. Ils s'y rendent pour s'en éloigner. »

Wyll digère cette réponse. « Ça fait un moment depuis votre dernière visite », dit-il.

Il y a quelque chose d'étonnamment direct chez lui. Il est discret mais ne manque pas d'assurance. Il est réservé mais pas timide. En quelques mois seulement, le garçon craintif qu'Art a rencontré dans la cave d'une maison délabrée a parcouru un long chemin.

« Je sais, et je suis désolé », répond-il.

Wyll a un sourire en coin. « Vous êtes le roi. Vous êtes occupé. Ce n'est pas la raison pour laquelle j'ai dit ça. » Il regarde à travers la pelouse. « C'est agréable, ici. C'est un bel endroit. »

Art le sent venir.

« Mais ? demande-t-il.

— Quand j'aurai 18 ans, je serai un adulte. Je pourrai faire ce que je veux. »

Art acquiesce. « Oui. »

Au lieu de développer, Wyll se lève de sa chaise. Il s'éloigne de quelques pas sur la pelouse, tournant le dos au roi qui reste perplexe. Il se tient debout, immobile, regardant la cime des arbres. Au moment où Art ouvre la bouche, un mouvement attire son attention. De longues pattes élancées se fraient un chemin à travers les broussailles. La fourrure de feu étincèle sous la lumière du soleil déclinant.

Le cerf s'avance sur la pelouse, une oreille remuant d'avant en arrière.

Il y a quelque chose de déchirant et de parfait dans sa présence ici, à cet endroit, à ce moment, quelque chose qui fait se serrer le cœur d'Art devant toute la beauté que le monde recèle. L'animal avance, ses sabots délicats se perdant dans l'herbe.

Wyll lève la main et lui fait signe d'approcher d'un doigt.

Le cerf trotte vers eux sans montrer de crainte. Sa gorge blanche brille. Ses muscles glissent et ondulent lorsqu'il se déplace. Wyll tend la main. Il est assez proche pour qu'on le touche. De manière stupéfiante, le cerf plonge sa tête dans sa paume. Plus étonnant encore, son museau passe à travers sa main.

« Il y en a une famille entière dans les bois là-bas, explique doucement Wyll. Je les ai étudiés pendant des jours pour que ce soit parfait. » Il abaisse sa paume et sourit. « Les vrais cerfs sont trop stupides pour être trompés par le mien, cependant. Ou peut-être trop intelligents. Ma copie ne dégage aucune odeur, vous voyez. Ce n'est que de la lumière pliée, après tout, faite pour tromper le regard humain ».

Il frappe dans ses mains et le cerf disparaît.

Il faut un moment pour que le cerveau d'Art rattrape ses yeux, pour comprendre qu'il est vraiment parti.

L'adolescent se tourne vers lui, les bras croisés de manière défensive contre son corps. Son visage est un mélange de timidité et de défi. « Je n'ai pas vraiment besoin d'applaudir ou de quoi que ce soit d'autre, dit-il, mais les gens trouvent ça moins bizarre ainsi. Ils n'aiment pas que je fasse apparaître ou disparaître des choses simplement par la pensée.

— Je n'arrive pas à imaginer pourquoi », murmure Art avec nervosité. D'une certaine manière, il avait réussi à oublier à quel point le talent de ce garçon est extraordinairement et totalement convaincant. Et avec quelle facilité il en fait usage. « Wyll... Je sais que tu es mineur, mais la magie est toujours illégale. Si tu te fais prendre...

— Avez-vous réalisé que le cerf était un faux ?

— Non. » Art a du mal à ne pas faire preuve d'honnêteté avec Wyll. « Mais ce n'est pas la question.

— Je sais, sire, dit Wyll. Je voulais juste vous montrer que je peux faire de bonnes choses avec. De belles choses. Mais... Je peux en faire de mauvaises, également.

— Ne m'appelle pas sire, réagit Art par automatisme. Wyll, je te l'ai déjà dit. Je n'ai pas peur de toi. » Il regarde le jeune adulte indomptable qui se tient devant lui. « Tout le monde a le pouvoir de nuire. C'est un choix. On prend cette décision, et on devient un certain genre de personne.

— Celui que vous détestez », murmure Wyll.

Art hausse un sourcil. Avec qui a-t-il parlé ?

Il s'assoit. « À mon avis, il n'existe qu'un seul moyen dans l'univers de s'assurer de la loyauté de quelqu'un.

— En lui donnant une tonne de combine, le provoque Wyll.

— Elle peut venir à manquer, ou quelqu'un d'autre peut lui en proposer plus.

— En étant plus puissant.

— Le pouvoir est limité, et nourrit le ressentiment, répond Art.

— Alors comment ? »

Art hausse les épaules. « En étant le genre de personne envers qui il veut être loyal. »

Wyll ne dit rien. Art pense au cheval, au cerf, et se demande si cet endroit n'est pas une autre cage à ses yeux.

« Je crois que je sais ce que tu ressens en ce moment », suggère Art. Il est accueilli par un silence incrédule.

« Tu as cette… chose à l'intérieur de toi. Qui ne te laisse pas tranquille. Qui tire sans relâche, rendant tout ce que tu fais et tout ce que tu es insuffisants. Être en vie ne te suffit pas. Tu veux être *plus*. Tu as envie de faire *davantage*. Chaque jour que tu passes sans chercher à te *surpasser* est perdu, jusqu'à ce que tu te réveilles avec une impression de malaise au cœur, un sentiment pesant, désagréable qui te tire vers le bas et te fait te demander pourquoi tu existes tout court. »

Wyll le regarde, bouche bée. « Comment le savez-vous ? » s'étonne-t-il.

Art sourit. « Crois-moi, tu n'es pas le seul à ressentir cela. C'est la malédiction d'un cerveau qui a évolué au-delà de la préoccupation de la survie. Nous nous le sommes infligé à nous-mêmes. Nous avons voulu être différents des animaux. À présent, nous devons vivre avec les conséquences. »

Wyll se penche sur sa chaise. « Parfois, je me demande s'il ne serait pas préférable d'être le cerf, dit-il.

— Ça a l'air ennuyeux, répond Art avec légèreté. Mais c'est à toi de choisir ce que tu veux faire de ta vie. »

Wyll laisse échapper un rire soudain et sauvage. « Non, ce n'est pas vrai ! Mon existence vous appartient ! »

Art le regarde avec étonnement.

« *Elle m'appartient ?* répète-t-il. Un être humain ne peut pas en posséder un autre. D'où te vient cette idée stupide ?

— Vous pensez que ce que je ressens est idiot ? clame Wyll en se frappant la poitrine. Vous ne comprenez donc pas ? Vous m'avez tout donné. C'est pire que l'emprise que Père avait sur moi, car je vous en suis *reconnaissant*. Je ne serai pas libre tant que je ne vous l'aurai pas remboursée.

— Quoi donc ? demande Art, interloqué.

— Ma *dette*. Je pourrissais dans cette cave. Je serais devenu une chose… Comme lui. Je le sais. Je n'avais pas d'échappatoire. Mais vous êtes venu et vous m'avez offert une issue. Vous m'avez sauvé la vie, alors maintenant je dois secourir la vôtre. » Wyll lève les bras en l'air. Le geste est si dramatique, si différent du garçon calme et posé qu'Art a connu jusqu'à présent, que c'en est presque drôle.

« Est-ce une prophétie, ô devin ? » dit-il sans pouvoir s'en empêcher.

Il s'agit d'une expression à double sens, utilisée comme réplique sarcastique lorsqu'un monsieur-je-sais-tout donne son avis. Dans ce cas précis, il suppose qu'il pourrait être pris un peu plus au pied de la lettre.

Wyll baisse les bras et s'affale sur sa chaise.

« Je ne suis pas un devin, dit-il enfin. Mais vous êtes le roi. Les gens veulent souvent votre mort, non ? Il est évident que votre vie va avoir besoin d'être sauvée.

— Ton optimisme est encourageant, répond Art sèchement. Wyll, pourquoi ne me dis-tu pas ce que tu veux ?

— M'installer à Ker Leonis, dit Wyll d'une traite. Pour… Pour vous servir, du mieux que je le pourrai. »

Art regarde fixement la pelouse, luttant contre une désagréable sensation de chute. C'est le sentiment qu'il éprouve infailliblement lorsqu'il voit les choix qui s'offrent à lui se réduire de plus en plus, jusqu'à ce qu'il ne reste plus que l'inévitable.

« Pourquoi ? demande-t-il. À cause d'une dette que tu penses avoir envers moi ?

— Pas seulement ça. Vous êtes le premier souverain qui… qui fait preuve de compassion. » Wyll parle avec précipitation, apparemment conscient du terrain dangereux sur lequel il s'engage. « Après mon père… les choses ont vraiment empiré pour nous. Uther a établi le système de déclaration des enfants-divins, n'est-ce pas ? On disait que c'était pour nous légitimer, mais tout ce que cela a fait, c'est nous rendre encore plus indésirables.

Et les chasseurs qu'ils envoient à nos trousses, les Pistolets de Dieu ? » Il prend une inspiration. « C'était une punition, sire. »

Qu'est-ce qu'il a lu, songe Art, *et qui,* qui *l'a laissé le faire ?*

« Je comprends l'Histoire, déclare Wyll. Je connais tous les détails. Mais c'était il y a longtemps, et nous avons payé pour tout ça maintenant. Nous avons *payé*. Ce n'est pas juste de nous faire souffrir pour des péchés vieux de plusieurs siècles dans lesquels nous n'avons joué aucun rôle. On nous crache dessus, on nous rabaisse et on nous empêche d'accéder à la réussite, simplement parce que nous sommes nés d'une certaine façon. Je n'ai pas eu le choix. Je n'ai pas demandé à être un enfant-divin, si ? C'est comme ça. C'est simplement ce que je suis. Et je dois vivre avec ça et trouver un moyen de l'aimer, ou passer ma vie à me détester moi-même. Pourquoi devrait-on me demander ça ? Pourquoi ne puis-je pas être... *utile* ? Pourquoi ne puis-je pas être bon ? Vous l'avez dit. *Vous* avez déclaré que je le pouvais. »

Art ferme les yeux.

Wyll brûle de la passion impatiente de sa jeunesse idéaliste, de sa douleur brute. « Je sais que vous n'êtes pas l'un des nôtres, mais vous pourriez changer les choses ! La situation pourrait être différente, ça pourrait aller mieux. Et je pourrais vous aider.

— Non », dit Art.

Silence.

« Mais... tente Wyll.

— Non. Jamais. Tu m'entends ? Cela n'arrivera jamais. » Art desserre sa mâchoire et s'efforce de retrouver son calme. « Ton père et le mien, ensemble, ils ont créé un héritage que j'ai fait tout mon possible pour défaire. Quelle impression penses-tu que cela donnerait si tu apparaissais à mes côtés ? »

L'histoire se répétant. Voilà à quoi ça ressemblerait.

« Pas à vos côtés, s'obstine Wyll. Juste à proximité. En arrière-plan. Pour vous protéger, vous aider. »

Est-ce ainsi que ça avait commencé entre Uther et Edler ? Par de la protection ? De l'aide ? De bonnes intentions ?

« Non, répète Art. Je veux que tu restes loin de la cour. »

Je veux que tu restes loin de moi.

La bouche de Wyll se plisse et son expression devient orageuse.

Art se durcit. « Ce n'est pas une demande, Wyll.

— Alors laissez-moi apprendre à me battre », propose-t-il rapidement.

Art cligne des yeux devant ce changement soudain de conversation. « Pour quoi faire ?

— Je veux rejoindre la Caballaria. »

Art hésite. Techniquement, rien n'empêche un enfant-divin de devenir chevalier et de combattre dans l'arène, mais c'est tellement inouï qu'il pourrait tout aussi bien essayer de chevaucher le soleil. Aucun combattant n'affronterait une personne capable de recourir à la magie.

« Ce serait très difficile pour toi d'y parvenir », prévient Art avec prudence.

Wyll hausse les épaules. « Vous êtes le roi. Vous pourriez faciliter les choses, n'est-ce pas ? »

Art rit. « Tu surestimes mon pouvoir réel.

— Est-ce parce que vous nous détestez ?

— Quoi ?

— Je ne vous en voudrais pas, continue précipitamment Wyll. Pas après ce que mon père a fait. Vraiment pas. Mais je ne suis pas comme lui. Je *ne le suis pas.* »

Il s'arrête, des larmes retenues s'accumulant dans sa gorge.

Il est le fantôme d'Art, un miroir, un rappel.

« C'est compliqué, Wyll, dit doucement le roi. Cela pourrait prendre beaucoup de temps rien que d'essayer. »

Wyll renifle, ravale ses larmes. « Je ne peux pas postuler à la Caballaria avant d'avoir 18 ans, n'est-ce pas ? Il vous reste bien plus d'un an. »

Art rit avec tristesse.

Il *a* du temps, se console-t-il. Pour que Wyll grandisse, change et perde tout intérêt pour ces dettes imaginaires. Personne n'a besoin de découvrir son identité, après tout. Il a la possibilité de se débarrasser de son passé, ce qu'Art n'a jamais pu. Il n'a aucune idée de la richesse des opportunités qu'offre la vie, car on ne les lui a jamais montrées. Quand Art aura fini de lui expliquer, Wyll ne voudra plus jamais remettre les pieds à Londres, et encore moins s'approcher de la cour.

Il est temps de l'envoyer loin. Loin des gens qui pourraient l'utiliser comme arme, loin du souverain qui ressent une sombre et horrible envie de faire la même chose.

Pour sa protection. C'est la bonne chose à faire.

Art s'éclaircit la gorge. « As-tu déjà eu envie de voyager ? »

34

Stredforthe, Marvolbourg
Une semaine auparavant

« Bonnes vêpres, Si Red.

— Bonnes vêpres, Ford. » Red referme la portière du SUV avec un claquement sourd.

« Le passage vers Marvolbourg va être un peu encombré, avec le festival d'automne qui se déroule ce soir dans le quartier, annonce Ford tandis qu'ils roulent sur le boulevard Spittelfief.

— Ah oui ? réagit Red sans trop savoir ce que cela signifie.

— Suffisamment. J'ai fait savoir à Si Wyll que vous arriveriez un peu plus tard que d'habitude. »

Le SUV pénètre dans des rues sombres.

« Donc c'est à Marvolbourg, dit Red après une pause. L'endroit où vous m'emmenez.

— À Stredforthe, pour être plus précis, répond Ford. Les environs sont un peu déserts à mon goût ; je préfère les quartiers plus familiaux, de nos jours. Malgré tout, je peux comprendre les raisons du choix de Si Wyll.

— Hum », en convient Red.

Ford n'est pas stupide. Il n'irait pas à l'encontre de la vie privée du Chevalier-Sorcier en laissant échapper sans s'en rendre compte l'emplacement de son terrain d'entraînement secret. On a dû le lui autoriser.

Mais pourquoi ?

Ils roulent un petit moment avant que Ford ne suscite un nouveau motif d'inquiétude pendant sa description enthousiaste de son intention de se joindre aux festivités de Marvolbourg. Son programme semble si surchargé que cela pousse Red à se demander en plaisantant s'il aura le temps de revenir la chercher.

« Oh, je ne passerai pas vous prendre ce soir, Si, répond Ford. On m'a dit que vous n'en auriez pas besoin. »

Red lutte pour réprimer une rougeur de nervosité. Parce que l'on suppose qu'elle y passera la nuit, ou parce qu'elle ne repartira pas du tout ?

Les morts n'ont pas besoin qu'on vienne les chercher, murmure une voix paranoïaque en elle.

Pendant le reste du trajet, Red utilise l'Immobilité pour essayer de défaire les nœuds de tension en elle. Lorsqu'elle arrive sur le terrain d'entraînement privé du Chevalier-Sorcier, elle est plus calme. Elle est prête.

Puis il lui ouvre la porte et elle pose les yeux sur lui pour la première fois depuis plusieurs semaines.

Putain, il est magnifique. Putain, putain, *putain*.

« Entre », dit-il.

Elle franchit le seuil. Sa présence est palpable dans l'obscurité derrière elle. Son esprit fourbe convoque une brève image de lui dénudé et haletant sous elle.

La porte d'entrée se referme avec un bruit sourd qui résonne pesamment.

« Nous allons essayer quelque chose de différent aujourd'hui, lui annonce-t-il. Suis-moi. »

Il s'avance dans la pénombre, replié sur lui-même, protégeant tous ses angles tandis qu'il la conduit jusqu'à un côté de la pièce caverneuse. Les machines restent silencieuses, attendant de servir. Si elle s'approchait trop près, ces bêtes énormes pourraient se nourrir d'elle, leurs pistons ramenés à la vie par sa chair. Au-delà de leur forme en bloc, un drapé recouvre le vaste mur de briques situé derrière. Le Chevalier-Sorcier se tient à l'une de ses extrémités. À côté de son épaule pend une longue manivelle métallique.

« Est-ce que tu as déjà vu un mur de Galdrar ? » demande-t-il.

Red secoue la tête.

Il se dresse et commence à actionner l'engin. Des mains métalliques descendent de leurs points fixes au sommet du mur, saisissant dans leurs griffes l'extrémité sombre du drap et le remontant lentement, des vagues de tissu serrées dans leurs poings d'acier.

Au fur et à mesure que le rideau s'élève, un fouillis de couleurs jaillit de la brique située derrière. La totalité de la surface est couverte de peinture. De minuscules phrases griffonnées d'un blanc fantomatique. De la poésie qui s'étend partout. Des bribes de chansons. Des suites de phrases sans queue ni tête. De mots en arc-en-ciel épais aussi gros qu'un cheval. On y voit des souris jaunes et vertes de près de deux mètres de haut danser autour d'un feu, des caricatures de chevaliers se disputant des épées, des femmes gardes aux hanches fines serrant des pistolets dans leurs poings, des garçons à tête de singe et des chats à sept pattes et aux yeux sages. Des visages. Des couchers de soleil. Du sang. Des épées. Des crânes. Des fleurs. Des bottes. Des lignes d'horizon. Des soleils et des lunes. Des noms et des chiffres, innombrables, à l'étroit dans l'intervalle qui sépare chaque inscription.

On trouve des murs de Galdrar dans tous les quartiers de Londres. Des étendues dénudées de brique, de métal, de ciment ou de verre – sur les côtés des ruelles et des tunnels de docks, des maisons, des entrepôts abandonnés, des stations de trom, et même souvent par terre – couvertes de peintures et de messages. Certains murs sont historiques, conservés comme une fenêtre sur le passé. Certains sont actifs, avec des sections régulièrement recouvertes pour faire place à de nouveaux messages, ou des peintures plus anciennes embellies et complétées par d'autres artistes. Aucun mur en activité ne reste identique d'un mois sur l'autre.

On dit que seuls les enfants-divins sont capables de peindre dessus. Ils prétendent pouvoir dire si quelque chose a été écrit ou dessiné par un commun – et son œuvre est immédiatement effacée. Certains communs déclarent que les murs sont des supports d'information codés et dangereux, et réclament leur destruction avec fureur. Certains y voient des prophéties ou de l'art, et plaident pour leur protection. Beaucoup pensent qu'ils ne sont rien d'autre que les divagations de tempéraments créatifs qui s'ennuient et de devins à moitié fous. Quoi qu'il en soit, les détruire ne sert pas à grand-chose puisque d'autres surgissent toujours ailleurs. Les surfaces à peindre sont innombrables à Londres.

Red fixe le mur, fascinée. Il faudrait des heures rien que pour tout contempler.

« C'est un ancien, entend-elle dire d'une voix douce le Chevalier-Sorcier. Ils ont cessé de le modifier depuis des décennies. Il est également plus secret, sans doute, puisqu'il se trouve dans un bâtiment abandonné.

— Sais-tu ce que le moindre de ces messages signifie ? »

Il s'écarte de la manivelle et recule pour contempler le mur. Dès qu'il s'approche d'elle, Red sent son ventre se contracter avec urgence, avec envie.

« Celui-là ». Il pointe le doigt. « Apparemment, il a été peint par Lailoken lui-même. Tu as déjà entendu parler de lui ? L'un des plus puissants devins de ces cent dernières années, à ce qu'on dit. Certains érudits pensent qu'il s'agit d'une prophétie à propos de notre roi actuel. » Il émet un grognement de dérision.

Red suit les mots qu'il pointe du regard.

L'ENFANT OUBLIÉ
VIENDRA RÉCLAMER L'ÉPÉE
ET LONDRES SAIGNERA

« L'activité des murs de Galdrar ralentit, annonce le chevalier, son regard sur la brique. Ils sont de moins en moins nombreux à évoluer, et même quand c'est le cas, cela s'est fait plus rare.

— Pourquoi ? » demande Red.

Il croise les bras. « Parce que le nombre d'enfants-divins diminue. C'est le cas depuis longtemps maintenant. Nous sommes moins nombreux à naître. La magie est en train de disparaître du monde. Nous devenons une putain d'espèce en voie de disparition. » Sa fureur, normalement si étroitement contrôlée qu'elle est à peine visible, est surprenante à nu. « Ils préfèrent un monde sans magie qu'un univers qui contient quelque chose qu'ils ne possèdent pas. Ils sont comme des enfants gâtés qui veulent accaparer tous les meilleurs jouets pour que personne d'autre ne puisse les avoir. Nous devons être tenus en laisse. Ça fait de nous tous des animaux de compagnie. »

Red le regarde avec méfiance. Elle ne comprenait absolument pas pourquoi il tenait à lui donner le contrôle de la seule chose qui la rendrait plus menaçante, mais elle y voit plus clair maintenant.

« Tu ne veux pas m'apprendre à contrôler ma magie, réalise-t-elle. Tu comptes faire de moi une arme. »

Le chevalier fronce les sourcils. « Je veux juste faire quelque chose – *quelque chose* – pour éviter notre propre déchéance. Ce dont tu es capable doit être encouragé, pas forcé de se cacher derrière des murs où ton pouvoir n'aura d'autre possibilité que de pourrir. Encore une perte de talent, de… de *vie*. Et pour quoi ? Pour que nous puissions devenir plus banals ? Plus normaux ?

— Je n'ai aucune envie de participer à un soulèvement politique ou à ce que tu prépares. » Elle résiste à l'impulsion de s'éloigner de lui. « Je ne suis là que pour une seule chose. »

L'homme se retourne enfin pour la regarder. « Et de quoi s'agit-il ? »

De la mort.

« De la chevalerie, dit-elle à voix haute.

— Devenir un chevalier ne fait pas tout, Red.

— Facile à dire pour toi, réplique-t-elle. Tu possèdes déjà ce que tu veux.

— C'est une vie solitaire, insiste-t-il. Tu ne t'en rends pas compte ? Tout le monde est partagé entre la vénération et la haine à ton égard. C'est ennuyeux.

— D'accord, se moque Red. Mais il y a une partie de toi qui aime ça. La haine et l'adoration, toutes les deux. Ça rend les choses plus faciles, d'une certaine façon, n'est-ce pas ? Au moins, ça tient tout le monde à distance. »

Il ne dit rien, mais son visage lui indique qu'elle a fait mouche.

Peut-être que la raison pour laquelle il part à la recherche d'autres enfants-divins n'a rien à voir avec les théories des paranoïaques qui l'imaginent construire une armée d'adeptes de magie, ou finir par prendre le pouvoir à Londres. Peut-être que ce qu'il cherche est l'opposé du contrôle.

« Pourquoi es-tu vraiment ici, Red ? demande-t-il soudain.

— Pour apprendre de toi…

— Non, la coupe le Chevalier-Sorcier. Tu as pris de gros risques pour parvenir jusqu'ici. Plus que quiconque ne l'imagine, je n'en doute pas. Pourquoi ? Juste pour te faire remarquer et t'assurer des débuts fracassants ?

— Non, je…

— Je ne suis pas le seul à avoir des secrets. Pourquoi es-tu *ici* ? interroge-t-il. Pourquoi as-tu envahi ma vie ? »

Le poids de son regard est si lourd qu'elle sent comme un serpent qui se resserre autour de sa poitrine, faisant craquer ses côtes.

Elle s'énerve. « Je ne sais pas, je ne sais pas !

— Tu veux te servir de ma célébrité pour t'en tailler une part, c'est ça ?

— Je me fous de ça ! Ils disaient que les combats des chalengeurs locaux n'étaient pas enregistrés. Je ne voulais pas finir sur ces satanés lumineux qui défilent dans ce maudit ciel. Tu m'as dit de ne pas parler de ces séances d'entraînement, et je n'en ai soufflé mot à personne. Je voudrais juste…

— Que veux-tu ? demande l'homme, parce que c'est ce qu'il est, et tous les fantasmes de Red paraissent maintenant puérils face à la présence brute de l'humain vivant, au cœur battant, qui se tient devant elle.

— Te prouver que je mérite ton attention. Pas celle de qui que ce soit d'autre, juste la tienne. Je t'aurais combattu seule à seul, si je l'avais pu, mais le combat des chalengeurs était l'unique chance qui se présenterait à moi. » Red attend un moment. « Tu peux te moquer de moi, si tu veux. Me traiter de gamine arrogante et me renvoyer. »

Le Chevalier-Sorcier la contemple.

« Et si je te disais que tu dois me promettre, me jurer sur ce qui t'est le plus précieux, que tu ne mentionneras jamais mon nom à qui que ce soit, peu importe à quel point tu lui fais confiance ?

— Je le ferai. »

La réponse du chevalier arrive d'une traite. « Je ne te crois pas.

— Je dirais oui parce que je suis en train de perdre ce combat, grogne Red, de plus en plus irritée. Parce que j'ai essayé de m'en empêcher, tu vois, mais que, quand je pense à toi, mes entrailles se serrent comme des nœuds d'amarres. Parce que cet unique message de ta part à la fin de mon premier jour au Donjon m'a rendue folle, mais ensuite tu ne m'en as plus envoyé, pas une seule fois, et je ne comprenais pas pourquoi j'avais tant besoin d'en recevoir encore. Parce que quand j'ai réalisé que tu n'étais pas à mon premier combat, ça m'a profondément blessée, et je n'ai pas saisi pourquoi non plus. Je t'ai détesté de m'avoir sauvé le cul lorsque j'ai abandonné. Je me suis humiliée devant tout le monde, mais c'est toi que je voulais voir. Et j'aurais dû te dire de ne pas me sauver, j'aurais dû agir conformément à l'honneur et en accepter les conséquences, mais je n'ai pas pu, parce que cela aurait signifié que j'avais perdu ma chance d'être près de toi à nouveau. Je suis donc devenue une lâche par ta faute, et je me déteste pour ça. Et j'exècre le fait d'être venue ici ce soir en désirant quelque chose de plus qu'un entraînement, et je hais te parler comme ça maintenant, parce que tout ce que je fais, c'est m'humilier devant toi, et tout ce que tu fais, c'est rester là à me regarder, et je ne sais même pas si tu veux de moi ou si tu es simplement en train de t'amuser. Et même dans ce cas, je te le permettrais, car cela signifierait que tu me laisseras peut-être t'approcher… »

Elle s'arrête. La pression dans sa poitrine est incroyable, angoissante. Elle n'a jamais rien ressenti de tel auparavant. Qu'est-elle en train de s'infliger, bon sang ?

« Ne me demande pas de cesser de venir à toi, dit-elle. J'en suis incapable. »

Ça ressemble à la vérité, et la douleur s'atténue.

« Red. »

Son ventre se tord délicieusement en entendant son nom dans sa bouche.

« C'est juste que je ne veux pas… que tu m'utilises. »

Il semble incertain, et un peu perdu.

« Je ne veux pas non plus que tu te serves de moi », dit-elle, et ça aussi, c'est la vérité. Peut-être juste à ce moment. Est-ce que ce sera suffisant ?

« Approche-toi », dit-elle, pour voir s'il accepte.

Il est parcouru d'un petit frisson, puis il s'avance. Cette fois-ci, ce n'est pas pour la vaincre, mais il est si proche qu'elle tremble du même désir pur, résolu. Elle se sent instable. Elle a l'impression de tomber.

Ils restent immobiles, très près, sans se toucher.

« Dis-moi de ne pas céder, fait le Chevalier-Sorcier.

— Demande-moi de partir, alors, le provoque Red.

— C'est trop tard pour ça. Je te désire tous les soirs depuis notre rencontre. »

Les mots s'enroulent autour d'elle comme la pointe d'une langue. Elle essaie de déglutir mais sa gorge est si sèche qu'elle pourrait aussi bien avoir bu une tasse de poussière. Le chevalier attend devant elle, muscles tendus contre les liens qui l'entravent. Red baisse les yeux. Par les saints, il est tendu en bas également, gonflé à bloc.

« Vas-tu me dire ce que tu veux ? » demande-t-il, et Red peut entendre une trace de nervosité légère et hésitante dissimulée derrière toute cette réserve prudente.

« Toi, dit-elle.

— Redis-moi ça.

— Je te veux.

— Maintenant que tu m'as, qu'aimerais-tu que je fasse ? »

Il est de plus en plus difficile de respirer comme un être humain normal et non tel un lapin… Vite, tellement vite.

« Que vous m'embrassiez, Si », demande-t-elle.

Le chevalier s'élance en avant, puis s'arrête. « S'il te plaît, ne m'appelle pas comme ça. Utilise juste Wyll. »

Elle goûte son nom sur sa langue. « Wyll. »

Les mots suivants de l'homme l'enflamment. « Où dois-je t'embrasser ? »

Red tend la main et prend celle du chevalier dans la sienne, la pressant contre le désir lancinant qui tente actuellement de s'échapper d'entre ses cuisses.

« Ici, dit-elle. Embrasse-moi là. »

Elle n'aurait jamais cru possible que deux personnes puissent rester immobiles, tellement avides de l'autre qu'elles irradient d'envie, abandonnant toute timidité et toute honte, respirant si fort que l'évanouissement est sûrement proche. Ils n'ont même pas encore enlevé leurs vêtements.

Par les saints, les saints, les saints.

Wyll tombe à genoux. Il prend son temps. Il s'installe, vulnérable comme un animal de compagnie, aux pieds de Red. Elle se penche, désespérée de voir sa peau, et ensemble, ils tirent sa chemise vers le haut et l'enlèvent pendant qu'il s'agenouille. Ses mains se lèvent et ses doigts puissants saisissent la ceinture de Red, défaisant sa boucle et laissant les deux extrémités pendre, ouvertes et libres. Elles se déplacent ensuite sur le pantalon de Red, qu'ils détachent, concentrés sur leur tâche. Elle remarque vaguement une constellation de taches de rousseur sur son épaule, un signe pour la guider, mais dans quelle direction ?

Il relève la tête, enveloppant la jeune femme d'un regard liquide qui, sous cet angle, semble la supplier fermement, tandis que sa bouche s'ouvre, que sa langue se déploie et qu'il en presse le plat entièrement contre elle. Elle sent ses genoux se dérober sans que son cerveau soit le moins du monde d'accord. Pendant un moment, elle se débat, sans rien pour la maintenir en équilibre, puis on la pousse doucement vers l'arrière.

« Le mur est juste derrière toi, murmure Wyll. Juste là. »

Elle tend les paumes et le trouve, avant de se plaquer contre la paroi froide, du sacrum jusqu'à la nuque. Une fois la surface derrière elle, elle sent à nouveau la langue, qui lape son humidité par coups minutieux et réguliers.

Il prend son temps. Sa langue explore chaque crevasse, avec une précision terrible. Elle se déplace sur son extrémité, se soulevant avec précipitation sur ses orteils quand il est sur le point de la faire jouir trop rapidement, et redescend lorsqu'il ralentit. Le bras gauche du jeune homme s'appuie sur sa hanche, repoussant une cuisse sur le côté pour laisser place à toute son attention, et ses doigts l'écartent. Il a beau être à genoux devant elle, c'est elle qui est sans défense.

Avant qu'il ne puisse la faire se perdre complètement, elle le tire vers elle et l'embrasse, goûtant sa propre saveur dans sa bouche. Red baisse la tête, l'enfonce dans sa poitrine. Son front frôle son épiderme à cet endroit tandis qu'elle relève le menton, enfouissant son visage dans son cou.

« Tu vas me dire ce que tu veux, maintenant ? » demande-t-elle à la peau devant ses lèvres.

Elle sent les mains sur ses épaules se resserrer et le corps lové contre elle se presser davantage, l'écrasant contre le mur.

« Dis-moi », répète-t-elle, avant de saisir la peau de son cou dans sa bouche tandis que ses doigts rampent le long de sa taille et le serrent contre elle.

« Continue de me toucher. » Les mots lui tombent dessus. « S'il te plaît, continue de me toucher. Je vais te dire ce que je veux.

— Promets-le », exige Red. Ses dents se serrent autour de la chair du cou devant elle, et elle le sent bourdonner avec un gémissement.

« Je te le promets », parvient à dire Wyll.

Ils se déshabillent complètement l'un l'autre. Il a endigué sa propre ardeur, en a fait une vague plus longue, plus douce, plus déferlante. Quand elle le prend dans sa main et le pousse à entrer en elle, il ne le fait pas. Il la taquine jusqu'au moment où elle explose. Puis il s'enfonce lentement, doucement, s'enfouissant davantage jusqu'à ce qu'il ne puisse plus et qu'un pic de douleur la fasse haleter et le mordre.

Ils baisent avec langueur contre le mur de Galdrar. Ils font souvent des pauses, leurs rythmes se forment, allant et venant. Red est perdue, toute consumée par la simple sensation de Wyll dans ses mains et dans son corps, derrière elle et contre elle tout à la fois.

Elle ne remonte qu'une fois, juste un instant. Elle le tient serré entre ses cuisses sur le sol. Elle s'étire vers le haut en s'asseyant sur lui, ses yeux se lèvent et elle réalise qu'ils sont juste en dessous de la prophétie de Lailoken. Celle-ci semble sortir du mur pour se jeter vers elle, *L'enfant oublié* et *Londres saignera.*

Le sang est partout. Le futur amène la mort, la seule chose sûre en ce monde. C'est sa destination. C'est là que la constellation la mène.

« Qu'est-ce qu'il y a ? lui demande Wyll dans un murmure essoufflé.

— Rien, répond-elle. Rien. »

Et elle se replonge en lui, dans sa peau rougie, la sueur qui strie le creux de sa clavicule, ses mains adorables, insistantes, pressantes.

*

Wyll possède un lit ici. C'est un meuble simple, caché derrière un demi-mur qui coupe la pièce en deux. Il lui a dit que malgré la splendide suite de chambres qu'il possède à l'écurie royale de Ker Leonis, il dort souvent dans cet endroit. Il apprécie le calme.

Les heures moites passent inaperçues. Le temps est divisé en sections binaires de corps enchevêtrés et séparés. Pendant une des rares périodes où ils ne sont pas emmêlés, Red s'allonge sur le côté et observe la façon dont Wyll appuie son dos sur le lit pour étirer sa colonne vertébrale comme un chat satisfait, s'attardant sur chaque côte visible qui pousse doucement contre sa peau.

« As-tu d'autres amants ? » lui demande-t-elle.

Wyll cesse de s'étirer. « Tu préférerais que je n'en aie pas ? »

Red réfléchit. « Je ne sais pas. » Elle hésite, détourne le regard. « Peut-être que tu m'aimerais moins si je disais oui. »

Elle sent le lit bouger alors que Wyll se déplace pour toucher son visage.

« Je t'aimerais de la même façon, dit-il. Mais puisque tu me le demandes, je vais te le dire. Je n'ai pas d'autres amants.

— Oh, réagit Red avec désinvolture. Pas même le roi ? »

Wyll lâche un bruit étouffé.

« Art ? dit-il finalement. Tu plaisantes, j'imagine. »

Il appelle Art le roi de tout Londres. Un petit nom si bref et si doux pour un tel homme.

« Lui et toi êtes proches…, commence Red, laissant la fin de sa phrase en suspens.

— Il est comme un grand frère pour moi, dit doucement Wyll. Ce n'est pas mon amant. Tu ne devrais pas écouter les ragots.

— Je n'y prête pas attention, proteste Red. Je me disais juste que… Eh bien… Il n'est toujours pas marié.

— C'est son choix. » Wyll hausse les épaules. « Je ne sais pas vraiment pourquoi. De toute façon, il n'est pas seul, il a quelqu'un.

— Ah bon ? s'étonne-t-elle, surprise. Qui ?

— Ça le regarde, Red. »

Elle pince les draps sous sa main. « Je me suis toujours demandé comment il était.

— C'est un grand roi, répond Wyll. C'est tout ce que les gens ont besoin de savoir.

— Tu l'aimes », commente Red.

Wyll lui lance un regard amusé. « Tu as l'air surprise.

— C'est juste que… Je ne sais pas. J'ai eu de mauvais échos à son propos. »

Wyll émet un grognement. « C'est le meilleur souverain que Londres ait eu depuis des siècles. Ils n'ont aucune idée de la chance qu'ils ont.

— Eh bien, s'il t'impressionne tant que ça, j'aimerais le rencontrer, dit Red avec légèreté. Mais j'ai entendu dire que plus personne ne s'approche de lui de nos jours.

— Pas si je peux l'en empêcher. »

Red rit. « Mais tu es son champion, pas un de ses Pistolets. Il a un millier de chevaliers qui assurent sa garde.

— Et s'ils échouent, je serai là.

— Comme à Mafelon. »

Wyll reste silencieux.

« Tu ne peux pas t'en plaindre, le taquine Red. C'est l'une des histoires les plus célèbres à ton sujet.

— Les histoires sont une chose, déclare Wyll, la réalité en est une autre. »

Il ferme les yeux, et Red comprend que cette conversation est terminée. Elle roule sur le ventre.

« Tu as déjà entendu ton surnom ? » demande-t-elle d'un ton taquin.

Wyll glisse ses mains sous sa tête et fixe la faible obscurité traversée de poutrelles d'acier visibles au-delà de la lumière des lampes. « J'en ai appris de nombreux, et je les méprise tous. »

Red sourit. « Oui, mais celui-ci vient d'un de ces lumineux de fin de soirée qui aiment passer des heures à discuter de comment chaque chevalier de la Caballaria se comporte au lit et s'il utilise ses armes comme *outils de plaisir*…

— Je t'en prie, dis-moi que tu ne regardes pas cette horrible merde…

— Et leur nom préféré te concernant est *pulchra belua.* »

Superbe monstre, en langage de la Caballaria.

« Oh, celui-là, dit Wyll d'une voix impassible. Je ne suis ni superbe ni un monstre, alors c'est un nom stupide.

— Tu es superbe. Même si les gens ont peur de toi, ils te trouvent quand même magnifique. De près, encore plus, ajoute Red d'une voix rêveuse. On pourrait penser que c'est l'inverse. J'ai vu le maquillage qu'ils appliquent à la truelle sur certains combattants pour les rendre beaux à l'écran, mais tu es encore mieux sans. »

Wyll décide de manière irritante d'ignorer le compliment. « Es-tu satisfaite, en ce moment ? »

Red fronce les sourcils. « Qu'est-ce que tu veux dire ?

— Ce que je viens de faire avec toi. Ça t'a plu ? »

Elle parvient à transformer son rire en toux. « Tu n'arrives pas à le voir ? J'ai fait des bruits, que je… que je n'aurais même pas imaginé pouvoir faire.

— Alors c'est la satisfaction qui parle, dit Wyll à l'adresse du plafond, rien de plus. »

Red repasse la conversation dans sa tête.

« Permets-moi de bien comprendre, dit-elle finalement. Tu ne te trouves pas beau.

— Non, je dis que ton point de vue est terni par ce que tu viens de ressentir. »

Red tend une main et touche le flanc de Wyll, faisant courir le bout de ses doigts le long de la chair chaude. Il ne répond pas, mais ses yeux se ferment à moitié avec un plaisir évident.

« Je pense que tu es l'homme dévêtu le plus exquis que j'aie jamais vu », avoue Red avec franchise.

Wyll pousse un bref soupir.

Les doigts de Red s'enfoncent davantage, en glissant. « Magnifique.

— Arrête ça, belle parleuse.

— Un corps spectaculaire. »

Red sent les draps s'étirer et se froisser lorsque Wyll se tourne sur le côté et attire Red sous lui.

« Si tu ne fermes pas ta bouche, je m'en charge à ta place, promet-il.

— *Majestueux*, même… »

Les mots de Red sont interrompus tandis que l'homme met sa menace à exécution, la faisant brièvement taire d'une morsure à la lèvre. La langue de Wyll ne tarde pas à suivre, puis, plus bas, quelque chose se gonfle et appuie fortement sur l'intérieur de sa cuisse.

« Cette partie, cependant, murmure Red alors que son souffle se raccourcit, ce morceau de toi est mon *préféré*…

— Tu parles trop », la gronde son amant, avant de la faire taire pendant une bonne heure.

Ensuite, il se blottit contre elle, comme un enfant, à ses côtés. Une de ses mains repose sur son ventre. Des mains qui la caressent jusqu'à la frénésie, qui saisissent une épée, qui effleurent ses lèvres quand il parle, un geste simplement esquissé qu'il fait plus souvent qu'il ne semble en avoir conscience.

Son murmure monte jusqu'à elle. « Je suis très heureux que tu sois venue à moi, Red ».

Elle regarde fixement dans l'obscurité qui les engloutit.

Au bout d'un long moment, la respiration de Wyll se fait plus profonde, plus lente, l'entraînant dans le sommeil. En se concentrant, elle peut sentir son pouls dans son cou, pompant son sang. Les humains ne sont rien d'autre que des sacs de liquide, et donc facilement susceptibles d'être perforés. Percez un trou suffisamment grand et ils se vident jusqu'au bout. C'est si facile. Alors pourquoi ne l'a-t-elle pas encore fait ?

Petit à petit, elle se détache de son corps enchevêtré. Wyll remue un peu, se blottissant dans la chaleur qu'elle laisse sur les draps. Elle ramasse ses vêtements sur le sol et les enfile aussi silencieusement que possible. Il ne frémit même pas.

Tout ça serait parfait s'il ne représentait rien pour elle. Tout ce qu'elle a à faire est de décider qu'il n'a aucune importance.

Le mur de Galdrar brille méchamment dans son dos tandis qu'elle le regarde dormir.

C'est sa chance. Maintenant, alors qu'il est vulnérable, et qu'elle est en sécurité, hors de portée. Qu'est-ce que cela peut bien faire qu'elle se demande si elle pourrait tomber amoureuse de lui, d'une manière qui lui fasse ressentir une sorte d'exaltation vertigineuse ? Et alors ? Est-ce qu'elle a pensé y avoir droit ? S'est-elle laissée croire qu'elle était faite pour ça ? Elle n'existe que dans un seul but, et il s'y oppose.

Mais ses mains ne frissonnent pas, et l'envie n'est pas là.

Putains de saints, est-ce que la raison pour laquelle elle ne peut pas en finir avec lui est qu'il la baise bien et qu'il est joliment bâti ? Est-ce que cela signifie qu'il mérite davantage de vivre que n'importe qui d'autre ? La justice est un conte de fées.

Tue-le, espèce de lâche…

Tue-le, sale pleurnicheuse, sale pleutre…

Elle cherche, mais rien ne se passe. Cela ne vient pas.

Elle peut sentir le mur. Tous ces messages, tous ces visages, les centaines de mains qui l'ont touché, ont imprimé leur magie sur la brique, leurs émotions elles-mêmes, une envie, une faim, celle de dépasser les clivages et de parler. Et que diront-ils d'elle ? Que voient-ils ? Ils discernent sa faiblesse.

Au diable les saints, elle *aime* cet endroit.

Ce n'est pas seulement Wyll. C'est cette ville. Cette cité déroutante, glamour, brillante, dure, belle et sa vie folle, stupide, merveilleuse. La vivacité même de la chose l'excite. Sa folle improbabilité. C'est comme découvrir qu'il existe quinze dimensions de plus que les quatre qu'on lui a dit être les seules possibles. Elle n'est pas la séductrice, elle est séduite. Faraday l'avait prévenue. *La curiosité n'est pas un vilain défaut ici,* avait-il dit, *elle sauve des vies,* et elle est curieuse, tellement que ça fait mal.

Mais il n'était pas censé y avoir autre chose ! Elle n'était pas supposée avoir quelque chose de plus !

Et avec cette pensée, la douleur est *enfin là,* l'impulsion *aussi* ; mais il continue de dormir, intact, tandis que le monde autour de Red commence à s'écailler et à se fissurer, se détachant pour révéler sa laideur sous-jacente…

« Comment diable as-tu fait ça ? » s'étonne la voix de Wyll depuis le lit. Il est assis, les draps repliés au niveau de son aine. Sa voix trahit une surprise encore engourdie de sommeil et son regard porte au-delà d'elle.

Le mur de Galdrar est en ruines. La peinture vieille de plusieurs décennies gît en écailles inutiles à ses pieds, mélangée à des monticules de poussière de brique qui strient le sol comme des éclairs abattus. Les poèmes sont fendus, il manque des lignes entières. Les visages sont déchirés. Les mots sont devenus des lettres flottantes inutiles, leurs voisins ont disparu.

Elle se retourne vers Wyll, bouche bée, le cœur battant.

« Quelque chose ne va pas, n'est-ce pas ? dit-il, et sa voix est très douce. Quelque chose que tu dissimules. S'il te plaît, dis-moi quoi. Laisse-moi t'aider. »

Une telle compassion. La passion sous toutes ses formes. Elle la voit maintenant, toute celle qu'il abrite en lui. Pas étonnant qu'il la retienne par une maîtrise qui ne s'autorise pas la moindre faille ; il étoufferait n'importe qui avec.

Elle s'aperçoit qu'elle est attirée vers elle avec avidité, et lutte pour s'en écarter.

« Red », l'entend-elle supplier quand elle part.

Elle ne s'arrête pas. Si elle le fait, elle prendra la mauvaise décision.

35

Mafelon, Sombrecœur
Trois ans auparavant

La deuxième fois qu'Art voit quelqu'un mourir, il a 33 ans. Il se trouve à un dîner d'ambassadeurs, une soirée sophistiquée réunissant des diplomates des Sept Royaumes. Lillath est en face de lui, à divertir le dignitaire d'Eiran, son voisin de table. Art se rappelle s'être demandé ce qu'il pourrait bien dire s'il apprenait qu'elle était l'Araignée du roi, que la femme qui glousse dans sa direction, les lèvres pleines de sauce de canard bleue, a occupé le poste le plus secret et le plus notoire du pays pendant ces quinze dernières années. Il se souvient avoir ri de ses pitreries, c'est peut-être pour cela qu'il ne remarque pas le premier coup de feu.

Lillath incline la tête au second, ce qui est le premier avertissement indiquant à Art que quelque chose ne va pas. Les événements violents sont toujours tellement plus dispersés et confus qu'ils ne devraient l'être, songera-t-il par la suite. Pourquoi ne sait-on jamais ce qui se passe réellement avant que tout ne soit presque terminé, et donc trop tard pour faire quoi que ce soit, la moindre chose, pour l'empêcher ?

Il faudra au moins un jour après la survenue des faits pour établir leur chronologie, un puzzle mal ajusté constitué de nombreux témoignages mélangés, mais c'est, comme Art le comprendra ultérieurement, à peu près ce qui se produit :

La première salve de balles frappe la table à côté de la sienne. Le cadre de ce dîner des ambassadeurs est une salle à manger historique magnifiquement préservée du district de Mafelon à Sombrecœur. Ces jours-ci, il n'est pas fréquent qu'Art quitte les limites de Ker Leonis ; et après cette soirée, cela ne se reproduira plus jamais officiellement.

Plusieurs balles s'enfoncent sans causer de dégâts dans le bois et n'explosent rien d'autre que des morceaux de vaisselle, éclaboussant les gens de nourriture intacte et de gouttes de vin de tournefleur. Trois touchent un chevalier albanais, qui meurt presque immédiatement. Les détonations sont si brèves et étouffées qu'à cet instant, pas une seule personne n'est encore capable de comprendre ce qui vient de se produire.

Une femme s'est levée de sa place près de la porte. Elle brandit un pistolet.

Elle crie à la cantonade :

AFFRANCHISSEZ-NOUS DES FILS DE FRIA !

On l'entend clairement par-dessus les bruits décroissants de la salle à manger.

La femme se déplace au pas de course, quittant son siège et se dirigeant directement vers la table d'Art, située à l'autre bout de la pièce. Elle continue de tirer au fur et à mesure. L'émissaire de la reine Hafa d'Ingoland, un homme jovial appelé Kolé qui est souvent à Ker Leonis et qu'Art a fait placer à côté de lui, non seulement en raison des nécessités de la politique actuelle mais aussi parce qu'il apprécie beaucoup sa compagnie, est touché par deux balles au côté du cou. Il meurt vingt-trois heures plus tard dans la propre maison d'os de Ker Leonis, les meilleurs médecins du pays à son chevet pour tenter de le sauver.

C'est alors que plusieurs personnes réalisent qu'il n'y a pas de chevaliers de la garde dans la salle à manger. Ceux-ci sont normalement inutiles dans une pièce sécurisée. Ils sont dehors, à quelques secondes de là ; mais celles-ci sont assez longues pour que la mort frappe.

La bouche de la femme remue, mais Art ne l'entend pas par-dessus les cris et les hurlements, qui ont commencé à un moment indéfini au cours des dernières secondes écoulées et qui montent en rafales éparses. Il imagine toutes sortes de choses tandis qu'il la voit s'approcher de lui – est-ce une prière sur ses lèvres, des excuses, ou peut-être une chanson ? –, mais il est plus probable qu'il s'agisse encore de ce slogan allitératif associé à l'un des groupes suprémacistes de communs les plus notoires, AFFRANCHISSEZ-NOUS DES FILS DE FRIA – et il sent quelqu'un l'attraper et le tirer vers le sol.

Il se rend compte que les portes de la salle à manger sont ouvertes à présent, parce qu'il y a une panthère dans la pièce. Il ne se souvient absolument pas avoir vu cet animal au début du dîner, il vient donc probablement d'y pénétrer.

La panthère qui ne devrait pas exister se trouve juste devant la table d'Art, juste sous ses yeux, à quelques pieds de la femme qui est à moins d'un mètre, occupant tout son champ de vision de haut en bas. Le félin est d'un noir brillant et *monstrueux*, d'une taille aussi haute que l'épaule d'un homme. Il s'élance droit sur la femme.

Celle-ci se retourne tandis que l'animal parvient dans sa vision périphérique. Sa bouche s'ouvre en grand lorsqu'elle l'aperçoit, comme un serpent qui se prépare à dévorer une bête deux fois plus grosse que lui, sauf que c'est elle qui va se faire avaler. Elle se jette au sol par réflexe.

Il y a un instant étrange, à nouer l'estomac lorsque la panthère disparaît. Le cerveau d'Art bourdonne désagréablement tandis qu'il s'ajuste à l'espace vide qu'elle laisse derrière elle.

La femme est au sol, recroquevillée sur le dos. Au lieu d'une panthère, se tient devant elle un grand personnage au crâne à moitié rasé, vêtu d'une tenue de voyage en cuir. La silhouette prononce quelque chose, mais la pièce est remplie du bruit des gens qui fuient et crient, et les mots se perdent.

L'assaillante lève son arme d'une main instable et la pointe vers la personne qui se trouve devant elle. Le pistolet s'enflamme, de la fumée s'écoule de ses doigts en un flot épais et monte jusqu'au plafond. Son bras s'agite et le jette avant que son cerveau ne semble intervenir.

Le pistolet finit près du personnage au crâne rasé, qui, visiblement doté d'une peau ignifugée, s'accroupit et le ramasse. L'arme pend de sa main comme s'il n'en avait jamais touché auparavant, et le feu s'éteint comme s'il n'avait jamais existé.

La pièce est considérablement plus calme – la plupart des invités se sont échappés – et Art peut entendre clairement la voix de l'homme qui s'adresse à la femme au regard vide.

« C'est une arme de lâche. Vous devriez avoir honte. »

Ne laisse pas les gardes t'entendre dire ça, pense Art en ravalant un rire hystérique.

*

Le bureau de l'étude privée du roi est jonché de livres, de papiers, de détritus alimentaires provenant de l'heure exceptionnellement tardive à laquelle Art a travaillé la veille. Un morceau de pâtisserie au fromage à moitié avalé et un trognon de pomme bruni par l'air sont posés sur des assiettes en argent, tandis qu'à côté, une tasse du même matériau laisse voir les restes d'un vin rubis, le remontant sucré de fin de soirée auquel il a recours par défaut lorsque sa tête commence à grincer en signe de protestation.

De l'argent, omniprésent, partout. Une ville d'argent, scintillante, étincelante et épuisante, nourrissant aussi bien les meurtriers que les innocents. Donneuse de vie et de mort.

Des larmes de frustration et de chagrin se fraient un chemin jusqu'aux yeux d'Art et s'échappent de lui jusqu'à ce qu'il se sente comme un ballon percé. Sa rage est l'air qui fuit. Elle s'en va, roulant dans la nuit et emportant le reste de son énergie avec lui. Il tape du poing sur son bureau, faisant s'éparpiller les papiers et vibrer l'argenterie.

Il a immédiatement honte de son geste. La violence, même là où personne ne peut la voir, est une réaction futile. Il comprend bien qu'il s'agit d'une arme, mais il a encore, toujours, peur de devenir le genre de personne qui y recourt par défaut.

Le feu dans sa chambre crépite. Dans le coin le plus éloigné, le bas des longs rideaux qui encadrent sa fenêtre tremble malgré l'absence de vent. Les nuits sont prolongées et froides en hiver à Londres, et toutes les ouvertures sont fermées. Les rideaux ne devraient pas bouger.

Art sent sa peau se hérisser.

« Je n'ai pas de temps pour les fantômes, murmure-t-il entre ses dents.

— Je n'en suis pas un », répond une voix venue de nulle part.

Art reste parfaitement immobile, essayant de contrôler son pouls qui s'emballe.

« Je suis désolé, hésite la voix. Je peux revenir une autre fois.

— Sors de là que je te voie », demande Art.

Non pas que cela importe – il sait exactement de qui il s'agit –, mais il est plus difficile de converser avec une voix désincarnée. D'ailleurs, il aimerait bien voir la personne qui lui a sauvé la vie aujourd'hui.

Le vide près des rideaux scintille, et un homme en sort.

Tout juste un adulte, à y regarder de plus près. Les personnes capables de faire apparaître des panthères noires dans des situations de danger de mort peuvent très bien sembler plus âgées qu'elles ne le sont en réalité. Art ne l'a rencontré qu'une poignée de fois au cours des quatre dernières années, et à chaque occasion, il s'émerveille de voir à quel point il a changé. Le temps façonne les jeunes beaucoup plus rapidement, remodelant leur corps avec la force d'un ouragan.

« Vous êtes définitivement devenu meilleur pour donner des ordres, constate Wyll.

— Eh bien, répond Art, je pense que tu peux comprendre que je sois un peu tendu en ce moment, surtout quand des gens se présentent là où on ne les attend pas. »

Le visage de Wyll est plus sculpté que jamais, et dégage une étrange familiarité. Il s'est rasé la tête d'un côté, exposant le cuir chevelu, tandis que de l'autre, ses cheveux pendent jusqu'à l'épaule. Ses vêtements sont fonctionnels et ternes, faits pour se déplacer, et ses bottes sont sales.

Art contemple le fils d'Edler. Celui-ci n'a définitivement plus 16 ans.

« Tu as enfreint une douzaine de lois en entrant ici, remarque Art. Je devrais te faire arrêter. »

Wyll se contente d'incliner la tête à ces mots, attendant et regardant.

Il veut que tu saches qu'il n'est pas apprivoisé.

Art penche également la tête. « Comment *es-tu entré* ici ? »

Wyll lui adresse un léger sourire. « Votre service de sécurité n'est pas aussi bon que vous le pensez. Vous devriez vous en occuper.

— Eh bien, je suppose qu'ils n'ont pas envisagé de me protéger contre un maître ludibren, ce qui est compréhensible. Ton genre est plutôt rare.

— Vous allez me faire enfermer ?

— Existe-t-il une prison qui puisse te retenir ? interroge Art.

— Bien sûr. Il suffit de m'enchaîner avec des liens de fer. » Le visage de Wyll se fend d'un sourire en coin, fissurant ses mots pesants et les brisant comme du verre.

« J'avais oublié à quel point les enfants peuvent être mélodramatiques, grogne Art.

— Mieux vaut ça que d'être un vieil homme fatigué.

— Eh bien, je m'attendais à une telle opinion de la part d'un bébé. »

Wyll rit. Oh oui, comme les choses ont changé. Le sol s'est nivelé entre eux. Le fossé s'est rétréci.

« Personne n'a pris la peine de m'informer que tu étais de retour à Londres », déclare Art, qui parvient à garder un ton accusateur.

Wyll hésite. « C'est tout récent. Avez-vous reçu ma dernière missive ?

— Je n'en suis pas sûr. Laquelle était-ce ?

— Ça n'a pas d'importance. »

Art cède. « J'ai lu toutes tes lettres, Wyll. Je suis désolé s'il me faut parfois du temps pour y répondre.

— Vous êtes occupé, dit Wyll avec un haussement d'épaules soigneusement négligé.

— Occupé à me faire tirer dessus », en convient Art.

Wyll lui jette un regard rapide et surpris, tandis que le roi réprime un tremblement qui menace de se saisir de lui jusqu'aux os. Marvol a toqué à sa porte ce soir, mais ce n'est pas le moment de se confronter à ce sentiment d'horreur engourdissant et insidieux.

« Combien de temps restes-tu à Londres, cette fois ? s'enquiert Art. Quelques jours ? »

Wyll oscille d'une jambe sur l'autre. « En fait… J'espérais rester ici indéfiniment à partir de maintenant. »

Il n'a pas même fait allusion à ce plan dans sa dernière lettre. Il est tellement exaspérant qu'il fasse part d'une telle décision à Art sans aucun avertissement préalable.

« Il n'y a plus rien de neuf à apprendre dans le monde ? » demande Art avec un calme absolu.

Wyll s'attend à ce qu'il se mette en colère, mais il peut au moins tirer une petite satisfaction d'avoir défié ses attentes.

« Je retrouve à peu près la même chose que là d'où je viens, répond Wyll avec un cynisme étudié. De la douleur, du bonheur, de l'injustice et de la beauté partout, mais dans des emballages différents, c'est tout. Je me suis dit que je pourrais tout aussi bien apprendre ces choses ici. » Il hésite. « Mais je ne suis pas venu vous demander quoi que ce soit. J'ai un endroit où aller, des choses que je peux faire. »

Pendant un moment, Art hésite, pris dans ce sempiternel va-et-vient entre « seulement si tu le veux », « non, seulement si *tu* le veux », entre deux personnes qui se soucient suffisamment l'une de l'autre pour ressentir le besoin de se méfier de la vérité.

« Je suis content que tu restes », dit-il enfin.

Les épaules de Wyll s'abaissent et il semble se départir de l'attitude hautaine et méfiante qu'il avait adoptée. « Je pensais que vous étiez peut-être content que je sois parti. »

Art secoue la tête. « J'avais peur que tu ne reviennes jamais. »

Il indique les deux fauteuils à haut dossier à côté du feu, pris d'un sentiment de perplexité en voyant un étranger s'avancer dans la lumière des flammes. Ce n'est que lorsque Wyll s'installe dans un siège et pousse un bâillement sonore et inattendu qui adoucit son visage, qu'Art retrouve à nouveau le garçon qu'il connaît.

Il se dirige vers l'armoire située derrière son bureau, l'ouvre et en sort une bouteille verte. Son autre main attrape deux petites tasses. Il s'approche de Wyll et pose le tout sur une longue table basse entre eux.

« Qu'est-ce que c'est ? demande Wyll.

— Une sorte de liqueur de raisin. Tu m'as l'air en légère hypoglycémie. »

Art leur verse deux petites mesures et ils s'emparent des tasses.

« Vous avez beaucoup fait pour le réseau de troms, commence Wyll après une longue gorgée. Ces nouvelles connexions inter-quartiers sont plutôt pratiques. »

« Plutôt pratiques » est une façon fantastique de résumer le résultat de deux années de travail générateur de fortes perturbations et excessivement coûteux, et ce n'est pas fini, loin de là.

« Les banlieues extérieures sont encore trop éloignées, grommelle Art. Ils nous baladent constamment sur la durée nécessaire. Deux ans, ça signifie trois, et puis ça veut dire cinq, et oh, parce que nous avons mis tellement de temps, maintenant les prix des matériaux ont tous changé, oui, il est vrai que nous avions dit que ça coûterait tant, mais nous sommes désolés, en fait ce sera trois fois plus cher quand on aura fini de vous baiser… »

Wyll émet un rire franc et inattendu. « Qui aurait cru qu'être roi serait si amusant ?

— L'infrastructure, précise Art, pince-sans-rire. Personne ne m'avait prévenu à ce sujet.

— N'avez-vous pas des réseaux entiers de personnes qui s'occupent de ça pour vous ? »

Art marque une pause. « On m'a peut-être accusé d'être “trop impliqué” une ou deux fois.

— Je ne vois pas pourquoi. » Le regard de Wyll glisse avec ostentation sur le bureau surchargé d'Art. « Vous ne prenez pas beaucoup le temps de vivre, n'est-ce pas ?

— Ne t'inquiète pas, il n'y a pas que l'infrastructure.

— Non, parfois c'est une tentative d'assassinat. »

Art croise son regard.

« Combien de fois ont-ils essayé de vous tuer ? demande Wyll d'un ton enjoué.

— Ne me dis pas que tu es un adepte des conspirations anxiogènes.

— Combien ?

— Qui, *ils* ? réplique Art.

— Ceux qui essaient de vous tuer, sire, peu importe de qui il s'agit. Combien de fois en tout ? De mon point de vue, on dirait que vous pourriez tirer profit d'une protection plus efficace.

— Je suis constamment entouré de centaines de chevaliers de la garde extrêmement bien entraînés qui ont pour mission de me protéger au quotidien.

— Et ils s'en sortent très bien.

— Ils m'ont gardé en vie jusqu'à présent.

— Jusqu'à aujourd'hui. » Wyll le regarde fixement. « Si je n'avais pas été là, vous seriez peut-être mort. Sire. »

Art ignore la bouffée de peur qui envahit sa poitrine.

« Et qu'est-ce que tu faisais là-bas exactement, Wyll ? demande-t-il. Je ne me rappelle pas avoir vu ton nom sur la liste des invités.

— C'est vous qui m'avez fait entrer dans la suite de l'ambassadeur du Barochian. Il a un faible pour l'emploi d'enfants-divins, vous vous souvenez ? »

Art se rappelle vaguement la suggestion qui lui a été faite par le petit groupe de personnes de confiance qui s'est assuré du bien-être de Wyll au fil des ans.

« Il est impossible que je n'aie pas été informé de ta présence à ce dîner, rétorque-t-il.

— J'ai peut-être demandé que mon nom ne figure pas sur la liste officielle. Votre service de *sécurité* était au courant », dit Wyll avec dégoût.

Art écarte ses mains. « Alors tu te caches lors d'un long dîner officiel sans même t'annoncer une seule fois. Comptais-tu au moins me dire que tu étais de retour à Londres, sans parler de t'asseoir à une table dans la même pièce que moi ?

— Oui, bien sûr ! » La voix de Wyll est inquiète. « C'est juste que… *Vous m'avez fait partir !* Vous m'avez banni de Londres !

— Wyll, non…

— Vous avez été parfaitement clair quant au fait que vous ne vouliez pas de moi à proximité. » Tout en parlant, il se lève du fauteuil et, tournant le dos à Art, poursuit : « Et je comprends, croyez-moi. Je suis un danger pour vous. Je le sais. Je ne suis rien d'autre qu'un scandale qui menace d'éclater. Je savais que vous seriez en colère en apprenant que je voulais revenir. Que vous chercheriez à me tenir à l'écart. Donc je n'ai rien dit. Et je suis désolé. Vraiment, mais je n'irai nulle part. Londres est aussi ma maison. J'ai ma place ici autant que n'importe qui. »

Art repose sa tasse.

Regarde les dégâts que tu as causés, se dit-il tristement. *Art, espèce d'idiot.*

« J'avais prévu de venir vous voir. Vraiment. Mais j'ignorais quel serait le moment opportun. Entre le canard et le fromage ? Après le vin mais avant les digestifs ? » Wyll s'affaisse. « Et puis cette femme s'est levée et a commencé à tirer, et je n'ai pas réfléchi. J'ai juste... réagi. Je suis désolé. »

Art le regarde. À ce moment-là, il est facile de se rappeler à quel point il est encore jeune. Malgré toute sa puissance, il n'a que 20 ans, il est incertain de la place qui est la sienne, de ce qu'il est autorisé à faire, de la manière dont il sera accueilli. Rien d'étonnant dans ce qui s'est passé aujourd'hui. Il est si puissant, mais toujours si vulnérable.

Le roi se rend compte de plusieurs choses, soudainement. Wyll lui a manqué. Il s'est inquiété pour lui. Il veut le protéger. Et l'utiliser. C'est ce désir qu'il fuit depuis quatre ans, peut-être plus que tout autre.

« Faire apparaître une panthère était un peu théâtral », déclare-t-il.

Il entend Wyll émettre un léger rire frissonnant. « J'ai toujours aimé attirer l'attention.

— Tu as vu une panthère en chair et en os, je suppose ?

— Oui.

— Moi jamais. Je suis jaloux. » Art marque une pause. « J'ai entendu dire que tu avais continué à étudier le combat. »

Wyll laisse planer un silence affirmatif. D'après ce qu'a entendu Art, cela a dépassé le stade de l'étude pour devenir une obsession passionnée.

« Est-ce que la Caballaria est toujours un objectif pour toi ? » demande-t-il.

Wyll se retourne à moitié avec un empressement contenu. « Plus que tout. Mais je n'attends aucune faveur. Je veux être traité comme tout le monde.

— Ne sois pas ridicule, grogne Art. Je ne peux pas te considérer comme n'importe qui. Une salle entière d'ambassadeurs vient de te voir sauver le roi de Londres d'une tentative d'assassinat. Tu penses pouvoir rester anonyme après ça ? »

Wyll ouvre la bouche, puis la referme sagement.

Art réfléchit. « Nous devons faire attention à la façon dont nous gérons ça, pour ton bien autant que pour le mien.

— Alors, vous pensez que je devrais tenter ma chance ? » La voix de Wyll exprime un optimiste insoutenable.

« La Caballaria sera un chemin très difficile pour toi, Wyll. J'espérais que tu connaîtrais une vie plus facile.

— Vous m'avez dit une fois que c'était à moi de choisir ce que je voulais faire de mon existence. » Art soupire. « Je regrette que tu aies si bonne mémoire. »

Un enfant-divin ouvertement déclaré, travaillant pour améliorer le pays pour tous et pas seulement pour les siens. Un homme, son immense pouvoir éclairé par des lumières vives, et non pas plongé dans l'obscurité comme l'était son père, où les secrets et la suspicion poussent telle la moisissure. Un enfant-divin qui se bat pour la justice, et qui le fait sans magie.

C'est un symbole puissant.

Art lève la tête et regarde dans les yeux le garçon devenu adulte devant lui, ses iris cerclés d'or rehaussés par la lumière du feu qui éclaire son visage. Il semble comprendre le rôle qu'il devra jouer. Cela n'affecte pas son calme. Mais peut-être n'est-ce là que le mensonge dont le roi doit se convaincre pour aller jusqu'au bout.

Pour la bonne cause, se dit Art. *Toujours pour la bonne cause.*

36

Marché de Fitzroy, Sombrecœur
Deux jours auparavant

Installé dans une ancienne pêcherie, le marché de Fitzroy est en permanence souillé par des centaines d'années d'écailles et de sang, conférant à l'endroit une légère odeur métallique.

Son entrée principale coupe en deux une artère d'une rue de Sombrecœur qui mène jusqu'aux portes de Ker Leonis. Le marché vend presque tout ce qui peut l'être, des huiles pour cheveux aux pièces de rechange de machines ; mais c'est la partie la plus reculée, la plus éloignée de la rue principale, qui fait sa renommée, car elle traite de la défense contre la magie.

On y trouve des étals vendant des produits préventifs, des remèdes et des protections. Des toniques qui, lorsqu'on les boit, sont censés neutraliser toute manipulation magique. Certaines pierres façonnées dont les nombreuses veines sombres naturelles imitent apparemment celles d'un ludibren, rendant leurs illusions invisibles tant que vous les tenez. Des bandeaux qui, lorsqu'ils sont portés, empêchent que vos pensées soient lues par un protegen. Des toiles de lit, allant de simples étendues nouées à de magnifiques canopées au tissage sophistiqué, qui, une fois suspendues au-dessus de votre couchage, attraperont les mauvais rêves envoyés par un somnen avant qu'ils ne puissent pénétrer votre esprit.

Red passe devant un étalage présentant d'énormes plateaux de pièces détachées décrépites et sales provenant de vieilles machines pétrolières où deux enfants excités s'exclament à propos d'un minuscule piston qu'ils se transmettent d'une main à l'autre, couvrant leur peau de graisse noire au passage. Elle rabat son chapeau plus fermement, rassurée par la façon dont le bord dissimule ses yeux, et se fraie un chemin à travers le marché, s'arrêtant pour vérifier les cartes à chaque intersection majeure, les directions brillant faiblement sur les colonnes murales. La machinette de la fête de l'entrepôt lui a dit de chercher une petite échoppe avec un étalage clairsemé et d'apparence inoffensive, mais il lui faut un certain temps pour la trouver.

Le vendeur qui s'y tient est un homme de courte taille portant une tenue traditionnelle de médecin, une blouse rouge sang profond avec le symbole familier du nœud de serpent à l'épaule. Il prétend vendre des toniques. Principalement. Il vend également des objets qui ne sont pas exposés, si on sait comment demander.

Il regarde Red s'approcher.

« Jour favorable, la salue-t-il. Vous désirez quelque chose en particulier ? »

Red hésite. C'est clairement l'endroit qu'elle cherchait. La description correspond.

« Quelque chose de la côte », dit-elle.

C'est un mot de passe prédéfini, de même que le moment que Red a choisi pour venir.

L'expression de l'homme ne change pas le moins du monde. « Ah oui, répond-il, le visage impassible. L'air marin est bon pour l'âme. »

L'homme est chauve, ses cheveux sont rasés de près pour mieux le dissimuler. Son comportement est soigné, amical et non menaçant. Il pourrait être n'importe qui, et personne.

Il remue. « Achetez un tonique.

— Quoi ? » s'étonne Red. Elle n'est pas venue ici pour des potions à la con.

« Achetez un tonique, répète l'homme d'une voix agréable.

— Lequel ?

— Ça n'a pas vraiment d'importance, n'est-ce pas ? »

Red examine la table du vendeur. À l'avant se trouve un long support métallique où est disposée une rangée de tubes transparents à bouchons. Chacun est soigneusement étiqueté en læden, la langue ancienne qui lui est familière depuis sa formation de la Caballaria.

Le vendeur désigne le tonique de couleur vert maladie situé tout à gauche. « *Cœurs troublés*, annonce-t-il. Pour ceux qui ont l'esprit anxieux. Agréable et calmant, avec la bonne dose. » Son doigt se déplace vers son voisin. « *Floraison natale*. Stimule la fertilité. Celui-ci est *Accélération sanguine*. Il améliore la circulation et accroît la force. Un favori des combattants.

— *Cœurs troublés*, choisit Red. J'ai un ami qui a besoin de se détendre.

— Très bon choix. Cependant, il est plutôt… expérimental. Il peut avoir des effets secondaires intéressants, mais il agit rapidement. »

Il lève les yeux vers les siens. On dirait qu'il parle de ce que Red est venue acheter aujourd'hui à présent.

« Comment ça marche ? demande celle-ci.

— C'est une combinaison d'ingrédients soigneusement synthétisés, basée sur les dernières recherches en matière de chimie du cerveau et d'ondes corporelles, explique l'homme d'une voix toujours calme et tranquille. Vous voyez, chaque personne possède un ensemble unique de vibrations énergétiques. Son action – très efficace, d'ailleurs – consiste à amplifier le signal de celles que vous émettez, pour ainsi dire.

— De combien ?

— Celui-ci est décuplé, avec une triple dose. » Le vendeur se penche. « Mais il n'est pas recommandé d'en prendre autant en une seule fois. Les choses sont très difficiles à contrôler quand elles deviennent aussi puissantes. Elles risquent de se produire, indépendamment de votre volonté. »

C'est exactement ce dont Red a besoin : être forcée, si nécessaire, à faire ce qu'elle aurait déjà dû accomplir. Son corps va libérer dix fois sa puissance sans la moindre interférence de son esprit.

Elle adresse un signe de tête au vendeur, qui choisit le tube étiqueté *Cœurs troublés* et l'emballe. Au dernier moment, il glisse habilement un petit paquet rempli de pilules dans le contenant. Il fait payer à Red trois fois le prix indiqué, puis lui laisse le tout en main.

Red ressent une vague d'inquiétude. Mais elle est allée jusqu'au bout. Elle a pris le risque, allongé la combine. Elle saisit le paquet, remercie le vendeur et se détourne pour partir.

« Bonne chance pour votre retour sur le circuit, Si », la salue-t-il.

Putain. Il l'a reconnue.

C'était donc la raison de son regard délibéré sur le tonique favori des combattants. Les chances étaient assez faibles – elle n'est pas nouvelle ; les lumineux ne s'intéressent pas aux combattants qui ne se battent pas vraiment et elle a l'air fade et différente sans costume et sans maquillage, sa tignasse sombre caractéristique couverte. Ce bâtard a le regard perçant.

« Je ne suis pas chevalière », dit-elle.

Frappe-moi et je te rendrai coup pour coup. C'est comme ça avec le marché noir, n'est-ce pas ? S'il balance Red, il tombe aussi.

Il incline la tête. « J'ai fait erreur. »

Elle lui lance ce qu'elle espère être un regard perplexe et s'en va, le cœur battant la chamade.

De toute façon, peu importe qu'il la dénonce au sujet de ce foutu médicament ; bientôt, elle ne sera plus là et la carrière dont elle ne devrait même pas se soucier sera en lambeaux derrière elle. Devenir chevalière n'a jamais été qu'un moyen de parvenir à ses fins.

Elle atteint l'avenue extérieure. Les passants se déplacent sous la bruine du soir, recroquevillés sous leurs boucliers à pluie, une foule de champignons transparents en flexiverre qui brillent de couleurs humides sous les néons des magasins.

Elle a une heure devant elle avant que Ford ne vienne la chercher pour la réunion de ce soir avec Wyll et il lui faudra presque autant de temps pour retourner à Spittelfief d'ici. Elle va devoir prendre le Tsunami maintenant pour lui donner une chance de fonctionner à plein régime avant de se retrouver face au Chevalier-Sorcier. Trois doses, la quantité maximale, devraient être suffisantes pour avoir le dessus, même sur lui.

Elle s'esquive dans une rue latérale. Quelques personnes sont regroupées à l'extrémité, mais cette partie est calme. Sous la pluie, elle fouille dans sa poche, ouvre l'emballage, sent les parois de verre froides du tube entre ses doigts, et puis – *voilà* – un carré de plastique bosselé contenant des pastilles de couleur terne.

Red en saisit trois, les porte à sa bouche et les pose sur sa langue. Puis elle prend une longue inspiration pour se calmer et se met en marche en direction de Spittelfief.

Les pilules ont un goût prononcé, vif et bourdonnant, comme si elle venait de manger de l'écorce d'orange moisie, mais il lui faut quelques bonnes minutes avant d'en sentir l'effet. Cela commence par un picotement qui se propage vers le bas de sa langue, illuminant l'intérieur de sa gorge. Puis elle sent des fourmillements naître le long de chaque terminaison nerveuse, s'accumulant au creux de sa clavicule, ruisselant contre son torse et produisant des étincelles dans l'espace qui sépare chaque côte. Des doigts brillants pénètrent dans son ventre, poussent vers le bas, se rassemblent sur le haut de ses cuisses, illuminant les muscles à cet endroit, avant de se précipiter vers ses pieds.

La sensation est si préoccupante qu'elle bouscule quelqu'un, le heurtant et trébuchant. « Hé ! s'exclame la personne, une femme à la coupe de cheveux sévère et aux sourcils rose pastel.

— Désolée, marmonne Red. Désolée. »

Elle se détourne et s'éloigne rapidement. Ses jambes vont trop vite. Pourquoi ne ralentissent-elles pas ? Qui les contrôle ? Est-elle seulement ici ? Y a-t-il une autre personne qu'elle ? À la dose la plus faible, avait dit la machinette, on ne remarque même pas la partie amusante du Tsunami ; la drogue confère juste un sentiment de puissance et de contrôle suprême.

Red n'a pas l'impression de contrôler la situation.

Devant elle, une enseigne lumineuse verticale attire son regard ; l'inscription TRAÎTRE y figure en violet clignotant. Red la fixe et cligne des yeux. Elle ne se transforme pas. TRAÎTRE. Un unique mot. Quel genre de magasin ou de bar s'appelle TRAÎTRE ?

Elle s'éloigne du panneau et traverse la rue à l'aveugle. Quelqu'un à pédalo lui crie dessus, mais elle continue, bousculée par des champignons géants qui la frôlent avec des couinements humides. Ses pieds sont en caramel. Ils se ramollissent et s'accrochent de manière inquiétante au sol lorsqu'elle essaie de les soulever.

Ce n'est pas normal. Ce n'est pas comme ça que ça devrait se passer, elle en est sûre. Est-ce que ce putain de vendeur s'est trompé de drogue ? Elle est seule, toute seule, dans cette situation, paniquant et tanguant d'un côté à l'autre dans sa propre tête. Les murs de son esprit sont faits de miroirs et tout ce qu'ils reflètent, c'est elle, et chacun de ses cris disant à quel point elle est stupide, diabolique, sans valeur.

Au milieu de ce chaos, une petite partie rationnelle d'elle a le temps de constater avec ironie que c'est faire preuve d'un bien piètre jugement que de prendre une drogue expérimentale en pensant que tout ira bien. Elle a l'impression d'être grande ouverte, une blessure ambulante qui laisse couler son sang magique empoisonné dans les rues, produisant des sifflements et la fonte du sol là où il se répand. La ville peut sentir son fluide déversé sur elle, et ses alarmes silencieuses hurlent un avertissement.

Elle doit sortir de l'avenue, mais elle ne peut pas aller chercher de l'aide à Spittelfief – ils l'expulseraient pour avoir fait ça – et il est absolument impossible qu'elle se rende auprès de Wyll. Elle peut à peine marcher droit, alors le tuer...

Il n'y a qu'une seule personne capable de l'aider à présent.

Red pénètre en titubant dans une station vivement éclairée. Chaque bord qu'elle voit est trop dur, trop tranchant. Le sol est trop lisse. Elle attrape un trom qui est, par chance, presque vide et commence un long trajet jusque chez Fin. Alors que le véhicule se glisse entre de hauts blocs d'immeubles, la disposition de leurs lumières se modifie, révélant au monde entier son secret longtemps gardé.

*

« Red ! »

Fin se tient dans l'entrée de l'appartement privé de son écurie, l'air visiblement alarmée par ce qu'elle voit.

Cela aurait dû constituer un premier avertissement.

Pour l'instant, Red suppose que le choc de Fin est une réaction à son apparence calamiteuse, ce qui la fait paniquer encore plus.

« J'ai besoin d'aide, la supplie Red. J'ai pris quelque chose. Je pense que ça ne se déroule pas comme prévu. »

Elle n'a aucune idée de comment tout ça est sorti. A-t-elle bafouillé, perdu des mots ? Elle ne peut pas s'entendre correctement. Elle se sent déconnectée de son propre corps, flottant au-dessus de lui sur une corde fine et fragile susceptible de se rompre à tout moment. De toute évidence, Fin a suffisamment compris ce qu'elle vient de dire, car elle lâche le nom d'un saint et s'adoucit assez pour laisser la jeune femme entrer.

Elle sent la poussée de la panique contre ses omoplates. Il faut qu'elle rentre rapidement à l'intérieur, qu'elle ferme la porte et étouffe toutes les alarmes que la ville fait retentir avant que Fin ne les entende. Si elle pouvait juste s'enfoncer davantage dans l'appartement et s'éloigner des sirènes…

Elle entend Fin derrière elle : « Pas par là, à droite ! »

Mais il est trop tard. Red descend le petit couloir et passe la première porte qu'elle voit. Son cerveau accuse un moment de retard. Oui, celui-ci se trouve maintenant dans une version alternative de cette réalité où la seule différence est que le temps s'écoule avec une seconde ou deux de délai. Son cerveau est dans l'univers le plus lent et son corps dans le plus rapide. Cela explique pourquoi il lui faut un moment pour comprendre ce qu'elle voit dans la pièce dans laquelle elle vient d'entrer.

Son secret, celui qu'elle a passé sa vie à protéger, est écrit sur le mur.

En grosses lettres.

Tout du long.

Il est niché entre une masse folle d'œuvres d'art qui s'entrechoquent, saignant sur le plafond au-dessus et le sol en dessous. Des mélanges de couleurs frénétiques et explosives, des lignes d'alphabet, des runes et des gribouillages indéchiffrables. Les teintes semblent pulser, étrangement fluides et vivantes.

Fin possède un mur de Galdrar dans son appartement. Pourquoi ?

Assis les jambes croisées devant le mur, si terne en comparaison qu'elle ne l'avait d'abord même pas remarqué, se trouve une personne aux cheveux bouclés et aux doigts couverts de manchons de cuivre. Il lève les yeux.

Pendant un moment, ils se fixent l'un l'autre.

Puis l'univers lent se transforme en un monde rapide et le cerveau de Red rattrape son retard.

Cela se produit quand le devin aux cheveux bouclés bondit et lance : « Putain. PUTAIN. Qu'est-ce que *tu* fais ici, bordel ? »

Il recule, se tasse dans le coin de la pièce, le méli-mélo d'art explosant dans son dos. Ses doigts scintillent tandis que leurs manchons de cuivre reflètent la lumière. Une de ses mains tient un stylo à peinture. C'est lui qui a écrit son secret sur le mur.

« Qu'est-ce que c'est que ça ? » s'entend dire Red.

Elle se tourne. Fin est entrée dans la pièce derrière elle, et se tient maintenant entre Red et la porte. Son regard passe brièvement sur le devin.

« Vous vous êtes déjà rencontrés, alors », déclare Fin d'une voix sombre. Pas perplexe. Calme.

Ce qui aurait dû constituer le deuxième avertissement.

Le devin ouvre la bouche. « Éloigne-la de moi. Pourquoi l'as-tu amenée ici ? Qu'est-ce qui ne va pas chez toi ?

— *Je* ne l'ai pas amenée, réplique Fin. Elle vient de se pointer à l'instant.

— Tu le connais », l'interrompt Red.

Fin la fixe du regard. « Oui, je le connais. Mais ce n'est pas ce que tu crois.

— Pas ce que je crois ? » Red émet un rire saccadé. « Ah bon ? Et qu'est-ce que ça pourrait bien être ? Je n'en ai aucune idée moi-même.

— Il faut que tu te calmes.

— Fais-la sortir, crie le devin. C'est une putain de meurtrière.

— Tss, Roben, fait Fin, et elle lève les mains en signe d'apaisement. Que tout le monde se calme. Red, écoute-moi juste une minute. » Elle inspire. « Qu'est-ce que tu as pris ? »

Sur le mur, le secret de Red se détache, pulsant avec régularité comme du sang dans une veine.

« C'est réel, hein ? demande-t-elle. Je suis peut-être défoncée en ce moment, mais c'est pour de vrai, n'est-ce pas ? Ce petit rat est vraiment là, et il a peint sur ton mur.

— Il voit des choses, commence Fin.

— C'est un imposteur. » Red se tourne vers Roben, qui a l'air aussi paniqué qu'elle. « Qu'est-ce que tu lui as dit sur moi ? »

La voix de Fin est lente, beaucoup trop. « Red, j'ai besoin que tu me dises qui tu es vraiment.

— Quoi ? *Quoi ?* Tu sais qui je suis. » Red lutte pour contrôler sa panique. « C'est un menteur. Tu crois ce connard de branleur de merde ? Il essaie juste de t'arnaquer pour te pomper ta combine !

— Je connais Roben depuis que j'ai 6 ans, affirme Fin d'un ton ferme. Et il ne se trompe jamais. »

La terreur, à la fois chaude et froide. Le sentiment de trahison qui s'abat brutalement. La déception devant son caractère totalement inévitable. Après tout, c'est ainsi que va le monde. L'équité est un conte de fées, et l'amitié n'est pas gratuite. Comment a-t-elle pu penser autrement ?

« C'était un coup monté, n'est-ce pas ? demande Red. Tu as fait semblant d'être mon amie, je me trompe ? Mais tu me surveillais.

— Qui es-tu ? interroge Fin. Pour de vrai ?

— Fin, pleurniche Roben. Tu l'as dit. Je n'ai jamais tort. Je te l'ai dit. Tu sais ce qu'elle est venue faire ici. »

Red fait un pas vers Fin, qui se crispe.

« Qu'est-ce qu'il t'a dit ? » demande Red. Soudain, elle se sent très calme. Tellement que lorsque Fin se lèche les lèvres, ouvre la bouche et exprime tout haut son plus sombre secret, elle ne réagit même pas.

Voilà, soupire-t-elle pour elle-même. *C'est là, à l'air libre. Tout est sorti maintenant. C'est fini à présent. Tu ne te sens pas mieux ?*

Le secret est suspendu dans l'air entre eux tous, comme un nuage toxique pesant.

« Tue-la ! hurle soudain Roben. Fin, tu dois l'éliminer avant qu'elle ne puisse… »

Le reste de sa phrase est brouillé par le bruit étranglé qui sort de sa gorge. Ses mains se lèvent, lançant des reflets cuivrés. Un petit tintement plat résonne lorsque ses manchons se cognent inutilement contre la poignée de la lame qui dépasse de sa gorge.

Red ne se rappelle même pas l'avoir lancée, mais son bras est tendu.

Le corps de Roben est pris de soubresauts. Un de ses pieds frappe dans le vide. Il glisse au sol.

C'est incroyable, pense Red, *comme il est facile de savoir quand quelqu'un est mort. Ce sont les yeux. Ils deviennent si plats, comme s'ils venaient de perdre des dimensions et n'existaient plus que dans une seule. Je pourrais presque croire au mythe de l'âme, si je n'étais pas si certaine de ne pas en posséder. Peut-être que les enfants-divins naissent sans. Ils devraient nous examiner pour vérifier ça, plutôt que notre magie.*

Fin reste silencieuse.

Red sent sa décision au moment où elle la prend, s'épanouissant comme une fleur sur son visage.

« Ne fais pas ça, l'implore Red. S'il te plaît. »

Mais Fin ne l'écoute pas. Elle se tourne vers la porte, l'ouvre et détale.

37

Ker Leonis, Sombrecœur
Deux ans auparavant

Wyll est debout, comme perdu dans ses pensées, tête baissée.

Il semble ignorer qu'il est observé par certaines des personnes les plus puissantes de la Caballaria. La lumière chaude des bougies baigne son cou et fait courir ses doigts lumineux sur la longueur du couteau incurvé en forme de croissant de lune qui pend mollement dans une de ses mains.

Il est immobile.

Puis il commence à bouger : lentement, délibérément, fluide, sans jamais le moindre à-coup, la moindre saccade ou accélération brutale. C'est une danse bien plus qu'un combat, courtoise et contrôlée. Son bras se lève, la lame arquée au-dessus de son crâne. Il se tient debout, en équilibre sur un pied, attendant, le regard perdu dans le lointain.

Puis il entre en *mouvement*.

La foule s'esclaffe en poussant des cris de joie.

« Par le visage de Gwanhara », souffle Art en un doux serment.

Garad se penche de son siège pour murmurer à l'oreille du roi : « Je te l'avais bien dit. Tu devrais vraiment regarder plus de ses combats.

— Tu me tiens au courant, répond distraitement Art, le regard fixé sur Wyll. Comment fait-il pour… ? D'où lui vient ce style ?

— Il appelle ça “pousser l'air”. Il pratique cette routine de danse lente chaque matin et chaque soir. Il dit que ça se prolonge naturellement dans le combat. »

Le terme qui convient, pense Art, est *féroce*.

« Tu m'as demandé de juger s'il possédait vraiment l'étoffe d'un chevalier de la Caballaria, lui rappelle tranquillement Garad. Qu'est-ce que tu en penses ?

— C'est toi l'expert. » Art tapote des doigts contre sa chaise. « Mais tu m'as dit que ses trois derniers combats avaient été déclarés nuls et non avenus. »

Garad grogne avec dérision. « Suspicion de magie, mon cul. Les enregistreurs de l'arène fonctionnent bien et chaque moment de ses duels est scruté par un panel d'adjudicateurs. Ce sont ses adversaires qui crient à l'injustice parce qu'ils sont gênés d'avoir été battus à plate couture. Nous ferons invalider ces déclarations de nullité. »

Art prend conscience du silence assourdissant. Ensuite, lentement d'abord, puis rapidement, vient l'approbation tumultueuse d'un tonnerre d'applaudissements qui agite les lustres.

Il a fallu beaucoup de temps pour faire accepter un tant soit peu Wyll Caballarias Ambrosias de Gwanharabourg. La démonstration de ce soir, et son accueil enthousiaste, est la dernière étape d'une longue et laborieuse série d'actions, dont certaines ont servi leur cause et d'autres ont été rejetées avec véhémence. À chaque revers, Garad a répondu présent, véritable colonne vertébrale dévouée du projet.

« Pas de problèmes avec la foule ? demande Art au milieu du bruit ambiant.

— Un peu, au début, mais ça s'est calmé maintenant. Il devient trop populaire. Tu peux voir comme il les tient tous par la gorge. C'est ce qui compte. Tout le reste n'est que bureaucratie. Qu'on l'aime ou qu'on le déteste, Londres tombera sous son charme. » Garad marque une pause. « Tu as réussi. Tu as intégré un enfant-divin à la Caballaria.

— Peut-être que cela sera considéré comme ma plus grande victoire, quand je ne serai plus là, fait Art distraitement. Et je n'ai pas joué un rôle si important. Si c'est la victoire de quelqu'un, c'est bien la tienne. Tu l'as formé, soutenu. » Il hésite. « Malgré tes doutes. »

Garad émet un léger grognement. « C'est un ludibren doté d'un immense pouvoir qui ne croit même pas au code. Tu le savais ? Il ne respecte ni n'admire rien davantage que lui-même. Il est difficile de faire confiance à ce genre de personne. »

Art se frotte le front. « Garad, les enfants-divins sont des humains, comme tout le monde.

— Ce n'est pas un humain que tu es en train de créer. Mais un chevalier de la Caballaria. Je pense juste que tu devrais être sur tes gardes en ce qui le concerne, c'est tout.

— Si tu vois les choses ainsi, pourquoi l'aider ?

— Je suis au service de l'Épée, répond Garad.

— D'accord, mais… J'aimerais que tu croies en ce que tu fais, et que tu ne le fasses pas seulement parce que le connard qui porte la couronne te le demande.

— Pour la bonne cause, tu te souviens ? Toujours pour la bonne cause. »

Art se retourne pour faire face à san champian. Cela fait longtemps qu'ils n'ont pas été aussi proches l'un de l'autre. La première chose qu'il remarque est que Garad a l'air beaucoup plus âgeæ[53], surtout au niveau des yeux. Ses traits ressemblent toujours à l'image qu'il a dans sa tête, mais la vérité viscérale de ce qu'il sent et voit ajoute de la profondeur, des couches et de la déception ; celle de découvrir quelque chose de moins parfait que dans son souvenir, et de plus complexe.

53. « Âgé, âgée » en neutre.

« Merci », dit-il simplement.

Au bout d'un moment, Garad baisse la tête. « Je pense que le monde pourrait être prêt à l'idée qu'il soit ton champion. Je ne l'aurais pas dit au début, mais maintenant… Oui. »

Art fronce les sourcils. « Qu'est-ce que tu racontes ? »

Garad reste immobile pendant un moment, ses yeux pâles regardant vers un ailleurs.

« Je vais bientôt prendre ma retraite », annonce-t-iel.

Art manque de s'étouffer dans son vin.

Iel lui adresse une esquisse de sourire. « Tu savais que ça finirait par arriver. » Iel incline la tête en direction de Wyll. « D'ailleurs, n'était-ce pas ton plan depuis le début ? »

Art ressent une légère honte. Ils n'en ont jamais parlé ouvertement, mais le créneau opportun se serait présenté. Au bout d'un moment. Un jour.

« Oui, concède-t-il. Mais… Dans un avenir lointain. Très, très lointain, Garad !

— Cela fait dix-neuf ans que je suis tan champian, répond cellui-ci. De l'avis général, j'ai connu une carrière plus longue que celle dont la plupart pourraient rêver. Et je ne suis plus tout jeune.

— Tu as un an de moins que moi, rétorque Art d'un ton très offensé.

— Mais physiquement, j'ai l'impression d'avoir le double de mon âge. La Caballaria n'est pas une amie du corps. » Son ton semble soigneusement distant. « Et j'aimerais avoir plus de temps pour d'autres passions dans la vie. »

Lillath a un jour appelé Garad læ Moine, et malheureusement le nom s'est accroché à ellui comme une sangsue. Iel protège sa vie privée avec férocité. Il y a eu des gens, au fil des ans. Certaines personnes, Art en est sûr. Plusieurs. Trois ou quatre. Une ou deux, au moins.

« Par passions, tu veux dire l'amour ? s'enquiert Art, incapable de résister.

Garad ouvre la bouche.

« C'est quoi cette histoire d'amour ? » Lucan est apparu devant eux, bruyamment ivre. « Qui est amoureux ? Oh, c'est vrai. MOI. »

Garad lui jette un regard. « Je ne crois pas t'avoir vu sobre depuis la veille de ton mariage.

— C'est parce que je ne l'ai pas été. Pas une seule fois.

— C'était il y a plus d'un mois, Lux.

— Vraiment ? Si longtemps ? » Lucan regarde le verre dans sa main. « Le temps… Ça disparaît.

— Ton mari maintient-il une certaine stabilité morale, au moins ? s'enquiert Art.

— Il est à la tête d'un réseau de lumineux, alors évidemment que non. » Lucan laisse échapper un rot distingué.

« Par les saints, le sermonne Garad. Tu es comme un enfant. »

Lucan écarte les mains. « L'amour fait de nous des enfants. C'est très libérateur, Gar, tu devrais essayer. »

Celui-ci lève les yeux au ciel.

Lucan agite un doigt sous le nez d'Art. « Et *vous* devriez être de mon côté, sire le roi, vu les circonstances. » La prise de conscience transparaît lentement sur ses traits comme dans un dessin animé. « Ohhh, attendez. Nous ne sommes pas en train de parler de ça, si ? C'est très secret. » Il fait glisser son doigt vers sa bouche, mais la rate complètement.

Art le fixe d'un regard noir. « Tu sais, pour mon responsable de la communication, je te trouve curieusement enclin à répandre des ragots.

— Ah, c'est là que tu as tout faux. Communication, comme dans “communiquer”. Ou “seul le fait de discuter permet l'existence des discussions”. » Lucan agite une main légère. « C'est Lillath la maîtresse des secrets, pas moi. »

Garad fronce les sourcils tandis que son regard glisse de l'un à l'autre. « La personne avec laquelle Art choisit de passer son temps libre ne devrait pas faire l'objet de rumeurs.

— Sauf, contre Lucan, quand celle-ci est *célèbre*. De plus, ce n'est pas du commérage lorsque c'est entre amis, c'est du partage.

— Je pourrais te faire exiler, Lucan », déclare Art avec un sourire dépourvu de bonne humeur.

Garad, surprix malgré ellui, hausse un sourcil. « Attendez. Une célébrité de la Caballaria ? »

Lucan sourit avec joie. « Læ champian fait couler le premier sang !

— Lux, je te jure…

— Devine qui c'est, Garad, coupe Lucan. Allez. Tu n'y arriveras jamais. »

Garad tapote ses dents du doigt. « Hester Blood. Non ? J'ai toujours pensé qu'il avait un faible pour elle. Les jumeaux d'Iochibourg. Non ? Qui est la mignonne avec la hache surdimensionnée ?

— Putain de merde, murmure Art.

— Il y a une raison pour laquelle tout le monde parle de cette chevalière transférée dans une écurie de Sombrecœur, ajoute Lucan. Ce qu'ils ne savent pas, c'est que cette raison est assise juuuste en face de moi…

— Ce n'est pas vrai, proteste Art. Ça fait longtemps qu'elle veut passer au privé. »

Garad laisse échapper un grognement. « Tu *ne peux pas* parler de Finnavair.

— Coup avec BS, clame Lucan. L'Ange d'argent remporte la victoire ! »

Art se masse le visage.

« Quoi ? » Garad en reste bouche bée. « Fin ?

— Je sais que vous êtes amis tous les deux », commence Art.

Garad a l'air perturbæ[54]. « Non, je veux dire, oui, mais… Ce n'est pas… Ça ne devrait pas avoir de rapport avec quoi que ce soit. Bref, tu l'as rencontrée presque en même temps que moi.

— C'était il y a longtemps. »

54. « Perturbé, perturbée » en neutre.

Ses amis sont tous deux plongés dans un silence exigeant. Il ne va pas s'en sortir.

Il croise les bras avec résignation. « Je ne l'avais pas vue depuis des années. Puis, il y a quelques mois, Wyll l'a emmenée au palais pour un dîner de la Caballaria ou une occasion du genre… Par les saints, on dirait qu'il y en a un chaque maudite semaine. » Il s'efforce de ne pas gigoter sur sa chaise. « Bref. On a rattrapé le temps perdu, et on a parlé.

— Et puis vous avez *baisé,* complète Lucan.

— Tu vas la fermer ? » supplie Art.

Lucan semble humilié comme seul un homme ivre le peut.

« Bref, nous avons… été occupés à rattraper le retard… Depuis quelques mois maintenant. C'est agréable. » Art semble sur la défensive. « C'est tout.

— Alors pourquoi tout ce secret ? demande Lucan.

— Tu sais pourquoi. Les lumineux se régalent chaque fois que je regarde quelqu'un. Elle est assez surveillée comme ça. »

Lucan ricane. « Elle en a l'habitude. Ce n'est pas la raison. On ne cache des secrets que lorsqu'on est amoureux de quelqu'un.

— Je ne le suis pas.

— Si, tu l'es.

— *Non,* insiste Art, même si Lucan a totalement et complètement raison.

— Arrête. » Lucan lève les bras au ciel. « Qu'est-ce qui t'effraie là-dedans ?

— C'est temporaire. Ça ne peut pas marcher.

— Écoute, tu ne devrais pas avoir à le cacher. Tu ne devrais pas te soucier de savoir si c'est embarrassant, ou si ça ne marche pas. Dois-je te rappeler que personne ne peut prédire l'avenir, pas même toi, Notre Sire le roi à tous. »

Garad croise les bras, visiblement mal à l'aise devant cette conversation. Lucan, inconscient de la situation, se laisse tomber entre eux.

« Discutons au moins de la *théorie* de la capture du lapin, propose-t-il. Tu sais, juste pour le plaisir. Il n'y a pas de mal à ça, hein ? »

Leur silence est suffisant pour constituer une victoire de Lucan.

« Voulez-vous entendre la stratégie que je propose ? demande-t-il joyeusement, de la bière débordant de son verre. C'est extrêmement charmant et incroyablement malin.

— Te connaissant, la stratégie proposée risque aussi de m'humilier totalement.

— Comment oses-tu, s'offusque Lucan. Et, oui. »

Art pousse un grognement. « Alors, non. Je te l'ai déjà dit, il est trop tôt pour les gestes grandiloquents. Ça ne fait que quelques mois.

— Et alors ?

— Il faut plus de temps, Lux. »

Lucan lève son doigt professoral favori. « Très bien, très bien. Je te propose un marché. Si elle est toujours ton *amie spéciale* dans un an, alors tu devras le faire. Un an jour pour jour, si tu veux.

— Deux ans, marchande Art.

— *Deux* ? s'indigne Lucan. Pourquoi ça ?

— Parce que ça rend la chose moins probable ?

— Deux années, c'est une éternité !

— N'as-tu pas courtisé ton galant pendant trois ans avant que ça ne devienne sérieux ? » questionne Art.

Lucan ouvre la bouche, mais rien n'en sort.

Art prend un air triomphant.

« Très bien, concède Lucan, momentanément vaincu. Deux ans. Mais nous en prenons officiellement le pari. Garad, tu seras notre témoin, n'est-ce pas ?

— Je n'ai rien à voir avec ça », esquive cellui-ci.

Le petit homme émet un sifflement désapprobateur. « Tu es tellement grincheux. Qu'est-ce qu'il y a, tu as un penchant secret pour la Gente Fée toi-même ?

— Par les saints. D'accord, c'est compris ! J'accepte de faire office de témoin pour un pari puéril à propos d'une femme qui mérite plus de respect que de servir de jouet.

— L'amour *est* un jeu, déclare Lucan. Mais tu as bien entendu ! » Il se tourne vers Art. « Avec Garad comme témoin, la chose est officielle. Dans deux ans, tu devras appliquer mon plan, ou perdre ton honneur.

— Toi, dit Art en serrant les dents, tu t'amuses beaucoup trop.

— Toi, répond joyeusement Lucan, tu n'as même pas encore entendu le plan. »

Deux ans ? Aucun amant du roi n'a duré plus d'un an. Alors qu'ils scellent leur accord d'une poignée de main, il se console en se disant qu'il est sûr de remporter ce pari.

38

Terminal, Marvolbourg
Deux jours auparavant

Les bottes s'entrechoquent contre les escaliers.

C'est le son qui fait sortir Red de sa torpeur momentanée, de la contemplation fascinée de sa propre monstruosité. Fin s'enfuit. Elle ne peut pas la laisser faire. Si elle s'échappe, si elle prévient quelqu'un, tout est fini : tout ce pour quoi Red a œuvré jusqu'ici. Le sens de son existence. Des années d'obsession. C'est tout ce qu'elle est, tout ce qu'elle a, et Fin est sur le point de le lui enlever.

Red ouvre la porte d'un coup. Elle laisse le corps de Roben derrière elle, où il peut s'éterniser, la hantant pour le reste de sa vie qui sera courte, à n'en pas douter. Elle va probablement mourir ce soir.

L'exaltation qui suit cette pensée est plus efficace que n'importe quel stimulant. Red aperçoit des escaliers par une porte ouverte : la cave. Elle court vers le bas, atteignant un espace éclairé dont un mur est ouvert sur la nuit. L'arrière d'une moto luit dans sa direction en s'éloignant dans un vrombissement, s'échappant dans l'obscurité, une petite silhouette courbée sur elle.

Des prises de conscience en rafales la frappent dans une succession vertigineuse :

Fin est à moto. Red n'a aucun moyen de la rattraper maintenant.

Il y a une autre moto devant elle. Fin en possède deux, et probablement plus quelque part ; elle est obsédée par ces machines.

Un reflet argenté adresse un clin d'œil à Red sur le sol plat sous la deuxième moto. La pièce de démarrage. Fin doit l'avoir jetée là.

Elle ne cherche pas à fuir pour avertir qui que ce soit.

Elle veut que Red la suive.

Celle-ci redresse la moto, les muscles de ses bras tressautant sous son poids, introduit tant bien que mal la pièce dans la fente, enserre le siège de ses cuisses, lance le moteur et s'élance en dérapant dans la nuit.

Au début, alors qu'elle s'engage sur les routes bondées, cela lui semble impossible – elle ne retrouvera jamais Fin dans tout ce fatras de personnes et de machines –, mais le trajet fait office de vif rappel de la puissance qu'elle a sous elle. L'organisme vivant que forme le trafic se détache devant la moto comme la chair autour du couteau d'un chirurgien.

Et Fin est facile à suivre ; trop facile. Il n'y a presque pas de motos dans les rues, si peu de chevaliers de sortie ce soir. Elle est rapide, mais pas assez pour semer Red. Pendant plus d'une heure, elle l'entraîne dans les veines et les artères de Londres. La ville les sent, les laisse faire. Aucune alarme ne résonne à présent. Elle attend, maintenant, patiente, de voir qui remportera ce combat.

Elles franchissent la frontière de Marvolbourg et foncent vers Dæccanham. Le trafic s'amenuise, crachote, puis disparaît. Les rues se calment, se rapprochent les unes des autres comme une meute de prédateurs. Ici, avec les grands immeubles qui se dressent dans toutes les directions, le crépuscule est sûrement toujours précoce.

Voilà.

La moto de Fin est là, calme et immobile, sans pilote, devant une grande clôture. Celle-ci entoure une petite cour nichée dans un ensemble de bâtiments en briques blanches sales, en retrait de la rue principale. L'agitation de la vie n'est qu'à quelques secondes d'ici.

Red s'arrête, laissant sa moto à une certaine distance de celle de Fin. Elle dégaine une lame-aiguille de l'intérieur de sa botte, ses yeux à l'affût.

Là : un mouvement au-delà de la clôture.

Alors que Red s'approche prudemment, elle voit la forme de son adversaire accroupie en plein milieu de la cour, concentrée sur quelque chose à ses pieds. Un cliquetis se fait entendre, un raclement, puis celle-ci soulève une épaisse grille carrée. Un trou sombre s'ouvre à ses pieds. Red est trop loin pour l'arrêter ou l'attaquer et la barrière métallique en anneaux qui les sépare pourrait tout aussi bien être un mur de pierre.

Les bâtiments derrière le dos de Fin ressemblent à des bouches ouvertes, sombres et affamées, alors qu'elle descend dans le trou.

Elle lève les yeux vers Red. Puis elle disparaît dans l'obscurité en dessous.

Red n'hésite pas. Elle se dirige vers la clôture et l'escalade aussi rapidement et silencieusement qu'elle le peut, telle une mante s'accrochant aux chaînons géants, se balançant au gré du vent. Si Fin voulait la tuer, ou lui échapper, elle aurait eu de nombreuses occasions lors du trajet à moto ; c'est une pilote hors pair, et Red est à peine capable de prendre un virage correctement. Non. Fin veut se battre, et elle compte le faire selon ses conditions.

Red n'aura pas la possibilité de choisir le terrain. Elle ne peut pas laisser Fin s'échapper ; elle doit la suivre. Il y a une clarté magnifique dans le fait de n'avoir qu'une seule voie clairement tracée, une sorte de liberté dans le fait de ne pas en avoir du tout. Pourtant, chacun de ses nerfs frémit en signe d'avertissement tandis qu'elle descend dans l'obscurité. Son cerveau reptilien prend le dessus, la submergeant d'une nouvelle vague d'adrénaline.

Tu es la chasseuse, pas la proie.

Son esprit répète cela alors qu'elle s'enfonce dans le trou, empruntant des marches grossièrement taillées dans la roche nue, descendant en pente dans un tunnel à l'étroitesse menaçante mais praticable. Des lumières en forme de pièces de monnaie ont été encastrées dans les murs à intervalles réguliers, striant le sol de jaune et de noir, de clair et d'obscur. À peine une minute plus tard, Red tombe sur un tas de terre et de pierres ainsi qu'un trou béant dans la paroi du tunnel. Un peu de contorsionnisme prudent et la voilà de l'autre côté.

Au-delà se trouve une pièce carrée et quelconque, parsemée de piliers et dont les coins sont plongés dans l'obscurité. On distingue au pied de chaque mur des monticules de tessons de tuiles aux motifs simples et spiralés. L'air est immobile et plein de poussière. La lame-aiguille est froide et mince entre les doigts de Red.

« Tu sais où nous sommes ? » demande une voix.

Celle de Fin.

L'esprit de Red s'emballe tandis que ses yeux fouillent la pénombre. Elle commence à glisser vers l'arrière, ses omoplates cherchant un mur contre lequel s'adosser.

« Non, répond-elle.

— Tu connais la station de trom de Tierbecon ? »

Red fait un signe de tête. « Terminal ».

Celle-ci était une station abandonnée depuis longtemps, d'un statut quasi mythique, datant d'une époque proche du siècle dernier où la majeure partie du réseau se trouvait encore sous le niveau de la rue, et où les catacombes millénaires de Londres avaient été exploitées comme tunnels de circulation.

Au fil du temps et des multiples guerres civiles meurtrières, après que trop de souterrains se furent effondrés, tuant un nombre excessif de personnes, le réseau de transport a été laborieusement élevé au niveau de la surface et plus haut, et ses galeries scellées. Terminal avait eu la particularité de voir non seulement sa ligne de métro mais aussi la station tout entière abandonnée aux ténèbres.

« Elle est restée simplement Beconthree, pendant un long moment, dit Fin. Ce n'est que récemment que les gens ont commencé à l'appeler Terminal. Tu sais pourquoi ? »

Red secoue la tête. Ses yeux s'accommodent à l'obscurité. Avec une lenteur angoissante, des formes distinctes commencent à se dessiner. Il suffirait d'un tressaillement de Fin…

« Il y a environ cinquante ans, poursuit la jeune femme, deux gamins ont trouvé une bouche d'égout qui menait à la station abandonnée, accessible uniquement pour les personnes de petite taille capables de se faufiler dans les décombres. Un syndicat local des Chiens de guerre en a entendu parler. Ils ont élargi l'accès et mis en place un lieu de combat illégal ici. Ils l'appelaient la ligne de la Mort. Ceux qui réussissaient à obtenir un ticket pour l'emprunter se retrouvaient dans une voie de trom souterraine vieille de 100 ans, au milieu du tunnel qui relie Beconthree et Dæccanham, à regarder deux anciens chevaliers déchus de la Caballaria, visiblement très malchanceux, se battre jusqu'à la mort. »

Une pause.

« L'abandon n'existe pas sur la ligne de la Mort. Un des combattants n'en sortait que les pieds devant. Mais le gagnant pouvait se faire beaucoup de combine, et peut-être tirer du bon de cette malchance. La station de Beconthree a été rebaptisée Terminal parce que c'est prétendument là qu'ils laissaient tous les corps des combattants vaincus. Ils les empilaient ici, où ils pourrissaient. » La voix de Fin exprime une nuance de fascination distincte. « La ligne a fini par être fermée, et Terminal a été perdue de nouveau lors de la dernière guerre interquartiers, mais certains disent que la station, située si profondément sous terre, et ensuite scellée par une attaque à la bombe à l'époque d'Uther, a préservé ces corps à un degré jamais vu. Que certains d'entre eux n'ont même pas l'air morts. »

La pièce dans laquelle elles se trouvent semble étonnamment petite pour une station d'autrefois, et entièrement exempte de cadavres d'anciens chevaliers, qu'ils soient bien conservés ou non.

« Je ne vois pas de corps, constate Red.

— C'est décevant, n'est-ce pas ? Elle a été nettoyée. Maintenant, elle est utilisée à d'autres fins.

— Lesquelles ? »

Fin ne dit rien.

Les exécutions.

« Pourquoi m'avoir fait venir jusqu'ici ? » demande Red.

Plus ça dure, plus son cerveau essaie de s'interposer et de réfléchir. Elle ne veut pas penser. Elle ne peut pas se le permettre.

« Ça me semblait approprié, répond Fin. L'histoire de cet endroit. »

Red commence à relâcher ses doigts autour du couteau, prête à le lancer. « Je ne t'avais jamais vue comme quelqu'un de romantique.

— Je ne t'avais jamais vue comme une traîtresse. » Les mots de Fin lui reviennent en mémoire. « Tu peux mourir comme tous les autres ici. Tu es l'un d'entre eux maintenant. Déchue. »

La haine pure audible dans sa voix lui fait mal.

Red déglutit et se durcit. « Tu te trompes, affirme-t-elle. Pour être déshonorée, il faut d'abord avoir connu l'honneur et je n'ai jamais prétendu cela. C'est ce que je suis, ce que j'ai toujours été. Tu n'as simplement pas été capable de le voir.

— Tu es une bonne menteuse », répond doucement Fin.

Red secoue la tête. « Je ne t'ai jamais menti. Tu n'as juste jamais posé les bonnes questions. Jusqu'à maintenant.

— Non, pas avant que tu prennes la vie de mon ami. Maintenant je vais t'ôter la tienne. Ce n'est que justice. »

Dans l'esprit de Fin, tout ceci est un combat de la Caballaria. Une vengeance par la moldra lagha pour la vie qu'elle vient de prendre. Des jeux stupides et honorables de chevalières ? Ici et maintenant, quand l'honneur devrait être le cadet de leurs soucis ?

« Pour Roben ? demande Red. Le devin si incapable qu'il n'a même pas pu prédire sa propre mort ? »

Un silence terrible s'ensuit, mais Fin ne mord pas à l'hameçon. « Il a été assez bon pour voir la vérité sur toi. » L'écho humide de la pièce donne aux mots de Fin un sous-entendu sifflant. « Tu vas vraiment le faire ? »

Red se contente de rire. La liberté grisante de ne plus avoir le choix.

« Alors j'ai deux raisons de te tuer », déclare Fin.

Une lueur jaillit de derrière un pilier, un tourbillon, et avec juste assez de temps pour les repérer tous les deux, Red se retourne, mais pas assez vite. Une lame circulaire lui griffe le bras dans sa course, lui entaillant la chair. Une seconde plus tard, une douleur incandescente se fraie un chemin à travers la blessure. Le bras qu'elle utilise pour se battre. Bientôt sa main dominante sera trempée dans son propre sang.

Ce n'est pas une exécution rapide. Cette salope veut jouer.

Au moins, Fin vient de perdre son arme principale. Elle est allée se planter contre le mur derrière Red, le bruit se réverbérant. Un mouvement risqué et stupide.

« Je croyais que c'était une question d'honneur, crache Red en serrant les dents et en repoussant la douleur qui l'élance au niveau des oreilles. Tu es une lâche, Fin ? Seuls les lâches se cachent.

— Tu as appris à provoquer l'adversaire, après tout », se moque l'autre, et finalement, elle émerge de derrière le pilier.

Son regard est sauvage. Red connaît bien cet air et l'accueille comme un vieil ami. Voilà ce qu'elle comprend ; les complications, les doutes, la politique, la culpabilité, l'amour, la honte. Tous ont disparu. C'est aussi simple que cela.

Jusqu'à la mort, l'anéantissement, la fin, clame son esprit alors qu'elle tente sa chance et projette la lame-aiguille en plein dans le cœur de Fin, qui lève un bras pour se protéger. Le couteau s'enfonce dans le membre mince. Sa bouche s'ouvre sur un cri silencieux.

Chacune d'entre eux a une arme en moins ; mais Red cache une autre lame similaire dans sa botte.

Fin lui jette un regard noir. Ses yeux papillonnent à la gauche de Red. C'est un geste infime, bref, mais l'instinct fait plier les jambes de Red pour l'amener au sol. Elle entend le sifflement d'une seconde lame qui traverse l'espace où se trouvaient ses organes vitaux il y a seulement un instant, sans causer de dégâts.

Il y a quelqu'un d'autre dans la pièce avec eux.

Putain ! crie son esprit. *On n'est pas si honorable après tout, n'est-ce pas ?*

Red s'écarte d'une roulade et se rétablit sur ses pieds pour faire face à son nouvel adversaire.

Qui s'avère être Fin.

Une Fin est accroupie, tendue, devant elle, entière, indemne. L'autre se tient un peu à l'écart, serrant son avant-bras, la lame-aiguille dépassant de la chair.

Deux Fin. À part la blessure, ce sont des copies exactes l'une de l'autre. Les cheveux. Les vêtements. Le regard furieux. De vraies jumelles ? Impossible ; personne ne peut garder secrète l'existence d'une telle chose pendant toute une vie.

La nouvelle Fin exempte de blessure disparaît avec un bruit de claquement étrange et plat.

Le cerveau de Red se contracte maladivement.

« Tu es une putain d'illusionniste, par les saints, crache-t-elle. Comme Wyll. »

L'entraînement prodigué par ce dernier va s'avérer utile, après tout.

La Fin indemne réapparaît juste devant Red, prend appui sur sa jambe arrière, lui assène un violent coup de pied au ventre, puis disparaît. L'air dans l'espace qu'elle a laissé derrière elle fait entendre à nouveau un bruit d'éclatement, assez fort pour lui abîmer les oreilles.

« Faux », rétorque la Fin blessée.

Red se débat au sol, le souffle court, luttant désespérément pour reprendre sa respiration. Les illusions n'ont pas de consistance physique. Elles ne font pas non plus de bruit quand elles disparaissent.

« Par les sept enfers, qu'est-ce que tu es… ? siffle-t-elle.

— Tu n'es pas la seule enfant-divine de la Caballaria.

— Je n'ai jamais entendu parler de… ce…

— Moi non plus, lui répond Fin d'une voix qui trahit sa douleur. Ils n'ont pas encore de mot pour décrire ce que je suis. »

L'esprit de Red s'emballe tandis que ses yeux cherchent la copie dans la pénombre. L'originale serre son bras. Même privée de sa main dominante, elle peut encore infliger des dégâts.

En affronter une est déjà assez difficile. Mais deux ?

« Tu n'es pas déclarée, dit-elle, essayant de la faire patienter. C'est illégal.

— Merde alors, se moque Fin. À qui vas-tu le raconter ? »

Quelle était la probabilité que deux enfants-divins puissants se retrouvent dans le même quartier et grandissent ensemble ? Pas étonnant que Roben soit allée la voir. Et qu'ils soient devenus amis. Cette vie de mensonge suffirait à faire enfermer Fin. Une chevalière de la Caballaria ayant menti sur son identité ? Tous ses combats pourraient être annulés. Ce serait le chaos. Elle serait finie.

Elle a donc maintenant trois raisons de tuer Red.

Cette dernière entend l'air devant elle émettre un horrible craquement et la copie de Fin apparaît. Elle feinte, glisse vers elle, et Red se traîne hors de portée malgré les protestations de son corps, poussée par un instinct de survie désespéré. Elle tente d'attraper le couteau-aiguille de sa botte mais elle est trop lente : la copie de Fin écarte sa main d'un coup de pied. Celle-ci est réelle, solide, de la chair humaine épaisse, et fraîche comme une fleur nouvellement coupée. Le bras de Red est couvert du sang qui coule suite au coup reçu précédemment. Il goutte au bout de ses doigts et éclabousse le sol, emportant son énergie avec lui.

La vraie Fin se déplace derrière sa copie. Lentement, progressivement, elles acculent Red dans un coin. Chaque fois que celle-ci essaie de s'en sortir, la copie, implacable, la repousse dedans.

Red se fatigue vite. Elle est endolorie jusqu'à l'os et ralentie, peu importe l'énergie qu'elle y met. Elle s'efforce de ne pas céder à la panique, mais elle peut sentir celle-ci pousser avec insistance dans ses entrailles, la distrayant de son tiraillement fourbe incessant.

Elles bondissent d'un même mouvement. Red est piégée. Elle se débat de toute son énergie, mais tenter de retenir sa force est comme essayer de saisir de l'eau. Celle-ci lui échappe des mains, et ses adversaires l'ont à sa merci. Elles maintiennent Red au sol, glissent dans le sang, celui de Fin et le sien, tâtonnant à la recherche d'un point d'appui.

Puis elles entreprennent de l'étrangler.

Tout se passe si vite que Red a à peine le temps de se rendre compte qu'elle est sur le point de mourir. La pression sur sa gorge noircit la périphérie de son monde, l'attirant étroitement vers son présent immédiat. Red prend vaguement conscience d'un hurlement – le dernier cri poussé par son sang, rugissant dans ses oreilles ? – quand soudain le poids écrasant sur son cou diminue de moitié dans une perte de vertige soudaine, et après un moment de cécité terrifiant, elle retrouve l'usage de ses sens.

Le cri provient de la pièce. De la poussière et de la terre charriées par un vent sauvage griffent ses joues. Des morceaux de tuiles et de pierres sont projetés dans les airs, frappant son corps ainsi que ceux accroupis devant elle. La magie de Red s'échappe d'elle dans un grondement et se déchaîne dans la pièce, lançant tout ce qui s'y trouve sur ses attaquants.

Au lieu d'essayer de garder le contrôle, elle s'abandonne, elle laisse tout sortir : son sang, sa vie, tout ce qu'elle est, elle s'effondre au beau milieu, dans toutes les directions à la fois, elle le crie de tout son être.

Quitte à mourir, autant faire du bruit.

39

Arène de Mynchen, Sombrecœur
Deux jours auparavant

Le chevalier est à genoux sur le sable de l'arène. Le bord le plus fin et le plus tranchant de sa lame circulaire plane au-dessus de la jugulaire de son adversaire.

« J'abandonne », grogne le Loup du désert.

La Gente Fée se fend d'un sourire sauvage et lève ses mains vers le ciel, son arme serrée dans un poing. La foule scande son nom comme une prière bestiale.

Ce fut un tournoi long et très suivi, une série d'affrontements concernant des différends frontaliers entre quartiers. Le résultat d'aujourd'hui devrait mettre un terme à toute nouvelle violence, même si les Londoniens pourront toujours trouver autre chose pour la déverser. *Mettre fin au combat, c'est faire cesser la joie,* dit l'adage.

Les deux combattants se relèvent. Les fonctionnaires de l'arène émergent de l'anneau creusé et se répandent dans la fosse, prêts à guider le perdant jusqu'à la sortie et à donner au gagnant son prix : un nouvel écusson aux symboles et couleurs de Sombrecœur, immortalisant sa prouesse. Certains chevaliers aiment commémorer de façon plus permanente leurs victoires favorites en se faisant tatouer le motif de l'écusson, mais la Gente Fée fait preuve d'une opposition inhabituelle aux tatouages.

On aide le Loup du désert, toujours à terre après le combat, à se relever. D'un geste impatient, il repousse le brancard à roulettes qu'on lui propose et s'en va en boitant au milieu d'un groupe de médecins.

La Gente Fée se redresse en regardant le troupeau de chacals blancs approcher. Au premier rang se trouve l'adjudicateur en chef de l'arène, venu remettre en personne l'écusson du vainqueur, comme il sied à un tournoi de cette envergure. Les têtes des arbitres peuvent acquérir presque autant de célébrité que les chevaliers, en particulier les plus charismatiques, et celui-ci est connu pour son amour des projecteurs des lumineux. Il sort de la fosse, un calque dissimulant son visage, ce qui ne semble pas immédiatement étrange, même s'il aurait peut-être fallu noter qu'il a l'air de mesurer un pied de plus que d'habitude. Sur le transparent sont gravés des motifs de plumes noires brillantes qui s'étendent sur ses joues jusqu'à ses oreilles, attirant le regard vers ses cheveux blonds gominés.

Les optiques le suivent alors qu'il s'arrête devant la Gente Fée, zoomant sur son visage caché. La clameur de la foule laisse place à un silence plein d'expectative, afin de mieux entendre l'échange cérémonieux qui conclura le tournoi.

Cela débute comme prévu.

« Finnavair Caballarias de Rhyfenbourg, commence l'adjudicateur. Vous avez été déclarée vainqueur. Acceptez-vous la volonté des saints et nous, leurs mains mortelles ? »

C'est seulement à ce moment-là que les gens commencent à se rendre compte que quelque chose cloche. La voix de l'homme sonne faux. Normalement, elle est flûtée, de sorte à s'imposer aux oreilles, mais celle-ci est plus douce et beaucoup plus grave.

La Gente Fée semble l'avoir remarqué. Elle hésite un moment avant de répondre.

« Oui.

— Et acceptez-vous ce qui pourrait arriver en conséquence de ce que je m'apprête à faire ? »

Les enregistreurs cadrent le visage de la jeune femme de près.

Elle cligne des yeux. « Pardon ? »

L'adjudicateur en chef ne répond pas. Au lieu de cela, il porte ses mains à son menton et commence à retirer son calque facial, révélant ses traits avec une lenteur désespérante. Il laisse tomber le transparent sur le sol de la fosse. Tous les enregistreurs sont focalisés sur ce moment impossible et magnifique.

Le roi de Londres se tient debout au milieu de l'arène.

Ses mains pendent à ses côtés, toute son attention concentrée sur la Gente Fée, comme s'il était même incapable d'entendre la foule qui se déchaîne autour d'eux. Durant la totalité de son règne, on ne l'a vu qu'à une seule occasion dans une arène, lorsqu'il s'est emparé de l'Épée de Londres pour la première fois avec son Ange d'argent. C'était il y a presque vingt ans, et à la suite du Massacre de Mafelon, il est resté enfermé dans le palais ces dernières années. Le Roi Combinard ne quitte pas Ker Leonis pour qui ou quoi que ce soit.

Jamais.

Lui et la Gente Fée se parlent, leurs voix noyées dans le rugissement. Elle est abasourdie. Il est calme. Les enregistreurs se concentrent avidement sur leurs bouches, leurs yeux, leurs gestes. Le rugissement se réduit à un faible bourdonnement au fur et à mesure que la conversation se poursuit.

Juste au moment où il devient évident qu'ils se connaissent bien, ce qui serait une nouvelle suffisante pour occuper les lumineux pendant un mois, le roi se penche, hésite – comme s'il demandait la permission, diront plus tard les spéculateurs – attrape le cou trempé de sueur de la Gente Fée et l'embrasse.

Et les tympans se mettent à saigner.

*

« Putain, qu'est-ce qui t'est passé par la *tête* ? »

Art se tient contre le mur près de la porte, les bras repliés sur son corps en un geste protecteur, tandis qu'il regarde une Fin furieuse ricocher dans les vestiaires de l'arène.

« Eh bien, fait-il d'une voix songeuse, je me suis rendu compte, il y a quelque temps, que si *je* ne sais pas ce que je fais deux heures à l'avance, comment les autres le pourraient-ils ? J'ai donc pris la décision à la volée. C'est infaillible, vraiment.

— Ce n'est pas un jeu, rétorque Fin. Il s'agit de ta *vie*. On ne joue pas avec *ça*. »

Il la regarde encore un moment piétiner, et se demande ce que les gardes de l'arène, regroupés devant la porte des vestiaires, pensent de cette dispute qu'ils doivent sans doute facilement entendre. Ils ont probablement assez à faire en ce moment, avec la soudaine obligation de protéger le roi de Londres, aussi connu sous le nom de Surprise la plus indésirable du monde. Il prend mentalement note d'envoyer des excuses à leur Chevalier-en-Vert.

« Fin, dit-il patiemment, penses-tu que c'est la première fois que je me faufile hors de Ker Leonis, depuis Mafelon ? Vraiment ? »

Elle s'arrête, prise au dépourvu.

« Non, concède-t-elle. Mais c'est la première fois que tu le fais devant un public. »

Chaque mot suinte une inquiétude furieuse.

Art fait semblant de réfléchir. « Oui, je pense que tu as raison. Mais je suis toujours déguisé quand je sors, et je suis chaque fois seul. Je sais que ça semble plus risqué, mais en fait…

— Mais putain, Art, interrompt-elle, je ne suis pas vraiment en colère à cause des risques que tu prends, tu comprends ? »

Il secoue la tête. « Je sais. »

La jeune femme arbore un sourire tranchant. « Le roi et la renarde des rues. Quelle *merveilleuse* histoire pour les lumineux. Tu m'as utilisée à des fins politiques !

— Oui, en convient-il. C'est vrai. »

Elle se tourne vers lui. « Quoi ? »

Avec un tel regard, Art se demande comment qui que ce soit peut l'affronter dans l'arène et en sortir vivant.

« Oui, c'est vrai, répète-t-il. Tu préférerais que je mente à ce sujet ? Je ne te rendrais pas honneur si je faisais le contraire. Le moindre de mes gestes, de mes mots est politique, Fin. J'en suis l'idole argentée et brillante. Rien dans ma vie ne saurait en être exempt. »

Il la regarde digérer cette réponse.

« Là où tu te trompes, poursuit-il, c'est si tu crois que c'est la seule raison pour laquelle je l'ai fait.

— Qu'Evron me vienne en aide, il y a autre chose encore ? demande Fin au plafond. Quelle est l'autre raison ? »

J'ai perdu un pari avec Lucan.

Mais ce n'est pas le moment de faire preuve de légèreté, alors il dit plutôt : « Je voulais attirer ton attention ».

Elle lève les bras au ciel. « C'est réussi ! Félicitations ! Pourquoi ne pouvais-tu pas simplement m'envoyer un cadeau ?

— J'avais quelque chose de plus important à prouver.

— Qu'est-ce que ça peut bien être pour que tu fasses quelque chose d'aussi stupide ?

— Le fait que je suis amoureux de toi. »

L'effet est immédiat. Les bras de la jeune femme retombent. Sa bouche s'ouvre.

« Oh », parvient-elle à dire.

Ils se regardent l'un l'autre. Art essaie vaillamment de contrôler sa respiration.

« Cela fait deux ans déjà, dit-elle. Pourquoi ne me l'as-tu jamais dit ? »

Pour tellement de raisons.

Il secoue la tête. « C'était trop. Une fois que je suis amoureux – que je le *dis* – c'est fait. Je ne peux pas m'éloigner, et ça devient compliqué pour moi. J'ai dû y réfléchir un moment. Et toi et moi, nous sommes tous deux occupés. Nous avons d'autres passions. Ça ne me semblait pas être une chose à t'annoncer.

— Alors pourquoi maintenant ?

— Je suppose que j'ai finalement trouvé le courage de le faire. Et puis, je me fais vieux. »

Fin ne sourit pas.

« Être amoureux n'excuse pas ton comportement, dit-elle d'un ton vif.

— Non, effectivement, admet Art. Oui, c'était calculé. C'était un avant-goût de la façon dont ce serait d'être avec moi, officiellement, comme je le voudrais désespérément. Ce n'est pas la plus alléchante des offres, je le sais. Mais je parie sur ce que je connais de toi. »

Elle attend.

Au moins, elle ne lui jette rien dessus. « Tu aimes les défis, poursuit Art. Comment pourrait-il en aller autrement, avec tout ce que tu as déjà affronté dans ta vie ? Les victoires faciles t'ennuient. Je l'ai vu. Tu te sens vivante dans l'épreuve. »

Fin émet un léger grognement.

« Je dis vrai », insiste-t-il.

Son regard est trop méfiant. « Ce n'est bon pour aucun de nous deux. »

Art refuse de céder du terrain. « Je sais ce que je veux. Toi. Je regarde les autres personnes qui sont dans ma vie, la joie pure qu'elles peuvent éprouver, et j'en ai envie. Je sais que je n'aurai jamais la même chose qu'eux, et pendant longtemps, j'ai pensé que c'était la raison pour laquelle je n'avais jamais essayé : parce que je croyais que c'était impossible. Je me disais que ce n'était pas autorisé. Mais ce n'est pas la vraie cause. Tout ce temps, j'ai eu peur.

— De quoi ?

— Des efforts que je devrais accomplir pour connaître cette joie. Parce qu'alors il me faudrait essayer, et peut-être échouer. Et j'ai peur de perdre. Je crains la douleur.

— Nous sommes tous dans ce cas, déclare Fin.

— Je sais. Je me suis dit que je ne tomberais jamais dans l'auto-apitoiement, mais il s'avère que je l'ai fait. J'ai juste pris le chemin inverse. » Il adopte un ton endeuillé. « Oh nooon, c'est si dur d'être moi, je suis le pire de tous les temps, je ne mérite que des punitions ! »

La bouche de Fin tressaille. « Certaines personnes aiment bien les punitions.

— Arrête d'essayer de me faire rougir quand je suis sincère.

— Toutes mes excuses.

— J'y ai réfléchi pendant si longtemps que je suis écœuré de mon propre esprit. J'ai tenté de trouver une solution alors qu'il n'y en a pas. La seule leçon que j'ai tirée de ma vie jusqu'à présent est la suivante : on ne peut jamais avoir la moindre idée, pas vraiment, de ce à quoi nos décisions vont mener. C'est ce qui est si terrifiant dans la façon dont les humains sont faits. Nos connaissances se limitent au moment présent. La seule chose à faire est de prendre une inspiration et de sauter. »

Art se tait. Il est vidé. Tout est dit, pour le meilleur et pour le pire.

Fin mord sa lèvre inférieure et la relâche.

« Tu as répété ce discours ? demande-t-elle. Il était très fluide.

— Je répète tellement tout ce que je dis que j'ai oublié comment parler normalement. » Art marque une pause. « Trop fluide ? C'était excessif, n'est-ce pas. »

Elle pose une main sur le torse du roi. « C'était honnête. »

Elle doit, *doit* pouvoir sentir le battement de son cœur sous sa paume.

« Est-ce que c'est… un oui ? » demande-t-il.

Elle ne dit rien, mais un conflit déchirant se peint sur son visage.

« Fin, de quoi as-*tu* peur ? demande-t-il.

— Qu'on me prive de ma liberté, murmure-t-elle.

— Tu peux partir quand et où tu veux, lui assure fermement Art. Ta vie t'appartient. Je ne t'en empêcherai pas. Je ne veux pas t'arrêter. J'aime ta liberté. Je la trouve belle. Tout ce que je demande, c'est que tu sois là quand j'aurai besoin de toi. Que tu fasses mon bonheur.

— C'est beaucoup demander.

— Je sais. Mais en retour, tu ne manqueras de rien. Je veux seulement te faire plaisir. J'ai besoin de toi. Fin, je ne veux plus faire ça seul. »

Il plaide, il supplie. Il ouvre ses entrailles et expose chaque petite partie vulnérable de lui à son examen et à son rejet éventuel. Elle tient sa vie entre ses mains. Sa lame circulaire repose contre sa gorge.

Elle lève les yeux vers lui, et quelque chose dans le visage d'Art la décide. « OK », chuchote-t-elle.

Il ose à peine respirer. « D'accord ? »

Elle acquiesce. Art lâche un cri tremblant et la prend dans ses bras.

Enfin, enfin, enfin, cela lui est accordé.

Enfin, il a droit au bonheur.

40

Terminal, Marvolbourg
Un jour auparavant

Quand elle revient à elle, c'est par saccades.

Son cerveau balbutie, s'allume et s'éteint tour à tour.

Clarté, obscurité.

Une lumière à nouveau, plus stable cette fois.

Red essaie de bouger. Elle entend un gémissement rauque. Elle se rend compte, d'une manière détachée, qu'il provient d'elle. Un instant plus tard, comme si tout était en différé, des vagues de douleur inondent son corps, lui envoyant des signaux engourdis et cahotants pour l'alerter que rien ne va.

Elle parvient à se mettre en position assise, à moitié affaissée sur elle-même. Le sol est froid et dur contre ses paumes. Une de ses mains est collante de sang coagulé. Ses yeux accommodent lentement, et quand elle retrouve enfin la vision, elle le regrette.

Ce qu'elle avait pris pour une petite pierre pâle brillant faiblement dans l'obscurité juste devant elle est le blanc d'une prunelle. Ce qu'elle avait d'abord cru être une sorte de roue de vélo miniature, à moitié enfouie dans un monticule de gravats, est une lame circulaire. Le gros tas de cailloux est le corps de Fin. L'arme est enfoncée dans son cou.

La lame qu'elle a lancée et qui lui a ouvert le bras, puis s'est retrouvée dans un coin, et que la magie de Red a dû attirer et projeter sur son adversaire, comme tout ce qui se trouvait dans la pièce.

Non, pas la *magie* de Red, comme si c'était une entité distincte à blâmer. Red. C'est elle qui a fait ça.

Elle se force à se rapprocher. Le sang sur le cou de Fin est devenu plus sombre, plus globuleux. Elle n'a pas bougé depuis longtemps.

Elle est morte.

Tu dois t'en assurer. Tu ne peux pas encore partir. Et si elle se réveille ? Et si sa copie réapparaît ?

Une partie de Red sait qu'il est bien trop tard pour tout ça. Malgré tout, elle ramène ses jambes, se met en boule, le dos contre un mur, et attend près du corps de son adversaire pendant ce qui lui semble être un très long moment.

Fin ne bouge pas. Ses yeux restent ouverts.

Red parvient à se détourner dans le coin juste avant de vomir. Sa gorge ravagée lui hurle dessus, brûlée par l'acide. Elle ignore la douleur – celle-ci n'a qu'à rejoindre la file d'attente des plaintes de son corps, et elle peut aller directement à l'arrière – et se traîne lentement à travers la pièce jusqu'au mur effondré du tunnel. La station Terminal laisse planer un silence de mort derrière elle. Elle boitille dans le boyau sombre et atteint les marches. Elle les monte. Ses pieds glissent à deux reprises. Heureusement, sa tête reste vide pendant tout le trajet.

Enfin, jusqu'à ce qu'elle sorte et regarde le ciel.

Des lumineux d'actualités se balancent sur le fond noir d'encre, faisant clignoter les nouveautés du jour. Red reste debout un moment, le regard perdu. C'est peut-être la brise de la nuit qui fait frissonner sa peau, mais c'est plus probablement le fait que Finnavair, la femme morte au sous-sol, la personne que Red vient de tuer, est actuellement étalée sur un épais nuage sombre sous les yeux de tout le quartier.

Le visage de Fin est strié de peinture de la Caballaria et son expression est celle d'une surprise extrême. Les mots sous son menton proclament :

LA GENTE FÉE ATTRAPE UN ROI
L'Épée de Londres quitte le palais pour la première fois
en trois ans pour déclarer son amour

Red relit les mots, encore et encore.

Puis elle pose un genou à terre et se met à rire, hystériquement.

*

Wyll ouvre la porte. La surprise se peint sur son visage.

« Je dois voir le roi, lâche Red dans un râle. Maintenant ».

41

Ker Leonis, Sombrecœur
La nuit dernière

Des loups recouvrent les murs.

Ils galopent sur la pierre, leurs têtes laquées fixées sur Red, qui se tient assise dans l'antichambre. Elle a été amenée ici il y a une heure par un vastos à l'air pressé qui lui a demandé d'attendre.

Elle a passé son temps à contempler les canidés. Leurs corps musclés et leurs yeux cerclés lui font penser à Wyll, un regard tout aussi perçant sur son visage pendant que son médecin privé recousait ses plaies à l'abri dans sa station d'entraînement quelques heures plus tôt.

Elle n'avait personne d'autre à qui s'adresser ; aucun choix plus évident. Il semble que tout ce qu'il lui suffisait de faire pour obtenir ce qu'elle cherchait depuis tout ce temps était d'échanger une franche poignée de main avec le saint de la Mort.

« Pourquoi ne me dis-tu pas qui t'a fait ça ? » lui avait demandé Wyll dès que le médecin était parti.

Red s'était assise en silence sur son lit. Sa gorge meurtrie avait été une bonne excuse pour éviter de parler, jusqu'à ce que Wyll, sortant un stylo et un bloc-notes électriques, lui ordonne, malgré ses blessures, d'écrire exactement ce qui s'était passé.

Il était difficile de lui en vouloir. Elle se sentait comme une merde ; elle en avait aussi l'apparence.

« Je le découvrirai, Red », avait affirmé Wyll en scrutant son visage.

Elle s'était contentée de le fixer, sachant que les deux seules personnes capables de le lui dire étaient mortes.

S'il te plaît, avait-elle écrit laborieusement. *Obtiens-moi une audience, dès que possible.*

S'il te plaît.

Il avait lu jusqu'au bout. « Pourquoi faut-il que ce soit en personne ? »

Je ne peux pas faire confiance à qui que ce soit au palais pour lui dire. Je dois lui annoncer moi-même.

« Tu ne me fais pas confiance ? »

Si. Mais ceci n'est destiné qu'à lui seul.

« Tu ne peux même pas me dire de quoi il s'agit ? Je ne peux pas demander une audience avec le roi de Londres sans ça. Même moi, je ne peux pas le faire, tu comprends ? Je sais que tu crois que je suis tout-puissant, mais le palais… » Il s'était interrompu alors qu'elle s'était remise à griffonner.

Finnavair. Trahison.

Wyll avait levé les yeux de son écriture tremblante, la surprise traversant ses superbes traits.

Elle avait continué d'écrire.

Est-ce que tu me *fais confiance, Wyll ?*

Elle n'avait jamais utilisé son nom familier avec lui auparavant. L'effet en était bien plus impressionnant à l'écrit qu'à l'oral. Quand il avait lu son nom, il s'était arrêté. Ses lèvres s'étaient entrouvertes, juste un peu, comme s'il aimait le voir.

Bizarrement, cet abus délibéré de leur intimité nouvelle et fragile lui avait semblé la pire chose qu'elle ait jamais faite. Elle avait peut-être tué deux personnes, mais au moins celles-ci l'avaient vu venir.

« Oui, avait fini par répondre Wyll. Je te fais confiance. Essaie de te reposer. Je vais organiser ça. »

Et c'est ce qu'il avait fait.

Les pensées de Red sont interrompues par une voix. « Par ici, s'il vous plaît. »

Un vastos à l'air impérieux est apparu à la porte de l'antichambre du palais.

Red est vêtue de la tenue du Spectre rouge conçue pour son entraînement en isolation avant un duel. Parfaitement adaptée à sa morphologie, cette combinaison cramoisie, sang vermeil, avec des accents de noir et de bordeaux, est plus voyante que ses vêtements d'exercice habituels mais plus discrète que ses uniformes de combat public. C'est l'un des habits les plus impressionnants qu'elle ait jamais possédés. Aussi clandestine et officieuse soit-elle, cette audience n'en est pas moins arrangée avec le roi de Londres.

C'est quand même le moment le plus important de toute sa vie.

La seule chose qui manque à la tenue, ce sont les armes. Aucune n'est autorisée à Ker Leonis, même celles de cérémonie. L'unique exception à cette règle, ce sont les pistolets des gardes, et ceux-ci sont partout, aux coins de chaque pièce et couloir. Seuls les suicidaires tenteraient quelque chose dans l'enceinte du palais.

Il est trois heures du matin, et pourtant tous les vastos que Red a vus dans ce labyrinthe démesuré sont impeccablement habillés. Il y en a tellement. Bien plus qu'elle n'aurait jamais pu l'imaginer. On dit que le palais ne dort jamais. Elle avait toujours pensé que c'était une rumeur exagérée.

Elle suit le vastos hors de l'antichambre, un autre marchant discrètement dans son dos. Les visiteurs sont toujours escortés de deux personnes, une devant et une derrière, pour être sûr que personne ne se perde, lui expliquent-ils. Le fait d'avoir quelqu'un sur les talons met ses nerfs, déjà très malmenés, à rude épreuve, et tout son corps est saisi d'un tremblement dont elle pourrait bien se passer.

Une porte apparaît.

Au-delà… La fin de toutes choses.

Le vastos de devant frappe. Une voix se fait entendre de l'intérieur, un encouragement indistinct. La porte est ouverte. Red la franchit. Le battant se referme derrière elle.

La jeune femme aperçoit une salle délicatement décorée de laque noir et or, parsemée de paravents et de tables joliment cannelées, avant que son attention ne se porte sur la seule personne présente dans la pièce.

Le roi est assis dans un fauteuil d'apparence confortable, une tasse épaisse remplie d'un liquide ambré à son coude. Sans la couronne de verre de lave sur sa tête, il ressemble à un homme normal. Elle ne l'a jamais vu que filtré par un enregistrement ou un lumineux, le visage chargé du fardeau d'un royaume tout entier. En personne, il a l'air bien moins âgé que ce à quoi elle s'attendait, et c'est déconcertant.

Si jeune.

Mais assez vieux.

« Bonsoir, dit-il, rompant le protocole. Je suis désolé de vous avoir fait attendre. Il y a tellement de maudits rituels à propos de tout dans cet endroit. On pourrait penser que j'aurais le pouvoir de me débarrasser de tout ça si je le voulais, mais je dois admettre que le palais a toutes les cartes en main. Je suis juste le joli visage sur la boîte du jeu. »

Il sourit. Ses yeux s'adoucissent ce faisant. Red en ressent comme une surprise révulsée.

Ce n'est pas ainsi que c'est censé se passer. Elle ne s'attendait pas à se trouver dans une jolie petite pièce avec un homme sans couronne et à la voix douce. Elle pensait rencontrer un être faible, suspicieux et paranoïaque, enveloppé de toutes les couches de protection derrière lesquelles on dit qu'il s'abrite.

Elle a réussi à éliminer Wyll, l'obstacle le plus dangereux et mortel sur son chemin, mais la pièce devrait au moins être remplie de gardes, leurs armes prêtes. Le roi ne fait étalage d'aucun pouvoir. Pourquoi avoir tout dissimulé ? Pourquoi est-il si détendu ?

Est-ce une sorte de piège ?

« Wyll m'a parlé de vous, poursuit le roi. Il est très impressionné, et ce qui force le respect de Wyll force le mien également. J'espère que ça ne vous gêne pas. On dirait que tout le monde parle de vous. On raconte que vous êtes l'une des chevalières de la Caballaria les plus prometteuses depuis des années. »

Red a vécu ce moment dans sa tête tant de fois, avec tellement de variations qu'elle s'était convaincue que rien ne pourrait la surprendre. Elle a tort. Après tout ce temps, elle se tient enfin juste devant lui, unique objet de son attention. Il l'étudie attentivement tout en parlant, l'intérêt et la curiosité évidents sur son visage. Il la voit, il la *voit* vraiment.

Et il n'a absolument aucune putain d'idée de qui elle est.

« On m'a dit que vous aviez des informations importantes pour moi, dit-il. Pourquoi ne pas vous asseoir ? »

Un semblant d'ordre, le plus infime et le plus poli qui soit, est audible dans sa voix, et Red réalise qu'elle n'a pas encore bougé ni prononcé un mot. Personne ne s'assied devant un roi comme son égal. Personne. Pourquoi lui demande-t-il de le faire ?

Lentement, Red s'enfonce dans la chaise en face de lui.

Il tend la main. Elle voit les fameux tatouages qui recouvrent la peau de ses doigts, un petit symbole à l'encre noire pour chaque victoire qu'il a remportée au cours de son règne. Il y en a treize jusqu'à présent, comme chacun le sait. Il décide toujours lui-même du symbole. Parier sur celui qu'il choisira à chaque fois est devenu un autre rituel régulier des bars à paris au fil des ans.

Ses doigts poussent vers l'avant un bloc-notes effaçable et un stylo électrique en direction de Red.

« Je peux parler », dit-elle en croassant.

S'il remarque qu'elle n'a pas utilisé le terme « sire », il n'en laisse rien paraître.

« Comme vous le souhaitez. » Il hoche la tête. « Mais je vous en prie, ne vous fatiguez pas la voix. Parnere a dit que votre gorge guérirait lentement, et je préférerais qu'il ne m'en fasse pas reproche si cela prend plus de temps que prévu. »

Parnere. Apparemment, même le médecin privé du Chevalier-Sorcier entretient une relation de familiarité avec le souverain.

« Alors, pouvez-vous me dire de quoi il s'agit ? » demande-t-il.

Red essaie de couvrir de sa voix les hurlements de son cœur. « Un conflit m'oppose à quelqu'un de Ker Leonis.

— Quel genre ? demande-t-il.

— La moldra lagha.

— Je vois. » La bouche du roi se plisse. « De qui s'agit-il ? »

Il est clair qu'il s'attend à entendre le nom de Fin. De toute évidence, Wyll l'a prévenu de s'y préparer.

« De vous », déclare Red.

Elle observe son expression avec toute la concentration dont elle est capable.

Il va crier pour faire venir ses gardes immédiatement, pense-t-elle.

Rien de tel ne se produit.

Chaque seconde suivante est d'une lenteur agonisante. Après une éternité, sa bouche s'ouvre. « Vous ressemblez un peu à quelqu'un que j'ai connu, maintenant que je vous vois de près », remarque-t-il.

Et voilà.

« C'était ma mère, lui lance Red. Vous l'avez tuée. »

Il n'y a rien sur son visage. Rien du tout. Pas de choc, pas de colère, pas de déni.

Red sent qu'elle commence à se briser en petits morceaux. « S'il vous plaît, dites-moi qui je suis, dit-elle. Je vous en prie, vous devez le savoir. »

La supplication dans sa voix devrait lui faire honte, mais cela fait longtemps qu'elle a dépassé ce sentiment.

« Quel âge avez-vous ? demande enfin le roi.

— 18 ans, répond-elle.

— Quand a lieu votre anniversaire ? »

Elle le lui dit, et voit la vérité passer sur lui comme un fantôme. Huit mois après la nuit où Bélisan a fui le palais, Red est née.

« Pourquoi n'ai-je jamais entendu parler de toi ? », demande-t-il.

Il est toujours aussi monstrueusement calme.

« Parce qu'elle ne voulait pas que vous sachiez. Elle avait peur de ce que vous pourriez faire. » Red agrippe les bras de sa chaise. « Et vous l'avez assassinée.

— Ce n'est pas ce qui s'est passé.

— Ne mentez pas ! s'écrie-t-elle soudain, faisant palpiter de douleur sa gorge meurtrie. J'étais là, *je vous ai vu le faire !* »

C'est la première fois qu'il perd ses moyens devant elle. L'horreur, la véritable horreur, passe sur son visage.

« Tu… C'est impossible, bégaie-t-il. Pourquoi étais-tu là ?

— Le seigneur Welyen a découvert mon existence. Il m'a emmenée ; il m'a *kidnappée*. Il était trop lâche pour le faire lui-même, alors il a utilisé ma mère et l'a poussée à vous contacter pour vous faire sortir. Une femme tenait un couteau de boucher contre ma gorge dans son champ de vision, tandis que le seigneur Welyen était assis deux tables plus loin. Elle pouvait me voir tout le temps qu'elle parlait avec vous. »

Red marque une pause. Elle ressent la morsure du couteau contre sa gorge, même maintenant. Elle peut encore sentir la force implacable de l'étrangère qui la retient, ses minces bras d'acier autour des siens, la bloquant sur place. La fureur incandescente qu'elle avait ressentie, l'énergie hurlante en elle qui voulait s'échapper, tout cela avait été vain.

Puis elle avait regardé l'étranger en costume de chevalier pointer un pistolet sur la tête de sa mère, et celle-ci avait reculé d'une manière affreusement *fausse*, d'une cambrure brusque dont la petite Red de 8 ans savait – bien qu'elle n'ait jamais vu une arme à feu en action – qu'il ne s'agissait pas d'un mouvement auquel on pouvait survivre.

Elle ne se souvient toujours pas de ce qui s'est passé ensuite, si ce n'est que la femme qui la tenait était maintenant par terre, serrant sa hanche, la bouche ouverte dans une expression d'agonie théâtrale. Les mains de Red étaient comme trempées de feu. Sans bouger un muscle, elle avait renversé les tables les plus proches d'elle et brisé tous les verres, éclaboussant les coussins de liquides divers.

C'était un désordre incroyable, mais le couloir entier était en proie au chaos, les gens fuyant les coups de feu et la mort, et personne n'avait remarqué ce qu'elle avait fait. Personne n'avait aperçu l'enfant qui courait aveuglément à travers la foule avant de disparaître dans la nuit. Elle avait parcouru tout le chemin jusqu'à la frontière d'Evronbourg avant que le choc ne s'estompe, avant même qu'elle ne comprenne ce qui s'était passé ou l'endroit où elle se trouvait.

Ç'avait été la première fois que sa magie avait déferlé, mais trop tard. Elle s'était libérée de la femme qui l'avait maintenue pendant qu'elle se débattait et que sa mère était menacée, la personne qui avait essayé de lui prendre son pouvoir, elle avait *gagné ;* mais la victoire était venue trop tard, Bélisan était morte, et la vie de Red était fichue.

À partir de ce moment, elle allait s'assurer de ne plus jamais se sentir aussi impuissante.

Désormais, ce serait *elle,* le couteau sous la gorge.

« Je ne comprends pas, murmure le roi. Je ne comprends pas.

— Ma mère était une menace à vos yeux, lance Red, parce qu'elle était plus puissante que vous.

— Elle voulait me tuer…

— Elle ne se souciait pas de *vous* ! Elle ne voulait rien avoir à faire avec vous ! Son seul désir était de me protéger, de vous et du seigneur Welyen. Mais elle n'a pas pu. Il nous a trouvées. »

Le roi est d'une immobilité totale. Il baisse un peu la tête, doucement. Il appuie la base de ses mains sur son front, et se met à pleurer.

Cette vision la paralyse.

Elle ne devrait pas. Elle fantasme ce moment depuis dix ans. Elle s'est préparée à toutes les réactions possibles. Elle s'est promis que quoi qu'il fasse – qu'il nie, qu'il recoure à la violence, qu'il la supplie en pleurant de l'épargner – elle se montrerait implacable. De glace, pas de feu. La mort, pas la vie.

Mais la douleur du roi est nue, et elle lui cause un choc que rien, rien du tout, pas même un millier d'heures de fantasmes de vengeance, n'aurait pu prévenir.

La pièce est immobile et silencieuse alors qu'il pleure et s'efforce de retenir ses larmes. La peau autour de sa bouche est fatiguée. Son corps est élancé comme celui d'un cerf. Il a les dents de travers. Un de ses sourcils est juste un peu plus fin que l'autre à l'extrémité. Une petite coupure de rasage est visible sur sa mâchoire. Il a dû se la faire dans la précipitation, juste avant cette rencontre avec elle, sans même la remarquer. Le roi s'est dépêché pour la recevoir, il s'est empressé de se rendre présentable pour une chevalière qu'il n'avait jamais rencontrée auparavant.

Ce n'est pas un monstre. C'est juste un homme. Un être doux, vulnérable, aussi facilement susceptible d'être percé que n'importe qui d'autre. L'air a un goût aigre, empreint de tristesse.

On frappe à la porte derrière Red, brisant le silence.

La pièce explose.

Le verre se désintègre. Les tables sont projetées à travers les paravents, déchiquetant leurs écheveaux de feuilles minces. Les mains de Red sont sur le cou du roi, bien qu'elle n'ait pas bougé de son siège. L'agonie pure, terrifiée qu'elle ressent depuis des années, sans répit, toute sa vie durant, l'étreint violemment.

Les jambes du roi donnent des coups dans le vide. Il s'étouffe. Mais il ne lutte pas.

C'est ce qui lui restera en mémoire après coup, la façon dont il ne se débat pas.

Une partie d'elle comprend qu'elle pleure aussi, maintenant, des pleurs furieux et silencieux qui lui coupent le souffle à elle-même tandis qu'elle écrase la gorge de son père.

« Je n'étais pas au courant à ton sujet, souffle-t-il, forçant les mots à sortir dans son dernier soupir, je ne savais pas. J'aurais... »

Ses yeux se ferment tandis que la porte de la pièce vole en éclats.

Qui qu'ils soient, ils arrivent trop tard.

42

Entrave de Ker Leonis, Sombrecœur
Maintenant

Seuls les prisonniers les plus importants sont détenus dans l'Entrave de Ker Leonis.

Certaines des salles sont très confortables, pour une prison : des suites somptueusement meublées, aussi luxueuses que n'importe laquelle du palais principal, les seuls signes de confinement étant l'absence totale de fenêtres et les lourdes serrures à l'extérieur de l'unique porte.

Et puis il y a les autres pièces. Celles dont les murs sont transparents, à double vitrage de flexiverre, indestructibles. Des meubles spartiates, en métal lourd et boulonnés au sol, sans rien qui puisse être brisé et utilisé comme une arme. Les plafonds sont dotés de bandes lumineuses qui ne s'éteignent jamais.

Et pour finir, le pire : pas d'ombres ou d'obscurité pour dissimuler tes vilaines aspérités. Tu restes accroupie dans la lumière éblouissante de ton crime, exposée dans un zoo de torture humaine. Un ensemble de chaînes en fer qui sinuent autour de toi, si finement articulées qu'elles ressemblent à des cordes, te liant à un anneau de métal aussi épais qu'un avant-bras, incrusté à hauteur de hanches dans le mur. Une prison pour enfants-divins : maintenir ton corps illuminé et ton cerveau embrumé, écraser ta magie au plus profond de toi, glacée et lointaine, là où elle est trop difficile à atteindre, presque trop dure…

Et à vrai dire, à quoi bon même si tu réussissais à la faire sortir ? Il n'y a rien à jeter ou à détruire. Il n'y a ici nulle place pour la rage, ou la raison.

Tu as rempli le but de ta vie et tu es vide désormais.

La serrure de la porte émet un *pépiement* évoquant un insecte et celle-ci s'ouvre pour laisser entrer une femme vêtue d'un long manteau couleur crépuscule dont le bord arrive au talon de ses bottes. La porte est immédiatement refermée et la nouvelle venue se tient juste à l'intérieur de la pièce, une expression de légère curiosité sur son visage de pomme lisse alors qu'elle regarde son occupante.

Red est accroupie dans le coin le plus proche de l'anneau mural. Cette femme est la première visiteuse qu'elle reçoit depuis qu'elle a été amenée ici ; depuis combien d'heures maintenant ? Cela pourrait faire des jours, de ce qu'elle en sait ; ici, où le soleil ne se couche jamais. Elle regarde la femme s'avancer jusqu'à la petite table inamovible et s'asseoir sur un étroit siège qui l'est tout autant. Elle arrange son manteau comme il faut, en prenant soin de ne pas le froisser au passage.

Red bouge, juste un peu, change de position. Les chaînes glissent et le son résonne dans la petite pièce.

La femme la regarde un instant.

« Si Dracones », la salue-t-elle.

Le cœur de Red se serre légèrement. Ils connaissent son dernier secret à présent, et c'est une sensation étrange. Elle se sentirait plus légère, elle en est certaine, si elle était capable de ressentir quoi que ce soit. Elle aurait l'impression que ses membres ont été lestés pendant l'année écoulée et que ce n'est que maintenant que ce poids s'effrite et glisse de sa peau comme des plaques de sable mouillé.

« Savez-vous qui je suis ? » demande la femme.

Bien sûr que oui. Le visage de Dame Orcade Welyen est très reconnaissable, ayant joui des faveurs des lumineux pendant des années. Ces derniers aiment ses pommettes et ses cheveux pâles. Des pans entiers de la société modèlent leur mode sur la sienne. Elle est une icône.

Elle est aussi la sœur de l'homme complice du meurtre de sa mère. Celui qui l'a enlevée, l'a retenue captive et a déclenché le pire événement de sa vie.

« Vous avez une famille intéressante », déclare Red d'un air maussade.

Dame Orcade rit. « Je pourrais dire la même chose de la vôtre. Les Dracones ont un caractère bien trempé, vous ne trouvez pas ? »

Les rides sur son visage sont plus nombreuses que ne le montrent les lumineux, mais elles accroissent le magnétisme de sa présence.

« J'ai dû déployer quelques efforts pour avoir une chance de vous parler en tête à tête, dit-elle. Une ou deux dettes qu'on avait envers moi. Ça vient avec l'éducation, je suppose. Nous ne sommes rien d'autre que des commerçants glamours, et cela n'est qu'une grande illusion de masse. Si les gens décident tous demain qu'une chose ne vaut rien, il en sera ainsi. La croyance est la plus grande force de l'univers. Comme votre foi dans le droit à la vengeance. Regardez tout ce que vous avez accompli grâce à elle. » Elle compte sur ses doigts. « Vous êtes devenue une chevalière enfant-divine. C'est déjà impressionnant en soi. Puis vous avez obtenu d'avoir pour mentor le guerrier le plus puissant du pays. Vous avez ensuite mis fin à l'ère artorienne sans rien de plus qu'une paire de mains magiques. J'ai essayé de le faire tuer pendant des années, et voilà que vous me coupez l'herbe sous le pied. »

Elle jette un coup d'œil à Red.

« Oh, voyez cela, dit-elle. Je crois que j'ai enfin toute votre attention. Ne vous inquiétez pas, il n'y a pas d'enregistreurs ici. Pas d'oreilles indiscrètes. Nous pouvons parler en toute franchise. J'en ai si rarement l'occasion, je ne voudrais pas la gâcher. »

L'esprit de Red se heurte au brouillard dans lequel elle est tombée, encore léthargique face aux faibles sonneries d'avertissement de danger qu'elle commence tout juste à percevoir.

« Pourquoi *vouliez-vous* qu'il meure ? » demande-t-elle.

Dame Orcade tapote sa bouche d'un doigt ganté.

« Pas de raison précise, vraiment. Pour voir si je le pouvais ? Je m'ennuie, vous savez. Alors je joue à des jeux. Avec moi-même, surtout, car j'affronte rarement un adversaire digne de ce nom. Mon frère et moi avons joué une très longue partie, plutôt bonne. Mais il a fini par perdre. »

Red la regarde fixement.

« Un jeu, répète-t-elle.

— Oui, les gens ont tendance à s'étonner quand je dis ça. » La Dame adresse à Red un sourire encourageant. « Vous savez, quand j'étais enfant, je pensais que quelque chose n'allait pas chez moi. Tout le monde autour semblait à moitié fou de désirs divers. Tout ce qu'ils faisaient était conçu soit pour attirer quelque chose qu'ils désiraient, soit pour repousser une chose dont ils ne voulaient pas. C'était évident, mais ils agissaient comme si leurs motivations étaient un grand secret que personne d'autre ne pouvait percer à jour. Je ne peux pas vraiment imaginer comment vous vivez tous comme ça, ça semble épuisant. » Elle marque une pause. « Mais comme je l'ai dit, je m'ennuie terriblement. Je dois être honnête à ce sujet. Et vous êtes la chose la plus intéressante qui soit arrivée depuis très longtemps. Je l'ai senti quand je vous ai eue dans mes bras. J'ai pensé, voilà une petite fille spéciale. Mais ensuite, quand votre mère s'est fait tirer dessus et que votre magie s'est libérée… » Le visage de la Dame se fait insondable. « La destruction que vous avez causée… C'était comme une petite bombe qui explosait. Personne n'avait la moindre idée que vous étiez capable de ça ! Merveilleux. »

Les bras autour de Red étaient comme un étau de fer. Le couteau qu'elle a senti s'enfoncer dans la peau fine et vulnérable de sa gorge toutes ces années, les bras et la lame qui ont participé au meurtre de sa mère.

« Il ne sert à rien de s'énerver, prévient Dame Orcade en la regardant se redresser et se jeter frénétiquement contre ses chaînes en poussant des cris silencieux. Les médicaments qu'ils vous ont donnés ne sont pas vraiment approuvés pour un usage général, mais ils semblent fonctionner. Apparemment, ils inhibent la partie de votre cerveau qui relie vos émotions à votre magie. Je ne prétends pas être capable de comprendre moi-même. »

Écrase sa trachée, la presse l'esprit de Red, mais ce n'est qu'un faible élan de défi, une étincelle qui se dissipe rapidement.

Dame Orcade lisse un pli de son manteau. « Vous pourriez me remercier de vous avoir aidée. Je doute que vous seriez devenue chevalière sans moi.

— Qu'est-ce que vous racontez ?

— Oh. J'espérais que vous étiez plus maligne que ça. Eh bien, ce grand épris de Wyll a peut-être payé votre ascension, mais j'avais des gens qui veillaient sur vous, qui vous guidaient. Pour s'assurer que vous réussiriez votre formation. » Elle incline la tête. « Si Timor est un vieil ami de la famille. Votre tuteur Frome ? Je connaissais son père. Des dettes envers moi, comme je l'ai dit. Le monde est vraiment très petit, au sommet. »

Red laisse échapper un rire creux.

« Allons, cette victoire est quand même la vôtre, la rassure sa visiteuse. Ne prenez pas ombrage de mon modeste soutien. J'étais juste tellement enthousiaste. Je vous avais cherchée sans succès pendant des années, et là, non seulement vous refaisiez surface, mais à la une de mon lumineux, de surcroît. J'étais tellement curieuse de voir ce que vous faisiez ici. J'avais de grands espoirs, je l'admets, et vous les avez plus que comblés. »

Red s'affaisse, vaincue. « Qu'est-ce que vous me voulez, putain ? »

Orcade joint impeccablement les mains sur ses genoux. « Comme vous pouvez l'imaginer, des discussions assez animées ont eu lieu concernant la myriade de vos futurs possibles. Dans l'un, vous deveniez reine. »

Cela ressemble à une blague, au début, mais elle ne sourit pas le moins du monde. Elle n'exprime qu'un vernis d'intérêt poli.

« J'aurais cru que vous aviez déjà fixé la date de mon exécution, réagit Red.

— La moldra lagha, répond la Dame. Si c'est l'histoire que nous choisissons, votre mort ne sera plus d'actualité, n'est-ce pas ?

— On ne laisse pas les enfants-divins approcher de l'Épée, réplique Red d'un ton catégorique.

— Ah non ? Dites-moi, qui détient maintenant le plus de pouvoir dans ce royaume ? Vous, en tant que candidate légitime actuelle de Rhyfen, théoriquement parlant ? » Elle incline la tête. « Ou Si Wyll, peut-être, en tant que champion extrêmement compétent du roi ? Dans un cas comme dans l'autre, ce sera un enfant-divin, non ? »

Red reste silencieuse.

« Je suis curieuse, entend-elle s'interroger la Welyen. Que pensez-vous du fait de devenir reine, Red ?

— Plutôt mourir, crache celle-ci.

— Cela pourrait arriver, en convient Orcade, mais voyons si nous pouvons vous garder en vie un peu plus longtemps, d'accord ? Après tout, j'ai été mariée à votre grand-père. Voyez ça comme un reste d'attachement familial, si vous voulez. »

Elle se lève, joint les mains et jette à la prisonnière un regard brillant et bienveillant. « Un peu de patience. Vous avez un nouveau but à présent. Votre vie va devenir très intéressante, Mordred Dracones. »

Le bord de son manteau voltige, balayant le sol. Ses bottes font résonner de petits claquements rapides. La porte se referme derrière elle, et Red s'effondre au sol, épuisée. Elle n'avait même pas réalisé à quel point le moindre de ses muscles était tendu.

Elle reste assise, seule, sous une lumière électrique crue, attendant de voir si Wyll va venir la tuer.

REMERCIEMENTS

Une gratitude sans bornes aux saints qui fournissent de précieuses ressources Internet gratuites : dirtysexyhistory.co.uk, Gutenberg pour son dictionnaire concis de l'anglais du Moyen Âge, oldenglishtranslator.co.uk, et une douzaine d'autres sites sur des sujets allant de « comment diable fonctionnent les réseaux électriques urbains » à « est-ce bizarre que je ne comprenne pas la structure du système de justice pénale ? » Ce n'est pas leur faute si je n'ai pris que ce qui m'arrangeait et si j'ai ensuite déformé le tout de façon logique : je revendique la licence poétique, l'amie la plus constante de l'artiste.

Merci à Antonio Lulic d'être le genre de personne qui accepte de me faire visiter les tunnels cachés sous Euston et de m'emmener pour de longues balades à moto dans les endroits les plus étranges de la ville. Merci au groupe Tool, notamment pour la chanson *Right In Two*. Vous avez en quelque sorte écrit des parties du livre pour moi avec elle.

Je suis toujours aussi reconnaissante à mon agent Sam Copeland, qui est chaque fois mon premier lecteur et, par conséquent, celui qui me met le plus les nerfs à vif. Ton avis compte plus que tout.

Je suis très reconnaissante à Jo Fletcher et Molly Powell pour leur passion et leur enthousiasme pour *Knights On Bikes (Chevaliers à moto ;* je suis douée pour les titres de travail) et à

Jo en particulier pour son regard éditorial aiguisé et son soutien indéfectible. Ma gratitude va à Ajebowale Roberts, Ella Patel et à tous ceux qui, chez Jo Fletcher Books et Quercus, ont travaillé à la diffusion de ce livre dans une période sans précédent.

Merci aux premiers lecteurs, Samantha Shannon, Jay Kristoff et Krystal Sutherland ; vous m'avez apporté un tel soulagement avec vos commentaires encourageants. Merci à Alwyn Hamilton pour tes séances de brainstorming sur les intrigues et l'approvisionnement en beignets Crosstown, le meilleur carburant qui soit pour le travail. Merci à Katie Webber et à Nina Douglas, mes merveilleuses pom-pom girls.

Merci à ma sœur, ma mère, mon père et ma belle-mère pour leur amour et leur soutien. Et à la personne rusée, pour les siens également.

Laure Eve
Londres
Mars 2021

À PROPOS DE L'AUTRICE

© Ranulph Redlin

Laure Eve est romancière et scénariste. Elle est l'autrice des duologies Young Adult *The Graces* et *Fearsome Dreamer*.

Franco-britannique, elle est née à Paris et a grandi en Cornouailles. Elle parle anglais et français. Elle est très anglaise en ce qui concerne la comédie et très française lorsqu'il est question de fromage.

Vendre des bandes dessinées en langues étrangères, pousser des cris à glacer le sang dans une cabine d'enregistrement et prendre des poses bizarres en tant que modèle d'artiste ne sont que quelques-unes des choses qu'elle a faites pour gagner sa vie.

Les Chevaliers de Sombrecœur est le premier tome de sa duologie adulte.

laureeve.com

@laureevewriter